DE OPKOMST EN ONDERGANG VAN GROOTMACHTEN

www.meulenhoff.nl

Tom Rachman

De opkomst en ondergang van grootmachten

Uit het Engels vertaald door
Tjadine Stheeman en Onno Voorhoeve

AGATHON

ISBN 978-90-290-9022-3
ISBN 978-94-023-0219-6 (e-boek)
NUR 302

Oorspronkelijke titel: *The Rise and Fall of Great Powers*
Omslagontwerp: Raymond van Donk | DPS Design
Omslagillustratie: Lorenzo Petrantoni
Zetwerk: ZetSpiegel, Best
Auteursfoto: Alessandra Rizzo

© 2014 Tom Rachman
© 2014 Nederlandstalige uitgave: Tjadine Stheeman & Onno Voorhoeve
en Agathon, onderdeel van samenwerkende uitgeverijen Meulenhoff
Boekerij
Oorspronkelijke uitgave: The Dial Press, an imprint of Random House,
a division of Random House LLC, a Penguin Random House Company,
New York.

Voor mijn zusje Emily

2011

Zijn potlood zweefde boven het verkoopboek, dook bij elke steeds boudere bewering die hij deed omlaag naar de bladzij, waarbij de potloodpunt rakelings over het papier scheerde, trok dan als een stuntvliegtuig op om even later weer neer te storten als hij zijn woorden kracht bij wilde zetten, zodat er een constellatie van allengs vagere puntjes rond de enige boeking van die ochtend was ontstaan: de verkoop van een tweedehands exemplaar van *Landslakken van Groot-Brittannië* door A.G. Brunt-Coppell (prijs: £ 3,50). 'Neem nou de Revolutie,' riep hij vanuit het voorste gedeelte van de boekwinkel. 'De Fransen zien die heel anders dan wij. Zij leren niet op school dat het een complete chaos was en er een schrikbewind aan de macht was. Voor hen was het juist iets positiefs. En dat kun je ze niet kwalijk nemen. De bestorming van de Bastille? De Verklaring van de Burgerrechten?'

Wat hij met zijn betoog aangaande de Fransen en hun opstandige geest wilde zeggen was dat, tja, het was niet duidelijk wat Fogg eigenlijk precies wilde zeggen. Hij was iemand die tijdens het praten zijn mening vormde of misschien pas achteraf, waardoor hij genoodzaakt was oeverloos uit te weiden om zijn denkbeelden te pakken te krijgen. Praten was voor hem een ontdekkingsreis; anderen dachten daar niet per se hetzelfde over.

Zijn stem weergalmde tussen de boekenkasten, over de drie treden omlaag naar het achterste gedeelte van de winkel, waar zijn werkgeefster, Tooly Zylberberg – in een tweedjasje, bemodderde spijkerbroek en regenlaarzen – probeerde te lezen. 'Hmm,' antwoordde ze met een beduimelde biografie van Anna Boleyn opengeslagen op haar schoot. Ze had Fogg best kunnen vragen zijn mond te houden, en dat had hij ook gedaan, maar hij vond niets heerlijker dan zijn mening over allerlei gewichtige zaken ventileren, als de autoriteit die hij beslist niet was. Door die eigenschap nam Fogg haar voor zich in, vooral omdat achter zijn hoogdravende redevoeringen een grote onzekerheid schuilging – elke keer als zij met een tegenargument kwam, bond hij onmiddellijk in. Arme Fogg. Haar genegenheid voor hem stelde Fogg in staat erop los te kleppen, maar maakte lezen onmogelijk.

'Want de uitvinder van de guillotine was tenslotte een arts,' ging hij verder, terwijl hij boeken op de planken zette en af en toe snel met zijn duim langs de pagina's ritste zodat hij verlekkerd de geur van oud papier kon opsnuiven, waarna hij het boek op zijn bestemde plek schoof.

Hij ging de drie krakende treden af, liep onder het bord GESCHIE-DENIS-NATUUR-POËZIE-KRIJGSKUNDE-DANS door naar een verlaagd gedeelte dat ook wel bekend stond als de gelagkamer. De boekwinkel was vroeger een pub geweest, en de gelagkamer was de plek waar natgeregende klanten hun sokken voor de open haard te drogen hingen. Die haard was inmiddels dichtgemetseld, maar aan de muur hingen nog een tang en een blaasbalg. Het geheel werd vrolijk omlijst door groen-rode Welshe vlaggetjes en aardewerk bierpullen in de vorm van ouwe mannetjes. Op een eiken tafel lagen fotoboeken over de streek en in de hoge wandkasten stonden dichtbundels en de verzamelde werken van Shakespeare, waarvan de bladzijden loszaten en de rode banden zo verschoten waren dat je goed moest kijken of het om *King Lear* of *Macbeth* ging. Deze eerbiedwaardige personages, die nu nog op de overvolle planken sluimerden, konden elk moment omlaagstorten en op de schommelstoel terechtkomen waar Tooly op een geruite plaid zat. Die deken kwam 's winters goed van pas als de radiatorkachels zich sputterend aan hun taak zetten om er even later de brui aan te geven. Ze streek over haar korte zwarte haar, waarvan de uiteinden om haar gaatjesloze oorlelletjes krulden; achter haar oor had ze een grijs potlood gestoken. De pocket die ze voor haar gezicht hield was bedoeld om Foggs interrupties te ontmoedigen, maar achter die dekmantel kon ze nauwelijks een glimlach onderdrukken om de ronddravende Fogg en de zichtbare moeite die het hem kostte zijn mond te houden. Hij beende om de tafel, met zijn handen in zijn zakken, liet het kleingeld daarin rinkelen. (Er vielen constant muntstukken door de gaten in zijn zakken langs zijn been zijn schoen in. Aan het einde van de dag trok hij zijn schoen uit – waarbij de sok ook half uit ging – en schudde vervolgens een klein fortuin in zijn hand.)

'Het zou hun betamen ferm op te treden in Afghanistan,' zei hij. 'Dat zou hun betamen.'

Ze liet het boek zakken en keek hem aan, waarop Fogg meteen wegkeek. Hij was achtentwintig, slechts een paar jaar jonger dan zij, maar het leek wel of ze nog eens achtentwintig jaar van elkaar verschilden. Tijdens hun gesprekken gedroeg hij zich als een schuchtere puber, maar verloor zich altijd weer snel in zijn gezwollen prietpraat. Tijdens zijn redevoeringen speelde hij vaak met een koperen vergrootglas, dat hij als een monocle voor zijn oog hield, zodat het een monsterlijk groot blauw oog werd, totdat hij de moed verloor, de loep liet zakken en het weer een klein knipperend oog werd. Fogg zag er altijd, op welk uur van de dag ook, uit of hij net door een brandalarm was gewekt, het haar op zijn achterhoofd platgedrukt van het kussen, ontbrekende knopen halverwege zijn shirt of knopen die in het verkeerde knoopsgat zaten, zodat de klanten

9

hun best moesten doen niet stiekem te gluren naar het blote stuk borst dat er onbedoeld doorheen piepte. De achterzakken van zijn cargobroek, waarin hij altijd zijn duimen haakte tijdens het oreren, waren gescheurd; de witte veters van zijn leren schoenen waren grijs geworden en de manchetten van zijn loshangende gestreepte overhemd rafelden; hij had de geprononceerde sleutelbeenderen en de afgetekende ribben van iemand die bij de lunch een broodje ham naar binnen propt en pas om drie uur 's nachts weer trek krijgt. Foggs onverschillige stijl van kleden was niet zo onverschillig als die leek, maar bedoeld om Caergenog te laten zien dat hij anders was dan de rest van de inwoners: een mondaine stedeling, al druiste zijn afkomst, zijn hele leven eigenlijk, regelrecht tegen zo'n typering in.

'Het zou hun betamen?' vroeg Tooly glimlachend.

'Wat ze zich moeten realiseren,' ging hij verder, 'is dat we niet goed weten wie de tegenstanders zijn. De vijand van mijn vriend hoeft niet mijn...' Hij boog zich voorover om het omslag van haar pocket te bekijken. 'Ze had dertien vingers.'

'Hè?'

'Anna Boleyn. De vrouw van Hendrik de Achtste. Had dertien vingers.'

'Zo ver ben ik nog niet. Bij mij heeft ze er nog tien.'

Tooly stond op, de lege stoel schommelde, en begaf zich naar het voorste gedeelte van de winkel.

Het liep tegen het einde van de lente, maar de wolken boven Wales trokken zich weinig van de seizoenen aan. Het plensde al de hele ochtend zodat ze niet haar dagelijkse wandeling door de heuvels had kunnen maken, al was ze wel naar de priorij gereden waar ze in haar auto had zitten genieten van de roffelende regen op het dak. Miezerde het nog steeds?

'We hebben de grabbelton toch wel binnengehaald, hè?' Ze doelde op een ton met restanten waaruit voorbijgangers iets van hun gading mochten halen (voorgestelde bijdrage £ 1 per boek). Het probleem was niet het grabbelen – de meeste mensen stopten inderdaad het geld in de afgesloten bus – maar de regenbuien, die de pest waren voor de boeken. Zodoende waren ze doorgewinterde luchtkijkers geworden, die de wolken taxeerden en de ton steeds naar binnen en naar buiten sleepten.

'We hadden hem niet eens buiten gezet.'

'O nee? Vergeetachtigheid heeft zo zijn voordelen.'

Ze stond bij de kassa door de etalage naar buiten te turen. Van de luifel vielen bruine regendruppels. Leek wel wat op. 'Koffie,' zei ze.

'Heb je zin in koffie?' Fogg greep elke kans aan om bij het Monna Lisa Café cappuccino te gaan halen, vooral vanwege de Estlandse barista die hij probeerde te versieren. Aangezien Tooly liever haar eigen thee zette, zat er voor Fogg niets anders op dan zelf de ene beker koffie na de andere te nuttigen. Tooly had ontdekt dat hij verliefd was op de barista omdat hij opeens zoveel naar de wc moest, wat haar de opmerking ontlokte dat zijn cappuccino-complot wel invloed had op het juiste orgaan maar niet op de goede manier.

'Ben zo terug,' zei hij, waarmee hij een halfuur bedoelde, en duwde met zijn schouder de deur open; het belletje tinkelde terwijl hij Roberts Road op sjokte.

Ze ging zelf ook de winkel uit en keek naar het parkeerterrein van de kerk aan de overkant van de straat, waar haar oude Fiat 500 helemaal in zijn eentje stond. Ze rekte luidruchtig haar armen uit, als een kat die wakker wordt, en uitte een klein kreetje. Er fladderden twee vogels van het kerkdak op, hun klauwen uit, vechtend om een nest. Wat waren het eigenlijk voor vogels? Maar ze zwenkten al weg.

Caergenog – in Wales, net over de grens met Engeland – was een dorp met een paar honderd inwoners dat al eeuwenlang kon bogen op twee kroegen: de ene boven aan Roberts Road en de andere onderaan. De hooggelegen pub heette Butcher's Hook, zo genoemd naar de wekelijkse veemarkt die vroeger aan de overkant werd gehouden, terwijl de laaggelegen pub, tegenover de kerk en de rotonde, de naam World's End droeg, een verwijzing naar zijn ligging aan de rand van het dorp. World's End was altijd de minste populaire van de twee geweest (wie had er nu zin te slempen met uitzicht op de zerken van het kerkhof?) en de pub moest aan het einde van de jaren zeventig voorgoed zijn deuren sluiten. Het pand stond jarenlang leeg, dichtgespijkerd en vernield, totdat een echtpaar – gepensioneerde docenten van de universiteit van Bristol – het opkocht en er een tweedehandsboekwinkel in vestigde.

De basis van hun businessplan was dat de winkel kon meeprofiteren van het jaarlijkse literatuurfestival in het nabijgelegen Hay-on-Wye, en het elfdaagse evenement bleek inderdaad klanten op te leveren voor World's End. Helaas bleek het gunstige effect op de overige 354 dagen van het jaar verwaarloosbaar. Na tien jaar gingen de Mintons op zoek naar iemand die de zaak wilde overnemen, al bleven ze zelf eigenaar van het zeventiende-eeuwse pand van hout en natuursteen dat ze helemaal hadden opgeknapt, waaronder de melkglazen caféruiten, de smeedijzeren toog en de pensionkamers boven. Op een advertentie op het mededelingenbord in het dorp – dat bijna geheel in beslag werd genomen door een aankondiging voor een optreden van de Harlech Jeugdfanfare – kwam geen reactie. Evenmin op de daaropvolgende kleine annonce in *The Abergavenny Chronicle*. Ook de ongeïnteresseerde pogingen van Ron, een kauwgum kauwende makelaar, hadden geen resultaat. Hun laatste hoop was een advertentierubriek in een klein literair blaadje waarvan een gekreukeld exemplaar in 2009 op een perron in Lissabon terecht was gekomen, waar Tooly het had opgeraapt. In de advertentie stond 'Ter overname aangeboden: boekwinkel.'

Toen Tooly ging kijken, zeiden de Mintons eerlijk dat ze met verlies draaiden en dat de zaak sinds hun komst elkaar jaar minder opbracht. Het enige pluspunt wat meneer Minton had kunnen bedenken was dat 'het wellicht interessant is voor iemand die veel van lezen houdt. Met wat jeugdig elan en zo zou jij het misschien beter doen dan wij, in financieel opzicht. Maar rijk word je er niet van.' Tooly gaf hun de vraagprijs, £ 25.000, voor de winkel inclusief de voorraad van tienduizend boeken. Het echtpaar ging terug naar Bristol en ze kwamen overeen dat Tooly een lage maandelijkse huur zou betalen voor de winkel, met inbegrip van woonruimte boven de zaak en gebruikmaking van de rammelende paarse Fiat.

Voor Tooly was het wel even wennen om van de ene dag op de andere eigenares van duizenden boeken te zijn. In de hele winkel, van voor naar achter, stonden hoge boekenkasten met in de bovenste regionen de stoffige, verbolgen winkeldochters. Aan de muren hingen ingelijste prenten: een negentiende-eeuwse wereldkaart, een stadsgezicht van Constantinopel, een tekening van Edward Gorey van een schurk met een mooi dik boek in zijn handen waarvan hij de rechtmatige eigenaar zojuist van een rots had geduwd. Boven het tafereel stond een citaat van John Locke:

Boeken zijn mijns inziens verderfelijke waar en besmetten eenieder die ermee omgaat... met een akelige, venijnige ziekte. Drukkers, binders, verkopers, en anderen die in boeken handelen en eraan verdienen zijn doorgaans zeer eigenaardige, immorele lieden die er geheel eigen praktijken op nahouden, zonder zich iets aan te trekken van het algemeen nut of de gangbare eerlijkheid die de rest van de mensheid verbindt.

Tegen de boekenkasten stond een trapleer dat Tooly altijd naar Bergsport verplaatste en dat Fogg – die haar grapje niet doorhad – steeds weer bij Franse Geschiedenis terugzette. Achter elke rij boeken ging nog een rij met evenveel exemplaren verscholen, een schaduwboekhandel. De vloer was bezaaid met onuitgepakte dozen, zodat het meer klauteren dan lopen was door de winkel, en het damasten tapijt was bedekt met een laag kattenharen, die ooit hadden toebehoord aan Cleopatra, een reeds lang verscheiden huiskat. Ter aanduiding van de verschillende afdelingen hadden de Mintons kartonnen bordjes aan de planken bevestigd, waarop het onderwerp in kriebelige cursiefletters stond als het door meneer Minton was opgeschreven, en in grote krulletters met verduidelijkende tekeningetjes als mevrouw Minton aan het werk was geweest. Je had de gebruikelijke afdelingen: Bomen, Planten, Paddestoelen & Schimmels; Koken & Recepten, maar ook bijzondere (steevast in het kriebelige handschrift van meneer Minton), zoals Kunstenaars Die Hun Wederhelft Slecht Behandelden; Geschiedenis: de Saaie Feitjes; en Boeken Die Je Niet Hebt Gelezen Maar Beweert Van Wel.

Tooly had de meeste boeken in haar winkel niet gelezen en pretendeerde dat ook niet. Maar geleidelijk aan begon ze zich thuis te voelen tussen al die boeken, mede dankzij het aangename gezelschap van Fogg, die er al sinds zijn middelbare schooltijd werkte. De Mintons hadden hem gestimuleerd weg te gaan uit Caergenog en literatuurwetenschap te gaan studeren. Maar in plaats daarvan bleef hij met cappuccino aan komen zetten.

Deze keer had hij er ook eentje voor Tooly meegenomen, omdat hij niet meer wist wat ze had gezegd. Hij ging op zijn barkruk aan de toog zitten, klikte met de muis de computer tot leven, schakelde in op een livestream-uitzending van BBC Radio 4, waar de presentator net zijn luisteraars angst aanjoeg over de moderne wereld, de wet van Moore aanhaalde, *cloud computing*, de turingtest en de achteruitgang van de hersenen.

'Tegenwoordig heeft men op elke smartphone,' beweerde de presentator, 'toegang tot het gehele arsenaal aan menselijke kennis.'

'Ze zouden een apparaatje moeten bedenken,' zei Fogg, die het geluid zacht zette, 'dat alles opslaat wat je ooit hebt meegemaakt.'

'Hoe bedoel je?'

'Daar wil ik mee zeggen... tja, wat ik eigenlijk zeggen? Ja, kijk: aangezien de computers steeds beter en sneller worden, zal het niet lang duren – zelfs heel goed denkbaar, gebiedt de eerlijkheid me te zeggen – dat iemand een apparaat uitvindt waarin alles wat je meemaakt wordt opgeslagen. Als kind krijg je het al geïmplanteerd, in de vorm van een chip of zo. En dan hoef je je nooit meer druk te maken over vergeten wachtwoorden of te kibbelen over wat er precies is gebeurd. Bij een rechtszaak kun je gewoon je geheugenchip eruit halen en die aan de rechter laten zien.'

'En als je oud bent,' viel Tooly hem bij, 'kun je de leukste fragmenten opnieuw bekijken.'

'Wij gaan dat nog meemaken, hoor, de eerlijkheid gebiedt me te zeggen dat dat slechts een kwestie van tijd is.' Elke keer dat Fogg iets voor de hand liggends opmerkte, zoals 'het is slechts een kwestie van tijd' (en wat was dat nou niet?) leukte hij het op met 'gebiedt de eerlijkheid me te zeggen'.

'Wat gebeurt er met die geheugenchip na je dood?' vroeg Tooly.

'Die bewaren ze,' antwoordde hij. 'Dan kunnen toekomstige generaties zien wat hun overgrootouders uitspookten en erachter komen wat voor mensen het waren.'

'Maar dat geldt niet voor degenen die leefden toen het apparaatje nog niet was uitgevonden – zoals wij. Dan worden wij het equivalent van de prehistorische mens. Denk je ook niet? We worden uitgewist, "samen met generaties mieren en bevers raken we in de vergetelheid",' zei Tooly, een zinnetje citerend van een auteur wiens naam haar was ontschoten.

Fogg krabde over zijn blonde stoppelbaardje en keek omhoog naar het bewerkte plafond alsof daar generaties mieren en bevers naar beneden tuurden in afwachting van zijn repliek. 'Maar onze toekomstige voorouders zouden misschien op een of andere manier onze herinneringen kunnen terughalen,' zei hij. 'In de toekomst wordt het vast mogelijk dat mensen naar het verleden kunnen terugreizen en dingen opslaan die al gebeurd zijn.'

'Nu draaf je door. Ik zou je bij de afdeling Sciencefiction moeten zetten. Hoe dan ook, als elke seconde van je leven zou worden opgeslagen, werd het gewoon te veel. Niemand zou tijd hebben om een geheugenchip met alle gebeurtenissen van a tot z door te nemen – je zou je hele leven bezig zijn met alleen maar kijken naar het verleden. Op een gegeven moment geef je het op en moet je maar hopen dat je hersenen de belangrijke dingen opslaan. En dan zijn we weer terug bij af.'

Ze verdween een gangpad in, laverend langs dozen boeken. Tooly had een typische manier van lopen, eerst zette ze haar tenen neer en dan wikkelde ze haar voet via de bal langzaam af naar de hiel. Ze bleef staan, voeten naar buiten, rug recht, kin omlaag, strenge taxerende blik die warmer werd terwijl ze hem toelachte, haar ogen die als eerste begonnen te stralen, de lippen die een weinig weken. Ze liep het krakende trappetje af naar de gelagkamer, ging in de schommelstoel zitten en pakte de pocket over Anna Boleyn weer op.

'Wat ik me afvroeg,' zei Fogg, die spelend met het boekhoudpotlood achter haar aan liep, 'of je paard nou moet leren waarderen of dat het een genetisch bepaalde voorkeur is.'

Ze lachte om deze karakteristieke Foggiaanse verandering van onderwerp.

'Hoewel ik denk,' ging hij verder, 'dat de Fransen pas tijdens de Napoleontische Oorlogen zijn begonnen met het eten van merries, hengstveulens en ander paardenvlees toen de veldtocht naar Rusland was mislukt en ze zich moesten terugtrekken, toen het zo bitter koud was en de mondvoorraad bijna op. Het enige wat ze nog hadden waren paarden, dus werden die tot maaltijd verwerkt. En zo is de Franse gewoonte van het paardenpeuzelen ontstaan.'

'In die tijd zijn de Fransen trouwens ook kikkers gaan eten, waarop de kleinere soldaten naar het slagveld reden,' zei ze. 'Hoeveel mooier zou het leven zijn geweest als de Fransen op doorregen runderen bij de Russische grens waren aangekomen.'

'Je kunt niet op runderen rijden,' zei Fogg in alle ernst. 'Niet te doen. Een jongen op mijn school, Aled, heeft het eens geprobeerd en het is gewoon niet te doen. En een koe op het slagveld is natuurlijk helemaal onmogelijk. Wat je wel moet beseffen is dat de Fransen...'

De ruis van Fogg kalmeerde haar. Ze had geen zin om nog meer te lezen over de onfortuinlijke Anna Boleyn. Ze wist al hoe dat verhaal afliep.

1999

Tooly haalde de stadsplattegrond uit de zak van haar houtje-touwtjejas, liet hem als een harmonica uitwaaieren, klapte hem weer in
tot een handiger formaat, en vouwde vervolgens het eiland Manhattan op tot een behapbaar vierkant waar ze ingespannen naar
tuurde, opkeek en tot de ontdekking kwam dat er geen verband was
tussen het papieren stratenraster en de daadwerkelijke stad om
haar heen. Plattegronden waren altijd zo plat en steden zo rond
– hoe moest je die twee verenigen? Vooral hier, waar er overal
stoom uit de straatputten opsteeg, waar oversteekpunten rood
knipperden en de trottoirs schudden van de metro die onder de
grond door denderde.

Met ferme pas liep ze Fifth Avenue af, door hordes voetgangers,
een blik wisselend met passerende vreemden, gezichten die even
heel dichtbij waren en dan weer voorgoed verdwenen. Aan de rand
van Rockefeller Center ging ze een eindje bij de menigte vandaan
staan, trok met haar tanden de dop van haar blauwe viltstift los,
waardoor haar gebit ijskoud werd van de wind. Ze deed haar wanten uit, liet ze aan de touwtjes door haar mouwen bungelen en trok
nog een bibberige streep over de plattegrond.

Tooly was van plan heel New York te voet te verkennen, elke be-
gaanbare straat in alle vijf de stadsdelen. Na enkele weken had ze

vanuit haar straat in de onafhankelijke republiek Brooklyn al een hele waaier van blauwe strepen kunnen trekken naar de afgescheiden deelstaten Manhattan, Queens en de Bronx, maar hun norse buurman, Staten Island, was vooralsnog onverkend gebied. In het begin koos ze de buurten vooral uit op hun aanlokkelijke naam: Vinegar Hill en Plum Beach, Breezy Point en Utopia, Throggs Neck en Spuyten Duyvil, Alphabet City en Turtle Bay, maar hoe verleidelijker een plaats klonk, hoe gewoner hij in het echt bleek – niet per definitie, maar wel opvallend vaak. Op een aantal omzwervingen was ze bang geweest, als ze langs slooppanden en hologige jongens kwam. In Mott Haven stak een pitbull plotseling de weg over en werd aangereden door een aanstormende vrachtwagen. Hij stierf voor haar voeten op het trottoir.

Ze sloeg Fifty-first Street in – uit de gebouwen priemden stokken met slaperige Amerikaanse vlaggen, de neonverlichting op de gevels van Radio City Music Hall deed pijn aan je ogen – en bleef even staan, kneep haar handen samen tot ze warm waren. Plotseling zette ze het op een lopen, slalommend langs kantoormensen, rende in het wildeweg een hoek om en botste bijna tegen een toeristenstel op. Na twee blokken hield ze halt om uit te hijgen en moest grinniken om haar geheim: dat er niemand was om naartoe te rennen, geen huis om zich naartoe te haasten, niet in deze stad, nergens op de wereld. Al deze mensen waren doelbewust op weg. Stadsbewoners hadden hun eigen plek, ze hadden drijfveren, gezinnen, afspraken. Tooly had niets van dat alles.

Ze vervolgde haar stedelijke trektocht over de noordwestelijke diagonaal van Broadway, langs Central Park en door de Upper West Side, waar ze naar de bakken met tweedehandsboeken werd getrokken – beschimmelde oude werken van het soort waar Humphrey dol op was. Ze keek hoe duur ze waren, maar ze kon zich geen van alle veroorloven. Ze ging op verkenning in zijstraatjes en markeerde die op haar plattegrond, terwijl ze vol bewondering naar de mooie huizen keek. Uit delicatessenzaak Zabar's dreef de geur van kaas en de klanken van tinkelende klassieke muziek. 'Ja, doet u mij maar een half pond van...' zei iemand. Tooly's maaltijd stond al vast: in haar jaszak zat een geplette boterham met pindakaas, verpakt in een krantenpagina waarvan de inkt het witte brood had bedrukt, zodat je je twaalfuurtje eventueel ook kon lezen.

Ze kwam een stel studenten tegen: een stroompje dat uit Columbia University in zuidelijke richting naar dit deel van de stad druppelde. Ze waren van haar leeftijd – twintig – en met luide stemmen aan het geinen met elkaar. Ze keek er een aan, een ander, in de hoop dat ze iets tegen haar zouden zeggen. Maar nee, ze liepen haar gewoon voorbij, terwijl hun plagende stemmen langzaam wegstierven. Voort ging ze weer, de buurt tegemoet waar de studenten net vandaan kwamen. Boven 100th Street stikte het van de pizzatentjes, waar het studentenpubliek goedkope pizzapunten kon halen. Op de stoep zaten zwervers te kijken naar jonge studenten met het babyvet nog op hun wangen en puistjes op hun voorhoofd, die haastig op weg waren naar tentamens, babbelend over het aanvangssalaris van afgestudeerden.

Tooly banjerde de smeedijzeren poort door naar de campus van Columbia University en slenterde het rode klinkerpad van College Walk af, overal schoten studenten heen en weer. Zouden ze haar ook voor een student aanzien? Misschien voor iemand die biologie studeerde, of wellicht voor een masterstudent criminologie, of assistent-onderzoeker organische scheikunde – al had ze geen idee wat die vakgebieden inhielden. Ze verliet de campus en sloeg een verlaten pad in met uitzicht op Morningside Park, het openbare park dat de verzamelplaats was van crackverslaafden en zwervers. Hoog in de bomen kwetterden vogels. Door het gebladerte was een strook van de daken van Harlem te zien; in de verte hoorde je af en toe auto's toeteren.

Een varken waggelde de stenen trap van het park op, kwam recht op haar af en deed een uitval naar haar enkel – het was een opzettelijke stoot, geen misrekening. Ze lachte verbluft om zijn brutaliteit en deed een stapje opzij. Het beest was zwart, had een hangbuik die over de grond sleepte, een borstelige vacht en een stompneus, die wel wat weghad van de neus van het wat oudere manspersoon dat achter het varken aan kwam. Hij hield een lijn vast die met een halsband, beslagen met kopspijkertjes, om de nek van het zwijntje zat. De twee staken Morningside Drive over en sloegen 115th Street in. Tooly ging ze achterna.

Elke keer dat Tooly een beest tegenkwam, móest ze zich gewoon bukken om het te aaien. Ze had zelf nooit een huisdier gehad, dat kon niet vanwege haar chaotische leven. De eigenaar van het zwijntje hield stil voor een vijf verdiepingen tellend appartementengebouw, nam een laatste trekje van zijn sigaret en knipte de peuk in de goot. Hij draaide zich om naar de toegangsdeur, die omlijst was met gemoderniseerde gaslantaarns en smeedijzeren krullen. Het knorrige varkentje stapte als eerste naar binnen, daarna de man. Tooly haastte zich achter hen aan en kon nog net naar binnen glippen voordat de deur dichtsloeg.

De deftige voorgevel was nogal in tegenspraak met het interieur van groezelige marmeren muren, lelijke metalen postbussen en een convexe spiegel boven de lift om je ervan te verzekeren dat zich niemand om de hoek met een pistool schuilhield. Op een bordje stond: *zondag wordt niet verhuisd.* Tooly stelde zich voor hoe de bewoners baalden dat de zondag nou nooit eens naar de zaterdag verhuisde. Het zwijntje keek naar haar, hield haar achterdochtig in de gaten. De eigenaar was bij zijn huisdeur aangekomen en draaide zich agressief om.

'Woon je hier?'

'Hoi,' zei ze. 'Vroeger, ja. Heel lang geleden. Ik wilde even een kijkje nemen. Hoop dat dat mag. Ik zal niemand lastigvallen, echt niet.'

'Waar woonde je dan?'

'Op de derde verdieping. Weet het nummer niet meer, maar het was aan het einde van de gang. Ik heb hier als kind gewoond.'

Tooly liep de trap op, elke overloop was zwart-wit betegeld, elk appartement had een kijkgaatje met daarboven een koperen plaatje met het huisnummer. Op de derde verdieping koos ze een deur uit en posteerde zich ervoor, fantaserend over wat zich binnen allemaal zou afspelen.

Dit was haar favoriete onderdeel, alsof je een ingepakt cadeau heen en weer schudt en moet raden wat erin zit. Ze klopte aan, drukte op de bel. Er werd niet opengedaan.

Goed dan – dit werd dus niet het huis uit haar lang vervlogen kinderjaren. Ze zou een ander uitkiezen. Ze speurde de gang af en zag sleutels uit een gekrast Yale-slot hangen. De deur stond op een kier. Ze riep zachtjes, voor het geval de bewoner binnen ergens bezig was. Geen reactie.

Met de rubberen neus van haar gymschoen duwde Tooly tegen de onderkant van de deur, die zich trillend opende naar een lange gang met parket. Op de vloer lag een jongeman, omringd door boodschappentassen, die met knipperende wimpers het gangplafond aan het bestuderen was. Hij had totaal niet in de gaten dat zij in de deuropening stond.

1988

'Je pyjama zit binnenstebuiten,' zei Paul.

'Buitenstebinnen?'

'Wat ben je nog laat op, Tooly.'

Ze keek op de wandklok. 'Het is pas mus over meeuw.'

'Je slaapt met je sokken aan.'

'Ik sliep niet.'

'Je moet je sokken uitdoen voor je naar bed gaat, Tooly.'

'Waarom?'

'Nou.' Hier moest hij lang over nadenken. 'Nou, nergens om, hou ze maar aan.'

'Ik was ergens over aan het denken.'

'Hmm?'

'Ik maakte me zorgen.'

'Waarover?'

'Nou ja, niet echt zórgen.'

'Jij had het over zorgen.'

'Ik was meer aan het piekeren...' Ze wees naar de lege servieskast, liep ernaartoe alsof ze door haar wijsvinger werd voortgetrokken, en drukte hard met haar vingertopje tegen het gelakte hout, vlak boven haar ogen. Toen trok ze haar vinger weg en onderwierp die aan inspectie, lijkwit van het drukken, waarna het bloed weer toestroomde. Ze deed het nog een keer, drukte harder, en...

'Waarover dan?' onderbrak hij haar.

'Waarover wat?'

'Waarover maakte je je dan zorgen?'

'Dat ik doodging en weer tien werd.'

'Doodgaan? Waarom zou je doodgaan?'

'Uiteindelijk ga ik dood.'

'Nog lang niet.'

'En word ik weer tien.'

'Allebei kan niet, Tooly,' zei hij. 'Of misschien ook wel. Maar daar zit een hele tijd tussen.'

Ze zweeg, alsof ze duidelijk wilde maken wat een hele tijd was, haar wangen stonden bol van de ingehouden adem. Toen blies ze uit. 'Als ik doodga, ben ik voor altijd en eeuwig dood.'

'Als je dood bent, is er geen eeuwig meer. Als je dood bent, bestaan zulke dingen allemaal niet meer.'

'Gebeurt er voorgoed niets meer?'

'Zo zou je het ook kunnen zeggen.'

'O, maar ik vroeg me nog iets af,' zei ze, onaangedaan door deze gedachtewisseling over het eeuwige niets en blij dat het haar was gelukt hem tot een gesprek te bewegen en bedtijd uit te stellen, die nachtelijke reis naar het oneindige. 'Meneer Mihelcic vertelde ons over...'

'Wie is meneer Mihelcic?'

'Mijn natuurkundeleraar. Die ik op een hippopotamus vind lijken.'

'Dat heb je toch niet tegen hem gezegd, hè?'

'Nee, alleen tegen jou. Maar ik vind hippopotamussen leuk.'

'Hippopotami.'

Ze huiverde even om haar vergissing. 'Hippopotami.' Waarna ze verder ging: 'Meneer Mihelcic zei dus dat als je in een zwart gat viel dat je dan vast bleef zitten en er nooit meer uitkwam. Als drijfzand.'

'Zwarte gaten moet je altijd zien te vermijden, Tooly. Net als drijf-zand.'

Ze drukte haar vinger nog een keer tegen de kast tot die wit werd en keek hoe hij langzaam kleur aannam, waarna ze het bloed er weer uit drukte.

Hij leek nog iets te willen zeggen, maar richtte zich met een fron-sende blik op de softwarehandleiding op zijn schoot en ging aan-dachtig zitten lezen.

Tooly liep drie rondjes om de salontafel, elke keer over zijn be-nen springend, en verdween daarna de donkere gang in naar haar slaapkamer. Hippo's hadden gele tanden die de oppassers met een bezem moesten schoonborstelen, met tandpasta uit een reuzen-tube. Hoe zou het er in de bek van een hippo uitzien?

Na bijna een jaar in Australië te zijn geweest was dit hun laatste nacht. Haar hele kamer was al leeggehaald, er restten alleen nog stoffige omtrekken op de plek waar haar spullen hadden gestaan. Ze sjouwde de koffer haar kamer uit, deed net of ze het zweet van haar voorhoofd moest wissen, al was er niemand die het zag. Ze nam een aanloop en maakte een schuiver over de hardhouten vloer helemaal tot aan de drempel van de woonkamer.

'Zo krijg je splinters.' Hij legde zijn werk neer en sloeg onhandig zijn armen over elkaar. 'Wil je nú gaan slapen?'

Ze liet zich als een hoopje op de grond vallen, alsof ze door een hypnotiseur in slaap was gemaakt. Haar gesloten oogleden trilden.

'Ga alsjeblieft naar bed.'

Tooly slofte weg, struikelde over een kofferriem in de gang, stoot-te haar scheenbeen tegen de deurpost van haar kamer. Ze sprong haar bed in en ging op haar rug liggen. Ze stak haar handen onder het dekbed en haalde een boek tevoorschijn, maar knipte het lees-lampje niet aan, omdat ze Paul op de gang nog iets hoorde zeggen.

'Onze volgende plaats,' zei hij, 'onze volgende plaats wordt leuker.'

1988: Het Einde

Tooly drukte haar neus tegen het vliegtuigraampje en ademde, het raampje besloeg en daarna loste de condensplek langzaam op. Met de rug van haar hand veegde ze de condens weg, tuurde zo ver ze kon naar beneden het donker in, maar onder zich zag ze geen klotsende zee of gekleurde landschappen zoals op wandkaarten, alleen maar duisternis. Na het opstijgen waren ze over het Sydney Opera House en de Harbour Bridge gevlogen, over de eindeloze lege vlaktes, over de fonkelende lichten van Bali en Sumatra. Nu was er niets onder hen, alsof dit geen vliegmachine was maar een metalen sigaar met stoelen erin, geblindeerde raampjes, toneelknechten in de coulissen die het decor verwisselden, nieuwe acteurs het toneel op schoven en elk moment het doek konden ophalen.

Tussen de economy- en de businessclass hing een dansend oranje gordijntje dat door de stewardessen steeds werd dichtgetrokken voor het exclusieve gedeelte. Dwars door het gebrom van de straalmotoren klonk een schelle lach. De etensbladen waren weggehaald, het filmscherm was opgetrokken, het boordpersoneel had de lichten gedimd. De meeste mensen sliepen, maar de passagiers op deze rij van drie stoelen – Tooly, Paul en een onbekende vrouw aan het gangpad – waren wakker. Bij elk geluidje van de motoren kromp de vrouw ineen. Ondertussen leek Paul verdiept in zijn beduimelde boek, *Vogels en hun roep*, bijgelicht door zijn plafondlampje, maar hij had al twintig minuten geen bladzij omgeslagen. Tooly deed haar lange, warrige haar voor haar gezicht, blies tegen een paar plukjes, kauwde erop, terwijl ze de vrouw de hele tijd in de gaten hield.

Ze was niet de enige die haar bespiedde; een wolfachtige man aan de andere kant van het gangpad had de knappe jonge vrouw ook in het vizier. Toen hij een sigaret opstak en zij de branderige lucht opsnoof, bood hij er haar ook eentje aan en knipte zijn Zippoaansteker met het vlammetje in haar richting open.

Vanwege zijn astma vroeg Paul meestal om een stoel die ver van het rokersgedeelte verwijderd was. Maar de vlucht was overboekt en alleen deze twee stoelen waren nog vrij. Hoe meer de rook zijn kant op kwam, hoe verder hij terugweek. Tooly diepte uit de stoelzak zijn keelpastilles op. Verwoed zoog hij op een pastille, met toegeknepen mond en ingetrokken wangen.

'Hoe komt het,' vroeg Tooly om hem af te leiden, terwijl ze naar het donkere raampje tuurde maar daar alleen hen tweeën in weerspiegeld zag, 'dat als je naar de horizon kijkt hij opeens ophoudt? Waarom blijf je hem niet zien?'

'Omdat de aarde rond is.'

'Waarom zie je dan geen afgebogen randen?'

Daar wist hij het antwoord niet op, dus fronste hij maar en snoot zijn neus in een van de vele tissues die hij in een knoedel in zijn hand had.

Paul was een rode bril met een man erachter, armen dicht tegen zijn lichaam, alsof hij een zo klein mogelijk stukje aarde wilde innemen. Te lang al had hij eruit gezien als een puber – tot aan zijn dertigste zelfs – en dat had zijn zelfvertrouwen geen goed gedaan. Als jongeling had hij graag rimpels gewild en had voor de spiegel steeds gezichten getrokken. Jaren later waren die rimpels alsnog verschenen, maar zonder het gewenste effect: een groef in zijn voorhoofd, ook als hij sliep, en een tweevoudige rimpel tussen zijn wenkbrauwen, alsof er een zorgelijke gedachte tussen twee haakjes stond. Zijn haar was al helemaal grijs, terwijl hij nog geen veertig was.

'Dat blauwe stuk boven de horizon,' ging Tooly verder, 'is dat de ruimte?'

'Dat blauwe stuk is lucht,' antwoordde hij. 'Dat blauwe stuk is de dampkring.'

'Wat is er voorbij de dampkring?'

'De ruimte.'

'Als een vogel voorbij de dampkring vliegt, wat gebeurt er dan?'

'Dat kan niet.'

'Maar stel?'

'Dat kan niet.'

'Maar stel dat het gebeurt?'

De jonge vrouw op hun rij maakte zich los van de wolf aan de andere kant van het gangpad, drukte haar sigaret uit en duwde het met lippenstift besmeurde filter in de asbak in de armleuning die ze met Paul deelde. Hij hield haar het blikje met zuigsnoepjes voor. Ze nam er eentje, bedankte hem, in de veronderstelling dat het een toenaderingspoging was, terwijl het meer een truc was ervoor te zorgen dat ze niet nog een sigaret aannam. Maar de opzet mislukte, want de jonge vrouw accepteerde een tweede sigaret van de wolf. Ze nam een trek, nerveus spelend met een Polaroid-camera, en vroeg aan Paul of vliegen altijd zo was.

Hij boog zich naar haar toe, alsof hij hardhorend was, mompelde af en toe 'jaja' of 'nou en of' om aan te geven dat hij oplette, maar hierdoor werd zij van haar à propos gebracht en kreeg ze de onterechte indruk dat hij eigenlijk het woord wilde. Toen ze hem de ruimte gaf, schrok hij heftig, zette zijn bril af en kneep zijn ogen stevig dicht om naar een antwoord te zoeken. Tooly poetste met haar vingers de vettige vlekken van zijn bril. Hij deed hem weer op, maar de bril gleed een eindje van zijn neus waardoor hij automatisch zijn hoofd naar achteren hield, alsof de wereld hem met afschuw vervulde. 'Wat was uw vraag ook alweer?' vroeg hij sniffend.

'Mag ik mijn camera op jullie twee uitproberen?'

Ze ging staan en stelde de camera scherp, waar hij nogal zenuwachtig van werd. Toen de afdruk uit de Polaroid gleed, wapperde de vrouw hem heen en weer tot hun beeltenis verscheen en liet hun die zien. Paul nam de foto aan, bedankte haar voor het geschenk, wat het niet was, en stopte het kiekje in zijn boek.

Om zich af te sluiten voor zulke gênante voorvallen schudde Tooly het haar voor haar gezicht en haalde haar boek en schetsblok uit de stoelzak. Al haar tekeningen begonnen met een krul die een neus moest voorstellen. Andere gelaatstrekken was ze nog niet machtig, dus bladzij na bladzij was gevuld met neuzen. Ze overwoog er nog een paar aan toe te voegen, maar besloot toch te gaan lezen. Ze sloeg *Nicholas Nickleby* open, een van de vele boeken die Paul tijdens deze nimmer-eindigende reis had aangeschaft. Zelf had hij geen belangstelling voor romans, maar hij kocht ze voor Tooly als hij in een kiosk op het vliegveld een Engelstalige afdeling vond. Hij kocht van alles door elkaar en daarom las zij ook van alles door elkaar: *Schateiland* van Robert Louis Stevenson, *Cujo* van Stephen King, *I'll Take Manhattan* van Judith Krantz, *The Moonstone* van Wilkie Collins, *Fear of Flying* van Erica Jong, *White Fang* van Jack London, *Shogun* van James Clavell, plus heel veel boeken van Dickens, waaronder deze roman, waarin het verhaal wordt verteld van de Engelse Nicholas, een nette jongeman, die noodgedwongen les moet geven op een ruige school voor verschoppelingen. Tooly had het boek al een keer gelezen, maar zoals ze met al haar lievelingsboeken deed, stopte ze vlak voor het einde. Het maakte haar mistroostig om te zien hoe het leven van haar papieren kameraden met een stuk wit onder aan de laatste pagina eindigde, daarom hield ze eerder op en keerde terug naar de maanden ervoor, bladerde een paar honderd bladzijden terug naar de tijd dat ze nog levendige ge-sprekken voerden, snode plannen smeedden en gevatte weerwoor-den gaven.

Ze liet zich van haar stoel glijden en hurkte neer op het stukje vloer. Tussen slierten haar door bestudeerde ze deze laag-bij-de-grondse omgeving: de vloerbedekking, groezelige stoelframes, hand-bagage, zwervende schoenen. Een oude Indiase vrouw achter haar, die even daarvoor had geworsteld om het uitklaptafeltje los te krij-gen waardoor Tooly's stoel heen en weer was geschud, had haar blote voeten, ringen om twee tenen, voor zich uitgestrekt. In een opwelling gaf Tooly een klopje op een van de tenen. De teen be-woog, verplaatste zich knorrig en viel weer in slaap op een gekreukte krant met als kop de gesprekken tussen Reagan en Gorbatsjov, en daarnaast een foto van apen in Zuid-Korea die getraind waren pijn-boompitten te plukken, met als bijschrift 'verzetten evenveel werk als 100 arbeiders'.

'Wat doe je daar?'

Ze keek op, haar ogen waren droog van vermoeidheid.

'Wat?'

'Ik ga even naar de wc,' zei Paul. 'Jij blijft zitten waar je zit.'

Tooly deed wat hij zei terwijl ze keek hoe zijn knieën zich excu-serend naar het gangpad begaven. Toen hij weg was, kon ze einde-lijk de vrouw in hun rij eens goed bekijken: blond haar in een paar-denstaart opzij, stonewashed spijkerbroek met enkelritsjes. De geheimen van de volwasssen vrouw – tot in de puntjes verzorgd en een verbijsterend assortiment aan toiletspullen – intrigeerden Tooly. Ze kwam heel weinig in contact met vrouwen, afgezien van leraressen, huishoudsters en de moeders van andere kinderen. Het verhaal van haar eigen moeder – dat wil zeggen, het relaas dat ze aan buitenstaanders vertelden – was dat ze in de Verenigde Staten was achtergebleven om nog wat privézaken af te handelen maar dat ze zich binnenkort bij hen zou voegen. Alleen kwam deze vrouw nooit opdagen. Er ging een jaar voorbij, Tooly en Paul verhuisden en vertelden het verhaal opnieuw.

'Een vogel!' verzon Tooly om de aandacht van de onbekende vrouw op het raampje te vestigen. 'Kijk, hij houdt ons bij.'

De vrouw boog zich voorover, schermde haar ogen af, maar zag alleen maar duisternis.

'Zo hoog is het heel koud,' zei Tooly zachter nu ze dicht bij elkaar waren.

De vrouw schoof een roze haarelastiekje van haar pols en bond Tooly's rommelige haar in een staart opzij, net zoals ze zelf had. 'Bevriezen de vogels daar buiten dan niet?'

'Daarom hebben ze trenchcoats aan.'

De vrouw glimlachte. 'Maar raakt de loshangende ceintuur dan niet verstrikt in hun vleugels?'

'Die binden ze vast.'

'Stel je voor dat ze op deze hoogte vliegen en plotseling moe worden!'

'Ik denk dat ze gewoon naar beneden zweven. Maar dat weet Paul wel.'

'Noem je hem bij zijn voornaam?' vroeg de vrouw geamuseerd, al was haar gezichtsuitdrukking veranderd. 'Of, wacht, is hij niet je vader?'

Gesnuf kondigde de komst van Paul aan. Hij ging weer op de middelste stoel zitten en keek bedenkelijk naar Tooly's paardenstaart. Hij snapte niets van het verschijnsel mode. Het doel van kleding was, wat hem betrof, het bedekken van je schaamte en je warm of koel houden. Als een kledingstuk voor langere tijd – zeg een jaar of twintig – aan die eisen voldeed tegen een zo laag mogelijke prijs, was het een geslaagd kledingstuk. Hij kleedde zich elke dag hetzelfde: een poloshirt in een kaki bandplooibroek en zwarte schoenen die met klittenband dichtgingen. 'Zo ziet je haar eruit als een omgevallen ananas,' zei hij tegen Tooly. De vrouw bij het gang-

31

pad, met hetzelfde kapsel, bloosde en wendde zich af, om hen beiden de rest van de vlucht te negeren.

Pas bij de landing deed Tooly eindelijk haar ogen dicht en soesde weg, hopend op nog drie minuutjes. Maar de tijd zat erop. De passagiers verdrongen zich al in het gangpad, beladen met tassen, nors kijkend naar de lange rij, zuchtend om elk oponthoud. Toen ze als laatsten de cabine uit gingen, stapten ze van de vliegtuigkou zo de drukkende tropische hitte in.

'Nogal benauwd,' merkte Paul puffend op.

Ondanks het late tijdstip kon je nergens op het vliegveld zien dat het nacht was: onder de felle plafondverlichting zagen ze er allemaal als witte spoken uit. Op de vloer zaten ongeschoeide werklui op hun hurken te eten. De pas aangekomen passagiers werden door politieagenten gemonsterd en zakenmannen met koffertjes haastten zich naar taxi's. Een rugzakstel kauwde op kauwgom, hun kaken maalden precies tegelijk, oude mannen met vissengezichten in bermuda's waggelden hijgend door de hal.

'Landingskaarten,' zei Paul hardop denkend, en hij pakte er twee terwijl ze in de rij voor de douane stonden. 'Waar ben je geboren?'

'Dat weet je toch.'

'Dat weet ik,' beaamde hij en hij vulde het in. Hij keek om zich heen, hij schrok van elk geluidje – met Tooly in het openbaar was hij altijd uiterst gespannen. Een klittenbandje van zijn schoen was losgegaan en Tooly knielde neer om het vast te maken.

'Wat doe je?' vroeg hij geïrriteerd. 'We zijn bijna aan de beurt.'

De douanebeambte wenkte hen. Paul was iemand die zich aan de regels hield – sterker nog, hij werd zenuwachtig als er géén regels waren. Maar elke keer dat hij met gezagdragers sprak, kreeg hij een hoorbaar droge mond. 'Goedemorgen. Avond,' zei hij, het zweet parelend op zijn bovenlip.

De beambte keek omlaag naar het meisje, naar Paul, en stempelde toen met kracht hun paspoorten, waarna hij ze maande door te lopen. Paul trok Tooly met zich mee, keek spiedend naar links en naar rechts terwijl ze naar de uitgang liepen, zijn knokkel duwde haar telkens vooruit alsof ze anders weer teruggesleurd konden worden.

In de taxi deed ze haar raampje open en las de verlichte reclameborden langs de snelweg waar ze overheen raasden, advertenties voor Sanyo in een krullerige vreemde taal, White Lion-tandpasta, Johnnie Walker.

'Wie is Johnnie Walker?'

'Dat is een drank. Voor grote mensen.'

'Lekker?'

'Je wordt er dronken van.'

'Hoe is het om dronken te zijn?'

'Alsof je slaapt en wakker bent tegelijk.'

'Klinkt fijn.'

'Het was juist bedoeld om heel akelig te klinken,' zei hij door zijn bril naar haar turend. 'Je wordt misselijk en kunt niet meer goed op je benen staan. Soms moeten mensen zelfs overgeven.'

De snelweg kwam uit op een meerbaansweg door de stad, die tot zover het oog reikte vol stond met verkeer. Op de trottoirs wemelde het van de mensen die bij stalletjes stonden te eten, verkopers die in wokken sissende noedels klaarmaakten. Boven een avondmarkt waar horloges, videobanden en memorabilia aan de Vietnamoorlog werden verkocht, brandden lampen die door een aggregaat van stroom werden voorzien. Neonreclames voor stripteasedanseressen en erotische shows, een knipperende fantasmagorie waar buitenlandse mannen voorbijsjokten of over giechelende barmeisjes hingen.

Tooly kon zich niet meer herinneren dat ze in slaap viel, dat ze uit de taxi werd gedragen en in bed gelegd. De volgende ochtend maakte Paul haar wakker door de gordijnen een klein stukje open te doen waardoor er een baan zonlicht op het bed viel waar Tooly lag, nog in de kleren uit het vliegtuig. Alleen haar gymschoenen waren uitgetrokken; haar roze elastiekje was verdwaald in het bed en haar haar lag uitgewaaierd als een zwarte octopus op het witte kussen. Ze deed net of ze nog sliep, gluurde even door haar wimpers. Om de vijf minuten sloop hij op zijn tenen de kamer in, deed de gordijnen nog iets verder open zodat het zonlicht bij stukjes en beetjes over het dekbed oprukte. Toen de zon haar ogen bereikte, schoof ze haar haar eroverheen en kauwde op een plukje dat in haar mond viel.

'Goedemorgen, Tooly.' Hij gaf haar een hand, zoals hij elke ochtend deed. Deze dagelijkse handdruk was het enige moment dat hij haar aanraakte. Zelfs bij het aanreiken van het zout vermeed Paul haar vingers en zette het vaatje voor Tooly neer in plaats van het haar aan te geven.

'Waar zijn we?'

'In je nieuwe slaapkamer. Ons nieuwe appartement.'

'Maar waar?'

Hij trok de gordijnen helemaal open en onthulde een glaswand die een weids uitzicht over de stad bood. 'Dit is Bangkok.'

1999: Het Midden

Door Tooly's piepende gymschoen schoot de man op de vloer overeind, draaide zich om en keek haar verbaasd aan.

'Gaat het?' vroeg ze.

Hij sprong op, struikelend over de boodschappentassen die overal om hem heen stonden. Hij was begin twintig, had glanzend
zwart haar, een krijtwitte huid en blozende wangen.

'Prima,' antwoordde hij. 'Prima. Zou je alsjeblieft mijn voordeur
dicht willen doen, alsjeblieft?'

Dat deed ze en ze danste de verlaten gang van het gebouw in. Ze
passeerde andere dichte deuren, bleef overal even stilstaan, en keek
toen achterom. Zijn sleutels bungelden nog steeds in het slot. Ze
liep terug en haalde ze er geruisloos uit.

Die konden nog een keer van pas komen. Maar het was nu beter
om binnen gevraagd te worden. Ze klopte.

Hij deed meteen open – stond waarschijnlijk voor het kijkgaatje – en monsterde haar. Tooly's kleren waren altijd een vreemd al-
legaartje: een rode houtje-touwtjejas over een beige kabeltrui en
een limoengroene ribfluwelen broek met wijde pijpen, allemaal
met de lucht van mottenballen erin (hun vorige verblijfplaats was
het kledingrek geweest in de tweedehandswinkel van het Leger des
Heils in Long Island City, Queens). Onder die textiellagen zat een

lichaam van knokige delen en zachte delen, niet noodzakelijkerwijs in de rangschikking die de mode dicteerde. Aan haar voeten had ze lage Converse-gympen – een rode en een zwarte – en verborgen onder haar ribfluwelen broek droeg ze thermokniekousen voor mannen. Haar gezicht was fris, alsof ze er net een washandje overheen had gehaald, ze had sproetjes op haar neus en geen make-up, omdat ze niet wist hoe ze die op de juiste wijze moest opbrengen. Sterker nog, meestal keek ze 's ochtends niet eens in de spiegel maar trad de wereld in wanordelijke staat tegemoet tot ze ergens haar eigen weerspiegeling opving en moest gnuiven, waarna ze de haarpunten van haar warrige bobkapsel in haar mond stak en erop kauwde. Nu plakte er een vochtige sliert tegen haar wang.

Ze veegde hem weg en glimlachte. 'Je had je sleutels in de deur laten zitten.'

Hij pakte ze aan en knikte een bedankje. 'Ik ben ook zo'n sukkel.'

Ze maakte geen aanstalten weg te gaan.

'Bedankt,' zei hij aarzelend en wilde de deur dichtdoen.

'Wacht even,' zei ze. 'Ik wilde... sorry dat ik je stoor. Maar, en dit klinkt misschien een beetje raar, maar ik heb hier vroeger gewoond.'

'Hoe bedoel je?'

'Ik ben in dit huis opgegroeid. Ik ben in geen jaren in New York geweest, maar ik liep langs en... Is het heel erg gek als ik vraag of ik even rond mag kijken? Je moet het eerlijk zeggen. Er komen opeens zoveel herinneringen boven.'

'Het is nogal een bende.'

'Maar dan voel ik me juist meteen thuis.'

Hij wilde tegensputteren, maar besloot haar toch binnen te laten. Hij deed een stap naar achteren en gleed bijna uit over de talloze Chinese afhaalmenu's die verspreid over de vloer lagen. Ze stelden zich voor en schudden elkaar ongemakkelijk de hand.

Het gebouw bleek bezit te zijn van Columbia University, die de appartementen aan groepjes studenten verhuurde. Van de drie mannen die dit appartement bewoonden, bleek er maar één aan Columbia te studeren. Duncan zelf deed rechten – 'Maar niet hier,' zei hij om de verwarring nog groter te maken. Hij liet haar de eerste slaapkamer zien, die was verhuurd aan Xavi (wat je op z'n Engels uitsprak als 'Savvy'), een student bedrijfskunde die op het moment college had. De andere huisgenoot, Emerson, was ook weg, die had een werkgroep over literatuurtheorie.

Duncan knikte even vluchtig naar de badkamer, maar Tooly schoot meteen naar binnen voor een kijkje. Aan de troep kon je zien dat dit het domein van drie jonge heteroseksuele mannen was: een vieze wastafel omringd door lege potten haargel en kartonnen toiletrollen, schaamhaar en opgedroogde urine op de bril van de openstaande wc-pot, een beschimmeld douchegordijn waarachter een groezelige badkuip schuilging.

'Die heb ik toch ooit een keertje schoongemaakt,' merkte Duncan bijna verbaasd op.

'Waarom?'

'Ik moest een bad nemen. Doktersvoorschrift.'

'Je moest van de dokter in bad?'

'Voor mijn neus.'

'Kon je je neus niet bij de wastafel wassen?'

'Ik...' Hij keek haar aan en lachte verlegen.

Elke huisgenoot had taken, maar schoonmaken ging te ver. 'Emerson heeft zomaar eens aangeboden de vloer schoon te maken, wat nogal verrassend was. We wisten niet hoe we het hadden.'

Duncan liet haar zijn kamer zien: de kledingkast puilde uit van de vuile was, er stonden glazen oud water met belletjes erin, een laptop en modem naast juridische readers. Op een gammele standaard stond een Yamaha-keyboard. Aan de muren hing maar één poster, een landschap in Japan, waar hij een jaar Engels had gedoceerd.

Ze keek de kamer rond. 'Er komen weer allerlei herinneringen boven.'

'Sorry dat het zo'n troep is.'

'Geeft niets,' zei ze. 'Ik hou van gore jongenskamers.'

'In dat geval...' Hij ging haar voor naar de keuken, waar de gootsteen vol lag met vuile borden en pannen, en het ovenklokje eeuwig 12.00 knipperde. Een kastje was gevuld met verfrommelde plastic zakken, terwijl in een ander duistere potjes zuur stonden en een opwarmmaaltijd waarvan de uiterste houdbaarheidsdatum in 1998 was verstreken.

'Als meisjes hier één keer geweest zijn, komen ze nooit meer terug.'

'Dom van ze.' Ze drentelde verder.

'Jij weet natuurlijk de weg hier,' mompelde hij en hij liep achter haar aan naar de zitkamer, waar op de eettafel stapels reclamedrukwerk lagen voor lui die allang waren afgestudeerd maar dat verzuimd hadden door te geven aan de postafdelingen van Victoria's Secret, Macy's en L.L. Bean. Ze schoof het raam omhoog – 'ik vond het altijd leuk om hierdoorheen naar buiten te klimmen' – en stapte op de gammele brandtrap waarbij ze per ongeluk een asbak omschopte. In de diepte waren kale bomen en geparkeerde auto's, op het asfalt vol gaten was OVERSTEEKPLAATS SCHOOL geverfd.

'Mijn lagere school was hier vlakbij,' verzon ze terwijl ze weer naar binnen stapte. 'Daar zat ik van mijn achtste tot mijn elfde op.'

'Hoe was die?'

'Heerlijk.'

'Niet een woord dat ik doorgaans met de lagere school associeer.'

'O nee? Vond je jouw school niet leuk?' Ze greep deze opening aan en beet zich erin vast, vroeg hem naar zijn schoolopleiding, zijn plannen, en die van zijn huisgenoten. Emerson, geen populair lid van het huishouden, was bezig te promoveren in de vergelijkende literatuurwetenschap. Xavi, die oorspronkelijk uit Oeganda kwam, was Duncans beste vriend, al sinds de middelbare school in Connecticut.

'Kom je daar vandaan, Connecticut? Uit zo'n oud en deftig geslacht?'

'Nee, nee. Wij zijn de eerste generatie daar.' Zijn vader, Keith, kwam uit Glasgow en was dertig jaar terug naar New York gekomen om daar als architect wolkenkrabbers te bouwen, dat had hij zich althans voorgenomen. Tegenwoordig was hij hoofd vormgeving bij een bureau in Stamford, Connecticut, en gespecialiseerd in het ontwerpen van atriums voor winkelcentra. Duncans moeder, Naoko, was in 1973 vanuit Kobe in Japan naar New York gegaan om aan kunstacademie Parsons te studeren. Zij en Keith hadden elkaar als buitenlanders in de grote stad ontmoet, de New Yorkers vonden hun accent onbegrijpelijk maar zij verstonden elkaar prima – dat wil zeggen, ze verstonden elkaar in zoverre dat ze wisten dat ze elkaar niet altijd begrepen. Als kind las Duncan over kilts en haggis en het verraad van de Campbells, hij speelde de kleine trom in een tamboer- en pijperkorps, had een Schotse vlag in zijn kamer hangen en had zijn Japanse helft uitgewist. Aan het begin van de middelbare school veranderde dat, toen het juist chique was om een exotische achtergrond te hebben. Tegen de tijd dat hij ging studeren noemde hij zichzelf Japans. Na zijn afstuderen verhuisde hij naar Yokohama om daar Engels te doceren en vloeiend Japans te leren. Het liep uit op een ramp.

'Normaal vertel ik dit soort dingen niet.'

'Kom op, we zien elkaar toch nooit meer,' zei ze.

Hij had geen vrienden in Japan en leerde weinig van de taal, alleen dat het niet te doen was, met zijn verschillende aanspreekvormen: zeer beleefd, beleefd en nederig – en de legio manieren om er een puinhoop van te maken. Nadat hij jarenlang had beweerd Japans te zijn, ontdekte hij nu hoe on-Japans hij was. Eigenlijk was hij niets meer. 'Daardoor werd ik opeens gedwongen een persoonlijkheid te hebben. Daar had ik niet op gerekend.'

'O, doe niet zo mal,' zei ze.

39

Xavi, die net met bedrijfskunde was begonnen aan New York University, had Duncan overgehaald om zich daar in te schrijven voor rechten; hij had zelfs al kamers in onderhuur gevonden in de buurt van 'de universiteit'. Helaas bleek het de verkeerde universiteit te zijn, namelijk Columbia, aan de andere kant van Manhattan. De officiële huurders waren twee studenten aan Columbia die verliefd waren geworden, waardoor de derde huurder, Emerson, opeens een blok aan hun been was. Het verliefde stelletje besloot stiekem een flatje te huren in Chelsea maar ingeschreven te blijven aan Columbia, zodat hun conservatieve families de huur zouden blijven betalen. Xavi en Duncan konden de kamers tegen een zacht prijsje onderhuren, met als enige minpunt dat hun universiteit een roteind weg was.

'Zo,' zei hij, 'vertel nu eens wat over jezelf.'

'Nou, moet je horen, ik zag een varken beneden.'

'Toch niet ontsnapt?'

'Een kerel liep ermee te wandelen. Een enorme hangbuik.'

'Die kerel?'

'Dat varken.'

'Hij woont op de begane grond,' zei Duncan. 'Hij is componist.'

'Het varken?'

'Ja, het varken.'

Ze lachte.

'Sorry, maar het is beter als je nu weggaat,' zei hij. 'Ik praat anders nooit zoveel. Hoop dat je het leuk vond je oude huis te zien.'

Hij zette een stap richting de deur.

'Duncan, waarom lag je net op de vloer met allemaal boodschappentassen om je heen?'

'Ik hoopte dat je dat was vergeten.'

'Was je gevallen?'

'Het is iets raars. Je zult vast denken dat ik gek ben.'

'Ik heb geen problemen met gekte, zo lang het redelijk is.'

Hij zuchtte en biechtte toen op. Als hij met boodschappen over de campus liep, had hij vaak de fantasie dat hij op College Walk lag en dat studenten over hem heen stapten en dat dagenlang, wekenlang niemand zich om hem bekommerde; ondertussen knabbelden knaagdieren aan zijn boodschappen en werd hij steeds magerder terwijl hij door de boomtakken omhoogkeek, als het regende, als het nacht was, totdat hij er op een dag gewoon niet meer was.

Deze keer had hij zich overgegeven aan die rare dwanggedachte en was bij thuiskomst op de grond gaan liggen, al had hij wel eerst door de gang geroepen om zich ervan te verzekeren dat hij alleen was.

'Als je van plan bent thuis maffe dingen te doen,' zei ze, 'moet je wel je voordeur goed dichttrekken.'

'Dat was achteraf gezien een foutje.'

'Ga nu liggen,' zei ze.

'Hoe bedoel je?'

'Ik wil je iets laten zien wat ik deed toen ik hier nog woonde. Maar daarvoor moet je gaan liggen op de plek waar je net lag.'

'Op de vloer?'

'Precies als net.'

Weifelend, aarzelend deed hij wat ze vroeg.

Ze schoof de deurketting in het slot en liep naar Duncan, knielde neer, sloeg haar houtje-touwtjejas open en ging boven op hem liggen.

'Wat doe je?' vroeg hij zachtjes.

'Menselijke deken.'

Ze lagen een tijdje onbeweeglijk op elkaar, zijn hart bonsde, duidelijk voelbaar door zijn sweater.

Een sleutel werd in het slot gestoken. De voordeur botste tegen de ketting en schudde heen en weer.

Kalm stond ze op, terwijl Duncan zo haastig overeind kwam dat hij bijna flauwviel van duizeligheid. Hij maakte de deurketting los.

'Hoi,' zei hij.

Het was Xavi, die er tot in de puntjes verzorgd uitzag: smoking-jasje, paarsblauwe sjaal, hoornen bril. Hij schudde haar hand niet, maar hield die vast. Er verscheen een grijns op zijn gezicht. Zijn glinsterende ogen deed hij loom dicht en toen hij ze weer opende, keek hij naar Duncan.

'Ze heeft hier vroeger gewoond,' legde Duncan uit.

Tooly zei nog een keer dat er zoveel herinneringen waren bovengekomen.

Duncan knikte stijfjes en hield de voordeur voor haar open. 'Wanneer woonde je hier precies?'

'Enorm leuk je te ontmoeten,' zei ze en ze nam de trap naar beneden.

Toen Tooly richting downtown liep, keek ze af en toe omhoog naar de gebouwen. Welke taferelen ze zich ook voorstelde – woeste feestjes, keukens met openstaande kranen, boze stelletjes die kaartten om echt geld – de werkelijkheid bleek altijd vreemder. In een verticale stad waren de krap bemeten onderkomens het enige territorium dat verboden was voor onbevoegden, elk huis een persoonlijk fort. Toch kon je er zo makkelijk binnendringen. ('Ik wil u niet storen, maar ik heb hier vroeger gewoond. Zou ik misschien even mogen rondkijken? Ik liep toevallig langs en – wow, alleen al hier op de drempel komen zoveel herinneringen boven!') Meestal hoefde je alleen maar aan te kloppen, een paar zinnetjes te zeggen en hopla. Waarom zou je jezelf tot de buitenkant beperken als je gewoon naar binnen kon lopen en een kijkje in hun leven kon nemen – misschien zelfs met een waardevol stukje informatie weer naar buiten kon lopen?

Ze haalde haar pen te voorschijn en de krantenpagina waarin haar boterham met pindakaas was verpakt, en noteerde alles wat haar van deze ontmoeting was bijgebleven, alle bijzonderheden die Venn interessant zou kunnen vinden.

Duncan was een beetje vreemd, klunzig, eenzaam. Zo'n jongen was makkelijk te vangen. Die gedachte maakte haar melancholiek en even later wist ze waarom: hij deed haar op een of andere manier aan Paul denken.

Tooly zette die gedachte snel van zich af en probeerde verder te schrijven. Maar ze kreeg weinig medewerking van haar hand – ze schudde haar ijskoude vingers heen en weer – noch van haar wil, die weigerde de openhartigheid van de jongen terug te brengen tot iets waar gebruik van kon worden gemaakt. Ze verfrommelde de krantenpagina en stopte hem in haar zak. Zijn leven en het hare hadden elkaar eventjes gekruist, meer niet.

Ze stond doodstil op het trottoir en bestudeerde de gezichten van voorbijgangers, haar koude handen had ze tot vuisten gebald en haar hartslag versnelde zich. Ze had zin om weg te rennen, en dat deed ze.

2011: Het Begin

Na het vertrek van de monniken uit de priorij van Llanthony, honderden jaren terug, raakte het romaans-gotische bouwwerk langzaam in verval, de muren van de kloosterkerk moesten het zonder dak doen, de stenen waren bedekt met mosterdgeel mos, regen en mist hadden er eeuwenlang vrij spel gehad en op de plek waar ooit het altaar had gestaan vielen nu regendruppels.

Achter de ruïne verrezen de Black Mountains waar deze ochtend een dichte mist hing. Het leek net of ze door wolken wandelde, over velden vol prikkende distels, langs grazende schapen totdat ze aan de klim van de heuvel begon. De mist loste op toen ze hoger kwam, haar groene regenlaarzen maakten een zuigend geluid en de spieren in haar voeten taxeerden de stenen onder haar gladde zolen; ze genoot van de pijn in haar bovenbenen, ze voelde haar kracht afnemen maar voerde het tempo op.

Boven op de heuvel werd ze door een onstuimige wind heen en weer geschud, de kabeltrui die ze om haar middel had geknoopt wapperde om haar heen. Het plateau werd breder, de afgrenzing was niet meer te zien, een kilometerslang krijtpad omzoomd met heide en varens vormde de scheidslijn tussen twee landen. Aan de rechterkant lag Engeland: een lappendeken doorsneden met heggen en bomen, elk lapje grond keurig omheind en bewerkt. Aan de

44

linkerkant lag Wales: een wirwar van ongetemd groen, natuurstenen boerenhuisjes en onheilspellende bossen.

Het wisselende zonlicht schoof over het land. Ze rustte even uit in de zon, sloot haar ogen en koesterde zich in de warmte. Als de zon scheen – en er verstreken soms dagen zonder een straaltje zon – ging ze er altijd snel in. Maar van regen werd ze pas echt vrolijk: door de winkelruit naar de regen kijken, de wereld die stil werd, de lege trottoirs. En dan geen zacht miezerig regentje maar een echte plensbui – als de druppels van de bladeren spatten, de regenpijpen deden overlopen, op het zolderdak van World's End roffelden. Toen er een keer op een middag een donderslag klonk, hapte Fogg naar adem, al verbloemde hij zijn schrik door met veel geritsel de bladzij van een boek over Mongoolse hordes om te slaan.

'Onweer is prachtig,' had ze gezegd.

'Onweer is nat.'

'Kom op, watje. Het is juist spannend als de natuur zich zo van haar heftige, dramatische kant laat zien. Vind je niet?'

'Vind je een aardbeving ook spannend?'

'Nou, als je er gewoon naar kon kijken – stel je eens voor – en niemand gewond zou raken en er geen waardevolle dingen werden verwoest, dan wel ja. Het zou geweldig zijn. Net als van die beelden van stromend lava.'

'Een lavastroom op je af zien komen is echt niet leuk.'

'Ik heb er nog nooit een op me af zien komen.'

'Ik ook niet, gebiedt de eerlijkheid me te zeggen.'

Ze had haar ogen dicht, maar merkte opeens dat het betrok. De zon was over het heidelandschap verder getrokken. Er viel een spatje regen op haar wang. Het begon geruisloos te miezeren, de wind blies de fijne regendruppels in schuine banen die alle kanten op dansten, als een school vissen die nerveus heen en weer schoot. Ze keek hoe de natte spikkels zich vermenigvuldigden; het katoen plakte tegen haar kleine borsten en buik. Toen ze nog in de twintig was, beschouwde ze haar uiterlijk en haar innerlijk als twee aparte dingen, alsof haar lichaam een huis was waarvan alleen de boven-kamer haar boeide. Maar als ze zichzelf nu bekeek, dunner dan vroeger, zag ze niet zozeer haar figuur als wel de tand des tijds, die zijn sporen had nagelaten en haar stugger en ruwer had gemaakt. Ze keek naar haar regenlaarzen in het natte gras, haar zicht was wazig door de regendruppels die aan haar wenkbrauwen hingen en bij elke stap trilden.

Er vloog een kraai voorbij. Had een trenchcoat nodig, die kraai. Vinden vogels regen eigenlijk vervelend? Paul had dat wel geweten. Maar ze mocht van zichzelf alleen aan het hier en nu denken: haar benen die heen en weer gingen. Ze haalde diep adem. De vreugde van lege gedachten, je alleen door je zintuigen laten leiden. Als ze ooit een boek zou schrijven (en dat was ze niet van plan) zou het gaan over het genot van niets denken. Wat een saaie piet ben ik ge-worden! En wat een boek zou dat opleveren! Het zou in elk geval een goede remedie tegen slapeloosheid zijn.

Het pad ging naar beneden, door akkers, over een hek, langs de ruïne. Terug bij de Fiat gooide ze haar natte trui op de achterbank en draaide het achteruitkijkspiegeltje in positie, waarbij ze even moest lachen om het zijaanzicht van haar verfomfaaide uiterlijk. De terugrit van twintig minuten ging over een smal landweggetje, en elke keer dat er een vrachtwagen met grote vaart de bocht om kwam, kromden haar tenen zich en stuurde ze de auto de heg in om hem te laten passeren. Haar auto was een ouwe rammelkast die geen schokdempers, veiligheidsgordels of een raampje aan de pas-sagierskant had, de ontbrekende ruit was vervangen door een stuk plastic dat wild klapperde onder het rijden. Door gaten in de ver-roeste bodemplaat zag ze het asfalt onder zich voorbijrazen.

Tooly zette haar auto op het parkeerterrein voor de kerk, en er vlogen mussen op, die vochten om de rijstkorrels van een huwelijk dat in het weekend was voltrokken. Ze woonde nu bijna twee jaar in het dorp, maar ze had nog geen vrienden gemaakt. In deze contreien waren de mensen op zichzelf, wat haar goed uitkwam. Het dorp liet haar met rust, en zij was eraan gehecht geraakt. De kioskhouder, de dorpsdokter, de makelaar, de politieagent, de slagersjongen in zijn roodgestreepte voorschoot, rokend op zijn bakfiets. De snackbar in Unicorn Street, de dorpsklok, het monument ter nagedachtenis aan '*de zonen van Caergenog die vielen in de Grote Oorlog 1914-1918*' met een krans van plastic klaprozen.

Bij de inwoners stond ze bekend als de vrouw van de boekwinkel, die wandeltochten maakte over de openbare wegen en een tikje vreemd was – ze was 'niet van hier', zoals het heette. Het pleitte in haar voordeel dat ze niet Engels was. De Welsh hadden het niet zo op 'de Engelsen', een term die minachtend werd uitgesproken, als van buren die op zondag komen binnenvallen, alle koekjes opeten en het gesprek domineren. Maar erger nog was dat het Engels ook hun eigen taal had verdrongen, al werden op verkeersborden de inheemse prachtwoorden nog vermeld – CERDDWYR EDRYCHWCH I'R CHWITH – die echter voor de meeste Welsh ook niet uit te spreken waren. Hun zangerige accent was gelukkig wel behouden gebleven in hun uitspraak van de Engelse woorden, die ze articuleerden alsof er spaties zaten tus-sen el-ke let-ter-greep.

Ze ging de winkel in, de trap op naar de pensionkamers, die elk waren ingericht met een hemelbed en een stromatras, en waar de ladekastjes naar lavendel geurden. De houten vloer in de keuken droeg nog de afdrukken van het ter ziele gegane fornuis, aan de karamelbruine randen kon je zien waar het had gestaan. In de badkamer was een bad op pootjes en een wc met een houten bril. Je moest doortrekken met een koude ketting waarna de stortbak zich weer langzaam met water vulde.

Tooly had ervoor gekozen op zolder te slapen in plaats van in een pensionkamer. Ze had de spinnen verjaagd, de kapotte meubels en de grammofoonspeler aan straat gezet, de splinterige vloer geboend en de ronde raampjes schoongemaakt zodat je er weer doorheen kon kijken. Ze had een tweepersoonsmatras de zoldertrap op geduwd en het op de vloer gelegd. Ze sliep onder de hanenbalken en 's ochtends werd ze wakker met een koude neus.

Ze trok haar kleren uit, die nog vochtig waren van de wandeling, en ging naakt voor het raam staan, maar alleen haar hoofd was zichtbaar vanaf de straat. Ze hing liever geen gordijnen op en het was te hoog om bespied te kunnen worden. Op de vloer lagen overal hoopjes kleren, plus een canvas tas waar haar hele kledingverzameling in paste. Dit was alles wat ze had. De laatste tien jaar had ze van alle waardevolle dingen afstand gedaan.

Toen ze was aangekleed, ging ze de trap af naar de winkel, maakte de kas op en voerde de verkopen van de vorige dag op de computer in (dat nam nooit veel tijd in beslag), draaide het bordje OPEN/GESLOTEN om en haalde de voordeur van het slot. De winkel ging om tien uur 's ochtends open, maar zij was er altijd eerder, en Fogg kwam juist altijd later.

'Vast in het verkeer,' legde hij uit terwijl hij de dichtgevouwen krant onder zijn kin liet vallen en zijn cappuccino op de toonbank zette. Hij woonde op vier minuten lopen van World's End, dus 'verkeer' moest je opvatten als de rij in het Monna Lisa Café. Hij had de gewoonte om elke ochtend met een warme drank en een koude krant aan te komen zetten. Hij kocht elke dag een ander blad, en Tooly en hij lazen die dan om beurten en bespraken aan het eind van de middag de inhoud. Tot dan, of althans tot het middaguur, probeerde hij zijn gekwebbel binnen de perken te houden en verdween achter de boekenplanken; zijn verblijfplaats kon je traceren aan de hand van koffiegeslurp uit de afdeling Geografie of Politieke Denkbeelden.

Op een rustige ochtend zoals deze verdiepte ze zich in de laatste ontwikkelingen op het gebied van haar nieuwste hobby's, probeerde boeken te lezen die klanten hadden aangeraden, en stofte af. Tot

voor kort zette ze altijd de cassetterecorder op de toog aan en luisterde naar het handjevol cassettebandjes dat ze al jaren had. Alleen
waren die bandjes er niet meer. Een paar weken eerder was een
nurks bejaard echtpaar de winkel binnengekomen, beiden in identieke regenjacks. Ze leken zoveel op elkaar leek dat je haast niet kon
zeggen wie de bruid en wie de gom was geweest. Ze waren in gan-
zenpas de hele winkel door gelopen en weer uitgekomen bij de
toog, waar een van hen een paar van Tooly's compilatiebandjes had
gepakt. 'We willen iets om naar te luisteren in onze camper.'

'Die zijn niet te koop,' had Fogg gezegd.

'Misschien wel,' had Tooly hem onderbroken. Op dat moment
waren alle inkomsten welkom. 'Wilt u niet eerst zien wat erop
staat?'

'We willen liever muziek. Maakt niet uit welke.'

'U wilt liever muziek? Liever dan luisterboeken, bedoelt u?'

'Liever muziek dan gesprekken.'

Ze kwamen vijftig cent per bandje overeen, en het echtpaar telde
het bedrag in kleingeld uit terwijl Tooly naar de stapel cassettes
keek met titels als 'Jaar 2000-mix door D-Mac'. Die waren jaren
geleden samengesteld door haar toenmalige vriendje, Duncan
McGrory, en bevatten uitgebreide informatie over de artiesten
(Fiona Apple, Lynyrd Skynyrd, Tori Amos, Bob Dylan, Creedence
Clearwater Revival, Tom Waits), geschreven in letters die steeds
kleiner werden naarmate er minder ruimte was, sterretjes verwij-
zend naar andere sterretjes. Tooly had al spijt van de verkoop nog
voordat die was afgerond, maar had hem niet willen terugdraaien.
Dat was alweer weken geleden. Het had geen zin daar nog bij stil
te staan. 'Zal ik de radio aanzetten?' vroeg ze aan Fogg terwijl ze
hem een roman teruggaf die ze van hem had geleend.

Hij ging achter de computer zitten en zette de livestream van
Radio 4 aan. 'Vond je het een leuk boek?' vroeg hij. 'Ik vond het
waardeloos.'

'Vreselijk. Waarom raadde je het dan aan?'

'Het was zo erg dat ik dacht: dit moet Tooly lezen.'

'Jij bent de enige die ik ken, Fogg, die een boek aanraadt omdat hij het verschrikkelijk vindt.'

'Momentje.' Hij haastte zich weg en even later klonk zijn stem door de boekenstapels heen, omfloerst door radiogebabbel. 'Als je dat boek niet leuk vond,' riep hij, 'moet je dit eens proberen.'

'Komt er een alien in voor die saxofoon speelt?' vroeg ze. 'Als er aliens in voorkomen die saxofoon spelen of een ander instrument, of gewoon alien zijn zonder muzikale aanleg – als het aliens zijn, Fogg, ontsla ik je.'

'Dat gaat nogal ver,' zei hij met een pocket in zijn hand.

'Oké, ik ontsla je niet, maar ik vraag het je nog één keer: aliens?'

'Geen aliens,' beloofde hij en hij voegde eraan toe: 'Maar misschien wel een Ork.'

'Zit er wel of niet een Ork in?'

'Er zit een Ork in.'

Foggs grootste verdienste als werknemer was dat hij op de winkel paste als zij een broodje ging halen. Verder droeg hij weinig nuttigs bij. Maar ze zou niet zonder hem door willen. World's End leverde niets op, dus zij betaalde hem van haar eigen spaarrekening, waarop een bescheiden bedrag stond dat zienderogen slonk. Binnen een paar jaar zou ze bankroet zijn. Toch keek ze bijna verlangend uit naar het moment dat haar bankrekening op nul zou staan. Deze winkel was het eerste echte bezit in haar leven en ze merkte dat ze er eigenlijk het liefst weer vanaf wilde.

Iemand als Fogg was heel anders dan zij en was grotendeels gevormd door zijn afkomst. Hij was duidelijk van hier, uit dit dorp, dat met Google Earth te lokaliseren was (hij deed niets liever dan de digitale wereldbol van Parijs naar Caergenog draaien en inzoomen op het dak van de winkel). Dat hij er nog steeds woonde, zei hij, kwam doordat blijven 'la pièce de la minste résistance' was. Dat klonk nogal hard. De voornaamste reden dat hij er nog woonde was fatsoen. Toen Fogg vijftien was, had het gezin een gruwelijke zomer beleefd: zijn oudste broer was vanaf zijn middel verlamd geraakt in een auto-ongeluk, zijn vaders verhouding was aan het licht gekomen door creditcardafschriften voor een hotelkamer en zijn moeder had een zenuwinzinking gekregen. De vader was vertrokken, maar het gezin was er nog steeds niet bovenop. Fogg was de bindende kracht. Vier jaar geleden was hij bijna getrouwd. Maar zijn vriendin was naar de toneelschool in Londen gegaan en had daar een nieuwe man leren kennen. Ze bleven vrienden totdat ze foto's van haar pasgeboren kindje stuurde. 'Als je een mailtje met een babyfoto opent,' zei Fogg, 'is het net of je vrienden afscheid van je nemen.' Hij en zijn ex schreven elkaar af en toe nog een berichtje, waarbij ze hem uitnodigde langs te komen, maar als hij dan antwoordde: 'Leuk, wanneer?' duurde het maanden voordat ze reageerde. Hij wist niet eens meer hoe ze eruitzag: haar profielfoto op Facebook was van een baby.

Nu hij dus vastzat in Caergenog had hij voor zichzelf een denkbeeldig dubbelleven bedacht, waarin hij zijn bachelor in de Franse letterkunde aan Durham University had behaald, zijn master in Cambridge had gedaan en nog twee jaar voor zijn promotieonderzoek naar Parijs was gegaan. Daar had hij in een zolderkamertje op de Rive Gauche gewoond, of zoals hij het noemde 'de Linke Oever'. Dit personage werd gekenmerkt door de overtuiging dat Caergenog te min voor hem was, dat hij en zijn vrienden ver verheven waren boven de rest van de inwoners en dat elke teleurstelling of afwijzing te wijten was aan de bekrompenheid van het dorp. Een dag per maand kwam hij in een pesthumeur op zijn werk. De rest van de tijd was hij aandoenlijk opgewekt.

'Voel je je meer Engels of meer Welsh?' had ze hem gevraagd.

'Frans,' was zijn antwoord. 'En jij? Voel jij je ook Frans?'

'Waarom zou ik? Ik ben in de verste verte niet Frans.'

'Voel je je Engels dan?'

'Ik ben niet Engels.'

'En Welsh dan?'

'Ik ben niet Welsh. Dat weet je toch, Fogg.'

'We zijn een verdwaalde stam, mensen als wij,' bepeinsde hij. 'Geen tradities, geen aangeboren rechten, gebiedt de eerlijkheid me te zeggen. Wij dragen allemaal een nootje van droefheid in ons mee,' zei hij terwijl hij het vergrootglas voor zijn oog hield. 'Je merkt onze tristesse alleen op in het voorbijgaan, als de openstaande deur van een kamertje in een huis dat buitenstaanders niet mogen betreden.'

'Wat ben je poëtisch vandaag, Fogg.'

'Waarin je slechts een vluchtig kijkje mag nemen,' ging hij enthousiast verder, want haar ironische toon ontging hem. 'Een nootje van droefheid,' zei hij, zeer verguld met deze formulering, die hij steeds bromde terwijl hij de afdeling Piraten, Smokkelaars & Muiterij op orde bracht.

Tegen het middaguur arriveerde hun eerste bezoeker, een stamgast die je niet echt een klant kon noemen, want ze gebruikte World's End voornamelijk om boeken te bekijken die ze vervolgens online aanschafte. Dat gebeurde steeds vaker en je kon de beoefenaars van deze sport herkennen aan hun gewoonte prijzen en ISBN-nummers te noteren en nooit iets te kopen. Sommigen vergeleken gewoon ter plekke op hun smartphone de prijzen op internet en klaagden, met hun hand op de deurklink, dat het jammer was dat er nog maar zo weinig goede boekhandels waren. Tooly trok het zich niet aan: je kon geen vloedgolf tegenhouden door vermanend een vingertje op te steken. Ze beschouwde boekhandelaar al als een uitgestorven beroep. Akeliger vond ze het dat die zware jongens op de planken zo weinig gewicht in de schaal legden. Ondanks hun ideeën en waarde was hun lot hetzelfde als dat van alle oude mensen: leven in een wereld waar men niet meer het geduld had voor hun verhalen.

Er kwamen dus maar weinig mensen om boeken te kopen, maar des te meer om ze te vérkopen. Tegenwoordig hield iedereen opruiming in huis. De vraag was niet langer wat ze ervoor kon betalen (een schijntje) maar of ze er ruimte voor had. Haar persoonlijke interesse ging uit naar oude kookboeken, vooral ouderwetse raadgevingen voor de jonge huisvrouw, zoals *Mrs. Beeton's Book of Household Management* (1861) of *Saucepans & the Single Girl* (1965) van Jinx Morgan en Judy Perry. Ze had ook de afdeling Dierkunde aangevuld met droeve geschiedenissen over de bizon, zeldzame boeken over zeldzame vogels, reusachtige natuurfotografieboeken. Zoals met alle koffietafelboeken kocht ze ze eerst en dacht pas daarna na over de vraag waar ze ze moest laten.

Meneer Thomas deed de eerste aankoop van die dag. Hij was een man van achter in de vijftig, met een groot aantal Welsh sprekende kleinkinderen, die een keer per maand World's End bezocht. Toen hij een jongen was, werd schoolonderricht vooral beschouwd als een hinderlijk oponthoud voordat men aan de slag kon op het land – een mentaliteit die twee types dorpelingen had voortgebracht: zij die neerkeken op boekenwijsheid en zij die er bewondering voor hadden. Huw Thomas – litteken op het puntje van zijn neus, een hoofd als een rechtopstaand brood, altijd in zelfgebreide vesten – behoorde tot de bewonderende autodidacten. Maar hij praatte er liever niet over, en als hij voor de kassa met een boek in zijn hand stond, als een kind bij de uitleenbalie in de bieb, ontweek hij al haar slinkse pogingen tot een gesprek. (Ze kon nooit een patroon in zijn keuze ontdekken. Vandaag was het een geschiedschrijving van de Boerenoorlog en *Alice in Wonderland*.)

'Alles gevonden wat u zocht, meneer Thomas?'

'Nee, dank u.'

'Kan ik u verder nog ergens mee helpen?'

'Nee, dank u.'

'Tot ziens dan maar, meneer Thomas.'

'Goed, dan ga ik maar weer eens.'

De deurbel tinkelde na zijn vertrek, stilte voor de storm, want even later kwam een groep schoolkinderen binnen. Niet een hongerige troep lezers, maar jeugdige winkeldieven die hun vaardigheid kwamen beproeven, slinks om zich heen kijkend alsof ze volleerde boeven waren. Indrukwekkend hoeveel er in een schooltas kon. Soms liet ze ze begaan, tenzij een eerdere buit in de afvalbakken aan Roberts Road was ontdekt, dan hield ze de deugnieten bij hun eerstvolgende strooptocht discreet bij de deur tegen en stuurde ze weg. De brutalen – dat waren er niet zoveel – snoerde ze met een paar welgekozen woorden de mond. Een onbeschaamde jongen had eens een trap tegen de deur gegeven bij het weggaan en al achteruithollend zijn middelvinger opgestoken totdat hij, tot haar onuitsprekelijke genoegen, languit in een plas viel.

Ze keek op de klok – ze had les vanavond. 'Is het goed dat ik...?'

'Tuurlijk, tuurlijk,' was Foggs reactie. 'Wegwezen, jij.'

Sinds haar verhuizing naar Caergenog had ze zich op het volwassenenonderwijs gestort en volgde cursussen zelf kleren maken, reparaties in en om het huis (onverwacht interessant) en muziek. Een tijdlang was ze elke dinsdagavond naar Cardiff gereden voor een cursus modeltekenen in houtskool, acryl- en olieverf. Uit elk materiaal waarmee ze werkte bleek haar gebrek aan talent: een arm was steevast langer dan het been, oren waren theeschoteltjes en vruchten leken op basketballen. Hoewel ze er niets van bakte, vond Tooly het heerlijk om te doen en wist ze al zwoegend zelfs vooruitgang te boeken.

'Kunnen we ook een les neuzen doen?' had ze de docent gevraagd, een prikkelbare mislukte beeldhouwer.

'Wat?'

'Kunt u me helpen neuzen te tekenen?'

'Wat?'

Toen de cursus was afgelopen, had ze haar werk doorgenomen en vond eigenlijk geen enkel doek de moeite waard om te bewaren.

Toch was ze naar huis gereden met een stilleven getiteld 'Appels – althans dat waren het volgens mij' en had het in haar zolderkamer opgehangen. Elke keer dat ze naar het doek keek, naar de komische krukkigheid ervan, werd ze blij.

Soms vroeg een cursusgenoot haar na afloop mee voor een drankje en een kletspraatje. Prue, een vrouw die pas was gescheiden en met haar de reparatiecursus in Hereford had gevolgd, vroeg wat Tooly nog meer deed behalve in een boekwinkel werken, en kreeg te horen van haar dagelijkse wandelingen. 'Ik zou ook wel wat meer beweging kunnen gebruiken,' zei Prue. 'Sinds de kinderen ben ik lui geworden.'

Op een ochtend kwam ze naar World's End en kocht uit beleefdheid een romannetje. Daarna gingen ze in Tooly's auto naar de priorij. Ze begonnen aan de klim de heuvel op, maar alleen op het eerste, redelijk vlakke stuk kon de vrouw Tooly bijhouden, daarna raakte ze achterop maar ploeterde dapper voort. Boven op de heuvel bleef Tooly wachten en keek bewonderend naar het uitzicht. Ze zag een menselijke stip langzaam naderbij sjokken en tot een vrouw uitgroeien. 'Heb de.' Piepend gehijg. 'Heb de verkeerde.' Piepend gehijg. 'Heb de verkeerde schoenen aangedaan.'

'Vanaf hier is het allemaal vlak,' zei Tooly die het plateau begon af te lopen.

'Je loopt!' Piepend gehijg. 'Zo!' Piepend gehijg. 'Snel!'

'Valt wel mee. Vind je dat echt?'

Na afloop bedankte Prue haar. Ze vroeg nooit meer of ze nog een keertje mee mocht.

Dat was stiekem ook Tooly's opzet geweest. Vrienden vereisten een levensverhaal. Je verleden was alleen belangrijk als anderen ernaar vroegen – zij waren het die verlangden dat je een geschiedenis had. In je eentje had je daar geen behoefte aan.

Dat was de reden dat ze zo goed met Fogg kon opschieten. Hij accepteerde haar ontwijkende gedrag, vroeg nooit door.

'Waar ga je je vanavond in bekwamen?' wilde hij weten.

Ze hield haar ukelele omhoog.

'De eerlijkheid gebiedt me te zeggen dat ik niet echt heel veel muziekstukken voor de ukelele kan opnoemen,' zei hij. 'Waarom heb je voor dat instrument gekozen?'

'Het kwam ineens bij me op,' antwoordde ze. 'Vergeet niet de grabbelton binnen te zetten als je afsluit.'

Onderweg naar Monmouth begon het al te gieten van de regen. Bij het huis van haar docent rende ze de auto uit, met de ukelele en de bladmuziek onder haar blouse. Op haar verzoek hadden ze de ouverture van 'Willem Tell' geoefend. Eerst speelde zij een stukje en deed haar docent de begeleiding, en dan wisselden ze. Wat een vreugde, die gelijktijdigheid, de uitwerking, dat opgaan in de muziek, een melodie die tevoorschijn komt uit zwarte bolletjes op notenbalken, notaties die daar al in 1828 met inkt zijn opgeschreven en na al die jaren nog steeds tot ons spreken! Het was soms zo opwindend dat ze de snaren bijna niet kon aanslaan.

Met woeste vaart reed ze naar huis, haar voet tikte het ritme op het gaspedaal, ze zong uit volle borst – 'Dada-dum, dada-dum, dada-dum-dum-dúm!' – begeleid door het klapperende stuk plastic over het passagiersraampje. Op het parkeerterrein aan de overkant van World's End reed ze rond op zoek naar een plekje – 's avonds stond het vol met auto's van klanten van The Hook.

Zou ze daar ook een glaasje gaan drinken om haar goede humeur te versterken? Ze wandelde Roberts Road op en hoe dichter ze bij de kroeg kwam, hoe luider het gebral werd. Een stel arbeiders – gelooide koppen door zon, stof en sigaretten – zat buiten aan een van de houten tafels, met hun handen om een glas waterig bier, naar elke vrouw te loeren die een avondje stappen was: grove meiden op hoge hakken, getatoeëerde enkels, bovenbenen met kippenvel, slappe borsten die gestut werden door beugelbeha's. Aan de overkant van de straat was het veteranencafé, waar alleen oud-militairen mochten komen die naar het buitenland waren uitgezonden. Af en toe onderbrak een kerel die in Irak of Afghanistan had gevochten zijn dartspel om een boze blik te werpen naar de kroeg aan de overkant waar die mollige meiden zaten te giechelen boven gemorste cider.

Toen Tooly langs deze twee drankholen liep, registreerden de glurende mannen alleen haar korte kapsel, haar bleke mond en seksloze outfit, waarmee ze onzichtbaar voor hen werd. Als een man tegenwoordig aandacht aan haar besteedde, ging ze er meteen vanuit dat hij niet echt kritisch was, eerder een bronstige bok. In The Hook zou ze veel van zulke bokken tegenkomen. Een dronken bok kon nog wel voor kortstondig vermaak zorgen. Maar in een dorp kon je je geen misstappen veroorloven. Beter om naar huis te gaan. Ze wilde vanavond alleen maar een glas milde verdoving. In haar keuken stond nog een geopende fles pinot noir.

Ze schonk haar glas tot aan de rand toe vol en slurpte de kop eraf, waarna ze een paar crackertjes met kaas oppeuzelde en ondertussen met paarsgevlekte lippen de ouverture van Willem Tell neuriede. Wat een heerlijke wijn! Vanaf een bepaalde leeftijd – was het op haar zesentwintigste begonnen? – na de laatste oprispingen van haar jeugd, had ze last van spanning gekregen, die gedurende de dag steeds sterker werd en tegen de grenzen van haar bestaan botste. Pas als ze haar eerste slokje had genomen, voelde ze de spanning wegebben en kon ze zich buiten de tijd om op haar gedachten mee laten zweven. Ze hield een hand boven haar ogen en tuurde door het raam naar de akkers voorbij Caergenog, maar op dit uur was het pikkedonker. Ze deed een stap naar achteren en keek naar de weerspiegeling van de keuken en haarzelf, het rap dalende niveau van de wijn.

Ze ging de trap af en liep een beetje aangeschoten door de donkere winkel. Zoveel briljante geesten binnen handbereik – ze kon ze wekken op hun plank (hoe laat het ook was, ze waren altijd wakkerder dan zij) en hun verzoeken van wal te steken: een boek was als een ontmoeting met een zielsverwant die een nog scherper waarnemingsvermogen had dan zij. Maar vanavond werd ze door de computer gelokt. Ze legde het toetsenbord op schoot, dat even trilde toen de computer knipperend en zoemend opstartte. Er verschenen icoontjes op het bureaublad en haar gezicht werd verlicht door het scherm.

Tooly had lang niets van computers willen weten omdat die haar te sterk aan Paul deden denken. En door haar draadloze leefstijl had ze het ook langer dan de meesten zonder computer kunnen stellen, ze trok van de ene stad naar de andere, van de ene baan naar de andere, en deed werk waarvoor ze een minimum aan technische vaardigheden nodig had. Hoe langer ze zelf geen computer had, hoe meer ze werd gefascineerd door al die digitale drukte.

World's End bestond dan wel voor het grootste gedeelte uit gebonden papier, er waren ook een paar microchips, in de vorm van deze oude lompe desktop, die op zijn vierde reeds bejaard was. Fogg had haar laten zien hoe ze de 'verkopen' moest aanklikken en had haar wegwijs gemaakt op internet, de wonderen en reikwijdte ervan opgehemeld door op haar naam te zoeken – maar was nogal teleurgesteld toen die geen enkel resultaat bleek op te leveren.

Ruim een jaar was Tooly deze computer uit de weg gegaan. Het was bij simpele dingen gebleven, zoals 'ukelele' googlen, maar toen was ze bijna bang geworden van het enorme aantal hits. Geleidelijk aan durfde ze wat verder op onderzoek te gaan. En nu bracht ze er vaak uren door. Het internet was als een zwart gat, dat zijn eigen zwaartekracht voortbracht en waaruit geen licht of tijd kon ontsnappen. Pianospelende katten, borsten en geslachtsdelen die overal opdoken, onbekenden die onbekenden de huid volscholden. Het ontbreken van oogcontact was de belangrijkste verklaring voor wat er online gebeurde. Dat gold ook voor haar nieuwe hobby: grasduinen in het verleden.

De afgelopen weken had ze op namen gezocht, oude namen, van uit het oog verloren vrienden, leerkrachten, medeleerlingen, kennissen uit steden waar ze jaren geleden had gewoond. In de duistere digitale mist ving ze een glimp op van hun leven en voegde de stukjes aaneen: studie, werkgevers, getrouwd met, bezigheden, interesses. Een loopbaanbeschrijving op LinkedIn kon een glanzende carrière suggereren – van stagiaire via regiomanager naar adjunctdirecteur – gevolgd door een onverklaard Zelfstandig Ondernemer. Het 'woont in...' op Facebook leverde onverwachte locaties op: Oslo, Hanoi of Lima. Als ze contact met hen zou hebben gehouden, was de overgang van school naar carrière naar gezin zo geleidelijk gegaan dat het niet zou zijn opgevallen. Maar een online-profiel balde de vorderingen in het leven samen tot sprongen, maakte van schoolkinderen in een oogwenk grijsgeworden ouders.

Het was vreemd dat zij zoveel plaatsen en mensen achter zich had gelaten en er nu opeens zo mee bezig was, terwijl ze zeker wist dat het omgekeerd niet het geval was. Toch nam Tooly nooit contact op met de mensen die ze bespiedde en ze voerde haar dwangmatige zoektochten uit onder het pseudoniem Matilda Ostropoler: haar echte eigen voornaam en de achternaam van een vroegere vriend.

Al dat nostalgische gegrasduin – steevast na een paar drankjes – beloofde voldoening maar gaf juist onrust. Het was net of iemand met een lange lepel in haar binnenste roerde. In tegenstelling tot boeken was er op internet geen slotpagina, enkel een oneindige keten waarvan ze moe en gespannen werd, en waardoor ze te laat opbleef.

Tijd om de computer uit te zetten. Tijd om naar bed te gaan en naar de hanenbalken te turen, terugdenken aan haar muziekles. Als ze nou in slaap viel denkend aan de snaren van de ukelele, zouden haar hersenen dan oefeningen gaan doen?

Ze stond al half op, maar toen wekte ze de computer weer tot leven om te kijken of elke muisklik inderdaad de voldoening schonk die het beloofde. Links boven aan het scherm was een vlaggetje verschenen: een vriendschapsverzoek op Facebook. Vanwege haar pseudoniem kwamen zulke verzoeken alleen van rondsurfende griezels. Ze klikte het aan, met de bedoeling het verzoek te weigeren. Alleen herkende ze de naam: Duncan McGrory.

Tooly stond op en liep het dichtstbijzijnde gangpad af, nerveus tikkend tegen boeken. Het was jaren geleden dat ze voor het laatst contact had gehad met Duncan. Hoe had hij haar gevonden? Met droge mond hield ze haar vinger boven de muis. Las zijn naam nog een keer. Ze klikte op 'bevestigen'.

Even later had ze al een berichtje van hem: 'Dringend op zoek naar je. Kunnen we over je vader praten???'

Ze kneep in haar klamme handen, veegde ze af aan haar trui. Haar vader? Over wie had hij het?

1988

'Niet doen.'

'Wat niet?'

Voordat Paul binnenkwam, was Tooly op het bed aan het springen geweest en had ze gekeken hoe Bangkok achter het raam op en neer ging. Toen ze hem hoorde, liet ze zich vallen en hield zich in een ademloze hurkzit aan de dekens vast terwijl haar voeten op het trillende matras balanceerden. 'Ik heb geen schoenen aan,' voerde ze als excuus aan.

'Niet overal een discussiepunt van maken.'

Met een balletsprong landde ze van het bed op de vloer en viel plat op haar buik op de koele tegels. Ze rolde zich snel op haar rug om te laten zien dat ze zich geen pijn had gedaan.

'Er zitten mensen in de flat onder ons. Hou daarmee op.'

Paul was die ochtend opvallend gespannen, over een uur moest hij zich melden op de Amerikaanse ambassade om aan zijn nieuwste opdracht te beginnen. Hij was informatie-technologiedeskundige voor Ritcomm, een particulier bedrijf dat werd ingehuurd door Buitenlandse Zaken om de diplomatieke communicatie in het buitenland te automatiseren. De grotere Amerikaanse ambassades, zoals hier in Bangkok, hadden mainframes met telecomverbindingen naar Washington, waardoor ze de recentste 'schurkenlijst' konden checken als een vreemde mogendheid de VS wilde bezoeken. Maar veel kleinere Amerikaanse consulaten waren niet op het netwerk aangesloten en moesten het doen met stokoude bestanden op microfiches. Paul zorgde overal ter wereld voor automatisering van de informatievoorziening, waarvoor hij soms naar de kleinste diplomatieke posten afreisde om de situatie ter plekke op te nemen, het Wang VS-systeem te installeren waarop een 3270-emulatorprogramma kon draaien, waarna hij met coaxkabels alle bureaucomputers aansloot. Uiteindelijk konden de medewerkers dan met 9.6 bps via de telefoonlijn verbinding maken, een naam, geboortedatum, geboorteplaats intikken en wachten op een treffer.

Zijn opdrachten duurden gemiddeld een jaar en voor die periode vestigde hij zich meestal in een centraal gelegen grote stad, zoals Bangkok, en reisde van daaruit de hele regio door zodat hij zo min mogelijk tijd in benauwende ambassades hoefde door te doorbrengen. De diplomaten daar waanden zichzelf vaak alleenheersers en behandelden hun ondersteunend personeel als bedienden. Paul kreeg bijvoorbeeld opdracht om een kapotte matrixprinter te repareren of de telkens haperende monitor van de ambassadeur te maken. Op ambassadedagen probeerde hij zoveel mogelijk op te gaan in de meute van medewerkers en bezoekers – een doodgewone kerel die met zijn twaalfuurtje uit de kantine kwam sloffen. Hij vermeed opzettelijk het gezelschap van anderen, al was dat niet de enige reden waarom hij anoniem door het leven ging.

Tooly keek hoe hij op één zwarte klittenbandschoen rondhinkte, in zijn poloshirt en kaki bandplooibroek. Hij snoof – door de airconditioning had hij last van een verstopte neus – en slikte. Zijn adamsappel ging op en neer, zijn hals zat onder de rode plekken van het scheren. 'Waar is mijn andere schoen?' Zijn paniekerige gejaagdheid verspreidde zich door het hele appartement, ook zij raakte erdoor beïnvloed. Andermans onrust was als een onbekende kracht, die in tegenstelling tot de zwaartekracht geen voorwerpen naar beneden trok maar vanuit één punt uitstraalde op de omgeving. Helaas was Tooly overdreven gevoelig voor zijn nerveuze stemmingen. Ze hielp mee zoeken en ontdekte zijn verloren schoen onder de bank. Inmiddels was hij al vreselijk laat en hij pakte snel de floppydisks en de uitdraaien. In de deuropening bleef hij staan: 'O nee.'

'Wat?'

'Waar ben jij vandaag, Tooly?'

'Wat?'

'Wat ga jij vandaag doen? Ik kan je niet alleen laten.'

'Komt de huishoudster niet?'

'Nee, donderdag pas.' Paul probeerde altijd alles zo goed mogelijk te plannen, maar door de aandacht en concentratie die zijn werk vergde ging er weleens iets mis. Hij was iemand die dertig uur achtereen met een programmeerprobleem bezig kon zijn en dan met een elegante oplossing kwam, maar ondertussen de rest van zijn omgeving verwaarloosde. 'Godverdomme!'

'Ik vind het niet erg om alleen te blijven.'

'Ik wel.'

'Mag ik op het bed springen?'

Hij keek op zijn horloge. Hij had geen keus, hij moest haar wel alleen laten. Hij wilde bijna afbellen, maar besloot haar toen toch maar op te sluiten.

Dit nieuwe appartement was ruim en modern en dateerde van eind jaren zeventig. Het had lage plafonds en weinig meubels. De ramen bromden van de airco's, die de rokken van de gordijnen omhoogbliezen. In Pauls kamer lagen open koffers op bed. Zijn snelle, krachtige DEC-computer liet hij altijd vooruitsturen. Tooly mocht er in haar eentje niet aanzitten, toch deed ze dat nu, draaide aan de schijf op de vierkante monitor en drukte de I/O-knop in, waardoor het lichtje van de floppydrive aanging. Even later knipperde er een groene cursor op het zwarte scherm.

Hij had haar een keer een programma laten zien; ze tikte het in en drukte daarna op Enter. Op het scherm lichtten de woorden 'Hello world!' op. Tooly dacht dat de computer een levend wezen was en tikte 'hallo' terug. Maar de cursor knipperde alleen maar suf. Ze praatte tegen zichzelf.

Ze zorgde ervoor dat alles er weer uitzag zoals ze het had aangetroffen, waarna ze een kijkje in zijn privébadkamer nam. Ze deed de klep van de wc dicht en ging erop zitten. Ze schoof haar ongekamde haar uiteen alsof het gordijntjes waren en tuurde erdoorheen. Ze deed net of ze gesprekken voerde met kennissen uit eerdere plaatsen: stewardessen, reizigers en andere vormen van volwassenen. Ze bekeek zichzelf in de spiegel, oren die uitstaken, wijsvinger als een vishaakje in haar mond. Al haar kleren waren aan de onderkant opgerold, omdat ze op de groei waren gekocht, alleen groeide Tooly niet erg. Op elke klassenfoto stond ze vooraan – steevast naast een boos kijkende jongen wiens genenpakket hem tot dezelfde geringe lengte had veroordeeld.

Ze had niet het idee dat zij dezelfde was als haar spiegelbeeld.

Ze schoof de hordeur van het achterbalkon open. De ochtendzon brandde door de smog heen. Achter het appartementencomplex stonden roestige optrekjes van golfplaat en bananenbomen met kwetterende vogels. Ze pakte stiekem Pauls verrekijker die op een hoge plank lag, trok de oogdoppen los en veegde de lenzen schoon met haar T-shirt, wat een piepend geluid gaf. Met een vermanende vinger ('Voorzichtig!') ging ze het balkon weer op.

Tooly vond vogelkijken ongeveer de saaiste bezigheid die door grote mensen was bedacht. Dieren waren leuk zolang ze een primitieve uitvoering van mensen waren, maar vogels hadden helemaal niets van mensen. Volgens Paul stamden vogels af van dinosaurussen, wat moeilijk te geloven was aangezien dino's erg interessant waren. Toch keek ze overal of ze vogels zag. Als ze er toevallig eentje waarnam en dat tegen Paul zei, werd hij altijd blij, en dat was iets wat niet vaak gebeurde. Doorgaans leek Tooly hem vooral te irriteren.

'Wat vind je leuker,' had ze hem een keer gevraagd, 'vogels of mensen?'

'O, vogels,' had hij resoluut geantwoord, waarna hij er zachtjes aan toevoegde: 'Vogels, zonder enige twijfel.'

Weer binnen pakte ze de zoom van haar T-shirt vast en ging onder de rondwiekende plafondventilator staan. Ze stond doodstil, haar hart begon sneller te kloppen en toen rende ze de zitkamer door en landde met een grote sprong op haar knieën op haar bed. Daarna sprintte ze weer weg – de keuken door naar het leegstaande bediendenverblijf, opgetogen krijsend tot ze zich herinnerde dat dat niet mocht. Ze propte een punt van haar T-shirt in haar mond, de stof werd vochtig terwijl ze ademend door haar neus verder rondgaloppeerde. Op het voorbalkon bleef ze staan en keek naar beneden, waar stratenmakers aan het zwoegen waren, fietsers voor een eetkraampje in de rij stonden, een kleermaker over zijn trapnaaimachine zat gebogen. Al die mensen daar op straat en zij hierboven – het was een raar idee dat er verschillende plaatsen waren, dat er op dit moment van alles gebeurde waar zij geen deel van uitmaakte. Er waren mensen die ze vroeger had gekend en die op dit ogenblik helemaal aan de andere kant van de wereld iets aan het doen waren.

Ze ging weer naar binnen, pakte haar boek en plofte op haar buik op de bank. Met de dikke pocket van *Nicholas Nickleby* opengeslagen kwam Tooly tot rust. Als ze las, leek het of ze bewusteloos en doof was, maar in haar hoofd was het een drukte van belang; ze holde langs een hoge schutting en zag door de kwastgaten in het hout de wonderbaarlijkste taferelen: een slager met een zweep die zijn handen aan een leren voorschoot afveegde; een zakkenroller met een stomp als arm, of een sluwe herbergier die zijn klanten afluisterde. Soms werd haar uitzicht opeens geblokkeerd door een geheimzinnig woord: wat betekende bijvoorbeeld 'schermutseling'? Maar daar liet ze zich niet door weerhouden en ze ging, slechts even achterop geraakt, vlug op zoek naar het volgende kwastgat. Jezelf verliezen in een boek was als tijdelijk van de aardbodem verdwijnen. Het enige wat er nog bestond waren haar papieren kameraden en haar eigen leven leek heel ver weg.

'Mag ik, mag ik met u meegaan?' vroeg Smike onderdanig. 'Ik zal uw trouwe, gehoorzame knecht zijn. Dat beloof ik u. Ik hoef geen kleren,' zei de arme stakker nog en trok zijn lompen dichter om zich heen, 'deze zijn goed genoeg, ik wil alleen maar bij u zijn.'

'En dat zal je,' riep Nicholas uit. 'De wereld zal jou geven wat zij mij heeft gegeven, tot een van ons of wij beiden deze wereld voor een betere verlaten. Kom!'

Ze dacht even na over het woord 'zal', wilde dat ze dat ook kon zeggen tegen vrienden die haar stamelend vroegen: 'Mag ik, mag ik met u meegaan, Tooly?' En dan zou haar antwoord zijn: 'Dat zal je!'

Paul stond naast haar, zijn mond bewoog, er kwamen woorden uit maar geen geluid, omdat haar oren nog uit stonden. Met een droog spaghettistokje in haar mond las ze het laatste hoofdstuk uit en klapte het boek dicht. 'Ik heb een boomklever gezien,' zei ze.

'Waar?'

'In een boom.'

Hij liet zich zakken in een fauteuil en wreef over zijn gezicht. 'Geen rauwe spaghetti eten.'

'Zal ik niet meer doen.'

'Waarom zijn je lippen groen? Heb je weer van de tandpasta gesnoept?'

'Misschien.'

'Neem toch iets normaals te eten uit de koelkast.'

'Er was niets normaals.'

'Wat was er?'

'Niets.'

Hij fronste ongelovig zijn wenkbrauwen en stond op om te kijken. Maar waarom zou er eigenlijk iets in de koelkast liggen? Ze waren hier de vorige dag pas ingetrokken. Alle kasten waren nog leeg, de koelkast was nog niet ingeschakeld. Hij had haar tien uur lang alleen gelaten. 'Niets sinds het ontbijt?' vroeg hij.

'Ik heb geen ontbijt gehad.'

Hij deed alle kastjes open, moest beschaamd zijn omissie erkennen en wist niet goed wat hij moest zeggen. Hij keek op de klok. (In plaats van cijfers waren er vogels op de wijzerplaat en de klok sloeg niet maar kwinkeleerde. Inmiddels hoorden ze aan de specifieke vogelroep hoe laat het was.) 'Het is merel over uil,' zei hij. 'Ik moet je te eten geven.'

'En dat zal je.'

Ze beschreef de boomklever voor hem, maar viel stil toen de liftdeuren achter hen dichtschoven – hij wilde liever niet praten in liften, omdat buitenstaanders iets konden opvangen. Ze staken de binnenplaats door, die was omzoomd met frangipani. Er stonden twee identieke fonteinen waaruit een nevel de warme avondlucht verkoelde. 'Helemaal niets?'

'Die spaghetti,' zei Tooly. 'Toen ik op het balkon was, zag ik op straat kraampjes waar ze eten hebben.'

'We gaan geen dingen van de straat eten, Tooly.'

'Mag ik het niet proberen?'

'Er zijn hier gewone restaurants,' zei hij. 'In Bangkok hebben ze vast ook Italiaans eten. Jij houdt van spaghetti.'

'Mag ik niet eerst onze straat zien?'

'Die heb je al vanuit het raam gezien.'

'Maar dat was heel hoog.'

'Oké, goed dan. Maar blijf dicht bij me lopen.' Hij liep het gebouw uit de *soi* in en stapte haast voor de wielen van een scooter, die uitzwenkte en haar T-shirt deed opwapperen. Aan weerszijden van de straat waren muren, waarachter de expatflats schuilgingen en overal stonden elektriciteitspalen waaraan een wirwar van kabels hing. Ze liepen achter elkaar op weg naar de lange hoofdstraat, Sukhumvit, kwamen langs een kar met tropische vruchten op ijs: stokjes met papaja in plastic zakjes, geschilde ananassen, harige ramboetans. De verkoper ging een mango met een slagersmes te lijf en hakte hem op een boomstronk, dienstdoend als snijplank, in stukken.

Het droge wegdek werd bespikkeld met grijze vlekken. Het begon te regenen – spetters die binnen enkele seconden overgingen in een enorme hoosbui. Op een holletje liepen ze naar Sukhumvit, waar tuktuks stonden. 'Nemen we er eentje?' vroeg ze.

'Die zijn niet veilig,' antwoordde hij terwijl zijn grijze haar op zijn voorhoofd plakte en de regendruppels over zijn brillenglazen gleden. 'Het zijn open wagentjes, je kunt er zo uit vliegen. We nemen een echte taxi.'

Ze liepen verder door de plenzende regen, de putten konden al het water niet aan en de goten liepen over.

'Kijk!' riep ze. 'Ratten! Ze zwemmen.'

'Niet naar kijken, Tooly! Die hebben ziektes. Kom, Tooly, doorlopen!' Haastig liep hij verder en keek overal of hij een taxi zag. Onbedoeld voerde hij hen naar Soi Cowboy, een straat met neonverlichte bars en hoertjes die met hun benen over elkaar op barkrukken zaten, minirokjes gladstreken en luid in het Thais kwebbelden om boven blikkerige popmuziek uit te komen. Ze kregen de *farang* in het vizier en begonnen lokkende geluidjes te maken. Eentje zwaaide argeloos naar Tooly, die terugzwaaide. 'Niet doen,' zei Paul. 'Echt niet doen.'

Ze zag een taxi en wapperde met haar armen, waarna ze Paul aan zijn shirt trok zodat hij zich zou omdraaien en zou denken dat hij de taxi eerst had gezien.

'Daar heb je er eentje!' riep hij uit en hij rende eropaf, haar haast onder de voet lopend. 'Schiet op, ik heb een taxi gevonden!'

De chauffeur duidelijk maken dat ze lasagne wilden gaan eten ging Pauls macht te boven, dus moest hij er genoegen mee nemen dat ze voor een eettent in Chinatown werden afgezet.

Een serveerster wenkte hen No. 2 Heaven Restaurant binnen, langs een aquarium met vissen met een onderbeet, die – terecht – een dreigende blik wierpen op elke nieuwe klant. Aan de roodgouden muren hingen ingelijste foto's van speenvarken, gegrilde kreeft en haaienvinnensoep. Paul pakte een metalen waterkaraf en plensde water in haar glas, dat over de rand klotste en een steeds groter wordende vlek op het kastanjebruine tafelkleed vormde.

'Moeten dieren ook geknipt worden?' vroeg ze.

'Welke dieren?'

'Ratten.'

'Dat is niet nodig, want hun haar wordt niet lang.'

'Houdt het gewoon op met groeien?'

'Ja.'

'Waarom dan niet van mensen?'

'Wat niet van mensen?'

'Hun haar.'

'Tooly, toe. We gaan zo eten.' Hij tilde zijn menukaart op.

Zij keek op de hare. 'Jij houdt niet van zoetzuur, hè?'

'Nee,' beaamde hij. 'Ik hou van eten dat weet wat het is.'

'Wat is "kipfile"?'

'Ik zou zeggen "kipfilet".'

'Ze hebben ook iets dat Unieke Kamelenpoot heet. Wat betekent "uniek" eigenlijk?'

'Dat er maar één van is.'

'Is er niet van elke kamelenpoot maar één?'

Hij schoof zijn bril op zijn neus. 'Toe, Tooly, laten we het aan tafel alsjeblieft niet over dieren hebben.'

Dat maakte het bespreken van het menu nogal lastig. Op het laatst ging ze toch tegen hem in en sprak zo snel dat hij geen tijd had om te protesteren. 'Ze hebben ook iets dat "geurloze lam" heet en "plak duif".'

'We nemen wel de noedels, de specialiteit van de chef,' verkondigde hij en sloeg de kaart dicht. 'En krabvlees met asperges.' Paul koos altijd iets voor haar uit. Het kwam nooit bij hem op dat dat betuttelend was.

'Ik zal onze bestelling doorgeven,' zei Tooly, die zich al omdraaide om de bediende te roepen. 'Pardon!'

'Tooly, hou je mond.'

'Maar hoe krijgen we ze anders naar onze tafel?'

'We laten ons bedienen. Ze heten niet voor niets bedienden.'

Het bedienend personeel echter ontkrachtte zijn interpretatie, want stond uitgebreid te kletsen bij het aquarium en verdween door de klapdeuren van de keuken om schalen te halen die aan hun tafel voorbijgingen. Tooly slikte moeizaam, want ze was opeens uitgehongerd.

Ze vouwde haar servet op en vouwde hem weer open. Paul deed hetzelfde. Af en toe kwam de jongen hun waterglazen bijvullen. Iets zeggen! Ze wou dat ze een zinnetje kon bedenken. Als ze in het vliegtuig zaten of thuis waren, was er afleiding. Maar nu ze hier zo tegenover elkaar aan tafel zaten, was er niets. Tussen hen in bevond zich stilte, alsof die op zijn hurken op tafel zat. Ze keek naar de geüniformeerde portier, die naar de vissen keek, die naar Tooly keken. 'Is dat een soldaat?' vroeg Tooly, hoewel ze heel goed wist dat hij dat niet was.

'Dat is een bewaker.'

'Waarom hebben ze een bewaker in een restaurant? Voor het geval de kipfile ontsnapt?'

Hij keek haar niet-begrijpend aan, daarna bestudeerde hij zijn waterglas aan alle kanten.

Er kwam een serveerster en even later kwam het eten – een enorme kom soep die ze niet hadden besteld. Voordat Paul iets kon zeggen, was Tooly erop aangevallen. Ze lepelde de soep gulzig naar binnen terwijl Paul haar haar uit haar gezicht hield. Uit de keuken leken lukraak schotels te komen, gerechten werden opgediend zoals het de kok schikte. Daar werd weer wat op hun tafel gezet.

'O nee!' riep Tooly uit. 'Vis!'

'Die komt niet uit het aquarium,' zei Paul weifelend. 'Nou ja, we moeten hem maar gewoon opeten anders wordt het als een belediging opgevat.'

'Door de vis?'

Paul kauwde met één kant van zijn mond, zijn hoofd afgewend alsof eten iets onwelvoeglijks was, een noodzakelijke gênante handeling, zoals naar de wc gaan.

'Ging het vandaag goed op je werk?'

'Of het goed ging?' zei hij terwijl zich een frons tussen zijn wenkbrauwen vormde. 'Ik heb gehoord dat mijn vader ziek is.'

'Zullen we naar Amerika afreizen om hem aldaar te bezoeken?'

'Waarom praat je opeens zo raar?' vroeg hij. 'Ik zei net dat mijn vader ziek is.'

'Sorry.'

'We kunnen niet terug. Punt uit.'

Toen Tooly jonger was, had ze Pauls vader ontmoet, maar ze kon zich hem niet meer herinneren, alleen nog van twee foto's: de ene van een vrolijke kale man met een snor en een vlinderdas die een gekke bek trok; de andere van een jongeman in een legeruniform. Burt Zylberberg, die op de universiteit een veelbelovend basketballer was maar later verzekeringsadviseur werd, had zich op jonge leeftijd van het jodendom tot het katholicisme bekeerd, en had tijdens de Tweede Wereldoorlog als legerpredikant gediend. Tijdens de Landing bij Anzio waren zijn benen door een ontploffing aan flarden gereten. Dorrie, zijn vrouw, en hij waren van plan geweest om na de oorlog een gezin te stichten, maar door de omvang van zijn verwondingen was dat uitgesloten. Ze adopteerden een jongen, Paul, en vestigden zich in Noord-Californië. Het waren lieve ouders, vooral Burt, een onverwoestbare optimist ondanks zijn handicap. Maar ze waren heel anders dan hun geadopteerde kind, een ernstig jongetje zonder een hang naar het hogere. Toch voelde hij een grote loyaliteit jegens hen. Als mensen vroegen of hij weleens overwoog op zoek te gaan naar zijn echte ouders, werd hij boos: hij was niet nieuwsgierig naar die mensen en dat zou hij ook nooit worden. Paul ging informatica studeren aan Berkeley, waardoor hij toegang had tot snelle mainframes. Dikwijls zat hij tot diep in de nacht nog in het computerpracticum, niet alleen vanwege alle interessante hardware die ze er hadden, maar ook om aan zijn feestende studiegenoten te ontsnappen. Het gezoem van de mainframes bracht bij hem een geconditioneerde rust teweeg. Tijdens zijn laatste studiejaar kwam er een verrassend nieuwtje: zijn ouders vertelden hem dat hij een oudere broer had. Bij het uitbreken van de Tweede Wereldoorlog hadden ze een kindje afgestaan en dat kind was nu volwassen en had hen opgespoord. Deze biologische zoon – die Burt en Dorrie net hadden ontmoet – had al snel een ontspannen, warme verhouding met hen, iets wat Paul nooit had gekend. Maar in plaats van dat hij nieuwsgierig werd naar zijn eigen biologische ouders, sterkte het hem alleen maar in zijn gevoel dat hij geen wortels had.

Paul legde zijn creditcard op de rekening en ging naar de wc. Tooly wachtte een hele tijd en liep toen naar de deur, die een serveerster voor haar openhield. Buiten was de lucht zo heet als een föhn en rook het naar uitlaatgassen. Een stroom van voetgangers op de stoep, een menselijke rivier die langs de Chinees-Thaise winkels

72

met vazen, gongs, aardewerk leeuwen en vleesmolens trok. Ze werd door de golf van onbekenden meegevoerd, helemaal tot aan het einde van het stratenblok. Toen ze weer terug was in het restaurant bleek Paul nog steeds niet van de wc teruggekeerd. Ze ging een kijkje nemen, hoorde zijn inhalator sissen, en riep zachtjes zijn naam.

Gegeneerd kwam hij met een watervlek op zijn broek naar buiten sluipen. 'De wasbakken stroomden helemaal over, alleen had ik dat niet door,' zei hij. 'Ik leunde tegen een bak aan en werd helemaal kletsnat. Het lijkt wel of...' Hij in zijn broek had geplast.

'Ik vraag wel even een servetje,' stelde ze voor.

'Nee, niet doen, Tooly!'

'Kunnen we gewoon weghollen?'

'Ik heb mijn creditcard nog niet terug.'

'Ik kan het water omgooien. Dan is alles nat en merken ze het verschil niet.'

'Dat is een heel slecht idee.'

'Ik kan ook door het restaurant rennen en dat jij me achterna komt en roept dat ik water over je heen heb gegooid.'

'Dat kunnen we niet doen.'

Maar ze deden het wel, tot grote ontzetting van het personeel en de gasten. Paul mompelde voorovergebogen van schaamte zijn zinnetje. 'Wat doe je nou?' riep hij en hij rende haar achterna.

'Ik heb lekker al het water over je heen gegooid!'

'Je bent een stout kind! Waar is mijn creditcard? Moet je nou zien wat je hebt gedaan!'

'Hij is lekker helemaal nat!'

Buiten hield hij zijn handen voor zijn kruis terwijl Tooly op zoek ging naar een taxi, woest zwaaiend naar het voorbijgaande verkeer. 'Niet zo de aandacht trekken,' zei hij smekend.

In de taxi zei Paul: 'Ik was niet echt boos, hoor.'

'Nee, dat weet ik wel.'

Ze kwamen bij Gupta Mansions, namen de lift omhoog en deden de voordeur open. 'Fijn om thuis te zijn,' zei hij.

Maar toen ze om zich heen keken, beseften ze allebei dat deze flat niet als thuis voelde.

1999

Ze werd met knipperende ogen wakker en keek bevreemd naar haar schamele bezittingen: een ribfluwelen broek die languit op de vloer lag, sweater en jas in een knoedel boven op gymschoenen, beha gedraaid over een laagbouw van boeken. Ze schoof haar slaapkamerdeur open en sjokte door de gemeenschappelijke ruimte naar de wc. 'Koetemorken,' zei Humphrey met zijn zware Russische acent. De oude man zat op de bank met een boek, wilde nog iets zeggen, maar bedacht zich. Tooly kon namelijk nogal knorrig zijn op dit tijdstip, nog niet eens half twaalf 's ochtends.

Ze slobberde wat water uit de kraan en liep terug naar haar kamer, deed haar beige wollen trui aan en een kamerjas, waarvan het ceintuur over de koude betonnen vloer sleepte. Ze trok de jaloezieën op en tuurde naar de lege straat in de schaduw van de Gowanus Expressway in Brooklyn. De trottoirs waren bevroren en glad op deze novemberdag. Aan de elektriciteitskabels hingen schoenen, daar jaren geleden op gegooid door kinderen die inmiddels allang volwassen waren.

Hoewel Tooly haar humeur liever op de ochtend zelf wilde afreageren, kon ze Humphrey in de andere kamer niet in zijn eentje laten zitten. Waarschijnlijk zat hij al uren op haar gezelschap te

75

wachten. Toen ze naar hem toe ging, had hij een dampende kop koffie op de pingpongtafel voor haar neergezet. Ze pakte de kop en ging aan het andere eind van de bank zitten, met een fronsende blik om nog een paar minuten stilte te winnen. Hij sloeg een bladzij om, deed net of hij las maar gluurde vanonder zijn borstelige wenkbrauwen stiekem naar Tooly. Onder zijn ogen zaten wasbeerachtige kringen en de plooien om zijn mond spanden zich de hele tijd aan, klaar om aan een gesprek te beginnen, maar hij schrok er telkens voor terug. Humphrey, die tweeënzeventig was, droeg een babyblauwe lange broek die hij hoog had opgetrokken, een polyester overhemd in de kleine maat die hij ooit had gehad, en een loshangende paisley-stropdas, allemaal tweedehands gekocht. Om zijn dunne lippen kleefden stoppels, als broodkruimels, en in zijn hals prikten baardstekeltjes; de ene asgrijze bakkebaard was langer dan de andere, zodat het leek of hij elk moment kon omkukelen. 'Ik ben zo beu,' verzuchtte hij, 'dat ik alleen om mijn goddelijk lichaam wordt bemind.'

Ze glimlachte, nam een slokje koffie en plukte het boek uit zijn handen: de *Maximen* van La Rochefoucauld.

'Ik heb ook persoonlijk maxime,' deelde Humphrey haar mee. 'En dat is: geef nooit boek aan Tooly Zylberberg want je krijgt niet meer terug.'

'Als ik een boek leen en ik vind het mooi,' betoogde ze, 'dan wordt het volgens de wet van mij.'

'Ik verwerp wet.'

'Ik ga in hoger beroep bij een rechtbank waar ik de rechter ben en ik handhaaf de wet.'

'Klassejustitie,' merkte hij op.

'Ik heb ook een persoonlijk maxime: Waarom is het hier zo vreselijk koud?' Ze stak haar hand achter de rugleuning waar hij elke ochtend zijn beddengoed neerkwakte en haalde zijn dekbed tevoorschijn dat ze om zich heen sloeg. (Hij sliep op de bank en kwam er ook gedurende de dag zo min mogelijk vanaf. Zijn zitplaats was aan het uiteinde van de bank, te midden van een moeras aan krantenpagina's die hij geringschattend in de lucht had gegooid. Onder het kussen bewaarde hij knipsels en kruiswoordpuzzels, die hem in de loop der tijd hadden verheven: elke keer dat hij ging zitten kreunden de kranten.)

Humphrey bezag haar, omwikkeld in zijn dekbed, en merkte op: 'Je ziet uit als beer die gaat hyperneren.'

'Een beer die gaat watte?'

'Hyperneren.'

'Wat is dat? Klinkt als een beer die niet kan ophouden met onaneren.'

'Doe niet zo vies!'

'Het is een logische conclusie, Humph. Er zijn niet zoveel andere woorden die op "neren" eindigen.'

'Heleboel woorden eindigen op "neren".'

'Zoals?'

'Zoals... zoals "consuneren".'

'Wat is "consuneren"?'

'"Consuneren" is opeten, van voedsel.'

'"Consumeren",' verbeterde ze hem, 'is geen woord dat op "neren" eindigt.'

'Oké, ik denk na over ander woord.' Hij zweeg. 'Hier, ik heb het: "mijneren".'

'"Mijneren"?'

'Als je ergens over denken bent, peinzen. Dat is mijneren.'

'"Mijmeren".'

'Ja, precies.'

Hun huidige woning bevond zich op de bovenste verdieping van een opslagruimte. Er bungelden kale peertjes aan het plafond en de meubels waren vochtig. De gemeenschappelijke ruimte deed dienst als keuken, eetkamer, zitkamer en zijn slaapverblijf. Ze was bang dat hij dit uit beleefdheid deed, zodat zij over de enige slaapkamer kon beschikken. Hoe dan ook, hij was niet van zijn plek te krijgen. Af en toe deed zij een poging de woonruimte schoon te maken. Humphrey zelf stond niet bepaald bekend om zijn netheid. 'Ik ben niet opgeruimd type,' zei hij altijd. Ter verklaring van zijn traagheid haalde hij vaak een natuurkundige wet aan die nog moest worden opgenomen in Newtons *Principia*: de slonsgravitatie. Slonzen zoals hij, beweerde hij, gingen gebukt onder een grotere last dan anderen omdat ze aan een sterkere zwaartekracht onderhevig waren. 'Hoe groter slons je bent, hoe sterker zwaartekracht.'

In de loop der jaren had hij een enorme hoeveelheid boeken verzameld die voornamelijk opvielen door hun belabberde staat. Het waren grootse werken in een armzalig jasje: uit elkaar vallende pockets van Kafka, Yeats, Goethe, Cicero, Rousseau. Er zaten ook afwijkende werkjes tussen, zoals de handleiding voor de Betamax-videorecorder, reisverslagen over landen die niet meer bestonden, geschiedenisboeken waarvan de helft van de bladzijden en de helft van de eeuwen ontbrak, waardoor de Duitse Eenwordingsstrijd nu direct volgde op de Mingdynastie. Een groot aantal boeken was afkomstig uit vuilcontainers of dozen die aan straat waren gezet. Het was eerder een weeshuis dan een bibliotheek. Zijn voornemen was om alles te lezen wat ooit gedrukt was. Hij beweerde dat hij er bijna was. Als het mogelijk was onder de douche te lezen, had hij het gedaan. Maar Humphreys boeken hadden weinig te vrezen van stromend water, want hij en zeep waren slechts oppervlakkige kennissen.

Toen ze een paar weken terug naar deze stad waren verhuisd, was Humphrey meteen op verkenning gegaan in de New York Public Library. Met open mond had hij het plafondfresco van de hemel in de Rose Reading Room bewonderd en was op het bankje voorin gaan zitten om de mensen gade te slaan die briefjes inleverden en boeken meekregen. Net als in de vorige steden (Barcelona was hun laatste standplaats) ging Humphrey eerst altijd op jacht naar boeken en daarna naar plekken waar werd geschaakt. Die vond hij in Washington Square Park, waar hij ex-bajesklanten het zag opnemen tegen zonderlinge grootmeesters. In Carmine Street had hij een winkel ontdekt, Unoppressive Non-Imperialist Bargain Books, waar hij zich op zijn andere hobby kon uitleven: politieke discussies voeren. Hij twijfelde nog steeds over de Koude Oorlog. Volgens de wereld was het kapitalisme als overwinnaar uit de bus gekomen, maar Humphrey vond het meer gelijkspel. Hij dacht dat het kapitalisme het niet lang zou volhouden. Wat was sowieso de zin van een politiek systeem, vroeg hij zich af, dat alleen maar het slechtste in de mens naar boven haalde en eigenbelang tot deugd verhief? Hij omschreef zichzelf als een 'niet-praktiserende marxist' en hij was in zoverre marxist dat hij berooid was.

Zijn enige bron van inkomsten was zijn advieswerk aan rijke boekverzamelaars die hun collectie nog meer wilden uitbreiden. Hij maakte een inventarisatie van hun boekenkasten en stelde vast welke uitgaven nog ontbraken en waar die verkregen konden worden, puttend uit zijn indrukwekkende kennis van antiquariaten overal ter wereld. De verzamelaars (het waren bijna uitsluitend mannen die aan deze boekenhonger leden) beschouwden hem als een idiot savant, een excentriekeling die berucht stond om zijn onfrisse kleren, zware accent en grove manieren, en over wie bovendien werd gefluisterd dat hij ooit een tijdje in de gevangenis had gezeten. Humphreys adviezen waren gratis, maar het was de gewoonte om hem in ruil daarvoor een niet al te kostbaar boek te geven dat hij meteen doorverkocht aan Bauman Rare Books, zodat hij weer een zakcentje had.

'Honger?' Hij haalde een papieren zak uit de keuken waarin twee oudbakken croissants en een gekneusde avocado zaten. Humphrey had iets tegen het idee van maaltijden, hij at liever als hij zin had, niet omdat het op een bepaald tijdstip moest. Zijn slaappatroon volgde hetzelfde principe: soms bleef hij de hele nacht lezen en soms sliep hij tot het donker werd omdat de dag niets interessants te bieden had. Je leven door de klok laten bepalen was regelrecht conformisme. Hij schudde de zak leeg op de pingpongtafel en vroeg of Tooly erbij kwam.

Ze doopte de croissant in haar koffie, maar de helft van het broodje loste op in de mok, de schilfers dreven rond, terwijl hij de lof zong van zijn beurse avocado. Humphrey had er een sport van gemaakt om etenswaren voorbij de houdbaarheidsdatum te kopen en hij had een paar schappenvullers zo ver gekregen die voor hem achter te houden. Het zorgde af en toe voor wat spijsverteringsproblemen, maar op deze manier hield hij Tooly en hemzelf voor bijna niets in leven. En Humphrey wilde ook niet meer dan dat: boeken lezen, af en toe een lekker hapje, en druk gebaren en oreren, met Tooly als klankbord. 'Beweging is overschat,' zei hij.

Tooly zelf was ook onderhevig aan de wetten van de slonsgravitatie en kon rustig een paar dagen achtereen binnen blijven, met haar neus in de boeken, genoegen nemend met de mondvoorraad die op de pingpongtafel verscheen. Maar ze kon er ook energiek opuit trekken en onvermoeibaar door de stad sjouwen, straten markerend op haar plattegrond, en zoeken naar deuren die toevallig openstonden om zich dan met een smoes naar binnen te praten. Als een bepaalde toestand de overhand dreigde te krijgen – actief of sloom – probeerde Tooly het evenwicht weer te herstellen. Als ze thuis rondhing, kon ze zich amper verder slepen dan naar de wc en terug. Maar als ze een flink eind door de stad had gelopen, moest ze zichzelf haast dwingen om terug te gaan naar huis.

'Vind je,' vroeg ze na een uur te hebben gelezen op de bank, 'dat ik me nog moet aankleden?'

'Het is bijna één uur 's middags, gooi alle voorzichtigheid uit raam.'

'Als ik alle voorzichtigheid uit het raam zou gooien, moet ik het raam opendoen en daarvoor is het te koud,' zei ze. 'Maar ik mag weleens opschieten.'

Hij wist dat dit een ontmoeting met Venn betekende. 'Waarom zou je weggaan? Blijf hier. Is gezelliger. Als je blijft, vind ik leuke baan voor je.' Nog een van zijn hobby's was het schrijven van brieven naar belangrijke instituten, met de mededeling dat hij een jongedame kende die ze per se moesten aannemen. Ze wou dat hij daarmee eens ophield, maar aan de andere kant, hij kreeg zelden of nooit een reactie. Toen hij die wel een keer kreeg, had het volgens Humphrey echt een haartje gescheeld of ze had een baan. Oké, de secretaris-generaal van de Verenigde Naties had haar niet aangenomen, maar hij had zijn afwijzing toch maar mooi op papier met een echt briefhoofd geschreven.

'Het was niet Kofi Annan zelf die terugschreef,' merkte Tooly op.

'Iemand op zijn kantoor. Een stagiaire waarschijnlijk.'

'Onbelangrijk detail,' zei hij. 'Ga ik van jou winnen met schaak?'

'Ik moet nu echt weg.' Ze niesde en zijn gezicht lichtte op. Humphrey bewaarde medicijnen onder zijn kussen en als iemand maar even kuchte, kwam hij meteen met een middeltje aanzetten. Hij vond het vooral leuk om haar te behandelen – dat had hij vroeger vaak gedaan, toen ze nog klein was. Maar Tooly kon vandaag niet doen of ze ziek was. 'Komt door het stof.'

'Goed, goed, jij moet naar afspraak? Ga,' zei hij. 'Dat ik elk moment kan omvallen en mijn hart ophoudt en niemand is om me te helpen? Geeft niks. Ik wacht hier wel naar adem snakkend op vloer tot jij terug bent.'

'Ik verbied je om te vallen en dood te gaan terwijl ik er niet ben.'

'Ik ga heel zachtjes dood. Ik zal proberen je niet lastig te vallen.'

'Ik weet dat je een grapje maakt, Humph, maar ik begin me toch een beetje schuldig te voelen.'

'Doe wat je wilt.' Hij hees zich aan haar op en kwam moeizaam overeind. 'Maar ik ga naar buiten. Kan niet hele dag rondhangen. Ik heb kwesties en bezigheden.'

'Mafkees,' zei ze en ze greep hem vast voor een knuffel.

'Laat mij los, gekke meid!' Hij wurmde zich los en veegde zijn grijszwarte, door de war gemaakte haar van zijn voorhoofd. 'Jij gaat niet naar hem toe. Jij gaat met mij mee op boekconsult. Niet?'

'Sorry, Humph. En ik ga lopen, dus ik moet nu echt weg.'

'Ga dan in elk geval in metro met mij. Het is heel erg koudig buiten.'

'Voor een Rus zeur je wel erg over het weer.'

'Ik ben lage kwaliteit Rus.'

'Ik zal je met je meelopen tot het station. Maar niet verder.'

Toen ze de straat op stapten, zoog ze de koude lucht diep in haar longen en die leek haar voor de tweede keer wakker te maken. Ze rook een brandlucht – van het lassen in de ijzergieterij aan de overkant. In hun buurtje zaten veel werkplaatsen, de meeste in bakstenen garages achter een ijzeren hek dat was afgesloten met een hangslot en omkranst met prikkeldraad. Ze staken Hamilton Avenue door, tegen het aankomende verkeer in. Een paar achtergebleven brownstones stonden dicht bij de roestige onderstutting van de verhoogde snelweg, met aan de overkant de huizenblokken van Red Hook.

Voor het station hield Tooly halt. 'Ik ga verder, Humph.'

'Hoe kun je nu helemaal lopen naar Manhattan?'

'Je wilt me hier houden!' riep ze lachend.

'Ik maak wet die jou verbiedt te lopen vandaag.'

'Ik spreek mijn veto erover uit.'

'Wie geeft jou vetorecht?'

'Jij.'

'Ik ongeef.'

'Ik pleeg een staatsgreep en schrijf een nieuwe grondwet die zegt dat ik kan gaan. Zo, klaar.' Ze gaf hem een kus op zijn rimpelige wang en hij veegde de kus af.

Ze zette er flink de pas in, liep in een stevig tempo om haar schuldgevoel af te schudden. Maar haar schuldgevoel hield haar bij en deed haar halt houden. Tooly tikte tegen haar onderlip. Kon hem niet zomaar alleen laten. Ze draaide zich abrupt om, ging terug en stopte haar muntje weer in de tourniquet. Ze vond hem op een bankje op het perron, waar hij in Humes *Essays, Moral and Political* zat te bladeren.

'Lievelink,' zei hij. Ze zaten naast elkaar zonder iets te zeggen. De lage plafonds met de dwarsbalken, de bladderende verf – het was net of je in een soort machine zat. 'Jij bent zo begaafd en slim, lievelink,' zei hij. 'Jij zult mooie dingen in leven doen.'

'Dat moeten we nog maar afwachten.'

'Jij komt terug voor mij, heel lief. Maar je mag weg,' zei hij. 'Ga lopen. Ik overleef. Straatrovers durven niet met mij vechten.'

'Want dan sla je ze met David Hume om de oren?'

'Erger nog, ik lees ze uit voor.' Ze zag zichzelf even in zijn oude bruine ogen weerspiegeld; daarna keek hij naar het spoor. Er kwam een trein het station binnen denderen; de ramen waren ondergekrast met symbolen en initialen van straatbendes. Ze keek hoe hij in zijn eentje de wagon instapte.

Ze vervolgde haar wandeling, slalomde langs voetgangers en stoorde zich niet aan stoplichten. Ze liep Smith Street helemaal af, door het centrum van Brooklyn en stak de Manhattan Bridge over; haar twee verschillende gympen zoefden heen en weer – rood, zwart, rood, zwart, de koude wind blies in haar broekspijpen – steeds sneller tot ze bijna rende en ondertussen probeerde ze niet te bête te grijnzen bij de gedachte wie haar stond op te wachten. Toen ze in de Bowery was aangekomen, keek ze of ze hem zag, maar hij was er nog niet. Het zweet parelde op haar bovenlip, glinsterde op haar voorhoofd.

Om de tijd te doden pakte ze haar viltstift – ze kon weer een paar nieuwe straten toevoegen – en tastte in haar jaszak naar de plattegrond. Maar die was er niet. Was die soms ergens onderweg uit haar zak gevallen? Verdomme! Al die moeite voor niks. Je nooit

83

hechten aan voorwerpen, zei Venn altijd. Grrr, waar was hij eigenlijk? Ze stond rillend op de hoek van Hester Street.

Minuten verstreken en ze sprak met zichzelf af dat ze zou weggaan als er nog één minuut voorbij was. Maar die minuut ging voorbij, en de volgende begon. Ze keek naar links, naar rechts, achter zich, voor zich.

'Zo, zo,' zei Venn met een grijns terwijl hij haar met één arm oppakte en tegen zich aan drukte. 'Waar bleef je toch, dukkie? Kom.' Bij elke ontmoeting had zijn stem die weergalm: alsof zijn stem in haar binnenste klonk. Zijn woeste baard was er inmiddels af, maar als hij lachte, zag je op zijn wangen roodbruine stoppels en uitwaaierende rimpeltjes om zijn ogen. Ondanks de kou had hij geen jas aan, alleen een donkerblauwe coltrui die naar cederhout rook.

Eigenlijk had ze tegen hem willen uitvaren, maar hij had haar alweer aan het lachen gemaakt. Boosheid ketste trouwens altijd af op Venn. 'Kunnen we meteen ergens naar binnen gaan?' vroeg ze met gespeelde irritatie, 'of heel hard lopen, het liefst dicht tegen elkaar aan? Anders bezwijk ik aan onderkoeling.'

'Onderkoeling is goed voor je, dan wordt alles warm. Zeurpiet! Kom.' Hij pakte haar hand en stopte die in de holte van zijn arm. Hij leek wel een reus vergeleken bij haar. Venn was als een gemene oudere broer, die aan de ene kant volkomen onbetrouwbaar was en aan de andere kant een rots in de branding. Onder het lopen keek ze schuin naar hem op en grinnikte. Ze liet zich gewillig meevoeren, het maakte haar voor de verandering eens niet uit hoe ze liep, de stad raakte steeds verder weg.

Sinds ze van Barcelona naar New York was verhuisd, had ze Venn niet veel gezien. Een paar weken eerder was hij naar de stad gekomen om een of ander bedrijfje op te zetten. Ze hadden nog maar één ontmoeting gehad en toen een wandeling door Central Park gemaakt die was geëindigd in een bar onder het Empire State Building waar ze hadden zitten drinken, praten en lachen. De stad kon veranderen; hun vriendschap niet.

Maar daarna had ze Venn een paar weken niet gezien en ze besefte dat New York een stad was die hem waarschijnlijk had opgeslokt. Ze moest rustig afwachten, of ze dat nu leuk vond of niet. Hij had nooit een vaste telefoonlijn of een vast adres waar ze hem kon opzoeken, maar verbleef meestal in het bed van zijn nieuwste scharrel. In de loop der jaren had Tooly vele vriendinnetjes van hem ontmoet, steevast een variatie op dezelfde uit de kluiten gewassen lellebel. Als puber beschouwde Tooly die geparfumeerde dames als het toppunt van vrouwelijkheid, een staat die ze zelf ook ooit hoopte te bereiken. Inmiddels was ze volwassen en nog steeds niet zo'n type vrouw, maar ze bleef bij het idee dat dit soort dames het toonbeeld van een échte vrouw was, en zij niet.

Venn loodste haar door Canal Street, langs een bakker die *cha siu bao* verkocht, duwde de glazen deur ernaast open en liep de hal in van een vijf verdiepingen tellend gebouw. Hij drukte op de knop voor de goederenlift. Even later werd de kooideur rammelend omhooggeschoven en daar stond een zwarte man met een verweerd gezicht, gekleed in een kalfsleren jasje en een nette kamgaren broek. Hartelijk begroette hij Venn, gebaarde dat ze moesten instappen en draaide aan een half wiel waarmee de lift bediend werd, de uitgedroogde tandraderen knarsten en de gammele kooi bracht hen langzaam omhoog naar de bovenste verdieping.

'Hoe gaat het, vriend?' vroeg Venn, met zijn ene hand op de schouder van de liftbediende terwijl hij met zijn andere slinks een biljet van tien dollar in diens zak liet glijden.

'Heel goed,' antwoordde hij verlegen, duidelijk blij met de aandacht van Venn.

'Niet de lift naar beneden laten storten met mijn meissie erin, hè? We willen graag een fijne zachte landing.'

'Komt voor elkaar, man.'

85

Ze stapten uit in een grote ruimte, ooit een negentiende-eeuwse fabriek, daarna een naaiatelier en nu omgebouwd tot hippe kantoorruimte. Door een groezelige dakkoepel viel schaars daglicht naar binnen en de ramen waren afgeplakt om hinderlijke weerspiegeling op de computerschermen te voorkomen. Daardoor hing er een permanente duisternis, het enige felle licht kwam van de tv's aan de muren, waarop het financiële nieuws werd vertoond. De ruimte was verdeeld in werkplekken afgeschermd door glas en staal, met daarin een bureau met een telefoon, een zitzak en een dartbord, en overal waren jonge mensen aan het babbelen, stressballen aan het kneden en aan het lummelen. Maar het opvallendste was de gele schoolbus midden in de ruimte, die van binnen was omgetoverd tot vergaderkamer.

Tooly vroeg zich af wat dit precies moest voorstellen, maar er vormde zich al meteen een groepje om Venn heen dat zijn onmiddellijke aandacht vroeg. Hij liep met ze naar de schoolbus, volwassenen die struikelden over de smalle kindertreden en hun hoofd in het donkere interieur stootten. Tooly wachtte een tijdje, met haar handen op haar rug, bij de goederenlift terwijl ze een ritme op haar achterwerk tikte.

Er verscheen een broodmagere fietskoerier van een online-supermarkt die riep: 'Heeft een zekere Rob een doos zure sleutels besteld?' Een handvol mensen stormde de bus uit en er ontstond een waar voedseloproer rond het snoepgoed, zodat Venn de zaken met de achterblijvers moest afhandelen.

Een kleine vent met een lange geitensik slenterde naar zijn werkplek, waar Tooly stond. Hij staarde haar aan. 'En jij bent...?'

'Niemand,' antwoordde ze.

'Oké, laat ik even duidelijk zijn. Jij staat vlak bij mijn hok, oké? Ik betaal daarvoor, snap je? En jij bent me nogal aan het afleiden, zeg maar. Als je hier niet werkt, zou je dan, met alle respect, kunnen ophoepelen?'

Venn, die dit hoorde, keek bozig in hun richting, schudde zijn hoofd en kwam naar hen toe. 'Nou, nou, nou,' zei hij, waarop de man met de sik zich snel omdraaide. 'Zo praat je niet tegen haar. Wie iets vervelends tegen Tooly zegt,' waarschuwde hij, 'krijgt met mij te maken.'

De man slikte moeizaam. 'Sorry, joh. Was me effe totaal ontgaan dat dit je vriendinnetje was.' Blozend richtte hij zich tot haar: 'Excuses. Dat was ongepast. Maar ja, je was...'

Venn onderbrak hem en zei tegen haar: 'Klaar om te gaan, dukkie?'

'Klaar!'

Daarna voerde hij Tooly met zachte hand weg en gaf haar een knipoog.

'Wat is dit in godsnaam?' fluisterde ze. Venn leek het hier helemaal gemaakt te hebben: ze had hem nog nooit in zo'n kantoor gezien. In Barcelona had hij gewerkt in een naargeestige werkplaats aan de rand van de stad, waar een compagnon van hem metalen haken produceerde om *jamón* aan te hangen. De man had illegale immigranten uit Roemenië in dienst, waartussen een paar behoorlijk zware criminelen zaten. Het was maar een kleine ondernemer en Venn was de enige die eerder met zulke jongens te maken had gehad, dus riep de eigenaar zijn hulp in. Maar Venn kreeg uiteindelijk meer sympathie voor de werknemers dan voor zijn eigen compagnon, dus besloot hij op te stappen. Volgende halte: New York.

Tooly keek demonstratief om zich heen en vroeg: 'Maar dit is niet jouw bedrijf, toch?'

'Van mij? Ik heb geen bezit, dukkie.'

'Maar je lijkt wel de baas hier.'

'Dat lijk ik toch overal?' Hij knipoogde.

Het bedrijf, legde Venn uit, was eigendom van een durfkapitalist, Marco 'Mawky' Di Scugliano, die vroeger bij zakenbank Bears Stearns had gewerkt en wiens familie een restaurant had in Hammonton,

New Jersey, dat Spaghett'About It heette. Daar was hij als jochie van elf in zijn maag geschoten toen hij een paar gewapende overvallers probeerde tegen te houden. Die kogel, zo beweerde Mawky, had hem nader tot Jezus gebracht. En wellicht ook tot het gebruik van godslasterlijke taal, gezien zijn motto (op de achterkant van zijn kaartje gedrukt): 'Nu of nooit, gvd'. De schoolbus was zijn idee, een levenslange fantasie waarvoor de verhuizers het dak hadden moeten slopen om het voertuig met een kraan naar binnen te takelen. Kosten: 45.000 dollar. Maar Mawky zei altijd 'bijna een ton'. Dit had zijn hoofdkantoor moeten worden, alleen was het plan op een fiasco uitgelopen omdat de plafondverlichting te hoog bleek om de ruimte goed te verlichten; bovendien stootten de mensen in de bus altijd hun hoofd en bleek het niet mogelijk ISDN op de verdieping aan te laten leggen, alleen een analoge aansluiting. Dus verruilde hij de ruimte voor een nieuw kantoor op Twenty-Sixth Street, met uitzicht op de East River, dat zo enorm groot was dat de medewerkers Razor-stepjes hadden om naar de wc te gaan. Hij had gevraagd of Venn iets van deze puinbak kon maken en dat was het startschot geweest voor de Brain Trust, een coöperatie waarvoor je vijfduizend dollar lidmaatschap moest betalen plus tweeduizend per maand om 'een hok' te huren, zoals ze werden genoemd.

'Oké,' zei ze, 'maar wat dóén ze hier eigenlijk?'

'Het is een proeftuin. Als deze jongens iets bedenken – een idee dat wordt omgezet in iets concreets – dan krijgt de maker een meerderheidsbelang in de onderneming die eruit voortkomt. Tegelijkertijd krijgen alle leden van de Brain Trust ook een aandeel. Als iemand rijk is maar onorigineel, heeft hij profijt, want dat koopt hij gewoon nog wat meer aandelen. Als iemand juist rijk aan ideeën is maar krap bij kas, kan hij zijn Brain Trust-aandelen verkopen aan iemand anders. Ze wedden op zichzelf, maar ook op de groep. In tegenstelling tot een normaal kantoor vindt iedereen het hier fijn als zijn collega succes heeft. Maar goed, dat is de theorie.'

Hij liep met haar naar een hok met twee jonge vrouwen, die hun goede baan in de reclame vaarwel hadden gezegd voor iets dat meer persoonlijke voldoening gaf. De ene legde Tooly uit hoe online-adverteren werkte en bazelde maar door over 'profieltargeting' 'off-line en online' en 'digitale zichtbaarheid'. Tooly's daaropvolgende vraag was kennelijk zo absurd dat de vrouw ontzet vroeg: 'Wacht even, heb je eigenlijk wel e-mail?' (Tooly had het een paar jaar eer-der geprobeerd, maar ze vermeed computers.) De reclamevrouw zeurde maar door over hoe miljoen keer klikken maal zes cent een winst van zes miljoen dollar opleverde. Venn opperde dat ze dat nog maar eens moesten narekenen en liep daarna met Tooly naar een ander hok.

'Dit is een interessante gast,' zei hij en hij tikte op het glas.

Een programmeur in een T-shirt met een afbeelding van een rasta-muis die een joint rookt, draaide zich om in zijn bureaustoel. 'Grote baas! Alles cool?' vroeg hij aan Venn, zonder zich druk te maken om het feit dat op zijn monitor een AltaVista-zoekopdracht openstond met de woorden 'Maria Bartiromo' en 'naakt'. Zijn idee was een website die www.pisnijdig.com heette en waarop iedereen een klacht kon deponeren over een bedrijf of instelling, die vervol-gens per mail hun excuses aan de gedupeerde aanboden. De site, die werd gepresenteerd als een service voor klanten, werd heimelijk gesponsord door bedrijven en was eigenlijk bedoeld om mensen die de klantenservice gek belden te bedelven onder een constante lawine van geautomatiseerde excuusmails, gegenereerd door een algoritme dat K.D. (Kunstmatige Domheid) heette. De tekst van de spijtbetuigingen was elke keer iets anders zodat de boze klanten voorgoed op een zijspoor werden gezet.

In het volgende hok zaten vier pafferige jongens in nette over-hemden die van hun werkplek een vuilnisbelt van afgekloven pizza-punten, Big Gulp-bekers en Mentos-wikkels hadden gemaakt. Hun idee was een spot-de-beroemdheidsite, waarbij het publiek tips kon doorbellen over waar beroemde mensen in New York (en later Hollywood, Londen enzovoort) zich ophielden. Die informatie werd vervolgens doorgegeven aan abonnees via hun pieper of updateservice op hun zaktelefoon. De jongens hadden al met een business angel gesproken die een bedrag had genoemd van twee miljoen dollar. De site, www.spotcha.com, zou tegen het einde van het jaar de lucht in moeten gaan en zou zonder enige twijfel 'hét coolste merk van de eenentwintigste eeuw worden', zo beweerden ze, elkaar high-fives gevend.

Venn leidde haar verder rond.

'Daar krijgen ze toch niet echt geld voor, hè?' vroeg ze.

'Bijna iedereen die niet compleet gestoord is krijgt geld.'

'En die jongens noem je dus niet compleet gestoord?'

'Al die investeerders proberen te bedenken hoe ze grof geld kunnen verdienen aan de nerds die ze vroeger in elkaar sloegen,' zei hij. 'Ze zetten die jongens in een mooi kantoor, houden ze zoet met gratis Handspring-computertjes en Nerf-geweren, terwijl één zo'n whizzkid al genoeg geld kan opbrengen om een motorjacht van te kopen.'

'En dat coöperatie-idee, werkt dat een beetje?'

'Niet echt,' zei hij geamuseerd. 'Ze kunnen elkaars bloed wel drinken. Daar ging die bespreking zojuist ook over. Het is net een klucht. Maar op het dak heb je prachtig uitzicht.' Hij ging haar voor een smalle trap op.

Het was er winderig; je kon een stukje van City Hall zien en in de verte de antennes van het World Trade Center, de waterreservoirs op de daken van de omringende hoogbouw. Het dak was bedekt met teerpapier en als je over de lage muur naar beneden keek, zag je Canal Street. Venn was iemand die duizenden kennissen en honderden minnaressen had, maar zij was zijn enige echte vriendin. Als Tooly ergens deskundig in was, dan was het in Venn; ze had hem immers jarenlang bestudeerd.

Hij was opgegroeid op een klein eiland voor de kust van British Columbia, een rotsachtig, dichtbegroeid spikkeltje op acht uur reizen van Vancouver: via drie veerboten en dan nog een enorm stuk rijden door eindeloze bossen. Het eiland had honderd permanente bewoners, zelfverkozen verschoppelingen, van wie een groot deel in een commune woonde die de Happening heette en door Amerikaanse dienstplichtontduikers en een wisselende bezetting van kunstenaars en andere uitvreters was opgericht. Traditionele relaties waren verboden in de Happening – niemand bezat de ander in het huwelijk of anderszins, sommige vrouwen hadden voorkeur voor een bepaald kind en op grond daarvan ontstonden familiebanden. De jongens mochten geen speelgoedgeweren hebben en de meisjes geen poppen, al was er wel een vrolijke Zweed die prachtige autootjes van hout kon maken, totdat hij vanwege een drugsruzie het eiland moest verlaten. Rond het kampvuur hielden de volwassenen 's avonds discussies – soms zinnig, soms onzinnig – over de toestand in de wereld, want ze waren niet alleen bijzonder intelligent maar ook bijzonder stoned. Terwijl de kinderen marshmallows roosterden, waren de volwassenen joints aan het roken, gedichten aan het declameren, klunzig aan het dansen en hard tegen de woeste wildernis aan het zingen. Al snel begonnen de kinderen te experimenteren met de geheime voorraad van hun ouders en slopen de hutjes in van de seizoensgasten. De jonge tieners zwommen naar het nabijgelegen andere eiland, sprongen op de veerboot naar Vancouver Island, liftten langs de kust en sliepen op het strand. Ze rookten opgerolde boombladeren om te zien of die hetzelfde effect hadden als een joint.

Mettertijd werd de Happening steeds minder happening; de oprichters hadden constant gebrek aan van alles, de kinderen werden chagrijnig. De volwassenen hadden op het vasteland werk kunnen zoeken, maar vonden dat de consumptiemaatschappij mensen uitbuitte. Dus stalen ze ervan, schreven zich onder een valse naam in bij de Columbia Recordclub en verkochten de gratis platen die ze als welkomstgeschenk kregen door aan een winkel in Campbell River. Een moeder en haar zoon hadden zich gespecialiseerd in het oplichten van een restaurantketen in Victoria, terwijl anderen de huizen van de gepensioneerden op het eiland leegroofden onder het mom van een vriendschappelijk bezoekje. Toen iemand hoorde dat jongeren onder de elf strafrechtelijk niet vervolgd konden worden, lieten de ouders hun kinderen winkeldiefstal plegen in Vancouver. Helaas verprutsten de kinderen het en werden gepakt, waarna er twee agenten op bezoek kwamen in de Happening voor een stevig gesprek. Dat joeg de andere kinderen behoorlijk schrik aan, alleen Venn niet. Als tiener was hij de hoofdkostwinner van de commune, een held dankzij zijn vindingrijkheid en ondernemingslust. Enkele volwassen vrouwen maakten zelfs avances. Toen hij vijftien was, had hij het wel gehad met dit beperkte leventje aan de rand van de Pacific, te midden van volwassenen die hun studie niet hadden afgemaakt en werkten als onbevoegde klussers en pseudobeeldhouwers.

Met een vals identiteitsbewijs en een eerlijk gezicht begon hij aan een trektocht door Canada, verbleef in Calgary, Winnipeg, Toronto en Montreal, waar hij vriendschap sloot met een groepje rondreizende Australiërs. Nadat hij een paspoort had weten te verkrijgen waarin stond dat hij achttien was, ging hij met hen mee naar Australië. Het was zijn eerste keer in een vliegtuig en zijn eerste reis buiten Canada. Venn werkte een tijdje als losse kracht aan de kust van Queensland en daarna een zomer lang in een mobiel abbatoir in de bush, waar hij het vee slachtte voor boeren die te ver afgelegen woonden om hun dieren naar een slachthuis te vervoeren. Op zijn zeventiende deed hij de backpackersroute door Indonesië en daarna door Vietnam, een land waarover hij al sinds zijn jeugd hoorde vanwege de oorlog. Hij werkte in bars op verschillende plekken in Zuidoost-Azië. Op zijn tweeëntwintigste – ietsje ouder dan Tooly nu – ging hij naar Thailand, bestierde een bar in Pattaya en verkaste naar Bangkok, waar hij aan een schaakbord een oudere Russische balling, Humphrey, ontmoette. En dat was het begin van een langdurige verbintenis.

Door zijn jeugd aan de periferie van de wereld was bij Venn een hunkerend verlangen ontstaan naar het hart ervan, en was hij constant op zoek naar plaatsen waar het bruiste. De afgelopen tien jaar had hij zijn geluk beproefd in Jakarta, Amsterdam, Malta, Cyprus, Athene, Istanboel, Milaan, Boedapest, Praag, Hamburg, Marseille, Barcelona en nu New York. Zijn werkzaamheden waren even veranderlijk als zijn verblijfplaats: van bouwvakker naar supermarktslager tot nachtclubmanager. Hij was chauffeur geweest van een pandjesbaas, de vertrouweling van een oude Mandarijn, zelfstandig aannemer, zakenman. Hij voelde zich nergens te goed voor en was niet te beroerd eenvoudig werk te doen. Toch zat er een stijgende lijn in zijn loopbaan, evenals in de mensen met wie hij zich omringde.

Toen Tooly Venn leerde kennen, ging hij voornamelijk om met zwendelaars en oplichters, die naar hem toe trokken als wormen uit de vochtige grond. Vroeger vond ze zulke lui interessant. Maar alleen mensen die niet veel boeven kennen, worden erdoor geïntrigeerd. Binnen de kortste keren was het gedaan met Tooly's fascinatie. Inmiddels verkeerde Venn in kringen van jonge beurshandelaren en effectenmakelaars, kleine *masters of the universe* die zich een maffia-imago aanmaten, zich in gehuurde limo's lieten voorrijden bij het Old Homestead Steakhouse, waar ze een dubbele biefstuk bestelden om vervolgens een groot kartelmes in het halfrauwe vlees te zetten zodat het bloed op het tafelkleed spoot. Ze rekenden af met grote stapels bankbiljetten en hoefden nooit het wisselgeld terug. Op hun werk hadden ze een grote bek, maar daarbuiten stelden ze niets voor. Daarom keken ze bewonderend op naar Venn, een man die de zelfkant kende, die met crimineel geld te maken had gehad. Hij wist hoe je in contact met de zware jongens moest komen, wat je moest doen als je in de knoei kwam, hoe je aan bepaalde papieren moest komen, hoe je bedragen moest doorsluizen en zwart geld wit moest wassen. Hij vertegenwoordigde toegang tot de onderwereld. Dat was althans de illusie die hij verkocht.

Tooly vond het vervelend dat Venn noodgedwongen veel tijd moest doorbrengen met ongure types. 'Dat is het lastige van deze manier van leven,' gaf hij toe, 'dat je altijd te maken hebt met deze vreselijke randfiguren. Niemand die mijn kring van intimi kent.'

'Je kring van intimi? Wie zijn dat dan?'

'Eh....' zei hij peinzend en hij moest toen glimlachen. 'Eigenlijk alleen jij, dukkie.'

Venn gaf niets om rangen en standen of status. Dat verklaarde waarschijnlijk waarom hij al zoveel jaar met Humphrey en haar omging. Venn hield juist het meest van buitenbeentjes die, net als hij, wars waren van dikdoenerij. Hij was iemand die geen deel uitmaakte van de maatschappij, die niet stemde als er verkiezingen waren. Hij was iemand die zichzelf had vormgegeven en niemands bezit was. Hij wist niet wie van de baardapen die hij als kind had meegemaakt zijn vader was, het kon hem ook niets schelen. En van zijn moeder had hij voorgoed afscheid genomen. Familie betekende voor hem niet meer dan een willekeurige naam in het telefoonboek. De relaties die ertoe deden waren met de mensen die je zelf uitkoos, wat vriendschap tot de mooiste verbintenis maakte, maar ook een kwetsbare, omdat beide partijen de band konden verbreken.

Hij koesterde geen enkele illusie dat hij een eind kon maken aan de langdurige heerschappij der dwazen, maar hij pleitte voor fatsoen in het kleine domein waar je wél invloed had. Hij huurde hotelkamers voor verslaafden zonder dat hij er iets voor terug hoefde, leende geld aan klaplopers die hem toch nooit zouden kunnen terugbetalen. Hij had zelfs een keer de vlucht vergoed van een

Filippijnse die op Cyprus tot prostitutie was gedwongen. Hij kwam altijd op voor de zwakkeren, met gevaar voor eigen leven, zoals de keren dat Humphrey werd lastiggevallen door onverlaten, of toen een geile dronkenlap in Praag Tooly's bloesje van haar lijf rukte. Als Venn zijn toevlucht tot geweld nam, werd dat niet voorafgegaan door duwen en trekken. Hij sloeg er meteen op los. Tooly verafschuwde agressie maar soms wilde ze gewoon dat Venn geweld gebruikte, omdat hij de enige was die gerechtigheid in een onrechtvaardige wereld kon brengen.

De wind op het dak zwiepte Tooly's haar voor haar gezicht. 'Kan ik soms iets doen in dit bedrijf?'

'Er zijn hier niet echt banen,' antwoordde hij. 'Het is geen regulier kantoor.'

'Kunnen we niet samen een project opzetten?'

'Wat mij betreft is onze vriendschap al het project.' Hij keek omlaag naar de straat. 'Wat jij moet doen,' zei hij, 'is net als die meiden beneden de online-reclame ingaan.'

'Ga toch weg,' zei ze lachend.

De afgelopen jaren had Venn in de landen waar ze samen waren geweest op een gezamenlijk project gezinspeeld: dat ze binnenkort iets met z'n tweeën zouden gaan doen, iets waar ze sinds haar jeugd al op hoopte. Nu hadden ze in het verleden weleens samengewerkt, al had ze dat toen niet doorgehad. Als ze in een nieuwe stad waren, droeg hij haar op aan te bellen bij onbekenden en te vragen of ze naar de wc mocht. Even later belde hij dan zelf aan en beweerde buiten adem dat zijn dochtertje was weggelopen – hadden zij haar soms gezien? Dan kwam hij binnen, sloot dolblij zijn kleine meid in de armen, nam dankbaar het glas water aan en stelde zich voor aan zijn beoogde slachtoffers. En het kwam er dan altijd op neer dat deze wildvreemden hem iets aanboden – een logeerplek of een baan bijvoorbeeld – en geen nee accepteerden. Mensen waren dol op zijn gezelschap, wilden graag in zijn nabijheid verkeren.

Als dank trakteerde Venn haar vervolgens op een etentje in het beste hotelrestaurant van de stad. Onderweg gingen ze een tweedehandskledingwinkel in waar hij voor hen beiden een elegante jas kocht. Opgedoft togen ze naar de chique gelegenheid en werden door een ober gezwind naar een tafeltje gebracht – het was de verjaardag van zijn lieftallige dochter, zei Venn, dus ze moest als een prinsesje behandeld worden! Hij diste nog meer verhalen op, waarin ook Tooly een rol speelde, en de bediening hing aan zijn lippen. Ze aten oesters en dronken champagne (zij mocht een slokje uit zijn glas), kregen fazant met gebakken aardappelen, en een kaasplateau, en Tooly mocht zoveel toetjes van het karretje kiezen als ze wilde. Nadat Venn koffie met cognac had besteld, liep hij met Tooly mee naar de wc, waarvoor je in een hotelrestaurant meestal de eetzaal uit moest, de lobby in. Pas na een paar van zulke feestmaaltijden begreep Tooly waarom ze altijd rechtstreeks door de draaideur naar buiten gingen en het dan op een lopen zetten. Een dampende kop koffie en een glas fonkelende cognac werden op hun tafeltje neergezet, samen met de torenhoge rekening die discreet dubbelgevouwen op een zilveren blaadje lag. Die charmante man en zijn schattige dochtertje waren waarschijnlijk nog in de wc, nam het personeel aan. Niets aan de hand, ze zouden vast zo terugkomen, want hun jas hing tenslotte nog over hun stoel.

Toen Tooly ouder was, ontdekte ze dat er nog meer sluiproutes waren: je kon bijvoorbeeld gratis vakantie vieren door aan te pappen met een verlegen autochtoon van de andere kunne, zodat je voor niks kost en inwoning kreeg, en een meerdaagse rondleiding op de koop de toe. Een andere truc was het ophangen van posters in een overvol treinstation waarop een beloning werd uitgeloofd voor de eerlijke vinder van een verloren sleutel. Tooly deed dan een grote rugzak om (vol met Humphreys vuile was) en liep rechtstreeks naar de rookruimte – daar was het altijd makkelijk om een praatje aan te knopen. Het liefst had ze een kwaadaardige nijdas, hoe onsympathieker hoe beter. Ze leende zijn aansteker om haar sigaret mee aan te steken en mopperde dat ze eerder naar huis moest omdat haar oma in Florida ziek was geworden. Vervolgens ging ze naar de frisdrankenautomaat en liet haar rugzak achter bij de man, waarna ze even later met een stomverbaasde blik en iets in haar hand terugkwam. Hé, is dit niet de sleutel van die poster met een beloning voor de eerlijke vinder? In een telefooncel belden ze het bewuste nummer. De eigenaar van de sleutel was helemaal door het dolle en zei dat hij meteen naar het station kwam rijden met de royale beloning; over een uurtje zou hij er zijn. Helaas kon Tooly niet zo lang wachten – zij moest haar vliegtuig halen. Toch wilde de man aan de andere kant van de lijn (Venn) per se dat ze zou wachten. Tooly was hier schijnbaar even van in de war en gaf de telefoon aan haar nieuwe kennis. Venn zei tegen hem dat hij net met het meisje had afgesproken dat ze vijfhonderd dollar zou krijgen: als jij haar dat bedrag nou geeft, dan krijg je het van mij straks terug. Weet je wat, ik verviervoudig het, als je daar nog even blijft wachten: tweeduizend handje contantje, plus de vijfhonderd die je aan het meisje hebt gegeven. Haar onsympathieke nieuwe metgezel speerde naar de dichtstbijzijnde geldautomaat (waar Tooly hem behulpzaam de weg naar wees) en pinde een bedrag dat zo dicht mogelijk in de buurt van de vijfhonderd dollar kwam. Tooly gaf hem de sleutel en ging er haastig vandoor naar de taxistandplaats – geen tijd meer voor de trein naar het vliegveld. Twee uur later stond de man nog steeds te wachten; geërgerd belde hij het nummer van de poster, maar er werd niet meer opgenomen.

Maar zulke drieste strapatsen haalden ze tegenwoordig niet meer uit; Venn vond het inmiddels laag-bij-de-gronds, en Tooly was het met hem eens. Hij hield zich nu met legitieme zaken bezig, maar bleef voor haar zorgen, regelde de reis naar elke nieuwe stad en hielp een onderkomen te vinden voor Humphrey en haar. Soms gingen er weken voorbij zonder bericht van hem, tot hij opeens belde. Als ze zijn stem hoorde waarin de lach doorklonk, was ze op slag haar teleurstelling vergeten dat hij zo lang geen contact had gezocht.

Hij was bloedirritant; hij was onvoorspelbaar, hij was altijd te laat. Maar uiteindelijk kwam hij altijd opdagen. Dus wachtte ze. 'Nog een geniaal nieuw idee?' vroeg ze. 'Heel veel, dukkie. En jij?' Hij tuurde over de daken. 'Ik heb je meegenomen zodat je kennis kon maken met die lui beneden – ze zijn min of meer van jouw leeftijd – die overlopen van de ideeën. Je wilt niet eindigen zoals Humph. Je moet in beweging blijven, verder gaan.'

Humphrey stuurde idiote brieven naar allerlei potentiële werkgevers ('Opgelet *New York Times*: ik ken jongedame die u beslist interessant zullen vinden...') omdat hij overtuigd was van haar talent. Venn was minder enthousiast en dat stak Tooly. Maar hij had gelijk: ze had nog helemaal niets gepresteerd. Humphrey beweerde altijd dat de beroeringen van de twintigste eeuw bruut een eind hadden gemaakt aan zijn toekomstverwachtingen, dat hij 'door de geschiedenis was klemgezet'. Maar Tooly was opgegroeid in een periode van relatieve rust, in een tijd dat de grote historische gebeurtenissen achter de rug waren. Ze was te jong om de opwinding over de Val van de Berlijnse Muur te begrijpen, of de demonstraties op het Plein van de Hemelse Vrede; haar bewustzijn was ontwaakt ten tijde van Operatie Desert Storm en de rellen in Los Angeles, landen die uiteenvielen en een rommeltje van de landkaarten maakten, daarna het proces rond O.J. Simpson, een computer die een mens met schaken had verslagen, Dolly, het gekloonde schaap, een Engelse prinses die omkwam bij een auto-ongeluk, de machtigste man ter wereld die ontucht met een stagiaire bedreef. Dit waren allemaal op zichzelf staande gebeurtenissen, zonder onderling verband, en met haar hadden ze al helemaal niets te maken.

Ze vroeg zich weleens af hoe het zou zijn om in een belangrijk tijdperk te hebben geleefd. Hoe zou ze tijdens een wereldoorlog hebben gehandeld? Humphrey had haar grootgebracht met de Tweede Wereldoorlog en het totalitaire regime van de Sovjet-Unie als belangrijkste historische feiten – die geschiedenis was de hare, in plaats van de banale vrede van nu. Het leek haast wel of de hele wereld, ook New York, er alleen nog naar streefde om net als Seattle te zijn. Ze wou maar dat de huidige tijd haar hand beet zou pakken en haar naar een toekomst zou leiden.

'Kom,' zei Venn en hij liep voor haar uit de trap af.

Hij zweeg terwijl ze door Canal Street liepen. Ze wilde dat hij iets zou zeggen, zodat ze wist in wat voor bui hij was – Tooly kon niet tegen die stilte (al maakte het verkeer een hoop herrie). Ze vond het zo erg dat ze hem niet van nut kon zijn, niets te bieden had. En ze had best wat bereikt in deze stad, was een paar huizen binnengeslopen. Maar met welk doel? Voor een vluchtig praatje? Om te zien hoe studenten woonden? Die ondervraging van de student aan 115th Street had niets opgeleverd. Hij was een braverik, en dat was nou net het probleem. Je draaide klootzakken een loer, niet een verlegen joch.

Venn keek of hij een vrije taxi zag, zijn aandacht was al bij zijn volgende afspraak. Hun ontmoeting was voorbij en het zou weer een tijd wachten zijn tot de volgende.

Ze had gehoopt dat ze de hele dag samen konden zijn, dat dit het begin van een nieuw avontuur met hem was – en anders toch tenminste een uitgebreide maaltijd of een lange wandeling. Maar het zat er niet in. Ze keek al naar hem met de wetenschap dat ze zo meteen weer alleen was.

Wacht even. Niet zomaar verdwijnen.

'Ik moet je nog iets vertellen,' liet ze zich opeens ontvallen.

Voor ze er erg in had, deed ze hem het relaas van Duncan en vertelde over Xavi en Emerson – zelfs over de man van de begane grond met het zwijn. Ze dikte alles aan, om te laten zien dat ze niet had stilgezeten, beschreef het voorval of de kansen er voor het grijpen hadden gelegen. 'Ik weet natuurlijk dat het maar studenten zijn,' zei ze, 'maar ze hebben natuurlijk ook ouders.'

'De meeste mensen, zoals je nog wel zult ontdekken.'

'Ik heb enorm veel info over ze.' Ze tastte in haar zakken naar de verfrommelde krantenpagina waar ze de gegevens had genoteerd toen ze uit het appartement was vertrokken. Ze las haar aantekeningen voor en keek of Venn ergens door werd geïntrigeerd of verwachtingsvol van opveerde.

Dat gebeurde niet.

'Sorry,' zei ze.

'Geen sorry zeggen, dat is nergens voor nodig, dukkie,' zei hij. 'Luister, als jij denkt dat het wat oplevert, moet je er vooral mee doorgaan. Of bel die advocaat in spe eens op, je weet maar nooit wat er uit voortkomt.'

'Ook stom, ik heb niet eens zijn nummer.'

'Hoe heb je dat voor elkaar gekregen?' vroeg hij gniffelend.

'Ik mocht van jou geen telefoonnummers meer noteren!' Tooly had lange tijd een opschrijfboekje met telefoonnummers gehad, hoewel Venn dat eigenlijk niet wilde. Na hun vertrek uit een stad had ze elk nummer doorgestreept, maar hij had toch liever dat ze de gegevens uit haar hoofd leerde – de mensen die ze tegenkwamen waren doorgaans niet het type waarmee je schriftelijk in verband gebracht wilde worden.

'Dus je hebt zijn nummer wel,' vroeg hij, 'maar je bent het vergeten?'

'Ik heb het niet eens gevraagd,' bekende ze. 'Ik vind het zo vervelend om iemand naar zijn nummer te vragen. Want dan willen ze ook het mijne en weet ik nooit wat ik moet zeggen.'

'Zeg dat je net verhuisd bent maar nog geen aansluiting in je nieuwe huis hebt.'

'Hé,' riep ze verontwaardigd, 'dat zeg jíj altijd tegen míj!'

Hij sloot grinnikend zijn ogen, zijn oogleden trilden. Tooly trok een boos gezicht, zodat hij dat zou zien als hij zijn ogen opendeed. Maar hij liep gewoon door. Ze liep onwillekeurig op een holletje achter hem aan. 'Mafketel,' zei ze en ze haakte haar arm door de zijne, snoof de natte-houtgeur van zijn trui op.

Venn was verdiept in haar papiertje met aantekeningen over de studenten – hoe had hij dat haar zo snel ontfutseld? 'Dit papier ruikt naar pindakaas.'

'Daar heeft mijn boterham in gezeten,' zei ze en ze griste het terug. 'Kijk maar, je hoeft helemaal niet bang te zijn dat ik iets opschrijf, want ik eet het bewijs altijd op.'

Hij barstte in lachen uit, wat haar helemaal blij vanbinnen maakte.

'Ik heb een besluit genomen,' zei ze. 'Ik ga weer terug naar dat appartement. En ik zal iets nuttigs voor ons zien los te krijgen uit die studenten. Oké? Zeg maar wat je wilt hebben.'

'Je weet wel hoe het werkt, dukkie van me.'

Venn streelde haar wang waardoor ze stilviel. Hij stapte in een taxi en liet haar alleen achter in de drukke straat.

2011

Die ochtend was ze slechts één wandelaar in de Black Mountains tegengekomen: een klein jongetje met een grote rugzak dat een groet had gemompeld die Tooly vrolijk beantwoordde. Op deze hoogte zag het er niet uit als de wereld. De dorpjes in de diepte waren verbonden met het moderne leven, maar voor de wegstuivende hazen en de schapen maakte het niet uit welke eeuw het was, wat voor ingrijpende gebeurtenissen er in het dal plaatsvonden, of de mannen onder de wapenen werden geroepen en ze jaren later over de oorlog zaten te mijmeren, of dat hun weduwen in hun eentje aan de avondmaaltijd zaten.

Haar aandacht werd getrokken door iets in de verte, aan de andere kant van de heuvel. Een groepje wandelaars misschien. Maar ze kwamen te snel naderbij. Mountainbikes? Ze tuurde ingespannen. Het waren geen mensen maar pony's, de wilde pony's die hier rondzwierven. Ze waren aan het galopperen en nog een eind weg, maar over enkele minuten zouden ze op haar afstormen. Het pad was maar een karrenspoor, aan weerszijden begroeid met dicht struikgewas en meteen daarna een steile afgrond. De pony's werden duidelijker zichtbaar, het waren er een stuk of twintig. Ze waadde tot aan haar knieën de varens in. Konden de dieren van het pad afwijken en haar zelfs daar vertrappelen?

Maar toen ze bij haar waren, was hun galop overgegaan in stap en ze keurden het vreemde mensenwezen dat hen vanuit het struikgewas observeerde geen blik waardig. Ze begonnen te grazen, veulens tussen de merries, een kastanjebruin jonkie op spillebenen, een grijze zware hengst met een zwiepende staart. Tooly hield zich doodstil – oog in oog met wilde dieren. Ze probeerde dit moment op te slaan in haar geheugen, des te belangrijker omdat er niemand was om het mee te delen. Ze had een keer een verhaal gelezen over een stervende man in een gesticht die 'een kudde herten, opmerkelijk mooi en sierlijk' door zijn verbeelding zag rennen. Als ze zich dit moment jaren later voor de geest haalde, wat zou ze zich dan herinneren? Een herinnering aan het feit dat ze zich iets wilde herinneren?

Ze wendde zich abrupt af van de pony's, beende in een halsbrekend tempo door de varens over de steile helling omlaag. Het had geen zin, wist ze, om te piekeren.

'Dringend op zoek naar je. Kunnen we over je vader praten???' had Duncan geschreven. Wat gaf een vriendje van tien jaar terug het recht om haar met leestekens te bombarderen? Haar vader was in New York in elkaar geslagen en beroofd, had Duncan via Facebookberichten uitgelegd. Wat voor onmin ze ook met hem had, ze moest meteen een vlucht boeken om hem bij te staan. Tja, dat klonk redelijk. Alleen had Tooly geen flauw idee wie die vader kon zijn.

Tijdens haar verkering met Duncan had ze nooit over familie gerept, met geen woord. Maar Duncan bleek, nadat ze elkaar in New York uit het oog waren verloren, naar haar op zoek te zijn gegaan en had haar vader gevonden. Hij bleek te wonen in een opslagruimte in de buurt van de Gowanus Expressway. De oude man had niets losgelaten over Tooly's verblijfplaats, maar had wel een potje schaak met Duncan gespeeld.

En daardoor wist Tooly dat deze 'vader' niemand anders dan Humphrey kon zijn.

Ze raakte door niets zo ontdaan als door denken aan vroeger. Te beginnen met, tja, hoe moet je beschrijven wat er was gebeurd? Ze beschouwde het niet als een ontvoering. Maar wat dan? Uit huis gehaald, ondergebracht bij een vreemde, de hele wereld over getrokken. Al die gebeurtenissen leken te leiden naar een doel, maar uiteindelijk was alles in New York uiteengevallen.

Het ontbreken van een bevredigend einde knaagde nog steeds aan haar, hoezeer ze ook haar best deed het te vergeten. Jarenlang had ze gewacht op Venns terugkeer. Ze was van het ene land naar het andere gereisd, had minnaars gehad, allerlei baantjes, maar steeds gedacht dat er nog een ander leven zou komen: een wormgaatje waar ze op een goede dag doorheen zou glippen, gered door zijn aanwezigheid. Pas toen ze de winkel had gekocht, ebde dat gevoel weg. Eerst was het verpletterend, daarna kwam de opluchting: niet langer rondzwerven, zich niet langer verheven voelen boven haar medemensen. Sterker nog, ze vond zich inmiddels heel gewoontjes. Net als Venn had ze alle overbodigheden uit haar leven geschrapt: gezelschap, gesprekken, genegenheid. Ze begreep nu pas al die dingen die hij tegen haar had gezegd, en popelde om hem dat te vertellen.

Maar het was Humphrey die nu onverwacht in haar leven was opgedoken. Was het gek dat ze dacht dat Venn er iets mee te maken had? Als ze naar New York ging, zou hij daar dan op haar wachten?

Tooly tuurde naar de heuvelflank, keek of ze de pony's nog ergens zag. Maar haar omgeving boeide haar niet meer. Niets deed er nog toe. Haar boekwinkel. Niets. Het verleden overstemde het heden, en het wachtte op haar in New York.

Het vliegtuig zette de daling in, de gevleugelde schaduw gleed over het oppervlak van de oceaan. Tooly, die zo vaak had gevlogen in haar leven, had de laatste jaren vliegangst gekregen. Nu kromp ze bij elke hapering ineen – als de motoren begonnen te brullen en als ze opeens stilvielen.

In de aankomsthal op JFK Airport sloeg een veiligheidsbeambte met olifantenbenen en een krakende walkietalkie de voorbij sjokkende meute gade, vermoeide passagiers die koffers, baby's en tijdsverschil met zich meesleepten, moedeloos werden bij het zien van de enorme rijen voor de douane – de schuld van de terroristen of de schuld van de overdreven bezorgde overheid, dat was afhankelijk van je politieke kleur. Ze herinnerde zich hoe nerveus Paul altijd was als ze de grens overgingen. Een beambte met vlezige schouders en een keurig verzorgd snorretje pakte haar Amerikaanse paspoort aan en sloeg langzaam de bladzijden om. 'Welkom thuis, mevrouw.'

De buitenwijken van New York raasden langs het raampje van de gele taxi, waar Tooly zat opgepropt achter een kogelvrije ruit met ingebouwde blèrende tv die ze niet kon uitzetten. De chauffeur was aan het babbelen in een handsfree en Tooly keek de hele tijd op omdat ze dacht dat hij het tegen haar had, maar realiseerde zich dan dat hij Punjabi sprak.

In haar tweesterrenhotel in midtown werd ze wakker in het donker – het aardedonker van een hotelkamer waarvan de gordijnen dicht zijn. Beneden op straat hoorde ze vaag de gesyncopeerde sirenes van politiewagens, alsof die door een kind werden bediend. Naast haar lichtten demonische rode cijfers op: 4:31.

In de badkamer dronk ze wat water uit het kommetje van haar hand om wakker te worden. Ze schoof de gordijnen open en ontdekte een Orionnevel van kantoorverlichting. Op de televisie las ze de beschrijvingen van films die ze tegen betaling kon bekijken: 'Een ex-marinier wordt verliefd op een bewoonster van een weelderige vreemde planeet'; 'Twee rechercheurs moeten een kostbaar honkbalplaatje zien op te sporen'. Het leek wel of er alleen maar reclame voor medicijnen werd gemaakt. Mogelijke bijwerkingen

waren onaangename smaak in de mond, duizeligheid, dwangge-
dachten en abnormaal gedrag, opzwellen van de tong, geheugen-
verlies, angstgevoelens, opstaan terwijl men nog niet helemaal
wakker is en een handeling verrichten waarvan men zich niet bewust is.

Zou ze de gasten in de andere kamers wakker maken als ze nu
wat op haar ukelele ging oefenen? Om weer onder de mensen te
zijn, dicht opeengepakt, vergde enige aanpassing. Toen ze uit
Caergenog vertrok en de zaken aan Fogg had overgedragen, had hij
beweerd dat er dankzij de technologie tegenwoordig niet meer
zoiets bestond als 'weg'. Maar dit voelde wel als 'weg'.

Over ongeveer twaalf uur zou ze Duncan zien. Hoe zou hij zijn?
Boos? Dat was hij nooit geweest toen ze verkering hadden. Maar in
hun onlinecorrespondentie had hij kortaf geklonken: koeltjes had
hij het even over zijn vrouw, kinderen en werk gehad. Toen ze om
het telefoonnummer van Humphrey vroeg, had hij simpelweg gezegd dat ze naar New York moest komen. Je vader heeft je nodig.
Niet alleen even bellen.

Uren later werd ze weer wakker, ze voelde zich een ander mens,
de opengetrokken hotelgordijnen boden uitzicht op een andere
stad: de zon die weerkaatste in de wolkenkrabbers, geometrische
stukken lucht. Het was zaterdag, maar in de kantoren aan de overkant van de straat zag ze menselijke gedaanten die naar bureaus
liepen, over hun gezicht wreven terwijl Windows opstartte. In de
hotellobby werd Tooly door een koperen draaideur opgeslokt en
weer uitgespuwd in de metropool, begeleid door portiers die naar
taxi's floten en het biep-biep-biep van claxons. Ze ging op weg zonder plattegrond, want onbewust wist ze nog precies hoe ze moest
lopen, de topografie zat nog in haar hoofd, al had die daar ruim tien
jaar een sluimerend bestaan geleid.

In haar afwezigheid hadden cupcakes zich massaal meester gemaakt van New York. Joggers renden op blote voeten. Hipsters had-

den nerdy brillen en baardjes. En lopen was een hindernisbaan geworden, voetgangers waren in de ban van de apparaatjes in hun hand, botsten op de stoep tegen elkaar op, blikten even wazig naar de gedeelde wereld en keken dan weer snel naar de bodemloze diepte die in glimmend glas werd weerspiegeld.

Toen ze er nog woonde, klaagde iedereen altijd dat New York zo veranderd was, dat burgemeester Giuliani Times Square van zijn groezelige charme had ontdaan, er een karakterloos Disneyland van had gemaakt. Maar de vertrutting was alleen maar erger geworden. Misschien kwam het doordat ze New York door de jaren heen had meegemaakt, dat het er nu zo schoon leek. Of het was een gevolg van leven in het algemeen: je verbond jezelf aan een bepaalde periode, maar plaatsen bleven niet hetzelfde, waardoor elke hernieuwde kennismaking ontnuchterend was.

Ze liep Grand Central binnen voor de trein van vier uur 's middags. Overal haastige mensen, een explosie van mensheid met koffers op wieltjes. In Caergenog zou het parkeerterrein bij de kerk inmiddels vol staan, in The Hook hadden de zaterdagavonddrinkers zich verzameld en de pony's zwierven over de winderige heuvels. Het zou daarboven donker zijn, het dal bespikkeld met lichtjes.

Toen ze in Stamford was aangekomen, aarzelde ze even voordat ze het station uit liep, verrast dat ze zo zenuwachtig was bij het vooruitzicht Duncan weer te zien. Er stopte een zilverkleurige BMW; het portier aan de passagierskant klikte open. Hij knikte naar haar. 'Welkom in zonnig Connecticut.'

Hij was een man van middelbare leeftijd geworden: kromme schouders, een buikje, grauwe huid, moe uitziende ogen. Ze zag al de oude man die hij zou worden, de vroegere jeugd die op zijn retour was. 'Last van jetlag?' vroeg hij terwijl hij van Tooly naar zijn schoot keek, waar op zijn ene been een iPhone en op de andere een knipperende BlackBerry lag te wiebelen. Op het dashboard lag een blocnote. Ze had zijn handschrift in geen jaren gezien. Door die robuuste blokletters op millimeterpapier stond hij haar opeens weer levendig voor de geest – iets wat, gek genoeg, niet gebeurde als ze naar Duncan zelf keek.

Op weg naar zijn huis in Darien wees hij haar op de bezienswaardigheden: een meertje waar hij als kind had geschaatst, de oude Post Road, de weg waar vroeger, in de eerste jaren van de republiek, de postkoets had gereden en waar nu SmartLipo, laserontharing en Bob's Unpainted Furniture Gun Exchange waren gevestigd.

Duncan was partner bij een advocatenkantoor in Manhattan, kostwinner en zelfverzekerd, iets wat hij vroeger, vertederend genoeg, niet was. Ze bespeurde iets van ironie in de manier waarop hij tegen haar sprak, alsof hij het al eerder over haar had gehad, misschien wel met zijn vrouw – dat Tooly een beetje anders dan anderen was, en dat ze daar nu nog steeds het levende bewijs van bleek te zijn. Wat had Duncan over haar gezegd? Dat ze een beetje oneerlijk was? Een beetje onbetrouwbaar?

Hij maakte een scherpe bocht en reed een oprit op. 'We zijn er.'

Voordat ze uitstapte, vroeg ze: 'En morgen?'

'Daar kunnen we het later over hebben,' zei hij terwijl hij uitstapte. 'Eerst mijn gezin ontmoeten.'

'Tuurlijk, uiteraard.' Ze pakte vier cellofaan zakjes met Zwitserse bonbons. 'Ik heb wat lekkers meegebracht voor de jongelui. Ieder zijn eigen zakje om een burgeroorlog te voorkomen, dacht ik zo.'

'Ze barsten nog uit elkaar als ze dat allemaal achter elkaar opeten,' zei hij, worstelend om met een mobieltje in beide handen de voordeur open te krijgen. 'Misschien moet ik ze later maar uitdelen.'

'Helemaal niet, dief. Ik geef ze nu aan de kinderen en jij bemoeit je er niet mee.'

'Daar heb je er drie,' zei hij terwijl hij de deur achter zich dichttrapte en naar zijn zevenjarige drieling knikte, die op een oosters tapijt in de zitkamer lag. De ene wiegde heen en weer met een enorme witte koptelefoon op, haar genetische evenbeeld deed een spelletje op een smartphone en de derde tuurde op een iPad. Alle drie waren verkleed als fee, in een balletpakje met gazen vleugels. 'Abigail?' zei Tooly. 'Wie is Abigail? Sta eens op dan kan ik zien wie je bent – deze is voor jou. Eigenlijk maakt het niet uit, in elk zakje zit hetzelfde. Ben jij Chloë? En jij Madlen? Eet maar snel op, voordat je vader ze afpakt.'

Elk meisje griste een zakje uit haar hand en rende naar de bank.

'Ieder vier chocolaatjes en de rest voor straks bewaren,' zei hij. 'Oké, meiden?'

De drieling zat in kleermakerszit door hun respectievelijke buit te graaien, hun vleugels trilden terwijl ze hun hand diep in het gekreukte cellofaan staken.

'En je zoon?' vroeg Tooly die het laatste zakje optilde.

Maar Duncan riep al naar boven naar zijn vrouw. 'Mevrouw de president! Bridget!' Geen antwoord. 'Meiden,' vroeg hij, 'waar is mama?'

Ze negeerden hem, waren zich aan het volproppen.

'Bridget!' schreeuwde hij, nu in het trapgat naar het souterrain. 'Bridge!'

'Mama!' riep een van de drieling.

Een ander voegde eraan toe: 'Ma-ma! Er is bûzoehoekkk!'

Even later waren ze allemaal aan het brullen. Huizen met kinderen – Tooly was het geschreeuw vergeten.

Chloë wilde al met haar mobieltje gaan bellen.

'Niet mama bellen, schat,' zei Duncan. 'Ze zit vast boven te studeren.'

Dat deed ze inderdaad, met oordopjes in, zodat ze schrok toen Duncan haar op de schouder tikte. 'O, jeetje, hoi,' zei ze met een hand op haar halsketting. 'Waarom zei je niet dat de gast er al was?' Ze speldde haar asblonde haar van achteren vast, schoof haar bril met een zwart montuur omhoog en stak haar hand uit. Tooly vond haar helemaal geen type voor Duncan. Om te beginnen was ze een stuk groter dan hij. Niet dat ze daarom geen stel konden zijn, maar je verwachtte het gewoon niet.

Ze vonden ook de oudste, Keith (ook wel Mac genoemd) die Kinectimals aan het spelen was op zijn Xbox 360 in de tv-kamer. Telkens als hij bewoog, kwam een schattig jong tijgertje in actie. Maar als je zag hoe de achtjarige jongen zich elke keer liet vallen en weer overeind kwam, leek het eerder of het apparaat hém bestuurde.

'Jemig, Mac, ben je niet een beetje te groot voor dat spelletje?' vroeg Duncan.

Met een sip gezicht zette de jongen het af. De drieling had duidelijk iets oosters in hun slanke trekken, met lang zwart haar dat zwiepte als de manen van trotse paardjes, maar Mac was een dikkige jongen die zijn moeders lichte, Iers-Duitse teint had.

'Hoorde je ons niet roepen?' vroeg Duncan. 'We waren allemaal aan het roepen.'

Mac nam zijn zakje chocola aan en bedankte Tooly. Hij stond op blote voeten voor haar, met zijn grote tenen over elkaar heen.

'We gaan zo eten,' zei Duncan. 'Je krijgt ze straks. Even geduld nog.'

'O, hij mag er best nu al een paar,' zei Bridget.

Duncan haalde er maar twee uit en legde die op tafel.

Het eten bleek een rumoerige aangelegenheid, niet alleen doordat iedereen door elkaar heen praatte maar ook door de laptops. Onder het eten mocht er niet gemaild worden, maar – fijn voor Abigail, Chloë en Madlen – er was geen verbod op het afspelen van Justin Biebervideo's op YouTube. De drieling stond voortdurend op van tafel om nieuwe clips op te zetten.

'Er zijn toch négen planeten?' vroeg Duncan. 'Kan iemand dat even googelen? Niet met je vork en mes, Mac. Zo komt er allemaal saus in het toetsenbord, sukkel!'

'Ik ben niet aan het googlen. Dit is Wikipedia.'

'Hoe zochten mensen eigenlijk vóór Google dingen op?' vroeg Bridget.

'In de bibliotheek?' opperde haar man.

'Zoals die van iTunes,' zei een van de drieling.

'Niet een iTunes-bibliotheek, Maddy,' zei Duncan tegen haar. 'Maar een échte bibliotheek.'

'Ook goed, halvezool,' antwoordde ze.

Iedereen barstte in lachen uit. Duncan nog het hardst, en Madlen keek met een glunderend, rood gezicht alle volwassenen om beurten aan.

'Het toetsenbord is vies, jongens,' zei Duncan. 'Laten we met z'n allen proberen om deze computer niet meteen al het eerste halfjaar te slopen.'

'Hoe spel je "planeten"?' vroeg Mac.

Bridget gaf antwoord. 'Zoals je het zegt, schat: pla-ne-ten.'

Mac fluisterde de klanken voor zich uit en drukte heel voorzichtig op de toetsen alsof er elke keer iets kon ontploffen. Hij las het terug en keek naar zijn moeder. 'Planetun?'

'Die laatste moet ook een *e* zijn,' zei Duncan. 'Pla-ne-tén.'

'Waar moet die *e*?'

'Die *e* moet... aarrgh!' Hij liet zijn vork omwonden met spaghetti vallen en leunde opzij om het zelf in te typen. Duncan scrolde hardop voorlezend de Wikipedia-beschrijving door. 'Nog maar acht planeten? Wat zullen we nou beleven? Wanneer is dat gebeurd?'

Mac liep van tafel.

'We zijn nog aan het eten, Mac.'

Tooly hielp mee met afruimen en toen ze voor de tweede keer terugliep naar de keuken, botste ze tegen de drieling op die druk bezig was de pastalepel om de beurt schoon te likken. 'Mag ik een van die chocolaatjes proberen die ik jullie heb gegeven?'

Ze stonden voor de koelkastdeur en hielden de snoepzakjes voor haar afgeschermd.

'Niet eens ééntje?' Tooly herinnerde zich dit soort meisjes uit haar eigen schooltijd – gemene krengetjes in mooie jurkjes. Om opnieuw door zevenjarigen op haar nummer te worden gezet! Bridget zei dat ze de rest wel alleen afkon en stuurde Tooly en Duncan naar de tv-kamer, waar hij ging zitten zappen tussen een aantal nieuwszenders.

Ze had de kwestie Humphrey weer aan kunnen snijden, maar Duncan leek haar eerst te willen laten zien wat hij allemaal bereikt had, alsof hij de persoon die zij had gekend wilde wissen. 'Vertel nog eens wat meer over jezelf,' zei ze. 'Ik weet dat je jurist bent, maar wat precies?'

'Fusies en overnames.'

'Ruzies om overnames?'

'De bedrijven maken de ruzie, ik ben slechts hun nederige dienaar. Veel contracten opstellen, paperassen in orde maken voor de zakenmensen als ze voor de Belangrijke Overdracht komen. Als ik druk bezig ben met een belangrijke transactie werk ik vaak wel honderd uur per week.'

'Vind je het leuk?'

'Gek genoeg wel. Alles wordt interessant als je er maar lang genoeg mee bezig bent. Het ergst zijn de mensen voor wie ik werk. Het komt nogal eens voor dat ik op vrijdagmiddag word gebeld door een snotjongen van drieëntwintig die bij een private equity-firma werkt en dan zegt: "Sorry, man, maar ik wil dat je hier even goed naar kijkt in het weekend. Verwacht maandagochtend om negen uur een rapport."'

Bridget kwam binnen. 'Zit hij te zeuren over dat hij nu partner is?' Ze gaf een klopje op zijn bovenbeen waardoor de BlackBerry tussen zijn benen op de grond viel.

Hij pakte hem op en las zijn mail terwijl hij vertelde: 'Ja, ik ben dus in januari partner geworden, precies volgens schema. Als een gouden horloge na zoveel jaar trouwe dienst. Maar goed, ik moet nog even hard buffelen als anders. Doen wat de seniorpartners zeggen. Niet eens een behoorlijke salarisverhoging gehad.'

'Jij bent getuige,' merkte Bridget tegen Tooly op, 'van het eerste weekend in vier maanden dat Duncan thuis is.'

'O jee,' zei Tooly. 'Hebben jullie net een weekendje vrij, kom ik jullie lastigvallen.'

'Nee, dat is helemaal niet erg, we vinden het leuk om gasten te hebben,' zei ze. Bridget had ook rechten aan New York University gestudeerd, maar werkte nog niet als advocaat vanwege de kinderen. Tot haar vreugde kon ze binnenkort parttime beginnen bij een kantoor op Wall Street, wat de reden was dat ze aan het studeren was. 'Voorzichtig aan beginnen, ik krijg per uur betaald om met een stel andere bedrijfsadvocaten in een kamer te zitten en een database van miljoenen e-mails door te scrollen. Maar voor hetzelfde geld sturen ze me naar het kopieerapparaat en sta ik daar braaf kopietjes te draaien. Maar goed, het zijn weer echte gesprekken met echte volwassenen. Hoera!'

Duncan was naar een andere nieuwszender gezapt. 'Ja, ja,' bromde hij tegen de deskundologen. 'Eerst de economie naar de klote helpen en dan nu zeker de wereld redden.'

'Op zijn werk mag hij zulke dingen niet zeggen,' legde Bridget uit. 'Vandaar dat hij thuis zo tekeergaat.'

'Tragisch maar waar,' zei Duncan.

Terwijl ze van hun shiraz zaten te nippen, badend in het licht van de nieuwszender, nam Tooly hem op. Het leek zo raar dat hun twee lichamen ooit seks hadden gehad. Hoe raakten mensen eigenlijk in dat stadium, die fase van elkaars kleren uitrukken? Het hele gedoe kwam haar opeens zo idioot voor.

'Wat zit je te lachen?' vroeg hij.

'Ik zat te denken aan je oude huis. Met Xavi en Emerson.'

113

'Aha.'

'En Ham, het zwijntje van beneden.'

'Hmm.' Hij concentreerde zich weer op de tv, hij had duidelijk geen zin om over vroeger te praten.

Ze wilden per se dat Tooly bleef slapen – het was al laat en het echtpaar McGrory had te veel gedronken om haar nog naar het station te brengen. Duncan ging haar voor naar de logeerkamer in het souterrain, waarbij ze langs een werkbank met stoffige koffers en cd's liepen.

'Nog steeds met muziek bezig?' vroeg ze.

'Ja, nou,' zei hij sarcastisch, 'ik ben zo bij de tijd dat mijn dochters me moeten vertellen welke bands hip zijn.'

Mac, die met hen was meegelopen naar het souterrain, staarde omhoog naar zijn vader.

'Hoeveel moet ik je betalen om een reprise van "Free Bird" te krijgen?' vroeg Tooly met een lach aan Duncan.

'Gaat niet gebeuren.'

Ze vouwde smekend haar handen samen. 'Niet een klein stukje? Hè, toe! Je zoon moet dit echt zien!'

Duncan schudde nijdig zijn hoofd, alsof ze iets heel ergs had gedaan.

'Wat is "Free Bird"?' vroeg Mac.

'Niets, niets.'

De jongen keek naar Tooly, toen weer naar zijn vader.

'Nee, echt niet, Mac. Je moet naar bed. Geen discussie.'

De jongen sjokte naar boven.

'Goed,' zei Duncan ongemakkelijk bij de deur van de logeerkamer, 'voordat jíj naar bed gaat, wil ik ook horen wat jij de afgelopen jaren hebt gedaan. Je was opeens verdwenen.'

Ze had ruime ervaring in het ontwijken van zulke vragen, maar Duncan had de jongere Tooly gekend, had nog steeds toegang tot die vroegere versie van haar. Bovendien had ze net van zijn eten gegeten, van zijn wijn gedronken en logeerde ze in zijn souterrain. Dus besloot ze de afgelopen elf jaar in het kort samen te vatten. Dat ze, toen ze begin twintig was, door Amerika was getrokken en met losse baantjes in haar onderhoud had voorzien: serveerster, typiste, caissière. Ze had een jaar in Chicago gewoond, drie jaar aan de Westkust, en daarna een reis door Zuid-Amerika gemaakt, waar ze verliefd werd op elke nieuwe plaats en dan de huizenadvertenties in de plaatselijke kranten doorvlooide. Maar een paar weken later was de verliefdheid alweer over en trok ze verder. Ze had zelfs een maand meegedaan aan een expeditie langs de Amazone, maar was opgestapt toen de man die haar had meegevraagd op een ochtend uitriep: 'Als ik jou thee zie zetten, zo pietluttig, dan heb ik zin om de haren uit mijn kop te trekken. Het spijt me. Ik moest het gewoon een keer zeggen.' Ze had Europa geprobeerd, een tijdje bij een uitgaansblad voor expats in Parijs gewerkt en was daarna naar Brussel gegaan, waar ze een baantje bij een souvenirwinkel had gehad en verkering met een Congolese muzikant. Daarna had ze in haar eentje een rondreis door Spanje gemaakt, waar ze last had gekregen van een onverklaarbare pijn. In een flamencozaal in Sevilla had ze een Argentijnse vrouw ontmoet met wie ze de hele avond over reizen en boeken had gepraat. Toen Tooly na afloop naar haar hotel terugliep, waren haar de tranen in de ogen gesprongen. Zo eenzaam, zo vreselijk eenzaam. Ze was de afspraak met de vrouw niet nagekomen en was in plaats daarvan doorgereisd naar Portugal. Toen ze op een avond op een perron in Lissabon stond en niets te lezen had, pakte ze een verfrommeld literair blaadje op dat zo saai was dat ze maar de kleine annonces was gaan lezen en was toevallig op een advertentie met 'Ter overname aangeboden: boekwinkel' gestuit. Op dat moment was ze bijna dertig – misschien tijd voor wat vastigheid in haar leven.

'Ik kan de hele dag lezen,' zei ze.

'Cool.'

'Dat zou je niet zeggen als je wist hoe mijn leven eruitzag, heel erg *oncool*.'

Uit beroepsdeformatie streek ze met haar vinger over de stapel boeken met glimmende omslagen die op de werkbank lagen, elke bestseller een recent doemscenario over de schaamteloze graaicultuur waarvan Duncan zelf ook deel uitmaakte. Dit was zijn 'apocalypsporno', zei Duncan.

Nonfictie-titels als *Age of Greed: The Triumph of Finance and the Decline of America*; *Collapse: How Societies Choose to Fail or Succeed*; *That Used to Be Us: How America Fell Behind in the World It Invented and How We Can Come Back.*

'Die zien er ongelezen uit,' merkte ze op.

'Delirium amazonus,' zei hij. 'Midden in de nacht bestel ik altijd van alles bij Amazon, maar als het dan twee dagen later wordt bezorgd, heb ik zoiets van: dat ga ik echt niet allemaal lezen. Neem maar mee wat je wilt.' Hij zweeg even. 'Wat is je nummer hier, trouwens?'

'Hoe bedoel je?'

'Van je mobieltje.'

'Die heb ik niet; ik ben waarschijnlijk de laatste mens ter wereld die er geen heeft.'

'Dat moet rechtgezet worden.' Hij pakte een oude mobiel en oplader die als reserve dienstdeden. 'Als je 's nachts iets nodig hebt, kun je ons boven bellen.'

'Dank je, Duncan, maar sinds ik dertig ben geworden, heb ik 's nachts geen hulp meer nodig.'

'Bel gerust naar huis of zo. Het is een ouwetje van Nokia maar er zit nog beltegoed op.'

'Dank je. Heel lief.'

'Het bed hier kraakt nogal, althans volgens de vorige logees.'

'Ik zal geen vin verroeren.'

'Nou,' zei hij en hij maakte zich groot, 'voordat ik naar boven ga, moeten we het misschien nog even over die ene kwestie hebben.'

'Ja, heel graag. Die beroving,' zei ze. 'Wat is er precies gebeurd?'

'Hij herinnert het zich niet meer, dus we weten het niet. Om je even wat achtergrondinformatie te geven: ik zoek je vader af en toe op om te kijken hoe het met hem gaat. Sheepshead Bay is een roteind weg, en ik had het...'

'Wacht even, ik heb nog steeds niet het hele verhaal gehoord over hoe jullie elkaar kennen. Je zei dat je hem na mijn vertrek uit New York had gevonden?'

Het was Xavi die had ontdekt waar Tooly woonde, aan de hand van een bekraste stadsplattegrond die ze in hun flat had laten liggen. Ze waren helemaal naar die ene straat in Brooklyn gelopen, dicht bij de Gowanus Expressway en hadden daar een oude man achter het raam zien kijken. Ze zwaaiden om zijn aandacht te trekken en belden aan. Wist hij soms waar Tooly was? Was hij familie? Haar vader?

Ja, misschien was hij haar vader, maar wie waren zij? Ze legden door de intercom uit wie ze waren en Humphrey liet hen binnen.

'Het is zo raar om te bedenken dat jij, hij en Xavi daar een potje schaak hebben gespeeld,' zei ze.

Na deze eerste ontmoeting ging Duncan voortaan alleen naar hem toe, in de hoop iets meer informatie van Humphrey los te krijgen. Maar dat was niet gelukt – de man wist echt niet waar Tooly was gebleven. Daarna werd Duncan opgeslokt door zijn studie en staakte zijn zoektocht. Hij leerde Bridget kennen en dat hielp. Hij studeerde af, deed zijn advocatenstage, trad in dienst bij de maatschap Perella Transom Fife, stichtte een gezin, verhuisde terug naar Connecticut, en dacht nooit meer aan deze man, de vader van een ex-vriendinnetje. Tot ze op een middag elkaar toevallig tegenkwamen in een ziekenhuis. Duncan was bij iemand op bezoek geweest en Humphrey moest een lichte operatie ondergaan. Ze spraken elkaar kort, waarna de oude man – met lood in de schoenen – hem om een gunst vroeg. Het ziekenhuis wilde een telefoonnummer voor geval van nood hebben. Mocht hij dat van Duncan doorgeven?

'Ik was de enige in de hele stad die hij kon verzinnen,' zei Duncan. 'Hij had verder geen enkel ander nummer. Een paar dagen later was ik weer in het ziekenhuis. Hij was net geopereerd en ik ging even bij hem langs. Hij beloofde dat hij me mee uit eten zou nemen als hij weer beter was. Ik zei "Ja, leuk" in de veronderstelling dat hij dat toch niet zou doen. Maar toen hij thuis was, belde hij me inderdaad op. Omdat hij te veel pijn had om te reizen, ging ik naar hem toe in Sheepshead Bay, en zag ik hoe hij woonde. Je zult het morgen zelf wel zien. En sindsdien hebben we zo nu en dan contact.'

'Ongelooflijk aardig van je. Ik weet hoe druk je het hebt.'

'Als ik het niet doe, doet niemand het,' zei hij scherp. 'Nou ja, zo vaak ben ik er ook niet geweest. Maar even doorspoelen naar vorig jaar. Op een zaterdagochtend was ik toevallig in Brooklyn en besloot bij hem aan te wippen. Toen ik bij zijn flat kwam, zag ik je vader in het trappenhuis zitten. Hij zei tegen me: "Ze hebben alles meegenomen!" Omdat hij zijn gehoorapparaatje niet in had, kon hij me niet verstaan. Het had geen zin om hem iets te vragen. Er zaten plekken op zijn hals, alsof iemand hem had proberen te wurgen. Ik pakte pen en papier en schreef in grote letters: "Wat is er gebeurd?" Hij keek op en zei: "Wat een vreselijk handschrift. Jij krijgt nooit een baan als secretaresse."'

Ze glimlachte droevig. Dat was Humphrey ten voeten uit.

Sinds de beroving was hij afgetakeld. 'Ik zeg niet dat hij niet meer bij is,' verduidelijkte Duncan. 'Het grootste probleem is dat hij slecht hoort en ziet. Daardoor raakt hij in een isolement. Als het ergens lawaaiig is, kan hij mensen niet goed verstaan, wat hij heel vervelend vindt. Dus blijft hij voornamelijk thuis. Hij is erg in zichzelf gekeerd. Ik heb een hengel nodig om hem terug naar de wereld te halen.'

'Dit klinkt veel erger dan wat je in je berichtjes had geschreven. Hoe redt hij het nog in zijn eentje?'

'Er is een Russische vrouw die ik betaal om te komen schoonmaken, boodschappen te doen en hem 's ochtends gezelschap te houden.'

'Dat is ontzettend lief van je.'

'Niet meer dan normaal,' zei hij.

'Ik neem aan dat ze samen Russisch kunnen praten.'

'Ik wist niet dat je vader Russisch sprak,' zei hij. 'Het spijt me trouwens dat ik eerst niet zoveel heb losgelaten over de situatie. Maar de afgelopen maanden heeft het me allemaal veel te veel tijd gekost. Mijn vrouw van streek. Mijn kinderen van streek. Ik werd er wanhopig van, eerlijk gezegd. Ik heb alles geprobeerd om je op te sporen.'

'Hoe is je dat gelukt?'

'Hij zei een keer je echte voornaam, Matilda. Die heb ik ingetypt.'

'Met zijn achternaam.'

'Met Ostropoler, inderdaad,' beaamde Duncan. 'Het spijt me als je hem eigenlijk wilde ontlopen, maar hij heeft je nu echt nodig.'

'Ik wilde hem niet ontlopen, hoor.'

'Hmm, het is natuurlijk wel vreemd dat je je vader in geen jaren hebt gesproken, niet eens wist waar hij was. En dat hij niet wist waar jij was.'

Nu leek het net of ze harteloos was. Dat wilde ze rechtzetten. Maar dan moest ze te veel oprakelen over hun gedeelde verleden. En daar hadden ze geen van beiden zin in.

'Soms zei ik tegen Bridget – en dat is geen grap – dat ik moest overwerken terwijl ik in werkelijkheid naar Sheepshead reed om te kijken hoe het met hem ging,' zei hij. 'Het was net of ik vreemdging. Ik ben de enige man in de wijde omtrek die zijn vrouw bedriegt met een man van drieëntachtig!'

'Maar hij weet dat ik hier ben, hè?' vroeg ze. 'En hij wil me zien?'

'Natuurlijk. Dat zal geen probleem zijn.' Duncan bleef op de trap staan, weifelend of hij nog wat moest zeggen. 'Maar toch zul je misschien wel schrikken,' waarschuwde hij haar.

1988

De ingang van de King Chulanlongkorn International School werd geblokkeerd door dure auto's die met grommende motor stonden te wachten terwijl twee heftig zwetende Thaise bewakers om de juiste papieren vroegen en gezinnen de weg naar het parkeerterrein wezen. Het enorme complex op een groot terrein in zuidoost-Bangkok – lagere school, middelbare school, onder- en bovenbouw – hield de jaarlijkse open dag voor de bonte verzameling bankiers, diplomaten, journalisten, schimmige expats en spionnen die geld genoeg hadden om hun kroost hierheen te sturen.

Eenmaal binnen waren de kinderen niet meer te houden, ontsnapt aan de greep van hun ouders en nog niet onder het gezag van de leerkrachten, want de lessen begonnen pas de week erop. Sommigen waren in schooluniform, anderen droegen vrijetijdskleding, een overdaad aan Izod Lacoste en Polo Ralph Lauren. De onderlinge pikorde, die tijdens de zomervakantie was losgelaten, moest opnieuw vastgesteld en herzien worden, al naar gelang de groeispurts, de komst van nieuwe sulletjes en het vertrek van populaire leerlingen naar het land van herkomst.

'Tooly?' vroeg Paul terwijl ze voor het administratiekantoor stonden te wachten op de rondleiding. 'Had je die kleren gisteren ook aan?'

Ze had een short aan waar haar kleine beentjes uit staken, de ene sportkous hoog opgetrokken en de andere afgezakt om haar enkel, tennisschoenen waarvan de achterkant geplet was zodat ze er zonder veters strikken in kon stappen, en een T-shirt bespikkeld met de soep van het Chinese restaurant.

'Daar heb je toch niet in geslapen, hè?'

'Ik geloof van niet.'

Hij keek snel om zich heen, voelde zich belaagd door al het gegil en geschreeuw. De kinderen stonden in groepjes op grond van geslacht bij elkaar, maar aangezien het hier de lagere school betrof, was het gegil van de jongens even schel als dat van de meisjes.

'Je stinkt toch niet, hè?'

Voordat ze antwoord kon geven, kwam een jonge leraar met rossig haar het schoolplein op lopen.

'Ik doe het woord wel,' zei Paul tegen Tooly terwijl hij zijn linkerhand in zijn broekzak stopte, zich bedacht en hem er weer uit wurmde, om hem even later opnieuw in zijn zak te stoppen. Hij krulde zijn bovenlip om een zweetdruppel op te vangen. 'Niet de aandacht trekken. Oké?'

Meneer Priddles keek hen met knipperende blonde wimpers om beurten glimlachend aan. Hij was aangewezen om hen over te halen zich op deze school in te schrijven en hij gaf Paul en Tooly een rondleiding langs de indrukwekkende faciliteiten – sportterrein, muziekruimtes, kantines, zwembaden – terwijl hij de grote verscheidenheid aan activiteiten beschreef.

Ze kwamen langs een vijver waar regenboogkarpers door het water schoten, en Tooly bleef even staan. Aan de rand van de vijver stond een schildpad haar aan te kijken. 'Leeft die?'

'Die zou je onze nieuwe schooltroetel kunnen noemen,' zei meneer Priddles tegen Paul, haar negerend. 'We hebben een prijsvraag om een naam voor hem te verzinnen. O, neem me niet kwalijk, momentje.' Hij liep haastig weg om een luidruchtig drietal tweedeklassers bestraffend toe te spreken dat te dicht bij de vijver was gekomen.

Naast een stembus lag een stapel prijsvraagformulieren, met een potlood aan een touwtje erbij. 'Wat is een goede naam voor een schildpad?' vroeg ze aan Paul, terwijl ze het potlood pakte en erop begon te kauwen.

'Niet doen. Dat is niet hygiënisch.'

'Wat?'

Hij pakte het potlood af. 'Tim?'

'Wie?'

'Er wel even bij blijven, Tooly. Een naam voor de schildpad: Tim.'

Ze aarzelde, want ze vond zijn voorstel niks, maar wilde dat niet zeggen.

Twee kleine jongens botsten tegen Paul op, als een stel gangsters van drie turven hoog. 'Weet u wat het verschil is tussen landschildpadden en zeeschildpadden?' vroeg een van hen gebiedend.

Paul knipperde. 'Hmm, zoiets als tussen alligators en krokodillen?'

'Nééé!' brulde de jongen. 'Landschildpadden hebben een rond schild en de zeeschildpadden een plat. De zeeschildpadden hebben zwemvliezen en de landschildpadden niet. U weet vast niet hoe oud landschildpadden kunnen worden.'

'Hmm, twintig?'

'Nééé! Landschildpadden kunnen wel honderd en vijfenvijftig jaar oud worden of zo. U weet vast het verschil niet tussen een tyfoon en een orkaan.'

'De ene is een stormachtige wind en...' Paul was aan het gissen, plukte aan de zweetplekken die zich op zijn shirt hadden gevormd. 'Of is dat een orkaan? Nee, hoe zat het ook alweer? Is een...?' Hij sloot zijn ogen en zocht in zijn hoofd naar informatie die daar al jarenlang lag te verstoffen.

De jongens holden weg.

'Is een tyfoon soms...?' Paul deed zijn ogen open en zag dat zijn ondervragers weg waren, alleen Tooly stond voor hem haar wedstrijdformulier in te vullen. Hij tastte naar zijn inhalator. 'Kinderen,' merkte hij op, 'die weten altijd zoveel feitjes. Hoe weten ze zulke dingen toch?'

'Ik weet het verschil niet, hoor, tussen een orkaan en een dinges.' Ze liet haar formulier in de stembus vallen. Ze had er 'Jasper' op geschreven, wat ze een geschikte naam voor een schildpad vond.

'Mag ik hem oppakken?'

'Wie?'

'De schildpad zonder naam.'

'Dat mag niet, Tooly.'

'Waarom niet?'

'Van de leraar niet.' Dat was niet zo, maar Paul verzon dikwijls regels om wat meer gezag te krijgen.

Toen meneer Priddles terugkwam, vroeg hij of Tooly de schildpad wilde aaien. Ze pakte hem op en streelde zijn schild, terwijl zijn poten traag door de lucht maaiden.

'Er is nog wel een kleinigheidje,' zei meneer Priddles. 'We hebben een dossier van haar vorige school in Australië gekregen, maar dat blijkt van een meisje uit de tweede klas van de middelbare school te zijn.'

'Tooly is negen,' verduidelijkte Paul, 'ze zit nog niet op de middelbare school.'

'Ja, dat besefte ik toen we elkaar aan de telefoon spraken. Helaas hebben wij nu vanwege die vergissing een plaats voor haar gereserveerd in de tweede klas. Uw dochter is van harte welkom hier, maar we weten alleen niet in welke klas ze terecht kan. We houden ons hier strikt aan het maximale leerlingenaantal per klas en...'

'Ik was over naar de vijfde klas,' onderbrak Tooly hem, bang dat ze door andermans vergissing in een klas terechtkwam vol tieners die algebraproefwerken en duurlopen moesten doen.

Meneer Priddles wierp haar even een gemaakt lachje toe en richtte het woord weer tot Paul. Terwijl de mannen aan het praten waren, liep zij in steeds grotere cirkels om hen heen tot ze zo ver uit hun baan was dat ze ongezien door een deur kon wervelen en op een binnenplaats uitkwam, waar ze naar oudere meisjes keek die aan het volleyballen waren. Een leraar riep dat ze naar het sportterrein moesten voor de opendagfestiviteiten en Tooly volgde hen op een afstandje.

Op elke nieuwe school, in elk nieuw land mat ze zich een nieuwe persoonlijkheid aan. Die ontstond vanzelf tijdens de eerste paar weken op school maar kon daarna niet meer veranderd worden – dat vonden mensen niet prettig. Uiteindelijk werd je wat anderen van je verwachtten. Op haar vorige scholen was ze een kreng, een lief meisje, een robbedoes. Inmiddels had ze niet zoveel zin meer om een nieuwe persoonlijkheid te verzinnen, omdat ze die toch moest wissen als ze weer gingen verhuizen. Zelfs van de hechte vriendschappen op haar vorige scholen bleef na haar vertrek niet veel meer over dan nog een paar brieven heen en weer, elke korter dan de vorige, totdat er op een gegeven moment gewoon geen antwoord meer kwam. Het was Paul en zij, verder niet; al het andere ging voorbij.

Tooly zag altijd meteen wie er op de nieuwe school de buitenbeentjes waren en ze had genoeg boeken gelezen om te weten dat dat vaak de leukste kinderen waren. Soms werd ze teleurgesteld: sommigen verdienden het om uitgestoten te worden. Maar toch vermoedde ze dat zich ergens tussen die kneuzen haar zielsverwanten ophielden. Waar ze naar verlangde was iemand die zou zeggen (en dat was nog nooit gebeurd): 'Wat een hypocriet gedoe allemaal, hè? Laten we af en toe naar elkaar knipogen, dat is dan ons teken.'

Het sportterrein lag onbeschut in de zon te blakeren, daarom waren er parasols opgezet, hoedjes en petjes opgedaan en werden er handen beschermend boven ogen gehouden. De ouders zaten op kunststof stoelen voor het geïmproviseerde podium, terwijl op het gras eromheen honderden kinderen zaten. Tooly keek of ze Paul zag, maar die was nergens te bekennen. De rector, meneer Cutter, tikte tegen de microfoon en verzocht alle kinderen stil te zijn en te gaan zitten. Tooly knielde neer in het gras en drapeerde haar haar voor haar gezicht tegen de felle zon. Na een lauw welkomstwoordje kondigde de rector de grote parade aan, waarin kinderen van de tweeënvijftig landen die op de school vertegenwoordigd waren over het podium stampten in het traditionele kostuum van hun land, zwetend onder hun hoofdtooi, struikelend in schoenen met opgekrulde punten, om dan door de rondzingende microfoon in verschillende talen 'Welkom!' te zeggen. De optocht – de landen kwamen in alfabetische volgorde op om beschuldiging van vriendjespolitiek te voorkomen – eindigde met de slungelige dochter van de ambassadeur van Zaïre, die haar groet fluisterde en daarna snel wegliep.

Rector Cutter nam de microfoon weer over om de winnaar van de prijsvraag bekend te maken. 'Na lang wikken en wegen zijn we tot het besluit gekomen om geen namen van de Teenage Mutant Ninja Turtles toe te staan. Sorry, jongens,' zei hij. 'Tromgeroffel: onze schooltroetel van het jaar 1988-1989 zal voortaan de naam...' Hij bouwde de spanning op. 'Gaat heten... Zebedeus de zeeschildpad.'

'Zebedeus?' riep de ouder van een verliezertje verontwaardigd uit. 'Wat is dat nou voor naam?'

'Een zeeschildpad?' bromde een ander. 'Het was toch een landschildpad?'

'Wat is het verschil?'

Terwijl deze hoofdbrekende vraag door de menigte gonsde, stormden de kinderen op de picknicktafels af waar even later een lunch geserveerd zou worden van door de ouders meegebrachte gerechten.

'Niet allemaal tegelijk, jongens!' riep de rector tevergeefs. Er werden plastic bordjes en vorken, papieren servetjes en flesjes water door ingehuurde Thaise bedienden uitgedeeld. Een heleboel moeders en een sporadische vader maakten Tupperware-bakjes met zelfgemaakt (lees: door de huishoudster gemaakt) eten open en zetten die her en der op de tafels neer. Tooly ging ergens in een willekeurige rij staan en kwam er weer uit met een bord vol gehakt-balletjes met peterseliesnippers en daarover een kwak pittige saus, het inheemse gerecht van een haar onbekend land.

Ze slalomde door de menigte, deed net of ze doelgericht op weg was, en glipte toen vlug een gebouw in, langs een Olympisch zwem-bad, door de meisjeskleedkamer, een lange gang met kluisjes door en passeerde een Thaise conciërge die ze gedag zei, maar die niet opkeek. De kantine was leeg, op zes jongens na, jonger dan zij, die tegen elkaar zaten op te bieden wat het smerigste was wat ze ooit hadden gegeten, onder andere (beweerden ze) olifant en levende slangen. Eentje zei dat hij een keertje mens had gegeten, maar dat bleken zijn eigen teennagels te zijn. Bij het zien van een meisje renden ze weg.

Tooly ging in haar eentje aan de lange tafel in de eetzaal zitten en probeerde een glibberige gehaktbal op haar bord te pakken te krij-gen. Daarna schoof ze de gordijntjes van haar haar open en keek op de wandklok. Een leraar had haar eens verteld dat, vergeleken met de tijdspanne van het universum, een mensenleven slechts een fractie van een fractie van een fractie van een seconde duurde. Haar leven voelde niet als een fractie van een seconde; dingen leken een eeuwigheid te duren. Misschien dat voor het universum de tijd snel ging, maar zij was nu eenmaal geen universum.

Toen ze terugkwam bij het administratiekantoor bleek Paul nog steeds foetsie. De secretaresse probeerde hem op zijn pieper te be-reiken, maar zonder resultaat. Uiteindelijk stuurde ze een opspo-ringsteam van zesdeklassers eropuit. Een Maleisisch meisje vond hem in een basketbalzaal waar hij niet meer uit kon. 'Het is daar net een doolhof,' bromde hij in de taxi naar huis.

'Ik zit toch niet in de tweede klas, hè?' vroeg Tooly.

'Nee, nee, ze zetten je in de vierde of vijfde klas.'

'De vierde?' riep ze uit en ze keek hem aan. 'Maar die stof heb ik toch allemaal al gehad?'

'Laten we ons er nou maar niet druk om maken. Zoveel verschil is er niet.'

Maar hoe kon je klassen met elkaar vergelijken? De kinderen die je stom of leuk vond, waren anderen, je had niet dezelfde juf of meester meer, je leven nam een andere wending. In plaats van dat ze na acht jaar van school af zou zijn, was ze nu tot negen jaar veroordeeld. Een heel levensjaar verpest!

Het was zo oneerlijk om jong te zijn, en je kon niet weglopen. Dat was het verschil tussen kinderen en volwassenen: kinderen konden niet zomaar weggaan, grote mensen wel. Paul ging elk jaar naar een andere stad en zij moest mee. Boeltje inpakken en wegwezen. Alles waar je een hekel aan had, verdween.

Ze keek uit het raampje van de taxi. 'Ik had liever...'

Hij wachtte. 'Maak je zin af, Tooly.'

'Ze hebben die schildpad een naam gegeven.'

'En, welke?'

'Tim,' loog ze.

'Dat was jouw voorstel,' zei hij. 'Goed gedaan, Tooly.'

'Het was jouw idee.'

'Nou, het was óns idee.' Hij pakte haar hand en schudde die. 'Laten we het als een gunstig voorteken beschouwen, dit is de school voor jou.'

De lessen begonnen pas de maandag erop, dus werd Tooly noodgedwongen weer opgesloten in huis, hoewel de inwonende huishoudster er inmiddels ook was. Met de vorige huishoudsters was Tooly altijd dikke vriendinnen geworden, daarom had ze deze vrouw met groot optimisme verwelkomd. Shelly kwam uit het noordoosten van Thailand, sprak Laotiaans en had een lichte bochel. Ze bezat alle kwaliteiten die gewaardeerd werden in een westers huishouden: ze kon onberispelijk strijken, ze zorgde dat er altijd schoon drinkwater in de koelkast stond, kon spaghetti bolognese en uitsmijters maken, hield de vloeren blinkend schoon en alle meubels stofvrij. Alleen had haar persoonlijkheid geen ontspannende uitwerking. Elke keer dat Paul of Tooly een kamer binnenliep, boog Shelly haar hoofd, drukte haar handen tegen elkaar in de Wai, het groetgebaar, en stiefelde snel weg alsof iemand haar bestraffend had toegesproken.

Om niet steeds met deze vervelende reactie geconfronteerd te worden, hield Tooly zich het grootste deel van de week schuil in haar kamer, waar ze op haar bed sprong en las. Als ze honger kreeg, luisterde ze eerst of ze Shelly ergens hoorde – het klotsen van water en uitwringen van dweilen in de emmer, het sloffen van teenslippers, haar opvallend melodieuze zangstem – en pas als het stil was, rende ze snel naar de keuken om wat grapefruitpartjes te eten. Als Tooly terug op haar kamer kwam, bleek haar bed opgemaakt, de vuile was van de vloer geraapt, en op de commode lagen de potloden netjes op een rij naast haar schetsblok met neuzen.

Elke avond, als Paul was nog maar net terug was van zijn werk, rinkelde Shelly met een koperen belletje in de zitkamer om 'meneer en mevrouw' aan tafel te roepen. Tooly sprintte haar kamer uit en de huishoudster rende de keuken in. Tijdens het eten zat Paul in softwarehandleidingen of vogelboeken te lezen. Tooly probeerde iets te bedenken om te zeggen.

Hij keek op. 'Iemand van de ambassade heeft zichzelf uitgenodigd. Hij wil een kijkje bij ons nemen omdat hij misschien in dit gebouw komt wonen. Ik kon er niet onderuit. Hij komt hier woensdag eten.'

'Ik mag er zeker niet bij zijn, hè?'

Hij schudde zijn hoofd.

Maar op de dag van het diner kwam Paul extra vroeg uit zijn werk en had een speciale verrassing voor haar: een videoband van *WrestleMania III*. Vanwege een misverstand verkeerde Paul in de veronderstelling dat ze een fan was van worstelen. Dat was ze niet. Maar Tooly durfde dat niet te zeggen, bang om hem teleur te stellen. Dus zaten ze samen uren naar het tv-spektakel te kijken, altijd met het geluid af, omdat Paul vond dat het commentaar partijdig was.

'Hoe zat het ook alweer,' vroeg hij terwijl hij de band in het videoapparaat schoof, 'stond George "The Animal" Steele nou aan de kant van André the Giant?'

'Hij staat aan niemands kant,' antwoordde ze. 'Hij is half dier half mens, hij bepaalt zelf wie hij wil helpen.'

'Waar komt hij vandaan, Tooly?'

'Onbekend gebied.'

Zwijgend keken ze naar de tv, elke keer dat een worstelaar met een klapstoel tegen het voorhoofd van een rivaal ramde, kromp Paul ineen. 'Het schijnt allemaal nep te zijn,' merkte hij op. 'Wat vind jij van die hele controverse?'

'Die hele watte?'

'Denk jij dat het nep is?'

Met haar blik op het scherm schudde ze haar hoofd.

Na een paar gevechten keek Paul op zijn horloge, stond op, liep naar de tv en drukte met zijn knieschijf de knop in, waardoor de heftige knokpartij die net bezig was naar het midden van het scherm werd gezogen, een witte vlek werd en even later alleen nog glazig grijs was. 'Leuk?'

Ze knikte, bedankte hem en ging naar haar kamer. Tooly mocht zich nooit vertonen als hij bezoek had, maar ze liet de deur op een kier om de gesprekken af te luisteren.

De gast was een zongelooide Amerikaanse ex-marinier met een blonde snor. Achttien jaar eerder was Bob Burdett verslingerd geraakt aan Thailand toen hij er als soldaat in de Vietnamoorlog zeven dagen op verlof was gestuurd, wat in de praktijk neerkwam op dronken worden en naar de hoeren gaan. Na de oorlog was hij niet teruggegaan naar Arkansas maar hier blijven hangen. Hij had werk gezocht op de Amerikaanse ambassade, maar voor de meeste diplomatieke betrekkingen was hij niet gekwalificeerd, bovendien duurden die meestal maar twee tot drie jaar; want als mensen langer bleven, zo luidde de theorie, was het risico groot dat ze zich te veel met de inheemse bewoners identificeerden, een verschijnsel dat ook wel bekend stond als cliëntitis. Als je per se langer wilde blijven, kon je altijd als losse kracht aan de slag, wat Bob Burdett ook had gedaan. Nu was hij coördinator van de carpool, een functie met weinig status en weinig loon, wat zijn afkeer van de bekakte diplomaten die een paar jaar kwamen kijken en dan weer weg waren alleen maar versterkt had. 'Heb je soms een biertje voor me?' vroeg hij.

'O,' zei Paul met een blik op Shelly – wat drank betreft hadden ze alleen maar Fanta, melk en water in huis. Ze draafde naar beneden en keerde even later hijgend met zes flesjes Singha terug terwijl Paul net zijn korte rondleiding door de flat afrondde. Tooly's kamer had hij voor het gemak maar overgeslagen.

Bob Burdett informeerde naar het gebouw en de voorzieningen, gaf zijn mening over de stad en de rare snuiters op de ambassade, mijmerde wat over het leven van een buitenlander in Bangkok. De meeste expats, legde hij uit, krijgen na drie jaar de kriebels, dat wil zeggen dat ze een hekel krijgen aan de inboorlingen en gaan zeiken over het huishoudelijk personeel – dat ze geen goede automonteur kunnen vinden, dat thuis alles beter is, dat in Amerika de mensen tenminste wérken. Ze arriveren hier allemaal met de beste bedoelingen maar na drie jaar worden ze gewoon galbakken. Mijn mening? De mensen zijn overal hetzelfde, waar ook ter wereld, alleen het eten is anders.'

Alsof ze op dit seintje had gewacht, kwam Shelly met het eten binnen. Er werd niet meer gepraat, alleen met bestek over borden geschraapt, af en toe de klap van Bob Burdetts bierflesje op tafel. 'Kan die mooie dienstmeid van jullie me misschien nog zo'n flesje bier brengen?' Toen het nagerecht kwam, had hij er al vijf op, en was hij door de drank of uit verveling overgestapt op de politiek. 'Wat een toestand, hè, in Amerika?'

Paul mompelde iets instemmends.

'Ik ben bang dat we weer in dezelfde fout vervallen,' ging Bob verder. 'Onder Reagan zijn we een sterk, trots land. Zoals hij toen tegen Gorbatsjov zei dat de belangrijkste revolutie in de geschiedenis van de mensheid begon met de woorden *We the people*. We zitten niet te wachten op nog een Jimmy Carter die zijn verontschuldigingen aanbiedt dat de Amerikanen zo'n erg volk zijn. Zonder de Verenigde Staten ziet het er somber uit voor de wereld. De Europeanen? Die zouden nu Duits praten als onze vaders er niet waren geweest. Ja toch? Zelfde geldt voor de Koreanen.'

'Zouden de Koreanen nu Duits spreken?'

'Heb je te veel Fanta gedronken, man? Ik zeg dus dat als wij er niet geweest waren Korea nu een achterbuurt van communistisch China zou zijn. Dat bedoel ik.'

'Aha, ik snap het.'

'Ik bestudeer de geschiedenis en ik zal je wat vertellen over die Sovjets. Als je kijkt naar de grootmachten in de geschiedenis dan is er slechts één manier om een duivels regime te verslaan: op het slagveld. De Spanjaarden en hun wereldrijk? De Engelsen hebben de Armada in de pan gehakt en toen was het einde oefening. Napoleon? Verpletterd tijdens de Russische veldtocht. De Turken? Verslagen in de Krimoorlog, kopje kleiner gemaakt op de Balkan. Oostenrijk-Hongarije? *Kaputt* dankzij de Eerste Wereldoorlog. Je bant het kwaad uit met oorlog, niet met vrede. Geloof me. Ik ben marinier en niemand heeft een grotere hekel aan oorlog dan degene die eraan heeft deelgenomen. Maar het is nu eenmaal zo. We kunnen alleen met geweld van die Russen winnen. En op de ambassade hoor je tegenwoordig alleen maar gelul over perestrojka en glasnost. Jezusmina, ik hoor de hele dag niet anders. Maar nu is het tijd om in te grijpen. Je slaat toe als je tegenstander op z'n zwakst is. En dat is nu. We mogen niet toekijken hoe de communisten weer overeind krabbelen. Die verdomde ambtstermijn is veel te kort, we hebben Reagan gewoon nog eens vier jaar nodig. Eens?'

'Ik weet er niet zoveel van...'

'Ga me niet vertellen dat je op Dukakis stemt. Ga me dat alsjeblieft niet vertellen.'

'Eh, ik ga waarschijnlijk niet stemmen. '

'Op niemand niet?'

'Ik ben al zo lang weg uit Amerika,' zei Paul snuffend. 'Ik voel me niet de aangewezen persoon om een nieuwe leider te kiezen.'

'Jij bent niet de enige, hoor, die mag kiezen, we mogen allemaal onze stem uitbrengen! Het maakt niet uit hoe lang je al in het buitenland zit. Je bent en blijft Amerikaan. En je gaat ooit weer terug. Bovendien neem ik aan dat je er regelmatig op verlof bent.'

'Ik ga eigenlijk nooit op verlof. Ik heb het te druk met mijn werk.'

'Nóóit? Vinden je vader en moeder in Amerika dat dan niet erg?' vroeg hij, waarna hij er haastig aan toevoegde: 'Sorry, ik neem aan dat je ouders nog leven. Dat was ongepast.'

'Nee, ze leven nog.'

'En ze vinden dat oké?'

Paul zei even niets. 'Nou,' zei hij, 'ik hoorde een paar dagen geleden dat mijn vader ziek is. Iets ernstigs. Ik...' Hij schraapte zijn keel.

Tooly hield haar adem in om het beter te kunnen verstaan.

'Ik zal voor hem bidden,' zei Bob Burdett. 'Dan zul je binnenkort wel naar huis gaan, toch?'

'Ik heb het te druk. Ik kan nu gewoon niet weg.'

Ze aten in stilte.

'Ik had nog helemaal niet gevraagd of je gediend hebt,' merkte Bob Burdett op.

'Gediend?'

'In het leger.'

'Dat heb ik nooit overwogen, eerlijk gezegd.'

'Waar heb je gestudeerd?'

'Berkeley.'

'Allemachtig. Heb je ook meegedaan aan de protesten daar?'

'Ik studeerde informatica.'

'En informaticastudenten kunnen geen revolutionairen zijn?'

'Ik kende die lui eigenlijk niet.'

Bob Burdett slurpte van zijn bier. 'Die huishoudster van jou is wel een lekker ding.'

'Niet zo hard, graag.'

'Kan me niet schelen of ze het hoort, vindt ze waarschijnlijk wel leuk. Als je hier een tijdje bent, ontdek je vanzelf dat alles te koop is op dat gebied.'

'Dat is niet zo volgens mij,' zei Paul zachtjes.

Het gesprek stokte, buiten tikte de regen.

'Ik wilde je nog iets vragen,' hernam Paul, alsof hij naar iets heel belangrijks toewerkte, 'over het regenseizoen.' Hij kuchte even. 'Weet jij soms wanneer dat officieel is afgelopen?'

'Officieel?' Bob Burdett grinnikte. 'Ik geloof niet dat ze het met een plechtigheid afsluiten.'

'Die vochtigheid is slecht voor mijn astma.'

'Dan zit je hier verkeerd, man. Het is hier altijd vochtig. Misschien kun je maar beter weer meteen terug naar huis gaan, alleen heb ik het idee dat je liever niet in Amerika bent.'

'Hoezo?'

'Sjonge, als mijn vader ziek was, dan zou ik...'

'Ik heb hier dringende zaken af te handelen,' zei Paul. 'Het doet er niet toe of ik dat leuk vind of niet. Ik moet het gewoon doen.' Hij nam een pufje uit zijn inhalator.

'Dan zul je wel heel belangrijk werk hebben,' gaf de gast zich gewonnen. 'Tegenwoordig gaat voor iedereen het werk voor. Ik stam nog uit een andere tijd. Als mijn ouders hulp nodig hadden, zou ik hier niet bezig zijn met de carpool. Dat kan ik je wel vertellen.'

'Ik... ik... ik doe dit heus niet voor mijn plezier,' zei Paul. 'Oké?' Tooly – die zijn overslaande stem hoorde, zijn droge mond – greep de zoom van haar T-shirt vast.

Bob Burdett hield voet bij stuk. 'Misschien leren ze je dat op de universiteit: denk eerst aan jezelf. Je kunt hier gewoon blijven zitten tot je vader dood is natuurlijk. En misschien ga je niet eens terug voor de begrafenis!'

'Ik heb hier nou eenmaal verplichtingen, en als ik die...'

'Je weet geen zak van verplichtingen. Je geeft niets om je eigen vlees en bloed. Geeft niets om je vaderland. Weet niet waarop je moet stemmen. Of je eigenlijk wel gaat stemmen. Hartelijk dank voor het eten, maar godsallemachtig, wat mankeert jou, man?'

'Er is niets aan de hand,' snauwde Paul. 'Oké?' Tooly hoorde aan zijn stem dat hij boos was. Bibberig herhaalde hij zijn woorden – 'Er is niets aan de hand' – en zei dat het hem geen bal kon schelen: de verkiezingen, politiek, wereldmachten en wie de baas was over wat, wie de opvolger werd van Reagan, wie de leider van de communisten was.

Bob Burdett wees Paul erop dat hij zich hier als een vertegenwoordiger van de Verenigde Staten diende te gedragen, tot het hem weer te binnen schoot dat zijn gastheer geen ambassademedewerker was, alleen maar een ingehuurde kracht. 'De zoveelste huurling,' zoals hij het noemde. 'Alleen geïnteresseerd in zijn salaris en een wip af en toe.'

'Zou je alsjeblieft mijn huis willen verlaten,' zei Paul met trillende stem. Zijn stoel viel om toen hij opstond. 'Mijn huis uit. Nu! Een beetje tegen me tekeergaan alsof ik achterlijk ben. Alsof ik hier voor mijn lol zit! Dit is mijn huis. Je komt hier niet om me de les te lezen. Ik weet heel goed welke verplichtingen ik heb. Heel goed. Oké? Dat hoef jij me niet te vertellen. Wat ik doe, gaat niemand iets aan.'

'Niemand niets?'

'Ga nu weg, alsjeblieft.'

Bob Burdetts stoel kraakte toen hij zich verhief. 'Soms,' zei hij bedachtzaam, 'zijn er dingen op de wereld die groter zijn als jij.'

'Is dat een dreigement?'

'Soms,' zei de man weer, nu op barsere toon, 'zijn er dingen die groter zijn als jij.'

Er waren ook kleinere dingen en een daarvan kwam nu uit haar slaapkamer.

'Ik kan mijn oogballen laten trillen,' zei ze.

Bob Burdett – die boven Paul uittorende – draaide zich om toen hij het meisje zag, deed een stap naar achteren en hield zijn hoofd scheef. 'Zo,' zei hij, 'en wie mag jij dan wel zijn, jongedame?'

Paul antwoordde snel, met verstikte stem: 'Mijn dochter. Dat is mijn dochter.'

'O, hallo, kleine meid. Niemand had gezegd dat er kinderen in huis waren. Sorry voor al dat gevloek. Ik laat graag af en toe een politiek bommetje los, dat houdt de boel levendig hier in de tropen. Bedoelde er niets mee. Ik hoop dat je het niet erg vond.' Hij knikte naar Paul en glimlachte toen tegen Tooly. 'Je hebt me toch geen lelijke woorden horen zeggen, hè, schat?'

Ze keek om beurten naar de mannen, wist niet of ze op haar donder zou krijgen. 'Ik kan mijn oogballen laten trillen.'

'Daarvan zou ik heel graag een demonstratie willen zien, jongedame.'

Ze sperde haar ogen wijd open en deed haar kunstje, oogballen die van links naar rechts schoten, tot goedkeuring van Bob Burdett. 'Ik heb het gezien, hoor,' riep hij uit. 'Heel mooi.' 'En ik kan precies één minuut in mijn hoofd aftellen,' zei ze. 'U kunt het klokken.'

Bob Burdett drukte de stopwatchfunctie op zijn horloge in. 'Ga je gang.'

Ze vielen allemaal stil, alleen het bruisen van de Fanta was te horen. Even later stak ze een vinger omhoog.

'Achtenvijftig seconden,' zei Bob Burdett.

'Soms heb ik het op de seconde nauwkeurig.'

'Hartstikke knap.' Hij kroelde door haar haar, wat Paul ineen deed krimpen. 'Jullie zouden eens bij mij op bezoek moeten komen en mijn hond ontmoeten. Heeft deze jongedame ook een mama? Neem haar anders ook mee.'

'Mijn vrouw zit in Amerika,' zei Paul. 'Die is druk bezig op het moment.'

Bob Burdett keek naar Tooly. 'Was jij niet liever bij je mama gebleven?'

Ze keek even snel naar Paul, toen naar de gast en weer naar Paul.

'Goed dan,' zei Bob Burdett. 'Jullie allebei bedankt voor de gastvrijheid. En als je mama hier is, moeten jullie maar langskomen en kennismaken met Pluto.'

'Wat voor soort is-ie?' vroeg Tooly.

'Een echte straathond, net als zijn baasje.' Hij glimlachte flauwtjes tegen Paul en breeduit tegen Tooly. Daarna vertrok hij.

Zodra Paul en Tooly weer alleen waren, vroeg ze: 'Krijg ik nu straf?'

Hij zei dat ze stil moest zijn en liep haastig naar het raam totdat hij hun gast uit Gupta Mansions zag vertrekken en de *soi* in lopen.

Paul deed zijn ogen dicht en schudde zijn hoofd. 'Verdomme,' zei hij. 'Verdomme.'

'Als je vader ziek is,' begon ze voorzichtig, 'zouden we dan eigenlijk niet naar hem toe moeten?'

'Ja,' reageerde hij kortaf. 'Ik moet daar nu zijn om te helpen.' Hij kneep in zijn bovenbeen. 'Maar we kunnen niet weg. En dat weet je.'

1999

Tooly draalde voor het gebouw, zocht naar een excuus om terug te gaan. Ze bedacht iets.

'Ik heb een vraag,' zei Tooly toen Duncan zijn voordeur opendeed. 'Kun jij me voorstellen aan het varkentje?'

'Hé, daar ben je weer!'

'Aan dat varkentje dat hier woont.'

'Het is hier misschien een zwijnenstal, maar er woont geen varkentje bij me.' Hoewel Duncan eigenlijk moest studeren, greep hij elke kans aan om zich met iets anders dan jurisprudentie bezig te houden. Bovendien kreeg hij zelden vrouwelijk bezoek, en hij had de neiging er alles voor te laten vallen.

Verder kende hij de eigenaar van het dier, Gilbert Lerallu, omdat hij hem had bijgestaan in zijn geschil met de gemeente over de vraag of Ham, het Vietnamese hangbuikzwijntje, 'levende have' was en dus niet toegestaan in een woonhuis. Gilbert was componist van klavecimbelmuziek; van zijn laatste, in eigen beheer uitgebrachte album, *Moonharps*, waren wereldwijd acht exemplaren verkocht, de aankopen door zijn tantes meegerekend. Ze klopten op zijn deur.

Volgens Gilbert besliste Ham altijd zelf of hij een eindje wilde wandelen. Aangezien het zwijntje niet kon protesteren, deden ze het beest de riem om en trokken het naar buiten. Het was rond het vriespunt, maar Duncan had alleen een sweater met capuchon van Eddie Bauer aan. Toch zei hij dat hij het niet koud had. De damp sloeg van Hams borstelige rug. Toen Tooly de neus van het beest aanraakte, knorde hij, waardoor ze even van schrik en plezier een sprongetje naar achteren maakte.

Ze staken de campus van Columbia over, met het snuffelende zwijntje waggelend tussen hen in, zijn snuit parelend van de condensdruppels. De buurt was nog steeds niet gewend aan een varken in hun midden, daarom keken studenten verbaasd naar Ham die langs Low Library trippelde. Duncan leek even niet te weten wat hij moest zeggen, want hun enige gemeenschappelijke aanknopingspunt was haar vorige bezoekje. Toen hadden ze een schijnbaar open gesprek gehad, alleen had ze daarbij haast niets over zichzelf verteld. 'Is een varken uitlaten anders dan een hond uitlaten?' vroeg hij na een tijdje. 'Wat denk jij?'

'Ik heb de indruk dat Ham niet zoals een hond kan apporteren.'

'Zou hij kunnen zitten?'

'Zit!' beval ze.

Duncan keek haar aan – hij leek inderdaad de gehoorzaamste van de twee. Ze probeerden andere bevelen en toen ze bij Riverside Park kwamen, dubden ze even of ze Ham zouden losmaken en laten rondrennen, net als de honden, waarvan enkele de lucht van het zwijntje opsnoven en er als een pijl uit een boog vandoor gingen.

'Misschien beter om hem aangelijnd te houden.'

Ze wandelden verder. Hij vroeg waarom ze eigenlijk weer terug was gekomen naar deze buurt. 'Ik dacht dat je op verkenning door de stad was.'

'Ik ben teruggekomen om hier nog een keer de boel verkennen.'

Voordat hij hier op kon reageren, had Tooly al een vraag voor hem. Ze had een effectieve methode ontwikkeld om zo min mogelijk van zichzelf bloot te geven: de meeste mensen vonden het heerlijk om over zichzelf te praten en waren niet erg geïnteresseerd in de ander. Uit oprechte belangstelling vroeg ze naar zijn rechtenstudie. 'Ik stel me zo voor dat jullie een rechtszaak naspelen en dat je onwillige getuigen aan een kruisverhoor moet onderwerpen, en dat ze dan ontkennen dat ze op de avond van de moord op de plaats delict waren.'

'Dat zit volgens mij niet in het studiepakket,' zei hij rillend. Hij had zijn capuchon opgezet en de koordjes aangetrokken, zodat alleen een bleke gezichtsovaal zichtbaar was. Hij vertelde dat rechten studeren voornamelijk betekende dat je je moest verdiepen in gerechtelijke uitspraken. 'Je leest het allemaal zonder dat je precies weet waar het over gaat of waarom het belangrijk is. En aan het eind van de rit moet je een tentamen doen. En die cijfers bepalen voor honderd procent je verdere loopbaan.'

'Klinkt behoorlijk stressvol.'

'Het ís ook behoorlijk stressvol.'

'Zijn de docenten heel erg?'

'Ligt eraan. Een heleboel zijn geen praktiserend jurist – de rechtenfaculteit wil zich niet inlaten met hoogleraren die echt iets hebben gedaan. Zo gaat het op veel opleidingen: je betaalt je collegegeld en dan zie je wel waar het schip strandt. We leren niet hoe het in de praktijk toegaat,' besloot hij. 'We leren alleen hoe we jurist moeten zijn.'

Hij moest nog een richting kiezen en dacht erover iets idealistisch te doen, want het beleid van de NYU was daar nogal op gespitst. Pro-Deoadvocaat was een optie. Maar als je een beetje verstand had, koos je voor internationaal handelsrecht.

Hij bibberde zo erg dat ze haar houtje-touwtjesjas uitdeed en die over zijn schouders hing, zodat hij kon profiteren van haar restje lichaamswarmte. Duncan protesteerde zwakjes en deed zijn best niet openlijk naar haar figuur te staren dat nu beter te zien was zonder jas. Hij richtte zijn blik op iets anders – boomschors, het zwijntje, een hek – totdat hij merkte dat ze hem schalks en glimlachend aankeek. 'Lekker fris,' zei ze. Ze bleven staan, om de beurt bliezen ze een wolkje uit, maar hij hield zijn adem in zodat hun ademhaling even later precies gelijk ging.

Hij probeerde haar wat meer informatie te ontfutselen, vroeg waar ze vandaan kwam, merkte iets op over haar vreemde manier van praten, wilde weten hoe oud ze was. Tooly zei haar geboortedatum, die hem verbaasde – hij had haar ouder geschat. Zijn andere vragen ontweek ze, waardoor het gesprek strandde, en zwijgend liepen ze verder tot ze bij zijn gebouw kwamen. Tooly probeerde zich niet meer naar binnen te praten; twee keer achter elkaar zou verdacht zijn.

'Nou, ik ga maar,' zei ze en ze raakte zijn hand aan, die koud was en vastzat aan de riem. Ze nam haar jas aan, bukte zich om Ham te aaien en slenterde weg. Op de hoek van Amsterdam Avenue keek ze achterom en zag hoe hij vergeefs probeerde het zwijntje naar binnen te trekken. Ham hield voet bij stuk, of poot bij stuk. Ze draaide zich gniffelend om.

Maar Tooly had haar draai op de spiegelgladde stoep nog niet gemaakt of haar benen schoten onder haar vandaan, haar armen maaiden in het rond en ze viel keihard met haar kont op het beton. In plaats van sierlijk overeind te springen, bleef ze liggen kijken hoe haar ademwolkjes opstegen en verdampten, omkranst door het licht van een straatlantaarn.

Er kwam een varkenssnuit in beeld.

'Gaat het?' vroeg Duncan hijgend van het rennen.

'Ik ben voorgoed verlamd.'

'Echt?'

'Nee, niet echt. Maar ik krijg wel een blauwe plek die ik niet goed in de spiegel kan zien als ik hem straks wil bewonderen.'

Het zwijntje ging op haar zitten.

'Auww!' riep ze lachend. 'Ik stik!'

Even later bevond Tooly zich in zijn kamer, precies zoals haar bedoeling was.

Duncan liet een cd vallen in de schuiflade van zijn geluidsinstallatie, die het schijfje opslokte en met een zucht tot leven kwam. 'Ik ben op het ogenblik helemaal verslaafd aan dit nummer,' zei hij.

Ze sloot haar ogen om geïnteresseerd over te komen, maar ze had in haar schooltijd een grote hekel aan muziek gekregen. Toen ze opkeek, merkte Tooly dat ze in de gaten werd gehouden en wendde zich af – af en toe werd ze nog steeds bevangen door verlegenheid. 'Ik kan niet zo goed verstaan wat hij zingt,' zei ze, drinkend van een biertje dat Duncan uit de gemeenschappelijke koelkast had gepikt. 'Is het *"Komma, please arrest that girl"*? Lijkt me een beetje overdreven om haar in de bak te gooien omdat ze een komma heeft gebruikt.'

'Het is *"Karma police, arrest that man"*.'

'Echt niet. En stel, stél dat je gelijk hebt...'

'We kunnen op de hoestekst kijken.'

'Niet doen. Ik wil mijn mening niet door de feiten laten verpesten. Zelfs als jouw versie de juiste is, weet ik nog niet wat het betekent. Het slaat nergens op.'

Hij glimlachte, wilde iets zeggen, maar koos toen een andere cd uit de stapel op de geluidsinstallatie, zijn vinger zwevend boven de Play-knop. Ze liet hem lekker zijn gang gaan met zijn muziekjes en commentaar erop; ze schopte haar gympen uit en ging in kleermakerszit op zijn onopgemaakte eenpersoonsbed zitten. De kamer zag er anders uit. Misschien kwam het omdat ze er nu zat en alles van binnenuit bezag en niet vanaf de drempel de kamer in keek, zoals de eerste keer.

Hij zette steeds nieuwe nummers op, beloofde elke keer dat ze te gek waren, waarna hij begon te twijfelen en weer een andere cd erin schoof. In haar oren klonken sommige nummers puntig en andere rond. Als Duncan over muziek praatte, dreunde hij namen van bands, zangers, gitaristen op – grootheden voor hem, onbekenden voor haar.

Tooly vond het vooral boeiend om naar zijn enthousiasme te kíjken in plaats van te luisteren. Hij wiegde met zijn hoofd heen en weer, zei geluidloos de tekst mee omdat hij niet hardop durfde te zingen, en riep dan tegen haar: 'Je moet dit een paar keer horen voordat je er door gegrepen wordt. Luister, dit stukje... Waar de drums inzetten. Elke keer als ik dat hoor, dan...' Hij werd opgewonden van de voorpret: te weten wat er ging komen, het naderende refrein, bijna daar, en dan – ja! Met stralende ogen keek hij haar aan.

Wat dacht deze jongen van haar? Of liever gezegd, hoe kwam ze deze keer over? Met elke nieuwe man deed Tooly zich steeds iets anders voor dan ze bij de vorige vent had gedaan (niet dat het er zoveel waren geweest). Ze merkte dat ze een nieuwe persoonlijkheid aannam, zonder te weten of deze versie waarachtig was of niet, en of er überhaupt een honderd procent onversneden Tooly bestond. Als ze alleen was, wist ze soms ook niet wie ze precies was.

Vanwege haar gebrekkige muziekkennis wilde Duncan per se een compilatie-cd voor haar branden, alleen had ze thuis geen cd-speler. Wel een radio-cassetterecorder.

'Dan maak ik een bandje voor je. Maar dan moet je zeggen wat je gave muziek vindt.'

De enige muziek die ze kende was van feestjes, van de jukebox in een kroeg, muzak in winkels. Ze onthield nooit ergens de naam van. 'Vroeger vond ik dat nummer van *Ghostbusters* leuk.' Hij dacht dat ze een grapje maakte, maar dat was niet zo.

Tooly huiverde even. 'Nu krijg ík het een beetje koud.' Ze pakte zijn capuchontrui op. 'Mag ik?'

'Tuurlijk. Geen probleem,' antwoordde hij, verlegen vanwege de gesuggereerde intimiteit en hij keek strak naar zijn geluidsinstallatie.

Ze trok de trui over haar hoofd en zei dat ze even naar de wc ging. Daar haalde ze zijn portemonnee uit de buidelzak – toen ze buiten waren, had ze gezien dat hij die daar had ingestopt. Tooly las zijn collegekaart, zijn rijbewijs van de staat Connecticut, zijn creditcards. Ze pikte ze niet. Gestolen waar was bezoedeld; alsof je met bewijs tegen jezelf rondliep. Maar informatie had wel waarde, kon je onzichtbaar in je hoofd meedragen – mits je lange nummers kon onthouden. Tot Venns ergernis schreef ze dingen altijd op. 'Hé,' zei ze toen ze weer in Duncans kamer was, 'heb je een pen voor me?'

'Ik heb er honderden.' Hij maakte een doos open waardoor onbedoeld de balpennen in het rond vlogen. Op handen en voeten kroop hij over de vloer om ze weer op te rapen. 'Ik ben een sukkel. Sorry.'

Zijn schaamte maakte haar weerloos. Ze keek even toe, trok de hoodie uit en legde hem, met de portemonnee erin, opgevouwen in zijn kast.

'Waarvoor heb je een pen nodig?'

'Ik wilde wat titels van nummers opschrijven.'

'Dat doe ik wel. Als je het je leuk lijkt, kan ik over elke band wat info opschrijven.'

'Ik moet eigenlijk gaan.' Het had weinig zin om nog te blijven. Ja, je kon van iedereen misbruik maken, maar sommigen verdienden het niet.

Hij keek gekwetst op. 'Wil je je bandje niet?'

Ze ging op het bed zitten en dronk van het bier van zijn huisgenoten terwijl Duncan druk in de weer was. Het maken van een mixtape duurde langer dan verwacht, vooral als de maker geloofde dat elk nummer een diepere laag bezat en dat de compilatie als geheel nog meer betekenis had, dat zijn hele wezen in die negentig minuten Maxell XLII besloten lag. Tooly voelde de alcohol, werd slaperig en koud, stopte haar voeten onder zijn dekbed, trok het op tot haar knieën, haar middel en ten slotte tot haar kin.

Toen ze wakker werd, was het donker en het laken over haar neus trilde als ze ademhaalde. Ze herinnerde zich dat een nummer afgelopen was, dat er geen nieuw werd opgezet, dat de lichten werden uitgedaan en er aan het beddegoed werd getrokken. Ze hadden zich geen van tweeën uitgekleed, lagen keurig met de rug tegen elkaar, hij hoffelijk tegen het nachtkastje aan op een klein reepje matras. Ze blies het laken weg, slikte moeizaam en tuurde naar het plafond. Het was bloedheet in de kamer, de verwarmingsbuis siste als een slang.

Ze stond op en liep naar de gang. Uit de kamer van de student die ze nog niet had ontmoet, Emerson, kwamen stemmen. Hij was met zijn vriendinnetje aan het ruziën. Het was helemaal donker, op een streepje licht na dat onder Xavi's deur door scheen, je hoorde bladzijden ritselen en het piepen van een viltstift. Was híj soms de moeite van het onderzoeken waard? Ach, het waren maar studenten. Tooly keek door een raam naar de straat – weinig aanlokkelijk, de koude tocht naar huis. Ze legde een hand op haar billen, die pijn deden van haar opzettelijke val op de stoep, en ze kroop weer het bed in, ging dicht tegen hem aan liggen.

De volgende ochtend ontdekte ze een holle leegte onder het laken waar Duncan had gelegen. Met nat haar kwam hij op zijn tenen de kamer binnensluipen, klopte op de zakken van zijn spijkerbroek, klaar om naar college te gaan. 'Ik moest ook maar eens opstaan,' zei ze terwijl ze het dekbed opensloeg en toen weer om zich heen trok. 'Wanneer moet je weg?'

'Nou, ik heb college in Vanderbilt Avenue,' zei hij hardop denkend. 'Ik neem lijn 1 of 9 naar Christopher Street, dus... over negentien minuten moet ik weg.'

'Dan ben ik over achttien minuten de deur uit.'

'Ik droomde dat ik door iemand werd gearresteerd,' zei hij.

'Het zal tijd worden dat iemand jou eens arresteert. Hé, hoe laat begint je college?'

'Tien uur.'

'Dan heb je nog alle tijd!'

'Weet je wel hoe laat het nu is?'

'Nee, maar volgens mij ben je sowieso te laat, ze beginnen gewoon zonder jou. Kom weer terug onder de dekens. Dat is gezelliger dan de metro.'

'Gaat niet.'

'Het is een noodgeval.'

Hij aarzelde, trok toen zijn nette schoenen uit en kroop het bed in, maar hij bleef aan zijn eigen kant liggen, met één voet op de grond. Ze ging rechtop zitten, leunde met haar elleboog in het kussen en bestudeerde Duncan. Ze stak haar hand naar hem uit. Hij schrok en schaamde zich voor zijn eigen verbazing toen ze met haar hand over zijn wang streek.

Het onbekende van een ander mens – zo tastbaar van dichtbij; levend maar ook een voorwerp. Zijn trekken waren niet meer goed te onderscheiden van deze afstand, werden een vaag waas. Er ging een heftig gevoel door haar heen, een golf naar buiten en een druk naar binnen, de opwelling om hem weg te duwen en weer naar zich toe te trekken, naar het raam te rennen en haar kleren op de bevroren 115th Street te gooien, en naakt, bibberend van de kou, het bed weer in te springen. Maar ze bleef roerloos zitten.

Deze keer vertrok ze met het voornemen hem nog een keer te zien, plus zijn telefoonnummer, dat ze in haar boekje had genoteerd.

'Wat is jouw nummer?'

'Weet ik niet,' zei ze. 'Ik ga verhuizen en ik heb nog geen aansluiting.'

'Waar ga je wonen?'

'Nog niet duidelijk,' zei ze en ze trok haar neus als een konijntje op.

Zijn mond ging een eindje open, maar hij vroeg verder niets meer.

147

Thuis in Brooklyn deed ze een dutje, uitgeput van een nacht in dat smalle eenpersoonsbed. Toen ze wakker werd, was het overal stil, de opslagruimte trilde van een volgeladen truck die over de Gowanus Expressway denderde. Humphrey kwam met een mok oploskoffie binnen, waarbij zich een spoor van bruine druppels over de betonnen vloer tot aan de keuken had gevormd.

Ze kwam overeind en nam dankbaar de mok aan. Ze hoefde niet uit te leggen waar ze de nacht was geweest – hij stopte zijn oren dicht als ze weleens zinspeelde op een romance. Humphrey weigerde te erkennen dat ze van jong meisje was uitgegroeid tot een volwassen vrouw, en behandelde haar nog steeds op dezelfde manier als toen ze klein was: als zijn maatje en intellectuele gelijke. Al het overige was privé. Wat ze prima vond, aangezien ze haar seksualiteit liever voor zichzelf hield. Ze hulde zich ook nog steeds in de seksloze kleding – tweedehands mannenkleren en jongensachtige gympen – die ze al sinds haar tienertijd droeg. Inmiddels voelde ze zich prettig in die kleren; een jurk was ondenkbaar.

'Hoe heette je ook weer?' vroeg Humphrey die aan het voeteneind van haar matras was gaan zitten.

'Tooly.'

'Wie ben je?'

'Hou je kop,' zei ze lachend.

'Je doet me denken aan Leibniz.'

'Aan wie?'

'Duitse filosoof die leefde in jaar 1700 en daarna. Hij heeft warrig haar net als jij, en sterft nadat voet in avocado was geraakt.'

'Hoe kun je nou doodgaan aan een avocado?'

'Als je niet begrijpt, leg ik liever ook niet uit. Als je niet intellectueel bent, kan ik ook niets aan doen.'

Ze deed haar ogen dicht, dacht na, ging toen opeens op het matras staan, strekte haar armen naar het plafond uit en riep: 'Ik heb vandaag met een zwijntje gewandeld. Of gisteren. Wat is het nu?'

'Morgen. Ga je nu wassen,' zei hij tegen haar. 'Ik heb kwesties te bespreken.'

Dat was een bekende truc van hem. Hij wilde gezelschap, had zich alleen gevoeld zonder haar, was waarschijnlijk lang opgebleven en had zitten wachten tot hij de deur hoorde. Ze woonden inmiddels al jarenlang samen, hadden woningen in allerlei steden gedeeld. Venn was altijd de oorzaak van de verhuizingen geweest. Hij pakte vaak van het ene moment op het andere zijn boeltje op en nodigde Tooly dan een paar weken later uit om hem in zijn nieuwe standplaats op te komen zoeken (beter om niet met z'n allen tegelijk te reizen). Humphrey wilde haar altijd begeleiden, hoe ingewikkeld dat de zaak ook maakte – al zijn boeken meeverhuizen! In sommige steden zag Tooly Venn dagelijks en was ze zijn maatje, vertrouwelinge, bondgenote. Hij kookte soms zelfs voor haar, nam haar mee naar zakenafspraken, mannen die haar anders niet aan het woord hadden gelaten, werden nu door Venn tot stilte gemaand om haar haar zegje te laten doen. Ze maakten lange wandelingen, becommentarieerden voorbijgangers, trapten lol samen – het waren zulke leuke tijden dat er soms dagen voorbijgingen dat ze geen woord las. En soms was ze dan weer weken alleen met Humphrey.

Ze ging onder de douche en trok, gezien het late tijdstip, meteen haar pyjama aan. Humphrey stond bij de pingpongtafel op haar te wachten, zijn rechterbroekzak volgepropt met balletjes zodat hij niet elke keer hoefde te bukken als er eentje wegschoot – bij elke bal waarop hij vlug moest reageren riep hij 'uit'.

'Hij is niet uit omdat jij toevallig geen zin hebt om terug te slaan, Humph.'

'Als dan niet uit,' vroeg hij, 'wanneer wel?'

Maar al na twee punten legde hij zijn batje neer en liep naar de bank. 'We moeten ergens anders heen.'

'Waar dan?'

'Ergens fatsoenlijk. Jij en ik. Waarom,' ging hij verder, 'moeten we altijd Venn achterna?'

'Wat zouden we moeten doen,' vroeg ze plagend, 'als we onze eigen weg zouden gaan?'

'Net als nu: kwesties en bezigheden.'

'Pingpong, lezen en schaken?'

'Wat is verder nog in leven?'

'En waar dan, stel dat we geld hadden?'

Hij keek naar zijn schoenen.

'Kom op, Humph. Niet kwaad op me worden.'

'Dit is zeer stupide.'

'Wat is stupide?'

Hij kon geen reden bedenken voor woede, dus werd hij neerslachtig. 'Niet ergeren op mij.' Humphrey schoof met zijn tenen de hopen leesvoer opzij, raapte verfomfaaide boekjes op en gooide die op de bank. Met een plof ging hij zitten, waardoor de boeken omhoogvlogen en opengeslagen weer neerkwamen, alsof ze wakker waren geschrokken. Met zijn vingers ineengevlochten over zijn buik zei hij tegen haar: 'Zit, zit.'

Ze wilde dat net doen toen hij paniekerig zijn hand opstak. 'Je ging bijna op John Stuart Mill zitten!'

Ze schoof het boek van dit eerbiedwaardige heerschap opzij en liet zich vervolgens vallen op degene die de pech had zich onder de schaduw van haar pijnlijke achterwerk te bevinden. 'Kan me niet schelen of het Plato of Aristoteles is.'

'Ik kan ook niet helpen dat jij geen intellectueel bent,' bromde hij en gaf haar het boek dat toevallig naast hem lag: *De wereld van gisteren* van Stefan Zweig.

Sinds hun ontmoeting, tien jaar terug, had Humphrey haar steeds op deze manier, in het wilde weg, van leesvoer voorzien. Boeken over het Bronzen Tijdperk, de kosmos, de Eerste Wereldoorlog, de Renaissance, Griekse mythen, de atoomwedloop, Romeinse keizers, Voltaire en Locke, Mohammed Ali en David Niven, architectuur, dagboeken van beruchte mensen, casinozwendels, economie, Groucho Marx. Ze hadden talloze prettige uren samen in de boeken doorgebracht, waarbij hij bepaalde welke feiten en welke mystificaties aan haar opvoeding bijdroegen.

Er was één genre waar Humphrey een hekel aan had: verzonnen verhalen. De wereld was oneindig veel boeiender dan wat iemand kon bedenken. Hij beweerde dat in verzonnen verhalen het leven zich beperkte tot één enkel relaas met één enkele hoofdpersoon, wat egocentrisme in de hand werkte. In het echte leven was er geen hoofdpersoon. 'Van wie is verhaal? Is mijn verhaal, met mijn begin en einde, en ben jij bijfiguur? Of is jouw verhaal, Tooly, en ben ik figurant? Of is verhaal van jouw grootmoeder? Of jouw achterkleinzoon misschien? En is dit allemaal inleiding?'

'Ik krijg geen kinderen.'

'Tuurlijk wel. En van wie is dan verhaal? Jouw kleinzoon? Ook wat we nu zeggen, is misschien alleen maar achtergrond voor zijn verhaal. Wat zeg jij daarvan? Nee, nee, nee, er is geen held. Er is alleen bewustzijn en vergetelheid. Niets heeft betekenis.'

'Niets?'

'Wees bang voor mensen die zeggen dat leven zin heeft. Zin komt pas als einde is.'

'Dat ben ik niet met je eens.'

'Omdat jij als kort meisje te veel sterke verhalen hebt gelezen. Jij gelooft in mooie afloop. Jij denkt dat losse touwtjes vastknopen.'

'Niet per se.'

Ze strekte zich uit op de bank, stopte haar sokkenvoeten onder hem om warm te worden. 'Heb je vandaag al iemand gesproken?'

'Veel mensen.'

'Wie dan?'

'John Stuart Mill bijvoorbeeld. En verder Jean-Jacques Rousseau. Misschien ken jij die?'

'Dode filosofen tellen niet mee. En voordat je me gaat vertellen dat het geen filosofen zijn maar achttiende-eeuwse denkers, dan...'

'John Stuart Mill pas geboren in negentiende eeuw, lievelink.'

'Heb je vandaag ook met een lévend iemand gepraat?'

'Ik praat nu met jou. Tel jij niet mee als twintigste-eeuwse denker?'

'Ik geloof niet dat ik tot een van de grote denkers van de twintigste eeuw gerekend kan worden, nee.'

'Welke eeuw jij ook geen denker van bent, ik praat met jou. Tevreden?'

Ze pakte hem bij zijn middel. Hij stribbelde halfhartig tegen, terwijl de pingpongballetjes uit zijn zakken vielen en in het rond stuiterden. 'Hoe lang moet knuffelen duren?'

'Is het zo'n marteling?' Ze wist dat zij de laatste op aarde was die deze muffe oude man nog omhelsde. Ze gaf hem een zoen op zijn wang.

'Onvoorstelbaar wat ik allemaal over mij heen krijg,' mopperde hij. 'Als ik niet met eigen oren zag, zou ik niet geloven.' Hij keek haar aan. 'Tooly, ik heb belangrijke kwesties te bespreken.'

'Kwesties en bezigheden?'

'Niet plagen. Ik heb dingen te vertellen.'

'Waarover?'

'Over...' Hij stond wankelend op, draaide zich om alsof hij gekooid was, ging weer zitten.

Humphrey had een ingewikkelde levensgeschiedenis. In sommige versies was hij als jongeman uit de Sovjet-Unie gevlucht en had zijn ouders achtergelaten, die hij daarna nooit meer had gezien. Maar in een ander verhaal was hij met zijn op wonderbaarlijke wijze opgedoken vader aan het pokeren in Zuid-Afrika. Voor extra verwarring zorgden de geruchten die de ronde deden: hij zou in China hebben gewoond en voor Mao hebben gewerkt (onwaarschijnlijk vanwege zijn luiheid); hij zou croupier in Macao zijn geweest (vast niet: hij was een ramp in rekenen); hij zou in het na-oorlogse Wenen gehandeld hebben in gestolen penicilline (hij leek inderdaad veel te weten van medicijnen); hij zou heel rijk zijn (nooit iets van gemerkt); hij zou aan de grond zitten (ruimschoots bewijs); hij zou een Joodse aristocraat zijn wiens Midden-Europese familie alles in de oorlog was kwijtgeraakt (de man had totaal niets aristocratisch).

Volgens Humphrey zelf was hij in de jaren dertig opgegroeid in Leningrad, in een liberaal Russisch-Joods gezin. Tijdens de Tweede Wereldoorlog hadden ze, zoals de meeste Russen, vreselijke ont-beringen geleden. Maar zijn relaas vertoonde gaten als het op de oorlog aankwam. Toen ze in Marseille woonden, had een van zijn schaakvrienden, een rabbijn die twee jaar in de gevangenis had ge-zeten vanwege geld witwassen voor een Colombiaans drugskartel, een keer aan Tooly gevraagd hoe Humphrey de oorlog was door-gekomen. 'Hij is een Joodse man uit Europa,' merkte de rabbijn op. 'Hij heeft de juiste leeftijd. In mijn gemeenschap weet je vaak niet hoe mensen de oorlog zijn doorgekomen, dat hoor je pas na hun dood. Dan zegt iemand er iets over op de begrafenis.'

Maar Humphrey had geen verschrikkelijke gruwelen meege-maakt in de oorlog en had in elk geval niet in een concentratie-kamp gezeten. Droogjes merkte hij op: 'Ik had niet voorrecht ken-nis te maken met Hitlers holocaust.' Wat er ook gebeurd was, zeker was dat hij na de oorlog zijn tienerjaren in de Sovjet-Unie had gesleten en een steeds grotere hekel aan het systeem had ge-kregen. Zijn gevatte opmerkingen leidden tot een korte periode in de gevangenis, waarna hij het land ontvluchtte en in Zuid-Afrika belandde, omdat een stommeling hem naar het verkeerde schip had doorverwezen. Daar zat hij dan, een jonge intellectueel van Russisch-Joodse afkomst in het zuidelijkste puntje van Afrika, waar hij overal geconfronteerd werd met de achterlijke wreedheid van het apartheidsregime. Op een gegeven moment kon hij daar niet meer tegen en ging hij reizen. Maar als ronddolende ontheemde, met de verkeerde moedertaal, bereikte hij nooit veel. Humphrey 'was door de geschiedenis klemgezet', zoals hij het zelf noemde. Daarmee bedoelde hij dat zijn droom om ooit bij de Grote Denkers te behoren door de waanzin van zijn tijd de grond in was geboord.

'Ik moet met jou praten,' zei hij weer. Hij vond een bijna lege fles wodka in het vriesvak, goot het restje in een wijnglas en snoof de damp op. Hij liet een balletje op de pingpongtafel stuiteren.

'Nou, praat dan.'

'Jij denkt dat ik grapje maak,' zei hij en hij sloeg het bodempje wodka achterover. 'Maar ik maak zorgen. Jou kan iets overkomen. Binnenkort.'

'Ja, ja, ik weet het, een ramp als we er niet snel met z'n tweeën vandoor gaan.'

Humphrey pakte de lege wodkafles en deed net of hij hem uit-wrong voor de allerlaatste druppel. Hij was een bescheiden drinker – zelden meer dan één glaasje – en verachtte dronkenschap, dat hij iets voor ordinaire lui vond. Vandaag had hij echter nog wel zin in een slokje, dus waagde hij zich de Brooklynse avond in voor nog meer wodka. 'Als ik terugkom,' beloofde hij plechtig, 'heb ik belangrijke kwesties te bespreken.'

'Ik wacht vol spanning af.'

'Jij gaat nergens heen.'

'Afgesproken.'

Even later ging de zoemer – waarschijnlijk was hij zijn sleutels vergeten.

Maar het was een vrouwenstem die door de intercom knetterde. 'Hallóóó! Is daar iemand?'

Ongelooflijk: zij volgde hen werkelijk overal, waar ter wereld ze ook waren.

'Ahoi,' antwoordde Tooly en ze drukte op de knop zodat de toe-gangsdeur openklikte.

Sarah Pastore maakte haar zwierige entree, gaf Tooly een kus op haar voorhoofd en omhelsde haar met een klopje op haar rug. Daarna draaide ze haar kersenrood geverfde haar in een knot op haar hoofd om het vervolgens als een waterval over haar schouders te laten vallen. Ze wees naar haar rechterwang, de plek aanduidend waar Tooly een kus diende te planten, wat ze deed. 'Nog altijd even schattig,' zei Sarah terwijl ze Tooly opnam.

Dat kon niet van Sarah gezegd worden. Ze was een versleten vrouw van tweeënveertig, haar proporties waren uit proportie, haar scherpe neus had iets mannelijks, de gleufhoed was niet meer sexy maar eerder overdreven aanstellerig. Jarenlang was ze de eeuwig jonge vrouw van in de twintig geweest, maar nu had Tooly zelf die leeftijd bereikt en onbedoeld Sarah van haar plek verjaagd.

'Hoe lang gaat dit bezoekje duren?' vroeg Tooly en ze plantte nog een kus op Sarahs wang, steviger dit keer, alsof ze daar de genegenheid wilde inprenten die ze in het echt zo moeilijk kon opbrengen.

'Tralalála, diedum. Tralalála, diedum,' zong Sarah terwijl ze spiedend door hun nieuwste onderkomen struinde. 'Wie zal het zeggen?' Sarah was een terugkerend gegeven in hun leven, bleef vaak een tijdje bij Tooly en Humphrey logeren, reisde soms zelfs met hen mee. Maar er konden ook maanden voorbijgaan dat ze niets van haar hoorden. Maar dan kreeg Venn altijd medelijden en liet haar weten waar ze zaten – een tijdje later stond ze voor de deur.

'Wat verschaft ons de eer?'

Sarah zong: 'Welgefeliciteerd, want je neus staat verkeerd, en je oren staan van voren, welgefeliciteerd.' Ze pakte een sigaret. 'Je wordt binnenkort eenentwintig.'

'Daar ben ik me van bewust.'

'Waar is Rimpelsteeltje?'

'Voorraad inslaan.'

'En de anderen?' Daarmee bedoelde ze Venn. 'Dat verjaardagsliedje zit al de hele tijd in mijn hoofd te tralaladiedummen, sinds ik in dat warenhuis op de hoek van Madison en Sixty-first was. Hoe heet het ook alweer, die dure winkel?'

'Geen idee,' zei Tooly. 'Mijn kleren komen uit een iets minder chique zaak.'

'Weet je wat we gaan doen?' zei ze en ze pakte Tooly bij haar polsen. 'We gaan gezellig winkelen. Mijn verjaardagscadeau voor jou. Oké?'

'Maar dan wel alsjeblieft betálen voor de spullen.'

'Natuurlijk betalen we. Waar héb je het over?' Ze bestudeerde Tooly's kleding: pyjama met een motief van renpaarden, dichtgeknoopt kraagje, kamerjas erover. 'Het is een schande zoals jij erbij loopt. Nog in je pyjama om... hoe laat is het?'

'Ja, hoe laat is het eigenlijk?'

'Maar je bent een bofkont,' zei Sarah terwijl ze Tooly keurde alsof ze een autoband was. 'Met zo'n figuurtje kun je alles dragen. Trut.'

Tooly maakte zich los. 'Jij ook.'

Sarah liep naar het raam aan de achterkant en nam het weinig opwekkende uitzicht in zich op: achterlichten in een lange slinger naar de snelweg. 'Prachtige winteravond,' zei ze en ze ging met haar vinger over de vensterbank, over de muur, over het keukenkastje. 'Wat een leuke woning.' Ze zette een schaakstuk overeind, graaide ongeïnteresseerd door de tijdschriften en boeken op de bank, schikte ze in stapels, waarna ze Tooly's slaapkamer binnenging en een trui van de vloer raapte. 'Waar haal jij die dingen toch vandáán? Het Leger des Heils of zo?'

'Inderdaad.'

Sarah lachte eventjes, een gemaakt verkrampt lachje. 'Moest laatst denken aan de ijsbar. En mijn Honda Dream. Weet je die dikke agent nog?'

'Je was zo koel als een kikker.'

'O, hoera! Wat fijn te horen.'

Sarah haalde herinneringen aan vroeger op om hun band te bevestigen, alsof gedeelde ervaringen, ongeacht de inhoud, mensen nader tot elkaar brachten. Sarahs herinneringen aan gebeurtenissen waren nogal gekleurd en strookten niet altijd met de waarheid. In haar versies was het altijd een en al vrolijkheid en standvastigheid, bestonden er alleen helden en schurken, in tegenstelling tot de vage, warrige herinneringen die anderen hadden. Zij liet bepaalde incidenten weg; vooral rampen waarvan zij de oorzaak was schreef ze toe aan vijanden, een groeiend leger naarmate de jaren verstreken. Als iemand haar verhaal in twijfel trok, verschenen er donderwolken in haar ogen. Venn was de enige die ongestraft haar beweringen kon ontzenuwen. Alleen overleefde Sarah zo'n meningsverschil bijna niet, want elke kritische opmerking van hem was als een dolksteek.

Tooly was inmiddels niet meer zo geïnteresseerd in haar uitspraken maar meer in haar persoon, ooit zo betoverend, een sprankelende vrouw in een wereld die voornamelijk uit mannen bestond. Hoe dikwijls had Tooly gehoopt dat Sarah, net als nu, onverwacht zou binnenzeilen om haar mee te nemen op een avontuur dat ze als jong meisje het toppunt van mondaniteit vond. Achter op een scooter rondrijden door een of andere badplaats aan de Rivièra, naar feestjes gaan in Praag, Sarahs regels over mannelijke lichaamstaal leren: je weet dat een man je aantrekkelijk vindt als hij zich bij het passeren in een smalle gang naar je toe draait; als hij je gezicht bestudeert tijdens een gesprek hoewel je hem niet aankijkt; als hij zijn rug recht wanneer hij je aan ziet komen. De kans op een romance, aldus Sarah, hing geheel af van de lichaamshouding van de man.

Wat was Sarah vroeger een fascinerende vrouw geweest! Maar juist op de momenten dat Tooly het hevigst naar haar gezelschap had verlangd, was Sarah in geen velden of wegen te bekennen geweest. Ze verscheen en beloofde Tooly mee te nemen op avontuur, maar was dan dezelfde avond alweer vertrokken. Het was gebeurd in Jakarta: Sarah had in hetzelfde vliegtuig als Humphrey en zij gezeten, maar was na aankomst op het vliegveld spoorloos verdwenen. In Amsterdam had ze zich weer bij hen gevoegd, met het emotionele aantrekken en afstoten dat zo kenmerkend was voor haar omgang met Tooly. Die zomer op Malta en Cyprus had ze van het tienermeisje een mini-Sarah proberen te maken. Maar in Athene had ze Tooly vervolgens twee weken genegeerd. Tooly was erbij geweest toen Sarah in Milaan voor het eerst coke snoof en had constant de verhalen moeten aanhoren over haar turbulente verhouding met een getrouwde miljonair. In Boedapest hadden ze een aanvaring gehad en in Praag hadden ze het weer bijgelegd. In Hamburg had Sarah een driftbui gekregen waarbij ze met haar hamertje een raam had stukgeslagen en daarna naar buiten was gestormd. Maanden later had ze hen weer opgespoord in Marseille en deed ze alsof er niets was voorgevallen.

Tooly's oordeel over Sarah had jarenlang gefluctueerd tussen bewondering en afkeer. Nog niet zo lang geleden had Tooly ontdekt dat ze zich had vergist: al die bliksembezoekjes van Sarah waren niet bedoeld om haar te zien, zij speelde maar een bijrol. Sarah kwam telkens terug voor Venn, zocht een excuus om bij hem te zijn, al had hij haar jaren geleden afgewezen. Elke keer dat Sarah opnieuw het lid op de neus kreeg, richtte ze haar aandacht op Tooly en hield zich met haar bezig om Venn dwars te zitten, want ze wist hoe dik die twee waren.

Vandaag praatte ze aan één stuk door. Tooly sloot haar ogen om de gedachten erachter te verbergen.

'Wat?' vroeg Sarah. 'Wat is er zo grappig?'

'Niets,' antwoordde ze hoofdschuddend. 'Ik denk gewoon even na.'

'Zie je wel, je bent niets veranderd! Nog steeds lachen om het leven. Dat is zo opmerkelijk aan mensen. Niemand verandert! Iedereen blijft in wezen dezelfde, of ze nu zeven of zeventig zijn.'

Tooly knikte alsof dit klopte (al was dat beslist niet het geval). Sarah veranderde plompverloren van onderwerp en begon aan een warrig verslag over de tegenslagen waardoor ze, buiten haar schuld, nu hier was. 'En toen ik naar binnen ging – je zult het niet geloven – bleken ze alles te hebben weggehaald! Ze hadden zelfs het slot veranderd, de eikels.'

'Hoe kwam je dan binnen?'

'Dat kwam ik niet, ik zei toch dat ze het slot hadden veranderd.'

'Maar hoe wist je dan dat ze alles hadden weggehaald?'

'Jij kent die lui niet,' zei ze. 'Echt, die vrouw is psychotisch. Jij weet niet hoe het eraan toegaat in die contreien. Je wordt meegenomen het oerwoud in, met een machete in stukjes gehakt en doorverkocht als wildedierenvlees. De politie is corrupt. Je kunt nergens heen. Ik kreeg te horen dat ze me – schrik niet – wel zes jaar in de gevangenis konden zetten (stel je voor, een gevángenis in die uithoek!). Ik had niet eens iets gedaan. Je zou ze toch... Niet dan?' Het klassieke einde van een Sarah-verhaal: ze was onterecht verjaagd, onheus bejegend, zwartgemaakt. Het wonderlijke was dat ze haar eigen verhalen was gaan geloven, steeds meer naarmate ze ze vaker vertelde. Alleen moest ze wel haar medemensen als slecht en verdorven afschilderen, wilde ze niet als een al te naïeve sukkel overkomen. Noodzakelijkerwijs was haar mensbeeld in de loop der jaren steeds somberder geworden.

Sarahs nieuwste plan was naar Rome te gaan en de stad te heroveren die een halve eeuw eerder door haar vader was verlaten, een voormalige fascist die allang het tijdelijke met het eeuwige had gewisseld. Een Italiaanse vriend van haar, Valter, had daar een lederwarenzaak. Hij was een getrouwde accountant met wie ze de spot dreef omdat hij verliefd op haar was. Sarah had kijk op mode, beweerde ze, en dus ging ze leiding geven aan de winkel. 'Maar het mooiste is dat jij met me meegaat! Dan word je mijn assistente. Vind je dat niet spannend? Je bent nu bijna eenentwintig. Tijd voor iets nieuws. Je vliegt met mij mee terug, af-gesproken?'

'Sarah, ik ben geen koffer.'

'Wat is dat nou weer voor opmerking! Ik probeer je alleen maar te helpen. Ben speciaal voor jou hierheen gekomen.'

'Ik vind het prima hier.'

'Maar dan ook niet zeggen dat ik niet het beste met je voorheb. Oké? Ik blijf hier trouwens een paar dagen.'

'Dat moet ik even met Humph overleggen.'

'Hoezo, overleggen?'

'Of het goed is dat je blijft logeren.'

'Jullie hebben een enorm matras – is er geen plek voor mij voor een paar daagjes? Weet je nog dat we vroeger samen in jouw tent sliepen? Ik snap gewoon niet waarom je zo moeilijk doet. Wil je me soms vernederen?'

'Nee, Sarah, absoluut niet.' Tooly stak haar hand uit, maar werd weggeduwd, waarna ze haar hand op Sarahs bovenarm legde en die aaide, alsof ze een dier kalmeerde.

'Je vindt het fijn om me te zien!' zei Sarah. 'Wat lief!'

Tooly was er zo aan gewend om mee te gaan met de stemmingen van Sarah dat ze haar als vanzelf, zonder na te denken, probeerde te paaien. Om dat patroon te doorbreken deed Tooly een stapje naar achteren en leunde met haar hand op het aanrecht. Even later legde Sarah haar hand met bloedrode nagels op de hare.

'Gaat het?' vroeg Tooly.

'Prima.' Ze schraapte haar keel. 'God, ik weet het niet.' Op zulke momenten, als ze op het punt stond intieme bekentenissen te doen, leek ze op een oudere actrice voor de kleedkamerspiegel die naar de slappe, hangende leegte keek. Sarah had soms ook iets kwetsbaars.

'Ik hoop,' zei ze, 'dat die trut haar verdiende loon krijgt. Echt.'

Tooly hield al die trutten niet meer bij, had ook geen behoefte om te weten wie deze bewuste trut was, een van de velen uit het legioen tegenstanders. Ergens had Sarah gelijk: de wereld leek inderdaad tegen haar te zijn, alleen was dat niet doelbewust. Er doken obstakels op in haar leven, maar dat gold voor iedereen. Haar paranoia was een vorm van egoïsme, dat genadige gebrek aan verbeeldingskracht. Maar eigenlijk was het nog veel triester: niemand had het op haar gemunt omdat niemand een gedachte aan haar vuil maakte.

'Wat was je blij toen ik je redde!' zei Sarah.

'Waar heb je het over?'

'Toen in Bangkok.' Sarah bemerkte de lichte irritatie. 'O kom op, doe maar niet of je nog steeds partij voor Paul kiest.'

'Eh...' zei Tooly.

Beneden werd de deur met een klap dichtgeslagen.

'Dat zal Humph zijn,' zei Tooly. 'Ik ga even kijken.' Ze liep snel de trap af, er kwam een ijskoude tocht door de deur.

'Hallo, lievelink,' zei Humphrey. 'Jij komt naar buiten in pyjama? Ik zou niet geloven als ik niet met eigen ogen hoor.'

Ze boog zich naar hem toe om hem iets in te fluisteren. 'De keizerin is terug.'

Zijn gezichtsuitdrukking ging over in teleurstelling en vervolgens in ergernis. 'Ik heb belangrijke kwesties met je te bespreken,' zei hij. 'Waarom komt keizerin nu? Blijft ze slapen?'

'Volgens mij wel.'

Hij keek terneergeslagen voor zich uit.

Sarah deed de deur van het appartement open. 'Hebben jullie het over mij?'

'Nee, nee,' zei Tooly.

'Liegbeest.'

De dagen erop zat Sarah veel thuis modebladen te lezen die ze kocht in kiosken in de buurt. Ze zat krap bij kas, totdat Valter uit Italië per telegram geld naar haar overmaakte. Daarna verdween ze naar een bar in Hoyt Street en vond onderdak bij de jongere mannen die zich daar kwamen bezuipen, gevolgd door gênante scènes de volgende ochtend in de trant van 'Ben al te laat voor werk, vind je het erg om nu weg te gaan?' Sarah kwam met hangende pootjes terug naar hun appartement, waar Humphrey zich achter zijn boeken verstopte en zij voor het raam kettingrokend naar de snelweg keek en wachtte tot Venn zou bellen.

2011

De boekwinkel was 's zondags dicht, dus toen Tooly wilde controleren of haar geleende mobieltje het deed en vanuit Connecticut naar een bekend nummer belde, verwachtte ze niet dat er werd opgenomen.

'World's End,' zei Fogg.

'O,' antwoordde ze. 'Je had niet op mogen nemen.'

'Dat is toch de bedoeling als zo'n ding lawaai begint te maken?'

'Waarom ben je vandaag op het werk?'

'Nou, werk kan ik het niet noemen. Ik kwam alleen even kijken of alles in orde is.'

'Heel plichtsgetrouw van je. Maar ik moet ophangen, sorry. Dit is niet mijn eigen mobieltje en ik wilde alleen...'

'Je zult wel verheugd zijn te horen dat ik vanochtend de grabbelton buiten heb gezet, ook al is het zondag,' zei hij. 'Die sta ik momenteel door de ruit te bewonderen, wat een prachtding. En geen regen vanochtend. De wonderen zijn de wereld nog niet uit, ja, zelfs in Wales niet. Hoe laat is het bij jou? Halverwege de middag in Amerika?'

'Het is hier nu zes uur.'

'Is dat morgenochtend? Of nog gisteravond?'

'Het is zes uur 's ochtends. En het is vandaag.'

'Misschien dat het voor jou als vandaag vóélt, maar je zit nog in gisteren.'

'Fogg, we zitten alle twee in dezelfde dag, idioot. Het is bij jou en bij mij zondag.'

'Heb je soms je gevoel voor humor verloren in Amerika? En waarom ben je in vredesnaam al om zes uur op een zondagochtend wakker, als ik zo vrij mag zijn?'

'Ik sta altijd om zes uur op.'

'Geloof ik geen snars van. Het is vast de jetlag. Dat zou ik ook wel een keertje willen proberen, lekker een beetje jetlag op vakantie in Amerika.'

'Zullen we ruilen?' vroeg ze. 'En dit is trouwens geen vakantie. Ik mis de winkel zelfs.'

'De winkel heeft nog met geen woord over jou gerept.'

'Het verbaast me eigenlijk dat je de winkel nog niet in de fik hebt gestoken.'

'In de fik steken staat helaas pas donderdag op het programma.'

'Fogg,' zei ze, 'ben je niet onder de indruk dat ik je met een mobiele telefoon bel?'

'Ik weet gewoon niet hoe ik het heb. Door het dolle werkelijk. Vanaf nu zul je dagelijks bellen. Ik doe het bij voorbaat al in mijn broek.' Hij noteerde haar nummer en gaf zijn eigen voor noodgevallen. Op de achtergrond tinkelde het belletje boven de winkeldeur.

'Klant?'

'Waarschijnlijk iemand die de weg wil weten. Gisteren was het ongekend druk: drie klanten,' zei hij. 'Nou, ik ga ophangen en dit afhandelen.'

'Je bent angstaanjagend gedienstig geworden.'

Boven haar dreunden kindervoeten – Duncans drieling was wakker en rende door de kamer.

'Ik moet zelf ook ophangen,' zei ze.

Tooly nam een vroege trein naar Manhattan, zodat het gezin McGrory de dag voor zichzelf had. Ze probeerde nog wat te slapen in het hotel, maar ze was te gespannen, nam steeds haar vragen aan Humphrey door, bibberend bij het vooruitzicht dat ze over enkele uren het antwoord zou weten. Om rustig te worden ging ze een lange wandeling naar Zuid-Brooklyn maken.

De tocht duurde een paar uur, maar toch kwam ze nog te vroeg aan in Sheepshead, daarom liep ze verder naar de Russische enclave in Brighton Beach, langs de grote avenue, die werd overschaduwd door het luchtspooremplacement. Telkens als er een trein overheen denderde, flitste de zon als een stroboscoop over nagelsalons, kledinggroothandels en faillissementsadviesbureautjes die zich op straatniveau bevonden. Als je een blik in de zijstraten wierp, zag je zand in de verte – dit was het zuidelijkste puntje van Brooklyn voordat de oceaan begon. Op de promenade zaten kleine dikke bejaarden met wraparound-zonnebrillen en radio's in hun hand waar Russisch uit schetterde. De Atlantische Oceaan klotste af en toe.

Duncan had voorgesteld om ter voorbereiding nog even van tevoren af te spreken. 'We moeten op tijd komen,' zei hij terwijl hij zijn BMW voor het station van Sheepshead Bay op slot deed. 'Je vader wordt zenuwachtig als mensen te laat zijn, denkt dat hij zich vergist heeft in de tijd.'

'Die flat waar hij nu woont; je zei dat die niet geweldig was, hè?'

'Nou, het pand is in het plaatselijke nieuws gekomen toen een paar jongens uit Oezbekistan werden opgepakt omdat ze er tennisten met een muis.'

'Wat verschrikkelijk.'

'Het is een rare plek. Je zult het zo wel zien.'

De glazen buitendeur was beklad met graffiti; onder elke tag was de spuitbusverf in lange strepen uitgelopen. Duncan toetste een code in op het digitale toegangsbordje en duwde met zijn schouder de deur open. Binnen stond een zenuwachtige Chinees die net uit een kamer kwam, de sleutel stak nog in het slot. De man zei: 'Nee, nee,' met zijn hand gebarend dat ze weg moesten.

Ze klommen de wenteltrap op, langs groezelige ramen die vanaf steeds grotere hoogte op de straat uitkeken: auto's, daarna elektriciteitspalen, daarna daken. De vloer werd steeds viezer, overal lag rommel, een achtergelaten kinderfietsje met zijwieltjes, een kapotte paraplu, sigarenas.

De ruimte die ze tien jaar daarvoor met Humphrey in Brooklyn had gedeeld, was ook afgetrapt geweest, evenals de kamers waar Duncan in 115th Street had gewoond. Maar ze waren allemaal tijdelijke bewoners geweest; de ellende was van voorbijgaande aard. Hier zou niemand naar een betere woning verhuizen. Dit was hun schimmelige eindpunt. Het was een armetierig logement, eenpersoonskamertjes met op elke verdieping een gedeelde badruimte aan het ene einde van de gang en een gemeenschappelijke keuken aan het andere einde. De meeste bewoners waren mannen, werkloos, verslaafd, ziek. 'Je vader zit hier al een paar jaar. Ik vond dat je het moest zien,' zei Duncan, alsof het voor een deel haar schuld was.

De meeste staalgrijze deuren waren gebutst, alsof er vaak tegen geschopt was. Op een deur hing een gescheurde Tigres del Norteposter. Een andere stond open en in de kamer zagen ze een dikke man zonder hemd, met een haarnetje op die in een tuinstoel op zijn hand zat te kauwen. Uit de andere kamers kwamen flarden gesprekken in allerlei talen, plus de penetrante geur van eten. 'Dit is die van hem. De deur is altijd open. Ik heb gezegd dat hij hem op slot moet doen, maar je weet hoe hij is.'

'Moeten we aankloppen?'

Duncan schoof de deur al open, maar die kwam ergens tegenaan waardoor hij zich erlangs moest wringen. Hij verdween uit het zicht. Tooly bleef aarzelend op de gang staan en hoorde hem vragen: 'Heb ik je wakker gemaakt?'

'Hmm,' was de reactie.

Tooly draaide zich om, sloot haar ogen, haar hart bonsde.

Duncan riep naar haar: 'Kom je nog?'

De deur werd geblokkeerd door een witleren leunstoel. Ze schuifelde zijwaarts naar binnen en zag als eerste Humphreys achterhoofd, daarna zijn waterige ogen. In de kamer stond een bed dat vol lag met paperassen en boeken, er was een raam met de jaloezieën omlaag, een kleine tv op een commode, een minikoelkastje, magnetron en een aanrechtje met gootsteen, waarboven een stuk millimeterpapier hing met de tekst 'KRAAN DICHTDRAAIEN!' in Duncans opvallende handschrift. Hij had nog meer vermaningen her en der opgeplakt: 's NACHTS DEUR OP SLOT!; PAPIER IN LA! Het stonk naar bedorven stoofschotel en bloemenluchtverfrisser.

'Hij is net wakker,' zei Duncan.

Humphrey keek boos, zijn warrige witte wenkbrauwen hingen voor zijn ogen, zijn gezicht leek op de dop van een walnoot. Hij had een rode sweater en een slobberige spijkerbroek aan – ze had hem nog nooit in vrijetijdskleren gezien en het paste niet bij hem, alsof hij door iemand anders was aangekleed. Hij was ook magerder geworden, zijn spijkerbroek was met een touw aangesnoerd. Duncan trok de jaloezieën op. Humphrey pakte de armleuningen vast en beefde van de inspanning om overeind te komen uit de stoel.

'Humphrey,' zei ze. 'Hallo.'

Hij knipperde, de dikke wallen onder zijn ogen trilden.

'Ik ben helemaal vanuit Manhattan komen lopen,' ging ze verder. 'Ik weet dat je een hekel hebt aan lichaamsbeweging, maar ik vond het heerlijk. Onderweg bedacht ik nog dat ik een broodje aardappelsmuree voor je mee had moeten nemen.'

Hij schuifelde langs haar, met uitgestrekte armen om zijn weg te zoeken, gelige, veel te lange nagels die tegen de muur tikten. Hij struikelde over een boek, waarop Duncan en zij in een reflex naar voren schoten, maar hij had niets. Hij tuitte zijn mond, ontspande hem en zei met zachte stem tegen Duncan: 'Ga weg.'

'Wil je even alleen zijn met Tooly?'

'Zíj moet weg. Ik wil dat ze de kamer verlaat. Nu, alsjeblieft.'

Tooly verstijfde helemaal, niet zozeer om wat hij zei maar om hóé hij het zei. De man die ze had gekend was een Rus. Deze oude man – hij leek dezelfde van vroeger; het moest hem gewoon wel zijn – sprak Engels alsof het zijn moedertaal was. Ze keek naar Duncan, toen naar Humphrey.

Ze haastte zich om de leunstoel heen de gang in en deed de deur achter zich dicht. Binnen hoorde ze gedempte stemmen. Wat, wat, wat was hier aan de hand?

Uit de kamer ernaast schreeuwde een vrouw 'Ik heb jullie godverdomme gewaarschuwd!', smeet twee jongetjes de gang op en sloeg de deur weer dicht. De broertjes – de oudste een jaar of elf – die als gekken giechelden, bonkten op de deur om hun moeder, rammelden aan de deurknop, krijsten een paar minuten en voerden een paar karatetrappen op de deur uit, steels kijkend of Tooly wel onder de indruk was.

'We zijn er allemaal uitgegooid,' zei ze tegen hen. Uit de kamer van hun moeder dreunde muziek. De oudste jongen rende de gang door, spuugde tegen de geblindeerde ruit. De jongere knul lag met een vinger in zijn neus op de grond en staarde Tooly aan.

Duncan deed de deur open. 'Je mag weer binnenkomen.'

Humphrey had een net overhemd aangetrokken dat hij in zijn spijkerbroek met het touw had gestopt, en hij had een das omgedaan. Hij had zijn gehoorapparaatje in en zijn dubbelfocusbril opgezet, waarvan de glazen zijn troebele oude ogen horizontaal doormidden kliefden.

'Kan ik ergens zitten?' vroeg ze met een blik naar Humphrey. 'Ik weet niet goed waar ik heen moet. Het is een beetje vol hier.'

Hij wees naar de leunstoel, maar die sloeg ze af – dat leek zijn stoel te zijn, het witte leer droeg de smoezelige schaduw van zijn lichaam. Duncan was op de rand van het bed gaan zitten, dus deed

Tooly dat ook maar. Humphrey liet zich bibberend in zijn stoel zakken, leunde voorover, met zijn kin op zijn das en zijn handen tussen zijn bovenbenen geklemd, alsof hij zich schrap zette voor een vuistslag.

'We hebben hem wakker gemaakt. Wakker worden is altijd moeilijk,' zei Duncan tegen Tooly, die kortaf knikte, omdat ze het vreselijk vond om over iemand te praten die tegenover hen zat. 'Jelena is hier vanochtend geweest,' zei hij, doelend op de Russische vrouw die betaald werd om wat huishoudelijk werk te doen.

'Dat weet ik niet meer.'

'Hoe was je lunch?'

'Niet gehad.'

'Er staat een pizzadoos in de gootsteen.'

Humphrey draaide zich opzij om naar het bewijsstuk te kijken. 'Ja, pizza inderdaad. Was niet zo lekker, daarom herinner ik me het niet meer.'

Tooly probeerde zijn blik te onderscheppen, om met haar ogen te vragen wat er hier in godsnaam aan de hand was.

'Ik heb jullie nog geen koffie aangeboden,' zei hij.

Tooly stond op om koffie te zetten, maar de pot Nescafé was leeg.

'Vertelde net tegen Tooly,' zei Duncan, 'dat wakker worden nogal moeilijk voor je is.'

'Voelt vreemd,' zei Humphrey. 'Bang. Maar niet voor iets speciaals. Als je bang bent voor iets concreets, kun je er iets aan doen. Maar ik weet niet wat me zo'n schrik aanjaagt.'

'Er is iets mis met zijn bloedsomloop,' ging Duncan verder. 'Dat heeft die man van de geheugenpoli ons verteld. Zijn hersenen krijgen niet genoeg bloed.'

'Ik wil het probleem niet erger maken dan het is,' zei Humphrey.

'Het wisselt. Hangt af van de cellen die zijn aangedaan.'

'Je zult het wel fijn vinden om je dochter weer te zien.'

Humphrey bromde, lachte ongemakkelijk.

'Ik hoorde dat je bent beroofd,' zei Tooly, die hem strak aankeek, maar hij beantwoordde haar blik niet.

'Ik schijn inderdaad beroofd te zijn. Herinner er me niets meer van. Ze probeerden me te wurgen. Daardoor heb ik nu die problemen, denk ik.'

'Die overval heeft waarschijnlijk zijn geheugen aangetast,' zei Duncan. 'Vooral het kortetermijn. Maar dat is niet het enige probleem. Hij weet niet meer hoe hij bepaalde dingen moet doen.'

'Ik wil het niet erger maken dan het is,' zei Humphrey. 'Hangt af van de cellen die zijn aangedaan. Daar stroomt het bloed niet naartoe.'

'Wat voor soort dingen vergeet je, Humphrey?'

'Dat herinner ik me niet, dus kan het je ook niet zeggen.'

'Soms kom je met herinneringen van heel lang geleden aanzetten,' merkte Duncan op. 'Je hebt een keer verteld dat je als jongen een koe molk, dat moet zeker tachtig jaar geleden zijn. Weet je nog?'

Humphrey zei een hele tijd niets, snoof geërgerd. 'Ik vind dat je vreemde vragen stelt, eerlijk gezegd.'

'Volgens mij heb je die berovers vast een paar rake klappen verkocht,' zei Duncan. 'Ja toch? Het is een taaie, hoor, onze Humphrey.'

'Ik zou die rotzakken nog weleens een paar minuten onder handen willen nemen,' zei Humphrey, waarna hij eraan toevoegde, 'en dat iemand anders ze dan vasthoudt, natuurlijk.'

Duncan lachte. 'Het vervelende is dat hij hier zo geïsoleerd zit. Dat maakt het er niet beter op.'

'Ik ken de mensen in mijn omgeving niet. Weet niet wie ze zijn. Er is hier geen gemeenschapszin.'

'Gelukkig komt Jelena op bezoek,' zei Duncan.

'Ja, maar we zijn als grootvader en kleindochter. Geen vrienden,' zei hij. 'Ik heb jullie nog geen koffie aangeboden. Er moet daar ergens nog wat staan.'

'We hoeven niks, hoor,' zei Tooly.

Toch verhief Humphrey zich pijnlijk moeizaam uit zijn stoel, mopperend op mensen die spullen verplaatsten, en schoof stapels kleren en boeken opzij. Hij vond de lege pot Nescafé.

Duncan fluisterde tegen Tooly: 'Ik moet nu weg. Maar blijf jij nog even.'

'Ik loop met je mee,' zei ze.

Voor het eerst keek Humphrey haar recht aan. 'Ik heb speciaal voor jou mijn das omgedaan.'

'Ik zie het.'

Buiten op straat vroeg Duncan hoe het was om haar vader weer te zien en dat hij hoopte dat hun onmin, wat de reden daarvan ook was – 'Niet dat het mij wat aangaat,' voegde hij eraan toe, omdat hij het liever niet wilde weten – nu verleden tijd was.

'Ik vond het,' zei ze en ze wilde dit per se duidelijk maken voordat hij wegging, 'ik vond het schokkend.'

'Tja, nou...' antwoordde hij, want hij wilde nu weleens van dit probleem verlost worden.

'Maar, Duncan, jij hoeft niet voor Jelena te betalen,' zei ze. 'Je hebt al genoeg gedaan.'

'Hé, ik ben advocaat,' zei hij en hij maakte zijn auto open.

'En omdat je advocaat bent, betaal je? Als je advocaat bent zorg je er toch juist voor dat anderen moeten dokken?'

'Daar bedoel ik mee dat ik rijker ben dan boekenmensen zoals jij.' Hij schreef Humphreys toegangscode op een blaadje en scheurde dat af. 'Laat hem even bijkomen en ga dan zo weer naar binnen.'

Maar ze kon nog niet terug en liep verder. Zo lang ze Humphrey kende, had hij nauwelijks één zin in correct Engels gezegd. Had hij haar al die jaren voor de gek gehouden? Maar wat ze net daarboven had meegemaakt was niet in scène gezet. Ze kon zich niet voorstellen dat Venn in het complot zat. Had ze dit maar nooit gezien, wist ze maar niet hoe armetierig zijn onderkomen was, waar hij nu waarschijnlijk voorovergezakt in die vuilwitte leunstoel zat.

Bij terugkeer bleek de kamer een nog grotere bende te zijn: hopen kleren overal, rondslingerende boeken. Het was inmiddels avond, maar de jaloezieën waren nog opgetrokken. Hij staarde naar het donkere raam, her en der twinkelden lichtjes in de huizen aan de overkant.

'Ik ben het,' zei ze en ze deed de deur dicht. Door de klap draaide hij zich om, een glas wodka klotsend in zijn hand.

'Je hoeft niet zo te schreeuwen.' Hij wist niet waar haar stem vandaan kwam.

'Waarom kijk je die kant op?'

Hij draaide zich aarzelend in zijn stoel om.

'Humphrey? Kun je me zien? Wijs eens waar ik sta.'

'Ik hou niet van testjes doen,' zei hij. 'Ik heb mijn stoel altijd achter de deur. Als mensen binnenkomen, moeten ze voor me gaan staan, en dan maakt het daglicht een schaduw om hen heen. Maar het is nu te donker.' Hij sprak tegen haar middenrif. 'Er waren hier net een paar mensen.'

'Duncan en ik.'

'Was dat gisteren?'

'Vandaag.'

Hij bromde niet-overtuigd en zette het glas wodka aan zijn getuite mond, maar het grootste deel van de drank droop langs zijn kin omlaag.

'Dat vind je wel lekker,' zei ze.

'Ik drink om mezelf te verdoven.'

'Zeg dat niet.'

'Het heeft geen zin om nog te blijven. Niemand kan nog iets doen.'

'Ik ben niet gekomen om je te helpen.' Ze ging op zijn bed zitten en bestudeerde hem. 'In sommige opzichten lijk je op de oude, Humph, maar hoe je praat... Misschien was het een grap of zo. Ik ben... deed je vroeger net alsof? Ik bedoel, we zijn jarenlang met elkaar omgegaan. Maar dit is hoe je echt praat, toch?'

Hij nam nog een slokje.

'Waar kom je nou precies vandaan?' vroeg ze.

'Ik?'

'Wie is er verder nog in de kamer? Ja, jij.'

Hij schudde zijn hoofd.

'Wil je het niet zeggen? Waarom niet?' vroeg ze. 'Hoe vaak heb je niet gezegd dat je was "klemgezet door de geschiedenis", dat je een grote intellectueel was geworden als je in een andere tijd was opgegroeid. Dat was dus allemaal gelul. Bedankt.'

'Ik zou het je graag vertellen,' zei hij. 'Maar iets verhindert dat, er is van alles gewist. Dingen die ik goed kende. Die gaten in mijn geheugen.'

'En waarom zou ik dat geloven?'

Zijn aandacht verslapte. 'Kan ik je een kopje koffie aanbieden? Er moet daar ergens nog wat staan.'

Ze hield een volle pot Nescafé omhoog die ze had gekocht toen ze zo-even buiten was.

'Ja, die bedoel ik,' zei hij.

Tooly zei dat ze naar de wc moest. Ze liep de gang af naar de gemeenschappelijke badruimte. Er hing een flikkerende tl-buis. Onder de handdroger had iemand een gat in de muur getrapt, zodat de stoffige leidingen en isolatiewol zichtbaar waren. De bewoners kwakten hier hun afval neer: een gebruikte tampon, een lege fles witte rum. Ze ging een wc-hokje in, de deur hing nog aan één scharnier, in de pot dreef een opgezwollen sigaret.

Toen ze terugkwam, was Humphrey bezig oploskoffie te maken met water uit de kraan.

'Wacht, wacht. Heb je geen ketel?'

Hij schudde de vraag van zich af en gaf haar een lauwe mok.

Ze liep naar het bed, gooide per ongeluk een stapel boeken om. 'Doet me aan mijn eigen winkel denken. Maar jij had vroeger veel meer boeken dan nu. Wat is er met je verzameling gebeurd?'

Hij haalde zijn schouders op.

'Lees je nog de hele dag?'

'Mijn ogen doen het niet meer. Iemand heeft me een vergroot-glas met een lampje gegeven. Maakt geen verschil. Ik kan geen dingen meer vasthouden. Er is iets mis met mijn handen.'

'Lees je helemáál niet meer?'

Hij fronste om deze schande.

'Maar, Humphrey,' vroeg ze met klem, 'kun je eerlijk tegen me zijn?'

'Hoe bedoel je?'

'Allereerst, waar is Venn? Weet jij dat?'

'Waar heb je het over?'

'Ik heb al elf jaar niets meer van hem vernomen. Dat klopt niet,' zei ze. 'Ik nam aan dat hij niets meer met me te maken wilde hebben. Maar ook na onze ruzie in New York is hij me steeds blijven helpen. Weet je dat bankpasje nog?'

Nadat hun wegen zich hadden gescheiden, had Tooly het 'magische bankpasje' alleen in noodgevallen gebruikt, want ze vond dat het zijn geld was. Elke keer dat ze geld opnam van de rekening, werd het saldo meteen aangezuiverd. Toen het pasje na vijf jaar verlopen was, werd er een nieuw bezorgd op haar toenmalige adres, een flat in Caracas – waar ter wereld ze ook was, Venn zorgde voor haar. Vanaf dat moment nam ze in elke stad die ze bezocht een symbolisch bedrag op, zodat Venn wist waar ze was. Uiteindelijk werd er niet meer op de rekening bijgestort en toen het tweede pasje verlopen was, kwam er geen nieuw meer. Om zijn geld veilig te stellen, had ze van het overschot onroerend goed gekocht: haar winkel. Als hij terugkwam, zou ze de zaak verkopen en de lening terugbetalen. Helaas was World's End de afgelopen twee jaar alleen maar in waarde gedaald.

Maar goed, Venn kwam helemaal niet meer opdagen. Was hem iets overkomen? Was hij ergens in de problemen geraakt en had hij haar nodig?' 'Echt,' zei ze. 'Je moet het me uitleggen. Te beginnen met Bangkok. Ik was toen te jong om het te begrijpen. En ik wilde niet praten over wat er met Paul was gebeurd. Maar tegenwoordig moet ik er de hele tijd aan denken.' Ze keek hem aan. 'Humphrey?'

Hij schoof nerveus in zijn stoel heen en weer. Hij zou toch moeten snappen wat ze wilde – dat zag hij toch wel in?

'Heb jij nog contact met Venn?' vroeg ze.

Hij had geen antwoorden. Ze bleef vragen op hem afvuren, maar hij moest het antwoord schuldig blijven en raakte steeds meer van streek.

Ze zwegen even. Het had geen zin hem nog verder te vernederen.

'Ik heb nu een boekwinkel,' zei ze.

'Had ik al koffie voor je gezet?'

Dit keer maakte zij de koffie, liep met hun mokken naar de stinkende gemeenschappelijke keuken waar ze een aluminium kan schoon schrobde die door een andere bewoner was achtergelaten en zette water op. Toen ze hem in zijn kamer de dampende mok gaf, kikkerde hij meteen op, bij het aannemen van de mok morste hij koffie over zijn handen, maar hij leek geen pijn te voelen. 'Soms haal ik suiker uit de keuken,' zei hij. Met grote moeite – wat was hij wankel geworden – ging Humphrey haar voor naar de keuken en wees waar een pot suiker met een lepeltje stond. De suiker krioelde van de mieren.

'Daar zit ongedierte in, Humph.'

'Hij is niet van mij,' antwoordde hij en hij deed een grote schep wriemelende zwart-witte suiker in zijn koffie.

'Niet doen, Humph!'

Hij nam een gulzige slok, glunderde, tot dusver had ze hem nog niet zo vrolijk gezien, en hij wilde een tweede schep nemen.

'Wacht.' Zichzelf vermannend tikte ze de mieren weg, deed een schone schep suiker in zijn koffie en roerde.

Hij nam een slokje, drukte zijn rubberachtige lippen opeen en smakte – 'Geweldig! Overheerlijk en verrukkelijk!' – waarna hij de rest in twee slokken naar binnen klokte. Hij zette zijn mok met een klap op het aanrecht en nam gretig haar aanbod van een tweede kopje aan. Ook dat sloeg hij in één keer achterover, hoewel de koffie nog gloeiendheet was, en hij sprak de dampende woorden: 'O, wat vind ik jou leuk.'

'Je waardeert mijn koffiezetkunsten?'

'Ik vind je leuk als persoon, als mens. Ik hou van je en ik aanbid je.'

'Zeg dat niet.'

'Maar ik ken je al zo lang.'

'Van zo lang geléden,' verbeterde ze hem.

'O ja?'

'Weet je nog al die maffe dingen die je me vertelde toen ik klein was? Zoals over die ontdekkingsreiziger die ontvoerd werd in de jungle en dat de inboorlingen roomijs op zijn voetzolen smeerden die ze er door een geit lieten aflikken – de ergste marteling denkbaar. Ik lag vaak in mijn tent aan geiten te denken.'

'Nee, nee,' lachte hij spottend, maar hij leek ook verguld dat hij zulke onzin bij elkaar had weten te verzinnen. 'Als je wilt, mag je dingen vertellen die ik heb gedaan. Ik herinner me niet alles meer. Jij mag mij vertellen wat er is gebeurd.'

'Wat wanneer is gebeurd?'

'Wat ik heb gedaan.'

'In je leven? Ik heb eigenlijk geen flauw idee.'

'Ik dacht dat we elkaar kenden.'

'Ik ben gekomen om dingen van jóú te horen. Niet andersom. En ik ben niet je dochter en dat weet je best, dus zeg dat liever niet meer tegen Duncan.'

Hij boog zijn hoofd.

'Is dit een spelletje, Humph? Ik weet gewoon niet of dit nu echt is.'

176

'Niets, zelfs woordenboeken niet, kunnen je vertellen wat iets betekent,' zei hij. 'De werkelijkheid van dingen is doorgaans vooral droevig.'

'Wat bedoel je?'

En hij begon te praten, zoals sneeuwblinden struikelend naar beneden glijden. Ze probeerde hem met toegeknepen ogen te volgen tot ze er geen wijs meer uit werd en hem terug naar zijn kamer bracht, met haar arm in de aanslag achter zijn rug om te zorgen dat hij niet struikelde.

'Ik zal boodschappen doen, eten voor je klaarmaken en dan ga ik weg. Oké?'

Maar hij wilde niets eten en hoefde ook niet in bed geholpen te worden.

'Kan ik nog iets doen voordat ik wegga?'

Humphrey zat in zijn stoel naar het donkere raam te staren, alsof hij een bordje GESLOTEN voor zichzelf had gehangen en er geen zaken meer werden gedaan. Ze wurmde zich langs zijn stoel en keek nog even achterom. Dit zou haar laatste aanblik van deze oude vriend zijn: een toefje pluishaar boven de rugleuning. Ze deed de deur dicht en stond in de gang met haar hand op de knop.

Haastig liep Tooly Voorhies Avenue af, niet in de richting van de metro maar zuidelijk, naar zee. Ze verlangde naar een van haar afmattende wandelingen in de heuvels, zonder kruispunten of voetgangers. De promenade van Brighton Beach was een mager surrogaat.

Het was er donker op dit tijdstip, misschien zelfs wel gevaarlijk. Iemand kon haar beroven of aanranden. Voor geen van beide was ze bang; de kans erop was ook niet erg groot, gezien haar staat van verwarring. Bovendien had ze niets van waarde bij zich. Alleen, schoot haar te binnen, de reservemobiel van Duncan. Die hield ze in haar hand langs haar zij en als er een onguur type naderde, kon ze de mobiel meteen in het zand smijten.

177

Tooly kwam heelhuids aan bij Coney Island en liep met ferme passen terug tot aan Manhattan Beach, waar ze luisterde naar het klotsen van de oceaan in het donker. Als iemand had gevraagd op welke planeet ze was, had ze gevraagd of hij even een momentje had voordat ze zou antwoorden. De wind speelde met haar haar. De vloed duwde een schuimrand het strand op.

Haar hand lichtte op en er kwam een stem uit. Ze drukte de telefoon tegen haar oor.

'Wat is dat voor geruis?'

'Waarom ben je op mijn mobiel?' was haar reactie.

'Je hebt me net gebeld,' zei Fogg.

'Nietes.'

'Echt wel.'

'Waarschijnlijk per ongeluk de sneltoets ingedrukt. Sorry.'

'Wat is dat voor geruis?' vroeg hij nogmaals.

'Ik ben op het strand.'

'Doe maar luxe,' zei Fogg jaloers. 'Lekker op het strand, aan de margarita's.'

'Hoe laat is het daar, Fogg?'

'Waar? Hier?'

'Ja, daar. Ik weet wel hoe laat het hier is.'

'De eerlijkheid gebiedt me te zeggen dat ik dat niet weet, Tooly.'

'Fijn dat de eerlijkheid je dat gebiedt te zeggen.'

'Ik ben een nachtmens,' merkte hij op. 'Maar kan niet zeggen dat ik gewend ben om op dit tijdstip gebeld te worden. Ik voel me opeens heel belangrijk.'

'Blij te horen.'

'En, wat kan ik voor je doen?' vroeg hij.

'Niets, dit telefoontje was per ongeluk.'

'Zullen we dan maar ophangen?'

Ze zei even niets. 'Ik moet terugvliegen.'

'Je bent er net.'

'Dat weet ik, maar...' Om het uit te leggen, moest ze hem meer vertellen. Ze gaf een beknopte versie van de waarheid. Dat de oude man hier niet haar vader was. Dat zij als meisje van huis was meegenomen. Dat ze niet goed wist waarom. Ze vond het moeilijk erover te praten – haar verleden vertoonde zo weinig samenhang. Het enige wat ze te horen had gekregen waren tegenstrijdigheden, lacunes en de vragen die Fogg zich nu ook vast stelde: wat was er met haar ouders gebeurd? En die mensen die haar hadden opgevoed – wie waren dat eigenlijk?

'Die oude man is een van je opvoeders geweest?'

'Het gaat wat ver om te zeggen dat Humphrey me heeft opgevoed, nou ja, een beetje. Maar een vreemd soort opvoeding. Ik heb hem er nooit om gevraagd. Ik ben hem niets schuldig.'

'Je klinkt een beetje overstuur.'

'Niet overstuur. Ik had alleen gehoopt dat hij me kon helpen. Maar dat kan hij niet, dus waarom zou ik nog blijven? Ik heb met Duncan te doen. Maar als hij van het gedoe af wil, kan hij Humphrey beter aan zijn lot overlaten,' besloot ze. 'Ik weet niet. Wat vind jij?'

'Klinkt wel een beetje hardvochtig.'

'Dat weet ik. Maar ik ben hier om bepaalde zaken uit te zoeken. En ik...'

'Wie kan je verder nog helpen?'

'Wie zou me dit anders kunnen uitleggen? Niet de mensen met wie ik nog contact heb.'

'Heb je online al gezocht?'

'Het zijn geen lui die je op internet vindt. En dat heb ik al geprobeerd,' voegde ze eraan toe. 'We hebben ons nooit ergens ingeschreven, nooit officiële formulieren getekend. Als je mijn telefoonboekje uit die tijd kon zien, zou je een idee krijgen. Alleen maar blaadjes met doorgestreepte nummers – we bleven nooit lang ergens, maar dat deed geen van de mensen die we kenden.'

'Waarom probeer je niet een van die oude nummers?'

'Ten eerste, ik heb dat boekje niet bij me. Ten tweede, ik bel met een geleende mobiel en kan niet eindeloos internationaal gaan bellen. Ten derde, die nummers zijn stokoud, Fogg. Dit was in de tijd lang voor de mobiele telefoon – toen er nog zoiets bestond als "weg". En nu we het daar toch over hebben, ik moet ophangen.'

'Ligt je telefoonboekje in de winkel?'

'Nee, op zolder.'

'Ik zou een paar nummers voor je kunnen proberen.'

'Ik kan je niet zomaar wildvreemde mensen uit mijn verleden laten bellen.'

'Vind ik niet erg.'

'Het heeft geen zin, Fogg. De enige die in erin staat aan wie ik wat zou kunnen hebben, is juist degene met wie ik niets te maken wil hebben. Als ik dacht dat zij betrouwbare informatie voor me zou hebben, had ik die al veel eerder van haar los proberen te krijgen.'

'Kom op, hoe heet ze?'

'Stel dat je haar bereikt, dan zal ze toch niets over de telefoon zeggen. En ik ga geen pelgrimstocht ondernemen naar waar ze nu toevallig uithangt. En reken maar dat ze mij die reis laat maken. Vergeet niet dat wat ik kwijt ben aan reiskosten uit de pot van World's End komt, dat weet je toch, hè? De zaak draait op mijn eigen geld. Als ik failliet ga, is het gebeurd met de winkel. Dat is het me gewoon niet waard.'

Maar dit klopte niet helemaal. Bij het vooruitzicht om iemand uit haar verleden te ontmoeten, was ze ongeveer op het eerste het beste vliegtuig naar Amerika gesprongen. Maar het bezoek aan Humphrey – zelfs het hardop uitspreken van Venns naam – had voornamelijk grote onrust bij haar teweeggebracht, alle raadsels waren nog steeds even duister. En Sarah was er al die tijd bij geweest.

'Laten we die dame opsporen,' opperde Fogg. 'Dan kun je daarna beslissen hoe verder.'

'Volgens mij vind je het wel leuk in je eentje,' zei Tooly. 'Je doet er alles aan om me weg te houden.'

'Helemaal niet,' zei hij. 'Maar het is inmiddels een soort detective-verhaal geworden.'

1988

Paul schoof haar gordijnen open en gaf daarna Tooly een hand om haar goedemorgen te wensen. Om zes uur in de ochtend bewoog ze zich nog als een verdwaasde slak, maar er was geen tijd voor rondlummelen. Het schoolbusje zou zo voor Gupta Mansions staan om de leerlingen uit de expat-woonkazernes aan Sukhumvit te vervoeren die niet in het bezit waren van een auto met chauffeur. Op dit vroege uur stond het verkeer al vast: beroete bestelbusjes volgeladen met rijstbalen, groen-oranje taxi's, brommers die door de files laveerden. Ze leunde tegen de ruit van het busje en keek naar deze rare stad die langzaam aan haar voorbijtrok.

De docenten op King Chulalongkorn International School leken veel op die van haar vorige scholen. Je had de zachtaardige en de gemene: zij die uit het raam van het lokaal tuurden en iets mompelden over hoe lang nog tot hun pensioen; zij die dachten dat ze elk kind konden omvormen – die het idee hadden dat elke leerling hen voor altijd zou herinneren.

Tooly's klassenmentor was meneer Priddles, die haar en Paul had rondgeleid, en haar in zijn klas had gezet tot er een plekje in de vijfde klas vrij zou komen. Aangezien ze de meeste lesstof al had gehad, zo beredeneerde hij, zou ze vast hoge cijfers halen en daarmee het klassengemiddelde opkrikken, waardoor hij weer meer kans had om voor de tweede keer als Leerkracht van het Jaar te worden gekozen.

Meneer Priddles – een Engelsman van begin dertig met trendy denim overhemden en rossig haar met gel erin – werd aanbeden door zijn leerlingen, waardoor Tooly alleen stond in haar heimelijke afkeer van hem. Zijn populariteit was voor een deel te danken aan het feit dat hij tijdens de les een gettoblaster aanzette en de kinderen songteksten liet uitschrijven. 'Het gaat allemaal om bezig zijn met het geschreven woord,' zei hij. 'Twee gedichten met een eeuw ertussen, nou en? Het is allebei poëzie. Het ene is niet beter dan het andere. Om te zeggen dat iemand die W.B. Yeats heet "beter" is dan iemand die Sting heet is alleen maar een denkbeeld.'

Elke dag kwam Tooly op school aan in de hoop dat er een vijfdeklasser was vertrokken – dat iemands vader ergens directeur was geworden en dat ze met het vliegtuig naar huis waren gegaan, zodat zij van deze gruwelijke klas verlost zou zijn. Toch had ze ergens het gevoel dat zelfs de vierde klas te hoog gegrepen voor haar was. Het grootste deel van de les zat ze stomverbaasd te luisteren naar de kennis die de andere kinderen in hun hoofd hadden en die in het hare ontbrak. Om haar achterstand te verhullen deed ze zelden haar mond open, waardoor de andere leerlingen haar arrogant vonden en ook een beetje vonden stinken.

'Allemaal een vel papier pakken,' zei meneer Priddles. 'We gaan ertegenaan, jongens.'

Het was de dag van de langverwachte schrijfopdracht en daarmee zouden ook de eerste cijfers van het trimester binnengehaald worden – waarmee meneer Priddles meteen al een voorsprong kon krijgen in de strijd om Leerkacht van het Jaar te worden. Het onderwerp van het opstel was 'De verleden tijd' en de leerlingen mochten zelf de periode uitkiezen – het ging vooral om leesbaar schrijven, de juiste spelling en hele zinnen maken. Tooly kon dat allemaal niet omdat ze vergeten was papier mee te nemen. Ze fluisterde tegen de jongen achter haar.

'Wil je het lénen?' antwoordde hij, 'of wil je het hébben? Want als je het leent, wil ik het terug. Of wil je het hébben?'

'Mag ik een blaadje?'

'Mag ik of zou ik mogen?'

Tooly keek of ze het aan iemand anders kon vragen.

Meneer Priddles greep in en vroeg aan de jongen: 'Zou ze een blaadje van je mógen hebben, Roger?'

'Dat mag ze,' antwoordde de kleine betweter en hij gaf het aan de leraar.

'Zo,' zei meneer Priddles en hij hield het blaadje een eindje bij Tooly vandaan. 'Zeg nu "alsjeblieft".'

'Alsjeblieft.'

'Niet tegen mij, tegen hem. Alsjeblieft.'

Ze zei het zachtjes.

Meneer Priddles legde haar beloning neer, één velletje papier. 'En wat zeg je dan?'

Aarzelend keek ze op. 'Dank je wel?'

'Meen je dat ook?'

'Ja.'

'Goed dan.' Hij liet haar aan het werk gaan.

Tooly staarde naar het lege vel. Elke keer dat ze haar pen optilde, trilden haar vingers. Wat deed ze hier eigenlijk? En waarom vond iedereen meneer Priddles zo geweldig terwijl hij toch overduidelijk een mispunt was? Was zij de enige die dat doorhad? Ze keek naar de anderen die aan het schrijven waren en keek toen weer op haar blaadje. Ze deed haar best om aan de verleden tijd te denken, maar de tegenwoordige tijd kwam er telkens tussen.

'Nog heel eventjes!' riep meneer Priddles ten slotte. 'Maak je laatste zin af, cowboys en cowgirls. Over één minuut inleveren, graag.'

Ze had niets opgeschreven. De anderen stonden al op. In paniek sloot Tooly zich aan bij de drom op weg naar de deur, stopte haar lege blaadje tussen de rest, en vluchtte de gang op.

De volgende dag stond ze voor de rector en verzekerde hem dat ze haar opstel echt had ingeleverd. Het was waarschijnlijk zoekgeraakt. Ze wisten allebei dat ze loog en dat zei hij ook tegen haar. Tooly legde hem nogmaals haar probleem uit: ze hoorde niet eens in deze klas te zitten. Alstublieft.

'Misschien ligt het inderdaad daaraan,' gaf rector Cutter toe. 'Misschien zit je inderdaad in de verkeerde klas.'

Tooly's terneergeslagenheid veranderde op slag in blijdschap. Eindelijk iemand die luisterde! Hij pleegde een paar telefoontjes en even later had ze een nieuwe mentor, de vriendelijke juffrouw Fowler. Van de derde klas.

Tooly's maag kneep zich samen, maar ze liep zonder een woord zijn kamer uit. Nu moest ze twéé jaar van haar leven overdoen.

Na een week in de derde kreeg Tooly de kans om thuis haar opstel onder begeleiding van een ouder over te maken. Als ze bovengemiddeld presteerde, zou de rector er nog eens over denken – alleen dénken – of ze misschien toch naar de vijfde klas kon, waar een plekje was vrijgekomen.

Paul stelde zijn digitale horloge in op de toegemeten twintig minuten, gaf haar een pen en papier, en startte de tijd. Tooly had dan wel een griezelig nauwkeurig besef van de duur van één minuut, maar ze was heel slecht in het schatten van langere periodes: die leken een eeuwigheid te duren tot ze plotseling voorbij waren. Opeens riep Paul 'tijd' en pakte haar blaadje af, al had ze haar opstel nog niet af, laat staan nagekeken of verbeterd. Ze had nog geen derde opgeschreven van wat ze van plan was geweest over de verleden tijd te zeggen.

'Ik ben nog niet bij het einde.'

'We mogen niet valsspelen.'

'Mag ik nog wat kleine dingetjes erbij zetten? Alsjeblieft?'

185

'Ze zeiden maar twintig minuten.'

Tooly ging op haar bed liggen en luisterde naar de computer in Pauls kamer die zoemde en bliepte terwijl hij zich aan zijn opdracht voor die avond zette. Ze sloop naar de zitkamer, haalde haar opstel uit zijn aktetas en begon weer te schrijven, veertig minuten lang, ondertussen als de dood dat hij binnen zou komen. Ze las nog één keer haar opstel door. Het was perfect:

INLIJDING

In de verleden tijd was het leven heel anders dan nu. Ze reisten niet veel vanwege de slechte omstandigheden. Er was nog geen radiotelefoon of andere commucatiemiddelen. Ze hadden geen tv dus gingen ze naar toneel of luisterden naar muziek. De straffen waren hard en wreed. Hun kleren waren ook heel anders dan die van ons. De rijke dames droegen mooie kleurige jurken en pragtige hoeden. De armen hadden niet zoveel kleren.

De mensen waren ruwer en drukker dan nu, ze lagten en zongen meer maar ze maakten ook sneller ruzie of gingen vechten met elkaar.

Ze waren bang voor hekserei, maar hadden ontzag voor mensen van de hogere stand.

Meestal trouden ze op hun veertiende of zoiets, waren op hun dertigste al bejaard en de meeste mensen werden niet erg oud.

Ze maakten kaas. Verder ~~kwekten~~ kweekten ze veel fruit vooral appels en kersen. De rijke, machtige landijgenaars pikten het gemeenschappelijke land in en zetten er een hek omheen.

De mensen versierden hun huizen graag met mooi houdsnijwerk. Ze hielden ook veel van mooie sgoorstenen. Niet alle huizen waren van houd gemaakt. De meeste waren van baksteen gemaakt.

De zeelui op de schepen in de verleden tijd hadden een zwaar en vaak gevaarlijk leven. Hun schepen waren klein en krap. De man-

nen leefden voorin het schip waar het vochtig was en net als de rest
van het schip zat het vol met ratten.
Een vrouw die te veel tegen haar man keifde werd op een dompel-
stoel vastgebonden en in een meertje of rivier gegooid. Ze deden
haar soms ook een hoofdtuig om. Daar zat een stuk eizer in dat
over haar tong werd vastgemaakt zodat ze niet meer kon praten.

EINDE

Ze telde de alinea's – acht, voor het merendeel in één keer opge-
pend. Stiekem stopte ze het opstel weer in Pauls aktetas. De volgende ochtend deed hij het in een envelop, zette zijn naam op de
dichtgeplakte achterkant en gaf hem aan haar mee. Vol spanning
leverde ze haar opstel in.

Die avond belde rector Cutter naar hun huis om het resultaat
door te geven. Ze gaf de hoorn aan Paul en rende naar haar kamer.
Toen hij had opgehangen, stormde ze met kloppend hart naar buiten om te horen wat het vonnis van de volwassenen over haar leven
was. 'Zei hij dat ik naar de vijfde mag?'

Paul pakte zijn verrekijker. Als speciale traktatie zouden ze naar
de vogels in het Lumpini Park gaan kijken, zei hij.

In de hitte van de vroege avond tuurde hij omhoog naar bomen
terwijl zij in martelende onzekerheid naar hem omhoogtuurde.
'Let goed op of je buulbuuls of bijeneters ziet,' zei hij. 'Hoor je
dat? Dat was een roodborstbaardvogel.' Hij wees Tooly op een lek-
kende tuinslang waaruit een blauwvleugelpitta aan het drinken
was.

Paul drukte de verrekijker tegen haar ogen, maar door zijn on-
vaste handen zag ze alles wazig. 'Jullie rector,' begon hij, 'vindt het
ongeloofwaardig dat je zoveel hebt geschreven in twintig minuten.'

'Maar je hebt me geklokt! Heb je dat tegen hem gezegd?'

'Ik kan geen stennis schoppen. Mag hier niet te veel de aandacht op vestigen. Vind je dat een mooie vogel?' vroeg hij, bij wijze van verzoeningspoging.

'Weet ik niet.'

'Je mag in de derde klas blijven.'

'Nee, alsjeblieft niet,' zei ze, hem aankijkend.

'Of je mag een klas hoger.'

'Naar de vijfde?'

'Terug naar de vierde, met de leraar die je eerst had, van wie iedereen zegt dat hij zo goed is.'

'Meneer Priddles?'

Het Thaise volkslied knalde uit de luidsprekers, zoals elke avond om zes uur. Iedereen viel stil en ging in de houding staan, zelfs de hijgende joggers met hun bezwete gezichten. De mensen in huurbootjes op het meer legden de riemen neer.

'Maar ik...'

'Sst,' zei Paul.

'Dat is niet eens de goede klas,' fluisterde ze. 'Eigenlijk...'

'Sst!'

Ze had een onvoldoende voor haar opstel gekregen, waardoor het klassengemiddelde van meneer Priddles omlaag was gegaan; wellicht zou hij nu niet Leerkacht van het Jaar worden. Nog irritanter was dat dit meisje – dat hij zo ruimhartig in zijn klas had opgenomen – een ongezeglijk tiepje bleek te zijn. Ze moest nooit om zijn grapjes lachen, terwijl de andere leerlingen in een deuk lagen. Het was een vervelend nest en hij zat met haar opgescheept.

Meneer Priddles deed voortaan net of hij haar niet hoorde als ze een vraag stelde. Als ze haar huiswerk inleverde, weigerde hij dat met steeds een andere smoes aan te nemen: 'Verkeerde kleur pen!' Hij zette haar voor schut in bijzijn van de anderen en had Tooly een keer – tot hilariteit van de klas – met een sjaal aan haar lessenaar vastgebonden omdat ze zonder toestemming was opgestaan om uit het raam te kijken. Als ze na de les naar hem toeging, was hij poeslief maar had een blik in zijn ogen alsof hij in haar gezicht wilde spugen. 'Je moet niet zo klagen de hele tijd,' zei hij. 'Het is trouwens allemaal subjectief.'

'Wat betekent "subjectief"?'

'Dat is als degene die de baas is beslist.'

Zijn minachting sloeg over op de leerlingen, die haar als een melaatse behandelden. Op een dag werd ze in de gang van achteren door een jongen beslopen die haar zonder enige aanleiding probeerde te kelen. Vanaf dat moment hield ze het voor gezien, las boekjes onder haar lessenaar en deed haar best het klassengemiddelde nog verder omlaag te brengen. Elke keer dat meneer Priddles popliedjes draaide, probeerde ze niet te luisteren en zich af te sluiten voor die domme teksten. In de middagpauze sloop ze weg om in haar boek te lezen en kon ze weer een uur wegstrepen. Als ze meer uren van haar leven had kunnen wissen, had ze het gedaan.

Die week, tijdens een les over arme mensen, had meneer Priddles 'We are the world' gedraaid en de tekst op het bord geschreven.

It's true we'll make a better day
Just you and me

De vraag was of de laatste regel wel grammaticaal correct was en of het niet eigenlijk *'Just you and I'* moest zijn. Terwijl meneer Priddles het bandje terugspoelde, mompelde Tooly een raadselachtig woord – 'zwavel' – dat in het boek stond dat ze stiekem opengeslagen onder haar lessenaar had. Te laat besefte ze dat ze het iets te hard had gezegd.

'Pardon?' zei hij.

De hele klas keek naar haar.

Ze kauwde op een haarpluk. 'Niets.'

'We willen het allemaal graag weten.'

'Ehh,' begon Tooly, 'een woord dat ik niet ken, "zwavel".'

'Je bedoelt zeker "zwaluw",' verbeterde hij haar. 'Dat is een vogel. Je hebt ook de uitdrukking "hij redeneert als een zwaluw op een bonenstaak".'

Een jongen vroeg: 'Waarom een bonenstaak en geen tak, meneer P?'

'Dat is nou eenmaal de uitdrukking,' zei hij. 'Het betekent dat iemand onzin praat.'

Tooly keek op de bladzij op haar schoot – het was toch echt 'zwavel', niks 'zwaluw' of 'bonenstaak'. 'Zwavel,' zei ze nog een keer.

'Dat. Dacht. Ik. Niet,' zei meneer Priddles in oplopende toonhoogte. 'En wat is trouwens de aanleiding voor deze irrelevante opmerking van jou?'

Zijn vraag drong pas tot haar door toen ze bij het einde van de alinea was en meneer Priddles met zijn armen over elkaar voor haar stond: 'De hele klas wacht op je... Aarde aan Matilda?... Ontvangt u ons, juffrouw Zylberberg?'

Toen ze opkeek, geeuwde een jongen tegen haar, zijn mond wijdopen als een leeuwenmuil. 'Zwavel,' zei ze weer.

Meneer Priddles griste het boek vanonder haar lessenaar vandaan. Ze keek hoe het aan de kaft werd afgevoerd, die bijna scheurde onder het gewicht van de hangende bladzijden. Hij liet het boek, *Dombey and Son*, in de prullenbak vallen en de rest van de les goot hij er – tot uitzinnige vreugde van zijn leerlingen – steeds wat van zijn Pepsi overheen.

Ze stapte in het busje naar huis, maar kwam er onderweg achter dat ze haar schooltas in het lokaal had laten staan, wat betekende dat ze nog meer achterop zou raken, en, erger nog, dat meneer Priddles nu haar persoonlijke eigendommen in handen had, zoals haar schetsblok met de neuzen. Ze zou moeten smeken om die terug te krijgen. De dag van morgen vermengde zich in haar hoofd met de dagen erop, een oneindige keten, zoals een spiegel die een spiegel reflecteert. Ze vreesde de dagen en wilde dat ze er niet meer waren.

Die avond kwam Paul met een nieuwe worstelvideo aanzetten. Ze vroeg of ze iets van de Olympische Spelen in Seoul mocht zien, want daar hadden de kinderen op school het over. Maar hij boycotte de Spelen vanwege de openingsceremonie, waarbij de Zuid-Koreaanse organisatoren duiven hadden losgelaten die op de Olympische vuurschaal waren gaan zitten. In plaats van de vogels weg te jagen, hadden de organisatoren gewoon het vuur ontstoken en waren de duiven live op tv geroosterd. Voor hem was dat de Olympische gedachte in een notendop. Zo kwam het dat Paul en Tooly niet zagen hoe Ben Johnson op de honderd meter sprint Carl Lewis versloeg, zoals de rest van de wereld, maar naar een video van de IJzeren Sjeik keken die 'Rowdy' Roddy Piper keelde.

'Hoe was het op school?' vroeg hij.

School was een land en thuis was een land, en de twee stuurden elkaar brieven maar zagen elkaar nooit. Tooly was de afgezant die tussen de twee landen heen en weer reisde.

'Bij tekenen moesten we een vulkaan schilderen,' zei ze, 'iedereen moest zichzelf op de rand tekenen waar we aan het picknicken waren en toen gingen we allemaal dood. Maar we mochten niet doodgaan door de vulkaan maar door iets anders.'

'Vrij onwaarschijnlijk dat je bij een vulkaanuitbarsting aan iets anders doodgaat. Ongelooflijke pech, en dat is nog zacht uitgedrukt.'

'Je moest doen alsof.'

'Dat snap ik. Maar toch. Of-of-of, wat was de bedoeling eigenlijk?'

'Ik werd door een katapult gedood.'

'Dat zal niet snel gebeuren. Als er magma en giftige gassen vrijkomen, zal niemand de tegenwoordigheid van geest hebben om een katapult af te schieten.' Hij schraapte zijn keel. 'Zo zie je maar hoe gevaarlijk ze zijn.'

'Vulkanen?'

'Katapulten. Maar vulkanen ook inderdaad.' Hij richtte zich weer op de worstelpartij op de tv, waarvan het geluid af stond.

Terwijl de opgepompte gebraden hanen in hun strakke pakjes elkaar tegen de touwen smeten, liep Tooly naar haar slaapkamer. Toen de deur dichtviel, plofte ze met haar gezicht op het matras en bleef even zo liggen. Daarna ging ze op de vloer voor de airconditioners zitten zodat de gekoelde tranen over haar wangen werden geblazen. Ze bestudeerde zichzelf in de badkamerspiegel, de verfrommelde trekken, de matte heldere ogen, het gezicht dat zo lukraak op haar persoonlijkheid leek geplakt.

Ze hoorde dat de tv werd uitgeklikt; het sissen van Pauls inhalator; hij bladerde luidruchtig door een boek over vogels. 'Kom je bij me zitten?' Hij had zo weinig te melden en toch wilde hij altijd dat ze bij hem was. Ze ging op haar bed zitten en probeerde geen gehoor te geven aan zijn verzoek. De airconditioning zoemde. Shellys dweil klotste. Paul snoot zijn neus.

'Je voelt je al aardig thuis op deze school,' zei hij toen ze binnenkwam. 'Meer dan op de vorige.'

De volgende dag, op weg naar huis, kwam het schoolbusje vast te staan in het verkeer, in de blakerende zon, waardoor het metaal heet werd en de kinderen zowat smolten van de hitte. Ze waren nog maar twee straten van Gupta Mansions en met deze chaos zou ze vlugger thuis zijn als ze ging lopen. Maar ze mochten niet eerder uitstappen. Ze stak haar arm door het open raampje, wapperde de trage lucht naar binnen terwijl het busje stationair stond te schudden en uitlaatgassen uitbraakte.

Op de stoep liep een lange westerse vrouw die bij elke stap een soort hupje maakte. Ze had leren sandalen aan met enkelbandjes, een harembroek en een blouse met een Chinese kraag. Om haar slanke polsen rinkelden een heleboel armbanden. Ze stak haar armen omhoog om haar kastanjebruine haar in een knot samen te binden. Een potlood dat ze tussen haar lippen had geklemd stak ze door haar opgestoken haar. Toen liep ze naar Tooly's raampje. 'Hé, hallo.'

Tooly keek haar aan, wist niet of ze iets terug moest zeggen. De vrouw voegde eraan toe: 'Jij bent precies het meisje dat ik zoek.' Ze legde haar hand op Tooly's gebruinde onderarm, ging met haar vingers omlaag tot aan het kleine handje, en pakte dat vast. Tooly wist dat ze haar hand terug moest trekken, maar dat deed ze niet. Ze beantwoordde de blik van de onbekende vrouw die haar zo liefdevol, met een scheef hoofd, aankeek dat Tooly helemaal in haar ban raakte. Ze sloeg gegeneerd haar blik neer om even later weer op te kijken.

Het busje schoot een klein eindje naar voren, de wielen maakten nog niet eens een hele omwenteling, zodat de vrouw een stap achterbleef op de stoep. Een paar kinderen keken Tooly vragend aan. Ze ontweek hun blikken en zocht naar de vrouw, die er alweer aankwam en vriendelijk naar haar glimlachte. 'Wat is het warm vandaag,' zei ze. 'Maar ik vind het heerlijk. Het is ons soort weer.' Ze knipoogde. 'Heb je zin om uit te stappen en een eindje te wandelen?'

'Dat mogen we niet.'

'Nee? O nou, dan niet.' Maar toen stopte het busje weer. 'Daag,' riep de vrouw en ze liep weg.

'Oké,' antwoordde Tooly zachtjes. Dat woord vond ze zo leeg klinken. Er ronkte een brommer voorbij. Voetgangers op teenslippers haastten zich door de opengevallen gaten in het verkeer naar de overkant.

Maar de vrouw – haar moeder – was weg.

1999

Tooly had gedacht dat het studentenleven wild en woest zou zijn. Maar Duncan en zijn huisgenoten bleken teleurstellend braaf, ondanks de zwijnenstal waarin ze woonden. Ze brachten uren door in de collegebanken of de bibliotheek om dan thuis weer verder te blokken. Ze merkten het niet eens als het donker werd, zaten in de zwakke gloed van hun laptops, totdat iemand de kamer binnenkwam en het licht aandeed.

Soms zat Tooly er een hele dag alleen, snuffelde in de boekenkasten op hun kamers en luisterde naar de muziek waarmee Duncan haar kennis had laten maken. Ze rende op haar sokken door de lange parketgang en maakte een schuiver de woonkamer in, waar ze de post doornam. Eén reden dat ze er zo lang rondhing was dat ze niet terug wilde naar haar huis in Brooklyn, dat in beslag werd genomen door Sarah en haar grillige luimen. Voor de andere reden schaamde ze zich een beetje: ze hield van deze levensstijl – haar versie van studeren, zonder tentamens of collegegeld, alleen met mensen van haar eigen leeftijd die boeken hadden gelezen en daar iets zinnigs over te melden hadden. 's Avonds lag ze op Duncans bed en hielp hem met het doorgronden van de bijzonderheden in belangrijke rechtszaken, zoals bijvoorbeeld het arrest *Carlill tegen Carbolic Smoke Ball*. Of ze liep naar de gemeenschappelijke ruimte om samen met Xavi tv te kijken. Ze maakte eten klaar voor Duncan terwijl hij studeerde: soms voederde ze ze alle drie.

Maar het duurde nog een hele tijd voordat er sprake was van een 'seksuele relatie' tussen haar en Duncan, al was het in het tijdperk van de regering Clinton-Lewinsky niet precies duidelijk wat je onder 'seksuele relatie' moest verstaan. Hoe dan ook, hij probeerde niets, alsof hij niet goed wist hoe ver hij mocht gaan of beschuldigd kon worden van strafbare misinterpretatie van haar signalen. Hij klaagde dat zelfs in deze tijd van gelijkheid tussen de seksen het nog steeds de man was die de eerste stap moest zetten – en de jongens altijd degenen waren die kans liepen op een blauwtje. Zij ontkende dit, deed net of ze zich niet bewust was van enige indirecte toespelingen, al lag ze bloot onder het dekbed. Ten slotte had ze er genoeg van en ondernam actie.

'Jij bent erg knap,' zei hij, alsof hij haar een waarschuwing gaf, 'en ik helemaal niet. Dat besef je toch wel?'

'Ik heb iets met lelijke jongens.'

'Dat was niet het antwoord dat ik verwachtte.'

'Vanaf nu is het wettelijk verboden, McGrory, dat jij jezelf naar beneden haalt. Dat mag ik alleen doen.'

'En jij stelt de wetten op?'

'Inderdaad,' zei ze en ze kuste hem. 'Ik ben de wetgevende macht.'

Ze was al eerder met jongens zoals hij naar bed geweest, en die bleken doorgaans in twee categorieën te vallen: jongens die hun verbijstering probeerden te verbergen dat ze zomaar vrouwelijke lichaamsdelen mochten aanraken; en jongens die graag wilden laten zien hoe potent ze waren, alsof er in de kast een Olympische wedstrijdjury zat die de puntentelling bijhield. Jongemannen wilden steeds weten hoe ze scoorden, wilden horen (of niet horen) welke plaats ze op de ranglijst innamen – maar niet met hoeveel anderen ze die moesten delen. 'Vertel. Of wacht, vertel maar niet. Of toch maar wel... Waarom vertel je me dat nou?' Hun zelfgerichtheid werd niet zelden gevolgd door liefdesverklaringen. Als ze het uit-maakte met dergelijke types, gingen ze er tot haar verbazing altijd over in discussie, alsof genegenheid iets was waarover je kon on-derhandelen. Wat Duncan betreft, die had zo'n groot minderwaar-digheidscomplex dat hij constant verwachtte dat zij het voor gezien hield.

Zijn lage zelfbeeld was volkomen onterecht: afgezien van zijn groeiende juridische kennis wist hij ook enorm veel van muziek, speelde redelijk piano (al had hij een hekel aan oefenen) en kon prachtig tekenen; alles wat hij driedimensionaal zag, kon hij twee-dimensionaal op papier zetten. Op een vel inkjetpapier tekende ze een neus. Enkele seconden later had hij er een gedetailleerd gezicht van een man met een potlood tussen zijn lippen van gemaakt. Hij stopte het potlood tussen zijn eigen lippen en keek haar met een nauw verholen lachje aan.

'Ik ben zo jaloers,' zei ze.

'Het is een nutteloze vaardigheid.' In zijn jeugd had hij gedacht dit talent aan te wenden om architect te worden, net als zijn vader. Maar Keith McGrory had hem dat afgeraden, en Duncan had naar hem geluisterd. 'Nou ja, tegenwoordig is architectuur in New York vooral iets voor projectontwikkelaars,' zei hij tegen Tooly. 'Er heerst een soort nieuwe lelijkheid lijkt het wel, alsof ze de gebouwen er expres zo goedkoop mogelijk uit willen laten zien om hun efficiency aan te tonen. In deze stad regeert de commercie, niet de schoon-heid.' Hij begon op dreef te raken, maar besloot tam: 'Dit is niet eens mijn eigen standpunt maar dat van mijn vader, al ben ik het wel met hem eens.'

Zelfs na een paar weken was hij nog steeds bedeesd en hield de helft van zijn kleren aan tijdens seks. Ze vond het opvallend hoe-veel jongens zich schaamden voor hun lichaam, terwijl dat eigen-lijk een strikt vrouwelijke obsessie hoorde te zijn. Mannen geneer-den zich niet alleen, maar geneerden zich ook voor hun gêne.

Duncans verlegenheid was nog eens verergerd doordat zijn eerste vriendinnetje, toen ze hem voor het eerst in boxershort zag, had gezegd dat elke vrouw een moord zou doen voor zulke benen.

Tooly vermoedde dat er nog een reden voor zijn ongemak was: hij had last van het idee dat vrouwen eeuwenlang lijdzaam onder behaarde copulerende pummels hadden moeten liggen tot ze rond 1968 bevrijd werden en elke zichzelf respecterende man sindsdien verplicht was om de voorafgaande millenia van orgastisch egoïsme goed te maken. Daardoor was seks een zaak van gepaste zorgvuldigheid geworden. Maar zij vond het juist leuk om te giechelen tijdens de daad – het was allemaal zo raar en tegelijk zo heerlijk. Elke keer dat hij klaarkwam, bleef hij diep beschaamd, alsof hij een uithangbord van het verwerpelijke patriarchaat was.

Eén keer was het anders. Hij was vergeten een condoom om te doen. Ze waren zich er alle twee van bewust, maar wilden de daad niet onderbreken. Integendeel, het vrijen werd er intenser door, zijn gêne was tijdelijk opgeheven. Het was idioot om het zonder te doen. Tooly vond het aan de ene kant heel erg om geen controle meer te hebben – het risico dat ze voor altijd aan hem gebonden zou zijn – maar het wond haar ook op.

Ze zaten rechtop in bed, zij met haar benen om hem heen en ze streelde en knuffelde hem uitgebreid, niet als voorspel maar als doel op zich. Welke andere dieren deden dat? Mond en tong, knipperende ogen, het verdwijnen van tijd en plaats. Zijn ogen zwommen toen ze de hare weer opendeed.

'Hallo, verschrikking.'

'Hallo, beest.'

'Je bent een smet op de ziel van de mensheid.'

'Dank je, kannibaal.'

'Graag gedaan, speling der evolutie.'

Hij aarzelde even om een nieuw koosnaampje te bedenken.

'Zit je vast, mislukt kubistisch experiment?' vroeg ze.

'Ik zit niet vast, absurdistisch schilderij.'

'Je aapt me na met je kunstvergelijking, morele leegte.'

'Dat doe ik niet, misbaksel.'

'Welles, foeilelijke blobvis uit de diepste diepten van de trog.'

Daar had hij niet van terug – hij lachte en zoende haar op haar kin.

Tegen de achtergrond van deze nieuwe verkering woedde in de flat een burgeroorlog tussen Emerson en Xavi, die zich afspeelde rond de koelkast. Emerson – in Billabong-short en Reef-sandalen, verontwaardigd aan zijn sikje plukkend– beweerde dat iemand zijn eten jatte en had gele memobriefjes ('Stelen mag niet') geplakt op zijn tofuburgers, op zijn yoghurtijs van Ben & Jerry's ('Niet van jou'), zelfs op zijn Brita-waterfilterkan ('Emersons water'). Daarmee speelde hij juist in de kaart van Xavi, die er enorme lol in had om zijn huisgenoot te sarren. Emerson kon Xavi en Duncan niet luchten of zien, vond hen illegale indringers in het studentenhuis van Columbia. Daarom meende hij het recht te hebben de gemeenschappelijke ruimte als de zijne te beschouwen, om zijn fiets de flat binnen te rijden en hem met ronddraaiende, bemodderde banden in de woonkamer neer te gooien.

Van de drie huisgenoten studeerde Xavi het hardst maar hij was tegelijkertijd ook de meest sociale, een feestbeest met een opvallende kledingstijl: paarse halsdoek, rode spijkerbroek, paisley pochet. Op zijn zeventiende was hij naar de Verenigde Staten gekomen, had met een beurs op een middelbare school in Connecticut gezeten, en was in bezit van één gehavende koffer, twee zilverkleurige pakken, drie zwart-wit foto's van zijn verloofde, een favoriete Parkerpen en een tandenborstel. Duncan – allesbehalve een populaire jongen op diezelfde middelbare school – sloot vriendschap met deze Afrikaanse nieuweling, at samen met hem in de middagpauze en trok in het weekend met hem in de auto eropuit. Toen ze eindexamen deden, had Xavi een cultachtige status op school bereikt.

Hij won een beurs om te gaan studeren aan Rutgers en haalde Duncan later over zich daar ook in te schrijven. Op de universiteit bleef Xavi onverminderd populair en riep altijd tegen zijn fans dat Duncan een geweldige gozer was, dat er meer achter hem schuilging dan je op het eerste gezicht zou denken.

Maar dat gold ook voor Xavi, al wist hij dat goed te verbloemen. Zijn familie behoorde tot de Tutsi-stam, een bevolkingsgroep die in het Afrikaanse Grote Merengebied leefde en als intellectuele elite weinig geliefd was. In de zomer van 1994, toen hij met zijn studie aan Rutgers begon, voerden extremisten van de rivaliserende stam, de Hutu's, in Rwanda een massaslachting uit op de Tutsi's, met de bedoeling ze compleet uit te roeien. De meeste van zijn jeugdvrienden sloten zich aan bij een rebellenbeweging om tegen de overheersende Hutu's te vechten. Xavi vroeg zich af of hij terug moest gaan om ook mee te vechten. Maar dat had hij niet gedaan. Hij had zich juist ondergedompeld in het wilde studentenleven, de regels geleerd van bierpong, promiscuïteit en de achterstevoren gedragen honkbalpet. Ook na de genocide – binnen luttele weken waren er achthonderdduizend Tutsi's en hun aanhangers vermoord – wilde Xavi niet terug naar zijn vaderland. Hij schreef geen brieven meer aan zijn verloofde, aan zijn familie. Maar ook het feestvieren hield op een gegeven moment op. Vijf jaar later ging hij nog wel naar feestjes, maar alleen om te netwerken, een woord dat hij bij bedrijfskunde had geleerd. Xavi dwong zichzelf met wilskracht succes af, de enige verklaring waarom hij bepaalde dingen had gedaan en andere nagelaten.

Tooly's andere maatje was Noeline, de vriendin van Emerson, die vaak in de woonkamer papers zat na te kijken. Ze was aangesteld als assistent-docent op de faculteit Engelse taal- en letterkunde aan Columbia University. Ze was een jaar of dertig, met meerdere oorbellen in haar oren, een bescheiden neusknopje, plateausandalen en teenringen. Tooly en zij rookten vaak samen op de brandtrap uit een vochtig pakje Camel-light, al had Emerson – een gezondheids-fanaat – tegen Noeline gezegd dat hij het walgelijk vond als ze naar rook stonk. Ze had een Nederlandse moeder en een Amerikaanse vader en was deels opgegroeid in Den Haag, deels in Houston. Haar ouders waren allebei bioloog en tijdens hun studie aan Harvard was haar moeder zwanger geraakt. Vervolgens hadden ze een baan bij universiteiten aan weerszijden van de Atlantische Oceaan gevonden. Noeline had eerst aan Smith College haar bachelor gehaald en daar drie jaar een relatie met een vrouwelijke hoogleraar gehad. Daarna was ze naar Columbia gegaan om vergelijkende literatuur-wetenschap te studeren en had zich voor het eerst aan romances met mannen gewaagd, met een mengeling van twijfel en enthou-siasme. Bij een werkgroep had ze Emerson ontmoet en volgehouden dat het een vluchtige affaire was; hun relatie was een feministische omkering: zij had het cliché omgedraaid van de oudere hoogleraar die de jonge studente verleidt (al liep het met de mannelijke hoog-leraar van het cliché, zo had haar ex-vriendinnetje van Smith opge-merkt, meestal helemaal verkeerd af).

Emerson was ervan overtuigd dat voor hem, net als voor Noeline, een universitaire loopbaan was weggelegd. Hij was misschien zelf-verzekerd maar geen studiehoofd. Om tijd te besparen las hij geen boeken, alleen recensies, het liefst vileine, want die beurden hem op terwijl hij van juichende alleen maar depressief werd en dan moest hij weer bijkomen door een fietstocht naar Yonkers te ma-ken. (Hij jogde, fietste en zwom onwereldse afstanden.) Volgens Emerson had iedere grote denker één standaardwerk, en het was zijn streven om van elk een exemplaar te bemachtigen. Toch leek ruziemaken met Noeline zijn grootste tijdverdrijf te zijn. 'Of je doet wat aan het probleem of niet,' zei hij bijvoorbeeld. 'Maar hou op met dat vrijblijvende gekanker.'

Dat zo'n slimme, boeiende vrouw voor Emerson was gevallen – een non-valeur op zoek naar bewondering en applaus – bewees maar weer eens dat pessimisme kosmische bestaansgrond had. Daarom praatte Tooly niet over hem met Noeline en richtte zich liever op zaken die hen beiden interesseerden: boeken. Ze hadden honderden dezelfde boeken gelezen, alleen op een heel andere manier. Tooly beschouwde een boek als de schepping van één brein, terwijl Noeline elke tekst zag als context, elk geschreven werk was de vrucht van de tijd, gezaaid door manifesten, bemest door historische gebeurtenissen, geoogst in boomgaarden die verdorden en dan weer opbloeiden, waardoor er een landschap ontstond dat we Cultuur noemden. Tooly vond dat je met zo'n rangschikking een boek om zeep hielp – net of je de ziel van een meisje probeerde te vinden door haar lichaam te ontleden.

Gelukkig had Duncan er geen bezwaar tegen dat Tooly zo lang bij hen bleef plakken; hij vond haar aanwezigheid juist een prettige afwisseling van de gruwelijke december-tentamens die voor de deur stonden. Op zijn bureau lagen torenhoge stapels readers. 'Het groeit me letterlijk boven het hoofd,' zei hij als hij om de paar uur de kamer in kwam met een geforceerde kwinkslag over de zaak *Wabash, St. Louis & Pacific Railway Company tegen Illinois* waarna hij weer naar zijn 'hellepoel van juridische wanhoop' terugkeerde.

Ondanks (of dankzij) zijn bezorgdheid leek Duncan zonder problemen door zijn tentamens te zeilen. Na afloop zwoer hij dat hij tot aan het einde van het millennium geen letter jurisprudentie meer zou lezen, waarmee hij twee weken bedoelde.

Ter afsluiting van het studiesemester stelde Tooly voor een gezamenlijke maaltijd te organiseren. Iedereen was welkom, ook de strijdende partijen. Omdat Tooly tijdens zijn tentamenperiode voor hem had gekookt, stond Duncan erop het eten klaar te maken. Xavi zou een aardbeienkwarktaart maken en Emerson en Noeline zouden voor de merlot zorgen.

Er heerste een sfeer van welwillendheid in de flat die de weken daarvoor had ontbroken. Nu de ergste stress achter de rug was, herinnerden de studenten zich weer wie ze eigenlijk waren: ze maakten deel uit van de intellectuele elite, verdorie, en het werd tijd dat iemand de plee schoonmaakte! Galant bood Emerson aan dat karweitje te doen, met gele huishoudschoenen tot aan zijn ellebogen. Ook Xavi droeg zijn steentje bij en schrobde de keuken, terwijl Duncan de gemeenschappelijke ruimte voor zijn rekening nam en lege blikjes fris, afhaalmenu's en oude katernen van *The New York Times* weggooide. In de woonkamer zetten ze Emersons gettoblaster neer en draaiden '1999' van Prince, waarvan het refrein Duncan het verzoek ontlokte om juist níét te feesten alsof het 1999 was. 'Want ik heb dit hele jaar nog niet gefeest.'

'Als je gaat feesten alsof het 1999 is,' zei Xavi, 'smeren wij 'm en mag jij met mensen uit Finland gaan chatten.'

Noeline ontkurkte de wijn en iedereen dromde samen om het etiket te bestuderen, deden net of ze volwassen waren. Maar misschien speelden volwassenen ook alleen maar dat ze volwassen waren, sommigen heel overtuigend.

Duncan joeg iedereen de keuken uit, waar zijn pastasaus zachtjes borrelde. Tooly stak haar neus om de hoek, bood aan te helpen, maar alleen als hij wilde, hoor!

'Nu je het zo lief aanbiedt,' zei hij en hij trok haar naar binnen.

Ze streek haar haar achter haar oren, legde haar handen op haar rug en keek over Duncans schouder in de pan, waar zijn saus tot tomatenlijm was ingedikt. Ze tikte tegen haar onderlip, keek hem aan en gaf hem, overmand door vertedering, een kus op zijn wang.

Hij gaf haar een theedoek bij wijze van schort en stopte die in de hals van haar trui. Als bescherming tegen Humphreys kookkunst had Tooly zich in de loop der jaren een aantal gerechten eigengemaakt, meest recepten uit kookboeken, die ze in antiquariaten op de kop had getikt. Ze ging aan de slag: fijnsnijden, aanbraden, inkoken, terwijl hij met zijn ellebogen op het aanrecht, kin op zijn handen, toekeek. Hij bedankte haar een aantal keer, bromde dat hij een sukkel was, waarna hij stilviel en er als een klein sip jongetje bij stond. Hij leek zelfs zo veel op een klein jongetje dat Tooly haar hand uitstak en met haar vinger tegen de punt van zijn neus tikte.

'Sorry,' zei hij.

'Waarvoor?' Ze boog zich weer over de pan. 'Gezien de beperkte ingrediënten kan ik geen sterrenmaaltijd beloven, maar eetbaar wordt het zeker.' Het werd een vleesloze spaghetti bolognese omdat Emerson sinds kort vegetariër was.

Ze gaf Duncan opdracht de schaal op tafel te zetten, waarna er een stormloop op de klapstoelen ontstond en studieboeken en postordercatalogi in het rond vlogen.

De luidruchtige groep werd stil onder het stillen van hun eetlust. Tooly stak haar vork in een kluwen spaghetti, hield hem rechtop en voelde hoe het water haar in de mond liep. Ze keek naar de anderen die aan het eten waren, genoot van haar rol, de ervaren kokkin, en merkte dat ze hier nu echt thuishoorde.

Xavi zei met volle mond tegen Duncan: 'Ik hou van je, vriend, maar jij hebt hier geen aandeel in gehad. Het is hoogst lekker.'

Alleen Emerson gaf haar geen compliment, maar viste met opgetrokken neus de blaadjes gedroogde oregano eruit. 'Ik weet dat dit vega is, maar zitten er echt helemaal geen dierlijke producten in?'

'Beschouw je de ui als een dier?' vroeg Xavi.

'Nee.'

'Dan zit je goed.'

Toen iedereen wat beneveld raakte, begon Xavi Emerson te stangen met flauwe vragen en verzocht hem iets te vertellen over zijn aanstaande werkgroep met als thema: 'Voorbij de oorsprong: het gat van de ander'.

'En met gat,' vroeg Xavi met een uitgestreken gezicht, 'bedoel je de kont van de ander?'

'Niet zo'n gat, oen. Een figuurlijk gat, een leemte, een hiaat, hiaten op de bladzij, hiaten tussen woorden, het hiaat tussen het ding en de oorsprong.' Omdat er verder niemand literatuurwetenschap studeerde, sprak Emerson nadrukkelijk formulerend, alsof Engels hun tweede taal was: 'Het gat in de spiegel van Lacan.'

'Het gat tussen je tanden in de spiegel?'

'Ik heb geen gat tussen mijn tanden, stomme lul. Kijk,' ging hij verder, 'alle leemtes zijn essentieel, in de letterlijke betekenis van het woord, als we van een overkoepelende leemte tussen het Ik en de Ander uitgaan.'

'De ander wat?'

'Dé ander. *L'autre,*' zei hij. 'Je moet Hegel er maar op naslaan. Neem nou de meester-slaafdialektiek: daar kwam dit al aan de orde. Ga je eerst maar eens een paar uur verdiepen in Heidegger, Badiou en de Marxistische psychoanalytica, dan praten we weer verder.'

Emerson wilde alleen maar serieus in discussie gaan met iemand die op de hoogte was van het werk der grote postmodernisten – Kristeva, Lyotard, Baudrillard, Saussure, Lacan, Derrida en anderen die hun geld verdienden met het verkopen van gebakken lucht en daarmee hoop boden aan degenen die dat ook ambieerden. Emerson wilde graag bewonderd worden om zijn brille, alleen had hij die niet, dus zocht hij steun bij anderen met dezelfde behoefte. Hun religie was er een van verwarring, met verschillende goden en vele priesters, maar niet één ware gelovige.

Terwijl Emerson doorleuterde, applaudisseerde Xavi en lachte vanachter zijn lange vingers. Emerson praatte onverdroten door en was inmiddels beland bij zijn proefschrift, waarvan hij 283 pagina's gereed had, wat betekende dat hij nog lang niet klaar was. Zijn proefschrift ging over de hermeneutiek van achtbanen in de West-Europese literatuur, of zoiets.

'Ga je zelf ook veel in de achtbaan?' vroeg Tooly.

'Waarom zou ik?'

Aanvankelijk wilde Emerson zijn dissertatie zonder de letter 'e' schrijven, als eerbetoon aan Georges Perec, de doldrieste Fransman die beroemd was geworden met een roman waarin dat duvels handige lettertje ontbrak.

'Je zou helemaal geen klinkers moeten gebruiken,' stelde Xavi voor. 'Of niet eens letters. Alleen maar cijfers.'

'Sukkel, je begrijpt er echt niets van,' zei Emerson.

Noeline had het talent om met een paar woorden een einde te maken aan deze flauwigheid, alleen kreeg ze zelden het woord. Elke keer dat ze iets zei, praatte Emerson er dwars doorheen. Pas toen het gesprek op politiek kwam, ging ze rechtop zitten, boog zich over de tafel en zei met luide stem: 'Dat meen je toch niet, hè?' tegen Xavi.

'Zeker wel,' beaamde hij glimlachend. 'Ik ben dol op deze burgemeester.'

'Dat mag je niet zijn,' zei Emerson. 'Giuliani is een fascist. Jij had Amadou Diallo kunnen zijn, *mon frère*. Ik wil niet vervelend zijn, maar een zwarte kan geen Republikein zijn. Weet je wel waar ze voor staan?' Hij begon tegen Xavi een preek af te steken over rechts isolationisme en racistische onverschilligheid ten aanzien van ontwikkelingslanden.

'Moet ik dan jullie grote vriend Bill Clinton omarmen?' reageerde Xavi.

'Hij gelooft tenminste in menswaardige mondialisering,' zei Noeline. 'Je kunt zeggen wat je wilt, maar we hebben nu de meest principiële leider die dit land in eeuwen heeft gekend.'

'Zo principieel,' grapte Duncan, 'dat je tegen betaling in de Lincoln-slaapkamer mag slapen.'

'Als je die lastercampagnes van rechts even vergeet,' ging Noeline verder, 'zul je moeten concluderen dat we onder deze regering de grootste economische bloei sinds de Tweede Wereldoorlog meemaken. Clinton heeft de Verenigde Staten van een land dat alleen bezig was met eigenbelang getransformeerd tot een land dat overal ter wereld waar het nodig is humanitair ingrijpt. Niemand in de geschiedenis heeft het recht op democratie zo gepropageerd als hij.'

'President Clinton heeft landen gebombardeerd om de aandacht af te leiden van de impeachment,' voerde Xavi aan. 'Als hij zo menslievend is, waarom heeft hij dan de genocide in Rwanda niet tegengehouden?'

'Hé,' kwam Emerson tussenbeide, 'daar heeft Clinton Afrika zijn excuses voor aangeboden.'

'Hij was oprecht genoeg om ondánks de impeachment in Kosovo in te grijpen,' betoogde Noeline.

'Maar op het laatst werd het wel erg vervelend,' zei Duncan. 'Lewinksy met haar baret... als ik die clip maar nooit meer hoef te zien.'

'Dat ben ik met je eens: dat was ontzettend gemeen,' zei Noeline, al was dat niet precies wat Duncan bedoelde. 'De Republikeinen houden zich alleen maar bezig met dit soort opgeklopte onzin omdat ze verder niets hebben. Ze wíllen gewoon dat het slecht gaat met dit land. Echt, je kunt onmogelijk aan hun kant staan.'

'Wat vind jij?' vroeg Duncan aan Tooly.

De huidige tijd stond zo ver van haar af. Ze had geleerd (van Humphrey, al zei ze hier nooit iets over hem) dat de ware aard van de mens naar voren was gekomen met de opkomst van de nazi's, met de holocaust, met het totalitaire regime van de Sovjet-Unie, de kortzichtigheid van het groepsdenken. Alleen van buitenstaanders kon je iets van fatsoen verwachten. Een groep was van nature geneigd de integriteit van zijn leden te vernietigen. 'Ik vraag me altijd af hoe het zou zijn als we nu oorlog hadden,' zei ze. 'Ik bedoel, als we toen hadden geleefd. Dat jullie studenten waren aan een universiteit en dat jij er les gaf, Noeline, maar dan in nazi-Duitsland, en dat ik niets over mezelf had verteld omdat...'

'Je vertelt ons nu ook al niks over jezelf,' zei Xavi, waar de anderen om moesten lachen, omdat ze terecht bekend stond om haar geslotenheid en geen antwoord gaf op vragen over waar ze in Brooklyn woonde, met wie en wat ze eigenlijk bij hen kwam doen. Maar Noeline was benieuwd naar wat ze te zeggen had. 'Laat haar uitspreken. Dus we verplaatsen ons naar nazi-Duitsland?'

'Ja. En stel je voor dat ik Joods ben maar dat niet durf te zeggen. Onder het eten komen jullie er toch achter. Zulk soort dingen vraag ik me af: zouden jullie me aangeven? Dat vraag ik me trouwens af bij iedereen die ik ontmoet.'

'En,' vroeg Xavi, 'wat denk je dat we zouden doen?'

Ze keken haar allemaal aan.

Tooly schoot overeind, gevleid door de aandacht. 'Goed, ik zal het jullie zeggen.' Eerst wendde ze zich tot Emerson.

'Ik ben een van de Rechtvaardigen onder de Volkeren,' zei hij.

'Ik denk niet dat jij me zou redden. Volgens mij ben jij iemand die mensen zou verraden.'

'Rotwijf!'

Xavi klapte en lachte. 'En nu ik.'

'Ik denk dat... jij me zou beschermen als het niet te gevaarlijk was. Als het echt link zou zijn, dan niet.'

'Oké. Daar kan ik mee leven.'

Noeline zei: 'Ik ben bang om te horen wat je van mij denkt.'

'Jij zou me helpen,' zei Tooly. 'Je zou voor me opkomen, daar ben ik vrij zeker van.'

'Ik hoop het, ik denk het wel.'

'En ik?' vroeg Duncan.

Haar mond werd droog. Tooly was zo gevleid door hun aandacht dat ze haar antwoorden niet van tevoren had overdacht. Ze besefte wat haar volgende antwoord zou zijn, maar ze kon het niet tegenhouden. 'Nee,' zei ze tegen Duncan, 'eerlijk gezegd denk ik niet dat jij me zou beschermen.'

Hij lachte even geforceerd.

'Maar ik weet het niet,' voegde ze er nog aan toe.

Het was te laat. Ze had hem gekwetst en zag dat aan de glimlach die hij probeerde op te zetten.

Het gesprek ging verder. Emerson had al snel weer het hoogste woord, leuterend over kairos en chronos, Nietzsche en Bergsons *fonction fabulatrice*. 'De eschatologische ficties van de moderne tijd maken actie noodzakelijk. Net zoals, en daar komen de nazi's weer om de hoek kijken, voor de mythen van Hitler de uitroeiing van de joden noodzakelijk was.'

'De uitroeiing was noodzakelijk?' zei Tooly. 'Dat is een nare terloopse opmerking.'

'Je bent toch niet echt Joods, hè?'

'Dat doet er niet toe.'

'Heb ik je beledigd?'

'Inderdaad.'

'Dan ben je dus Joods,' concludeerde hij.

Noeline stond op, maar keek niemand aan. 'Ik doe de afwas wel.' Ze bracht de borden naar de keuken, zonder dat ze Emerson de mantel uitveegde, waar ze anders zo goed in was. Het was waar: als je bij een groep hoorde, zelfs bij een duo, verloor je je integriteit.

De kamer veranderde voor Tooly's ogen, de bewoners namen weer de gedaante aan die ze hadden toen ze hen voor het eerst ontmoette: jong, arrogant, kwetsbaar. Ze waren dronken vanavond en zagen alleen zichzelf in wazige uitvergroting. Ze luisterde, knikte en lachte en kreeg twee onverwachte openbaringen, waarvan ze niet wist of die in strijd met elkaar waren. De ene was dat ze nooit in dit milieu zou thuishoren omdat het haar begrip en ervaring te boven ging en de andere was dat ze al deze mensen de baas kon.

2011

Het raampje van de trein was beklad met graffiti, dus ze moest goed turen om de buitenwijken van Rome voorbij te zien glijden. De sneltrein naar de kust reed in steeds hoger tempo door het zongebleekte landschap van Lazio, langs dorstige wijngaarden, kampeerbusjes in verlaten velden, haveloze paarden in piepkleine weitjes. Om de paar minuten nam de rommel langs het spoor toe en bereikte een hoogtepunt bij het eerstvolgende station.

In Anzio hees ze haar bagage uit de trein, stak een lege boulevard over en liep over een keienstraatje omlaag naar de zee. De luiken van de vakantieappartementen waren dicht want het hoogseizoen moest nog beginnen. Ze wandelde door een spookstad.

De hal van het gebouw was van koel marmer. Door de open ramen in het trappenhuis waaide een briesje naar binnen. Over een week zou het hier een kakofonie van kakelende gezinnen zijn, zou de trap zanderig van het strand zijn, afdrukken dragen van natte sandalen. Bij een deur op de tweede verdieping klopte ze aan. Aan de andere kant riep een stem: 'Ja, ja, ik kom eraan! Niet weggaan!', alsof Tooly anders rechtsomkeert had gemaakt.

Sarah had de deur nog niet opengedaan of ze barstte los op de haar kenmerkende wijze; ze stelde drie vragen maar luisterde naar geen van de antwoorden. Aan haar hartelijkheid viel niet te twijfelen, evenmin aan de lichamelijke veranderingen sinds hun laatste ontmoeting. Nu ze de vijftig al ruim gepasseerd was, was ze qua uiterlijk steeds meer op een man gaan lijken, ondanks de zichtbare pogingen zich aan haar jeugdjaren vast te klampen, met haar geverfde roodblonde haar tot aan haar middel, Mickey Mouse-haltertopje en oorhangers die haar oorlelletjes uitrekten, als twee handen die wachtten om hun zware tassen te laten vallen.

'Laat me je zoenen,' zei Sarah.

'Laat me eerst even binnenkomen,' kaatste Tooly terug.

'Hoe gaat het met je? Maak je wang vrij, dan geef ik je een zoen. Ik heb hele vieze handen.' Ze hield haar vingers omhoog die plakten van het deeg. 'Ik moet je wel waarschuwen, het is hier een vreselijke bende.' Maar het appartement – ruim, met turquoise tegels en openslaande deuren – zag er juist keurig netjes uit. 'Kom,' zei Sarah en ze draaide zich moeizaam om in de richting van de keuken. Ze trok een beetje met haar rechterbeen.

'Gaat het?'

'Ach, wat last van mijn heup,' zei Sarah, die tegen de deurpost van de keuken leunde. 'Hebben we elkaar echt niet meer gezien sinds mijn auto-ongeluk? Maar dat is al tien jaar geleden. Ze kunnen het niet meer goed krijgen. Viel het je meteen op?'

'Alleen omdat ik je al zo lang ken.'

'Hmm,' antwoordde Sarah die haar iets te lang aankeek. 'Liegbeest.'

Tooly zette haar koffer bij de deur en haalde even diep adem voor nog meer Sarah, die erop stond haar meteen een rondleiding door het huis te geven. Op de woonkamer kwam een aantal logeerkamers uit, alle ingericht volgens een zee-thema – een glazen vaas met gedroogde zeesterren en schelpen, de muren marineblauw, versierd met kinderlijke schilderijen van rode zeiljachten op een groene zee onder een roze lucht.

Sarah drukte een knop in waardoor de rolluiken naar het terras knarsend omhooggingen en het middaglicht de salon binnenviel. 'Rotding,' zei ze over de traagwerkende installatie en wrikte de openslaande deuren los – zo'n hongerig, gulzig welkom. 'Ga maar naar buiten.'

Op het terras had je uitzicht op andere soortgelijke vakantieappartementen en door de gaten tussen de gebouwen zag je een glimp van de Middellandse Zee, waar de golven geluidloos oprezen.

'Moet je eens zien wat ik heb gemaakt. Of zal ik het nog even als verrassing bewaren? Wat kijk je me toch aan? Zit er iets op mijn gezicht? Je bent niet blij om hier te zijn. Dat zie ik gewoon.'

'Ik ben de halve wereld overgevlogen om hier te zijn.'

'Ik heb me zo zo zo zo zo zó op je komst verheugd,' zei ze en ze pakte Tooly's hand. 'Om je te laten zien waar ik woon, en de stad. Er is een restaurant aan zee dat we kunnen proberen, daar wil ik al heel lang naartoe. Het beste van Anzio en ik ben er nog nooit geweest. Het enige is dat we wel volgend weekend uit het appartement moeten.'

'Ik blijf niet logeren, Sarah.' Tooly moest zichzelf erop wijzen dat ze niet voor niets was gekomen, ze moest alleen geduldig zijn. Het had geen zin Sarah op te jagen. Ze moest het een paar uur zien uit te houden, zien te krijgen waarvoor ze was gekomen en dan wegwezen. 'Ik heb een hotel in Rome geboekt voor vannacht.'

'Hier krijg je een kamer gratis. Zoek er maar eentje uit. Welke vind je leuk? Heb je honger? Hoe was je vlucht?' Sarah bleef maar zulke vragen afvuren, maar luisterde nooit naar het antwoord: waar Tooly nu woonde, wat ze deed, wie die man was die had gebeld. Het was Fogg die haar had opgespoord. Hij had verschillende doorgestreepte nummers uit Tooly's oude telefoonboekje gebeld voordat hij de gewenste combinatie te pakken kreeg van een in gebruik zijnd nummer en iemand die niet ophing. Dit leidde tot een ander nummer, een derde. En een paar telefoontjes later kreeg hij Sarah aan de lijn.

'Had een heerlijk Welsh accent,' zei ze. 'En dat is jouw vent?'

'Nee, nee. Hij werkt alleen voor me.'

'Hij klonk als een lekker ding. Ik zag een ruige man van weinig woorden voor me.'

'Ja, dat is Fogg ten voeten uit.'

Sarah vroeg alweer andere dingen, maar Tooly gaf nog antwoord op de vorige vragen die ze had gesteld en was vergeten. Ze beschreef de boekwinkel en het leven in haar dorp. Als ze in Caergenog was, voelde het nooit als háár dorp, maar als ze weg was, juist heel erg. Ze vertelde over de cursussen die ze volgde: dat ze een kruk was in tekenen en een nog grotere in musiceren. (Sarah lachte, de gebruikelijke reactie als Tooly zei dat ze ukelele speelde.) Ze raffelde haar antwoorden af omdat Sarah zo ongedurig leek, ze zat maar te wiebelen en wilde haar steeds onderbreken, om dan een nieuwe vraag te stellen.

'En je hebt je haar afgeknipt. Waarom?'

Tooly woelde erdoorheen. 'Makkelijker in het onderhoud.'

'Beetje degelijk, niet? Is dat de indruk die je op mannen wilt maken?' Sarah beet wat bladderende oranje nagellak van een nagel, haar wimpers waren gezakt, zodat twee blauwpaarse oogleden zichtbaar werden, net twee pruimpjes. Ze keek weer op. 'Ben je helemaal niet benieuwd naar wat ik heb klaargemaakt?'

Ze gingen naar de keuken waar het naar citroenrasp, slagroom en vanille-extract rook. 'Mag ik zien?' vroeg Tooly.

'Nee! Niet in de oven kijken!'

Tooly deed net of ze stiekem toch keek.

'Niet doen!' giechelde Sarah, die zich niet zo snel kon omdraaien vanwege haar slechte heup en daarom Tooly's shirt vastpakte. 'Ik heb enorme ladingen gemaakt, dus je mag je ongans eten. Beloof je me dat? Tijd?'

'Ongeveer twaalf uur.'

'Ik ben al sinds zonsopgang op.'

212

'Waarom?'

'Omdat jij kwam.' Ze deed de koelkast open en haalde er de ene schotel na de andere uit. 'En aardappelsalade. Weet je nog wie heel erg gek op aardappelen was?'

'Ik.' Ze vond het vervelend dat Sarah een toespeling op Humphrey maakte, want daarmee werd de illusie van het reizen doorgeprikt. Het ging er juist om dat de plaatsen die je achterliet ophielden met bestaan tijdens je afwezigheid.

Sarah ging verder: 'Ik heb vis gekocht. *Sogliola*. Hoe heet die ook alweer in het Engels? Ik kan nooit namen van vissen onthouden. Het was trouwens de duurste die ze hadden, dus ik heb er twee genomen. Moet je zien, hun ogen zitten aan één kant van hun kop.' Ze vouwde het waspapier open zodat de twee tongen zichtbaar werden.

'Vier ogen die ons aanstaren.'

'Heb ik je mijn nieuwe bril al laten zien?' Sarah verdween in haar slaapkamer en kwam met een bril terug. 'Lelijk, hè?'

'Dat weet ik pas als je hem opzet.'

Dat deed Sarah.

'Niks mis mee.'

'Dezelfde als Sophia Loren heeft,' merkte Sarah op die weer wat van haar zelfvertrouwen terugkreeg. 'Dat zei de verkoopster in ieder geval. Ik moet toegeven dat ik alles wel scherper zie.'

'Dat is vaak het voordeel van een bril.'

'Zet jij hem eens op.'

Tooly gehoorzaamde.

'Ik haat je – je ziet er geweldig uit. Nu kan ik die bril nooit meer dragen.' Voor Sarah was het uiterlijk het allerbelangrijkste aan iemand, misschien omdat ze zelf goed was gelukt, een valkuil die nog gevaarlijker was dan rijkdom, want het fysieke kapitaal raakt altijd op. Door deze vermoeiende obsessie van Sarah had Tooly zich voorgenomen zich nooit druk te maken om uiterlijk. Maar dat had toch anders uitgepakt. Ze had zo haar voorkeuren: een afkeer van verzorgde schoonheid en een voorliefde voor sloddervossen, voor het soort mannen dat in Sarahs ogen onverzorgde zwervers waren. Verder verwaarloosde ze consequent haar eigen, toegegeven weinig onopvallende, uiterlijke kenmerken.

Tooly zette de bril weer op Sarahs gezicht en onverwacht gaf de oudere vrouw haar een knuffel. 'Ik wil een sigaret om je komst te vieren,' verkondigde ze. 'Hou me gezelschap.' Haar slaapkamer was het enige vertrek in het huis waar gerookt mocht worden, dus ging ze op het bed liggen, propte wat kussens onder zich, schopte haar sandalen uit, strekte haar gelakte teennagels en legde een kristallen asbak op haar buik. Ze gooide haar een sigaret toe, maar Tooly was gestopt met roken. Sarah probeerde haar tevergeefs over te halen weer te beginnen. Vroeger vond Tooly Sarahs groen-witte pakjes Kool Super Longs het summum van elegantie, maar nu rookte Sarah met getergde, lompe halen. 'In de winter slaap je hier uit en kijk je wat tv, en voor je het weet is het alweer donker,' zei ze. 'Veel fijner nu de dagen weer langer worden. Hé, laten we naar buiten gaan. Ik kan je voor de lunch het stadje laten zien. Ik trek alleen even wat anders aan.'

'Kun je niet in die kleren?'

'Niet met mijn bril op!'

'Kom op, wat maakt dat uit.'

Terwijl ze door Via Gramsci naar zee liepen, werd het ruisen van de golven steeds sterker. Er ronkte een scooter langs met twee tienerjongens erop die pothelmen droegen met wapperende riempjes, de dikkige bestuurder riep boven het lawaai uit iets tegen zijn passagier. Tooly keek opzij naar Sarah, maar zag alleen een lege plek. Toen ze zich omdraaide, ontdekte ze dat Sarah een eindje achterop was geraakt en haar hinkend probeerde in te halen. 'Je gaat zo snel.'

'Sorry, sorry,' zei Tooly. 'Gewoonte. Gooi maar een muntje naar me als ik het weer doe.'

'Doe ik. Kijk, daar ligt er weer een,' zei ze en ze bukte zich om nog meer geldstukken van de grond te rapen. Dat was Sarahs tijdverdrijf, ontstaan in de afgelopen wintermaanden hier: een speurtocht naar kleingeld dat mensen op de stoep hadden laten vallen. 'Als ik aan het eind van de maand geen vijftig euro heb, word ik zenuwachtig,' grapte ze. 'Je moet vooral goed kijken bij parkeermeters.' Ze tuurde met toegeknepen ogen naar de straat, want ze had haar bril thuis laten liggen.

In de haven was het leeg, want de vissersboten waren allemaal op zee. De restaurants aan de boulevard bereidden zich al voor op de verse dagvangst. Het voetpad kronkelde omhoog naar een rotswand waar een eeuwoude Romeinse villa stond, met afgebrokkelde muren bedekt met gras.

'Nero en Caligula zijn in Anzio geboren,' zei Sarah.

'Niet de minsten.'

Sarah wees over de rots naar de zee. 'En daar vond de Geallieerde landing in de Tweede Wereldoorlog plaats, waarbij duizenden jongemannen de dood vonden. Die blauwe zee zag helemaal grijs van de landingsschepen. Knappe jongemannen die vastzaten in het ruim. Zoveel die nog maar enkele minuten te leven hadden.'

Tooly herinnerde zich weer dat Pauls vader bij Anzio gewond was geraakt. 'Komen hier veel toeristen om de slag te herdenken?'

'Eigenlijk is er niet zoveel meer van te zien. Af en toe vinden ze nog een mitrailleur onderwater. Er zijn een paar militaire begraafplaatsen en een museum met stoffige oude uniforms en een handjevol droevige brieven naar het thuisfront. Maar tegenwoordig komen de mensen vooral naar Anzio om te zwemmen en in de zon te liggen,' zei ze. 'O, voel je dat? Het gaat regenen. Mijn heup voelt raar, dat betekent regen. Een geluk bij een auto-ongeluk!'

'Een ingebouwde barometer.'

Liefdevol pakte ze Tooly's arm vast.

In de keuken haalde Sarah servetjes te voorschijn en keek in een kookboek, tikkend tegen haar onderlip.

'Dat doe ik ook,' zei Tooly.

'Wat?'

'Zo tikken tegen mijn onderlip.'

'O ja? Dan aap je me na,' zei Sarah, die haar bril weer op had en met haar vinger over de bladzij van het kookboek ging. 'Nu moet je me alleen laten, dan ga ik nog even aan de slag.'

Tooly wachtte in de woonkamer, waar ze het hakken van een mes op de snijplank hoorde, een sissende pan, een stromende kraan. Ze stak haar neus om de hoek van de keuken om te vragen of ze kon helpen en zag hoe Sarah per ongeluk haar bovengebitje lostikte met de pollepel waarmee ze van de saus proefde. Tooly deed net of ze er niet was en ging op het terras zitten.

Als voorafje aten ze blini's met zalmkuit en zure room, daarna *frittura di paranza* met citroenpartjes en gebakken tong met aardappelsalade. Sarah vond het zo fijn om complimenten te krijgen dat Tooly er wel erg kwistig mee rondstrooide. Sarah was in de wolken, opgetild door Tooly's enthousiasme – tot het toetje verscheen, een baba au rhum die niet goed was gerezen. Dit was een speciaal bezoek, zei ze wanhopig, en nu was alles verpest. Ze wist dat ze overdreef en gaf dat ook toe. Maar de hardnekkige levenslange onenigheid tussen wat Sarah wist en wat Sarah voelde, deed haar naar de sigaretten grijpen. Mismoedig stak ze een sigaret op in de keuken, de huisregels in de wind slaand.

'Wat doe je hier eigenlijk?' vroeg Tooly. 'Ik bedoel van dag tot dag.'

'Wat ik maar wil. Tv kijken. Boodschappen doen. Het appartement schoonmaken. Het kan hier heel erg regenen omdat we zo dicht bij het water zitten en als ik de bladeren niet weghaal, raakt de afvoer verstopt en loop het terras onder water. Dus daar zorg ik voor. En wat verder nog? Ik heb mijn zoektocht naar munten, natuurlijk.'

'En de buren? Wie zijn dat?'

'Geen idee. Ik ben onzichtbaar. Als je als vrouw op een bepaalde leeftijd komt, ziet niemand je nog staan.'

'Tuurlijk wel.'

'Je komt er zelf wel achter; op een dag word je een geest. Al is het ook weer niet zo erg. Je ziet hoe dingen ontstaan: mannen en vrouwen die elkaar keuren. Ik kan lekker toekijken en heb niks meer met dat seksgedoe te maken. Mannen zijn nooit erg schoon, hè, en ze zijn behaard en ze zweten. Voor een vrouw is seks gewoon niet zo prettig, het gaat vooral om het genot dat je begeerd wordt.'

'Ik geloof niet dat ik het met je eens ben.'

'Mannen zíjn toch behaard?'

'Ja, daarin heb je gelijk,' gaf Tooly toe. 'Niet per se onaangenaam. Mits met mate.'

'De juiste hoeveelheid op de juiste plaats.'

'Ja, inderdaad. Klopt.'

'Wat me altijd opvalt,' ging Sarah verder, 'is dat mannen grote lomperiken zijn – ze vouwen hun kleren niet op, ze pissen op de toiletbril, ze wassen zich amper – maar als het op vrouwen aankomt, stellen ze opeens heel veel eisen aan hoe ze eruit ziet. Elke barbaar wordt een estheet wat betreft het vrouwelijk lichaam; dan moet alles plotseling perfect zijn.'

'De meeste mannen die ik heb ontmoet, zijn over het algemeen heel blij met wat ze krijgen. Maar dat zijn misschien alleen de mannen die voor mij gaan, wellicht niet de meest kieskeurige types.'

'Je moet jezelf niet in de uitverkoop gooien, Tooly. De man koopt wat je hem aanbiedt.'

'Eerlijke reclame. Dat heb ik in de aanbieding.'

'Wat nog vreemder is,' ging Sarah weer verder, 'is dat vrouwen het tegenovergestelde zijn: we zijn schoon en netjes; we houden van opschik; we verzorgen ons; we gebruiken wasverzachter, doen spoelglans in de afwasmachine, leggen veren in ons nest. Vervolgens delen we dat nest met een stinkende vogel die het tegenovergestelde is.'

'Ik gebruik geen wasverzachter en ik weet niet eens wat spoelglans is. Aan de andere kant, ik heb ook geen behaarde man in mijn huis.'

'Dat is waarschijnlijk de reden.'

'Dat ik geen wasverzachter gebruik? God, stel dat je gelijk hebt. En er zijn heus wel mannen die er leuk uitzien,' voegde ze er nog zacht aan toe want Sarah had alweer het woord genomen.

'Nou, hier kan ik verdwijnen zonder dat iemand het merkt. En volgend weekend verdwijn ik ook echt, want dan komen de eigenaars terug en ga ik er als een haas vandoor.' Ze was van plan naar het noorden te gaan, naar een skihut buiten het seizoen in Alto Adige, bij de Oostenrijkse grens.

Zo hield Sarah zich nu in leven, met oppassen op leegstaande vakantiehuizen, een verblijf op de juiste plek in het verkeerde seizoen: een ski-oord als de hellingen modderig waren; een strandhuis als het regende op zee. 'Soms moet ik katten verzorgen en planten water geven. Dat vind ik prima. Soms krijg ik zakgeld van ze.' De eigenaars waren rijke mannen van wie ze ooit de minnares was geweest. Nu boden ze haar liefdadigheid en leefde zij op de grillen van medelijden. Als hun plannen zich wijzigden – het weerbericht voorspelde bijvoorbeeld een prachtig weekend – dan moest ze wegwezen.

Sarah schepte koffie in de percolator. 'Weet je, ik heb veel aan je gedacht,' zei ze met haar rug naar Tooly, terwijl ze in het keukenkastje tussen het rammelende servies naar espressokopjes zocht.

'Hoezo?'

'Ik bedoel, wat is er met je gebeurd,' zei ze, 'waar ben je naartoe gegaan? Je bent een vervelend wegloopstertje, je bekommert je niet eens om de mensen die je met bloed, zweet en tranen hebben grootgebracht.' Sarah was iemand die altijd precies de verkeerde toon aansloeg, die op de drempel van een onderwerp stond, veinzend dat het haar niet interesseerde en dan opeens naar binnenstormde. 'Ik neem aan dat je heel erg boos op me bent.'

'Ik ben helemaal niet boos.'

Sarah wuifde deze ontkenning weg. 'En je bent niet in orde,' zei ze. 'Dat is wel duidelijk.'

'Hoe bedoel je? Ik voel me prima.'

'Je ziet er ziek uit. Alsof je niet genoeg eet.'

'Nu klink je bijna alsof je mijn moeder bent.'

'Wat een nare opmerking.'

Ze stonden naar de borrelende percolator te kijken.

'Je vroeg hoe ik mijn dagen doorbreng,' hervatte Sarah het gesprek. 'Ik durfde eerst niet te zeggen dat ik naar de kerk ga. Geen zorgen, ik probeer niemand te bekeren. Ik doe het alleen voor mezelf. Ik vind er troost. En ik vind het interessant. Een andere manier om tegen de gebeurtenissen aan te kijken. Een manier om mezelf te vergeven.'

'Verwijt je jezelf iets?'

'Natuurlijk.'

'Zoals?'

Sarah schonk koffie in. 'Suiker?'

Tooly zag de suikerpot vol mieren in Sheepshead Bay voor zich. 'Waar heb je spijt van?'

'Maar je blijft toch wel logeren? Je hebt nog geen kamer uitgekozen.'

'Ik heb al een hotel geboekt in Rome,' zei Tooly opnieuw, terwijl ze begon af te ruimen om haar irritatie te verbergen.

'Je hoeft niet af te wassen, hoor. Laat de borden maar staan, als je zo graag bij me weg wilt.'

'Ik vind afwassen leuk. Dat is een gek trekje van me, een van de vele. Overal waar ik kom, wil ik altijd de afwas doen.' Tooly deed zich opgewekt voor, maar vanbinnen brieste ze om Sarahs eeuwige fratsen. Jarenlang hadden die haar onzeker gemaakt, jarenlang had ze haar rotbuien proberen te verjagen. 'Ik moest denken aan de verhalen die je vroeger vertelde,' zei Tooly en ze merkte dat ze haar weer aan het paaien was. 'Over de dieren in Kenia waar je als meisje woonde. Wat een jeugd moet dat zijn geweest, daar in de wildernis.'

'Zo wild was het niet.'

'Ik stel me zo voor dat de luipaarden je ongeveer besprongen als je naar buiten ging.'

'We hadden een doodgewone tuin, net als iedereen. Het had ook hier geweest kunnen zijn.'

'Mensen zeggen dat als je in Afrika bent geboren het voor altijd in je bloed zit.'

'Ik zeg dat niet.'

'Is Italië nu meer een thuis voor je?'

'Hoe zou dat nou kunnen?'

'Zou je weer in Kenia willen wonen?'

'Ik ben er met een goede reden weggegaan. Het was er bekrompen en achterlijk. Blanke Afrikanen hebben het over niets anders dan hoe prachtig het er is – het land, het land, het land. Stomvervelend. Kenia heeft inderdaad mooie natuur; als ik nu andere landschappen zie, vind ik ze niks, aangeharkt en keurig gesnoeid. Maar waarom zou ik alleen voor de natuur ergens heen gaan?'

'Heb je daar geen familie meer?'

'Geen familie die ik wil zien. En papa en mama zijn allang dood.'

'Ik kan me niet herinneren dat je bij ze op bezoek ging.'

'Waarom zou ik? Ze hadden andere dingen te doen.'

'Hoe bedoel je?'

'Drinken,' antwoordde ze. 'Mijn moeder dronk om ongelukkig te worden en mijn vader was gewoon een zuiplap.'

Tooly kende deze rampspoedverhalen. Misschien was het het beste als ze die weer lijdzaam aanhoorde, maar dat kon ze gewoon niet. 'Sarah, ik ben hier om met je te praten.'

'Dat doen we nu.'

'Ik wil je wat dingen vragen.'

'Wat dramatisch!'

'Eerst over Humphrey.'

'Die lieve ouwe schat!'

'Sarah, waar komt hij eigenlijk vandaan? Ergens uit Rusland toch?'

'Ja, natuurlijk.'

'Nou,' zei Tooly, 'ik heb hem onlangs gezien. Je weet toch zijn accent? Dat is dus weg. Kun je dat verklaren?'

'Ik weet niet wat je bedoelt.'

'Hij praat nu als een geboren Engelsman. Het is net of je een totaal ander iemand hoort. Nou, niet totaal,' corrigeerde ze zichzelf. 'Zijn stem is hetzelfde en hij ziet er ook nog hetzelfde uit.'

'Ik geloof je niet.'

'Waarom zou ik dat verzinnen, Sarah? Om wat voor reden? Ik ben hier om wat zaken uit te zoeken. Dingen die jij weet. Dingen die met mijn leven te maken hebben.'

'Waar heb je het in vredesnaam over?'

'Vertel me eerst eens over Venn. Waar is hij naartoe?'

'Wat bedoel je daar nu weer mee?'

'Wat denk je?' Ze keek naar het plafond. 'Ik vind het jammer – heel, heel erg jammer – dat je nooit eens eerlijk tegen me bent.'

'Ik ben de eerlijkste mens ter wereld,' antwoordde Sarah onthutst.

'Bewijs dat dan.'

De twee uur daarop bestookte Tooly haar met vragen. Sarah was erbij geweest. Kon ze het niet gewoon úítleggen? Maar in plaats van dat ze dat deed, kwam ze weer met haar oeverloze verhalen aan, waarin zij het onschuldige slachtoffer was en de rest allemaal gemene slechteriken – vooral Venn, die ze onwaarschijnlijk genoeg afschilderde als een duivel en Humphrey als een heilige.

'Zo is het niet gegaan,' onderbrak Tooly haar. 'Geloof je zelf wat je zegt?'

Sarah stak een sigaret op en wapperde met haar hand om de rook te verdrijven. 'Weet je wat we moeten doen als je weer terug bent in je winkel?' vroeg ze opgewekt. 'Dan moeten we samen skypen. Er is niemand die dat met me wil doen. Ik zal je morgen laten zien hoe het moet.'

Dit bezoek was een vergissing geweest. Het zoveelste toneelstukje met Sarah in de hoofdrol.

'Ik ben er morgen niet. Dat heb ik toch al gezegd.'

'Doe niet zo gek, er is nog zoveel dat ik je kan vertellen.'

'Vertel het me nu. Eén dingetje maar.'

'Tja,' zei Sarah, 'dan moet je me een vraag stellen. Hoe moet ik anders weten wat ik–?'

'Ik heb de afgelopen twee uur niks anders gedaan dan vragen stellen!'

'Wil je het weer over Bangkok hebben? Over die goeie ouwe tijd met Paul mijmeren?' Ze deed hem na: 'Pas op! Sst, anders jaag je de vogels weg!'

'Niet doen! Niet doen alsjeblieft. Goed?'

Sarah zuchtte, knipperde met haar wimpers. 'Ik geloof dat we wel een beetje gemeen zijn geweest tegen die lieve Paulie. Wij alle twee,' zei ze. 'Maar ja, ik kan moeilijk over Bangkok praten als ik het niet over hem mag hebben.'

'Prima. Vertel dan maar over New York.'

'Nou,' zei Sarah, 'ik was zo lief om dat hele eind te reizen naar dat krot in Brooklyn waar jij en Humph woonden, speciaal om jullie te zien. Ik was gekomen om je een baan aan te bieden in Italië, zoals je je misschien herinnert. Maar je wilde me niet laten uitpraten. Je hebt me heel venijnig de deur gewezen.'

'Doe normaal. Je kwam voor Venn, niet voor mij.'

'Ik wilde je beschermen,' wierp Sarah tegen. 'Ik wist dat er dingen misgingen.'

'Niet dat weer.'

'Als ik uitsluitend voor Venn was gekomen, waarom heb ik hem daar dan niet gezien?'

'Omdat hij je niet wilde zien.'

'Heb je je weleens afgevraagd waarom?'

'Ik weet waarom: omdat je onuitstaanbaar was.'

Verrassend genoeg sloeg Sarah niet terug: geen sissend serpent, geen gif. 'Waar ik ook was,' zei ze triest, 'waar ook ter wereld, we spraken altijd met elkaar af. Alleen die ene keer niet. Ik neem aan dat hij me niet meer de moeite waard vond.'

'Jij bent de enige die in zulke termen denkt,' zei Tooly. 'En ga niet beweren dat je je zo erg bekommerde om mijn welzijn. Ik huiver bij de gedachte wat er zou zijn gebeurd als Venn er in mijn jeugd niet voor me was geweest. Jij verdween om de haverklap vanwege een of andere persoonlijke oprisping, of wat het ook was. Jij zorgde niet voor me. Dat deed hij.' Het bankpasje, een aandenken aan hun band, had ze altijd bij zich als ze in haar eentje op reis was.

'Heeft hij niets meer laten horen?'

'Nog even over Humphrey. Hoe gaat het nou met hem?'

'Dat zei ik al, hij praat totaal anders. Er is iets aan de hand waar ik niets van weet. Maar jij wel, volgens mij.'

'Het enige wat ik weet is dat Humphrey jouw grote jeugdvriend was. Een enorme schat!'

'Kun je alsjeblieft antwoord geven op mijn vraag?'

'Je zou me voor Humph moeten bedanken. Ik zorgde er altijd voor dat hij je gezelschap hield.'

'Míj gezelschap hield? Humphrey kon verder nergens heen. Ik hield hém gezelschap. Hij was een klaploper.' Ze dacht aan zijn boeken en tijdschriften, de versnaperingen op de pingpongtafel. 'Misschien is dat niet het juiste woord, maar ik...'

'Humphrey was dol op je,' zei Sarah. 'Hij en ik probeerden je zo goed mogelijk te helpen. Ook in New York. Maar je wilde niet met me mee. Jij had in je hoofd hoe bepaalde dingen moesten gaan en daar viel niet over te praten. Dat is nog steeds zo. Jij besloot ook hoe het liep met Paulie.'

'We hadden het niet over hem,' zei Tooly weer. 'Kunnen we ons tot het onderwerp beperken?'

'O, ik weet zeker dat Humphrey je alles heeft verteld.'

'Hij heeft me niets verteld; daarom ben ik hier.'

'En wat leuk dat je er bent! Ik vind het zó gezellig, Matilda.'

'Ik niet. Jij misschien wel, maar ik niet.'

'Wat zullen we doen met eten? Dat restaurant schijnt top te zijn.'

'Dit is idioot.' Tooly stond op en pakte haar tas. 'Ik ga terug.'

'Ik zal proberen niet te verdrietig te kijken,' was Sarahs reactie, 'als ik te veel frons, krijg ik namelijk rimpels. Je moet je gezicht zo weinig mogelijk bewegen, dat is mijn advies. Zelf probeer ik steeds zo strak mogelijk te kijken. Wat makkelijker is als je alleen woont.'

Tooly stapte op de eerstvolgende sneltrein naar Rome. In de wagon zat een stel haveloze tieners naar muziek op een mobieltje te luisteren; een man knipte zijn nagels. Toen de trein op het punt stond te vertrekken, zag ze een vrouw van in de vijftig over het perron strompelen. Het was Sarah, vers in de make-up, die door elk raampje tuurde in de hoop dat ze werd gezien, dat haar gast zich zou bedenken. Ze bleef voor Tooly's raampje staan. Maar zonder haar bril zag ze niets en ze liep weer verder.

De trein tjoekte een kletterende regenbui in, de hydraulische deuren schoven bij elk groezelig station aan de Romeinse periferie met een zucht open. Tooly herhaalde in zichzelf dat ze er goed aan had gedaan om weg te gaan. Van Sarah werd ze niets wijzer en ze was haar niets schuldig. Toch spookte het beeld nog door haar hoofd: Sarah die nietsziend naar haar keek. Ze zou inmiddels weer in haar appartement zijn, waarschijnlijk drijfnat van de stortregen, en in de logeerkamers de lichten aandoen, het kussen op de keukenstoel opschudden dat nog de afdruk droeg van haar vertrokken gast.

Sarah had met haar anekdotes haar verleden zo naar haar eigen hand gezet dat haar herinneringen zich van de feitelijke gebeurtenissen hadden losgezongen, waardoor ze zichzelf had vervreemd van de anderen die er ook bij geweest waren. Tooly had er nooit bij stilgestaan dat je door het verspreiden van leugens jezelf afsneed van anderen.

En nu had Sarah zich met haar gedrag ook van Tooly afgesneden. Bij wie kon ze verder nog terecht voor informatie over die tijd? Had het zin om het nog eens bij Humphrey te proberen? Misschien kwam er nog iets bij hem boven. Al was het maar een hint over wat er gebeurd was. Het verbaasde haar niet dat hij zo was afgetakeld en nu tot die leunstoel was veroordeeld, dat hij geen gesprekken meer had en geen boeken meer las. Maar ze kon hem uit zijn lethargie halen – dat was haar altijd gelukt.

Tooly staarde door het beregende raampje naar het natte landschap dat voorbijraasde. Teruggaan naar Wales was onmogelijk nu.

1988

Paul stond op, ging zitten, stond weer op, ging naar zijn kamer, kwam weer terug en vertelde het haar. Zijn vader, Burt, was overleden. Paul knielde voor de videorecorder en drukte op knopjes. 'Ik had erbij moeten zijn.'

Tooly wist niet goed wat ze moest zeggen. 'Je moet tegelijk op "play" en "record" drukken, dat doe ik altijd als...'

'Ik weet heus wel hoe ik een videorecorder moet bedienen.'

De volgende ochtend werd ze twee uur te laat wakker voor de schoolbus – Paul had haar niet gewekt. Ook had hij de airconditoning in de woonkamer niet aangezet zodat het daar om te stikken was. Er heerste een vreemde verlaten sfeer. Ze sloop zijn kamer in en trof een lange bult aan in het bed.

Hij draaide zich naar haar om.

'Het is al laat op de vogelklok,' fluisterde ze.

Hij knikte.

In de keuken was huishoudster Shelly in alle staten. 'Iedereen slapen!' Ze vroeg of ze de hele dag thuis zouden blijven – ze hadden haar niet gewaarschuwd! Ze had niets in huis voor het middageten! Het was niet eerlijk tegenover haar!

Tooly klom op het aanrecht om bij de cornflakedozen te kunnen, deed wat in een kommetje voor Paul en goot er een flinke plens melk over. Ze bracht het naar zijn bed, maar hij toonde geen belangstelling. 'Moet je niet naar je werk vandaag?' vroeg ze.

'Ja.'

'Ga je nog?'

Hij staarde naar het plafond.

'Mag ik koud water over je heen gieten?'

'Waarom zou je?'

'Om je wakker te krijgen.'

Hij draaide zich met zijn rug naar haar toe.

Ze deed de gordijnen open, stukje bij beetje, net zoals hij deed als hij haar wakker maakte. Paul stond op, ging naar de badkamer en stond voor de spiegel van het medicijnkastje.

Ze hees zich met een bus scheerschuim op de dichte toiletbril en spoot een witte dot op zijn gezicht, waarna ze met het krabbertje over zijn wang ging, net zoals ze in de reclame op tv had gezien. Maar ze deed het te zacht, ze haalde alleen schuim weg, niet de baardharen. Ze probeerde het nog een keer, met meer kracht. Er verscheen een felrode vlek door het wit heen. Verschrikt keek ze naar zijn gezicht in de spiegel. 'Het ging per ongeluk,' zei ze en ze rende haar kamer in.

Hij kwam die dag niet meer tevoorschijn. Ze probeerde te lezen in de woonkamer, maar kreeg nog niet eens één bladzij uit. Ze stond voor zijn deur – ze zou iets moeten doen, ze wist alleen niet wat.

Meneer Priddles had eens in de klas gezegd dat ze het hem moesten zeggen als er thuis problemen waren. Het idee – dat hij zich nog meer met haar leven zou bemoeien, zou zien hoe het bij hen thuis eraan toeging – maakte haar zo kwaad dat de tranen haar in de ogen sprongen. Waarom moest ze die man nog zien? Maar daar stond hij, elke dag opnieuw, voor de klas, met een verholen glimlach bandjes in de cassetterecorder te stoppen.

Later die week dreunde de naam Matilda Zylberberg uit de schoolluidsprekers. Tooly sprong op uit haar bank. Ook als ze weer op haar kop kreeg, kon ze tenminste tijd rekken en extra lang over de wandeling naar de administratie doen. Daar bleek iemand op haar te wachten.

'Het spijt me, schat.'

Voordat Tooly kon reageren, had de vrouw haar als een bundel lappen opgepakt en knuffelde haar. 'Ik ben zo stom geweest al mijn spullen thuis te laten liggen. Maar jij staat wel voor me in, hè? Of ga je mama aangeven bij de autoriteiten?'

Verbijsterd keek ze naar de vrouw, naar de administratief mede-werkster, die met een glimlach vroeg: 'Zijn jullie klaar om te gaan?'

'Sorry dat ik zo'n oen ben geweest met mijn identiteitsbewijs.'

'No problemo. Als u hier dan even wilt tekenen, mevrouw Zyl-berberg.'

'Je bent een engel,' zei Sarah tegen de secretaresse en liep met Tooly naar buiten, terwijl ze naar de poort wees.

Ze pakte haar hand vast en fluisterde: 'Ik haat scholen. Ze geven me de kriebels.'

'Waar gaan we heen?' vroeg Tooly.

'Waar je maar wilt, Matilda. Sorry, dat ik opeens was verdwenen, ik had het zó druk. Maar ik wilde je dolgraag weer zien.'

'Ik mag niet zomaar weg.'

'Dit is toch geen gevangenis? Natuurlijk kun je weg. Of was je soms met iets heel belangrijks bezig?'

'De hypotenusa.'

'Ik weet niet eens welk vak dat is!' Ze zette een witte Ray-Ban op en stak met rinkelende armbanden haar hand uit. Aarzelend legde Tooly haar hand in de hare. 'Ik ben hier om te kijken of ik je leuk vind,' zei Sarah. 'Maar ik kan nu al zeggen dat ik dol op je ben, echt waar. Klaar? Daar gaan we!'

'Ik kan niet.'

'Wil je niet?'

'Ik...'

Een tuktuk stond schuddend en met ronkende motor buiten de poort te wachten.

'Daar mag ik niet in. Die zijn gevaarlijk.' Dat had Paul altijd gezegd. 'Ja, toch?'

'Niet als ik bij je ben, hoor. Kom maar mee!' Ze kriebelde over Tooly's arm, waardoor het meisje moest giechelen, en duwde haar de taxi in. Ze sloeg een arm om haar schouder en trok haar over het kunstleren bankje naar zich toe. Sarah zei iets tegen de chauffeur, kneep de negenjarige nog eens in haar zij en kuste haar op haar wang. 'Wat een lol!'

'Maar ik...' begon Tooly, maar haar vraag werd overstemd door het voertuig dat wegscheurde.

'Je weet wie ik ben,' verzekerde Sarah haar. 'Je herinnert je me nog.'

Ze namen een scherpe bocht, waardoor ze over het bankje schoten en Sarah tegen Tooly botste, waar ze alle twee om moesten lachen. Tooly zag dat de chauffeur meer een soort fietsstuur met handremmen dan een autostuur had – een tuktuk bleek eigenlijk een motorfiets te zijn, met een bankje achterop en een afdakje erboven. De warme wind bulderde in haar gezicht, de winkelrijen zoefden in een waas voorbij, het hobbelige wegdek verdween onder hen en ze hotsten op en neer.

'*Khao neow ma muang?*' zei Sarah tegen de chauffeur. 'Er was een tentje hier, ik zag het onderweg. *Khao neow ma muang?*'

Hij maakte een U-bocht, stopte voor een eetkraampje en wees.

'Je bent geweldig,' zei ze tegen hem en ze stopte een briefje van twintig baht in zijn hand, waarna ze Tooly met een grote zwaai optilde en op de stoep zette. 'Dit is werkelijk het allerheerlijkste ter wereld. Heb je het al eens geprobeerd?'

'Ik weet niet wat het is.'

'Vanochtend werd ik wakker met enorme zin in *khao neow ma*

muang en ik dacht, hopelijk heeft Matilda dat nog niet geproefd, dan ben ik de eerste die haar ermee laat kennismaken. Het is hemels. Beter nog dan hemels, want de hemel gaat maar eeuwig door en dat wordt ook zo saai. Dit is veel meer perfecter.'

'Perfecter?'

'Veel meer perfecter. Hier.' Ze maakte een pirouette naar het kraampje en keek vragend naar de Thaise verkoopster, die naar haar lachte. 'Twee, graag.'

'Er is een meisje in mijn klas,' waarschuwde Tooly, 'die naar het ziekenhuis moest nadat ze op straat inktvis had gegeten.'

'Twee van de drie keer ga je niet dood van eten dat je op straat koopt. En dit is geen inktvis.' De verkoopster hakte een mango in stukjes, schepte kleefrijst op, goot er kokossaus over en bestrooide het geheel met geroosterde sesamzaadjes. 'Je hoeft je geen zorgen te maken over voedselvergiftiging, want ik eet waarschijnlijk jouw portie ook op.'

De verkoopster gaf de eerste portie aan Tooly, die het aanpakte en de warmte van de kleefrijst door de onderkant van het piepschuimen bordje voelde. 'Je hoeft niet beleefd te zijn, hoor,' zei Sarah, die bemoedigend over Tooly's rug wreef. 'Als ik als eerste aan de beurt was geweest, had ik echt niet op jou gewacht.'

Toch liet Tooly haar vork nog even op de rijst liggen – van Paul mocht ze niet als eerste beginnen. Eindelijk kreeg Sarah haar portie en ze nam een hap, rollend met haar ogen om haar verrukking aan te geven. 'Nog veel beter dan hemels.'

Tooly nam een klein hapje: smeltende mango en naar kokos smakende, lichtgezouten kleefrijst.

'Je moet ervoor zorgen dat bij elke hap de mango en kleefrijst precies in evenwicht zijn,' adviseerde Sarah. 'Het is een kunst. Iets wat mijn vriend Humphrey me heeft geleerd.'

Tooly proefde een korrel zoete rijst. 'Jij stond toen op de stoep voor mijn schoolbus.'

'Inderdaad. Overal waar ik ben, ga ik naar je op zoek. Af en toe heb ik geluk en vind ik je, zo leuk!' Toen ze zag hoe Tooly met een stuk mango worstelde, stak Sarah haar eigen vork erin. 'Hier.' Tooly beet het eraf.

'Luister, mijn lievelingspersoon' – deze benaming gaf Tooly een heel warm gevoel – 'mijn lievelingspersoon, je hebt geen idee hoeveel mensen popelen om jou te ontmoeten.'

'Wie dan?'

'Iedereen op de wereld die jou nog niet kent. Je bent gewoon het leukste meisje ter wereld.' Ze wendde zich tot de verkoopster en zei: 'Is dit niet het leukste meisje dat u ooit heeft gezien?'

De oude vrouw grinnikte.

'Het is gewoon zo,' zei Sarah. Na slechts drie happen gaf ze een klopje op Tooly's haar, streelde haar kauwende wangen en kondigde aan dat ze weg moesten. 'Het is jammer, maar ik moet nog van alles regelen voor een feest.'

'Oké,' zei Tooly en het eten smaakte niet zo lekker meer. 'Eh, ik weet alleen niet hoe ik weer terug moet.'

'Ga je niet met mij mee? Laat je me hier achter in de duistere krochten van Bangkok?' Sarah haalde een lange witte sigaret uit een pakje Kools in haar tasje, stak hem aan en blies naar pepermunt ruikende rook uit, daarna stak ze haar slanke hand omhoog waarop twee motorfietstaxi's met piepende remmen tot stilstand kwamen. 'Jij mag de eerste.'

'Maar ik heb nog nooit op een motorfiets gezeten,' zei Tooly.

'Arme stakker, je kijkt zo angstig!'

Haar chauffeur blafte: 'Waar moet je heen?'

Tooly wist de weg naar haar school niet, dus gaf ze haar thuisadres op. Sarah betaalde Tooly's chauffeur, hees haar rok op en klom achter op de andere motorfiets. 'Dit vind ik zo vreselijk,' zei ze. 'Afscheid nemen. Dikke zoen, liefje.'

'Ik ben een beetje bang.'

'Nergens voor nodig! O Matilda, ik vond het reuzegezellig. Jij ook?' Haar motorfiets spoot er brullend vandoor, dwars door het verkeer, en was weg.

Aarzelend pakte Tooly het oranje hesje van de bestuurder vast, maar hij sloeg haar armen stevig om zijn middel en scheurde naar het vastzittende verkeer, waar hij met grote vaart doorheen zigzagde, een angstaanjagende, opwindende rit die eindigde met een scherpe bocht en een abrupte stop in haar *soi*, waardoor Tooly tegen zijn rug aan klapte.

Met zwabberende benen nam ze lift omhoog en dook meteen haar kamer in, alsof deze dollemansrit een zichtbaar teken had achtergelaten dat Shelly zou kunnen zien. Toen Paul thuiskwam, was ze bang dat haar school elk moment kon bellen om hem van haar laatste vergrijp op de hoogte te stellen. Maar Paul en zij aten in airconditionede stilte. Hij stond inmiddels weer elke ochtend op om naar zijn werk te gaan. Toch zei hij amper een woord en ze hadden al in geen dagen naar worstelen gekeken. Na het eten trok hij zich terug in zijn slaapkamer achter de computer, terwijl zij urenlang in een diepe leren fauteuil in de woonkamer zat. Daar viel ze in een merkwaardige slaap en sleepte zich toen naar haar bed. Liggend op haar matras voelde ze nog steeds de beweging van de motorfiets in haar benen.

De avond erop, toen Paul in zijn kamer zat te werken, ging Tooly naar beneden en fantaseerde dat Sarah buiten op de stoep zou staan. De portier bij de poort salueerde toen ze langs hem liep, onverschillig dat het meisje zomaar in het donker op stap ging. Het verkeerslawaai werd luider toen ze dichter bij Sukhumvit Road kwam. Een dienstmeisje met een schortje liep voorbij; ze droeg een heftig spartelende vis aan zijn kieuwen met zich mee. Bij een eetkraampje stonden een paar onbezette plastic tafeltjes en een lege fles Singha rolde op zijn zij heen en weer. Neonpijlen wezen naar de ingang van massagesalon *The King and I*, waarvoor een trio verveelde Japanse mannen stond, ieder op een verschillende tree, alle drie rokend, eerst nam de ene een trekje, toen de tweede, toen de derde. Ze verdwenen tegelijk naar binnen.

Het was al november, maar de hitte was nog altijd meedogenloos. Toen Tooly tien werd, vertelde ze dat niet op school. Als ze de kans zag, sloop ze het huis uit en zwierf door de buurt, in de hoop dat ze Sarah ergens zou tegenkomen. Hun avontuur was alweer weken geleden. Elke ochtend werd ze wakker met het verlangen naar een nieuw.

En dat kwam ook.

'Kom buiten spelen,' zei Sarah door het raampje van de schoolbus.

Bij haar stopplaats stormde ze het busje uit en rende naar Sarah. De vrouw had een heel rare manier van lopen: in wisselend tempo, dan weer snel alsof ze door een windvlaag werd voortgeblazen, dan weer draaide ze zich met een stralende lach om naar Tooly, knielde neer om haar over haar hoofd te aaien, maakte een paar huppelsprongetjes en liep vervolgens in normaal tempo verder.

'Voordat ik doodga,' kondigde Sarah aan toen ze over Sukhumvit slenterden, 'wil ik nog flamenco leren. Beloof me dat je me daaraan helpt herinneren, Tooly?'

'Wat is flaminken?'

'Flamenco? Dat is een Argentijnse dans. Of was dat de tango?' Om het voor te doen, stak ze haar arm recht vooruit, hield haar kin scheef. 'Nou ja, het is in ieder geval heel zwaarmoedig en melodramatisch. Jij zou het geweldig vinden.'

Deze terloopse veronderstelling van wat Tooly leuk zou vinden – van haar karakter – gaf haar een heel speciaal gevoel.

'Ik weet precies hoe je bent,' beaamde Sarah.

Na een lange stilte vroeg Tooly: 'En hoe ben jíj?'

'Ikke? Nou, ik hou van brood met aardbeienjam en vind dat frambozenjam alles verpest. En mensen die zulke zaken niet serieus nemen, vind ik barbaren. En ik heb altijd gelijk, behalve 's ochtends vroeg, want dan heb ik ongelijk.'

Tooly keek omhoog of ze soms voor de gek werd gehouden. 'Ik probeer de hele tijd iets grappigs te bedenken.' Ze liet haar lege handen zien.

'Wat ben je toch schattig. Je kunt alles tegen me zeggen wat je wilt.'

'Waar ben je geboren, Sarah?'

'In een wildpark in Kenia.'

'Heb je leeuwen gezien?'

'Duizenden.'

'Heb je weleens eentje geaaid?'

'Zeker.'

'Ben je toen gebeten?'

'Hij likte mijn hand en glimlachte.'

'Glimlachen leeuwen?'

'Als je ze lief aait wel. Hou je van dieren?'

Tooly knikte geestdriftig.

'Weet je waar we naartoe moeten?' zei Sarah. 'Die gekke markt met die wilde dieren. Zullen we?'

'We zullen!' riep Tooly onversaagd, maar toen: 'Mag ik wel?'

Ze werden door de tuktuk afgeleverd aan de rand van Khlong Toey Market, een openluchtbazaar, waar het naar angstig pluimvee rook. Sarah nam Tooly's schooltas over, zodat het meisje zich on-bezwaard door de mensenmassa kon bewegen. Aan weerszijden waren dekzeilen gespannen om de etenswaren tegen de zon te be-schermen: paarse aubergines, groene kalebassen, tamarindepeulen, cassavewortels, taro. De kooplui riepen kreten, onderhandelden met klanten, lachten en ondertussen reden werklui met koeliehoeden heen en weer met karretjes. Tooly keek omhoog tussen de grote mensen door en de hemel maakte haar duizelig. Sarah hield haar hand boven Tooly's ogen en wees naar een hoop groenten met wratten. 'Wat een lelijkerds, zeg. Wat leuk is dit, hè?' zei ze en ze pakte Tooly's arm vast. 'Gezellig saampjes. Jij mag voorop!'

Tooly baande zich een weg door de menigte, gluurde af en toe in emmers met gefrituurde babykrabbetjes, rode pepers, oesterzwammen, judasoren. Onder netten zaten levende padden (die haar aankeken) naast gevilde padden (roze spiervlees, poten naar achteren). Op een hakblok lagen varkenskoppen. In een metalen waterbak spartelden glanzende vissen, twee sprongen over de rand alsof ze een gevangenisontsnapping hadden beraamd, alleen landden ze zinloos op de betonnen vloer. Een van de vishandelaars gooide ze weer bij de kronkelende massa. De straatstenen waren bezaaid met veren van de levende ganzen die met gebogen nek in hun te krappe hokken zaten, aangekoekte uitwerpselen tegen het gaas. Sarah moet gezien hebben wat Tooly dacht. 'Zullen we maar weer gaan?'

Ze gingen op zoek naar een uitgang maar raakten alleen maar meer verstrikt, elk pad dat ze insloegen confronteerde ze met een andere wriemelende verschrikking. 'Die kant op?' vroeg Tooly en ging zelf voorop om te laten zien hoe dapper ze was. Ze bleef even staan bij een bamboe kooi waarin vogels met lange snavels zaten. 'Kijk!' riep ze uit. 'Bonte ijsvogels!'

'Wat?'

'Die zweven heel dicht boven het water. Ik heb ze al eens eerder gezien. Hun vleugels gaan vijfhonderd keer per minuut en het lijkt net of ze stilhangen in de lucht. Als ze dan een vis zien, duiken ze zo het water in en bijten erin met hun snavel.'

'Ze zijn prachtig,' zei Sarah, die de overvolle kooi inspecteerde. 'Ik heb zin.' Ze wierp een blik op Tooly. 'Ik heb zin om de kooi open te maken en ze vrij te laten.'

'De eigenaar staat vlakbij.'

'Kan mij die klootzak schelen!'

Tooly had alleen nog kinderen horen schelden; het was verbijsterend om een volwassene het te horen doen. 'Vliegen ze dan niet weg?'

'Dat mag ik hopen. Luister, ik heb een plannetje. Niet wegrennen als ik het doe. We lopen gewoon rustig verder, alsof er niets aan de hand is. Dan komen ze er nooit achter dat wij het waren.' Ze rommelde aan het slot van de kooi. De ijsvogels klapperden verwachtingsvol met hun vleugels. Het deurtje schoot los.

Maar de vogels bleven zitten.

'Waarom gaan ze niet weg?' vroeg Tooly fluisterend.

Eentje waagde het erop, kwam fladderend op de grond terecht.

'Rennen!' riep Sarah, griste Tooly's hand en dwong haar het op een lopen te zetten. 'Vlug! Vlug!' Ze gingen er als een haas vandoor, Tooly struikelde om haar bij te houden, ze botsten tegen karretjes en loopjongens op, proestten het zenuwachtig uit. De padden onder hun net keken hoe ze voorbijstoven.

Toen ze weer op straat stonden, greep Tooly de strik achter op Sarahs blauwe korenbloemenjurk vast. Als een paard aan de teugels ging Sarah over van draf naar stap tot een klepperend halt. Grijnzend naar elkaar stonden ze uit te hijgen. Sarah veegde het zweet van haar voorhoofd en plukte een losse wimper van Tooly's gezicht, rolde die heen en weer over haar vingertop. Ze keken hoe hij op de stoep dwarrelde.

Nadat ze in de tuktuk weer op Sukhumvit Road waren aangekomen, trok Sarah speels aan het lange krullige haar van het meisje en gaf haar de schooltas terug. Het was een onuitgesproken afscheid. Tooly wilde haar bijna achterna gaan, maar ze was niet uitgenodigd. Sarah gaf haar een kushandje en liep haastig de straat af.

Tooly keek haar eigen *soi* in; aan het einde was Gupta Mansions, waar Paul bezorgd op haar zou wachten omdat ze zo laat was en Shelly van streek zou zijn omdat het eten koud was geworden. Een avond zonder woorden, een onrustige slaap en morgen weer naar school. Tooly wou dat ze er niet meer was, dat ze uitgewist kon worden, ze voelde zich een gevangene van dit meisje, dit impopulaire kind; ze was het beu altijd zichzelf te moeten zijn.

Rinkelende armbanden, gevolgd door het knerpende geluid van een aansteker. Tooly draaide zich vliegensvlug om. Daar stond Sarah, met een vragende blik in haar ogen, witte rook uitblazend die van links naar rechts zweefde. 'Ik kom je stelen.'

'Mag dat wel?'

'Als mensen alleen maar deden wat mocht, zou het erg saai worden.'

'Maar,' zei Tooly aarzelend, 'ik weet eigenlijk niet wie je bent.'

Sarah streek Tooly's haar achter haar oor. Door dit liefdevolle gebaar sloeg ze haar blik omlaag.

'Je kent me wel, Tooly,' zei Sarah. 'We kennen elkaar al ons hele leven lang.'

1999

Duncan woonde al maanden in 115th Street toen zijn ouders voor het eerst op bezoek kwamen. Naoko drong er bij haar echtgenoot op aan om te gaan, maar Keith was met geen stok uit Connecticut te slaan. Uiteindelijk trok zij aan het langste eind – het alternatief was dat ze de nieuwe vriendin van hun zoon met de kerstvakantie in Darien over de vloer zouden krijgen. Dus legde hij zich neer bij één dagje New York; 's middags een kerstconcert in de Metropolitan Opera en daarna naar het appartement van Duncan om die vrouw te ontmoeten. Bij elk stads ongemak waar Keith mee geconfronteerd werd – mensen die kerstinkopen deden, het niet kunnen vinden van een parkeerplaats, het accent van een parkeergaragemedewerker – richtte hij zich geïrriteerd tot zijn vrouw, alsof zij er iets aan kon doen.

In de week voor hun komst had Duncan overwogen om zijn kamer op te ruimen, maar hij had gekozen voor passief verzet. Zijn opstandigheid verdween toen Naoko vanuit een telefooncel bij Lincoln Center belde dat ze onderweg waren. De twintig minuten daarna was hij bezig vuile was onder zijn matras te stoppen, de wastafel schoon te vegen met keukenpapier en vuile borden in keukenkastjes te verbergen.

'Wat willen jullie drinken, witte wijn of...' zei Tooly met haar handen tegen elkaar aan voor haar borst. Ze keek eerst naar Naoko, toen naar Keith en toen weer naar Naoko, want die oogde wat vriendelijker. 'Eigenlijk hebben we alleen maar witte wijn. Willen jullie dat?'

'En we hebben drie soorten chips,' voegde Duncan eraan toe.

Keith, een uit de Schotse klei getrokken vent van middelbare leeftijd, keek wantrouwend naar de bank waar zijn vrouw hem uitnodigde om te gaan zitten. 'Ik drink alleen om dronken te worden,' zei hij. 'En ik ga niet dronken worden met mijn zoon.'

'Ik ben met hem dronken geworden,' zei Tooly, 'en ik kan het aanbevelen.'

Duncan kuchte gegeneerd.

'Cola light,' bestelde Keith. 'Mag de tv aan?' Hij voegde de daad bij het woord en schakelde naar het nieuws van NBC die een item hadden over de veiligheidsmaatregelen voor de oud-en-nieuwviering nadat bij de grens een Algerijn was opgepakt met explosieven die mogelijk bedoeld waren voor een terroristische aanslag in Los Angeles.

'Fout,' zei Keith tegen de televisie toen de presentator het had over de festiviteiten ter ere van het jaar 2000.

'Wat is fout?' vroeg Tooly terwijl ze hem een blikje cola overhandigde.

'Het jaar 2000,' zei hij. 'Als je begint te tellen in het jaar 1, is de eeuwwisseling pas in 2001. Er was echt geen jaar nul. Is dat nou zo moeilijk om te begrijpen?' Hij keek weer naar de tv, waar je Bill Clinton zag dollen met een buitenlandse hoogwaardigheidsbekleder. 'Kan die man niet weg?' zei Keith, doelend op de president.

Aan de afgewende blik van Naoko was te zien dat ze dit soort commentaren niet voor de eerste keer hoorde.

'Ze zullen een industrieel schoonmaakbedrijf nodig hebben om de stank van die vent uit het Oval Office te krijgen,' vervolgde Keith zijn betoog. 'Het aanzien van dit land moet weer hersteld worden.'

'Amerikaans patriottisme met een Schots accent, dat is leuk om te horen,' zei Tooly met een glimlach.

'Kom maar eens met een begin van een bewijs,' zei hij met een boze blik op haar, 'dat ik het bij het verkeerde eind heb.'

Die avond laat lag Tooly in Duncans bed te denken over zijn vader, die in honderd horkerige minuten niet één keer naar zijn zoon had gekeken. Tooly wist dat het niet eerlijk was, maar ze kon niet anders dan Duncan iets minder leuk vinden nu ze wist wat voor vader hij had.

Duncan omarmde haar van achteren en trok zijn benen op om lepeltje-lepeltje met haar te liggen. Het voelde niet helemaal veilig om te slapen met iemand in haar rug. 'Omdraaien!' zei ze joviaal, alsof hij een gebakken ei was. Ze wisselden van positie en zij warmde zijn rug met haar naakte borst. 'Jouw lepeltje leek nergens op,' sprak ze tegen zijn nek. 'Ik moest ingrijpen.'

'Je bent een lepeltjesfundamentalist.'

'Ik bescherm de aloude traditie van het lepeltjeliggen. Jij hebt die bezoedeld en het is mijn taak om het aanzien en de geloofwaardigheid van het lepeltjeliggen te herstellen.'

Hij draaide zich lachend om. 'Tooly?'

'Duncan?'

'Ik hou verschrikkelijk van je.'

Ze glimlachte, prikte zachtjes met haar vinger in zijn wang, klom uit bed en ging op de grond liggen, bij de stofnesten, het printerpapier en de sokken die onder het bed lagen. 'Het is hier stikheet.'

'De huismeester is op vakantie en heeft de verwarming aan laten staan om maar geen klachten te krijgen.'

Zijn arm hing over de rand van het matras en zij pakte zijn pols tussen duim en wijsvinger en hield hem zo vast. Maar uiteindelijk moet je altijd iets met dingen doen. Ze trok zijn pols naar zich toe en kneep in het uitstekende bot, wat hem een kreetje van pijn en een lach ontlokte. Tooly stond op, rekte zich uit, trok haar kleren van de vorige dag aan, liep naar het raam van de woonkamer en zocht op de brandtrap naar het gezamenlijke pakje sigaretten. Dat was leeg, en Noeline was op vakantie.

Ze keek omlaag naar de straat. Het leek al zo lang geleden dat ze hier voor het eerst was en geen zin had gehad om in de vrieskou naar huis te lopen en toen had gekozen voor het warme dekbed (en de warme man) in deze kamer. Ze had toen gewoon zijn creditcards uit zijn portemonnee kunnen halen, dan was ze klaar geweest. In plaats daarvan had ze zich hier genesteld en hadden zij haar ten onrechte als een van hen gezien en had zij dezelfde fout gemaakt – tot dat diner vlak voor de kerstvakantie, toen Tooly weer gemerkt had hoe ze van andere mensen verschilde.

Venn was de enige die haar beschermde. En ze wilde hem iets te bieden hebben om haar verblijf hier te kunnen verantwoorden. Duncan was het meest voor de hand liggende slachtoffer, maar ze kon het niet over haar hart verkrijgen. De anderen? Emerson had haar voorkeur, maar om zijn vertrouwen te winnen zou ze zijn ego moeten strelen en dat weigerde ze. Ze stond in de donkere gang en zag licht schijnen onder Xavi's deur. Ze klopte met één knokkel, alsof de andere hun twijfels hadden. 'Hé,' zei ze toen hij de deur opende. 'Ga je mee het zwijntje uitlaten?'

Ze leenden het dier en gingen op pad. Op de besneeuwde stoep lieten ze voet- en hoefafdrukken achter. Xavi durfde Ham niet goed aan te raken, maar ze dwong hem om het beest klopjes te geven, waardoor het varken ging ruften. Ze lachten zich de tranen in de ogen. Toen ze zichzelf weer in de hand hadden, liepen ze verder over de donkere en lege Amsterdam Avenue. Het rode klinkerpad over de campus van Columbia University was zo vlak voor kerst bijna verlaten, in de verte hoorde je alleen wat gebral van een paar studenten. Ham bleef tegen haar been aan stoten, als een kind dat jaloers is op volwassenen die met elkaar kletsen.

'Ik ben een speurneus,' zei Xavi.

'Hoe dat zo?'

Hij noemde een straat in Brooklyn – tot haar schrik was dat de straat waar zij en Humphrey woonden. Een paar weken geleden, zo legde Xavi uit, had hij op de gang bij de voordeur een stadsplattegrond gevonden, tussen alle menu's van afhaalchinezen en reclame-cd-roms van America Online. Hij wilde hem eerst weggooien omdat er allemaal strepen op waren getekend. Maar hij had nog nooit een kaart van alle vijf de stadsdelen gehad, dus had hij hem gehouden. Het probleem was dat de kaart door al die strepen bijna niet meer te gebruiken was. Wat waren dat voor strepen? Bezorgroutes? Er zat een gaatje in de kaart waar zich zoveel inkt had verzameld dat het papier kapot was gegaan. Alle strepen kwamen daar samen, aan het eind van een klein straatje in Brooklyn, vlak bij de Gowanus Expressway.

Hij haalde haar kaart uit zijn binnenzak. Dus daar was dat ding: waarschijnlijk uit haar zak gevallen bij dat eerste bezoek, toen ze haar jas had opengeknoopt en boven op Duncan was gaan liggen.

'Komt me niet bekend voor,' zei ze.

Xavi grinnikte. 'Ik ben een speurneus!' Om het te vieren, pakte hij een sigaret uit zijn fluwelen jasje en stak hem met een groots gebaar op. Hij had een eigenaardige manier van roken waarbij hij zijn wangen volzoog, alsof hij niet wilde inhaleren. Hij vroeg naar haar woning in Brooklyn, maar zij bracht het onderwerp op zijn studie en hoe hij als zakenman schatrijk zou worden, iets waar niemand van hen aan twijfelde. De handel in financiële producten was uiterst lucratief, zo legde hij uit, maar hij vond daar niets aan. Hij wilde ondernemer worden. Misschien een internetbedrijf.

'Mag ik ook een trekje?' vroeg ze.

'Alleen als je een gouden idee voor me hebt.'

'Ik heb wel een ideetje van nepgoud,' antwoordde ze en ze griste de sigaret uit zijn hand.

Hij pakte zijn Palm Pilot en klapte die zwierig open, waarna hij met zijn pennetje op het schermpje tikte, als een dirigent met zijn stokje op de lessenaar. 'Steek van wal.'

'Goed,' zei ze terwijl ze rook uitademde. 'Wat dacht je van een afwasmachine-achtig product, maar dan voor de hele woning, dus je giet schoonmaakmiddel in een putje in de vloer, drukt op een knop, gaat een uurtje de deur uit, en als je terugkomt is het huis weer schoon.'

'Goed idee,' zei hij met een glimlach. 'Heel praktisch.'

'Ik zie dat je het niet opschrijft. O, en ze zouden ook iets moeten verzinnen dat auto's op een soort rails rijden en elektronisch bestuurd worden, dan heb je nooit meer ongelukken en files.'

'Dat idee bestaat al. Zoiets heet een trein.'

'Spelbreker,' zei ze. 'En wat dacht je van het zoutvaatje?'

'Wat is daarmee?'

'Daar zou je iets aan moeten doen. Ik haat die dingen. Ik wil geen bergje zout op mijn aardappelpuree,' zei ze Humphrey na. 'Het zout moet gelijkmatig verdeeld worden over het hele oppervlak. Een zoutspray. Doe er wat aan!'

'Ik zal mijn best doen.'

Ze nam nog een trek en gaf de sigaret terug. 'Wat is jouw grote idee?'

'Jij bent niet de enige die geheimzinnig kan doen.'

'Ach, kom op nou! Ik heb je goud in handen gegeven. De zoutspray! En de trein – ik heb net de trein opnieuw uitgevonden! Krijg ik daar helemaal geen waardering voor?'

'Oké, oké. Mijn gouden idee,' zei hij, 'is Wildfire.'

Al wandelend gaf Xavi ongeveer dezelfde presentatie die hij ook in de collegezaal had gegeven. 'De grootste barrière bij online winkelen is de angst van de moderne consument om zijn bankgegevens aan een website toe te vertrouwen. Beide kanten – verkoper en consument – willen zaken doen. Maar er moet een veilige manier zijn om de volgende stap te zetten. En dat is de rol van Wildfire: een nieuwe vorm van geld, voor alle transacties op het internet. Je betaalt een bedrag aan Wildfire, met behulp van een creditcard, cheque of overschrijving, en in ruil daarvoor krijg je munten waarmee je bij aangesloten internetbedrijven voor diensten of goederen kunt betalen. De consument krijgt zekerheid en de verkoper geld. Daarbij is de munt van Wildfire ongevoelig voor instabiliteit in de wereld. Je hebt geen last van schommelingen in de wisselkoersen, van overheden die een onverantwoord monetair beleid voeren en van devaluaties. Geld behouden in de munteenheid van het land waarin je toevallig geboren bent, heeft in deze geglobaliseerde wereld geen zin meer. We hebben een virtuele munt nodig voor een virtuele toekomst: Wildfire.'

'Xavi!'

'Wat?'

'Dat klinkt als een echt idee.'

'Ja natuurlijk.'

'Hoe ben je daar opgekomen?'

'Vind je het wat?'

'Nou ja, ik heb er geen verstand van. Maar het klinkt waanzinnig goed.'

Hij lachte verlegen.

Tooly, die goed keek hoe hij op haar reageerde, overwoog om hem nog uitvoeriger te prijzen, of om hem op zijn wang te kussen, of om te zeggen dat ze samen een bedrijf moesten oprichten. Ze zoog de frisse lucht diep in haar longen. 'Ik heb altijd zo'n mof willen hebben, net als in die schitterende films over de tsaren,' zei ze en verloor iets minder schitterend haar evenwicht, waarop ze zich vastgreep aan zijn arm. Ze hield die vast tot aan de hoek van 115th Street. Voor het gebouw gaf ze hem de riem, duwde zich af en schaatste over de bevroren stoep, waarbij ze zwarte strepen achterliet. 'Blijf je met kerst en oudjaar in de stad?' riep ze.

'De meeste tijd wel.'

'Ik ook,' zei ze en ze schaatste terug.

In Tooly's woning in Brooklyn werd niet aan kerst gedaan. Humphrey boycotte officiële feestdagen; hij vond dat stuitend conformisme. Maar toen ze langskwam, speelden ze wel een spelletje kerst-pingpong. Maar zelfs dat werd verpest door de aanwezigheid van Sarah, die chagrijnig was omdat Tooly niet met haar was gaan winkelen op Tooly's eenentwintigste verjaardag, en ook – en dat was veel erger – omdat Venn niets van zich had laten horen. Nog nooit had hij haar zo opzichtig genegeerd. Ze had wékenlang gewacht. Ze moest al over een paar dagen terug naar Italië en probeerde Tooly over te halen om mee te gaan. Toen de uitnodiging werd afgeslagen, verliet Sarah briesend het pand.

Humphrey keek op van zijn boek en wiebelde met zijn wenkbrauwen, wat Tooly aan het lachen maakte. Hij riep haar bij zich op de bank en opperde dat ze het aanbod van Sarah misschien toch moest overwegen, vooral omdat ze een baan in de lederwarenwinkel in de aanbieding had.

'Ik pieker er niet over om de keizerin te vergezellen,' antwoordde Tooly geïrriteerd. 'Je kunt er donder op zeggen dat er helemaal geen baan is als ik daar aankom. Waarschijnlijk bestaat die winkel niet eens. Zie je Sarah al een winkel runnen? Winkeldief in je eigen winkel, dat schiet niet op.'

Humphrey dook weg achter zijn boek.

Een minuut later maakte Tooly een broodje aardappelsmuree voor hem, een eetbare verontschuldiging voor haar boze reactie.

'Ik heb kwesties,' mompelde hij toen ze hem zijn broodje bracht. 'Kwesties voor discussiedoeleinden.'

'Ongetwijfeld. Laat me raden,' zei ze. 'We moeten er samen vandoor gaan?'

'Als ik jou vertel,' zei hij, 'word jij boos op mij. Misschien haat jij mij.'

'Wat je ook op je lever hebt,' zei ze geamuseerd, 'ik denk dat ik het wel aankan.'

Hij fronste en stond op het punt om iets te zeggen, zijn vochtige lippen smakten even – toen dook hij ineen en ging verder met zijn boek, *The Unreality of Time* van J.M.E. McTaggart.

Tooly had liever dat hij bleef lezen. Zijn 'kwesties' waren altijd alleen maar voorwendsels om te zorgen dat ze bleef, en daar werd ze niet vrolijk van, want ze wilde ergens anders zijn.

Toch moest ze wel een beetje rekening houden met Humphrey. Vooral uit medelijden. Maar op de achtergrond speelde nog een motief, een motief dat ze niet onder ogen wilde zien: ze had te weinig geld om zichzelf te redden en hij had haar altijd kleine bedragen toegestopt. Ze was te trots om Venn om geld te vragen en bovendien zag ze hem te onregelmatig. Af en toe zag Venn hoe krap bij kas ze zat en stopte hij haar een paar bankbiljetten toe. Maar daar had ze achteraf altijd spijt van, het versterkte haar gevoel dat ze nutteloos was. Ze had natuurlijk een baantje kunnen nemen, dat zou ze helemaal niet erg vinden. Maar Venn had altijd wel iets op stapel staan en daarvoor moest ze beschikbaar blijven – hij kon ieder moment bellen en zeggen: 'Morgen vertrek ik. Ga je mee?'

De dag voor oudjaar werd de stad wakker onder een witte deken. 's Nachts had er een sneeuwstorm gewoed en 's morgens vroeg ploegden er vrachtwagens met sneeuwschuivers door de straten die aan beide zijden van de straten wallen van vuilgrijze sneeuw achterlieten. Tooly wandelde door de West Village en stapte in Hudson Street tussen twee geparkeerde auto's op een beijsd heuveltje waarvan de top onder haar voeten instortte. Ze stampte haar met sneeuw bedekte gympen schoon op de stoep, waardoor de automatische schuifdeuren van een appartementengebouw opengingen. Ze liep direct door langs de portier, met zo'n vanzelfsprekendheid dat hij alleen maar even van zijn horoscoop opkeek. Op de achtste verdieping stapte ze uit in een karig verlichte gang met allemaal deuren. Een daarvan stond op een kier en daar liep ze naar binnen.

Een man stond aan het andere eind van de kamer, met zijn rug naar haar toe. Hij keek door de glaswand uit over Manhattan.

'Pardon,' sprak ze terwijl ze aarzelend in de deuropening bleef staan. 'Het spijt me dat ik u stoor en ik weet dat het misschien idioot klinkt, maar ik ben in deze woning opgegroeid. Ik liep toevallig langs en vroeg me af: zou het heel gek zijn als ik vroeg om even binnen te mogen kijken? Er komen nu al allerlei herinneringen boven. Is dat...'

'Heel leuk,' zei Venn. 'Straks vraag je nog of je van het toilet gebruik mag maken.'

'Voor die truc ben ik te oud,' zei ze terwijl ze de deur achter zich dichtdeed. 'Wel jammer: ik zou het helemaal niet erg vinden om zomaar ergens binnen te lopen als ik naar de wc moet. Nu je het zegt, waarom doe ik dat eigenlijk niet?'

Het was een bijzonder luxe appartement met oogverblindend witte muren, een witte vloer, een leren bank met een salontafel met daarop een witte orchidee, en in een pot stond een watercacaoboompje met vervlochten stammetjes. Tooly inspecteerde de boekenplank waar alleen maar boeken over kralen, knopen en sieraden van bakeliet stonden.

Ze ging naast hem voor het raam staan. De ruit was vier keer zo hoog als zijzelf en net zo breed als het hele appartement: een glazen stadsgezicht van de West Village met stomende daken en wolkenkrabbers die er slordig tussen waren geprop.

'Wie woont hier?' vroeg ze. Hij keek zo strak voor zich uit dat ze zijn blik volgde, maar hij draaide zich met een grijns naar haar toe.

'Wie híér woont?' herhaalde hij haar vraag.

'Ja, hier. Op de plek waar we nu staan. In het appartement waarvan ik vrij zeker ben dat het niet van jou is.'

'Je bedoelt dit huis, waarin je bent opgegroeid?'

'Even serieus, van wie is het?'

'Van een vriendin, dukkie.'

'Nu we het toch over je vriendinnetjes hebben, Sarah hoopt nog steeds wat van je te horen. En Humph wordt gek van haar. Kun je niet een keer met haar afspreken voordat ze vertrekt? Of in elk geval bellen? Jij kunt je lekker verstoppen in je luxe appartement, maar wij zitten met haar opgescheept.'

'En de rechtenstudent?' vroeg hij, doelend op Duncan. 'Hoe staat het daarmee?'

'Ik word vrienden met al zijn huisgenoten.'

'Vrienden? Zorg dat ze verliefd op je worden.'

'Ik denk dat het misschien wel iets voor je oplevert.'

Hij wees met een afstandsbediening naar de jaloezieën, die automatisch omlaagzoemden en de stad uitwisten. 'Kunnen we gaan?' Hij had het vaak over 'we', alsof hij en Tooly verwant waren, en dat vleide haar, want ze zag haar eigen persoonlijkheid als klein en die van hem als enorm groot. Hij begreep hoe ze in elkaar zat en sprak er heel overtuigend over. Toen ze nog klein was en hij haar prees om haar moed en om het feit dat ze niet zeurde, had ze haar best gedaan om aan dat beeld te voldoen. Tot ze langzamerhand de karaktertrekken had gekregen die hij al vanaf het begin in haar meende te hebben bespeurd.

Ze gingen op pad door de sneeuw. Venn verplaatste zich meestal te voet en zij had die gewoonte overgenomen. Zo'n wandeling kon drie minuten duren, maar ook drie uur, en hij zei nooit waar ze naartoe gingen. Vandaag liepen ze in noordelijke richting, langs 14th Street, door Chelsea, ze sloegen rechtsaf bij Penn Station, liepen over smallere straten waar het wegdek nog wit was, behalve boven roosters van de ondergrondse en op plekken waar modderige voetstappen hen voor waren geweest. Hij bleef straten lang zwijgen.

'Vertel eens,' vroeg ze om de stilte te verbreken, 'de eigenaresse van dat witte appartement? Heb je iets met haar?'

'Nee, nee.'

'Heb je nooit de behoefte om bij een van die vrouwen te blijven?'

'Totaal niet. Je kent me toch?'

'Ik ken je,' zei ze, 'maar ik begrijp je niet. Je lijkt steeds meer dingen af te kappen.'

'Precies. Ik probeer afstand van dingen te nemen.'

'Waarom? Ik zie niet wat je daarmee wint.'

'Het geeft me een gevoel van rust, denk ik,' zei hij. 'Het is een kwestie van inzien hoe weinig je nodig hebt en daaraan vasthouden, ook als krachten om me heen (en in mij) me verleiden om dat niet te doen. Ik probeer me te ontdoen van al het onnodige.'

'Zoals?'

'Wat dan ook. Zelfs onnodige gedachten,' legde hij uit. 'Angst, bijvoorbeeld. Ik kon alleen van de angst afkomen door me te verzoenen met de dood. En zonder angst voor de dood is het zoveel makkelijker om te leven hoe je wilt. Je hebt dan ook geen last van conventies, want dat zijn meestal alleen maar manieren om de dood op afstand te houden.'

'Wat voor conventies?'

'Dingen als familie en kinderen. Sommige mensen nemen alleen maar kinderen om ervoor te zorgen dat er nog iemand naar ze omkijkt als ze oud zijn. Ze willen de zekerheid dat ze aanbeden blijven worden, ook als ze dat niet meer verdienen. Ze geven alleen maar liefde omdat ze die liefde terugverwachten. Dat is altijd de voorwaarde en die ligt aan de wortel van mislukte liefdes, huwelijken en vriendschappen.'

'Er is niet altijd een voorwaarde,' zei ze. 'Dat is toch juist de essentie van dingen als trouwen en kinderen krijgen, dat het in principe onvoorwaardelijk is?'

'"In principe" betekent gewoon "niet". In werkelijkheid is het de druk van vrienden en familie die mensen ertoe aanzet om te trouwen en zich voort te planten. Maar er gaat iets essentieels verloren als stellen hun relatie definiëren door één simpele daad, iets wat iedereen – goed, slecht, slim of saai – voor elkaar kan krijgen. Ik zou trouwen en kinderen krijgen zien als capitulatie. Al was het alleen maar omdat ik dan moet lunchen met oninteressante mensen met wie ik alleen maar gemeen heb dat onze kinderen bij elkaar op dansles zitten.'

Ze liepen een paar passen zwijgend door. 'Ik wil ook geen kinderen,' zei ze met een blik op hem.

'Waarom zou je? Kinderen worden pas interessant als ze wat ouder zijn,' zei hij. 'En zelfs dan zijn er maar weinig die echt de moeite waard zijn.'

'Ik was toch wel interessant?'

'Maar jij was eigenlijk geen kind. Net zo min als ik. We zaten onze tijd uit in kinderlichamen en wachtten op het moment dat we de vergissing konden rechtzetten.'

'Er moeten toch ook leuke kinderen zijn?'

'Hoeveel kinderen vond je leuk toen je zelf nog kind was? Ik geloof er niets van dat kinderen krijgen je leven zinvol maakt,' zei hij. 'Ze zeggen dat je er liefdevoller en zorgzamer van wordt. Maar dat zijn dingen die ik toch al nastreef, ook zonder kinderen. Mensen die eerst een kind moeten krijgen om wat aardiger te worden, zijn emotioneel gehandicapt; ze hebben iemands afhankelijkheid nodig om hun leven zin te geven. Het leven heeft al genoeg zin en schoonheid van zichzelf. Dát leren ontdekken is pas zinvol. Niet het op de wereld zetten van hulpeloze wezentjes. En ook niet trouwen met iemand die je een keer het hoofd op hol heeft gebracht. Relaties tussen mensen ontstaan in bepaalde omstandigheden en periodes, en daarna zouden die relaties weer moeten eindigen. Maar mensen zijn zo bang om alleen achter te blijven dat ze de ene na de andere misvormde relatie aangaan. De eenzaamheid accepteren, daar draait het om.'

'Je bent gestoord,' zei ze lachend.

Hij grinnikte. 'Ik daag mijn gestoorde ik uit,' zei hij. 'Ik zoek mijn grenzen op en dat maakt me sterker. Kan ik zonder vrienden, pleziertjes, warmte? Kan ik een dag en een nacht blijven doorlopen? Kan ik het opnemen tegen een tiran? En zo ja, wat heb ik dan bereikt? Heb ik een inzicht verkregen? Is mijn ijdelheid gestreeld? Is er iets in mij veranderd? Mijn leven schenkt me waarschijnlijk net zo'n voldoening als het ouderschap moeders en vaders schenkt. De meeste van hen zullen mijn denkbeelden beledigend vinden. Maar later zullen ze zich tot me aangetrokken voelen.'

Toen ze de hoek om sloegen, zagen ze een merkwaardig schouwspel. Bij de ingang van een gesloten kantoor aan de overkant van de straat stond een zwerver te wankelen boven een slaapzak waar hij met zijn voet tegenaan stond te duwen. Hij ritste de gulp van zijn vieze zwarte spijkerbroek open en begon over de slaapzak te pissen.

'Volgens mij ligt er iemand ín die slaapzak,' zei Tooly. 'Hij pist over die persoon heen.'

'Blijf hier staan.'

'Wacht even.' Maar hij stak de straat al over.

De zwerver – blauwe tatoeages op zijn knokkels en ook op zijn gezicht – ritste zijn gulp dicht en vloekte en trapte tegen de slaapzak. Er klonk een kreet van pijn uit de slaapzak. Hij pakte het uiteinde van de nylon zak en versleepte het hevig spartelende lichaam met zak en al. Toen hij Venn opmerkte, stopte de zwerver even en keek hem vanonder zijn met korsten bedekte voorhoofd dreigend aan. 'Die gast is een homo,' zei hij bij wijze van uitleg. 'Hij blokkeert mijn huis.' Hij beukte met zijn vuisten op de slaapzak en er klonk weer een gedempte kreet.

Venn wees de straat in. 'Die kant op. Nu.'

'Het is godverdomme míjn deur, man.'

Een tandeloos gezicht kwam uit de slaapzak tevoorschijn, met een bloedneus en een vettige, over het kale hoofd gedrapeerde haarlok die flapperde in de wind. 'Wat een vrolijke Frans,' brabbelde hij. 'Volgens mij ben ik verliefd.'

'Zie je wel?' zei de zwerver tegen Venn. 'Homo.'

'Wegwezen.'

'Zeg dat maar tegen die homo.'

'Nu,' zei Venn. 'Anders trek ik je oren van je kop.'

'Pardon?'

Venn zei het niet nog een keer.

Toen de zwerver nogmaals tegen de slaapzak trapte, ramde Venn hem tegen de muur van het gebouw. De zwerver raakte de muur met een doffe dreun en viel op de besneeuwde stoep neer. Venn wierp zich op hem met zijn knie op zijn borst, drukte hem neer, gebruikte al zijn kracht.

'Je doet me pijn, klootzak!' brulde de zwerver. 'Ik krijg geen adem!'

Na vergeefs gespartel en geschreeuw, werd hij helemaal slap. Toen Venn hem overeind hielp, probeerde de zwerver een kopstoot uit te delen. Venn hield hem tegen bij zijn keel en zijn oogkas, plantte een been achter zijn been, en duwde de man met zijn schouder achterover tegen de grond, sloeg hem twee keer met zijn kop tegen de stoep, trok hem overeind en zette hem een eindje verderop neer. 'Het is klaar met jou.'

Bloedend strompelde de zwerver weg. Op de hoek van de straat schreeuwde hij nog wat verwensingen.

Tooly knielde voor de gek in de slaapzak: een kleine man met een lief gezicht, verwijfd en zo beschadigd dat hij net zo goed dertig als zeventig zou kunnen zijn. 'Gaat het?' vroeg ze.

'Ach,' antwoordde hij, 'rot toch lekker een eind op.' Hij lachte kakelend en trok zijn hoofd weer in de natgepiste slaapzak.

'Een gek,' zei Venn op kalme toon en hij draaide zich naar Tooly toe. 'Klaar?'

Hij zette de wandeling voort alsof er niets was gebeurd. Ze moest zich haasten om hem in te halen. Ze trilde nog op haar benen, maar probeerde koste wat kost nonchalance uit te stralen. 'Kijk.' Ze toonde hem haar hand. 'Ik tril terwijl ik niet eens wat gedaan heb! Jij bent zo kalm als wat.'

'Het heeft geen zin om in zo'n situatie bang te worden.'

'Ik word niet bang omdat ik denk dat het zinvol is.'

'Het is altijd het beste om je hoofd koel te houden – zo'n grote vent kan makkelijk uitglijden en een gat in zijn kop vallen, vooral als er zoveel sneeuw ligt. Maar goed, er was toch niemand op straat.'

'Hield je ondertussen ook nog in de gaten of er geen mensen langskwamen?'

'Nou, aan jou heb ik niet zo veel als verspieder,' zei hij vrolijk.

'Venn,' vroeg ze, 'zei je nou tegen die man dat je zijn oor van zijn kop zou trekken? Dat kan toch niet waar zijn?'

'Dat heb ik beslist niet gezegd.' Hij zweeg even. 'Ik zei "oren", meervoud – het heeft geen zin om alleen één oor te pakken.'

'Hoe kóm je erop?'

Hij legde een arm om haar heen, trok haar naar zich toe en gaf haar een por in haar zij, wat haar een kreetje ontlokte.

Getuige zijn van geweld en zelf de dans ontspringen – beschermd door zijn schild – maakte haar altijd duizelig van nerveuze opwinding. Dan kon ze niet ophouden met praten. Ze schepte enorm op over alles wat ze voor hem te weten was gekomen over de studenten. Venn luisterde aandachtig – hij had haar nieuwsgierigheid naar de levens van wildvreemden altijd gedeeld. Sterker nog, hij had die nieuwsgierigheid bij haar gewekt.

'Is die Duncan op je gesteld?'

'Ja.'

'Hij is verliefd op je, dukkie!' zei Venn. 'Hoe kan het ook anders! Hoe kan het ook anders.'

'Maar wacht – luister.' Ze begon weer over Xavi en over zijn idee voor een virtuele munt. Venn had allerlei contacten in de zakenwereld. Kon hij daar iets mee?

'Bedoel je dat ik zijn idee moet pikken?'

'Nee,' antwoordde ze. 'Zou je dat willen, dan?'

'Ik lijf hem veel liever in. Hij zou goed in de Brain Trust passen.'

253

'Mijn idee.'

'Maar dan moet hij zich wel inkopen en elke maand huur beta-len,' bracht Venn haar in herinnering. 'Heeft die jongen dat geld wel?'

'Hij is een beursstudent, geloof ik, en hij wordt ondersteund door vrienden.'

'En hij is bevriend met jouw rechtenstudentje en die is bemid-deld.'

'Weet ik niet,' zei ze in de hoop Duncan erbuiten te laten.

'Hemeltjelief, wat doe je daar eigenlijk?' plaagde hij haar. 'Je weet niet of het rechtenstudentje bemiddeld is? Dat weet ík zelfs, en ik heb hem nog nooit ontmoet! Zijn vader is een architect die in Connecticut woont. Het kost zijn ouders geen enkele moeite om het collegegeld en de kosten voor huisvesting op te hoesten. Leent hij geld voor zijn studie?'

'Weet ik niet zeker.'

'Tooly, Tooly toch,' zei Venn op warme toon.

'Wat?' antwoordde ze geamuseerd.

'Dat zijn dingen die je zo langzamerhand wel zou moeten weten! Dukkie, wat zou ik zonder jou moeten?' sprak hij opgetogen. 'Je bent nog steeds de enige die me aan het lachen maakt.'

'Je zou een wrak zijn zonder mij.'

'Zo is het maar net. Ik vertelde net toch hoe ik mezelf test door mezelf dingen te onthouden? Daardoor besef ik pas goed wat ik wél nodig heb.'

'En dat is?'

'Alleen maar dit soort wandelingen. Dit soort gesprekken. De hu-mor die we delen.' Hij keek naar haar, nu serieus. 'Ik kan niet zon-der je.'

Ze knikte snel, met kloppend hart. Hij liep door en zij hield hem bij. 'Maar Venn,' vroeg ze, 'wat vind je nou van dat Wildfire-idee?'

'Als het aan mij lag, kreeg je Afrikaanse vriend voor niets een werkplek bij de Brain Trust. Maar helaas ga ik daar niet over. Ik doe alleen het beheer.'

'Voor die durfkapitalist, toch? Misschien is hij wel geïnteresseerd.'

'Mawky is op zoek naar startklare ondernemingen – hij heeft geen zin in handje vasthouden, zoals hij dat noemt. Maar als je vrienden serieus zijn, zelf aan startkapitaal kunnen komen en de boel kunnen opstarten, is het misschien wel interessant.'

'Dus je vindt het een goed idee?'

'Weet je wat, stuur die Afrikaanse jongen bij me langs. Dan babbelen we even. En als jij en je vrienden genoeg geld ophalen voor het lidmaatschap en een paar maanden huur, dan zorg ik voor een werkplek, dat beloof ik je. En als je dat allemaal voor elkaar hebt, dan regel ik een ontmoeting met Mawky.'

'Echt?'

'Ik zal je altijd helpen, Tooly.'

'Maar niet alleen om aardig te zijn. Niet als gunst. Het moet echt een gezamenlijk project zijn.'

'Wat mij betreft is onze vriendschap ons gezamenlijke project.'

'Vriendschap, wat heb je daar nou aan.'

'Ik weet het: je wilt scoren. Waarom ook niet? Je zit in New York. Ambitie is hier de grote hobby. Als je dat wilt, moet je die jongens gewoon blijven kietelen. Er komt vast wel iets uit.'

'Denk je?'

'De ouders van die rechtenstudent tikken nu al 50.000 dollar per jaar af aan de universiteit. Als hun zoon van je houdt, willen ze jouw toekomst misschien ook wel financieren.'

'Ik weet niet of het wel zo'n goed idee is om Duncan te gebruiken. Zijn vader is een verschrikkelijke eikel.'

'Dat, dukkie, is jouw pakkie-an.'

Hij gaf haar een klopje op haar wang, bewust van haar opgewonden gemoedstoestand, en dat bracht een glimlach op haar gezicht. 'Tooly, we geven allebei niet om dit soort dingen. Niemand geeft minder om geld dan ik. Hoeveel heb ik nodig om een jaar goed van te leven? Hoeveel geef ik uit? Niets. Geld is totaal niet interessant. We willen niet afhankelijk zijn van idioten, dat is onze enige drijfveer. Hoe minder geld, hoe meer gedoe met idioten. Geld is saai. Maar onafhankelijkheid? Dát is pas interessant.'

Haar leven tussen de studenten leek zo ver weg en zo nietszeggend als ze bij Venn was. Die jonkies begrepen er niets van – al die debatten over linkse en rechtse politiek, alsof ideologie nog een rol speelde. Aan de eettafel hadden ze praatjes voor tien, maar niemand van hen zou een poot hebben uitgestoken om die mishandelde man te hulp te schieten, al zouden ze het allemaal graag hebben willen doen. Maar Venn had ingegrepen. Dat deed hij niet om lof te oogsten; wat mensen ervan dachten interesseerde hem geen fluit. Hij was ook niet bang voor spuug of voor klappen als hij die moest verduren om te kunnen leven zoals hij wilde.

Ze kwamen aan bij Times Square waar alles al in gereedheid was gebracht voor het spektakel en het vuurwerk van oudjaar. Straatverkopers probeerden millennium-souvenirs te slijten en toeristen liepen verdwaasd rond, overvoerd met indrukken. Tooly en Venn bewogen zich onopgemerkt door de menigte. Ze hadden bijna iedereen van deze vreemdelingen binnen een paar minuten om hun vinger kunnen winden. Venn en zij hadden in het verleden al heel wat mensen gebruikt. Het was een bedwelmend gevoel, dat goddeloze manipuleren van een ander. Toch deden ze het nooit om mensen te kleineren – iemands lot bepalen was niet noodzakelijkerwijs destructief. Vaak wist Venn beter wat goed voor die mensen was dan zijzelf. Per slot van rekening had hij ook haar jarenlang gemanipuleerd.

2011

Na haar reis naar Anzio belde Tooly Duncan. Ze kwam terug omdat ze Humphrey weer wilde zien. Hij was opgelucht – 'Ik was even bang dat je me met deze toestand zou laten zitten' – en stond erop dat ze bij hem in het souterrain kwam logeren en niet onnodig geld spendeerde aan hotels in New York. Zij op haar beurt stond erop om bij hem thuis een handje te helpen.

Dat aanbod was goed getimed omdat Bridget ging beginnen met haar nieuwe parttime baan, waardoor ze Mac niet meer elke ochtend naar de YMCA kon brengen voor zijn zomercursussen. Gelukkig hoefde de drieling niet naar de opvang gebracht te worden omdat de moeders van bewonderende leeftijdsgenootjes al het transport voor hun rekening namen. 'Abi, Mads en Chlo zijn de popsterren van groep vijf,' legde Duncan uit. Mac was minder populair. Hij was al een paar jaar niet meer op een verjaarspartijtje uitgenodigd.

Die eerste dag zette ze hem af voor de YMCA, parkeerde de gezinsauto bij het treinstation en begon met forenzen: een twee uur durende reis naar de zuidkant van Brooklyn. Ze wilde Humphrey weer aan het lezen krijgen, hem uit die kamer en zijn apathie halen. Volgens Duncan had hij nog steeds momenten van helderheid.

'Hallo,' zei ze en ze sloot de deur achter zich. 'Ik ben weer terug.'

'Oké,' antwoordde hij vanuit zijn leunstoel.

'Ben je niet blij me weer te zien?' Ze stond voor zijn raam, een silhouet in het daglicht. 'Ik ben de oceaan weer overgestoken om een tijdje bij je te zijn en wat te praten. Ik wil graag een paar dingen met je bespreken, Humph. Oké? En we kunnen ook de deur uit gaan – frisse lucht, wandelingen, misschien een potje schaken. We praten wel als je er klaar voor bent.'

'Ik weet niet wat je zegt.' Ze vond zijn gehoorapparaat bij de wastafel en hielp hem om het in te doen. Hij stopte zijn handen tussen zijn benen en knipperde met zijn ogen naar zijn bollende spiegelbeeld in het glas van de uitgeschakelde tv. 'Is er koffie?'

'Ik zet wel even.' Dat deed ze in de gemeenschappelijke keuken en ze kwam terug met twee mokken Nescafé. In die van hem had ze heel veel suiker gedaan. Hij bracht de koffie naar zijn mond, zijn lippen bewogen al.

Ze keek in haar eigen beker en staarde naar de zwarte vloeistof. Ze werd weer kwaad toen ze hem zonder Russisch accent hoorde spreken. Ze vertelde dat ze bij Sarah was geweest. 'Je weet toch over wie ik het heb?'

'Eerlijk gezegd,' antwoordde hij, 'vind ik dat je vreemde vragen stelt.'

Ze gaf hem een paar minuten om zijn mok leeg te drinken en doodde de tijd door zijn boeken te rangschikken op onderwerp. Jelena had ze gerangschikt op afmeting, groot bij groot en klein bij klein. Daardoor waren er eigenaardige combinaties ontstaan: *De staat* van Plato naast *Het ultieme keukenmachinekookboek* en *Selected Cautionary Verses* van Hilaire Belloc, alle drie oude bekenden van Tooly ('De grootste makke van Cornelis Knauw/Was al dat sabbelen op stukjes touw').

Humphrey mompelde iets.

'Wat?' vroeg ze met haar armen vol boeken.

'Een pak van mijn hart dat je er weer bent.'

'Pardon?' zei ze om tijd te winnen, want de opmerking bracht haar van haar stuk.

'Het is een pak van mijn hart dat je er weer bent.'

'Dat is aardig van je, Humphrey.' Ze sprak luider dan ze had bedoeld.

'Ik heb een probleem met mijn geheugen,' zei hij. 'Het doet het soms niet. Hangt af van de cellen die zijn aangedaan. Daar stroomt het bloed niet naartoe. Maar ik wil het probleem niet erger maken dan het is.' Hij smakte met zijn lippen; hij zuchtte.

Haar jaszak rinkelde. Ze haalde er haar mobieltje uit: het was Bridget, met excuses en een dringend verzoek. Voor haar nieuwe baan moest ze gruwelijk veel formulieren invullen en de computerman had haar laptop nog steeds niet geïnstalleerd. Zou Tooly zo goed willen zijn om voor deze ene keer Mac ook op te halen?

Dus ging ze weer helemaal terug naar Connecticut. Voor de ingang van de YMCA stond de dikke jongen al te wachten. Ze drukte op de claxon van de gezinsauto en opende het portier aan de passagierskant. Hij merkte het niet op, dus parkeerde ze de auto en liep naar hem toe. Mac herkende haar pas toen ze vlak voor hem stond. 'O,' zei hij verlegen, 'hallo.'

'Stond je al lang te wachten?'

'Nee, dat niet.'

'Heb je een leuke dag gehad?'

Hij knikte en ze gaf hem een van de twee bananen die ze bij een supermarktje bij het metrostation Sheepshead Bay had gekocht. Mac pelde hem op een vreemde manier, niet als een bloem, maar door er één reep schil helemaal af te trekken, waar hij dan geen raad mee wist. Hij zocht naar een vuilnisbak, alsof er tussen de geparkeerde auto's opeens een zou opdoemen. Verstrooid liet hij de rest van de banaan op de grond vallen, bukte zich en ging door met pellen, reep voor reep, op zijn hurken. Wat een vreemde jongen.

'Kom,' zei ze vriendelijk. Omdat hij zich duidelijk opgelaten voelde, liep ze door naar de auto.

Mac kwam haar snel achterna en pakte haar hand, maar liet al snel weer los. 'Oeps – dat hoor ik niet te doen.'

'Waarom niet? Van mij mag dat gerust, hoor.'

Toen Bridget thuiskwam, trok ze iets makkelijks aan en vertelde Tooly over haar eerste dag bij het advocatenkantoor. Terwijl ze aan het praten was, hing de jengelende drieling aan de zakken van haar spijkerbroek. 'Er gaat heel wat veranderen,' waarschuwde Bridget en liep weg om wat in de blender te gooien en naar de oven te kijken. Daarna pakte ze het gesprek weer op. De draad van haar verhaal verschoof van werk naar haar zorgen om Mac, die niet kon meekomen op zijn nieuwe school, zijn derde al. 'Maar jongens zijn altijd wat trager. Jij vindt hem wel slim, toch?' vroeg ze Tooly om bevestiging. 'Gedroeg hij zich een beetje toen je hem ophaalde?'

'Prima.' Ze vertelde over de banaan, als een vertederende anekdote.

Maar Bridget leek enorm teleurgesteld.

De drieling keek boos naar Tooly en daarna naar moeder, die uitgebreid inging op de problemen van Mac en over de diagnose TDD (temperament-disregulatie met dysforie) die zijn psychiater had gesteld en die hij behandelde met Seroquel, Azaleptin en Lamictal, een cocktail die de jongen duf, afwezig en veel te dik had gemaakt, maar voor de rest wel leek te werken. Bridget was heel erg begaan met haar zoon en alles wat hem overkwam greep haar persoonlijk aan, maar ze kon zijn last niet van hem overnemen. Het kwam niet in haar op dat het misschien niet zo verstandig was om de problemen van haar zoon te bespreken in het bijzijn van zijn zusjes, want die zouden wat ze hoorden natuurlijk overbrieven en misschien wel tegen hem gebruiken. Gelukkig was Mac er in elk geval niet bij, want die was naar beneden gegaan om stiekem de spullen van Tooly te onderzoeken, iets waar Tooly niet moeilijk over deed – zij zou hetzelfde hebben gedaan als een wildvreemde volwassene bij haar in huis was komen wonen.

Toen de kaas-tonijntosti's werden opgediend, zei Tooly dat ze al gegeten had en ging naar haar kamer. Maar eigenlijk wilde ze alleen maar even alleen zijn – ze was niet gewend aan zoveel mensen tegelijk. En ze had zich voorgenomen om het gezin zo min mogelijk tot last te zijn en niet mee te eten (ook omdat eten met een YouTube-filmpje op de achtergrond haar gillend gek maakte). Maar zodra ze boven klaar waren, kwam Mac de trap af naar de muziekkamer en keek hij hoe ze haar ukelele stemde. 'Wil je er even op spelen?' vroeg ze.

'Ik moet eigenlijk piano studeren,' zei hij en wees naar het Yamaha-keyboard in de hoek.

'O, sorry – ik zit in de weg.'

'Zullen we samen spelen?'

'Ik kan eigenlijk niet van blad lezen,' legde ze uit. 'Ik heb het al moeilijk genoeg met dit stuk van Rossini. Dat is de enige muziek die ik ken.'

'Ik bedoel op de Xbox.'

'Wat houdt dat in?' Hij sleepte haar mee naar boven.

Nog voor ze door had hoe de controller van de spelcomputer werkte was Tooly al doorzeefd met kogels. Duncan verscheen in de deuropening. Hij had zich nog niet omgekleed, at een burrito uit de magnetron en keek op zijn BlackBerry. 'Alles goed?' vroeg hij met volle mond. Hij plofte op de bank en zapte naar een nieuws-zender op het plasmascherm.

'We waren aan het spelen!' beklaagde Mac zich. Omdat de jongen geen gehoor vond, liep hij weg.

Duncan zapte heen en weer tussen CNN, Fox News, MSNBC en CNBC en leek Tooly licht geïrriteerd te bestuderen. 'Doe je aan sport?'

'Ik loop. Telt dat ook?'

'Ik reis heen en weer met de trein. Telt dat ook?' Zo te zien wel:

hij was uitgedijd, vooral rond het zitvlak. 'Doet dat lopen iets met je lichaam?'

'Om eerlijk te zijn kijk ik nooit lager dan mijn hals, Duncan. Ik probeer dit hele gebied' – ze wees naar alles onder haar sleutelbeenderen – te behoeden voor zware verwondingen, maar ik zie niet in waarom ik ernaar zou moeten kijken. Weet je, ik zou dit misschien niet moeten vragen, maar heb je misschien iets van drank voor me?'

'Wacht maar.' Hij stond op van de bank, sms'te een berichtje met zijn duimen. Hij keek naar haar. 'Waarom ben ik ook alweer opgestaan?'

'Iets te drinken.'

'Wat? O ja. Misschien staat er nog een aangebroken fles wijn in de koelkast. Ik kan ook wel een flesje opentrekken.'

'Niet alleen voor mij,' protesteerde ze met niet al te veel overtuiging. Ze was wel aan iets toe: deze dag had haar verstikt.

Hij kwam terug uit de keuken met een flesje Beck's, strekte zich uit op de vloer, zette het geluid van CNN harder en keek op twee mobieltjes tegelijk, waarbij ze om de beurt piepten alsof ze met elkaar communiceerden. 'De meisjes hebben me net een berichtje gestuurd dat je ukelele speelt. Hoe zit dat?'

'Dat heb ik nog aan jou te danken: jij hebt me kennis laten maken met muziek.'

Hij wees met de afstandsbediening naar een paar duiders van het politieke debat. 'Die mensen van Bush hadden op één punt wel gelijk: de mensen in dit land hebben de realiteit inderdaad volledig uit het oog verloren.'

Bridget verscheen in de deuropening. 'Ik voel een preek aankomen over de toestand van het land,' waarschuwde ze Tooly. 'Luisteren wordt afgeraden.' Ze vroeg aan haar man: 'Krijgen we nu je betoog over het einde van de Westerse beschaving en je veroordeling van callcenters?'

'Ik zal de callcenters erbuiten proberen te houden, al symboliseren ze wel de teloorgang van de Westerse beschaving, maar dat terzijde.

Tooly lachte.

'En dat is niet eens bedoeld als grap.'

Bridget keek Tooly aan. 'Hij meent het.'

'Leg uit,' zei Tooly.

'Oei, dat moet je nooit tegen mijn man zeggen.'

'Goed, dit is mijn theorie. Vroeger,' begon hij, 'was het niet zo erg als het Amerikaanse volk stomme dingen deed. Want we werden geleid door slimmeriken, toch? Maar nu worden we in feite geleid door lobbyisten en opiniepeilers en zijn onze volksvertegenwoordigers een stel ruziënde kinderen. Dus als mensen nu stomme dingen doen, is dat wel erg. We hebben oorlogen gevoerd tegen het terrorisme, tegen Irak en tegen Afghanistan. We kopen ons arm aan peperdure drones om een stelletje baardmannen in de bergen van Pakistan achterna te zitten. En ondertussen stuift ieder serieus land ons voorbij.'

'Je doet net alsof het een race is,' zei Tooly.

'Dat is het ook. Er zijn 1,2 miljard Chinezen en die willen wat wij hebben. Worden ze net zo rijk als wij? Nou, dat kan dus niet. De oorlog is al aan de gang. Al die verhalen over computers die gehackt worden? Ik geef je op een briefje dat in China een heel leger computerwizards achter beeldschermen zit te werken aan manieren om ons te pakken. Kijk maar hoe ze onze staatsschuld aan het oppotten zijn. Het komt erop neer dat we dit land aan Peking hebben verhypothekeerd.'

'Ik herinner me dit soort doemscenario's nog uit de jaren tachtig,' merkte Tooly op. 'Dat Amerika naar de knoppen ging en Japan de grote wereldleider werd.'

'Japan was een winkeltje. China is het hele winkelcentrum,' antwoordde hij. 'Ons land had het een paar seconden voor het zeggen in de wereld. Dus wat deden we? We gaven Milosevic en Saddam een draai om de oren, lieten de opwarming van de aarde uit de klauwen lopen en maakten de wereld duidelijk dat we een stelletje mislukte kruisvaarders zijn. En ondertussen gingen we failliet. Dat is het verhaal van onze generatie: de top en de ineenstorting, in een tijdsbestek van twintig jaar.'

'Ik vind het eigenlijk niet zo erg dat de VS niet meer de baas zijn,' was het commentaar van Bridget. 'Zo geweldig hebben we het niet gedaan als supermacht.'

'Denk je dat wíj het verkloot hebben?' antwoordde Duncan. 'Dan moet je eens naar de concurrentie kijken. Moeten Rusland en China het gaan doen? Rusland is het engste land van de min of meer vrije wereld. En de Chinezen zullen elk voorstel om de opwarming van de aarde tegen te gaan saboteren tot zij ook een eerlijke kans gehad hebben om de planeet naar de klote te helpen.'

'Pas een beetje op je woorden.'

'Maar Duncan, ik begrijp nog niet goed waar je voor staat,' zei Tooly.

'Hij is er zo eentje die overal tegen is,' zei Bridget.

'Alle politici in dit land zijn van het slag Blagojevich,' zei hij.

'Obama niet,' zei Bridget en ze probeerde Duncan de afstandsbediening afhandig te maken toen hij naar Fox News zapte.

'Obama is van Illinois,' zei hij. 'Een politicus uit Illinois kan nooit zuiver op de graat zijn.'

'Lincoln kwam er toch ook vandaan?'

'Ja, en je ziet wat ze met hem hebben gedaan.'

'Nou, ík denk dat Obama's geweten schoon is,' zei Bridget.

'Zijn voeten zijn schoon van al dat water waar jij hem op ziet lopen,' zei Duncan. 'De leiders van nu zijn niet meer wat ze geweest zijn. Bij lange na niet.'

'Hmm,' begon Tooly aarzelend, want ze wist niet of ze wel moest zeggen wat ze dacht. 'Ik weet het niet,' zei ze. 'Ik vraag me altijd af

of al die verhalen over neergang niet een vorm van nostalgie zijn –
alsof vroeger iedereen de deur voor elkaar openhield, gedichten uit
het hoofd kende en piano speelde.'

'Dat is precies het beeld dat ik van vroeger heb!' zei Duncan met
een lach.

'Volgens mij waren de mensen vroeger net zo verdorven als nu,
denk je niet?' vervolgde ze. 'Waarschijnlijk waren ze nóg dommer
en gewelddadiger. Er zaten geweldige mensen tussen – je grootouders waren vast heel aardig, vooral tegen jou, hun kleinzoon.
Maar de mensen van die generatie hebben ook flink hun best gedaan om elkaar het leven zuur te maken, toch?'

'Vind je de huidige tijd dan zo geweldig?' kaatste hij de bal terug.
'Is altijd alles maar vooruitgang?'

'Geen vooruitgang of achteruitgang. Ik denk dat de meeste mensen een paar jaar op hun top zijn, een periode waarin ze hoop hebben en zich gezond voelen, en dat gevoel associëren ze dan met die
periode. En als hun moment voorbij is, lijkt alles minder te worden.'

'Je zegt dat ik over mijn top heen ben,' zei hij geamuseerd.

'Ja, dat is precies wat ze zegt,' bevestigde Bridget en ze klapte in
haar handen.

'Alleen, alleen, alleen,' viel Tooly haar in de rede, 'ben jij nog iets
gekker, want jij projecteert die gevoelens op een periode die jij niet
eens hebt meegemaakt.'

'Kom op, jij bent nog veel erger,' zei hij. 'Ik ga tenminste met mijn
tijd mee. Jij bent eigenaar van een stoffig boekwinkeltje, schat. Heb
je daar eigenlijk een computer? Ben je bekend met die nieuwerwetse
apparaten?'

'Ik heb er wel degelijk een staan. En nu heb ik ook die mobiele
telefoon die je me uitgeleend hebt.'

'Heb je al een tablet?'

'Ik wacht tot ze met dat stenen model komen, waar je een beitel
bij krijgt.'

'Ik bedoel maar.'

'Nee, op een bepaalde manier heb je wel gelijk,' gaf ze toe. 'Ik voel me bij heel veel ontwikkelingen niet betrokken. Maar dat heb ik altijd al gehad.' Haar jeugd was zo doordrenkt geweest van de Sovjet-Unie en de Tweede Wereldoorlog, dat ze toen ze eenmaal volwassen was tijd nodig had gehad om aan het heden te wennen. De omslag was niet 9/11 geweest, maar de oorlog in Irak: zo rond 2003 leek de eenentwintigste eeuw zich los te maken van de twintigste. 'En ik weet nog steeds niet in welke eeuw ik het beste pas. Misschien wel in geen van beide.'

'Dat is wel heel makkelijk. We zijn ongeveer even oud. Jij bent opgegroeid in dezelfde tijd als ik. Stiekem ben je net zo'n doemdenker als ik. Je wilt alleen niet zo negatief overkomen. Niet iedere tijd is even goed als de andere, en voor plaatsen geldt hetzelfde.'

'Kun je een ranglijst maken van tijden en plaatsen?'

'Geen probleem.'

'Dan zul je moeten toegeven dat deze tijd en plaats behoorlijk goed zijn,' zei ze. 'Geen kans op oorlog in Darien, Connecticut. Je bent bemiddeld, hoogopgeleid, gezond. Je kinderen doen cursussen filmmaken en moderne dans op de dagopvang. Ze zullen een lang en gelukkig leven hebben. Noem je dat neergang?'

Hij schudde geïrriteerd zijn hoofd – haar samenvatting verklaarde niet waarom alles tegenwoordig zo irritant was. 'Daar gaat het niet om,' zei hij.

Hij had gelijk dat er iets ontbrak. Ze had de essentie van haar betoog niet uitgesproken: dat voor Duncan tijd en plaats, voorspoed en tegenslag maar een marginale rol speelden. Verbittering zat in zijn karakter en daar konden de omstandigheden niets aan veranderen, net zoals winnaars van de jackpot na de aanvankelijke euforie altijd weer net zo chagrijnig of vrolijk werden als ze daarvoor waren geweest. Hoe iemand was, bepaalde hoe hij de wereld zag.

Iedereen viel stil, behalve de overdreven opgewekt kletsende presentator van het nieuws: '... van achter uit de bus – en ook van voor! – met een persoonlijk verhaal, een kijkje achter de schermen van het succes van de bustour van Michele Bachmann. Blijf kijken voor het laatste nieuws over de successen en de...'

Hij zette de televisie uit. 'Al die mensen zouden opgesloten moeten worden,' zei hij. 'En dan niet in een gewone gevangenis, maar in een gruwelijke kerker waar ze elk uur worden afgeranseld.'

'Ik breng de kinderen naar bed,' zei Bridget.

Tooly excuseerde zich ook. 'Ik moet een beetje bijslapen.'

Duncan bleef achter, starend naar het zwarte scherm. De preek had geen verlichting gebracht. Hij wekte zijn twee telefoons en allebei lichtten ze direct op, klaar om zich te gedragen, iets wat de buitenwereld nooit zou doen.

De dagen daarna was Humphrey wisselend gestemd, de ene keer praatgraag, de andere afwezig. 's Nachts stommelde hij door zijn kamer, rusteloos, maar bang om de deur uit te gaan, zelfs om de gezamenlijke toiletten te gebruiken. 's Ochtends getuigden de omgevallen stapels boeken, de papieren op het bed en de etensresten op de vloer van zijn nachtelijke activiteiten.

Jelena kwam vroeg in de ochtend om te kijken of alles nog goed met hem was, maakte ontbijt voor hem en waste hem. Rond twaalf uur 's middags nam Tooly het over en kwam dan soms Garry nog tegen, de zoon van de Russische vrouw, een student bouwkunde die Humphreys herhaaldelijke problemen met de afstandsbediening van de tv probeerde op te lossen.

Als iedereen weg was, zette Tooly de loeiende tv uit en stelde vragen over zijn accent en over hun verleden. Maar elke vraag maakte Humphrey van streek – hij wilde graag helpen, maar kon niet bij wat ze wilde weten. Een aantal keren viel hij naar haar uit. Op andere momenten was hij heel lief, zoals toen hij haar wat kersen aanbood die Jelena had achtergelaten.

'Druiven,' corrigeerde Tooly hem. 'Dank je wel. Ik lust er wel een paar.'

Als ze erin slaagde om in zijn geheugen te graven, ging het over zíjn kindertijd en niet die van haar – het beklimmen van een standbeeld, het melken van een koe of het weggooien van een abrikozenpit en de angst daarmee een meisje blind te hebben gemaakt. Dat waren herinneringen die ze al kende, maar die hij per se nog een keer wilde vertellen, helemaal tot het eind. Af en toe kwam er een onbekend verhaal naar boven, zoals de herinnering dat hij, toen hij nog heel klein was, op zijn moeder lag terwijl zij haar rol aan het instuderen was en hij in slaap viel bij het geluid van bladzijden die werden omgeslagen.

'Werkte ze bij het theater? Maar je zegt nooit hoe je ouders heetten, Humph. Waar speelde zich dit af?'

'Ik lag daar en hoorde bladzijden omslaan.'

'Als je die verhalen vertelt,' vroeg ze, 'voel je je er dan bij betrokken? Of voelt het alsof je toen een andere persoon was?'

'Ik ben dezelfde die ik was,' zei hij. 'Alleen later.'

Even later vroeg ze: 'Zullen we een wandelingetje over Emmons Avenue maken? We doen rustig aan. Jij bepaalt het tempo.'

Maar hij wilde nooit zijn kamer uit, bleef alleen maar in zijn leunstoel zitten staren naar het raam. Tooly zat op zijn bed wat boeken door te bladeren, maar had moeite zich te concentreren. Als ze aan het eind van de dag vertrok, trok ze de deur achter zich dicht en bleef dan even op de gang staan, vaak langer dan een minuut. Het voelde vreselijk om weg te gaan. Ze kwam steeds later terug naar Connecticut. De familie McGrory rekende niet meer op haar bij het eten.

Behalve Jelena en Tooly was er verder niemand die hem bezocht. Maar er werd wel vaak gebeld, altijd door een incassobureau dat een klein fortuin van hem wilde hebben in verband met de onbetaalde rekening van een hernia-operatie van een paar jaar terug.

Humphrey meende betaald te hebben, dus vroeg Tooly om een gespecificeerde rekening. Die besloeg vier pagina's en was volstrekt onbegrijpelijk. Niemand – en het incassobureau al helemaal niet – kon vertellen wat de opgevoerde posten te betekenen hadden, maar wel dat de nota klopte. Laat de hele familie bijspringen, adviseerden ze haar, en betaal (ook voor onverklaarbare posten zoals 'diverse kosten: 12.184 dollar'). De rekening zou minder hoog zijn geweest – maar voor Humphrey nog steeds onbetaalbaar – als hij zich had aangemeld voor Medicare. Maar niemand kon een identiteitsbewijs of inschrijving in de basisadministratie vinden, zelfs geen verblijfsvergunning. Door het gedoe met dat incassobureau weigerde hij nog naar een dokter te gaan, ook niet voor zijn problemen met zijn ogen, zijn gehoor en zijn geheugen. Hij bewaarde zijn pillen – voor het verlagen van zijn bloeddruk en zijn cholesterol, voor zijn geheugen, zijn glaucoom en zijn vitaminegebrek – onder het kussen van zijn leunstoel en beweerde dat hij ze slikte als zij er niet was, wat ze niet geloofde.

Het was tamelijk rampzalig allemaal. Venn zou wel weten wat er gedaan moest worden – hij zou zelfs wel raad weten met dat incassobureau. 'Heb je écht geen idee waar hij is gebleven?'

'Die lichten,' antwoordde Humphrey. 'Wat zijn dat voor lichten?'

Ze volgde zijn blik naar de uitgeschakelde tv. 'Dat is niets. Een weerspiegeling.'

'Is het tijd voor het avondeten?'

'Kijk. Het is buiten nog licht.' Ze wees naar het raam en daarna naar de klok aan de muur. 'Kijk maar: kwart over twaalf.'

'Hecht je meer geloof aan die klok dan aan mij?'

Twee weken gingen voorbij en haar geplande terugkeer naar Wales naderde. Ze was hier niets te weten gekomen. Niet over het mysterie van zijn accent, niet over de onverklaarbare verdwijning van Venn en niet over haar ontvoering. Ze probeerde niet aan haar op handen zijnde vertrek te denken en zou dat ook niet hebben gedaan als Fogg niet had gebeld. Meneer en mevrouw Minton, de academici die World's End Books hadden opgezet en het pand nog in bezit hadden, verhoogden haar huur. Door de dalende beurskoersen was hun pensioen gehalveerd; ze konden zich niet meer veroorloven om verlies te lijden op de huurgelden van de boekenwinkel. En Tooly kon niet meer betalen.

World's End Books zou het misschien nog drie maanden kunnen uitzingen. Zo lang kon Fogg nog in dienst blijven, maar niet langer. Hij moest op zoek naar ander werk. Misschien was het wel goed voor hem – de winkel was wat te makkelijk en knus geweest. Hij hoefde zich niet verplicht te voelen de winkel open te houden tot haar terugkomst. Per slot van rekening was het nog niet zeker wanneer ze terug zou zijn.

'Wacht even, blijf je daar dan? Ik dacht dat je niets wijzer van hem werd.'

'Dat klopt. Maar ik kan nu niet weg,' zei ze. 'Het spijt me, Fogg. Je krijgt een hele mooie referentie mee.'

'Aha, juist,' zei hij na een korte stilte. 'Toch wel spijtig.'

Hij was in die winkel opgegroeid. Er was in het dorp geen andere boekwinkel. Maar hij kon misschien wel ergens anders terecht – wellicht in het supermarktje.

Twee dagen lang voelde Tooly zich er beroerd over. Maar ze prentte zich in dat je je niet moest binden. Daarna hield ze het gesprek kort als Fogg belde met vragen over het werk. Als hij vroeg hoe het met Humphrey ging, liet ze weinig los en schermde haar privéleven weer af van de buitenwereld. Uiteindelijk belde hij niet meer. De boekwinkel en alles wat met Caergenog te maken had, zakte helemaal weg. De McGrory's waren heel blij dat ze besloot om langer te blijven. Nu hoefden ze niet op zoek naar een nieuwe chauffeur voor Mac.

Bij Humphrey was Tooly's favoriete boek haar oude exemplaar van *Nicholas Nickleby*, dezelfde beduimelde paperback die ze bij hun eerste ontmoeting bij zich had gehad. De geur van het boek bracht direct de herinnering aan het akelige klaslokaal van meester Priddles bij haar boven, waar ze zich in deze bladzijden had verstopt.

'Zal ik je een beetje voorlezen?' vroeg ze Humphrey. 'Ik weet dat je niet van verzonnen verhaaltjes houdt, maar dit is echt leuk. Je hoeft je niet druk te maken over je ogen. Gewoon dicht doen en luisteren. 'Goed?' En voor hij kon weigeren begon ze:

In een afgelegen deel van het graafschap Devonshire woonde eens in vroeger tijd een zekere Godfried Nickleby, een eenvoudig, achtenswaardig man, die het op enigszins late leeftijd in zijn hoofd kreeg om te trouwen, en, daar hij noch jong noch vermogend genoeg was, om op de hand van een rijke dame aanspraak te kunnen maken, zich uit zuivere genegenheid met zijn oude vlam verbond, die van haar kant hem om dezelfde reden tot echtgenoot nam. Zo ziet men soms twee liefhebbers van een kaartje, die geen geld te verliezen hebben, alleen voor hun plezier een stil spelletje zitten spelen.

'Wat vind je ervan?' vroeg ze.

Humphrey knikte ernstig. Ze ging door met voorlezen terwijl ze haar oude vriend met een half oog in de gaten hield. Voor zover ze wist had hij niets gedaan waaraan hij herinnerd kon worden – geen kinderen, geen nalatenschap. Ook had hij altijd alleen in zijn eigen bestaan geloofd. Niet in een leven na de dood, noch in de religieuze zin van harp spelende engeltjes op een wolk, noch in de wereldlijke zin van dingen tot stand brengen.

Wat hij met zijn tachtig en nog wat jaren had gedaan, was zichzelf laven aan de grootste geesten die hun ideeën te boek hadden gesteld; hij had geschaakt; hij had nagedacht. En waarom zou je je leven niet gebruiken om ermee te doen wat je wilt? Waarom zou je je een leven lang laten kwellen door wekkers? Of moest zijn onvermogen om iets tot stand te brengen worden gezien als een tragedie, als een verspilling van het feit dat uit een oneindig aantal mogelijke varianten uitgerekend zíjn bewustzijn was ontstaan?

Hij had misschien weinig bereikt, maar voor Tooly gold eigenlijk hetzelfde. De jaren tussen haar twintigste en dertigste waren voorbij gevlogen. En nu was ze al ruim over de dertig. Ze had het gevoel dat ze nooit enig stadium afrondde, nooit greep kreeg op een bepaald jaar. Tussen hun tiende en twintigste wilden mensen vooral leuk gevonden worden, tussen hun twintigste en dertigste wilden ze indruk maken en als dertiger wilden ze nodig zijn. Maar zij had er een potje van gemaakt: sommige levensfases waren te vroeg gekomen en andere helemaal niet.

'Ik mag die man wel,' onderbrak Humphrey haar. 'Hoe heet hij?'

'Die romanfiguur? Die heet Newman Noggs.'

'Het is alsof je hem voor je ziet! Met die knopen van hem.'

Voordat er nog meer over meneer Noggs en zijn knopen kon worden gezegd, zat Humphrey al te snurken. Na een uur legde ze zijn macaroni met kaas-maaltijd klaar op het aanrecht en plakte een briefje op de magnetron met daarop in koeienletters hoe hij werkte. Ze aarzelde nog even op de gang. De vorige avond had hij zijn maaltijd op de grond laten vallen en er maar een paar hapjes van weten te redden. Ze zuchtte toen ze zich voorstelde hoe hij op zijn knieën op de grond zat en met een bevende hand onder het bed tastte, op zoek naar een stoffig stukje kip.

Op haar weg naar buiten keek ze even omlaag in het lege trappenhuis. Venn zou via de trappen omhoog zijn gelopen (ze keek naar waar hij gestaan zou hebben en glimlachte, want ze zag hem naar haar grijnzen). Hij zou alles kunnen verklaren. Niet alleen haar ondoorzichtige verleden, maar ook haar ondoorzichtige heden – hij zou haar kunnen vertellen wat ze moest doen, waar ze moest zijn en met wie.

Tooly had die avond verder niets te doen. Geen kinderen om op te halen, geen sterveling die op haar wachtte. In de invallende sche-mering liep ze naar de promenade van Brighton Beach en ging daar op een bankje zitten; een winderige zomeravond. De zoon van Jelena, die eindelijk Humphreys afstandsbediening had gemaakt, liep toevallig langs, met een Eastpak-rugzakje over zijn schouder. Ze vroeg zich af of ze hem moest aanspreken en of haar stem niet zou verwaaien.

Hij zag haar. 'Yo,' zei Garry. 'Jij bent de dochter van die oude man.'

'Dat zeggen ze, ja.'

Hij vroeg haar wat ze daar deed op dat bankje, alsof gewoon zit-ten niet voldoende was. 'De Starbucks is tot laat open, mocht je daar naar op zoek zijn.'

Dat was ze niet. Hij zou niet geloven dat ze geen doel nodig had. Ze liet zich vermurwen en zei: 'Ik zou het geen ramp vinden om een borrel te drinken.'

Hij dacht hier even over na en knipte toen niet al te overtuigend met zijn vingers. 'Die tent is vast niks voor jou – ik kan je er wel heen brengen.'

Het voorstel was zo vreselijk dat ze zich meteen gewonnen gaf.

Toen ze bijna bij de kroeg waren, drong het tot haar door dat Garry niet van plan was om haar tot aan de deur te brengen (in dat geval zou ze zijn weggeslopen naar het metrostation), maar dat hij haar wilde vergezellen. Het uithangbord beloofde 'Russisch-Amerikaanse nachtclub elke avond livemuziek en dansen vanaf 21:00 uur'.

'We zijn te vroeg voor het dansen,' zei ze.

Hij opende de deur. Er klonk harde Oost-Europese popmuziek en de barman zong mee. Garry bestelde en maakte indruk door over te schakelen op zijn moedertaal Russisch – 'Водка!' – waarbij hij zijn stem zwaarder liet klinken. Er werd een karaf wodka voor ze neergezet. Hij wuifde Tooly's pogingen om mee te betalen weg.

'Is het de bedoeling dat je nipt?' vroeg ze, 'of sla je het in een keer achterover?'

Hij gaf geen duidelijk antwoord, dus probeerde ze het op beide manieren. Ze voelde hoe de alcohol naar binnen sijpelde en de dag naar de achtergrond duwde.

Zou Humphrey nog steeds slapen? Of zou hij door de kamer stommelen, haar briefje op de magnetron ontdekken en zijn bril niet kunnen vinden? Vreemd om zo aan hem te denken. Hij was zo dichtbij, maar volgde zijn eigen verhaallijn, los van die van haar.

Het had geen zin om hem nog met vragen lastig te vallen, besloot ze. Hij had geen antwoorden voor haar. Tijd om er een streep door te halen. Het enige dat telt is het nu. Niets daarvoor. Stop met nadenken. Stop.

Door de drank begon Garry's stem wat minder zwaar te klinken, en hij bleek ontvankelijk voor haar humor, want zijn rusteloze blauwe ogen bleven nu op haar gericht. Hij keek omlaag, want hij was een lange, slanke jongeman.

'Heb je ook een vadersnaam?' vroeg ze. 'Zoals die figuren in Russische romans?'

'We bestaan ook in het echt, niet alleen in boeken van Dostojevski.'

'Ik merk het. Maar heet je officieel zoiets als Vasili Petrovitsj?' speculeerde ze. 'Dat klinkt fijn. Het geeft me het gevoel dat er buiten een drosjki op me staat te wachten.'

'Alleen maar de metro.'

Hij legde zijn hand op haar knie, schoof hem bij het volgende glas omhoog naar haar dijbeen, toen naar haar heup en toen naar haar schouder. 'Ben je aan het klimmen?' vroeg ze.

Ze genoot van zijn zoen, al voelde het wel een beetje vreemd dat hij waarschijnlijk zeven jaar jonger was. 'Je bent een *cougar*,' sprak hij.

'Is dat zo? Nou, dat is dan toeval.'

'En wat nu?'

'En wat nu wat?'

'Ik woon nog thuis,' informeerde hij haar.

'Ken je dat verhaal van Tsjechov, *De kus*,' zei ze, 'waarin die ongelukkige officier per abuis...'

'Niet alles wat wij Russen doen, komt uit een boek van Tsjechov.'

'Of van Dostojevski.'

'Misschien eerder Dostojevski.'

1988

Een flesje bier parelde op het terrastafeltje van het café. Daarnaast een extra glas voor Tooly, zodat de tienjarige voor het eerst alcohol kon proeven. Ze zwaaide haar benen naar voor en naar achteren en schuurde daarbij met haar bootschoenen over de stoep. De rand van de plastic stoel liet een zweterige afdruk in haar knieholtes achter. Het was al laat en ze was niet thuisgekomen. Ze voelde zich ellendig als ze aan Paul dacht. Maar als ze over hem begon, zou Sarah haar misschien terugbrengen. Tooly sloot haar ogen en pakte de band van haar schooltas stevig vast.

'Die wordt heus niet gestolen, hoor,' zei Sarah.

'Ja, maar ik vergeet dingen heel vaak.'

'Zitten er waardevolle spullen in?'

Tooly opende haar tas voor Sarah, iets wat ze normaal gesproken niet graag deed, en liet zien wat erin zat: een multomap, *Nicholas Nickleby*, gymkleren, wat steentjes die zich daar op raadselachtige wijze hadden verzameld, een schetsblok. 'Wil je mijn tekeningen zien?'

'Kun je goed tekenen?'

Tooly schudde haar hoofd. Ze overhandigde Sarah haar schetsblok en keek hoe ze reageerde, hoe ze eerst met haar ogen glimlachte en daarna met haar mond.

'Het zijn alleen maar neuzen,' merkte Sarah op.

'Een heel gezicht kan ik niet.'

'Die neuzen zijn heel mooi.'

'Mag ik in die van jou kijken, Sarah?'

'In mijn neus?'

Tooly lachte. 'In je tas!'

Sarah klikte hem open en onthulde zo de schatten en de luchtjes van de volwassen vrouw: een poederdoos, zakdoekjes, lippenstift, pakje sigaretten, wegwerpaansteker, een verschoning en een tandenborstel, zonnebril, tampon, nagellak en kauwgum.

'Waar is dat hamertje voor?'

'Voor als ik ergens opgesloten raak en een raam kapot moet slaan.'

'Sarah?'

'Mm?'

'Is jouw kauwgum lekker?'

'Wil je een stukje? Pak maar,' zei ze. 'En wat vind je trouwens van dat bier?'

'Het smaakt een beetje zuur. Niet zuur, maar... Ik heb wel eens gehoord,' zei ze, 'dat als je dronken wordt, dat het dan net is alsof je slaapt en wakker bent tegelijk. Klopt dat?'

'Dronken zijn is heerlijk.' Sarah nam een slok van hun bier. Ze zat achterover, met gestrekte benen en haar voeten over elkaar, haar arm hing omlaag over haar stoel en de kegel van haar sigaret raakte de stoep.

Wat een gek idee dat Tooly nog maar een paar uur geleden in het schoolbusje had gezeten, al vlak bij haar huis, en dat ze toen was meegenomen naar Khlong Toey Market en daarna hierheen. Ze nam nog een slokje schuim. 'Mag ik je iets vragen?'

'Vragen staat vrij, liefje.'

'Jij ging niet graag naar school toen je klein was, hè?'

'Afschuwelijk! Ik had er de pest aan. Ik ging amper.' Ze had veel meer tijd doorgebracht met haar vader, Ettore, een Italiaanse immigrant die na de oorlog naar Kenia was getrokken om een wildpark te openen voor zijn vermogende landgenoten. Omdat hij land noch geld had, trouwde hij met iemand die beide bezat, een vermogende Engelse. Ettore en Caroline – 'Zíj wisten pas hoe je cocktails moest maken op een warme dag,' zei Sarah – brachten drie dochters ter wereld van wie Sarah de jongste en de oogappel van haar vader was. Hij was een knappe, gebruinde man met een uitgebreid repertoire van schuine moppen in zes talen die Sarah overal mee naartoe nam en haar op haar elfde al de taak van safari-fotograaf toebedeelde. Haar zussen bleven thuis om zich te bekwamen in huiselijkheid en te wachten op de komst van geschikte heren die de loop van hun leven konden bepalen. Ettore nam zijn oudere dochters niet serieus, een houding die Sarah van hem overnam en die zich uitte in afkeurende blikken van verstandhouding tijdens de maaltijd. De meeste klanten waren mannen, maar Ettore wond vooral hun echtgenotes om zijn vinger. Als jongvolwassene begon ook Sarah haar charmes te ontwikkelen en die vielen vooral bij de heren in de smaak, iets wat ze walgelijk, maar ook verslavend vond.

'De Engelse kolonialen hadden de pest aan onze onderneming,' herinnerde ze zich. 'We hadden wel eens klanten die per se een machinegeweer wilden gebruiken, of die gebruikmaakten van spijkerbedden om de olifanten op te jagen, iets wat als uiterst onbeschaafd werd beschouwd.'

'Woonde je in het oerwoud?'

'We woonden in een huis. Een groot huis, vol met rotzooi. Mijn moeder verzamelde onbruikbaar meubilair. We zaten in een uithoek, er was verder niets. Geen ideale omgeving voor jonge mensen. Om negen uur 's avonds werd er een knop omgedraaid en viel iedereen van boven de veertig in slaap.'

'En hoe lang heb je in Bangkok gewoond?'

'Ik kom alleen maar op bezoek, Matilda. Ik ben pas een paar we-ken geleden aangekomen.'

'Vertrek je binnenkort?'

'Weet ik nog niet. Hangt ervan af.'

'Waarom ben je gekomen?'

Ze duwde Tooly's lange, krullerige haar achter haar oren. 'Om jou te zien.'

Verward, maar te verlegen om door te vragen, nipte Tooly aan haar glas bier, keek weg naar de straat en richtte haar blik toen weer op Sarah. 'Waar woon je eigenlijk normaal?'

'Ik woon normaal niet. Ik ben eeuwig op vakantie. De wereld is te boeiend om op één plaats te blijven steken, vind je ook niet? Mensen zoals mijn zussen, die nooit verhuizen en nog steeds wonen waar ze zijn geboren, zal ik nooit begrijpen. Dat is een andere mensensoort. Je hebt,' zo sprak ze, 'in het leven mensen die blíjven en mensen die gaan.' Ze verfrommelde haar lege pakje Kools en stopte het in Tooly's hand. 'Blijf zitten, schatje. Ik moet even nieuwe voorraad halen.'

Tooly keek hoe Sarah in het café verdween. Waren er inderdaad mensen die bleven en mensen die gingen? Als Tooly moest kiezen, zou ze iemand zijn die ging. Een hand streelde haar gezicht van de andere kant. 'Gelukt,' zei Sarah en ze ging weer zitten terwijl ze het nieuwe pakje openmaakte.

'Het is alsof ik tegelijk slaap en waak,' zei Tooly.

'Je mag je hoofd wel even neerleggen.' Sarah legde haar geopende hand op het tafelblad, als een kussen voor het meisje. Tooly liet de band van haar schooltas los, legde haar hoofd te ruste en sloot haar ogen.

Ze werd met een schok wakker, geschrokken van het lawaai, van de neonlichten. Op de tafel waren er twee lege bierflesjes bij ge-komen. 'Ik moet gaan,' zei Tooly. 'Is het laat?'

'Het moet ook laat zijn. We gaan ergens naartoe waar het pas be-gint als het donker is.'

'Ik moest denken aan die ijsvogels die je uit hun kooi had laten ontsnappen.'

'Ja, leuk was dat, hè?' Ze kuste Tooly's hand. 'Zo,' zei ze terwijl ze opstond, 'klaar?'

'Misschien kan ik beter naar huis gaan.'

'Zou je dat echt willen?'

Hun tuktuk reed in volle vaart en stuiterde over een gat in de weg. Koplampen van auto's flitsten voorbij. Voor hen sloegen achterlichten links en rechts af en op het trottoir schoten de gezichten voorbij. 'Dat is de markt waar we al eerder waren,' merkte Tooly op. Ze reden een verlaten *soi* in en de tuktuk hield halt. Ze keken een donker steegje in.

'Er zal je niks gebeuren,' zei Sarah, die Tooly's gedachten had geraden. 'Ik zal op je passen. Oké?'

Toen ze het duister in liepen, verscheen een drietal jonge mannen. Een sprak Sarah aan en zei dat ze uit West-Duitsland kwamen en hier op vakantie waren. Ze hadden gehoord dat er hier ergens een verborgen kroeg was. Zonder haar pas in te houden zei ze dat ze van niets wist – maar wel met een zweem van een glimlach waarmee ze de drie jongens in haar kielzog meesleepte. Al lopend hield ze haar hand achter Tooly's hoofd en zei tegen de jongens: 'Dít is de persoon die jullie moeten hebben. Zij is hier de baas.'

Grijnzend hurkten ze naast Tooly en smeekten haar: 'Alsjeblieft, meisje, laat ons alsjeblieft zien waar het is!'

Tooly klemde haar lippen stijf op elkaar en ademde door haar neus. Aan de zijde van Sarah liep ze zo snel mogelijk door.

'Hé, ik hoor muziek,' zei een van de Duitsers.

In de verte dreunde een discobeat. Er klonk geroezemoes dat steeds luider werd. Ze liepen een betonnen binnenplaats op met aan beide zijden hoge muren en daarachter een huis dat bijna een ruïne was. Buiten stonden bezoekers uit plastic bekers te drinken en het lawaai te overschreeuwen.

Sarah wrong zich door de menigte, groette bekenden, hield halt voor de voordeur en wenkte twee enorme uitsmijters.

'Is deze muziek jullie schuld?' vroeg ze aan de uitsmijter met de dunne leren stropdas.

'Venn wil dit soort troep horen.'

'Je moet Venn niet de muziek laten uitkiezen!'

De andere uitsmijter haalde zijn schouders op. 'Hij is de baas.'

De mensen binnen – vooral buitenlanders, maar ook een paar Thais – wiegden, flirtten, hoorden moppen die ze al kenden, staarden glazig voor zich uit, schudden hun decolleté op, wierpen er een blik in, zochten het toilet, stonden in de rij voor de bar. Tussen al die lichamen stond een aluminium keukentrap waar de drinkers tegenaan leunden. Tegen de muur stond een piano die diende als tafel en achter de Technics-draaitafels bewoog het met een koptelefoon getooide hoofd van een diskjockey op en neer. Een glitterende discobal verstrooide witte stipjes licht, en om de paar seconden begon de ventilator te draaien en ging er een windvlaag door de menigte die kleren deed opbollen en sigaretten opgloeien. Tooly hield zich goed vast aan Sarahs armbanden en stootte tegen vreemde heupen, ellebogen en achterwerken. Bij de draaitafels groette Sarah de deejay met een kus op zijn wang en tilde toen de naald van de plaat, wat zowel gejuich als boegeroep opleverde. Ze doorzocht een krat met platen. 'Ik had beter wat kunnen uitzoeken vóór ik dat deed,' merkte ze op, geamuseerd door de boze reacties. 'Wat wil je graag horen, Matilda?'

Tooly wist niets van muziek. Paul luisterde er nooit naar, dus ze kende alleen de muziek waar ze via school mee in contact was gekomen: bladmuziek van het schoolorkest waarin ze de ukelele bespeelde – haar specialiteit was 'Boer, daar ligt een kip in het water' – en de vreselijke cassettebandjes met popmuziek die meester Priddles opzette.

'Die?' vroeg Tooly en ze wees naar de enige hoes die haar bekend voorkwam.

'Ik ben dol op je en doe bijna alles wat je van me vraagt,' zei Sarah. 'Maar *Ghostbusters* is wel een grens. Ach, wat kan het me ook schelen. Ik zet het gewoon op.'

Eerst hoorde je wat gesis en getik en toen klonken de eerste griezelige klanken. De mensen kreunden en Tooly keek angstig om zich heen, maar Sarah had het grootste plezier en duwde Tooly snel in de richting van de bar. Achterom kijkend zag ze hoe er een opstootje ontstond rond de deejay, die snel Def Leppard opzette.

Een lange tafel, die doorboog onder alle kleverige flessen drank, deed dienst als bar. De barman, een Uruguayaan genaamd Jaime, begroette Sarah door allebei zijn armen op te steken. '¡Hola, chica! ¿Qué tal? Alles goed?'

'*Muy* goed,' antwoordde ze en ze pakte zelf een Singha. Terwijl Sarah met de barman kletste, keek Tooly naar alle volwassenen om haar heen. Ze was nog nooit het enige kind tussen zoveel volwassenen geweest. Het was hier zo bedompt warm, haar hemd plakte aan haar lijf en de band van haar schooltas sneed in haar schouder. Ze pakte het ijskoude bierflesje van Sarah in haar beide handen, hield het schuin en daardoor kwam het schuim al naar buiten voordat ze haar mond eraan gezet had en droop het bier langs haar kin. 'Sorry,' zei ze opkijkend.

'Ik ga wel even kijken of hij er is,' zei Sarah tegen de barman. Ze nam Tooly bij de hand en maakte haar aan het giechelen door haar voor zich uit de trap op te jagen. Op de bovenverdieping kwam Tooly weer in een luidruchtige menigte terecht. Sarah tuurde uit de ramen – eigenlijk niet meer dan vier grote gaten in de muur op de eerste verdieping – en liet haar blik over de patio aan de achterkant gaan, waar feestgangers voor een muurschildering van een dolfijn stonden. 'Nee,' mompelde ze, draaide zich om en sloeg de walm van rook weg. 'Heeft iemand Venn gezien?'

Ze kwamen bij een man van een jaar of zestig die alleen aan een kaarttafeltje zat, achter een schaakbord van vinyl. Zijn hand hing boven een loper, maar hij bedacht zich. Hij krabde aan zijn bakke-baarden, die nog het meeste weg hadden van stukken verbrande toast. Aan zijn tafel hing een handgeschreven briefje dat opwaaide als er iemand langs liep. ALS JE VAN MIJ WINT, stond er, BEN JIJ HEEL STERKE SCHAKER. In een opslagruimte achter hem stonden stapels dozen, videobanden, faxapparaten en kapotte televisies.

'Humphrey!' zei Sarah.

Deze man – met afstand de oudste van het feest – bleef naar het bord kijken, zijn ogen verscholen onder een donkere overhang van wenkbrauwen. Hij droeg een overhemd van polyester boven een blauwe tennisbroek die om een bescheiden buikje spande, zijn stropdas zat scheef en aan zijn voeten had hij witte gympen zonder veters.

'Ik kan Venn niet vinden,' zei ze. 'Waar is hij?'

De oude man bleef naar het schaakbord staren.

Sarah raakte zijn arm aan en Humphrey schrok op. Toen hij zag wie het was, lichtte zijn gezicht op van plezier. 'Lievelink!' sprak hij met een zwaar Russisch accent terwijl hij propjes wc-papier uit zijn oren pulkte.

'Wie gaat er winnen?' vroeg ze. 'Jij of jij?'

'Ja, ja – jij lacht mij uit.'

'Dit is mijn persoonlijke bodyguard.' Ze haalde het haar uit Tooly's gezicht.

'Hallo, bodyguard. Aangenaam kennismakink.' Hij pakte haar hand tussen zijn twee handen. 'Ik zie meteen jij bent intellectueel. Grote oren, hoog op het hoofd. Hoog betekent dat oren zware her-sens moeten dragen.'

Tooly vertrouwde het niet helemaal en vroeg: 'Dragen je oren je hersens?'

'Natuurlijk,' antwoordde hij. 'Daarom ik heb beroemde grote oren. Dat betekent intellectueel. Ooit, als jij hebt heel veel geluk, jij krijgt ook grote oren zoals deze.'

De voorspelling was niet in alle opzichten iets om naar uit te kijken, want de oren van de oude man waren niet alleen groot, maar ook buitensporig harig. Toch bedankte ze hem.

Hij liet haar hand los en richtte zich tot Sarah. '*Njet*. Ik zie Venn niet. Maar ik geef mijn doppen de kost.'

'Je geeft je ogen de kost,' corrigeerde Sarah hem.

'Hoe kan ik mijn ogen kost geven? Nee, nee, dat doe ik niet.'

'Heb je verder nog nieuws, Humph? Gaat het een beetje?'

'Hoe het gaat? Kijk zelf,' beklaagde hij zich, wijzend naar alle dozen achter hem. 'Dit loopt uit spuigaten. Hoe kan ik hier wonen? Hij neemt boel gewoon over. Ik kan niet welbevinden. Deze dingen – weet jij waar vandaan? Als autoriteiten ontdekken, zij zeggen dat ik verantwoordelijk ben. Is niet goed.'

'Ga je dat met hem bespreken?'

'Spreken? Wat voor zin? Ik vertrek.'

'Nee toch! Ga je weg? Wanneer dan, Humph?'

'Morgen, direct.'

'Je zou mij niet kúnnen verlaten,' plaagde ze. 'Luister, als je Venn ziet, zeg dan dat ik naar hem op zoek ben, oké?' En waag het niet om Bangkok te verlaten zonder gedag te zeggen.'

Humphrey knikte, stopte zijn oren weer dicht, boog zich over zijn schaakprobleem en oogde weer net zo ontoegankelijk als daarvoor.

'Nou, goed dan. Dan gun ik jou maar even de vrijheid,' zei Sarah tegen Tooly en knielde om een kus op het voorhoofd van het meisje te geven. Ze draaide zich om en liep naar het trapgat. 'Waar ís hij nou?' Door de spijlen van de trap zag Tooly Sarah beneden in de menigte verdwijnen.

Tooly wist even niet meer waar ze moest kijken, wat ze met haar handen moest doen, hoe ze moest staan. Ze greep haar schooltas vast en staarde in het trapgat, voor het geval Sarah opeens weer zou opspringen. Na een ongelooflijk lange tijd (vier minuten) was Sarah nog niet teruggekeerd, dus liep Tooly ook maar naar beneden en mengde zich in de menigte, waarbij ze moest uitwijken voor druk gebarende handen en opzij schietende knieën. Ze stond op haar tenen en boog zich naar links en naar rechts, maar Sarah zag ze niet. Ze liep door en ving fragmenten van gesprekken op.

'Ik moet wel zeggen,' zei een man die aan een uit een kokosnoot stekend rietje zoog, 'ik moet wel zeggen dat ik het na die jappen-kampen buitengewoon irritant vind om me nu door hen te laten commanderen. We hebben die klootzakken toch verslagen, of niet soms?'

'De Japanners met wie ik te maken heb, doen geen vlieg kwaad' antwoordde zijn vriend. 'Dom, maar ongevaarlijk.'

'Ze eten goddomme rauwe vis. Een volk dat zijn voedsel niet kookt kun je niet vertrouwen. En waarom blijven die oosterlingen maar met stokjes eten? Heeft niemand ze verteld dat er ook zoiets als een vork bestaat?'

'De Thais gebruiken een lepel en een vork,' bracht de jongere man naar voren.

'Omdat de Thais een sympathiek volkje zijn. Ze laten ons zelfs genieten van hun vrouwtjes,' merkte de man op terwijl hij een van de barmeisjes op haar achterwerk sloeg; ze reageerde met een plastic glimlach. 'Wat ik echt niet te pruimen vind,' vervolgde hij, 'is dat we die jappen in de oorlog een lesje hebben geleerd en dat ze dan in vredestijd rijk van ons worden! Door ons vreselijke auto's, ca-mera's en ik weet niet wat allemaal te verkopen. Die oosterlingen gaan er alleen maar met onze ideeën vandoor. Nooit eens zelf wat uitvinden. Alles is 'made in Hongkong', maar wat is daar uitgevon-den? Niets!'

'De Chinezen hebben wel dingen uitgevonden, Jeremy, daar kun je niet omheen.'

'Noem één ding.'

'Nou, papier, bijvoorbeeld.'

'Onzin. Dat was toch Gutenberg?'

'En kruit.'

'Dat moet een Duitse uitvinding zijn geweest.'

'Ik heb zelfs gehoord dat de Chinezen de vork hebben uitgevonden.'

'Wat zit je nou te raaskallen, Giles? Iemand die een vork uitvindt, gaat toch niet met stokjes eten? Zelfs de Chinezen zullen niet beweren dat stokjes beter zijn dan een vork.' Hij draaide zich opeens om toen hij merkte dat Tooly meeluisterde. 'Kijk eens aan. En wat doe jij hier?'

Ze schoot weg, drong zich langs nog meer lichamen en belandde in een groepje ruige jongens die gevechtstechnieken op elkaar uitprobeerden. De leider, een stevige Filipino met een matje, een wrap-around-zonnebril en een Muay Thai-broekje, demonstreerde stoten. 'Het moet een rechte lijn zijn. Gebruik je schouder om de stoot te blokkeren en leg al je kracht in de counter. Raak hem op zijn kin en hij is *out.*' Zijn volgelingen knikten. Een van hen was het zat om genegeerd te worden en ging zich op de grond opdrukken tot hij niet meer kon, waarna hij opkeek om te kijken wie het gezien had.

Tooly liep door tot aan de piano, waarop allemaal lege plastic bekers waren gezet. Een man van middelbare leeftijd in een gekreukt krijtstreeppak met een wrat op de zijkant van zijn neus zat op de pianokruk, met zijn rechterhand in de zak van zijn jasje.

'Gaat u spelen?' vroeg Tooly.

De vraag bracht maar één helft van zijn gezicht in beweging: de linkerkant trok omhoog tot een glimlach, de rechterkant bleef slap. Hij bood zijn linkerhand, en die schudde ze, al wist ze niet goed hoe ze hem vast moest pakken, dus kneep ze maar zachtjes in zijn vingers. 'Niemand zou me horen spelen met deze vreselijke heavy metal,' zei hij.

'Ik hoor het wel.'

Hij keek naar haar, verstrooid en bezorgd. Zijn ogen werden vochtig; hij knikte. Toen legde hij zijn linkerhand plat op de toetsen alsof hij een paard kalmeerde en opeens sprong die hand op en sloeg een akkoord aan, en daarna een ander; zijn goede arm sprong heen en weer tussen discant en bas in een razendsnelle dialoog, tot hij achterover leunde en met gesloten ogen zo zachtjes begon te spelen dat ze niets meer hoorde en alleen maar zwart en wit zag worden ingedrukt en losgelaten.

Een Japanse man in een donker pak met een donkere das en met een bril met donkere glazen keek met grote ernst toe. 'Heel elleg moelijk,' sprak hij. 'Heel elleg moelijk stuk.' Hij werd vergezeld door een blanke vrouw met enorme borsten. Tooly keek naar die borsten. De pianist interpreteerde haar grimas als een reactie op zijn spel en knikte. 'Dat is een melancholiek stukje, hè?'

De Japanse man en zijn metgezellin liepen naar de bar en de pianist staarde naar Tooly. 'Je doet me denken aan iemand van wie ik heel veel heb gehouden,' zei hij en hij kuste haar op haar lippen.

Vol afschuw sprong Tooly naar achteren, draaide zich om en rende weg, waarbij ze met haar zwaaiende schooltas tegen vreemden opbotste en haar mond afveegde, op zoek naar een manier om dat walgelijke gevoel kwijt te raken.

Een tienermeisje stond aan haar zwarte T-shirt te plukken om haar figuur te verbergen. 'Hallo,' zei ze.

'Hai,' antwoordde Tooly.

'Ga je mee kijken wat er in het medicijnkastje zit?'

'Oké.'

Terwijl ze wegliepen, stelde het tienermeisje zich voor als Reena en kirde ze verrukt over Tooly ('Je bent zooo schattig, niet normaal!'). En passant sloeg ze ook nog een glas tequila achterover. Reena kwam uit Cleveland, wat ze omschreef als 'de meest verschrikkelijke plek op de planeet aarde. Zoals wanneer je naar het vliegveld rijdt bij een normale stad? Wat je dan om je heen ziet? Helemaal niks? Even serieus – waar ik vandaan kom, daar is dus álles zo. Ja, ik weet het.' Ze was zestien, praatte snel, kauwde kauwgum en had een licht gebleekt snorretje. Overal vroeg ze opzichtig aan vreemden of ze pillen hadden en ze kletste tegen Tooly aan alsof alle mensen die zíj kende bij iederéén bekend waren. 'Derrick is achtentwintig, maar het is zó raar – we zijn bijna tegelijk jarig.' Ze had het over hoe goed hij kon zoenen, over hoe ze moest kokhalzen van het Thaise eten, vooral van de gebakken sprinkhanen die Derrick at om haar op de kast te jagen. Ondertussen bleef ze Tooly steeds agressief omhelzen en over haar haren strijken alsof ze een pop was en deed ze ongeremd verslag van haar drugsgebruik: '... paddo's met mijn vader in zijn huis in Maine en een keer coke gerookt door een Marlboro en...' Op haar rechterarm had ze met een blauwe balpen de logo's van haar favoriete bands getekend: Mötley Crüe, Voivod, W.A.S.P.

'Ben je links?' vroeg Tooly.

'O, mijn god, hoe wíst je dat? Ken je me of zo? Uit een vorig leven?'

'Op mijn vorige school zat een linkshandige jongen die spiekte door antwoorden op zijn rechterarm te schrijven, en hij was linkshandig, dus ik dacht...'

'Jij bent slim. Jij bent zó slim. Jij bent écht slim.'

Haar headbangervriendje, Derrick, dook op en haalde de kauwgum uit Reena's mond en stak hem in die van hem, waarbij hij zijn paardentanden toonde. 'Koop een biertje voor me,' zei hij tegen haar zonder Tooly op te merken. Op zijn T-shirt stond: NIEMAND MAG MIJ & DAT BOEIT ME NIET. 'Hé, koop godverdomme een biertje voor me.'

'Koop het godverdomme lekker zelf,' antwoordde Reena met een felle blik.

Tooly verdween in de menigte en liep de trap op, op zoek naar Sarah. Ze wist niet wat ze moest doen, dus bleef ze hangen voor het kaarttafeltje waar die oude man, Humphrey, achter een schaak-

288

bord zat. Hij was nu verdiept in een boek, dat hij eerst dicht bij zijn neus hield, toen ver weg, en toen weer vlakbij, dus stelde ze zich voor dat de letters kleiner en groter werden terwijl hij aan het lezen was. Hij sloeg de bladzij met kracht om: een pluk van zijn haar sprong op en viel weer neer. Ze legde haar tas op de grond en ging erop zitten. Hij zag haar, maar draaide het boek zo dat ze uit zijn gezichtsveld verdween: welke kant ze ook op boog, het boek bewoog mee.

'Meiseke,' sprak hij uiteindelijk terwijl hij de proppen wc-papier uit zijn oren pulkte en zijn gezicht vertrok vanwege het lawaai. Het leek een woord in een vreemde taal, dus deed ze alsof ze het niet gehoord had. 'Meiseke,' herhaalde hij. Dit keer begreep ze het. Hij riep haar: 'Meiske.' Hij legde het boek opengeslagen op het kaarttafeltje en stootte een loper en een koning om die van de tafel rolden en op de vloer stuiterden. 'Jij denkt jij kan winnen van mij?'

'Winnen met wat?'

'Hoe ziet dit uit? Als waterski?'

'Bent u goed?' vroeg ze terwijl ze naderbij kwam.

'Ik ben hoge kwaliteit schaakatleet. Top tien.'

'Top tien van de wereld?'

'Misschien wel van heelal.'

'Wat zijn de regels ook alweer?' vroeg ze. 'Die paarden doen iets bijzonders, toch?'

'Paarden doen springen.'

'Uh, is dat een goed boek?'

Hij keek naar het omslag dat over het schaakbord uitgespreid lag – *Ethica* van Spinoza – alsof hij vergeten was wat hem een minuut eerder had beziggehouden. 'Redelijk tot goed.'

'Waar gaat het over?'

'In sommige stukken is ethica. In andere stukken niet zoveel ethica.'

'Ik vind de titel mooi,' zei ze en ze wees met haar vinger naar het woord 'Spinoza'. Ze keek om naar de menigte. 'Kent u al deze mensen?'

Vol minachting liet hij zijn zware oogleden dichtvallen en opende ze weer langzaam. 'Deze mensen?' Dat zijn triviale personen. Geen intellectuelen. Daar zijn bijna nul van. Denk in wat Samuel Johnson of John Stuart Mill zou zeggen van situatie als deze!'

Omdat Tooly geen van beide ooit ontmoet had, kon ze hun reacties moeilijk voorstellen.

'Maar is goed om collega-intellectueel te ontmoeten,' vervolgde hij. 'Ik vier gelegenheid met kleine drankje. Maar ik kan jammerlijk onmogelijk bewegen.'

'Waarom niet?'

'Omdat ik in zittende houding verkeer. Mag ik jou verzoeken een glas tonic en een glas wodka? Dat is twee glazen. Apart. Niet mix maken. Kan jij dat? Als jij niet wilt, is ook goed.'

Ze liep naar beneden. Jaime was zo druk bezig dat hij niet goed doorhad dat ze zijn aandacht probeerde te trekken. Een Thaise ladyboy die ook op zijn beurt stond te wachten, glimlachte toen hij Tooly tussen de flessen zag rondneuzen. 'Alles goed, liefje?'

'Ik moet tonic en "wot-nogwat" halen.'

'De tonic staat... Die zag ik net nog. Kijk, daar.'

Tooly ging achter de bar staan en schonk zichzelf een plastic beker tonic in, wat even de aandacht trok van Jaime, die bijna iets wilde zeggen, maar daar geen tijd voor had.

'Er is niets dat "wotnogwat" heet, honnepon,' zei de ladyboy. 'Ga het maar even navragen.'

Tooly ging weer naar boven en zag Humphrey druk met schaakstukken schuiven en in zichzelf praten. Toen hij haar zag naderen, kregen zijn ogen een warme glans. 'Ik dacht jij komt niet terug.'

'Wat was het tweede ding?'

'Eerste ding: tonic. Tweede ding: wodka.'

'Wat is "wottuka"?'

'Wat is wodka? Is als water, maar met gevolgen.'

'Gevolgen?'

'Ik bedoel nadelige.' Hij legde het accent op de eerste lettergreep: nádelige. 'Voor hoge kwaliteit schaakatleet is wodka zeer nádelig.'

Ze bleef staan, begreep er niets van.

'Geeft niet. Is oké. Zit.' Uit de opslagruimte achter hem pakte hij een opklapstoeltje en zette het voor haar neer aan de andere kant van het kaarttafeltje. Ze ging zitten, maar zat zo ver van de tafel dat ze met haar armen niet bij het schaakbord kon. Met gespeeld gemopper trok hij de stoel (met haar erop) naar voren tot ze met haar borst de rand van de tafel raakte. Ze vouwde een been onder haar billen, waardoor ze wat hoger kwam te zitten. Haar andere been bleef bungelen, met de neus van haar schoen boven de vloer. Ze keek uit op een woud van schaakstukken.

'Hoe heet jouw naam?'

'Tooly.'

Hij vroeg het nog een keer. Ze herhaalde haar antwoord.

Hij sloeg zich brullend van het lachen op zijn dijbeen. 'Meest belachelijke naam die ik ooit hoor! Ik zou niet geloven als ik niet met eigen ogen hoor!'

'Wat is jouw naam?'

'Humphrey Ostropoler.'

'Dat is net de naam van een olifant,' zei ze, al moest ze daardoor wel aan het spijkerbed denken dat bij de olifantenjacht werd gebruikt, en daardoor moest ze aan Sarah denken en dat maakte haar bezorgd, waardoor ze aan Paul moest denken.

'Jij denkt Humphrey Ostropoler klinkt als de naam van Aziatische olifant,' vroeg hij, 'of Afrikaanse olifant?'

'Die met de grote oren.'

'Alle olifanten hebben grote oren. Daarom zij zijn olifanten en geen muizen. Dus,' zei hij terwijl hij de stukken op het bord zette, 'jij denkt dat jij kan winnen van mij met schaak?'

'Humphrey Ostropoler, heb jij Sarah gezien? Ik kan haar niet vinden. Ik denk dat ik eigenlijk naar huis moet. Ik geloof niet dat ik hier hoor te zijn.'

'Maak niet druk. Jij wacht paar minuten en zij vindt jou. Ik hou oogje op jou. Zorg dat niemand valt jou lastig. Is oké?'

Ze knikte en bestudeerde de stukken. 'Waar kom je vandaan, Humphrey Ostropoler?'

'Uit Sovjet-Unie.'

Ze keek op, want ze had alleen maar verschrikkelijke dingen over dat land gehoord. Ze had nog nooit iemand ontmoet die daar vandaan kwam. Ze stelde zich het land voor als een plek die omgeven werd door een lang gordijn waarachter gerimpelde schurken kernbommen aaiden die de aarde wel negen keer konden vernietigen. 'Vind je het daar leuk?'

'Is slechte land. Jij moet in rij staan voor kopen van kool.'

'Ik hou niet van kool.'

'Ik ook. Dus stel voor: jij twee uur in rij en jij krijgt dat. Slechte land. Nu wij spelen.' Met grote precisie schoof hij ieder schaakstuk precies op het midden van zijn vakje. 'Ik zeg je, juffrouw Tooly, jij krijgt spijt – heel veel spijt – dat jij mij niet één, of beter nog, zeven wodka hebt gebracht. Want als hoge kwaliteit schaakatleet laat ik jou alle hoeken zien. En geen genade omdat jij kleinformaat persoon bent. Schaakspel is niet...' Maar hij kon geen woorden vinden voor wat het niet was, dus zei hij: 'Ik ben top tien schaakatleet en jij bent, ik voorspel, misschien alleen top vijftig. Daarom, juffrouw Tooly, ik geef jou drie kansen voor valsspelen.'

'Hoe bedoel je?'

'Als jij verkeerde zet maakt, jij mag overdoen. Drie keer jij mag. En ook, omdat ik hart op juiste plaats heb, vertel ik regels eerst.'

Voor elk van haar zetten nam ze heel veel tijd. Ze had wel honderd vragen, maar ze zei niets en wist niet wat ze moest doen. Ze draaide haar haar in twee vlechten en greep die vast; een losse pluk stopte ze in haar mond.

'Jij eet eigen haar – zo doortrapte tactiek heb ik nooit gezien! Erger nog dan Spasski-Fischertactiek.' Toch gunde hij haar alle tijd en knikte bedachtzaam als ze haar opties afwoog, als een soort erkenning van de wijsheid van haar overwegingen.

'Die puntige stukken,' vroeg ze uiteindelijk, 'kunnen die twee vakjes vooruit?'

'Puntige gaan zo.' Hij deed het voor. 'Bijvoorbeeld naar dit vakje hier. Ik weet dat jij al denkt aan dit omdat het bedreigt loper op K4. Of misschien jij wilt liever rokeren om centrum te controleren?'

Na uit respect even gewacht te hebben, duwde ze een angstige pion naar voren.

'Deze zet is nádelig. Ik sla weer jouw dame.'

'Mag ik een kans voor valsspelen?'

'Is kans nummer negen.'

Ze telde in haar hoofd. 'Acht,' zei ze en ze koos toen voor een andere zet, die net zo desastreus was.

'Jij zwemt op dun ijs.'

Ze deed weer een zet.

'Nu jij schaatst op heet water.'

Twee zetten later stond ze schaakmat. Hij schudde haar handje tussen zijn twee handen. 'Dank je, lievelink. Ook al heb ik jou opgedroogd, jij bent hoge kwaliteit intellectueel.' Hij stuurde haar weg om zijn welverdiende wodka te halen – hij schreef het woord in blokletters op een briefje dat ze aan de barman kon laten zien, en ook gaf hij haar een bankbiljet mee. Dat sloeg ze af, want bij de bar kreeg je alles gratis, zo legde ze uit.

Boven aan de trap aarzelde ze even, kon ze haar schooltas wel achterlaten bij iemand uit de Sovjet-Unie? Zou hij er misschien een blik in werpen? Híj had trouwens een goede neus om te tekenen.

Ze wurmde zich door de drukte voor de bar en glipte achter de tafel, tikte met haar stompe nagels zoekend tegen de flessen en hield halt bij Smirnoff. Tot vermaak van Jaime, die toekeek maar niet ingreep, pakte ze de fles met beide handen vast en schonk ze een plastic beker bijna tot de rand toe vol.

'Betaal je daarvoor?'

Ze schudde haar hoofd.

'Hoe is het nu met jou en Sarah?'

'Heb je haar gezien?'

'Ik heb haar gezien toen jullie binnenkwamen. En toen zag ik haar zoenen met Venn, maar ik... Wat?'

Tooly kon haar afschuw niet onderdrukken. 'Was ze aan het zoenen?'

Een aangeschoten dame riep Jaime en hij draaide zich om om haar bestelling op te nemen. Daardoor zag hij te laat dat Tooly weer zonder te betalen was weggelopen.

De plastic beker met wodka was te vol om veilig met één hand te dragen, dus hield ze hem met beide handen vast, met haar mond tegen de rand; de drank brandde op haar lippen.

'Is lekker,' zei Humphrey nadat hij een slok had genomen. 'Nu ik help jou haar te vinden.' Hij stond op van achter de tafel en streek zijn das glad. 'Ik zit al te lang. Mijn been is naar bed.'

'Je been slaapt?'

'Dank je, kleine mens. Op zeldzaam moment ik maak fout in deze taal, dus bedankt voor rechte zetting. Nu wij gaan Sarah zoeken. Jij volgt. Blijf in buurt. Er zijn hier overal triviale personen.'

Toen ze eenmaal beneden waren, kostte het ze al vijf minuten om alleen maar naar de andere kant van de kamer te komen. Tooly kon onmogelijk iemand in die mensenmassa herkennen, want met haar lengte zag ze alleen maar buiken en billen. Humphrey was wel lang genoeg, maar had slechte ogen. Daarom besloten ze Tooly op een wat hoger punt te zetten: de keukentrap. Een stelletje zat op de onderste treden, maar ze gingen opzij toen Humphrey haar optilde. Ze klom zelf verder omhoog en zocht daarbij steun bij elke hogere tree. Hij stond beneden en hield de trap vast, klaar om haar op te vangen. 'Is oké?'

'Ja. Maar hou hem vast!' sprak ze van boven.

Iedereen zag er vanaf daar zo anders uit: Jaime achter de bar met daarvoor de slinger van mensen die iets wilden bestellen; de deejay begon kaal te worden; een clowneske dronkelap danste intiem met een poster van koning Bhumibol. De Thais keken toe en begonnen sneller te roken. Ze vereerden hun koning, een man die bekend stond om zijn bescheidenheid en om het feit dat hij jazzsaxofoon speelde. Hij werd gezien als de enige schone publieke figuur in een land van corruptie en staatsgrepen. Toen de dronkelap zijn poster een tongzoen gaf, werd een grens overschreden: een *katoey* vloog hem aan en er brak een vechtpartij uit die snel om zich heen greep. Omstanders gilden. Tooly keek omlaag naar Humphrey.

Vanuit zijn positie zag hij niets en hoorde hij alleen maar geschreeuw, scheurende kleding, het geluid van knokkels op vlees. 'Kom naar beneden!' zei hij. De menigte golfde als een zware zee. 'Naar beneden, alsjeblieft!' Hij strekte zijn armen om haar op te vangen, maar door de kracht van de menigte verloor hij zijn evenwicht en viel de trap om.

Het plafond vloog weg van Tooly, lichamen kwamen op haar af, en ook de vloer. Haar schouder klapte op het beton, haar hoofd sloeg naar achteren. Tussen de trappende benen dook ze in elkaar, klappertandend, zich bewust van het grote gevaar. Een hoge hak kwam neer op haar hand; een scheenbeen stootte tegen haar mond.

Toen greep iemand haar vast en trok haar omhoog. Ze greep zich vast aan zijn arm en de man duwde de mensen weg en riep bevelen die boven boven het hysterische lawaai uitkwamen. Langzamerhand begon de paniek te zakken en werd er alleen nog wat geroepen en geduwd. Ook nadat de man haar had losgelaten, bleef ze zich vasthouden aan zijn mouw.

'Gaat het?' vroeg hij terwijl hij haar kin in zijn hand hield, met zijn duim over haar wang naar haar oorlel. Zijn stem en zijn ogen hadden een vreemd effect op haar, ze deden de bonkende muziek op de achtergrond verstommen.

Ze aarzelde, wist niet goed hoe ze moest reageren op deze vreemdeling met zijn woeste bruine haar, zijn ruige baard en zijn snor die uit elkaar werd getrokken toen hij naar haar grijnsde. Ze wendde haar blik af, keek toen weer naar hem en zag pas na twee keer kijken wat er zo vreemd aan zijn ogen was: het ene was groen, het andere zwart. (Die pupil was permanent verwijd, hoorde ze later, als gevolg van een vuistgevecht in zijn jonge jaren.) 'Ik ben Venn,' zei hij tegen haar. Anderen probeerden zijn aandacht te trekken, riepen naar hem. De kamer trilde nog na van de geweldsuitbarsting. Hij besteedde er geen aandacht aan, was alleen maar met haar bezig. 'Je hebt wel wat averij opgelopen.'

Ze voelde haar achterhoofd kloppen, daar waar ze met haar hoofd op de grond was geklapt. 'Het gaat wel,' hield ze zich groot.

'Grote meid,' zei hij. 'Grote meid. Je klapt met je hoofd op de grond en geeft geen kik. Dat mag ik wel.'

Humphrey kwam aanlopen, gehavend en geschrokken. 'Ben je gewond, kleine meiseke?'

'Niks aan de hand,' zei ze stoer, opkijkend naar Venn.

'Ik lucht op,' zei Humphrey. 'Ik lucht heel erg op.'

'Ken je Sarah?' vroeg ze aan Venn. 'Zij heeft me meegenomen naar dit feest, maar ik ben haar kwijt.'

'Ik ken Sarah. En ik weet wie jij bent, Matilda.'

Hij riep de twee uitsmijters bij zich en gaf hen opdracht het meisje te beschermen – hoe hadden ze haar in godsnaam aan haar lot kunnen overlaten? Ze waren veel groter dan Venn, maar toch luisterden ze allebei, met gebogen hoofden. Ze namen haar bij de hand mee naar de voordeur, lieten haar op de grond zitten, vermaakten haar met stomme grapjes en lieten haar hun sigaretten aansteken. Na een uur viel ze in slaap en vermengde de naar geroosterd brood ruikende rook van de sigaretten zich met een droom over rekenmachines.

Op de bovenverdieping kwam Venn een groepje rondtrekkende, net afgezwaaide Israëlische soldaten tegen die een joint aan het roken waren, en die schakelde hij in om iedereen naar beneden te dirigeren, zodat het meisje boven kon slapen. Toen hij Tooly naar boven droeg, bewoog ze wel, maar hield ze haar ogen dicht. Het was een verrukkelijk gevoel om op een zacht bed gelegd te worden – hij schoof haar schooltas onder haar hoofd als kussen.

'Ik maak me een beetje zorgen,' zei ze met slaperige, knipperende ogen. 'Ik moet eigenlijk naar huis.'

'Je hoeft je nergens druk over te maken,' verzekerde hij haar terwijl hij de laatste overblijvers naar beneden joeg en haar alleen liet om te slapen. 'Je hoeft je nergens druk over te maken.'

En ze maakte zich niet meer druk. Ze werd die nacht nog maar één keer wakker, het huis was al bijna helemaal stil, alleen wat verkeer in de verte en een roze dageraad die door de gaten in de muur naar binnen kwam.

2000

De cafetaria zat op de hoek van Atlantic Avenue en Smith Street, in de schaduw van het huis van bewaring van Brooklyn, een gevangenisflat met roosters voor de ramen die alle kwellingen die daarbinnen werden ondergaan aan het zicht onttrokken. Daar: boeien en boeven; hier: milkshakes en pannenkoeken.

Tooly ging bij het raam zitten, opende een geplastificeerde menukaart en keek naar de straat, waar vrachtwagens van leveranciers voorbijrolden. Na oudejaarsavond was de sneeuw weggesmolten, net als de millenniumpaniek. Er was voorspeld dat op 31 december 1999, om twaalf uur 's nachts, de hele geïndustrialiseerde wereld tot stilstand zou komen als gevolg van een programmeerfoutje. Maar het Y2K-probleem bleek helemaal geen probleem te zijn, ook al waren er miljarden gespendeerd om het te voorkomen. En van de terroristen die dood en verderf zouden zaaien bij de nieuwjaarsviering op Times Square was ook niets vernomen. Het enige nieuws van 31 december 1999 was de beëindiging van een vliegtuigkaping in India, waarbij in ruil voor de vrijlating van de passagiers gevangengenomen militanten waren vrijgelaten en overgedragen aan de Taliban in Afghanistan; en dan was er nog het aftreden van de Russische leider, president Boris Jeltsin, die de communistische staat had helpen afbouwen en de macht nu overdroeg aan Vladimir

Poetin, zijn nog vrij onbekende premier die de nieuwe leider van het grootste land ter wereld werd.

Maar op dit moment maakte Tooly zich vooral druk over haar afspraak met Sarah. Die was bedoeld als afscheidslunch. Daarna zou Sarah na een onwelkom verblijf van weken weer naar Italië vertrekken. Geheel in stijl had Sarah gezeurd om voor haar vertrek nog een keer samen te gaan eten, 'een meidending', maar het zag er niet naar uit dat ze nog zou komen.

Na een uur lagen de resten van een uitsmijter op Tooly's bord. Ze stak haar hand op om de rekening te vragen. Op dat moment kwam Sarah binnen, geeuwend bij iedere tafel, als om haar binnenkomst rond te bazuinen. Ze liet haar handtas op het bankje vallen en schoof haar koffer onder de tafel – ze ging van hieruit direct naar het vliegveld. Ze richtte zich niet tot Tooly, maar tot een groepje hippe jongeren aan het tafeltje ernaast. 'Hebben jullie toevallig een sigaret voor mij?'

Een van hen, een kleine man met een hoedje op, tastte in de zak van zijn overall naar een verfrommeld pakje Parliaments en schudde twee sigaretten naar voren. Ze pakte ze allebei, stak een in haar eigen mond en de andere in de zijne. 'Je moet me wel gezelschap houden,' zei ze. Buiten op het trottoir draaide ze druk heen en weer terwijl de rook omhoogkringelde en paradeerde ze met huppelpasjes langs de ramen van de cafetaria, heen en terug, kletsend met de jonge man. Ongelooflijk hoe Sarah – nog steeds woedend dat Tooly haar tijdens haar verblijf had gemeden – de situatie wist om te draaien en de last van het ongeduld bij de ander legde.

'Wat gaan we nemen?' vroeg ze toen ze weer achter het tafeltje gleed. Ze pakte Tooly's hand en wreef erover.

'Doe je dat omdat je het koud hebt?'

'Hallo!' zei Sarah en ze zwaaide naar iedereen van de bediening, tot ze uiteindelijk de chef aan haar tafel kreeg. 'We willen graag twee grote, hete koppen koffie.' Ze gedroeg zich alsof de tijd pas begon als zij binnenkwam, ook al lag er op tafel al een vies bord en stond er een half opgedronken glas *egg cream*. Tooly had geen zin in koffie. Maar ze had ook geen zin om nu al ruzie te krijgen. Dus nipte ze van haar koffie, die al te lang had gestaan en lauw en zuur was.

Sarah kruidde haar monologen met verwijzingen naar Valter, haar rijke vriendje in Italië, en ook naar anderen die iets met zijn lederwarenzaak te maken hadden. Ze moest bepaalde mensen in de gaten houden, al werd er nooit bij vermeld waarom. Ook dit verhaal bevatte weer een paar druppeltjes waarheid die door haar woordenstroom werden weggespoeld.

'Sarah?'

'Ja?'

Maar Tooly had de stroom alleen maar willen onderbreken. Ze had niets te melden, dus klonk ze als een kind dat de naam van een volwassene alleen maar uitspreekt om te kijken of het werkt. Ze speelde met het metalen melkkannetje, zette het terug en verzon een vraag. 'Lijk ik nog dezelfde persoon als toen ik klein was?'

'Wie zou je anders moeten zijn? En wat kan het schelen, lief schatje van me. Herinneringen zijn zo saai. Ze zijn altijd onbetrouwbaar en veroorzaken alleen maar problemen. Dingen onthouden is verschrikkelijk overschat. Vergeten is veel beter. En je bent nu geen kind meer.' Ze zocht met haar ogen naar iemand van de bediening. 'Je moet hier moeite doen om bijgeschonken te worden. Ober!'

Hij vulde haar kop bij en morste daarbij zwarte koffie op het emaillen schoteltje zodat haar kop drupte toen ze hem naar haar mond bracht. 'Al die tijd dat ik hier was, heeft Venn niet de moeite genomen om iets van zich te laten horen.'

'Ik heb ook niets van hem gehoord,' loog Tooly. 'Hij heeft het druk.'

'Nu ik geen geld meer voor hem meebreng, is hij nergens meer te bekennen.'

Tooly sloeg haar blik ten hemel. 'Jij geld voor hem meebrengen? Alsjeblieft, zeg. Doe even normaal. Hij zorgt voor jou en dat weet je.'

'Als jij dat een prettiger idee vindt.'

'Geen prettiger idee. De waarheid.'

'Dus je zegt dat ik lieg? Ongelooflijk dat je mij voor leugenaar uitmaakt.'

'Dat heb ik niet gezegd. Ik zei...'

'Dat heb je wel gezegd.' Sarah zette haar kop koffie met een klap neer en beet wat nagellak van haar pink. 'Wil je me weg hebben? Nou, dan kun je... Oké? Want...' Een traan biggelde over haar gezicht en waste een streepje in haar make-up. 'Jij hebt dit allemaal aan mij te danken. Ik had maar met mijn vingers hoeven knippen en het was al jaren geleden klaar geweest met je reis over de wereld. Je ziet me liever als een monster? Prima. Je bent nu eenentwintig, dus ik kan het je niet verbieden.'

'Wat maakt het uit dat ik eenentwintig ben geworden?'

'Dat is de reden dat ik hier weer naartoe ben gekomen.'

'Om met me te gaan shoppen op mijn verjaardag?'

'Niet daarvoor. Omdat voor jou alles gaat veranderen nu je eenentwintig bent. Dat heb ik je geprobeerd te vertellen. Mijn enige advies is dat je moet proberen om je onmisbaar te maken voor hem.'

'Sarah, ik heb niet die ranzige gevoelens die jij voor Venn hebt. Ik ben niet zoals jij. Niet iedereen is zoals jij. Oké?'

'Je moet goed opletten. Anders gaat er veel veranderen.'

'Echt. Door dit soort dingen probeert hij je te mijden. Stel je niet zo aan, oké?'

'Als iemand zich hier aanstelt, ben jij dat, schat. Niet ik. Jíj bent degene die een figuur slaat. Je hebt geen flauw benul van wat er speelt. Denk niet dat je beter bent dan ik. Want jij bent zo manipulatief als maar kan. Je durft me niet eens aan te kijken. Kijk, dat is beter. O – daar ga je weer.'

'Omdat ik niet naar je wil kijken.'

'Wat een teleurstelling. We vonden je allemaal zo leuk, Tooly. Wat een teleurstelling.'

'Je zegt nu alleen maar dingen om me te kwetsen.'

'Ik,' zei ze, wijzend naar Tooly, 'ik was hier éérder dan jij. Oké? En ik weet precíes hoe jij in elkaar zit. Bedenk elke keer dat je "lief" en "aardig" doet dat ik je kén. Ik weet hoe jij diep vanbinnen bent.' Sarah draaide zich om en vroeg de hippe jongelui heel lief om nog een sigaret. De man met het hoedje op, die haar al eerder had bevoorraad, deed dat opnieuw, maar hij sloeg het verzoek om haar gezelschap te houden af. Toen ze buiten stond, wenkte ze hem door het raam. Hij deed alsof hij het niet zag; zijn twee vrienden hadden moeite hun lachen in te houden.

Tooly besloot dat ze Sarah nooit meer wilde zien. Ze liet een omhelzing en een kusje op de wang toe, rekende af (Sarah beweerde dat ze nog net genoeg Amerikaans geld had om de taxi naar het vliegveld te betalen) en snelwandelde terug naar het appartement om te vluchten voor de vervuiling van die vrouw.

Toen Tooly thuiskwam, legde Humphrey zijn vinger op de bladzijde die hij aan het lezen was en zuchtte droefgeestig, wat zijn manier was om uiting te geven aan innerlijke rust, een gevoel dat niet had bestaan toen Sarah er nog was. Hij trok het schaakspel onder de pingpongtafel vandaan en zette het op de bank op, elk stuk precies op het midden van zijn vakje. 'Wanneer is laatste keer dat jij mij overwint?' vroeg hij aan Tooly.

'De laatste keer dat we speelden.'

'Als ik speel tennis tegen aap, hij wint ook soms, omdat ik heel verbaasd ben dat hij racket kan vasthouden.' Hij keek haar even aandachtig aan en zag dat ze weg wilde, dat ze bij de studenten wilde zijn en niet hier bij hem. 'Waarom ik doe nog moeite?' zei hij. 'Jij gaat niet eens meer zitten en lezen. Triviaal persoon, dat is wat jij nu bent. Triviaal persoon, net als iedereen.' Hij schoof heen en weer op de bank en zijn wenkbrauwen botsten tegen elkaar op als twee vechtende rupsen. Hij moest zijn aantijging terugtrekken. 'Alleen al zéggen dat jij triviaal persoon bent, breekt mijn hart, lievelink.'

'Ik moet gaan.'

De spieren van zijn gezicht bewogen niet meer. Zijn bruine ogen werden vochtig en hij keek haar liefdevol aan. Hij zuchtte nogmaals.

'Wat?'

'Ik ben gelukkig. Dit is alles. Niet gelukkig dat jij weggaat; ik ben bedroefd dat jij gaat, natuurlijk. Maar ik ben blij dat jij bent nu hier.' Hij smakte met zijn lippen. 'Niet vergeten, ik ben contrarevolutionair en non-conformist. Waarom zou ik druk maken om tijd? Waarom zou ik druk maken dat later jij niet meer hier bent? We zijn samen op zelfde tijd en op zelfde plaats, vele uren lang, ook al is meeste vroeger. Wat is verschil? Die gebeurtenissen blijven, ook als ik er niet ben.'

'Waar heb je het over, Humph?'

'Triviale personen denken dat er is alleen heden – dat verleden is gebeurd en toekomst komt nog. Maar verleden is als aan andere kant van oceaan: het bestaat nog steeds, zelfs als je niet meer bent. Toekomst ook. Die is al.'

'Nou, ik ben daar nog niet. Maar ik moet nu wel gaan.'

'Eerst wil ik nog balletje wegwerpen bij jou.'

'Een balletje bij me opwerpen?'

'Nee, ik gooi balletje recht op jou af en jij zegt wat jij vindt daarvan. Goed?'

'Ik ben een en al oor.'

'Ik probeer mij toe te zetten.'

'Humph, ik moet gaan!'

'Accepteer jij als ik uit raam spring?' vroeg hij. 'Of word jij boos op mij?'

Humphrey was al heel lang gefascineerd door zelfmoord, iets dat hij het ene moment romantiseerde en waar hij het andere moment voor terugdeinsde. Het was de ultieme expressie van de wil, zo betoogde hij, de geest die zegevierde over het lichaam. Maar de daad had ook iets tragisch en dat had te maken met het feit dat zelfmoord het gevolg was van het Stupiditeitsprobleem: dat simpelen van geest intellectuelen kwaad konden doen en dat ook daadwerkelijk deden, dat idiote ideeën massaal werden omarmd, dat gebazel werd aangezien voor genialiteit. Door het Stupiditeitsprobleem wilde Humphrey uit het leven stappen. Maar dan zouden de achterlijken gewonnen hebben. Het was een discussie die hij tientallen jaren lang met zichzelf had gevoerd – een zinloos debat omdat het uitgesloten was dat hij de daad bij het woord zou voegen.

'Als je uit dit raam zou springen, zou je alleen maar je been breken, Humph. We zitten op de eerste verdieping.'

'Dat is accurate vaststelling.' Hij vouwde zijn handen voor zijn buik. 'Jij begint te lijken op Venn, altijd op weg naar iets. Waarom is dat?'

'Ik moet dingen doen. Ik weet dat je graag niets doet, maar dwing me niet om toe te kijken. Kun je dat accepteren?'

Tijdens haar preek boog hij zijn hoofd zo ver voorover dat zijn kin op zijn borst lag, alsof hij in een sneeuwbui stond.

Ze maakte zich klaar om weg te gaan. Het was niet haar taak om hier te zijn – ze hadden elkaar jarenlang gezelschap gehouden, maar ze weigerde om medelijden met hem te hebben. Medelijden en vriendschap beten elkaar. Venn had dat gezegd, en ze herhaalde het in haar hoofd, om zich te wapenen tegen Humphreys in elkaar gedoken stilte. Ze knoopte haar houtje-touwtjejas dicht en veinsde onverschilligheid, tot er opeens iets gebeurde en de onverschilligheid aanvoelde als echt. Zie je wel, misschien kon je genegenheid gewoon uitschakelen.

Duncan verontschuldigde zich dat hij haar niet bij hem thuis had uitgenodigd met de kerstdagen – hij had zich er de hele vakantie rot over gevoeld.

'Helemaal niet erg,' zei ze. Ze zou het daar vreselijk hebben gevonden: een vreemdeling tussen mensen die elkaar altijd gekend hadden. Daarbij had Duncans spijt waarde – Venn adviseerde haar altijd om attent te zijn op andermans schuldgevoel, want dat kon altijd van pas komen.

Ze pakte een trui uit zijn klerenkast. 'En Xavi,' vroeg ze terwijl ze haar hoofd door de halsopening duwde, 'waar is hij?'

'Die komt wat later. Hij zei dat jullie een paar keer hadden gepraat over zijn idee.'

Er waren vier van die bijeenkomsten geweest, waaronder een oudejaarsfeestje van bedrijfskunde-types. 'Zijn idee van een virtueel betaalmiddel is ook heel slim,' zei ze. 'Het moet alleen gefinancierd worden.'

Duncan hurkte bij de geluidsinstallatie, waar hij werkte aan een 'welkom terug'-bandje voor haar. Met vlekkerige balpeninkt schreef hij op het labeltje: 'Jaar 2000-mix door D-Mac.' Ze had zijn vorige bandjes nog steeds niet afgespeeld omdat de radio-cassetterecorder in haar keuken in Brooklyn bij nadere inspectie alleen een radio bleek te zijn. Zijn compilaties bleven in de zak van haar jas zitten, waar ze werden vergeten en zachtjes in hun doosjes rammelden bij elke stap die ze zette.

Ze keek hoe Duncan de cd-speler en het dubbele cassettedeck bediende. Zijn ogen sloten zich bij een geliefd refrein en zijn handen sloegen de lucht bij een drumsolo. Terwijl ze naar hem keek, raakte ze los van het heden en was het alsof ze ergens in de toekomst naar een beeld uit het verleden keek, alsof dit allemaal allang voorbij was en hij op deze leeftijd alleen nog een herinnering was. Het nummer explodeerde, stopte abrupt. Hij draaide zich naar haar om. 'Waanzinnig, toch?'

'Heel waanzinnig,' antwoordde ze en ze zag hoe belangrijk haar instemming voor hem was. Ze gaf hem een zoen en liet haar hand onder zijn t-shirt met lange mouwen glijden, over zijn warme borst. Zij was de belangrijkste persoon in zijn leven, maar hij was dat niet voor haar.

'Deze kerst ben ik helemaal in de classic rock gedoken,' zei hij. 'Het was weer net als op de middelbare school: op mijn oude kamer met een koptelefoon op mijn hoofd luisteren naar de platen van mijn ouders.' Hij klikte twee keer op een nummer op Napster en 'Free Bird' van Lynyrd Skynyrd klonk door de speakertjes van zijn laptop. Hij glimlachte, maar Tooly begreep de grap niet en hij moest uitleggen dat het behoorde tot het ijzeren repertoire van de rock.

Ze luisterde aandachtig, keek zonder te zien de kamer rond en schudde toen haar hoofd. 'Nooit eerder gehoord.'

'Hoe kan dat?'

Het nummer was nog niet afgelopen, de zanger jammerde: '*Lord knows, I can't change/Lord, help me, I can't chay-yay-yay-yay-yay-yay-yay-yay-ange!*' Opeens ging het tempo omhoog en deed Duncan iets onverwachts. De brave rechtenstudent sprong op zijn bed en gaf een verbijsterende demonstratie luchtgitaar spelen: arpeggio's over een onzichtbare toets, zwaar aanslaan bij elke neerslag, ogen dichtknijpen, tong uit de mond, headbangen, likken aan een luchtplectrum bij wijze van show, trappen op onzichtbare vervormingspedalen, rukken aan een tremolo-arm, denkbeeldige lange haren uit het gezicht zwaaien, alles erop en eraan. Deze act was niet alleen ongelooflijk grappig, maar gewoon helemaal perfect. Ze keek toe en probeerde zo min mogelijk te knipperen.

'Godsamme, McGrory!' riep ze toen de muziek langzaam wegstierf en hij buiten adem op het bed boven haar stond. 'Godsamme!' zei ze nog een keer. 'Dat was briljant!'

Hij probeerde niet al te trots te glimlachen.

'Ik wist helemaal niet dat je gitaar kon spelen.'

'Dat telt,' zei hij hijgend, 'niet echt als "spelen".'

'Je kunt een lucht-band beginnen.'

Hij sprong van het bed en haalde, aangemoedigd door haar lof-tuitingen, de akoestische gitaar van Emerson uit de woonkamer om haar te laten zien wat hij met een echt instrument kon, wat neer-kwam op *power chords* en het intro van 'Smoke on the Water', wat ook indruk op haar maakte. Ze deed ook een poging, maar de vak-jes tussen de fretten waren te breed voor haar kleine vingers.

'Ik speelde vroeger ukelele op school,' zei ze terwijl ze aansloeg zonder geluid te produceren.

'Ik kan wel zien dat je goed kon spelen.'

'Muziek is niet een van mijn sterke kanten.'

De deur van zijn kamer zwaaide open. 'Wildfire,' riep Xavi naar haar.

'Ik weet het. We moeten het bespreken.' Ze liet Duncan zijn com-pilatie voor haar afmaken en ging zaken bespreken in de kamer van Xavi. Na een uur kwam Duncan binnen en overhandigde haar het cassettebandje.

'Laat je rechtenstudie zitten en sluit je bij ons aan,' zei ze tegen hem. 'We worden schathemeltje rijk.'

De dagen daarna bracht ze uren door met Xavi. Al snel liep ze bij hem binnen zonder te kloppen en bleef ze tot laat op de avond han-gen, ook als al het werk al gedaan was. Duncan begon de kamer van zijn vriend ook op te zoeken, al bleef hij wel kloppen. Zijn com-mentaren waren altijd negatief – terechte zorgen, maar niet ge-wenst, en Tooly vreesde zijn klop op de deur.

Ze overlegde telefonisch met Venn en deed verslag van haar vor-deringen, die in haar ogen groot waren. Hij vond het leuk dat ze echt in dit project geloofde, al merkte hij wel op dat de financiering nog niet rond was – een niet onbelangrijk detail. Maar ze hadden wel een financier op het oog.

'Ik vraag het hem liever niet,' was de reactie van Duncan.

'Je hoeft het niet te vragen,' zei ze. 'Je zegt alleen maar dat een paar ondernemers een internetbedrijf aan het opzetten zijn en dat je die mensen toevallig kent. Ze willen er geen buitenstaanders bij betrekken omdat het wel eens heel groot zou kunnen worden. Maar ze hebben jou wel gevraagd. Daar is geen woord aan gelogen. Je vraagt helemaal niets. Laat Keith denken dat hij zelf op het idee komt.'

'Zo zit mijn vader niet in elkaar.'

'Als hij meedoet en het een succes wordt, zal hij een heel ander beeld van je krijgen.'

'In welk opzicht?'

'Hij zal je niet meer zien als een kind dat om geld vraagt, maar als een vriend.'

Duncan zei een minuut lang niets. 'Ik heb echt geen zin om bij mijn vader te gaan bedelen.'

In plaats daarvan besprak hij het met zijn moeder en vroeg hij wat zijn ouders aan Wildfire zouden willen bijdragen. Xavi boekte ook vooruitgang. Het lukte hem eindelijk om zijn businessplan met Venn te bespreken. Venn toonde hem het uitzicht vanaf het dak van de Brain Trust en ook een onbezette werkplek met een handgeschreven briefje: 'Gereserveerd voor Wildfire.' Xavi vulde alle formulieren in om lid te worden van de coöperatie – als het geld binnenkwam, konden ze van start.

2011

Ze at in haar eentje in het souterrain. Door een raam hoog in de muur kon je net over het gras van de achtertuin van de McGrory's uitkijken. De zomer begon warm te worden en het bleef 's avonds lang licht. Blote kindervoetjes renden voorbij en gezichtjes drukten zich tegen het raam om naar haar te kijken. Ze was onderdeel van het gezin geworden; overdag zorgde ze voor Humphrey en 's avonds ging ze terug naar Connecticut. Als ze zich de trap op waagde, werd ze verwelkomd door het gezin. Ze hadden houvast aan haar stabiele humeur, want ze wisten dat ze niet uit haar evenwicht was te brengen, hoe chagrijnig ze zelf ook waren. Vooral Mac was niet bij haar weg te slaan – behalve als Duncan vroeg thuiskwam van zijn werk, want dan liep hij als een schoothondje achter zijn vader aan.

Maar Duncan was er zelden. Hij was meestal te laat voor het eten, kwam pas thuis als de kinderen in bed lagen en was weer weg voor ze opstonden. Als hij thuis was, werd hij achtervolgd door e-mails. Zijn uitlaatklep was 's avonds schelden en foeteren op het tv-nieuws. Bridget noemde het zijn 'boze uurtje'. Eigenaardig hoe hij in eigen huis gal spuwde en daarbuiten de goedheid zelve was. Bridget kwam met verhalen over hoe vriendelijk en behulpzaam hij was voor nieuwe medewerkers op het advocatenkantoor, voor vreemdelingen en voor Humphrey in de maanden voordat Tooly kwam. Ook vertelde ze dat hij een zieke vriend tot aan zijn dood had verzorgd, een hoofdstuk uit het leven van Duncan dat Tooly helemaal niet kende. Toen ze er bij Duncan over begon, veranderde hij snel van onderwerp – hij kon niet omgaan met lof.

Als het gezin ging ontbijten, was hij al weg. Het was Bridget die de kinderen voorzag van cornflakes en sinaasappelsap. Ze was aanwezig, betrokken, geïnteresseerd. Maar het was de afwezigheid van Duncan die het gezin vormde. De drieling gebruikte schuttingtaal omdat hij erom moest grinniken. Toen ze een dartpijltje naar Mac gooiden en die in zijn kont bleef steken, moest Bridget het wondje ontsmetten met alcohol. 'Niet grappig' zei ze. Maar Duncan had een grijns niet kunnen onderdrukken en dat hadden de meisjes gezien.

Dat soort dingen zorgde voor spanning tussen Duncan en Bridget, maar die werd minder door de komst van Tooly. Ze was de lijm van het gezin geworden en hield alles bij elkaar, maar dat putte haar wel uit. Ze snakte – snakte! – naar wat tijd voor zichzelf en greep iedere kans aan om even alleen te zijn. Door te oefenen op haar ukelele, probeerde ze het gezin op afstand te houden, maar er was altijd wel een McGrory die geen weerstand kon bieden aan de verleiding om zijn of haar hoofd om de deur van de muziekkamer te steken en een praatje te maken. Na Mac was Bridget de meest frequente bezoeker, want ze vond het heerlijk om een volwassen vriendin in huis te hebben.

Elke avond kroop Tooly in bed met een glas rode wijn en een oude krant, want voor iets zwaardere kost kon ze de concentratie niet opbrengen. Overdag werd ze geplaagd door een knagend verantwoordelijkheidsgevoel waar ze alleen van verlost werd als er iets gebeurde – Humphrey die hoestte en om water riep; Mac die in paniek was over een aanstaande vernedering op sportgebied – waar ze iets aan kon doen. Daarna begon het knagen opnieuw en vond ze alleen verlichting in haar slaap. Maar de wijn zorgde voor een ondiepe slaap die ook nog eens werd onderbroken doordat ze er meermalen uit moest om te plassen.

Bij het ochtendgloren werd ze moe wakker – ze kon niet uitslapen zoals in haar jeugd – en dan bleef ze nog even liggen tot in haar hoofd de beelden van Caergenog plaatsmaakten voor het heden. Ze zag de wijnfles op het aanrecht staan, niet nog half gevuld zoals de bedoeling was geweest, maar bijna leeg. Ze had het derde en vierde glas gisteravond eigenlijk al niet meer geregistreerd. Tooly besloot om deze avond haar slaapmutsje een keer over te slaan en kocht op de terugweg niets. Maar toen het tijd werd om naar bed te gaan, groeide de onrust weer en sloop ze naar boven om nog iets te drinken. Met een vol glas in haar hand stond ze in het donker bij het voorraam en keek naar buiten.

Nippend aan haar glas liep ze naar een van de laptops van de McGrory's en pakte haar nachtelijke hobby weer op: neuzen in de levens van de mensen die ze gekend had. Ze ging in haar hoofd het rijtje namen van vroeger af en tikte 'Jon Priddles' in – nog steeds verbonden aan de King Chulalongkorn International School, zo bleek. Volgens de website van de school was hij inmiddels voorzitter van de raad van bestuur, na een 'gewaardeerde carrière als hoofd van de school'. Ze vond ook informatie over Gilbert Lerallu, de eigenaar van het zwijntje op 115th Street: bejubeld (de man, niet het zwijn) om een cd met avantgardistische composities voor klavecimbel. Toen ze Xavi's volledige naam intypte – Xavier Karamage – vond ze niets relevants.

Van iedereen die ze in New York had leren kennen, had ze van hem het meest verwacht, want hij was slim, ambitieus en charmant. Er was geen spoor van hem te bekennen. Ze had geprobeerd om Duncan ernaar te vragen, maar altijd als ze over die tijd begon, kapte hij het gesprek af. Ze drong nooit aan. Er zaten haar zoveel aspecten van die periode dwars, vooral haar eigen gedrag.

'Lekker geslapen?' vroeg ze aan Humphrey terwijl ze wat kant-en-klaarmaaltijden uit de zakken met boodschappen haalde. Haar pogingen om hem uit zijn apathie te halen, om hem weer normaal te laten eten, te laten lezen en zijn hersens weer aan het werk te zetten; het was allemaal op niets uitgelopen.

Het werd steeds lastiger om de vroegere Humphrey terug te halen. Sluipenderwijs wiste de huidige Humphrey de vorige uit, want die leek zo langzamerhand ongeloofwaardig. In een leven zag je zoveel versies van iemand. Telde alleen de laatste?

'Ik doe de gordijnen even open – het is prachtig weer vandaag.'

Hij keek met gefronste wenkbrauwen naar het zwart-witte ding in haar handen. 'Wat is dat?'

Ze gaf hem haar krant en hij bracht de voorpagina eerst naar zijn neus en duwde hem toen weer van zich af in een poging om te kunnen zien wat er stond. Ze pakte zijn bril en ging op de armleuning van zijn stoel zitten.

'Wie is dit?' vroeg hij en hij tikte op de foto van een in een schandaal verwikkelde politicus uit New York die zo onverstandig was geweest om foto's van zijn kruis te verspreiden. Voor machtige mannen was het een slechte zomer geweest, bracht ze Humphrey op de hoogte: Anthony Weiner stond voor paal, Dominique Strauss-Kahn was gearresteerd, Rupert Murdoch moest door het stof en de Arabische dictators waren verjaagd.

Hij wees op een andere foto. 'Zij ziet er vreemd uit.'

'Dat is een man.'

Ze werkten zich door de krant heen, maar ze lazen niet de woorden, maar de gezichten, waarbij ze er een spelletje van maakten om elke gezichtsuitdrukking te benoemen. Plotseling stond Humphrey op. De krant gleed van zijn schoot en viel aan zijn voeten uit elkaar. 'Moet je de wolken zien,' zei hij terwijl hij naar het raam waggelde. Hij schuifelde weer terug naar zijn leunstoel, plofte neer en vouwde zijn handen in elkaar over zijn borst.

'Wat denk je, Humph?'

Na een tijdje antwoordde hij. 'Ik weet niet wat er in de wereld gebeurt.'

'Ik laat de krant wel bij je achter. Dan kun je hem lezen als ik weg ben.'

De volgende dag was de krant nog onaangeroerd. Ze had de nieuwe krant bij zich. 'Er staat een waanzinnig stuk in, over een website die YouTube heet, waarop mensen per minuut vijfendertig uur beeldmateriaal zetten. Ongelooflijk, toch?' Maar wat een onzin om technologische hoogstandjes te bespreken met een man die nog in de vorige eeuw leefde. Ze probeerde het uit te leggen: elektronische pulsen schoten over de aardbol en daarmee werden teksten, foto's en videobeelden naar alle uithoeken van de wereld gestuurd. 'Sorry, ik leg het niet goed uit. Ik laat het wel een keer zien.'

Hij kreunde bij haar beschrijving van het heden. 'Ik ben ongerust,' zei hij. 'Waar moet ik me zorgen over maken?'

'Nergens over. Ik regel alles wel.'

Hij keek weg, niet overtuigd. 'Ik kan niet vinden wat ik zoek.'

'Nou, je hebt heel wat om aan terug te denken, Humph. Je was er al in de jaren twintig.'

'Hoe oud zou ik zijn?'

'Je bent drieëntachtig.'

'Echt?' antwoordde hij stomverbaasd. 'Dat is bijna pervers!'

'Maar je voelt je zes jaar oud.'

'Zeven,' corrigeerde hij haar.

'Laatst zei je nog zes.'

'Ik ben volwassener dan een zesjarige.'

Ze kuste hem op zijn wang.

'Gut, zo goed ken ik je ook weer niet,' grapte hij. 'Zal ik koffie voor je zetten?'

'Ik doe het wel,' zei ze en ze sprong op, dolblij met deze glimp van de oude Humphrey. Af en toe wás hij er weer, als een zon die zich door een dik wolkendek brandde.

'Het valt nog niet mee om je naam te spellen,' merkte hij op toen ze terugkwam uit de gemeenschappelijke keuken. 'Hoe doe je dat?'

'Wat, spellen?'

'Ja, doe maar.' Hij pakte de mok aan en morste koffie op zijn broekspijp.

Ze spelde haar naam, letter voor letter. 'En je kent mijn bijnaam: Tooly.'

'Nou, dat geloof ik graag. Hoe lang blijf je?'

De gruwelijke waarheid drong opeens tot haar door: hij herkende haar niet. 'Ik dacht aan de tijd dat ik nog een klein meisje was en jou ontmoette,' zei ze. 'Je leerde me schaken en liet me valsspelen. Je was heel lief voor me.'

'Onzin!'

'Echt waar,' benadrukte ze. 'Ik was erbij.'

Nog geen uur later stond Tooly voor het raam van een motel op Emmons Avenue en keek ze uit over het parkeerterrein. Op het bed achter haar lag Garry te roken. Om de paar dagen huurden ze een kamer voor vier uur, wat betaalbaar was als ze de kosten deelden. Het was een groezelig rendez-vous, met afbladderend behang, een plastic hoes over het matras en porno op kanaal 33. Maar ze konden wel lachen om hoe vreselijk het was en probeerden elkaar af te troeven met observaties van walgelijke dingen. Vandaag waren dode kakkerlakken in de douchecabine goed geweest voor de overwinning.

Garry had een knap gezicht met ogen die zich tot spleetjes vernauwden als hij lachte. Hij klopte op haar blote buik; een doffe pets. 'Je bent te mager.'

Om te bewijzen dat dat niet zo was, kneep ze in een rolletje vetweefsel en verzamelde toen haar ondergoed om haar naaktheid te bedekken. Ze nam een trek van zijn sigaret voor de intimiteit, de vochtige filter, en ze luisterde hoe deze jonge man maar doorratelde over de onvermijdelijkheid van zijn eigen succes, en dat met een vuur waar je knieën van gingen knikken. Hij was opgegroeid in Novosibirsk, met de droom om miljonair te worden. 'Nu weet ik dat je niks begint met een miljoen.'

Ze leken allebei een ander gesprek te voeren, zij als oudere vrouw en hij als jongere man. Ze waren zich allebei bewust van de kloof, die voor ieder van hen zo'n verschillende betekenis had. Na afloop zaten ze op het parkeerterrein in zijn afgeragde Pontiac en pakte hij een picknick uit die bestond uit eten dat hij van thuis had meegenomen, waarschijnlijk bedoeld om hem door een studiedag heen te helpen.

'Valt het je moeder niet op dat er zoveel eten verdwijnt?'

Hij kauwde met open mond. 'Ze denkt dat ik een grote eetlust heb.' Terloops had hij het over een geplande vakantie in Rusland met zijn verloofde.

'O,' reageerde Tooly. 'Ik wist niet dat je verloofd was.'

Van een affaire als deze verwachtte Tooly niet meer dan menselijk contact en afleiding. Beide kon ze ook elders vinden. 'Laten we er maar een punt achter zetten,' zei ze toen hij haar bij station Sheepshead Bay afzette. Ze voelde zich altijd een beetje opgelucht als ze een excuus had om het uit te maken – weer een zorg minder.

Toen Tooly die avond terugkeerde, maakten de zusjes McGrory ruzie, klonk er gebliep van videospelletjes uit de tv-kamer en zat hun moeder op haar nagels te bijten in de gloed van een iPad2. 'Hé, jij daar,' zei Bridget, 'kom eens even gezellig zitten.' En omdat Tooly hier te gast was, moest ze daar gehoor aan geven, ook al waren hun ogen het laatste waar ze behoefte aan had. En toen gingen die van haar open en was het weer tijd om op te staan en opnieuw te beginnen, want Mac staarde haar aan, wachtend op zijn lift naar weer een nieuwe ongelukkige dag.

Hij had zijn ouders gesmeekt om hem in te schrijven voor een cursus filmmaken op de YMCA, dus weigerde hij toe te geven dat het helemaal niet leuk was. Zijn medecursisten waren ouder en zaten op een andere school – áls hij al wat zei, luisterde niemand. Bridget vertellen hoe ellendig haar zoon zich voelde, zou een schending zijn van Macs vertrouwen in Tooly. Dus probeerde ze hem tijdens de ochtendlijke rit een beetje op te pompen voor een dag die weer alle lucht uit hem zou laten lopen. Ze vroeg hem advies over dingen die in haar leven speelden, zoals de vraag wat ze moest doen als Humphrey een beetje zou opknappen; en waar ze moest gaan wonen als ze hier vertrok, ervan uitgaande dat haar winkel dicht ging. Ze kon zich nu overal vestigen waar ze wilde. Tooly nam zijn antwoorden serieus, dus antwoordde hij ook serieus.

'Kom hier wonen. In een eigen huis, maar wel in de buurt.'

'Darien kan ik me niet veroorloven. Met geen mogelijkheid, ben ik bang. Maar vertel eens,' zei ze. 'Als jíj niet aan een plaats gebonden was, waar zou je dan gaan wonen? Alleen op bezoek gaan mag ook.'

Hij zat te pielen met de zijspiegel. Soms verdween hij gewoon en reageerde niet op vragen – tot grote ergernis van leraren ('Is een verbeterpuntje'), klasgenoten ('Aarde voor Mac: hoort u mij?') en zijn vader ('Hé. Mac. Effe serieus.'). Ze bestudeerde hem, vroeg zich af of het in zijn hoofd ver weg en leeg was of dichtbij en vol. Hij neuriede en zij herkende de melodie.

'Dat is de Ouverture Willem Tell. Die ben ik aan het oefenen op mijn ukelele.'

Hij ontkende dat hij haar had afgeluisterd.

'Kom de volgende keer gewoon binnen. Ik wil niet dat je je in je eigen huis moet verstoppen.'

'Ik verstopte me niet.'

'Och jeetje, jongen. Alles wat ik zeg is mis.'

Zijn kin begon te trillen.

Ze vond het vreselijk om hem bijna in huilen te zien uitbarsten, maar wegkijken leek een nog slechtere optie. Ze trok hem aan zijn oorlel en kreeg een aanval van – hoe moest ze het noemen? – de behoefte om zijn lijden te dragen. 'Ik zorg wel voor je,' zei ze. 'Wat zeg je daarvan?'

'Oké.'

'Het leven wordt beter als je wat ouder bent. Let maar op,' zei ze terwijl ze het parkeerterrein van de YMCA opreed. 'Sommige mensen vinden het vreselijk om ouder te worden, maar jou zal het goeddoen. Sommige mensen zijn geboren kinderen en andere geboren volwassenen. Omdat je het grootste deel van je leven volwassen bent, kun je de goede dingen beter tot het laatst bewaren. Toch?' Tooly wist niet of ze uit haar nek zat te kletsen, dus zei ze het maar met de grootst mogelijke stelligheid. Ze leunde over hem heen en opende zijn portier. 'Spuug op de grond, dat brengt geluk.'

En dat deed hij, met een glimlach omdat het eigenlijk niet hoorde. 'Ik ga naar binnen met een positieve instelling,' beloofde hij terwijl hij haar aankeek. 'Zelfs als ik de slechtste van de klas ben.'

'Stel je voor alles open en luister goed naar wat ze zeggen. En als iemand iets gemeens zegt, laat dan niet zien dat je gekwetst bent. Laat het over je heen komen.'

Hij knikte energiek.

'Ze zullen je op handen dragen,' zei ze. 'Allemaal. En als ze dat niet doen, zijn ze achterlijk! Ik moet ervandoor, Mac. En jij ook.'

De hele middag dat ze bij Humphrey was – nog zo'n behoeftige man, maar deze aan de tegenovergestelde kant van zijn leven – hoopte ze vurig dat het goed zou gaan met Mac. Wat een toestand: niets kunnen veranderen en er toch last van hebben.

Die avond sleepte Duncan Tooly mee naar de tv-kamer om wat gezelschap te hebben en ging hij tekeer tegen nieuwszender MSNBC.

'Over flapdrollen gesproken,' zei ze om hem af te leiden van zijn geraas en getier, 'laatst wandelde ik over de promenade van Coney Island en zag ik die grote achtbaan. Toen moest ik opeens aan Emerson denken.'

'Waarom deed de Cyclone je aan Emerson denken?'

'Hij schreef toch een proefschrift over de hermeneutiek van achtbanen of zoiets?'

'Hoe onthoud je dat soort dingen?'

Ze had Emerson gegoogeld en hem gevonden op een lijst van deelnemers aan een triatlon in Coeur d'Alene. Er stond dat hij universitair docent was. Het zat haar nog steeds niet lekker dat ze Noeline uit het oog was verloren. Maar ze had haar achternaam nooit gekend, dus kon ze haar ook niet vinden op het internet. Tooly had zo weinig vriendinnen; misschien omdat ze was grootgebracht door mannen. Maar nu had ze behoefte aan vrouwelijk gezelschap, aan een hartsvriendin zoals anderen die ook hadden. Het leek voor haar niet weggelegd.

'Arme Noeline,' zei ze. 'Dat was een relatie die tot mislukken gedoemd was.'

'Het geval wil,' zei Duncan, 'dat ze inmiddels getrouwd zijn.' Hij hield zijn iPhone omhoog en toonde haar foto's van Emerson en Noeline met hun drie kinderen bij een barbecue in Idaho, waar ze allebei lesgaven aan de universiteit. Ze hadden een paar jaar daarvoor een persoonlijke tragedie meegemaakt toen een ontstemde conciërge het vuur had geopend op het kinderdagverblijf van hun kind. Daarbij waren vier mensen gewond geraakt en was er één dode gevallen: hun zoontje. Toen Duncan dit via gemeenschappelijke kennissen ter ore was gekomen, had hij weer contact met hen opgenomen.

'De kinderen op de foto?'

'Geadopteerd. Na die tragedie kozen ze voor adoptie.'

Tooly had even tijd nodig om het verhaal te verwerken, om het te rijmen met haar minachting voor Emerson, wat opeens zo ongevoelig leek. Duncan zette het geluid van de tv uit.

'En Xavi?' probeerde ze voorzichtig. 'Ik had altijd het idee dat hij het heel ver zou schoppen. Maar ik heb hem gegoogeld en dan vind ik alleen een blanke vent van middelbare leeftijd met een snor die in Ierland woont.'

'Beslist niet Xavi.'

'Nee, dat idee had ik al. Is hij terug naar Oeganda gegaan?'

Duncan zuchtte. 'Ik begrijp dat dit allemaal nieuw voor je is.'

'Wat allemaal?'

'Xavi is dood.'

Nadat Xavi zijn studie bedrijfskunde had afgerond, was hij met-een met een paar anderen een digital rights management-bedrijf begonnen. Maar toen dat niet van de grond kwam, accepteerde hij een baan bij Goldman Sachs. Hij bleef dromen van een eigen zaak, maar wilde zich eerst opwerken bij Goldman Sachs om daarna zijn contacten te gebruiken om op eigen benen te staan. Toen hij via zijn nieuwe baan verzekerd was tegen ziektekosten, ging hij bij de dokter langs voor een paar hardnekkige kwaaltjes – hij was als student onverzekerd geweest, dus hij had doktersbezoek eindeloos uitgesteld. Ze vonden een tumor: teelbalkanker.

Zijn plan was om niemand op het werk te vertellen van de bestralingen en de chemokuren die hij moest ondergaan. Hij maakte zich zorgen over hoe ze tegen hem aan zouden kijken als ze ervan op de hoogte waren – als Afrikaan viel hij toch al op. Dus liet hij zich buiten werktijd behandelen, kreeg 's ochtends in alle vroegte zijn chemo-infuus en nam vakantiedagen op voor zijn eerste operatie. Maandenlang wist niemand bij Goldman wat er speelde. Gek genoeg werd hij daar een ster. 'Dit speelde in die rare tijd vlak na 9/11,' merkte Duncan op. 'Hij had wat vrienden verteld over de diagnose, maar die wisten niet hoe ze moesten reageren, hadden geen ruimte meer voor nog meer angstaanjagend nieuws. Een paar haakten af, vooral toen hij steeds zieker werd. En veel mensen zeiden: "Lance Armstrong is er ook weer bovenop gekomen!" Daar zat hij niet echt op te wachten.'

Uiteindelijk stortte Xavi op kantoor in elkaar en werd hij wakker in een ziekenhuis. De kanker was uitgezaaid naar zijn longen, zijn lever en zijn botten. Er viel niets meer te verbergen. Toen aanvullende behandelingen niet aansloegen, beantwoordde de oncoloog zijn telefoontjes niet meer. Xavi werd steeds somberder en begon te vermoeden, geheel irrationeel, dat hij ziek was geworden omdat hij in de Verenigde Staten woonde. Duncan herinnerde zich hoe Xavi tijdens zijn zoveelste chemo-infuus op CNN naar een debat over de voorgenomen invasie van Irak keek. De militaire campagne werd verdedigd door mannen die tientallen jaren ouder waren dan Xavi, mannen die bezig waren met de toekomst, terwijl hij de uitkomst van het conflict nooit te weten zou komen. 'Emerson en Noeline kwamen één keer op bezoek, maar dat was geen succes. Ze bleven de hele tijd met hem discussiëren over de casus belli.'

'Xavi was voor een invasie?' gokte Tooly. 'En zij waren tegen?'

'Net omgekeerd. Emerson en Noeline vonden oorlog gerechtvaardigd.'

Op een dag zag Duncan een bekende figuur in het ziekenhuis: de oude man die hij drie jaar eerder had ontmoet toen Tooly was verdwenen en hij en Xavi haar waren gaan zoeken met behulp van haar kaart van New York. Humphrey was daar voor een herniaoperatie. Toen hij van de ziekte van Xavi hoorde, wilde hij hem per se beterschap wensen. Toen Humphrey hersteld was van zijn operatie, kwam hij terug naar het ziekenhuis met een schaakbord, want hij herinnerde zich dat hij tijdens zijn enige ontmoeting met Xavi tegen hem geschaakt had. Maar schaken behoorde niet meer tot de mogelijkheden – Xavi lag al op de intensive care. Humphrey bleef het proberen, ging zelfs op bezoek in het hospice. 'Hij zat daar in zijn eentje in de watertuin, met zijn oprolbare schaakbord. Zette kopjes Nescafé voor iedereen. Hij ging naar huis en de volgende dag was hij er weer. Dat is een van de redenen dat ik je vader heb geholpen.'

'Je vertelde me dat je Humph had ontmoet toen je "iemand" in het ziekenhuis opzocht. Waarom zei je toen niet dat dat Xavi was?'

'Omdat ik hier normaal gesproken niet over praat. Op zijn verzoek.'

Xavi wilde dat niemand van zijn ondergang hoorde, zelfs niet zijn familie in Oeganda. Het was beter dat ze geloofden dat hij ze had achtergelaten om het in Amerika te gaan maken dan dat ze dit te weten kwamen. Hij wilde geen berichten over zijn ziekte op internet, geen foto's van zijn aftakeling en geen mailtjes om zijn studiegenoten en zijn collega's bij Goldman op de hoogte te houden. Zo zou hij alleen in eerdere herinneringen blijven voortleven. Hij liet Duncan beloven nooit een herdenkingsdienst te houden, alsof sterven voor het bereiken van succes een schande was. Xavi maakte het einde van de oorlog in Irak inderdaad niet meer mee; hij stierf op het hoogtepunt van de chaos daar, al interesseerde het hem toen al niet meer, want zijn wereld was stapsgewijs kleiner geworden: eerst alleen nog maar het hospice, toen alleen zijn kamer, zijn bed, zijn lichaam en toen niets meer.

De onthulling bleef Tooly de hele nacht achtervolgen, en ook de volgende ochtend. Om de een of andere reden had ze daardoor de behoefte om Mac bij zich te houden. Dus voor deze ene keer combineerde ze haar twee verplichtingen, Mac en Humphrey, en nam ze de jongen helemaal mee naar de zuidkant van Brooklyn, waardoor hij verstek moest laten gaan bij de door hem zo gevreesde sportactiviteit van de YMCA (die dag was dat worstelen).

Toen ze de kamer van Humphrey naderden stond de gang op zijn grondvesten te schudden van de muziek die de buren draaiden. Nadat ze Mac aan Humphrey had voorgesteld, liep ze even naar de buren. Een doordringende drugslucht kwam door de deur heen. De vrouw antwoordde van achter haar gesloten deur. 'Wat moet je?'

'Ik vroeg me alleen maar af,' riep Tooly terug, 'of het misschien iets zachter kan! Mijn vader, die hiernaast woont, hoort niet zo goed!'

'Wat?'

'Hij kan ons niet verstaan!'

De muziek ging uit. 'Te hard voor jou?' vroeg de vrouw. Ze zette het geluid nog harder.

Dat kwam heel slecht uit, want Humphrey leek opgetogen over zijn nieuwe vriend en was Mac al allerlei boeken aan het tonen – ze had Humphrey sinds haar komst nog niet zo helder gezien. Hij was het die in haar oor schreeuwde dat ze een ijsje moesten gaan halen.

'Ik ga wel,' zei Tooly.

'Kan ik ook.' Hij was al weken niet meer buiten geweest.

'We gaan met zijn allen.'

Dus sjokten Humphrey en Mac over Sheepshead Bay Road, waarbij zij waakte over het evenwicht van de oude man, klaar om hem vast te grijpen als het mis ging. Hij had haar amper in de gaten, want hij praatte honderduit met de jongen. Tooly bedacht dat ze elkaar serieus namen omdat ze elkaars reputatie niet kenden. Daarbij was Humphrey geweldig met kinderen. En Mac, die niet gewend was om zoveel aandacht te krijgen, deed zijn best om die te verdienen; hij sprak in volzinnen en slikte wat hij wilde zeggen niet halverwege in.

Bij de Baskin-Robbins duwde Humphrey zijn buik tegen de vitrine en tuurde blind naar de bakken met ijs. 'Kun je het wel zien?' fluisterde ze, maar hij wuifde haar weg en besprak de pro's en contra's van *mint chocolate chip* en *pink bubblegum* met Mac. De jongen nam één bolletje en keek met grote ogen toe hoe Humphrey de bananasplit nam.

'En wat wil jij?' vroeg Mac aan Tooly, wat haar deed glimlachen – hij sprak alsof hij haar trakteerde.

'Ik kijk wel toe.'

En dat deed ze: Mac likte zo snel mogelijk om te voorkomen dat er druppels ijs op zijn hand vielen; Humphrey hanteerde zijn lange lepel, met veel concentratie, veel geknoei en veel getuit van lippen. Twee kleine jongens, dacht ze.

'Heel koud aan mijn tanden,' merkte Mac op.

'Hmmm,' bevestigde Humphrey, die niet veel tanden meer over had. 'Ik probeer er niet in te bijten.' Hij stelde elk hapje met grote aandacht samen, een procedure die zo nauw luisterde dat het tergend lang duurde voordat hij een nieuwe hap naar zijn mond had gebracht, een volle minuut wel, waarbij zijn mond zich al dertig seconden van tevoren opende en Tooly en Mac ademloos toekeken.

Humphrey wilde per se betalen – hij stond erop! Maar hij had moeite met de moeilijk van elkaar te onderscheiden groene biljetten (ze had voordat ze de deur uit gingen wat geld in zijn zak gestopt). Hij keek met toegeknepen ogen naar de puisterige jongen achter de kassa en naar de biljetten en gaf hem toen het hele stapeltje met de woorden: 'Hier, neem maar.' De jongen bleek eerlijk te zijn – het verbaasde Tooly altijd weer dat de meeste mensen eerlijk waren.

De middag was een succes en toen ze terugkwamen klonk er zelfs geen muziek meer bij de buren. Toch voelde Tooly zich een beetje gekwetst, ze kon er niets aan doen: voor een vreemde had Humphrey zich van zijn beste kant laten zien, was soms buitengewoon helder geweest en had zelfs grapjes gemaakt.

Terug in Darien had ze Mac voor de Xbox gezet en was ze naar beneden geslopen om even wat tijd voor zichzelf te hebben. Maar daar stond Bridget, voor de afgesloten wasmachine. Ze vroeg hoe hun tripje naar Brooklyn was geweest. En toen zei ze – zonder enige overgang – dat ze zich zo ongelukkig voelde in haar huwelijk.

'Duncan is een oude vriend van me,' onderbrak Tooly haar. 'Ik ben niet de juiste persoon om dit mee te bespreken.'

Maar Bridget was niet te houden. De romantiek was ver te zoeken tussen haar en Duncan, zei ze, en hij wilde dat niet onder ogen zien. Ze waren slapies van elkaar geworden, maar dan zonder het contact dat slapies nog wel hadden. Haar ogen vulden zich met tranen toen ze zichzelf hoorde zeggen hoe beklagenswaardig ze was. 'En,' grapte ze met een dapper snifje, 'dan slaapt hij ook nog midden op het matras, dus moet ik helemaal op het randje liggen!'

'Wat gebeurt er als je het aansnijdt? En dan bedoel ik niet het matras, maar de situatie.'

'Ik heb het een paar keer geprobeerd, maar dan verandert hij van onderwerp. Begint te schelden op de politiek. Of hij gaat in conclaaf met zijn BlackBerry. Gaat lezen in zijn Kindle en draait zich dan zo dat ik zijn ogen niet kan zien en zegt: "Mmmmmm?" Dat is de afwezige tegenwoordige tijd.'

'De afwezige tegenwoordige tijd?'

'Als iemand aanwezig is, maar ook weer niet. Praat met je, maar kijkt naar het beeldscherm.'

'Hij is waarschijnlijk doodmoe. Hij maakt krankzinnig lange dagen, Bridget.'

'Ik weet het. Ik weet het. En ik hou ook nog steeds heel veel van hem. Maar ik heb een gevoel alsof ik – hoe zeg je dat? – alsof ik verdor. Na de bevallingen was ik al in een soort monster veranderd. Het kostte me vier jaar om mijn oude lichaam weer een beetje terug te krijgen. En nu ben ik... Weet je, ik heb zo'n gevoel dat als ik fulltime ga werken – en dat is me gevraagd – dat het dan mis gaat.'

'Hoe bedoel je?'

'Misschien loop ik dan wel tegen iemand aan,' zei ze en ze keek aftastend op. 'Ik wil weer verliefd worden op iemand. Ik mis dat gevoel zo erg. Aan iemand denken als hij er niet is – begrijp je me? Zoals jij dat hebt met Garry.'

Tooly wilde haar al bijna uit de droom helpen, maar het was beter om te stoppen met dat soort confidenties, want die hadden een gevaarlijke uitwerking op Bridget. 'Tot nu toe is er nog niets bij jou op kantoor gebeurd,' zei Tooly.

'Gut, nee. Waar moet ik de tijd voor een affaire vandaan halen? Ik ben al twee maanden niet meer naar de kapper geweest.'

'Dat is de oplossing: begin iets met je kapper.'

'Dat zou ideaal zijn. Gratis highlights.'

Ze gingen ieder hun eigen weg, al kwam Bridget een paar minuten later alweer naar beneden hollen om nogmaals te benadrukken: 'Natuurlijk zal ik zoiets nooit doen.'

Arme Duncan. Want, zo vermoedde Tooly, Bridget zou natuurlijk wél vreemdgaan. Ze was niet om raad komen vragen; ze probeerde de weg te plaveien voor het plan dat zich al in haar hoofd had gevormd. Voor Mac zou het een drama zijn als Bridget vreemdging. Zijn moeder was het enige familielid dat hem onvoorwaardelijk steunde.

Bridget had blijkbaar toch tijd gevonden om naar de kapper te gaan, want ze kwam thuis met een korter koppie, een beetje zoals Tooly. Toen Duncan die avond thuiskwam, vroeg hij aan Mac: 'Wat vind je van je moeder, zo zonder haar?'

'Uhhh...' De jongen toonde beide handpalmen en bewoog ze als een weegschaal op en neer. Hij grinnikte nerveus. Als Mac zich in het nauw gedreven voelde, grinnikte hij zo, en dat klonk verre van overtuigend, wat Tooly's sympathie opwekte. Het vermogen om te lachen om een grap die niet leuk was, had een onverwacht voordeel; je kreeg er een ander leven door. Zij had het ook niet gekund. Toch was Mac een heel voorkomende jongen, en ze bedacht dat ze dat tegen Duncan moest zeggen. Ze was altijd op zoek naar manieren om de jongen bij zijn vader aan te prijzen. Maar het was niet aan haar om die relatie te repareren. Zou Mac het zich überhaupt wel herinneren als hij volwassen was? Wat zou hij doen als zijn vader hulpbehoevend werd? Hij zou onvoorwaardelijk van Duncan houden. Er was geen evenwicht in relaties, hoezeer mensen daar ook naar zochten.

In huize McGrory was er in elk geval evenwicht waar het de ontboezemingen in het souterrain betrof. Want het was Duncan die Tooly later die avond bij de wasmachine meer vertelde dan ze wilde weten, een bekentenis die niets met liefde van doen had. 'Hij is hier niet?' vroeg Duncan terwijl hij de muziekkamer binnenliep waar zij op haar ukelele aan het spelen was.

Ze dempte de trillende snaren af. 'Mac? Niet dat ik weet.'

'Grrr.' Duncan stond daar hoofdschuddend met zijn handen op zijn heupen voor de elektrische piano. Een van de oorzaken van huiselijke spanningen was dat Mac te weinig piano oefende. Ze betaalden voor wekelijkse pianolessen, maar in de ogen van Duncan voerde Mac geen fluit uit.

'Jij speelt zelf ook niet meer,' merkte ze op.

'Ik heb geen tijd. Hij wel.' Duncan pakte haar exemplaar van *Nicholas Nickleby* van de grond, het boek dat ze altijd meesleepte naar Sheepshead Bay om het tijdens de lange treinrit te herlezen. 'Dat ding weegt wel vier kilo,' riep hij uit. 'Hou toch op met dat gesleep en koop een e-reader. Het beeldscherm heeft gewonnen, lieve schat.'

'Heb je niets beters te doen en kom je mij daarom een beetje opfokken?'

'Daar komt het wel op neer,' zei hij. 'Ik kan er gewoon niet tegen dat hij zo'n kans krijgt en er niets mee doet. Mijn oude Yamaha is een geweldig ding. Ze hebben hem ook aangesloten op het netwerk hier in huis, dus je kunt precies zien wanneer er geoefend wordt. Daarom is het ook zo stom dat hij doet alsof hij oefent. Ik kan op de computer zien dat het niet zo is.'

'Wat zal hij lijden onder jou.'

'Ik weet het,' zei hij en hij keek haar aan. 'Deugt er helemaal niets aan mij?'

'Wat mij betreft ben je een held. Je hebt voor Humph gezorgd. Je laat me hier gratis wonen.'

'Maar je moet wel mijn zoon heen en weer rijden.'

'Klopt. Je bent inderdaad verschrikkelijk.'

'Mag ik je iets toevertrouwen? Mondje dicht. Ik meen het. Je mag het aan niemand vertellen. Nooit.' Hij ging zachter praten en zei dat hij meer met zijn zoon zou moeten doen, dat Bridget daarop bleef aandringen, dat hij dat echt zou moeten doen, dat wist hij dondersgoed. 'Maar...' Hij keek weg. Hij zuchtte. 'Het probleem is...' Hij schudde zijn hoofd. 'Ik mag hem gewoon niet,' luchtte hij zijn hart. 'Ik vind deze jongen gewoon níét leuk. Aargh! Ik vind het vreselijk om zoiets te zeggen. Maar het is waar. Ik vind hem ón-leuk. Daar kan die arme jongen niets aan doen. Ik voel me onge-looflijk klote dat ik dit zeg. Je mag dit niet verder vertellen. Nooit. Ik meen het.' Hij ijsbeerde. 'Ben je geschokt?'

'Ik ben niet geschokt. Je kent me.'

'Het ligt niet aan hem. Echt niet. Ik vind het heel rot voor hem. Maar altijd als hij er is,' kwam Duncan op stoom, 'vind ik deze jongen echt. Niet. Leuk.' Hij draaide zich om en bladerde door haar boek. 'Toen Bridget en ik aan kinderen begonnen, kwam het niet in me op dat je je eigen kind niet leuk zou kunnen vinden. Dat is het laatste taboe.'

'Het laatste taboe? Kannibalisme en necrofilie zijn nog steeds behoorlijk taboe, hoor.'

'Je begrijpt het niet.'

'Toch wel, Duncan. Ik vermijd het alleen een beetje, denk ik. Ik heb nooit in jouw schoenen gestaan. Maar ik sta er niet van te kij-ken. Er zijn op de wereld maar heel weinig mensen met wie je echt een klik hebt. Ik weet dat het iets biologisch zou moeten zijn. Maar elk kind heeft een eigen persoonlijkheid en dat is iets wat ouders misschien niet verwachten. Ze verwachten een huisdier, in elk geval sommige ouders. Ik zeg niet dat jij zo bent. Maar het zou heel wonderlijk zijn als je automatisch een blinde adoratie voor zo iemand hebt. Ik weet dat de samenleving dat wel van ouders ver-wacht. Dus nee, ik ben niet geschokt.'

'Je begrijpt het niet,' zei hij. 'Als je kinderen krijgt, hou je automatisch van ze. Dat is iets biologisch.'

'Jij vertelt me net dat dat niet zo is.'

'Nee – ik hou wel van hem. Ik vind hem alleen niet leuk.'

'Hoe oud is hij? Acht? Kun je dan al oordelen?'

'Je begrijpt het niet.'

'Als je maar blijft zeggen dat ik niks begrijp, kan ik beter mijn mond houden.'

'Wil jij kinderen?'

'Jij schetst zo'n rooskleurig beeld van het ouderschap. Ik weet het niet, Duncan. De jeugd is zo vermoeiend.'

'Voor de ouders?'

'Voor het kind. Ik weet niet of het wel eerlijk is om iemand het leven te schenken zonder dat hij of zij er iets over te zeggen heeft.'

'Het valt niet mee om de mening van sperma te vragen.'

'Ik vraag het liever aan de eitjes – die formuleren wat beter. Trouwens, jij bent toch degene die altijd zo somber is over de toekomst van de mensheid? Jij zegt toch altijd dat de grootste klootzakken miljoenen kinderen krijgen en dat de wereld daardoor elke generatie verder achteruit holt?'

'Dat is precies de reden dat fatsoenlijke mensen kinderen moeten krijgen.'

'Wat, een demografische oorlog?'

'Het probleem is dat je nooit weet wat er zal gebeuren. Misschien wordt de wereld wel beter als we zeventig zijn en dan heb je spijt van je kinderloosheid. Dan is je kans verkeken en zullen ze nooit bestaan. Daar hoef je sperma en eitjes niet voor te ondervragen – iedereen heeft liever een leven dan geen leven.'

'Ja, natuurlijk. Nu ik al een tijdje leef, kan ik wel een lijstje opstellen van zaken die het leven de moeite waard maken. Maar ik weet ook wel een paar dingen die het behoorlijk akelig maken.'

'Zoals?'

'Pure pech. Denk aan Xavi. (Ik denk de laatste tijd voortdurend aan hem; moeilijk te geloven dat dat echt gebeurd is.) En zelfs minder ingrijpende dingen kunnen mensen beschadigen en het leven bitter maken.'

'Zoals?'

'Nou, ik weet niet. Bijvoorbeeld dat je vader je niet leuk vindt.'

'Ik heb nooit gezegd dat ik iemand niet leuk vind.'

In één opzicht had Duncan ongelijk: Mac kwam wel naar beneden om piano te studeren – ze hoorde hem vrijwel elke dag in de muziekkamer rondscharrelen. Maar hij speelde nooit lang achter elkaar. Hij drukte in zichzelf neuriënd wat toetsen in, in de hoop dat zij zou verschijnen. Zij stak haar hoofd om de deur, begroette hem en vroeg of hij behoefte had aan gezelschap.

De jeugd had iets bodemloos droefs. Mac – onhandig, suf, nu al eenzaam – beleefde geen plezier aan zijn kindertijd, aan het zwemmen tussen de haaien. Haar drang om hem te beschermen, deed haar denken aan Paul. Jarenlang had ze niet over hem willen praten, had ze hem uit haar gedachten proberen te bannen. Zijn naam zat nooit tussen de namen die ze googelde. Maar nu ze zoveel tijd met Mac doorbracht, moest ze dagelijks aan hem denken.

Die nacht tikte ze op een van de laptops zijn naam in. Ze vónd haar vader, maar een paar uur rijden bij haar vandaan.

1988

Door de gaten in de muur op de eerste verdieping kwam zonlicht en het verre lawaai van de ochtendspits. Iemand kwam de trap op lopen.

Het was de oude schaker van de vorige avond die langs haar sjokte in een gekreukt overhemd met stropdas, boven een hemelsblauwe korte broek van polyester waarin het overhemd was gestopt. Hij sloot zich op in de wc, een kraan werd opengedraaid en je hoorde hem plassen. Toen hij even later weer tevoorschijn kwam, had hij zijn stugge grijsbruine lokken in model geborsteld, maar hij krabde even op zijn hoofd en zijn haar stond weer alle kanten op. Hij zette zijn kaarttafeltje en zijn klapstoel neer. Toen hij zat, haalde hij een boek tevoorschijn – *The Conquest of Happiness* van Bertrand Russell – en begon te lezen. Hij tikte met zijn vingers tegen zijn lippen, sloeg elke bladzij woest om, wees naar de tekst alsof hij een verhit debat voerde waarin hij geregeld het onderspit moest delven.

'Hallo,' zei ze.

'En wat heb je te zeggen?' vroeg hij met samengeknepen wenkbrauwen.

'Ik maak me...' Ze keek naar haar blote knieën en toen naar de kaft van zijn boek, knipperend tegen het daglicht dat door de gaten in de muur kwam. 'Ik maak me een beetje zorgen.'

Humphrey bleef even stil en legde toen het boek met een klap op het kaarttafeltje neer. Hij stond op en liep een rondje door de kamer, waarbij zijn veterloze tennisschoenen bij elke stap klosten. Ze zette zich schrap, want ze dacht dat hij ging brullen. Maar in plaats daarvan hield hij halt en keek naar de muur. 'Ik maak ook zorgen.' Hij draaide zich naar haar om. 'Is er iets wat ik kan betekenen voor jou? Kan ik helpen op een manier?'

'Ik weet het niet. Ik ben gewoon... Ik maakte me zorgen toen ik wakker werd. Ik heb pijn in mijn nek. Ik ben nog niet thuis geweest. Weet je of Sarah hier is? Is ze teruggekomen?'

'Ik weet niet zeker,' zei hij. 'Ik...' Hij begon weer te ijsberen en wond zichzelf verschrikkelijk op dat hij niks kon doen.

Gek genoeg maakte zijn wanhoop haar rustiger; ze merkte dat ze hem wat wilde opbeuren. 'Kunnen we nog een keer schaken?'

Hij bleef even staan – ja, dat kon hij regelen. Hij hielp haar op de klapstoel, schoof hem aan en begon uiterst zorgvuldig de stukken op te zetten. Haar schaakstrategie, als je die flatterende term zou mogen gebruiken, was om stiekem stukken op het bord te zetten in de hoop Humphreys dame te kunnen wegpakken zonder dat hij het merkte. Maar elk stuk werd weer geslagen. Ze speelden twee uur lang en het spel werd alleen onderbroken toen Tooly over haar nek moest wrijven omdat ze last had van de whiplash die ze die nacht had opgelopen toen ze van de trapladder was gevallen.

'Niet valsspelen,' zei hij terwijl hij opstond. 'Ik ga minuutje weg.'

'Mag ik valsspelen als je weer terug bent?'

'Natuurlijk.'

Hij verdween in de opslagruimte en kwam terug met een nekbrace die hij haar probeerde aan te meten, ook al was hij veel te groot. Toen het mislukte, bracht hij haar een aspirientje. Met de grootste discretie informeerde hij naar haar gewicht, lengte en leeftijd en noteerde het op een kladblaadje om te kunnen berekenen hoeveel milligram hij haar kon voorschrijven. Hij kwam met een beker water, een schoteltje met haar halve pil en een bergje suiker om de bittere smaak te neutraliseren. Die suiker was het enige wat ze te eten kreeg. Hij leek zelf geen honger te hebben, wat haar ertoe bracht om er eindelijk iets van te zeggen.

'Wanneer ontbijt je, Humphrey?'

'Ik wijs concept van maaltijden af. Waarom ik moet ontbijten in ochtend? En in middag ik moet lunch eten? Nee, nee – met eten ik ben vrijdenker.'

'Je eet alleen vrije dingen?'

'Ik eet alleen met honger. Elke tijdstip van de dag. Gisteren, bij-voorbeeld, ik eet 's avonds één kom cornflakes.' (Ze zag hem de kom opeten.) 'Vandaag, ik eet kaastosti.'

'Heb je die al op?'

'Nee, maar later misschien.' Hij nam de schaakhouding weer aan, om met enige vertraging op te kijken. 'Wacht – jíj hebt mis-schien zin in kaastosti-bezigheid?'

Hij duwde haar voor zich uit naar de keuken en benoemde haar tot sous-chef, met als enige taak om goed te keuren dat hij een stuk oranje kaas bakte. Toen dat gesmolten was, gebruikte hij twee mes-sen om de kaas uit de zwartgebrande pan te schrapen en op een bedje van Triscuitcrackers te leggen.

Ze verslond het.

'Is lekker?' vroeg hij.

'Heel lekker.'

'Maar iets zit jou dwars,' raadde hij.

'Ik ben bang dat ik op mijn donder krijg. Ik hoor op school te zitten,' zei ze. 'Ga je al snel weg? Je zei tegen Sarah dat je deze och-tend weg moest. Blijf ik dan alleen achter?'

'We zien, we zien. Jij maakt niet druk over,' zei hij. 'Jij wilt Coca-Cola, lievelink? Ik kan voor zorgen.' Hij haalde cola in een plastic beker en die sloeg ze achterover. 'Meer schaakbezigheden?'

'Misschien maar niet.'

'Jij hebt leesproducten?'

Ze haalde het boek tevoorschijn uit haar schooltas. Hij inspecteerde het en oordeelde positief over de schrijver, Charles Dickens, ook al had hij zijn bedenkingen bij verzonnen verhaaltjes. 'Ikzelf, ik lees alleen feiten. Kunst is werktuig van conformisme,' sprak hij. 'Plezier van kunst is verbonden met zelfgenoegzaamheid. Om dominantie van economische factoren tegen te gaan, kunstenaar moet negatieve cultuur produceren, niet bevestigende. Avant-garde, met name. Kunstwerk moet ongelukkig maken. Toont gruwelen van de wereld. Meer smeltkaas?'

Ze knikte.

Terwijl hij nog een kaastosti maakte, dacht ze na over zijn onbegrijpelijke opmerkingen en kwam tot de conclusie dat hij het over het verschil had tussen boeken die goed of slecht afliepen, wat voor haar het verschil was tussen boeken voor kinderen en voor volwassenen. Tooly gaf te kennen dat ze al een aantal boeken had gelezen die slecht afliepen. Er was er een bij, herinnerde ze zich, 'waar het meisje en haar broer aan het eind verdrinken'.

'Verdrinken?'

'Allebei.'

'Avant-garde,' sprak hij goedkeurend.

Ze brachten de dag lezend door, ieder aan een kant van het kaarttafeltje, elkaar storend om een mening te ventileren. Als ze honger kreeg, aten ze, ongeacht het tijdstip; als ze dorst had, schonk hij haar lauwe cola in. Een schandelijke en spannende gedachte kwam in haar op: meneer Priddles gaf op dat moment gewoon les, de school ging door zonder haar. Toen moest ze aan Paul denken en verdween al het plezier als sneeuw voor de zon.

Ze legde haar boek neer en kreeg toestemming om beneden de achtertuin in te lopen, waar ze de muurschildering van de dolfijn inspecteerde. Humphrey vond een kwast en een bus rode verf in de opslagruimte en liet haar neuzen schilderen op de muur. 'Jij bent groot kunstenaar,' was zijn commentaar.

'Ben ik avant-garde?'

Hij glimlachte en liet haar daar achter terwijl hij een dutje deed. (Tooly had die nacht op zijn bed geslapen en hij had de hele nacht beneden op de vloer half wakker gelegen.) Toen ze alleen was, verkende ze het bouwvallige huis, liep naar de patio aan de voorkant en waagde een paar stappen in het verlaten straatje. Ze rende snel weer terug naar binnen.

Later op de dag kwamen er mannen kratten bier en zakken ijs brengen, gevolgd door Venn, de man die haar leven had gered tijdens het opstootje van de vorige nacht. Hij overlegde met Humphrey en gaf instructies aan Jaime, die het kasgeld uittelde en Tooly uitlegde hoe hij de bar had ingedeeld. Andere mensen kwamen en gingen, soms om pakjes in de opslagruimte te zetten, soms om pakjes mee te nemen, alles in opdracht van Venn.

En in al die drukte stond Tooly tegen de muur, met haar vingertoppen op de bakstenen achter haar, zo roerloos als een gekko. Toen Venn haar richting op keek, gaf hij haar een knipoog, waarmee hij leek aan te geven dat er nog een andere wereld was dan alles wat er om hen heen gebeurde, en dat alleen hij en zij daar toegang tot hadden. Toen ze bijna de moed had verzameld om hem in het bijzijn van iedereen aan te spreken, richtte hij zich tot haar, alsof hij haar gedachten geraden had. 'Wees maar niet bang,' zei hij. 'Niets aan de hand.'

'Het punt is dat ik niet goed weet hoe ik van hieruit thuis moet komen,' zei ze.

'Daarvoor wachten we nog even op Sarah,' antwoordde hij. 'En ik ben er ook nog. Wees maar niet bang, dukkie.' Zijn stem – zo diep, zo zelfverzekerd – betoverde haar. Hij gaf haar kleine taakjes: zeg dat tegen die-en-die; let maar even op hoe ik dat probleem oplos. Hij verzachtte niets met 'alsjeblieft' of 'dank je wel', maar klonk toch

334

vriendelijker dan de mensen die dat wel deden. Ze liep overal met hem mee, net iets voor hem uit, om ervoor te zorgen dat hij haar niet uit het oog verloor en weggelokt werd, want dan zou ze alleen achterblijven met die grote vreemde mensen.

Zelfs toen er feestgangers begonnen te arriveren – die Venn allemaal begroetten – hield hij haar in de gaten. Werd hij aangesproken door een wel heel onguur type, dan riep hij Tooly erbij, stelde haar voor en liet merken dat zij onder zijn bescherming viel. Hij zei zelfs: 'Pak mijn arm maar vast, dukkie, als je iets nodig hebt.' Naarmate het drukker werd, werd ze steeds vaker door volwassenen geplet en op haar voeten getrapt, dus liep ze naar boven en ging tegenover Humphrey zitten, die weer propjes van wc-papier in zijn oren had gestopt. Ze zaten daar samen te lezen en deden hun best om zich niets van het lawaai aan te trekken. Toen ze door slaap overmand werd, stuurde Venn iedereen van de bovenverdieping weg en legde hij haar op bed, ook al dreunde de muziek beneden gewoon door. Ze viel in slaap met de angst dat Humphrey de volgende ochtend weg zou zijn.

Maar hij was er nog en schonk haar cola in. Hij beloofde niet weg te gaan tot Sarah terug was om alles te regelen. En zo brachten ze die eerste week samen door. Het viel Tooly op dat hij bijna elke dag dezelfde kleren droeg. Zelf had ze niet veel meer variatie, alleen maar het schooluniform waarin ze gekomen was en de gymkleren uit haar schooltas. Toen Venn zag hoe ze verslonsde, stuurde hij twee jonge Thaise vrouwen – vaste gasten op de feestjes – naar de avondmarkt om kleren voor haar te kopen. Phueng en Mai hadden waarschijnlijk een meningsverschil gehad, want ze kwamen terug met verschillende outfits, Phueng met meisjesachtige roze t-shirts met logo's van My Little Pony en Strawberry Shortcake, en Mai met het soort kleren dat zij zelf droeg, maar dan in het klein: blouses die de schouders bloot lieten, leggings met zebraprint, slobbersokken. Ze hadden allebei toiletartikelen gekocht en hadden er plezier in om het meisje gezamenlijk schoon te boenen in bad. Tooly stond dat toe, op voorwaarde dat ze haar kleren mocht aanhouden. Door haar nieuwe jeans met opgerolde pijpen was het water dat het afvoerputje in stroomde helemaal donkerblauw. Ze bliezen haar droog met een föhn. Door de vochtigheid ging haar haar heel grappig krullend overeind staan, iets waar zelfs Venn om moest lachen – een heerlijk gezicht, de eerste keer dat ze dat meemaakte – en toen hij haar daarna weer tegenkwam, legde hij zijn hand op haar statische haar.

Phueng en Mai waren freelancers – geen barmeisjes die aan een bepaalde nachtclub verbonden waren, maar kapsters die hun inkomen aanvulden met 'fooien' van buitenlandse vriendjes in de hoop er uiteindelijk een aan de haak te slaan om zo een permanent inkomen te genereren. Wat later op de avond vonden ze klanten en bleef Tooly alleen achter. Ze ging kijken bij Jaime, die haar de kneepjes van zijn vak leerde: hoe je vroeg op de avond ruim moest schenken en daarna steeds minder naarmate het later werd; en hoe je moest omgaan met de dronkelappen, die hij *los zombies* noemde. Als het feest het kookpunt naderde, wees Jaime meer dan hij sprak: pak die even, geef me dat even aan, loop snel naar boven, meer ijs. 'Moet je die zien,' zei hij over een naderende zombie, een vrouw met wimpers die niet meer synchroon bewogen.

'Kom op, jochie,' snauwde de vrouw. 'Niet zo zuinig met die drank.'

De twee uitsmijters moesten de orde handhaven, maar als er gevochten werd, was het meestal Venn die de boel suste. Als hij tussenbeide kwam, gaven de kemphanen zich al snel gewonnen – hoogstens deelde er een nog een late klap uit over Venns schouder, wat hem alleen maar een harde tik van Venn opleverde. Zelfs kerels die twee keer zo groot waren, kregen een rooie kop en maakten excuses. Tijdens dat soort scènes gaf hij Tooly een heel snel knipoogje om haar te laten zien dat ze niet bang hoefde te zijn, dat het allemaal niet echt was. Overal klonk geschreeuw – waaronder zijn eigen woedende uitbarstingen –, maar zij stond tegen de muur en gloeide vanbinnen omdat ze wist hoe het eigenlijk zat. 'Ik verlies nooit de controle, dukkie,' legde hij uit. 'Ik kies ervoor om boos te worden.'

De ruigste kerels waren weg van Venn, en ook vrouwen voelden zich tot hem aangetrokken, hoewel veel van zijn vriendinnen afgaven op die Venn-cultus – zware jongens die net zo gingen praten als hij en om muziek vroegen waar hij van hield (gladde liefdesliedjes uit de jaren zeventig). Na een paar weken begonnen ze Tooly in navolging van Venn zelfs 'dukkie' te noemen en behandelden ze haar als een soort mascotte van de bar door haar met hun kolenschoppen van handen een aai over haar bol en een *low five* te geven. Soms vroegen ze of haar vader er ook was, met wie ze Venn bedoelden. Een keer sprak ze over de vieze pianist die haar op die eerste avond had gezoend. Een tiental van de ruigste kerels die aanwezig waren vroegen haar naar details over de dader. Later hoorde ze dat hij 'tot de orde was geroepen' en zag ze hem nooit meer. Als iemand haar nu nog lastigviel, werd ze meteen afgeschermd door een muur van zware jongens. Deze bescherming gaf haar een bedwelmend gevoel van macht over volwassenen. Maar ze vermeed het die te gebruiken, omdat ze van geweld – zelfs als ze ervan profiteerde – over haar hele lichaam begon te trillen.

Door haar oor te luisteren te leggen kwam ze te weten dat Humphrey het huis huurde, maar dat de spullen in de opslagruimte van de zakenpartners van Venn waren. Tot die zakenpartners behoorden een Bulgaarse ex-worstelaar die in zijn badkuip biljetten van één dollar bleekte en er met behulp van desktop publishing biljetten van honderd van maakte, Nigerianen die bruine pakketjes smokkelden in uit elkaar gehaalde televisies, en een Braziliaan die Tooly liet zien dat bij hem een plastic buisje in zijn linkerarm was aangebracht dat uitkwam bij een gaatje in zijn vingertop waardoor hij met behulp van spierspanning kleine edelstenen kon opzuigen en laten 'verdwijnen' bij een juwelier in Bang Rak. Dat soort figuren waren de reden dat Humphrey graag weg wilde – als de politie die spullen zou vinden, zou hij de schuld krijgen. Maar Venn hield het goed in de gaten. 'Baksheesh voor de fine fleur van Bangkok' was hoe hij het omschreef, en dat betekende onbeperkt drinken, nachtelijk entertainment en wekelijkse enveloppen met inhoud voor de plaatselijke hoofden van de politie.

Nadat ze een paar nachten in Humphreys bed had geslapen, kreeg Tooly haar eigen slaapplek, een tentje in de opslagruimte met een hangslotje aan de binnenkant voor privacy. 'Je blijft iets langer dan gepland,' zei Venn tegen haar.

'Kom ik in de problemen?'

'Geen sprake van.'

Het idee dat Venn haar tegenover Paul verdedigde was angstaanjagend – ze voelde zich al schuldig als ze er alleen maar aan dacht hoe oneerlijk de krachtsverhoudingen waren.

Nu Tooly in de opslagruimte verbleef, nam ze de gelegenheid te baat om een beetje rond te neuzen. Ze vond designhorloges, lidmaatschappen van de Panya Resort-golfclub, faxmachines, een stapeltje Amerikaanse huwelijksaktes, blanco Canadese paspoorten, 24 inch-kleurentelevisies met leeggemaakte kasten, pakketten met medicijnen waarvan de houdbaarheidsdatum was verlopen (daar had Humphrey haar aspirine gevonden), een industriële naaimachine en restauranttafels. Temidden van die spullen bedacht Tooly dat ook zij een gestolen goed was.

Elke ochtend deed ze de rits van haar tent open en keek naar buiten.

'Conversatie en debat?' vroeg Humphrey terwijl hij haar een glas cola aanreikte. Terwijl ze er slokjes van nam, opende hij zijn kladblok, met zijn pen in zijn hand en de punt ervan naar het plafond gericht. Hij schreef: PUNT I: MAAK LIJST.

Hij zette er meteen een dikke streep door. 'Klaar,' zei hij en hij gooide het kladblok op zijn onopgemaakte bed. 'Belangrijk om productief te zijn. Nu al ik bereik iets. Goede morgenstond.' Het kladblok – en ook zijn productiviteit, trouwens – kwam de rest van de dag niet meer tevoorschijn.

De aanvankelijk zo verontrustende afwezigheid van Sarah ervoer ze steeds minder als bedreigend. Tooly's dagen kregen een aangename voorspelbaarheid. Ze rende huppelend en springend rond door de ruimte beneden, hardop zingend, maar zonder melodie, meer een langgerekte jodel. De zoemende ventilator draaide zich langzaam naar haar toe en blies haar uit balans. 'Wat lees je vandaag, Humphrey?'

Hij hield een uitvoerig betoog waarbij hij om haar aandacht vast te houden met een wijde boog om een mogelijk antwoord heen liep en refereerde aan van alles en nog wat en grossierde in persoonlijke commentaren en wonderbaarlijke trivia: dat ene Francis Bacon in een sneeuwstorm had geëxperimenteerd met het koelen van kippen, kou had gevat en was gestorven; dat Thomas Hobbes voortijdig was geboren toen zijn moeder het nieuws vernam dat de Spaanse Armada het Kanaal binnenvoer, met als gevolg dat hij zijn leven lang darmproblemen had gehad.

Humphrey begeleidde zijn woorden met heftige gebaren, alsof hij de namen van zijn idolen in de lucht schreef. Hij was er heilig van overtuigd dat als de Grote Denkers nog hadden geleefd en toevallig langs dit huis waren gekomen, ze dan zijn vrienden waren geworden. 'Sir Isaac Newton en ik, wij zijn twee vingers op een buik.' Helaas waren het vooral triviale personen die het huis bevolkten; de Grote Denkers waren schaars.

'Wie is je favoriete schrijver, Humphrey?'

'Samuel Johnson, Yeats en Keats,' zei hij, waarbij hij de laatste twee namen liet rijmen, 'Kafka, Baudelaire, baron Karl Wilhelm von Humboldt, Thomas Carlyle, Fichte, Demosthenes, Cicero, Rousseau, Aristoteles en Milton.'

'En als je er één moest kiezen?'

'Dan ik kies die.'

'Dat is er niet één.'

'En ook,' voegde hij er nog aan toe, alsof de ongenoemden misschien zouden klagen, 'John Locke, Plutarchus, Thomas Paine en John Stuart Mill.'

Hoewel Humphrey het heerlijk vond om te oreren, deed hij niets liever dan naar haar luisteren. Hij was niet alleen maar beleefd – hij dorstte naar informatie en zoog alles op wat ze hem te bieden had, zelfs de plots van de romans die ze las. Ze vertelde hem ook over de World Wrestling Federation en over de controverse of het allemaal nep was, wat hem hogelijk interesseerde.

'Geweldige informatie die jij geeft,' zei hij terwijl hij met zijn balpen in zijn koffie roerde, hem aflikte en niet in de gaten had dat het buisje met inkt door de hitte was gebarsten waardoor zijn lippen blauw kleurden. 'Weet je aan wie jij mij doet denken?' zei hij terwijl hij zijn mond afveegde en nu ook de rug van zijn hand blauw kleurde. 'John Stuart Mill. Hij was wonderkind net als jij en at altijd watermeloen.'

Ze zat in kleermakerszit op de vloer met een halve watermeloen op schoot en ze probeerde er het vruchtvlees met een houten pollepel uit te scheppen. Dat ging zo moeizaam dat ze de lepel met twee handen vastpakte, waardoor de van al het sap glibberig geworden meloen de hele tijd van haar schoot af sprong en over de vloer stuiterde.

Omdat niemand Tooly kwam ophalen, begon Humphrey zich al snel met haar educatie te bemoeien en haar te voorzien van leesvoer. Elke keer dat ze haar tent opzocht, lag er weer een nieuw boek voor de ingang.

'Jij hebt Spengler al gelezen, lievelink?'

'Wat is Spankler?'

'Jij bent tien jaar oud en jij hebt Oswald Spengler niet gelezen?

Hoe is mogelijk?' Hij legde een exemplaar van *The Decline of the West* bij haar tent.

Tijdens de feesten ontmoette Humphrey geen vrienden, alleen maar een paar handelspartners. Dan ging het meestal om medische artikelen, zoals geneesmiddelen waarvan de houdbaarheidsdatum verstreken was en protheses, zoals twee vleeskleurige kunststof benen die hij voortdurend probeerde te verkopen, elk been voorzien van een rode sok en een zwarte herenschoen met slijtplekken. 'Hoeveel ik krijg hiervoor?' vroeg hij aan Tooly en hij zette een been voor haar neer.

'Eén been maar?'

'Ik geef halve prijs als jij koopt twee.'

'Honderd baht?' gokte ze.

'Ik verkoop niet eens linkerschoen zonder sok voor honderd baht! Dit is zeer gewild product.'

Toch vlogen (renden) de benen niet weg. Pas na een paar dagen diende zich een koper aan: een Kameroenees met een hoog knuffelgehalte die luisterde naar de naam Lovemore Ngubu. Hij was van plan de benen bruin te verven en ze naar Yaoundé te verschepen, zodat zijn oom ze kon verkopen in zijn reparatiewinkel voor elektrische apparaten. Het was Lovemore die Tooly vertelde dat Humphrey in de gevangenis had gezeten.

'Niet gevangenis,' verduidelijkte Humphrey toen ze hem ernaar vroeg. 'Het was goelag. Dat is als gevangenis, maar dan gemaakt door Russen, dus erger.'

'Wat had je misdaan?'

'Communisten zeggen ik ben sociale parasiet, wat grove overdrijving is.'

'Hoe was het om gevangen te zitten?'

Eerst hadden ze hem dagenlang wakker gehouden in een isoleercel, vertelde hij. Om niet gek te worden had hij geprobeerd om gebeurtenissen uit zijn leven te herinneren, had hij ze in zijn hoofd

ingelijst alsof het foto's waren en had hij elke foto tot in detail bekeken. Het was verboden om met gevangenen in naburige cellen te
praten, maar hij en zijn buurman deelden een afvoerbuis, dus communiceerden ze met een soort morsecode die al sinds de tsarentijd
in Russische gevangenissen werd gebruikt. Toen was Humphrey
ook pas echt begonnen met schaken, waarbij voor elke zet een eigen
morsecode werd gebruikt. Zijn buurman zat al acht jaar vast en ijsbeerde elke dag door zijn cel, waarbij hij zijn stappen telde om de
afgelegde afstand te berekenen. Daarbij stelde hij zich voor dat hij
terugliep naar zijn geboorteplaats, helemaal aan de andere kant van
Rusland, duizenden kilometers ver weg.

'Hoe liep het af met hem?'

'Ze laten hem vrij, maar zijn lijf is kapot; hij sterft. Na dit zij sturen mij naar het noorden om hout te kappen.'

'Hoe was dat?'

'Elke dag honger. Zij bepalen wanneer wij eten – beetje soep met
granen – en wanneer slapen. Heel koud. Elke nacht iedereen droomt
van eten. Eén gevangene, hij is gek, hij doodt vriend – ze zien hem
eten.'

'Wat at hij dan?'

'Hij eet vriend. Ze stoppen mij bij gewone criminelen. Zo ik raak
aangetast. Daarvoor ik eerlijk man,' zei hij. 'Altijd zo koud daar.
Zelfs hier en nu, waar het is heet en zweterig, zit kou nog in mijn
botten. Ja, het was slecht in goelag. Een andere man, hij doet ge-
malen glas in zijn oog, alleen maar om in ziekenhuis te komen.
Andere politieken, zij proberen hongerstaking.'

'Wat is dat?'

'Niet eten als protest. Maar werkt alleen in land waar ze erg vinden
dat jij niet eet. In Sovjet-Unie ze stoppen slang in jou met kokend-
hete soep en dat vernietigt maag direct. Er is gezegde in goelag: "Alleen eerste levenslang is erg. Daarna alles wordt beter." Wil je Coca-
Cola?'

Zijn verbolgenheid over die zes jaar gevangenschap had zich verbreed tot een algemene vijandigheid jegens zijn geboorteland. Als er ook maar iets over de Sovjet-Unie werd gezegd, merkte hij minachtend op: 'Typisch Russisch! Dit is typisch Russische manier van doen.' Ook de taal weigerde hij te spreken, zelfs als landgenoten hem aanspraken – een provocatie die tot geweld zou hebben geleid als Venn niet had ingegrepen. Humphrey moest zelfs niets van geschreven Russisch hebben en zei dat het Engels veel mooier was dan dat lelijke cyrillische schrift. Veel mensen hadden de pech om op de verkeerde plaats geboren te worden. Hij was een van hen.

'Hoe ben je uit de goelag ontsnapt, Humphrey?'

'Ik ben meer dan honderd kilometer weggelopen. Bij Zwarte Zee ik neem boot naar Turkije, ga via Griekenland en bodem van Sicilië naar Portugal. Ik ontmoet man in haven en zeg: "Meneer, waar gaat dit schip naartoe?" Hij zegt: "Engeland." Ik denk: zeer mooi, land van Samuel Johnson, Bertrand Russell, John Stuart Mill. Ik zeg: "Mag ik mee? Is goed?" Hij zegt: "Ja, waarom niet." Dan, halverwege op zee, iemand vraagt: "Waarom jij gaat naar Afrika?" Ik zeg: "Nee, ik ga naar Engeland." Hij zegt: "We gaan naar Zuid-Afrika op deze boot." Dus daar kom ik terecht. Jarenlang ik zit daar vast. Waarom? Omdat triviaal persoon mij verkeerde boot zegt. Is voorbeeld van Stupiditeitsprobleem. Zonder stupide persoon ik heb ander leven, schrijf vele boeken, heb mooie dikke vrouw en kinderen. Maar nee. Deze idioot, hij is zeer – hoe zal ik zeggen aan jou?'

Ze herinnerde zich een van zijn favoriete woorden en zei: 'Nadelig?'

'Ja, zeer nádelig. Maar ik leer wel belangrijke ding: helft van leven wordt bepaald door stupide personen,' legde hij uit. 'Maakt niet uit hoe briljant jij bent. Ook als jij hebt intellect zo groot als John Stuart Mill. Zelfs híj heeft waarschijnlijk veel probleem van idioten.'

'Ik heb probleem van idioten,' zei ze tegen hem. 'Mijn oude school in Australië heeft verkeerde informatie gestuurd naar de school waar ik nu zit en daarom laten ze me een heel jaar overdoen.'

'Waarom zij laten dit gebeuren? Het is als iets uit Sovjet-Unie. Alleen omdat stupide persoon verkeerde papieren heeft gestuurd?'

'Ik heb het ze gezégd.'

'Dit maakt mij woede. Heel woede. Waarom zij doen dit met jou? Zien zij niet dat jij hoge kwaliteit intellectueel bent?'

'Ik hoor in de vijfde klas te zitten.'

'Jij moet in zesde zitten! In zevende! Beter nog, ik laat jou medicijnen studeren. Dat is hoe intellectueel jij bent.'

'Ik haat triviale personen.'

'Ik ook. Maar voorzichtig; wereld wordt geregeerd door triviale personen.'

Zo vulden zij hun dagen, met praten, lezen en elkaar prijzen voor de manier waarop ze zich staande hielden in een wereld die werd geplaagd door het Stupiditeitsprobleem. Als ze trek hadden, maakte hij een maaltijd klaar. Hij was gespecialiseerd in gerechten met aardappel: aardappelsandwich, aardappeltaart en aardappelsmureepizza, zijn lievelingsgerecht.

'Wat eet je het liefste, Humphrey?'

'Ik? Ik hou van alles wat etensbaar is.'

Dat was overdag. Als het donker werd, veranderde alles. Sommige avonden hield Venn haar bij zich. Andere keren ontving hij zakenpartners en keek ze van een afstandje toe tot hij haar bij zich riep. 'Dukkie!' riep hij dan terwijl hij aan zijn volle baard krabde en er lachrimpeltjes om zijn ogen verschenen. En dan liep ze weg bij Humphrey als bij een klasgenootje op het moment dat een populairder kind zijn opwachting maakt. Ze schaamde zich voor hem en dat wist hij, dus liet hij haar gaan. Maar hij bleef van een afstand toekijken. Als ze moe was, was hij het die Venn vroeg om de feestgangers te laten ophoepelen van de bovenverdieping, iets wat Humphrey niet lukte, hoe dringend hij de mensen ook verzocht om weg te gaan.

2000

Pas na een paar dagen merkte Tooly dat het in de studentenwoning minder druk was en dat de ontbrekende persoon Noeline was. Het was uit tussen haar en Emerson. Nu ze er niet meer was, liep hij rond met ontbloot bovenlijf, streek hij over zijn blonde krulletjes en had hij overal een mening over. Kortom, hij was niets veranderd.

Maar Noeline wel, zo merkte Tooly toen ze haar op Broadway tegen het lijf liep. Ze leek vrolijker, slanker en was opvallend aanhalig en stond erop om te zoenen. Ze hadden allebei nog niet geluncht, dus stelde Noeline voor om bij de Chinees te gaan eten. Tooly vond het een geweldig idee; het was opwindend om door een wetenschappelijk medewerker uit eten gevraagd te worden. Omdat Tooly zich een restaurant niet kon veroorloven, deed ze alsof ze geen trek had, maar het wel leuk vond om mee te gaan en toe te kijken. Noeline interpreteerde Tooly's onthouding ten onrechte als aan de lijn doen en benadrukte dat ze slank genoeg was om alles te eten wat ze wilde – en wat kon het schelen! Ze vroeg om een extra bord en extra eetstokjes en redeneerde dat je niet tegen je dieet kon zondigen als je iets niet besteld had.

Noeline nam kip in zoetzure saus met witte rijst – niet de eeuwige zilvervliesrijst die ze tijdens haar jaar met Emerson altijd had moeten eten, want op voedingsgebied was Emerson een hardliner. Tooly proefde van het eten, legde haar eetstokjes neer, pakte haar servet, veegde haar mond af en probeerde er niet uitgehongerd uit te zien.

'Wat vind jij van strings?' wilde Noeline graag weten.

'Snaren?'

'Nee, nee. Zo'n onderbroek die in je bilspleet verdwijnt.'

'Ik geloof niet dat ik daar iets van vind.'

'Oké, mag ik je wat vertellen? Zo'n string is de reden dat het uit is tussen mij en Emerson.'

'Heb je hem betrapt met jouw string?'

'Was het maar waar. Nee, hij wilde dat ik er een ging dragen, en als je mijn kont een beetje kent, dan weet je dat er geen reden is om daar nog meer van te laten zien. Hij noemde het "een principe-kwestie".'

'Jouw kont of de string?'

'De een in de ander.'

'En heb je het gedaan?'

'Het is al heel lang mijn credo dat flosdraad niet bedoeld is om edele delen mee te bedekken.'

'En speelde dit al lang?'

'Dat wil je niet weten. Als hij eenmaal iets in zijn kop heeft, krijg je het er niet meer uit. En trouwens, waarom hoeven mánnen ver-domme geen string te dragen?'

'Dat zou niet werken,' zei Tooly. 'Zij hebben zaakjes die onder-steund moeten worden.'

'Ze dragen boxers en die geven helemaal geen steun.'

'Misschien zouden ze een push-upstring moeten dragen.'

Noeline klapte in haar handen van plezier. 'Ik zie het al voor me, echt bizar.' Doorpratend over de relatie met Emerson kwamen steeds meer gênante details naar boven, waaronder seksuele eigenaardig-heden en kleine wreedheden.

'Wat voor een buitenstaander de perfecte relatie lijkt,' merkte Noeline op, 'is voor de betrokkenen vaak een hel.'

347

'Hmm.'

'Wat betekent dat?'

'Ik had helemaal niet het idee dat jullie zo'n perfecte relatie hadden. Jullie ruzieden heel wat af.'

'Hoe weet je dat?'

'Dunne muren.'

'Dat is wel een beetje gênant.'

'En hij deed heel lelijk tegen jou, vond ik.' Tooly nam een slok water. 'Voel je je beledigd als ik dit soort dingen zeg? Moet ik mijn mond houden?'

'Hoe meer rotdingen over hem hoe beter. Ik doe op het moment niets liever dan afgeven op die lul. Maar wacht even... je mocht Emerson niet?'

'Noeline, ik denk niet dat er íemand is die hem mag. Er is een gezegde: "Elke kakkerlak is mooi in de ogen van zijn moeder." Maar als Emerson zijn moeder belt, zet ze haar antwoordapparaat aan.'

'Dat is meesterlijk!'

'Mag ik doorgaan?'

'Ja, alsjeblieft!'

'Hij is arrogant. Hij is dwingend. Een opschepper. Waarom de hele tijd dat shirt uittrekken? Ja, we weten dat hij vaak naar de sportschool gaat. Gefeliciteerd met je wasbordje. Maar het is winter in New York, niet juli in Malibu. En hij zal ongetwijfeld veel weten, maar het is...'

'Hij weet nog geen tiende van wat hij zegt te weten,' viel Noeline haar in de rede. 'Hij denkt dat hij net als ik direct na zijn studie kan gaan lesgeven aan Columbia. Ik dacht het effe niet.'

'Is dat zo?'

'Ze hebben liever dat we eerst kilometers maken op een provinciaal universiteitje. Ik heb waanzinnig veel mazzel gehad.'

'Waarschijnlijk was je gewoon goed.'

'Mazzel. Maar goed, nog even die loser beledigen. Ik heb hem alleen genomen vanwege zijn lijf. Grapje. *Whatever.* Ik ben behoorlijk cynisch over relaties. En dat komt door mijn ouders. Hoewel ze op verschillende continenten wonen, blijft hun relatie geweldig. Ze hebben elkaar een eigen carrière gegund. En ze houden nog steeds van elkaar. Dus ben ik voorgoed verpest. Want dat is niet de regel. De meeste mannen hebben moeite met een slimme vrouw. Man-vrouwrelaties en wederzijds respect gaan moeilijk samen. Maar de samenleving zet hetero's zwaar onder druk om een gezin te stichten, want anders hoor je er niet bij.'

'Hoe doet de samenleving dat?'

'Neem bijvoorbeeld de romantische komedie. Dat hele genre is bedoeld om ons schuldgevoel aan te wakkeren dat we ons nog niet voortgeplant hebben. Vrouwen die het wagen om onafhankelijk te zijn worden steevast neergezet als eenzaam en ridicuul. "Wees niet bevreesd, treurig wicht – Hugh Grant komt je wel redden met zijn mompelpraatjes en zijn kuiltjes in zijn wangen!" Het is bewuste sturing om te zorgen dat we ons voortplanten.'

'Wilde Emerson kinderen?'

'Ik zou nooit kinderen willen krijgen met een vent die zo stom is als hij. Oké,' zei Noeline met een beginnende glimlach. 'Ik zal je iets vertellen. Maar zeg het tegen niemand.'

'Ik ken niemand.'

'Ik meen het, het kan me opbreken. Luister: ik heb zo'n beetje de helft van zijn proefschrift geschreven. Zonder dollen. Je wilt niet weten wat een bagger het was voordat ik me ermee ging bemoeien.'

'Wat was het onderwerp ook alweer? Iets over achtbanen?'

'"*Signifiant, Signifié* en de Cyclone: Lacan op de kermis."'

'Wat betekent dat in hemelsnaam?'

'Geen idee. Maar goed, ik heb het opgeknapt. En dan gaat híj het uitmaken met míj! Hoe verzin je het?' Ze nam een flinke hap en praatte al kauwend door: 'Goed om even stoom af te blazen...

Mijn vriendinnen hadden allemaal een hekel aan hem, dus nu hebben ze zoiets van: zie je wel... Maar goed. Duncan? Hoe gaat het met hem?'

'Prima.'

'Ben je verliefd?'

'Ik? Jeetje, volgens mij ken ik dat gevoel niet. Ik vind mensen leuk,' zei Tooly. 'maar roze wolken en harpspel, daar geloof ik niet zo in. Niemand heeft me er nog van weten te overtuigen dat zoiets bestaat. Wat volgens mij wel bestaat, is dat je mensen heel leuk of minder leuk vindt. Maar het idee dat er nog een andere magische gemoedstoestand bestaat, is een soort van bedrog – net zoals met die romantische komedies waar je het over had.'

'Ik heb nooit gezegd dat ik niet verliefd word. Dat gebeurt voortdurend. Dat is mijn probleem. Je bent vast de ware nog niet tegengekomen.'

'"De ware" bestaat niet, volgens mij,' zei Tooly. 'Je hebt alleen maar variaties op bepaalde types.'

'Hoe ben je zo jong al zo cynisch geworden?'

Het antwoord, dat Tooly niet kon geven, was dat ze deze dingen niet zelf had bedacht. Het was het gedachtengoed van Venn, en hij was de overtuigendste persoon die ze kende. 'Dat is een moeilijk verhaal.'

'Is dit het moment dat je heel geheimzinnig gaat doen en dichtklapt?'

'Waarschijnlijk wel.'

De sfeer werd wat minder amicaal. 'Ik word nooit verliefd, dus ook niet op Duncan,' zei ze in een poging om herhaling te laten klinken als een ontboezeming. 'Ik vind Duncan wel léúk. Hij is aardig. En ik heb met hem te doen.'

'Auw.'

'Niet op een vervelende manier.'

'Nee, nee – mannen zijn dol op medelijden,' zei Noeline sarcastisch. 'Nou, misschien is het nog waar ook. Jeetje! Misschien is dat de sleutel!'

'Ik heb geen medelijden met hem. Ik zeg alleen maar dat ik niet sentimenteel word van mensen.'

'Is sentimenteel worden niet waar het om draait in relaties? Als je dat niet wordt, waarom zou je dan nog met Duncan gaan?'

'Er zijn rationele motieven.'

'Wat is de ratio achter naar bed gaan met Duncan McGrory, met wie je min of meer te doen hebt.'

'Nou, we zijn bezig met een zakelijk project. Hij, Xavi en ik. Dat virtuele betaalmiddel, Wildfire.'

'Dat is toch niet serieus? Ik dacht dat dat een beetje spielerei was.'

'Het begint behoorlijk serieus te worden.'

'En dat is je reden om met Duncan te gaan? Ik geloof er helemaal niks van.'

'Ik heb een vriend,' zei Tooly, 'die een soort extreme versie van mij is in de zin van niet sentimenteel worden van dingen. Hij is volkomen rationeel – maar ook aardig voor mensen die het verdienen en hard tegen de rest. Hij geeft niet om regels en trekt zich nergens wat van aan. Hij gedraagt zich zoals hij denkt. Zo probeer ik ook te zijn.'

'Ben je verliefd op die man?'

'Nee, nee, nee – hij heeft me min of meer opgevoed.'

'Aha! Dus dát is de man met wie je in een soort *batcave* buiten Gotham woont.'

'Ik leef met iemand anders,' zei Tooly.

'Je ouders?'

'Mijn ouders spelen geen rol.'

'Ben je wees?'

'Dat heb ik niet gezegd.'

'Oei, wat mysterieus! Maar ik vorder al. Je gebruikt Duncan en je bent verliefd op een mysterieuze superheld. Grapje! Hé, zullen we nog wat thee bestellen? Je moet een keer bij me langskomen – ik heb allerlei soorten kruidenthee. Heb je zin om een keer thee te komen drinken en mannen af te kraken? Moeten we echt een keer doen.'

'Zeg maar wanneer.'

'Tooly, waarom ga je niet studeren hier? Moet je echt doen.'

'Ik kan niet naar de universiteit. Mijn schoolresultaten zijn rampzalig.'

'Wat voor cijfers had je?'

'Onvoldoendes.'

'Geloof ik niks van.'

'Ik ben blij dat je de omvang van mijn hersens zo verkeerd inschat. Als je mijn hoofd zou openzagen, zou je daar een pindaatje aantreffen. Ik heb mijn school niet eens afgemaakt.'

'Gelul.'

'Ik heb maar tot mijn tiende op school gezeten.'

'Wat? Er bestaat toch zoiets als leerplicht?'

'Mijn leven is niet helemaal volgens de regels verlopen.'

'Vertel. Kom op.'

Tooly schudde haar hoofd en lachte met haar gezicht naar beneden.

'Ik krijg het er wel uit, jongedame!' zei Noeline. 'Hoe kom je in godsnaam aan zo'n woordenschat als je al op je tiende van school bent gegaan? Jij bent zo'n beetje de enige persoon die ik ken die woorden als "schobbejak" gebruikt alsof het de normaalste zaak van de wereld is. Mijn studenten – jongeren die de verplichte woordenschat voor het eindexamen in hun kop gestampt hebben – gebruiken nóóit woorden als schobbejak.'

'Ik heb veel gelezen, denk ik. Veel woorden die ik gebruik heb ik alleen maar uit boeken – waarschijnlijk spreek ik de helft verkeerd uit.'

'Dat klopt. Maar op de universiteit doe je niks anders dan lezen, Tooly. Je krijgt lijsten met wat je moet lezen en de docenten controleren of je dat ook doet. Oké, je moet nog wel wat meer doen. Maar lezen is de hoofdmoot. Je bent nog nooit bij mij op West End Avenue geweest, hè? Dat moet je echt een keer doen.'

'Mag ik dan je boeken bekijken?'

'Dat is de vraag die ik het liefst hoor. Thee en boeken?' Ze proostte met Tooly's kopje. 'En daarna gaan we naar jouw huis, toch?' plaagde ze. 'Ik heb het vermoeden dat dat niet zal gebeuren – ik mag de batcave niet zien, vrees ik. En als je me nu eens voorstelde aan die mysterieuze man van je?'

'Lijkt me geen goed idee.'

'Zou ik verliefd op hem worden?'

'Zeer waarschijnlijk.'

'Dan móét ik hem echt zien. En jullie wonen samen, toch?'

'Nee.'

'Strikvraag. Maar je bent opgegroeid in die woning aan 115th Street en zo heb je Duncan ontmoet, toch?'

'Ik heb daar als kind een paar jaar gewoond, ja.'

'Die componist met dat zwijntje die beneden woont, die Gilbert – ik sprak laatst met hem en hij blijkt daar al dertig jaar te wonen. Hij is de laatst overgebleven bewoner met huurbescherming, dat was nog voor Columbia het gebouw kocht. Ik vertelde dat ik iemand kende – dat was jij – die als kind in het gebouw had gewoond. Ik had berekend dat dat ergens in de jaren tachtig moest zijn geweest. Hij zei dat dat niet kon; het hele gebouw was destijds per kamer verhuurd. Kinderen waren niet toegestaan. Er mocht niet meer dan één persoon op een kamer wonen.'

'Dat is vreemd.'

'Meer dan vreemd,' zei Noeline met een glimlach. 'Kom op nou – ik heb net bekend dat ik fraude heb gepleegd met een proefschrift of zoiets. Als dat bekend wordt, is dat het einde van mijn carrière.'

Dus kwam Tooly met een deel van de waarheid: ze had daar nooit gewoond; ze was gefascineerd door huizen van vreemden, dus was het haar hobby geworden om met een smoes binnen te komen. Aanvankelijk deed ze dat samen met die vent, de voornoemde vriend, die af en toe in iemands huis moest rondkijken. 'Een klein meisje komt veel makkelijker binnen dan een volwassen vent.'

'Maar wacht even – wat was de réden dat jullie dat deden?'

'Het is interessant om mensen te ontmoeten die je helemaal niet kent en om te zien waar ze wonen. Heb jij nooit de behoefte gehad om bij iemand rond te kijken?' vroeg Tooly. 'En thuis zijn mensen anders. Je kunt dingen te weten komen.'

'Wat voor dingen? Wat je kunt stelen?'

'Dat hebben we nooit gedaan. Ik heb dat nooit gedaan.'

'Maar wat dan wel?'

'Als je mensen kent, levert dat kansen op.'

'Hang je daarom rond bij Emerson thuis? Vanwege de kansen?'

'Misschien.'

'Wow. Wat ben jij een koele kikker, zeg. Nou, mocht je daar toch willen inbreken, neem dan Emersons tofu mee. Die is hem dierbaarder dan wat ook.'

Tooly lachte.

Een week later liepen ze elkaar weer tegen het lijf. Noeline kwam in pyjama uit de badkamer van het huis aan 115th Street, liep in de gang schaapachtig om Tooly heen en haastte zich terug naar de kamer van Emerson.

2011

Ze nam hem mee.

Mac was die ochtend ingedeeld bij zaalhockey, iets waar hij geen enkele aanleg voor had en dus als een berg tegenop zag. Tooly klikte zijn veiligheidsgordel vast, gooide een tas met spullen op de achterbank van de gezinsauto, reed bij de YMCA gewoon rechtdoor en nam de afslag naar de snelweg in zuidelijke richting. Hij keek naar haar. 'Is dit de goede weg?'

'Nee.'

'O, mooi. Vandaag was de kwartfinale.' Hij staarde uit het raam, niet benieuwd naar de veranderde plannen. Het hele stuk door Westchester hield Mac de kilometerteller in de gaten om te kijken of het aantal kilometers dat ze reden klopte met wat er op de borden stond. Na een periode van stilte zei hij: 'Bomen zijn geen levende wezens, want ze hebben geen hoofden.' Hij draaide zich weer naar zijn geopende raampje; zijn gordel trilde in de warme wind. Door de voorruit leek het zonlicht van eind juli nog intenser te schijnen.

'Ben je niet benieuwd waar we naartoe gaan?' vroeg ze.

Hij haalde zijn schouders op. Ze reden die hele ochtend, speelden autospelletjes en luisterden naar de radio. Ze vroeg naar zijn filmcursus en hij vertelde over zijn Flip-videocamera met een mengeling van geduld en vaagheid die eigen is aan jonge kinderen die hun ouders vertellen wat ze die dag gedaan hebben. Hij sliep een paar uur lang terwijl de kilometers onder hun wielen verdwenen; ze passeerden Philadelphia en Wilmington, reden in zuidwestelijke richting langs Baltimore en sloegen toen af naar Lodge Haven in Maryland.

Bij die naam had ze altijd het gevoel dat die bij haar hoorde, het was de geboorteplaats die in elk paspoort en elk document van haar werd genoemd. Maar ze had er geen enkele herinnering aan, het was gewoon die voorstad van Washington D.C. die ze als klein meisje voor het laatst had gezien. Ze maakte Mac voorzichtig wakker terwijl de huizen voorbij gleden, een buurt met lange voortuinen, speelkamers in de kelder en stickers van universiteiten op de ramen van auto's.

'Vind je het erg dat ik je ontvoerd heb?' vroeg ze hem.

'Niet erg.'

'We kunnen rondreizen en dan laat ik je van alles zien. Geen pianolessen en geen Seroquel.'

Hij keek omlaag, schaamde zich voor zijn medicijnen. 'Mijn pianolessen vind ik wel leuk.'

'Dan zoeken we een pianoleraar en ontvoeren hem ook.'

'Waar zijn we nu?'

'We gaan lunchen bij mijn vader.'

'Die van de bananasplit?'

'Nee, die niet. Mijn echte vader,' zei ze terwijl ze de straat afzocht naar het adres.

Van een afstand zag ze hem opeens, op zijn knieën in zijn voortuin, wiedend in een bloemenborder voor de erker van het huis. Hij zat met zijn rug naar haar toe met een plantenschepje in zijn hand, op zijn kalende hoofd wapperde een lange lok wit haar op en neer in de wind, als een om hulp vragende arm van iemand in nood. Ze liet haar raampje zakken. Paul draaide zich om, streek zijn haar glad en hief zijn plantenschepje bij wijze van groet. 'Ben jij dat?'

vroeg hij en hij hield zijn tuinhandschoenen boven zijn ogen tegen de zon. Hij had sproeten op zijn armen en droeg een poloshirt in een kaki broek. 'Zet de auto maar op de oprit of op straat. Hier wordt niet gesleept.'

Tooly kreeg opeens de aandrang om het gaspedaal in te drukken en weg te scheuren. Ze parkeerde de auto, zette de motor uit en boog zich naar Mac. 'Geef me een hand, dat brengt geluk.'

'Waarom?'

'Gewoon een oud gebruik.'

Maar hij deed het niet, dus klikte ze zijn gordel los. 'Heb je al trek?'

Terwijl ze naar de overkant van de straat liepen, keek ze naar Pauls dunne mond die meer trilde dan sprak, alsof de lippen het niet eens konden worden over hoe ze haar moesten begroeten. 'Zo,' zei hij, 'dus je hebt het gevonden.'

In al die jaren dat ze elkaar niet hadden gezien, had Paul een rol in Tooly's verhaal gespeeld, als een acteur die al van het toneel was verdwenen. Nu stond hij voor haar neus, een kleine man van een jaar of zestig, en wachtte hij op een reactie. Normaal gesproken zou ze nu moeten zeggen dat het een plezierige rit was geweest, dat er weinig verkeer op de weg was en dat zijn bloemen er mooi bij stonden. Maar ze zei: 'Ik vind het zo fijn om je weer te zien,' en ze raakte zijn onderarm aan, een warm en broos lichaamsdeel, zo dun dat het haar verontrustte. Hij was zoveel kleiner dan hij had moeten zijn. Zijn arm verstijfde toen ze hem aanraakte.

Paul liet ze binnen in zijn huis, waar hij een adviesbureau had – waarvan hij de enige werknemer was – dat voor Amerikaanse ministeries als Homeland Security, Defensie en Buitenlandse Zaken witboeken schreef over risico's op telecomgebied. Hoe makkelijk was het voor andere landen om netwerken te infiltreren? Zou Amerika ook door een stuxnetaanval getroffen kunnen worden? Wat zou een tsunami als in Japan betekenen voor systemen van Amerikaanse kerncentrales?

In de voorkamer hingen ingelijste foto's van mussen en uilen aan de wand. Vanuit de erker keek je uit over het gemaaide gras van de voortuin. Aan de eik hing voer voor de vogels. Hij bood Tooly en Mac een stoel, vroeg wat ze wilden drinken – melk of gemberbier? – en ging de lunch klaarmaken.

'Kan ik ergens mee helpen?' riep ze hem achterna.

'Nee. Blijf maar lekker zitten.'

Mac bleef zitten, maar Tooly stond op en bekeek gespannen zijn boekenkast. De boeken waren de decorstukken van haar jeugd. Op elke eerste pagina had hij zijn volledige naam geschreven, inclusief de middelste initiaal, om aan te geven dat dit boek, op deze plank, in deze voorkamer, echt van hem was. Toen ze door het *Handboek voor vogelaars* bladerde, ontdekte ze in de kantlijnen zijn met potlood geschreven aantekeningen, zo dun dat ze niet te lezen waren, op één aantekening na: 'interessante zanger', gevolgd door een uitroepteken dat hij weer had uitgegumd.

Het was duidelijk dat hij al die jaren alleen was gebleven, wat te zien was aan de televisie die tegenover een stoel naast de bank stond en aan het rijtje scherp geslepen HB-potloden op de salontafel, klaar voor vogelboeken waar nog dringend zijn naam in geschreven moest worden. In de plooien van het gordijn stond een telescoop voorovergebogen, met zijn van een kapje voorziene neus naar de grond, alsof hij te verlegen was om op te kijken. Zijn verrekijker lag op een hoge plank waar ze nu wel bij kon, en dat deed ze ook: ze haalde hem uit zijn met satijn gevoerde foedraal en keek ermee uit het raam, maar ze zag geen vogels of planeten, alleen maar een garage aan de andere kant van de straat met daarboven een schokkerige lucht die werd doorsneden door elektriciteitskabels.

'Het eten is klaar.'

Ze draaide zich snel om, betrapt op spelen zonder toestemming. Hij wuifde haar excuses weg en ging hen voor naar de keuken. Vanuit een diepe schaal schepte Paul soep op, met kokosmelk, ronddrijvende stukjes aubergine, Thaise basilicum, kaffirlimoen-blaadjes en citroengras. Elk gerecht was Thais – tom yum-soep, rode curry met rijst, plakjes groene mango – als een bitterzoet eer-betoon aan de plek waar ze voor het laatst bij elkaar waren ge-weest.

'Ik heb de pepers eruit gelaten,' stelde hij Mac gerust, 'omdat ik niet wist of je dat lekker vond. Sommige jonge mensen vinden scherp eten niet lekker. Sommige oude mensen trouwens ook niet.'

'Lekker?' vroeg Tooly aan Mac.

Hij slikte en knikte snel.

'Ik moest laatst nog aan je denken,' zei Paul tegen haar. 'De wor-stelaar "Macho Man" Randy Savage is overleden.'

'Denk je altijd aan mij als je iets over worstelaars hoort?'

'Ja, eigenlijk wel.'

'Ik heb dat ook,' zei ze. 'Vond je het echt leuk om daarnaar te kij-ken? Of deed je het alleen maar voor mij?'

'Ik vond het ontspannend,' antwoordde hij terwijl hij zijn lepel vol schepte en zijn montuurloze bril besloeg door de hitte van de soep. Hij zette de bril af en veegde elk glas zorgvuldig schoon met een hoekje van het tafelkleed, met nietsziende knipperende ogen en aan beide kanten van zijn neus roze deukjes van de neussteuntjes van zijn bril.

Die aanblik – en ze wist niet waarom – maakte Tooly zo droevig dat ze niet meer kon praten. Ze probeerde te eten, maar slikken lukte niet.

Een minuut lang hoorde je alleen maar het slurpen van de jon-gen. Bij elke slurp keek ze naar Paul en verwachtte ze irritatie, maar die was er niet.

'Vroeger at je nooit buitenlands,' zei ze tegen hem.

'Inmiddels wel,' zei Paul. 'Alleen niet van die hele hete gerech-ten.' Hij had in Thailand kooklessen gevolgd, vertelde hij haar.

'Ik ben onder de indruk.' Ze had nooit gedacht dat hij een cursus zou doen. 'Het lijkt mij ook heel leuk om zoiets te doen. Ik ben dol op cursussen.'

'Op school had je er de pest aan.'

'Misschien vind ik ze daarom nu wel leuk.'

Na de soep vroeg hij: 'En kun je nog steeds een minuut aftellen?'

Ze glimlachte, want ze had al bijna een kwart eeuw niet meer aan dat kunstje uit haar kindertijd gedacht. 'Toen ik klein was,' legde ze aan Mac uit, 'wist ik precies hoe lang een minuut duurde door de seconden in mijn hoofd af te tellen. Zullen we na de lunch kijken of ik het nog kan?'

Maar Paul deed zijn horloge al af en liet hem voor de neus van de jongen bungelen. Mac staarde ernaar, verbijsterd over de ouderwetsheid van de rekenfuncties. 'Het is deze knop,' legde Paul uit. Mac drukte hem in en de lcd-cijfers renden over het schermpje.

Tooly kneep haar ogen toe en telde in stilte tot zestig. 'Nu?'

'Zevenendertig seconden,' zei Mac.

'Waardeloos!' zei ze.

De jongen probeerde het ook een keer. Volgens Tooly was er allang een minuut verstreken toen hij zijn vinger opstak.

'Vijfenvijftig seconden,' rapporteerde Paul. 'Heel goed.'

Paul was na haar vertrek nog acht jaar in Thailand gebleven – veruit zijn langste verblijf in het buitenland. Zonder Tooly hoefde hij niet meer steeds te verkassen. Hij was getrouwd en zijn vrouw woonde hier bij hem. 'Je herinnert je Shelly toch nog wel?'

'Onze huishoudster?'

'Al heel lang niet meer.' Shelly was naar de Costco in Beltsville gegaan om vader en dochter wat tijd met elkaar te gunnen en om in te slaan voor de jaarlijkse reis naar Nong Khai, de provincie waar ze vandaan kwam en waar zij een Paul een huis hadden. 'Ik probeer elk jaar minder te werken. Ze wil dat we na mijn pensioen daar gaan wonen. Over nog geen vijf jaar hoef ik hier helemaal niet meer te zijn.'

Hij informeerde naar Tooly's boekwinkel, naar haar leven op de grens tussen Engeland en Wales en naar haar reizen, allemaal zaken die ze in hun telefoongesprek had genoemd. Terwijl ze antwoord gaf, vouwde hij zijn servet, legde zijn lepel en vork loodrecht op elkaar, draaide ze als de wijzers van een klok, leunde achterover in zijn stoel, kruiste zijn benen eerst links over rechts en daarna rechts over links.

'Ik heb gewacht,' onderbrak hij haar terwijl hij zijn stoel dichter bij de tafel schoof. 'Ik heb gewacht op bericht van jou. Jarenlang. Ik dacht dat ik het niet meer...' Hij viel stil, probeerde zijn zin af te maken, maar zijn stem schoot omhoog en bleef steken in zijn keel. Hij lachte geforceerd en tikte met zijn vinger per ongeluk op de arm van de jongen.

'Auw, hou op!'

'Het spijt me. Sorry,' zei Paul met opgestoken hand. 'Neem me niet kwalijk.'

Mac, die niet doorhad dat Paul het moeilijk had, vroeg wanneer het toetje kwam. Dat was er niet. Mocht hij van tafel om met zijn telefoon te spelen? Dat mocht. De jongen verdween naar de voorkamer, om daar op de grond al swipend een spelletje op zijn telefoon te spelen, totaal niet geïnteresseerd in hun gesprek in de keuken.

'Ik heb je altijd een verklaring willen geven,' vervolgde Paul. 'Altijd. Ik zag het als mijn plicht – dat idee had ik – om te doen wat ik deed. Dat wilde ik je uitleggen, maar ik was van plan te wachten tot je wat ouder was. En toen hoorde ik niets meer van je. Ik wilde me er niet mee bemoeien. Ik wilde je leven niet verstoren.'

Tooly had kunnen aanvoeren dat het haar onmogelijk was gemaakt om contact op te nemen, maar dat was niet waar. Ze had het niet gewild. Ze waren ooit een team geweest, zij net zo essentieel voor hem als hij voor haar. Toch had ze hem in de steek gelaten en daar was ze zich van bewust geweest.

'Het was niet in jouw belang om bij je moeder te blijven, vond ik,' legde hij uit. 'Daarom greep ik in. Daarom nam ik je mee. Het was geen egoïsme. Ik hoop dat je dat beseft.'

'Ik weet het.'

'Ze verdween gewoon, soms dagen achter elkaar. Zeg het maar als je dit niet wilt horen.' Omdat Tooly geen bezwaar maakte, ging hij door. 'Ze kon zich alleen maar richten op waar ze op dat moment mee bezig was. En wij waren dat niet. Als baby liep je zo achter in je groei – kwam dat niet omdat je moeder je verwaarloosde? Ik had een plicht, vond ik. Niet alleen als je vader, maar ook als mens. En daarom greep ik in. Maar met de beste bedoelingen.'

Vanaf zijn puberteit was Paul lid geworden van allerlei clubs en teams – niet omdat hij dat zo leuk vond, maar om zich in ongemakkelijke sociale situaties te storten in de hoop een ander soort mens te worden, vlotter en toegankelijker. Maar zijn aard bleek taaier dan de opgedane ervaring: tot zijn grote frustratie veranderde hij niet. Toen hij naar de universiteit ging, legde hij zich erbij neer dat hij introvert was, studeerde informatica en kreeg een baan bij Ritcomm, in Washington D.C. Na een paar jaar kreeg hij de leiding over een project in het buitenland, een tien weken durende opdracht voor de overheid van Kenia. Dat werd een ramp. De leider van de onafhankelijkheidsbeweging, president Jomo Kenyatta, lag op sterven en de mensen om hem heen betwistten elkaar de macht en verrijkten zichzelf met gelden die bestemd waren voor overheidsprojecten. Toen Paul weigerde mee te werken, kreeg hij van de overheid geen enkele medewerking meer. Hij vroeg Ritcomm om hem terug te halen, maar dat zou kunnen worden opgevat als contractbreuk. Hij kreeg de opdracht zijn tijd uit te zitten.

Omdat hij niets te doen had, boekte hij een natuurreis, gelokt door de belofte dat hij vogels kon kijken. Ook hoopte hij op iets meer koelte, want de hitte verergerde zijn astma. Maar de gids reed als een gek en probeerde Paul voortdurend naar bordelen en duistere handeltjes in edelstenen te lokken. Een deel van de reis was aangekondigd als een driedaagse 'vogelsafari', maar daar bleek niets van te kloppen. Paul werd ondergebracht in een bouwvallig voormalig jachtverblijf dat gerund werd door een louche Italiaan en zijn ongelukkige Engelse vrouw, allebei zwaar aan de drank. Vroeger verbleven hier jagers op groot wild, maar de onafhankelijke Keniase regering had de jacht in de ban gedaan. Een paar jachtverblijven waren omgevormd tot natuurpark; andere boden de mogelijkheid om illegaal te jagen. Toen Paul aangaf dat hij daar niets voor voelde, verloor de Italiaanse eigenaar zijn interesse en zei dat Paul maar wat moest rondwandelen en naar de lucht kijken – dat was de vogelsafari. Maar rondwandelen tussen de wilde dieren leek Paul volstrekt onverantwoord, dus bleef hij verongelijkt op zijn kamer. De dochter van de eigenaar maakte haar opwachting en bood aan om hem de paar vogels op het verblijf te tonen, waarvan een aantal in kooitjes. Vroeger was het haar taak geweest om de gasten te fotograferen met hun jachtbuit. Ze vroeg hem naar Amerika en keek hem iets te direct aan.

Hij ging terug naar Nairobi en pakte zijn niet-bestaande werk weer op. Tot zijn verrassing verscheen de jongedame van het jachtverblijf bij zijn hotel met een treurig verhaal: haar ex-vriendje had geprobeerd zich door het hoofd te schieten en de hele plaatselijke blanke gemeenschap gaf haar ten onrechte de schuld en maakte haar het leven zuur. Ze kon nergens terecht in de hoofdstad, dus boekte Paul een kamer voor haar in het hotel – maar wel op een andere verdieping, om elke schijn van ongepastheid te vermijden. Laat op de avond klopte ze op zijn deur en vroeg of ze hem in de bar een drankje mocht aanbieden, als dank. Hij bestelde een glas melk en luisterde naar haar levensverhaal, een opeenvolging van onrecht en pech, zo leek het wel. Na sluitingstijd zetten ze hun gesprek voort op een bank in de lobby – zij voerde het woord – en om een uur of twee gingen ze uit elkaar en namen de lift naar hun eigen verdieping. Heel vroeg in de ochtend werd er op zijn deur geklopt. Daar stond zij. Alleen maar omdat hij nog half sliep, had Paul de moed om te doen wat er volgde.

Voor het eerst in zijn leven begreep hij de verhalen over weldenkende mensen die zich, gegrepen door liefdeskoorts, in het ongeluk storten. Hij had altijd gedacht dat geliefden opschepten als ze hun hartstocht met iedereen deelden. Maar zijn behoefte aan haar nabijheid oversteeg de ratio. Die behoefte was te groot om binnen te houden, vroeg om daden. Ze hadden 'gemeenschap' (Paul verwoordde het omzichtig, zelfs na al die jaren), iets wat hij altijd als een angstaanjagende mijlpaal had gezien, maar waar zij met een bedwelmend gemak overheen stapte. Er was – geheel tegen al zijn verwachtingen in – een klein gebied waar hij mocht komen. Niet alleen in zichzelf, maar ook in haar, een gebiedje dat ze konden delen. Nog voor hij vertrok was Sarah zwanger. Ze vlogen naar de Verenigde Staten en hij kocht een huis voor zijn nieuwe gezin.

'Waar?'

'Waar je nu bent.'

Maar al snel na hun aankomst kwam Sarah terug op het plan om te gaan trouwen, wat voor Paul als een schok kwam. Per slot van rekening was ze zwanger – hij kon zich niet voorstellen dat een vrouw in dergelijke omstandigheden bewust níét wilde trouwen. Maar ze vond hem kennelijk niet te harden, zelfs afstotelijk. Ze begon Paul overal de schuld van te geven, van de ambtenaar van de vreemdelingendienst die ze verrot had gescholden, maar ook van de walgelijke beveiliger die haar had beschuldigd van winkeldiefstal. Toen Paul opmerkte dat volgens de officiële richtlijn roken tijdens de zwangerschap werd afgeraden, greep Sarah naar haar aansteker. Net zo impulsief barstte ze in tranen uit en betuigde haar spijt, en ze leek zo ontroostbaar dat voor hem wel duidelijk was dat ze een goede inborst had, dus vergaf hij haar. Hun dochter Matilda werd geboren. De situatie werd alleen maar beroerder. Op een keer zette Sarah het meisje in haar badstoeltje, draaide de kraan open en ging bellen. Ze had alleen de warme kraan opengezet. De baby brulde en brulde, en Paul rende de trap op, waar hij zijn dochtertje aantrof met haar voetjes in kokendheet water. 'Godzijdank was het weekend en was ik thuis. Je kunt je wel voorstellen dat ik me zorgen maakte over de dagen dat ik op kantoor zat. Je hebt nog jaren littekens op je voeten gehad van die brandwonden.'

'Moest ik daarom ook thuis altijd sokken aan?'

'Misschien wel, ja.'

De dag dat hij haar uit bad had gered, begon Paul in de kelder te ijsberen. Zijn afkeer van Sarah was intenser dan de lust die hij ooit voor haar gevoeld had. De makkelijkste weg was om weg te gaan, om niets meer met haar te maken te hebben. Maar hij had verplichtingen jegens dat kleine mensje dat er niet voor had gekozen om deel uit te maken van zijn vergissing. Dus besloot hij om een ongelukkig leven te leiden, om Sarah haar manipulaties, haar relaties met andere mannen en alles wat ze nog meer deed te gunnen. Hij zou werken en zich afsluiten voor al het andere. Zo zou zijn leven zijn.

Maar Pauls berusting irriteerde Sarah alleen maar. Ze begon nog meer te provoceren, probeerde hem woedend te krijgen – en hij kón ook uit zijn vel springen als hij in het nauw gedreven werd. Tijdens een van die ruzies dreigde ze het kind mee terug te nemen naar Kenia, of nog verder weg misschien, en dan haar eigen leven te leiden en hem nooit meer te zien. Hij geloofde haar. En dat terwijl Sarah niets om Tooly leek te geven en al na een paar minuten spelen haar interesse in het kind verloor. Of ze gaf haar een standje en knuffelde haar vervolgens, hun dochter in totale verwarring achterlatend. Dagdromend over een ontsnapping dacht Paul terug aan zijn reisje in Kenia. De wereld leek toen zo ver weg. In het buitenland kon je verdwijnen, vooral in arme landen. Het was alsof je het heden achter je liet.

Ritcomm wist een groot overheidsproject binnen te slepen voor

de modernisering van de communicatiemiddelen van kleine diplomatieke posten in het buitenland. Het was 1981 en Buitenlandse Zaken wilde dat zelfs de verst uitgeslagen tentakels van de Verenigde
Staten verbonden bleven met Washington, of in elk geval met een
regionale mainframe met toegang tot de opsporingslijst. Dat betekende dat er gebruik moest worden gemaakt van lokale telefoon-
lijnen. Maar gebruikmaken van zo'n buitenlands netwerk – meestal van een staatsbedrijf – bracht veiligheidsrisico's met zich mee. Je
kon de installatie niet toevertrouwen aan buitenlanders; er was
maar één sovjetinfiltrant nodig om het systeem te kraken. De overheid had niet de specialisten in huis om dat installatiewerk te doen.
Dus werd Ritcomm ingeschakeld. Maar dat bedrijf had zelf ook
moeite om mensen te vinden die het werk wilden doen, want het
betekende een ontworteld bestaan waarin je om de paar maanden
weer naar een ander consulaat moest.

Paul bood zich vrijwillig aan. Als installateur kon hij inloggen op
de mainframes en had hij inzage in de lijst met gezochte personen.
Niet alleen kon hij zo verdwijnen in het buitenland; hij had ook toegang tot het systeem waarin zijn naam zou opduiken als Sarah hem
aangaf. Hij bereidde hun verdwijning voor door zich bij Sarah te
verontschuldigen dat hij zo saai was, waarbij hij haar de belofte
deed om haar mee te nemen op een dure vakantie – of, als ze dat
liever had, mocht ze ook alleen met Tooly gaan. Ja, reageerde Sarah
enthousiast, dat wilde ze wel. Hij stemde toe, op voorwaarde dat ze
voor hun dochter een Amerikaans paspoort zou aanvragen. Tooly
kon ook op haar moeders paspoort reizen, maar dat was een Keniaas
paspoort, zo voerde hij aan, en dat zou voor vertragingen en com-
plicaties kunnen zorgen. Het was beter dat hun dochter een Amerikaans paspoort kreeg, dat zou het voor Sarah ook makkelijker maken om Amerikaanse te worden. Paul vulde het aanvraagformulier
in. Sarah tekende alles.

'En toen,' zei hij, 'nam ik je mee.'

Het leven in het buitenland was zwaar geweest. De verre landen hadden zijn allergieën en zijn astma geen goed gedaan. Hij werd ziek van het voedsel. En de angst om gepakt te worden bleef hem achtervolgen, vooral bij grensovergangen. Hij had toegang tot de Amerikaanse opsporingslijst, maar niet tot buitenlandse lijsten, dus was hij bij elke buitenlandse vlucht weer bang. Had Sarah hem misschien in een ander land aangegeven? Zou hij bij aankomst worden opgepakt? En zo ja, wat zou er dan met Tooly gebeuren?

Paul wist Ritcomm zover te krijgen dat hij bij elke buitenlandse post een jaar kon blijven. Het bedrijf stemde daarmee in omdat hij zo'n waardevolle werknemer was; hij hoefde nooit op verlof en wilde ook niet terug naar huis. (Het was zelfs zo dat hij geen voet meer op Amerikaanse bodem zette omdat hij beducht was voor aangescherpte veiligheidsmaatregelen. Hij voelde zich zo verantwoordelijk voor Tooly's veiligheid dat hij niet terug naar Californië reisde toen zijn adoptievader op sterven lag – een omissie waar Paul nog steeds wroeging over had.) Door in elke stad een heel jaar te blijven, zo redeneerde hij, kon Tooly elke keer een klas afronden. Maar dat plan viel in duigen in Australië, waar het schooljaar anders was ingedeeld en er onduidelijkheid ontstond over de klas waarin Tooly hoorde te zitten. Hij durfde niet het risico te nemen er een zaak van te maken – hij probeerde zo min mogelijk op te vallen. Hij meed leraren en ouders en hield zijn collega's op afstand. Hij had zichzelf opnieuw in een situatie gebracht die hij niet aankon, zo vertelde Paul.

'Maar je redde je wel, ongelooflijk goed zelfs,' zei ze.

'Het viel me zwaar.' Voor een deel vanwege het risico om ontmaskerd te worden; dat zij iets onverstandigs zou zeggen. Hij begon op zijn dochter te leunen. Zij was zijn enige metgezel. 'Maar je gaf geen kik. Je paste je altijd weer aan. Nieuwe kinderen, nieuwe vriendinnetjes, en nooit klagen.'

'Jij klaagde ook niet, en je sprak geen kwaad woord over mijn moeder. Ik weet nog dat je zei dat ze niet langs kon komen en dat we erg op onszelf waren in ons gezin. Maar nooit een kwaad woord. Je beschermde me.' Ze keek naar zijn hand en wilde die aanraken, maar op de een of andere manier kon ze dat niet. 'Het was echt heel dapper dat je dit deed.'

'Dapper? Ik zat constant in angst.' En uiteindelijk werd zijn grootste angst bewaarheid: Tooly kwam niet thuis. Er was iets gebeurd, maar wat kon hij doen? Naar de Thaise politie stappen? Die waren zo corrupt als de pest. Ze had in Bangkok nooit de naam van een vriendje of vriendinnetje genoemd; hij wist niet waar hij moest beginnen met zoeken. Haar school belde de volgende dag en vroeg waar ze bleef. Hij zei dat Tooly ziek thuis lag. Hij was in paniek. Hij kon haar niet als vermist opgeven bij de ambassade – of moest hij dat wel doen? Wat als een crimineel haar in handen had? Wat als ze was weggelopen of onder een auto was gekomen? En toen nam Sarah contact op.

'Hoe wist ze dat we in Bangkok zaten?'

'Dat kunstje van dat tellen van een minuut?'

'Wat is daarmee?'

'Herinner je je ene Bob Burdett, van de Amerikaanse ambassade? Misschien weet je het niet meer, maar hij was een keer bij ons te eten. Je kwam je kamer uit, liet zien hoe je met je oogballen kon trillen en deed je kunstje met de minuut.'

'Hij werd agressief tegen jou. Ik kwam naar buiten om je te helpen.'

Bob Burdett – iemand die graag spion wilde zijn en altijd indruk probeerde te maken op zijn baas door 'subversieve elementen' op te sporen – had zichzelf te eten uitgenodigd omdat Pauls gezicht hem niet aanstond. Tijdens de maaltijd probeerde Bob Burdett zijn gastheer een anti-Amerikaanse uitspraak te ontlokken. Zo'n beetje aan het eind van de avond kwam een klein meisje uit een slaapkamer stappen. Heel vreemd om haar zo te verbergen. En geen spoor van een moeder. Bob Burdett nam contact op met andere ambassades waar Paul was geweest en hoorde versies van steeds hetzelfde verhaal: een systeemspecialist die men zich nauwelijks wist te herinneren, zonder vrouw of dochter. Verder graven leverde de naam op van Sarah Pastore, een Keniase die een paar jaar daarvoor samen met Paul naar de Verenigde Staten was gereisd. Een contact bij de militaire inlichtingendienst wist haar te lokaliseren; ze verbleef nog steeds in de Verenigde Staten, maar haar visum was verlopen. Ze was opgepakt voor winkeldiefstal en zou het land worden uitgezet. Bob Burdett wist haar aan de lijn te krijgen en deed zich voor als een ambtenaar van Buitenlandse Zaken. Wat was haar relatie met ene Paul Zylberberg? Had hij linkse sympathieën? Wist ze van een klein meisje? Als dat Sarahs kind was, waarom zat ze dan niet in Bangkok? Had ze haar als vermist opgegeven? Wilde ze haar dochter niet terug?

Kort daarna arriveerde Sarah in Bangkok.

'Ik was er slecht aan toe nadat je was verdwenen. Ik hoopte dat het goed met je ging, maar ik kon niets doen. Juridisch gezien had ik je ontvoerd. Ik had geen rechten. Sarah hoefde me alleen maar aan te geven. We troffen een regeling, maar ik had geen recht op contact met jou,' sloot hij af. 'Je was boos over wat ik had gedaan. Daar had je alle reden toe.'

'Ik was niet boos. Nog steeds niet.'

'Heb je uiteindelijk een goede school gevonden? Met leuke kinderen?'

Haar kindertijd na Bangkok zou hem met afschuw hebben vervuld: nooit meer naar school en hoeren als babysitters. Ze gaf een gekuiste samenvatting en maakte er een avontuurlijke en zorgeloze jeugd van. Terwijl ze dat verhaal verzon, herinnerde ze zich de waarheid en werd ze bedroefd, al wist ze niet goed waarom.

Paul had zich altijd zorgen gemaakt of het geld wel toereikend was voor Tooly, zo zei hij. Sarah eiste een maandelijkse toelage van vierduizend dollar in ruil voor haar stilzwijgen. 'Ik zou je toch financieel ondersteund hebben, met alles wat ik kon missen. Ik stuurde vaak meer geld dan verwacht. Ze had me heus niet hoeven bedreigen. En het spijt me, Tooly, dat ik de toelage stopzette toen je eenentwintig werd. Ik voelde me gekwetst dat je nooit contact opnam. Ik denk dat ik hoopte op een briefje of iets dergelijks. Wat niet eerlijk was.'

Haar maag trok zich samen, maar ze kon niks zeggen – Paul moest denken dat alles goed was gegaan. Maar van betalingen had ze níéts geweten, en al helemaal niet van stopzetting op haar eenentwintigste. Dat was in New York gebeurd, in 1999. Sarah was toen opgedoken, vlak voor haar verjaardag, met de belofte haar iets te vertellen. Wat?

'Het spijt me dat ik hier zo over doorga,' zei Paul. 'Je bent vast heel close met je moeder. En dat is ook goed. Ik had niet moeten proberen om een klein meisje groot te brengen. Ik ben nooit goed met kinderen geweest.'

'Je was goed met mij.' Ze keek hem aan, vond het belangrijk dat hij dit hoorde. 'En Paul, je bent nu wel gelukkig,' zei ze bij wijze van vraag, maar ook om zichzelf gerust te stellen.

'Shelly was een godsgeschenk. Ik dacht dat er in mijn leven geen ruimte voor iemand was, maar zij was, ja, een godsgeschenk.' Maar ze hadden pas wat met elkaar gekregen nadat Tooly weg was gegaan, voegde hij er fatsoenshalve aan toe.

'Stel je voor, als ik was gebleven was dat nooit gebeurd.'

'Ach...' Paul hield niet van hypothetische situaties – hij had zich neergelegd bij een verleden, wist welke onderdelen hem pijn deden en welke hem troost boden, en hij wilde dat niet herzien.

Hij vroeg naar die jongen, die Mac, met wie ze was gekomen.

'Nee, hij is niet van mij. Ik heb hem gestolen.'

Paul keek gealarmeerd op. 'Dat is een grap.'

'Maar beter van wel – inderdaad,' zei ze. 'Trouwens, we moeten er weer vandoor. Het is nog een lange reis terug naar zijn huis.' Ze stond op. 'Luister: ik wil je graag nog een keer zien. Kan dat?'

Hij stond op alsof hij hierdoor werd overvallen, alsof hij deze uitkomst niet verwacht had. 'Ik haal wat flessen water voor de rit terug,' sprak hij haastig. 'Je moet goed blijven drinken onderweg.'

Terwijl hij water ging halen staarde Tooly strak naar de grond en probeerde ze weer greep op zichzelf te krijgen.

Hij kwam terug met een geschenk dat hij jarenlang voor haar bewaard had: haar oude schetsboek met neuzen. 'En deze foto; ik dacht dat je die wel leuk zou vinden. Wij in het vliegtuig naar Thailand. Herinner je je nog dat Australische meisje, die jonge vrouw die naast me zat en een foto van ons nam? Die de hele tijd zat te roken?'

Het was een polaroid die meer van de bagagevakken liet zien dan van de gefotografeerden: Paul op de middelste stoel, ernstig kijkend, jong, vermoeid; Tooly bij het raampje, veel vrolijker dan ze dacht dat ze destijds was, met haar lange, ongekamde haar in een paardenstaart opzij. 'Ik ben er altijd voor je,' zei hij toen ze aarzelend bij de voordeur stonden. 'Ben ik altijd geweest en zal ik altijd zijn.' Hij stak zijn hand uit.

'Je maakte me 's morgens altijd wakker met een handdruk,' zei ze, snel pratend om niet te gaan huilen.

'Is dat zo?' zei hij, zich opeens bewust van zichzelf. Hij liet zijn hand zakken.

Maar ze pakte hem beet, met beide handen. 'Kan ik nog even snel iets zeggen?' vroeg ze. 'Ik voelde me – nog steeds, eigenlijk – zo schuldig over alles wat er gebeurd is, over wat ik heb gedaan. Ik heb je in de steek gelaten.'

'Je was een klein meisje, Tooly.'

'Dat doet er niet toe,' zei ze. 'Ook toen was ik wie ik nu ben.'

Toen ze met Mac in de gezinsauto zat, moest ze even tot zichzelf komen. Iets verderop zag ze een auto met een Aziatische vrouw van middelbare leeftijd achter het stuur die wachtte tot ze zou vertrekken. Tooly startte de motor, reed de weg op en zag in haar achteruitkijkspiegel hoe Shelly uitstapte en naar haar huis liep.

Terwijl Tooly door de haar onbekende straten van Lodge Haven reed, vroeg ze zich af hoe het was om in zo'n voorstad te wonen, om hier vandaan te komen. Ze zette de autoradio aan en gebruikte een interview op NPR om weer terug te keren naar het heden:

PRESENTATOR: *Eh, voor we ingaan op waarom dit volgens jou het gevolg is van klimaatverandering, want dat is volgens mij wat je zegt, moeten we eerst maar eens kijken naar de recordtemperaturen die tijdens de hittegolf van deze maand zijn gemeten. En we nemen dit op vrijdag 22 juli op, dus...*

'Dit uitstapje is saai,' zei Mac. 'Er komt geen eind aan.'

'Het spijt me,' antwoordde ze. 'Het was egoïstisch om je mee te nemen. Ik had behoefte aan gezelschap en dacht dat je het misschien wel leuk zou vinden.'

Ze herinnerde Mac eraan dat hij Humphrey nog even zou bellen om gedag te zeggen, wat heel fijn zou zijn, vooral omdat ze vandaag verstek had moeten laten gaan.

Mac zei dat de oude man 'stonk', waarna Tooly stilviel en zich op de weg concentreerde.

De zon stond al laag toen ze aankwamen. Ze had gebeld dat ze Mac een dagje had meegenomen, zogenaamd om vogels te kijken. Tooly vroeg Mac om aan dat verhaal vast te houden en legde boven zijn spullen en medicijnen stiekem terug op hun plek. Ze hoorde hem in de tv-kamer iets tegen Duncan zeggen.

'Ik ben even bezig met een e-mail, Mac.'

'We zijn in Maryland geweest.'

'Leuk.'

Het was niet aan haar om zich met dit gezin te bemoeien, of om iemands leven een andere draai te geven. Ik ben geen geschikte moeder, dacht ze. In elk geval niet voor het kind van Duncan.

De volgende dag keek Humphrey angstig rond toen hij wakker werd, maar het geluid van haar stem stelde hem gerust. Ze hielp hem met opstaan en liep met hem over de gang naar de gemeenschappelijke wc's. Jelena was die ochtend verhinderd geweest, dus waste Tooly hem in het douchehokje en droogde hem af. 'Je zult je beter voelen als je geschoren bent.'

'Alles gaat maar zolang door.'

Ze liet hem voor de spiegel staan en zeepte zijn wangen in met handzeep, wat hem schuchter deed snuiven.

'Nou, je bent er ook al een hele tijd, Humph. Je bent al drieëntachtig.'

Hij draaide zich met zijn ingezeepte gezicht naar haar toe. 'Echt waar? Dat is bijna pervers.'

'Niet bewegen, lieve Humphrey.' Ze trok het krabbertje voorzichtig langs zijn kaken en hielp hem daarna zijn resterende tanden te poetsen, waardoor een witte klodder Colgate op zijn onderlip belandde. Een andere bewoner liep naar binnen, spuugde in de wc-pot en piste met de deur open.

Ze leidde Humphrey terug naar zijn kamer, trok hem schone kleren aan en borstelde zijn haar. 'Klaar.'

Toen hij weer in zijn leunstoel zat, keek hij verwonderd om zich heen.

'Zit je lekker?' vroeg ze.

'Ik zat op een schip,' zei hij, 'en de hele reis droegen we een zwarte band om onze arm.'

'Dat verhaal heb je al eens eerder verteld.'

'Die van mij moest ik vasthouden omdat mijn arm niet dik genoeg was,' vervolgde hij. 'Ze waren gemaakt voor een mannen-arm.'

'Waar ging de reis naartoe, Humph? Wat was de bestemming van het schip?'

'Toen namen ze mijn band in, zodat hij paste.'

'Ik herinner me dat je dat verteld hebt.' Ze vroeg zich af of al dat roeren in zijn verleden een genadig vergeten in de weg zat. Deze opgerakelde fragmenten van zijn jeugd leken hem steeds minder plezier te doen. 'Weet je waar ik met Mac naartoe ben geweest? Naar mijn vader. Hij heeft me allerlei dingen over Sarah verteld, over hoe ze was. Hij zei dat hij haar geld voor mij stuurde.'

'Wie?'

'Mijn vader, Paul, stuurde geld naar Sarah.'

'O ja,' zei hij. 'Dat kan wel kloppen.'

'Weet je dat nog?' zei ze. 'Maar wacht eens even – Sarah leende altijd geld van míj. Waar gaf ze dat in godsnaam aan uit?'

'Ik zat op een schip, een passagiersschip,' ging Humphrey door, 'en ik moest een zwarte band dragen.'

'Humphrey? Wat deed ze met al dat geld?'

'Maar die band was te groot voor mij.'

'Ik ken dat verhaal.'

'En toen...' Hij praatte als een tram: je kon instappen of uitstappen, maar de route stond vast. Hij deed er niet toe of zíj luisterde of een volmaakte vreemde. Alleen was Tooly de enige die nog naar hem luisterde.

Hij viel stil, in gedachten verzonken. 'Er zijn bepaalde zaken,' sprak hij alsof hij haar moest voorbereiden op een schok, 'waarvan mensen zeggen dat ze met mij gebeurd zijn, maar daar weet ik niets meer van. Ik denk dat ik er nu nog mee wegkom. Maar als de mensen het door gaan krijgen – ik wil niet hulpbehoevend worden. Dat is gênant. Je moet me waarschuwen als je denkt dat ik het niet meer red. Begrijp je wat ik bedoel?'

'Ik begrijp het.' Ze zat op de rand van zijn bed en keek naar hem, vroeg zich af hoe direct ze kon zijn. 'Humph, ik zal eerlijk tegen je zijn.'

'Goed,' zei hij stijfjes.

'Je vroeg me je te waarschuwen als ik het idee had dat je jezelf niet meer kon redden. Ik denk dat dat nu het geval is.'

'Zoiets idioots heb ik nog nooit gehoord!'

Ze zwegen.

'Als ik dat stadium bereik,' vervolgde hij, 'spring ik uit een raam. Maar zover ben ik nog niet. Dus hou je grote mond er maar over.'

Ze kon zich niet heugen dat hij haar ooit zo agressief had toegesproken. De woorden waren op zichzelf niet schokkend, maar uit zijn mond deden ze pijn. 'Het spijt me,' zei ze.

Hij ging verzitten en drukte op de afstandsbediening van de tv, maar er gebeurde niets.

'Kan ik je helpen, Humph?'

'Nee, dat kun je niet. De televisie is kapot.'

Eén druk op een knopje en de tv zou aanfloepen, precies zoals hij wilde. Maar ze wist niet hoe ze de afstandsbediening op een tactvolle manier in handen kon krijgen. Hij sloot zijn ogen, maar sliep duidelijk niet; zijn handen trilden van woede.

Sinds haar komst naar New York was zijn toestand alleen maar verergerd. Het was alsof hij zich krampachtig had vastgehouden en dat haar aanwezigheid hem de mogelijkheid had gegeven om los te laten.

'Het is goed, Humph. Ik zorg dat alles goedkomt.'

Hij begon er weer over dat hij het leven veel te lang vond duren, dat hij het liefst al dood was. Ze wist niet goed hoe ze moest reageren – zij zou er ook zo over denken als ze over de tachtig was, bijna niks meer zag, doof was en vastzat in deze afschuwelijke kamer. 'Lieve Humph, ik weet dat je leven niet leuk is. Ik weet het. Maar het duurt niet lang meer.'

'Ik ben ongeduldig,' zei hij. 'Ik wil dat het afgelopen is.'

Ze pakte zijn hand, maar die bleef slap.

'Je bent hier nu,' zei hij, 'en ik ben bang dat je weggaat, dat ik weer alleen ben.'

'Er zijn andere mensen. Jelena bijvoorbeeld.'

'Maar jij bent Tooly Zylberberg.'

'Dat klopt,' zei ze met een droeve glimlach.

'Mijn lievelingspersoon.'

Haar ogen werden vochtig. 'Ik ga niet weg,' beloofde ze en ze moest haar uiterste best doen om haar stem niet te laten breken. 'Ik blijf zolang je me nodig hebt.'

'Toen mijn vader stierf,' zei hij, 'ging hij heel langzaam ademen.'

'Weet je dat nog, Humph? Waar was dat?'

Hij herinnerde zich dat hij uit het raam keek, naar een grote boom. En dat hij zichzelf zag zitten als vanuit de ruimte, een klein spikkeltje mens, daar op de zuidpunt van het Afrikaanse continent.

'Dat was toch in Zuid-Afrika? Kun je me nog iets vertellen over je leven daar?'

'Op mijn leeftijd moet je kiezen tussen tijd of waardigheid.'

'Hoe bedoel je?'

'Als je niet oplet, is het te laat om er nog iets aan te doen en...' Hij staarde naar het bolle spiegelbeeld in de tv en keek toen de kamer rond. 'Ik wil niet dat je blijft. Het is vreselijk hier – dat akelige mens hiernaast met haar keiharde muziek en haar zoontjes die ze zo afschuwelijk behandelt. Ik kan er niet tegen. Ik vind niet dat ik eindeloos moet blijven leven. Het is genoeg geweest. Ik heb een interessant leven gehad. Ik heb veel dingen gezien. Ik had vrienden. Niet veel. Ik heb vrienden gehad. Niet veel.'

'Ben je eenzaam geweest, Humphrey?'

'De mensen die me leuk vonden zitten allemaal in boeken. Ik had graag een vrouw ontmoet die iets in me zag, maar dat is niet gebeurd. Toen jij en ik elkaar gezelschap hielden, toen was ik niet eenzaam. We waren vrienden.'

'Dat waren we; zijn we.'

'Ik ben blij dat ik niet eerder een einde aan mijn leven heb gemaakt. Dan had ik Tooly Zylberberg niet leren kennen.'

'En ik jou niet,' zei ze. 'Denk je eens in hoe anders ik dan geweest zou zijn. Dan had ik John Stuart Mill niet gelezen!'

'Ja, ja,' zei hij. 'Mijn oude vriend.'

'Wie weet wat er zonder jou van mij geworden zou zijn.'

'Dat heb ik niet laten gebeuren.'

'Dat weet ik, Humph. Bedankt.'

'Bedank me niet, alsjeblieft. Bedank me niet,' zei hij. 'Ik kan het niet verdragen als je me bedankt. Bedank me alsjeblieft niet.' Hij leunde voorover en legde zijn hand op die van haar; op zijn gebogen hoofd zag ze de kruin van zijn warrige grijze haar.

Ze ademde uit, heel langzaam.

'Ik wil graag koffie voor je zetten,' zei hij.

'Dat doe ik wel.'

'Wil je dat doen?' reageerde hij, alsof hij verbaasd was over zoveel generositeit. 'Heel erg bedankt. Heel erg bedankt.' Hij bracht haar hand naar zijn mond en kuste die, droge lippen die over haar nagels gleden.

Ze liep snel naar de gemeenschappelijke badruimte, met haar armen om zich heen geslagen om haar emoties de baas te blijven. Ze maakte haar gezicht nat. Hij had jarenlang gebruik moeten maken van deze toiletten en deze gore douchecabines. Ze kwam terug met zijn mok. Dit keer dronk hij niet met grote slokken, maar langzaam, nippend als een kenner, als iemand die aandacht wilde geven.

Terwijl ze klopjes gaf op zijn oude, geaderde hand, bedacht ze dat hij niet alleen binnenkort weg zou zijn, maar dat er geen spoor meer van hem zou overblijven als ook zíj er niet meer zou zijn. Dan was het net alsof Humphrey, die nu nog met een kloppend hart voor haar zat, er nooit was geweest. Na een generatie of twee werd zelfs je foto niet meer herkend en was je gewoon een persoon, tijdens een of andere gelegenheid, in ouderwetse kleren, de bijzonderheden en de verlokkingen van die dag voorgoed verloren, een ingelijst beeld ergens halverwege de trap, of weggestopt in een la, of opgeslagen in enen en nullen. Eens jij; op den duur een vreemde voor iedereen.

Toen ze het gebouw verliet, belde ze Fogg, want ze wilde weg van deze tijd en deze plek. Toen de verbinding werd gemaakt – dat moment van ruisende stilte – verheugde ze zich nog op zijn vrolijke stemgeluid. Maar al bij de eerste keer dat de telefoon overging, had ze spijt. Ze kon hem niet meer in het ongewisse laten.

Het was de eerste keer in weken dat ze elkaar weer spraken en Fogg had heel wat te vertellen. 'Ik weet gewoon niet waar ik moet beginnen. Heel Caergenog is in rep en roer: er zijn twee palen van een omheining aan Dyfed Lane omver geduwd en de politie heeft de zaak in onderzoek.'

Ze glimlachte. 'Ik mis het leven daar.'

'Ja, ja – je hebt het maar zwaar,' zei hij, 'lekker de beest uithangen in New York.'

'Heb je al gepraat met boekwinkels in Hay?' vroeg ze. 'Je weet het, hè? Je hoeft maar te kikken en je krijgt een glanzende referentie.'

'Dus de kogel is door de kerk? Je komt niet meer terug?'

Ze schudde haar hoofd en zei niets. 'Ik moet binnenkort je salaris stopzetten. Het spijt me, Fogg. Als je wilt, kun je World's End zo overnemen. Met de hele voorraad. Je moet dan nog wel de huur betalen. En gas en licht. Eigenlijk zou ik je moeten betalen om de zaak over te nemen. Als ik het kon, zou ik het zeker doen.'

Die avond lag ze in bed aan Xavi te denken – dat deed ze de laatste tijd constant. Ze ging naar boven om zichzelf een glas in te schenken en wekte een van de laptops van de McGrory's tot leven. Ze tikte zijn naam in: Xavier Karamage. Zoals elke keer was het enige zoekresultaat een blanke zakenman van middelbare leeftijd met een rode snor, directeur van een firma in het International Financial Services Centre in Dublin.

Ze belde het nummer. Er werd niet opgenomen – het was nog te vroeg in de ochtend aan de andere kant van de Atlantische Oceaan. Dus wachtte ze. Toen de klok in Connecticut 04:12 uur aanwees, probeerde ze het nog een keer. Een receptioniste nam op. Ze had geluk, zei de vrouw, want bij deze firma was er maar één dag per week iemand op kantoor. Tooly vroeg of de heer Karamage aanwezig was. Dat was niet het geval. Toen ze doorvroeg, bleek dat hij niet vaak op kantoor verscheen – de receptioniste had hem zelfs nog nooit gezien, ook al werkte ze daar al twee jaar.

'Het is zo'n ongewone naam,' zei Tooly. 'Waarschijnlijk Afrikaans?'

'Nee, nee. Amerikaans, geloof ik. Maar sorry, waar kan ik u mee van dienst zijn?'

Tooly vroeg naar een nummer waarop ze de heer Karamage kon bereiken, maar dat wilde de receptioniste niet geven. Tooly kon een bericht achterlaten en misschien zou de heer Karamage daarop antwoorden. Tooly legde uit dat het probleem was dat ze van haar baas de opdracht had gekregen om de heer Karamage een verjaarscadeautje te sturen. De koerier had een telefoonnummer nodig om het pakketje te bezorgen. En het cadeautje moest er op tijd zijn, anders zou haar baas haar vermoorden.

'Het spijt me. Ik mag zijn nummer niet geven.'

De receptioniste suggereerde dat Tooly het cadeautje maar naar het kantoor moest sturen. Al was het natuurlijk niet te voorspellen wanneer hij het in handen zou krijgen, aangezien hij in twee jaar nog nooit was verschenen. Nadat Tooly lang op haar had ingepraat, zuchtte de receptioniste diep, zette Tooly in de wacht en kwam uiteindelijk met een postadres ergens op het platteland van Ierland.

Ze gaf geen telefoonnummers, maar Tooly zou het cadeau naar dat adres kunnen sturen.

Tooly bleef nog een uur wakker tot Duncan opstond. Ze vroeg of hij ervoor kon zorgen dat Jelena komende week meer uren bij Humphrey was en of Bridget iemand anders voor Mac kon regelen. Het speet haar heel erg, maar er was een crisis in de boekwinkel – ze moest het eerste vliegtuig terug naar huis nemen.

Maar ze vloog niet naar Wales.

1988

Tooly knielde op een stoel bij het aanrecht, draaide de kranen open en ordende vieze borden en bestek. Stoom steeg op en zweetdruppeltjes liepen langs haar voorhoofd terwijl ze in het draaiende afwaswater keek. Even wist ze niet meer in welke stad ze was. Wat was er buiten dit huis? Ze liet een mes in het water vallen, het wateroppervlak werd met een plons doorsneden en een dikke druppel sprong op en zakte weer in, waarna het sop zich weer sloot. Wat een gek idee, dacht ze, dat op andere plaatsen mensen op ditzelfde moment bezig waren met andere dingen. Iedereen die ze ooit gekend had, leefde ergens en dacht andere dingen.

'Mag ik vandaag weer koffie?' vroeg ze aan Humphrey toen hij binnenkwam. Toen ze hier nog maar net was, was ze de dag altijd begonnen met Coca-Cola, maar de laatste tijd dronk ze net als hij oploskoffie met melk en heel veel suiker, maar wel op haar eigen manier. Niets voelde zo volwassen als dingen op een eigen manier doen.

Tijdens haar verblijf in dit huis had ze niet alleen de koffie ontdekt, maar ook hele bijzondere boeken. Het meeste wat Humphrey haar uitleende verwonderde haar: stukken tekst, verhandelingen over 'de vrije wil', 'de rede' en 'negatieve potentialiteit'; of grimmige verhalen over de NKVD en de nazi's. Ze deed haar best om een paar bladzijden te lezen – net genoeg om vragen te kunnen stellen. Vandaag gaf hij uitleg over politiek in Rusland.

'Er is lange traditie,' begon hij. 'Eerst wij moeten kale leider hebben. Daarna harige leider. Kaal, daarna harig. Tsaar Alexander II, hij is kaal. Daarna Nikolaas II. Hij heeft haar. Dan komt Lvov. Kaal als komkommer. Dan Kerenski. Heel veel haar. Lenin heel kaal. Wie moet dan komen? Stalin.'

'Was hij harig?'

'Daarom hij wint strijd om leiderschap. Trotski heeft ook ragebol, dus is nek aan nek. Maar Stalin heeft meer. Ook hij is groter idioot. Dus hij wint. Na harige Stalin zij willen kaalkop. Zij zoeken in Politbureau en zien Chroesjtsjov – perfect! Dan Brezjnjev, ook ragebol. Dan Andropov: kaal. Tsjernenko: haar. Gorbatsjov: kaal.'

'Met die vlek op zijn hoofd?'

'Ja, maar maak niet belachelijk. Is niet aardig.'

'Ik maakte niet belachelijk,' zei ze. 'Humphrey?'

'Ja, lievelink.'

'Jij weet meer dan wie ik ook ken.'

Hij werd er verlegen van, alsof hij onder zijn kin werd gekieteld. 'Toen ik klein jongetje was als jij...'

'Ik ben geen klein jongetje.'

'Klein meisje.'

'Jij was geen klein meisje.'

'Tooly, hou op. Ik probeer te onderwijs in historisch materialisme. Toen ik klein jongetje was als jij, wij hadden paard achter in de tuin en elke ochtend verse melk.'

'Molken jullie een paard?'

'Nee, nee, nee. Wij melken koe. En er is ook boomgaard om fruit te eten. Een keer ik gooi middelste van abrikoos – hoe noemt dat?'

'De pit?'

'Ik gooi pit in oog van meisje per ongeluk. Ik ben heel bang zij is blind en ik moet naar gevangenis.'

'Je hebt ook gevangen gezeten.'

'Niet voor pit van abrikoos. Vanwege idioten van communistische partij.'

'Ik dacht dat je communisten goed vond.'

'Ik haat ze, en ook kapitalisten. Allemaal reactionair.'

'Wie vind je wel goed?'

'Ik ben marxist, maar niet praktiserend,' legde hij uit. 'Dat is enige sociabele theorie in het leven. Communisme werkt niet omdat mensen zijn egoïstisch. Maar persoonlijk, ik denk kapitalisme werkt ook niet. Is exploitatie en hebzucht en egoïsme.'

'Humphrey?'

'Ja, lievelink?'

'Waar bewaar je al je boeken?' Er verschenen voortdurend nieuwe boeken, maar er was nergens een boekenkast te bekennen.

Humphrey stond opeens op en ze was bang dat ze hem beledigd had. Hij liep naar de opslagruimte, wurmde zich langs haar tent, duwde nagemaakte merkkleding, medische apparatuur en overjarige medicijnen opzij en stommelde naar een vrijstaande kast die tegen de achtermuur stond. Na drie keer trekken, barstte de kast open en er volgde een explosie van hardcovers en paperbacks.

'Gaat het?' vroeg ze terwijl ze over alle troep heen stapte om hem te helpen.

'Boeken,' sprak hij, 'zijn als paddestoelen. Ze groeien als jij niet kijkt. Boeken vermeerderen volgens regel van samengestelde interest: één interest leidt tot andere interest en die samen tot derde interest. Voor je weet, je hebt zoveel interest dat er geen ruimte in kast meer is.'

'Bij ons thuis doen we kleren in de kasten.'

Hij had geen goed woord over voor dit misbruik van meubilair. 'Maar waar bewaren jullie literatuur?'

Ze ging naar beneden om een broodje aardappelsmuree voor zichzelf te maken. Toen ze terugkwam, zat hij te bladeren in een paar zojuist bevrijde boeken, en toen ze er zelf ook een pakte, vielen er heel wat kruimels van haar broodje op de bladzijden.

'Intellectuelen eten en lezen nooit tegelijk,' zei hij tegen haar. 'Dat is tegen de wet.'

'Ik heb het jou ook zien doen.'

'Ja, omdat ik deze wet maak.'

'Als jij die wet maakt, mag ik dan de tegenwet maken?'

'Natuurlijk. Dan gaan wij naar rechtbank.'

'Wat gebeurt er dan?'

'Hangt af van rechter.'

'Wie is de rechter?'

'Ik ben rechter.'

'Kan ik een wet maken die verbiedt dat jij rechter bent?'

'Ik spreek veto uit.'

'Hoe bedoel je, "veto"?'

'Veto is als jij groot broodje maakt – jij doet je best en maakt heel lekker – dat ik kom en jouw broodje opeet. Zonder pardon. Dat is hoe veto werkt.'

Ze bood hem een hapje aan.

'Nee, nee, is goed, lievelink,' zei hij. 'Jij eet en ik leer jou Westerse beschaving.'

'Mag ik een veto doen?'

'Ik raad niet aan.' Hij schraapte zijn keel. 'Alle Westerse beschaving begint met...'

Er klonken voetstappen op de trap. 'Ouwe gek,' zei Venn met een glimlach.

'Hallo,' zei Tooly vrolijk en ze stond op.

'Ik heb Sarah gesproken,' zei hij. 'Ze praat op dit moment met je vader.' Venn keek over haar heen naar Humphrey. Tooly draaide haar hoofd om en zag dat Humphrey zijn blik beantwoordde. Het was voor het eerst dat ze zo'n blik van verstandhouding tussen die twee onderschepte – een uitwisseling op een hoogte die haar buitensloot. Hadden ze dat al eerder gedaan? Hadden ze dat al die tijd gedaan?

Om hun aandacht terug te halen naar haar hoogte zei ze: 'Ik heb alle borden afgewassen.'

Maar de mannen hadden dingen te bespreken en liepen naar beneden. Zij bleef boven en gleed langs de muren, deed alsof ze eraan vastgeplakt zat. Daarna sprong ze haar tent in en bekeek de boeken van Humphrey.

Die avond kwam Venn haar opzoeken. 'Hoe oud ben je, twaalf?'

'Tien,' antwoordde ze, verrukt over zijn vergissing.

'Wil je met me samenwerken?'

Ze knikte.

'Oké. De mensen die hier in- en uitlopen, die moet jij een beetje in de gaten gaan houden – leg je oor te luisteren. Wie hun vrienden zijn, wie ze niet mogen, dat soort dingen. We hebben het er nog wel over. Jij bent iemand die alles ziet, dukkie, net als ik. Andere mensen hebben dat niet. Die hebben geen idee wie er op straat achter hen loopt, geen idee waar mensen hun handen houden, waar hun hoofd zich bevindt. Maar wij letten op. En dat is vermoeiend. Maar zo zijn we nu eenmaal.' Hij legde zijn hand als een kommetje tegen haar wang en liet haar achter met haar gedachten.

Ze probeerde die avond op het feest al een beetje te spieden, al was hij vertrokken voordat hij nadere uitleg had kunnen geven. Ze schuilde in haar tent en probeerde een boek over de Westerse beschaving te lezen, maar ze staarde naar de bladzij en was alleen maar bezig om te bedenken welke observaties geschikt waren voor Venn. Tooly hoorde haar naam pas na de derde keer. Ze kroop uit haar slaapzak, opende het hangslotje aan de rits van de tent, trok de rits omhoog en zag hoe het oranje nylon zich opende en een blik bood op de buik en daarna het gezicht van een vrouw.

'Lieve schattebout,' zei Sarah, die zich vooroverboog om Tooly met de rug van haar hand een aai over haar wang te geven. 'Mag ik op bezoek komen?'

Tooly maakte plaats voor haar en Sarah ging met een diepe zucht van vermoeidheid liggen. Ze omarmde Tooly van achteren en streelde haar haar.

'Je bent heel lang weggebleven.'

'Lees me niet de les,' zei Sarah. 'Ik heb me met je toekomst beziggehouden.'

'Het spijt me.'

'En nu ben je vrij,' resumeerde Sarah. 'Van nu af aan – vanaf deze seconde – kun je jezelf helemaal uitvinden. Verzin wat je wilt, Matilda. Word iemand die om grapjes lacht of iemand die nooit glimlacht. Iemand die de hele dag in bed ligt of al bij het ochtendgloren op is. Je kunt een leugenaar zijn. Je kunt eerlijk zijn. Wees aardig of afschuwelijk. Wat je maar wilt, mijn liefje. Maar je moet dapper zijn om te leven zoals wij, om te beseffen dat we alleen elkaar hebben en niemand anders. We zijn een team. Dat is beter dan een gewoon gezin, want dan móét je bij elkaar blijven. Wij blijven bij elkaar omdat we het wíllen. In een gewoon gezin moet je je de hele tijd verantwoorden en je excuses aanbieden en uiteindelijk zit je vastgeketend aan mensen met wie je net zoveel gemeen hebt als een willekeurig persoon uit het telefoonboek.' Sarah zocht in haar handtas. 'Waar zijn mijn sigaretten?' Ze liet haar aansteker vonken, nam een trek en blies de rook door de tentopening naar buiten. Ze droeg een van achteren opengewerkte blouse die haar schouders bloot liet en de naakte boog van haar ruggengraat toonde. Na een paar minuten schoot ze de peuk naar buiten en ritste de tent dicht, waardoor ze lekker knus binnen zaten. Daar lagen ze langzaam in slaap te vallen terwijl de geur van haar parfum zich vermengde met die van de sigarettenrook en op de achtergrond het lawaai van het feest klonk.

Uren later werd Tooly wakker. Sarah was de tent uit gestapt. Het meisje tuurde door de opening van de tent in het duister. Het feest was voorbij, de muziek zweeg en je hoorde geen geroezemoes meer. Er waren nog maar twee stemmen – Venn en Sarah, die beneden ruzie maakten.

'Ze heeft haar paspoort niet bij zich. Hoe wil je haar meenemen zonder paspoort? En van de vader krijg je het niet.'

'Ik kan haar laten bijschrijven op mijn Keniase paspoort.'

'Dat kost je maanden.'

'Laat een van je vriendjes een vals paspoort maken.'

'Je wilt dat meisje helemaal niet, Sarah.'

'Waarom zeg je van die wrede dingen?'

'Ga niet opeens gevoelig doen. Jij hebt haar de afgelopen weken laten stikken toen je opeens verdween om god mag weten wat te doen.'

'Ik verdween niet. Ik kon het gewoon niet aan, oké? Zeg alsjeblieft niet van die nare dingen, wil je?' zei ze. 'Luister, als hij me dat paspoort niet geeft, geef ik hem aan.'

'Als hij gevangenzit, krijg je niks.'

'Kun je niet naar zijn huis gaan en het gewoon pakken?'

'Nee.'

Kort daarna tilde Sarah de tentflap op en fluisterde: 'Heb je zin om morgenochtend met me te ontbijten?'

'Blijf je, Sarah?'

'Van nu af aan laat ik je niet meer los.'

De volgende ochtend was Sarah weg. Alleen Humphrey was er nog. 'Humph,' vroeg Tooly hem, 'heb je ooit in je schoolorkest gespeeld?'

'Ik was eerste klas vioolgenie. Maar jaloerse rivaal raakte mij op knie met trombone. Heb ik dat verhaal nooit verteld?'

'Waarom zou een jaloerse rivaal het op je knieën gemunt hebben? Je speelt geen viool met je knieën.'

'Heb jij wel eens viool gespeeld zónder knieën?'

'Ik speelde alleen op de ukelele.'

Ze ging zitten, gewoon op de grond, opeens overvallen door droefheid.

'Humphrey?' zei ze. 'Humphrey Ostropoler?'

'Ja, mijn beste?'

'Ik vind het gewoon fijn om je naam te zeggen.'

'Dat mag.'

'Ik weet dingen over vogels.'

'Vertel.'

'Vogels waren ooit dinosaurussen.'

'Ik kan niet geloven. Dat is leugen.'

'Echt waar. Ze zijn de enige dinosaurussen die nog over zijn. Of ze stammen af van dinosaurussen of zoiets. Weet je hoe vogels vliegen?'

'Flapperen met vleugels?'

'Ik bedoel waarom zij kunnen vliegen en wij niet.'

'Ook flapperen met vleugels.'

'Ze hebben holle botten en daarom zijn ze heel licht. En dan heb je nog iets wat opwaartse druk heet, daar ben ik eindeloos over doorgezaagd. Hoe zat het ook al weer? Oké, dus die opwaartse druk...' Ze trommelde op haar onderlip. 'Oké, het zit dus zo dat vogels gebogen vleugels hebben. En als de wind erlangs gaat, gaat hij sneller over de bovenkant. Wacht, ik zeg het niet goed. Oké, wat er gebeurt is dat de lucht tegen de onderkant van de vleugel drukt en hem zo omhoogduwt.'

Hij knikte gefascineerd, met zijn kin in zijn hand. 'Ga door alsjeblieft.'

Ze wendde deskundigheid voor in een poging zijn vragen te beantwoorden, waarbij Humphrey haar benaderde alsof zij op luchtvaartgebied de onbetwiste autoriteit was.

'Jij opent hele nieuwe wereld voor mij,' verkondigde hij terwijl hij haar voorging naar de achtertuin, waar hij met zijn handen in de zakken van zijn korte broek verwonderd naar de lucht staarde. 'Daarboven is zoveel aan de hand! Ik heb nooit eerder bedacht.'

In de verte vloog een vliegtuig over, een stip die langzaam over het blauw gleed. Passagiers tuurden uit de raampjes naar deze stad, naar het dak van dit huis, niet wetend dat deze twee mensen terugstaarden. De mensen daarboven dachten aan bestemmingen, aan gezichten die hen op het vliegveld opwachtten, aan gezichten die waren achtergebleven, precies zoals Tooly op zoveel vluchten had gedaan. En als ze dan haar hoofd wegdraaide van het raampje, zag ze Paul zitten, verdiept in een vogelboek.

Ze zagen geen vogel, maar ze voelde wel iets nats, en al snel spatten dikke regendruppels op haar gezicht. Humphrey ging weer naar binnen en riep dat ze ook moest komen. Ze bleef nog even, met uitgestoken tong om druppels op te vangen. Toen ze ook naar binnen ging, liet haar druipende haar een nat spoor achter in huis. Humphrey stond al klaar met een handdoek. 'Wat is je adres?' vroeg hij.

'Waar ik woonde? Dat was Gupta Mansions in Sukhumvit.'

Hij pakte haar bij haar hand, haalde haar schooltas uit haar tent en liep met haar naar de voordeur. 'Kom,' zei hij. 'Tijd om te gaan.'

2000

Emerson opende het raam van de woonkamer om te roepen naar Tooly, die op de brandtrap zat. 'Doe die sigaret uit als ik tegen je praat,' zei hij. 'De rook wordt naar binnen geblazen, trut.'

'Jij hebt het raam opengezet.'

'Pardon, betaal jij hier huur? Maak dat ding uit en kom naar binnen.'

Ze had niet de gewoonte om Emerson te gehoorzamen, dus ze nam alle tijd om haar sigaret op te roken en overwoog zelfs om de brandtrap te nemen en door de voordeur weer naar binnen te komen, alleen maar om niet aan zijn bevel gehoor te geven. Maar het was ijskoud, dus klom ze naar binnen.

Waarschijnlijk was hij boos vanwege een afvalscheidingskwestie. Of verdacht hij haar wellicht van plundering van zijn voorraad perzikensap? Ze stond voor hem en deed haar best om de aantijgingen van een man op slippers met een ontbloot bovenlijf serieus te nemen. Tot ze doorhad waar het over ging.

'Wacht eens even. Wat?' zei ze om wat tijd te winnen. 'Waar heb je het in hemelsnaam over?'

Maar ze wist het. Dit kwam van Noeline.

'Je hebt hier als kind helemaal niet gewoond,' zei hij. 'Je probeert Duncan te bestelen. Hij had het erover dat hij zijn ouders zover wilde krijgen om te investeren in jouw oplichterij. Je bent een oplichter en dat ga ik hem vertellen. Je mag blij zijn dat ik de politie er niet bij haal.'

'Dit is belachelijk. Mag ik even met Noeline praten?'

'Dus je geeft het toe!'

'Ik geef niets toe. Ik wil haar alleen even spreken.'

'Zeg jij het tegen Duncan, of doe ik het?' wilde hij weten.

Tooly was ervan uitgegaan dat de ontboezemingen van beide kanten tijdens die lunch elkaar wel zouden neutraliseren. Als het erop aankwam had Noeline nog het meest te verliezen met haar uitspraken.

'Kun je haar alsjeblieft even laten komen?' zei Tooly. 'Ik wil haar graag onder vier ogen spreken.'

Hij beende weg. Een minuut later kwam Noeline de keuken binnen. Ze meed de blik van Tooly.

'Je vriendje heeft net gedreigd de politie op me af te sturen.'

'Je hebt gelogen tegen Duncan, tegen Xavi en tegen mij. Je woont hier al weken zonder te betalen en je eet gewoon mee. Je bent onder valse voorwendselen binnengekomen.'

'Meen je dat nou? Wat zou er gebeuren als ik hem een paar van jouw uitspraken zou voorleggen? Hoe jij zijn halve proefschrift hebt geschreven?'

'Ik vind het stuitend dat jij mijn relatie met Emerson probeert te beschadigen. Ik hou echt van hem en dat is een gevoel dat jij naar eigen zeggen niet kent. Als jij suggereert – als je zelfs overweegt om te beweren – dat ik hem op ongeoorloofde wijze heb geholpen, dan zal ik dat categorisch ontkennen. Als ik bepaalde zaken iets te zwaar heb aangezet – wat ik me niet kan herinneren – komt dat omdat ik door relatieproblemen een beetje overstuur was. Als je daar misbruik van wilt maken, ben je nog veel stuitender dan ik dacht.'

'Ik ga niet doorvertellen wat jij hebt gezegd, Noeline. Ik ben geen verklikker. Ik zeg alleen maar dat ik dacht dat we...'

'Verklikker? Wat is dit, boeventaal? Toen jij me die dingen vertelde, was je niet overstuur of zo. Je was zo koel als een kikker – de normaalste zaak van de wereld voor jou. Je hebt met geen van ons ook maar een greintje mededogen. Je wilt de ouders van Duncan gebruiken voor een smerig zaakje dat je hebt opgezet met die oudere vriend van je.'

Tooly schudde haar hoofd. Deze beschuldigingen brachten haar zelfbeeld aan het wankelen en ze sloeg terug met een eigen uitval: 'Ach, krijg toch de pest.'

'Duncan is een "kans" voor je, nietwaar? Die liefhebberij om binnen te glippen in huizen van mensen vanwege de "kansen"? Dat is parasitair, begrijp je? Wij zeggen het tegen Duncan als jij het niet doet.'

'Je verdraait mijn woorden. Ik ben echt heel erg op Duncan gesteld. Ik zie Xavi als een vriend en jou ook, dacht ik. Ik ken Emerson niet zo goed, maar als jij hem nu weer geweldig vindt, heb ik me misschien in hem vergist.'

'Hoe bedoel je, dat ik hem "nu weer" geweldig vind? Zie je, daarom moet je opdonderen.'

'Ik zou nooit iemand vertellen wat je hebt gezegd.'

'En wat zou ik dan precies gezegd hebben?'

'Dat weet je heel goed. Maar wat kan het schelen?'

'Ga gewoon weg. Goed? Neem afscheid van Duncan als je zo nodig moet en ga weg. Jij speelt met mensen. Voor ons is het serieus.'

Emerson kwam weer binnen. 'Zegt zij het tegen Duncan of doe ik het?'

'Sinds wanneer gaat Duncan je zo aan het hart?'

'Hé,' sloeg hij terug, 'ik pik het niet dat een voortijdige schoolverlater als jij aan mijn intelligentie twijfelt, en ook nog eens achter mijn rug om.'

Tooly keek naar Noeline, die wegkeek.

'Dit is een morele kwestie,' vervolgde hij. 'Misschien zelfs misdadig.'

'Waar heb je het over? Wat is het misdrijf dan?'

'Huisvredebreuk,' improviseerde hij terwijl hij wegliep. 'Als jij niks doet, zal ik hier nog dit etmaal bij Duncan over beginnen. Ik zou maar vast excuses gaan bedenken als ik jou was.'

Tooly keek naar Noeline en haar boosheid vloeide weg. 'Jij bent een van de interessantste mensen die ik in deze stad heb ontmoet. Een van de interessantste in jaren. Ik weet niet wat ik heb gedaan dat je zo boos op me bent. En ik wil je ook niet op andere gedachten brengen. Ik vind het alleen... Ik weet niet, ik vind het zo jammer dat dit gebeurt.'

Noeline kreeg een rood hoofd en rende naar de badkamer, sloeg de deur achter zich dicht en liet de kraan minutenlang lopen.

Tooly keek naar de deur in de gang waarachter Duncan aan het studeren was. Maar ze klopte op de deur van Xavi. 'Emerson is gek geworden,' zei ze. 'Ik heb je hulp nodig.'

'Wat nu weer?'

'Echt. Hij is doorgedraaid. Kunnen we een strategie bepalen?'

'Ik doe niets liever dan Emerson dwarszitten. Wat heeft die sukkel op zijn lever?'

Ze vatte de aantijgingen van Noeline samen.

'Nou,' reageerde hij onbekommerd, 'er is geen sprake van oplichting. Wildfire is een idee van mij, jij hebt goede suggesties gedaan en het project loopt. Het kan me niet schelen wat Emerson zegt. Het kan me niet schelen waar jij vandaan komt of hoe je hier terecht bent gekomen.'

'Dank je, Xavi. Ik ben je heel dankbaar. Echt.'

Hij vertelde haar over het opzetten van het bedrijf, want daar had hij zich in verdiept, en ook dat de vader van Duncan de plek bij Brain Trust misschien wel wilde financieren. 'Maar dan wil ik je eerst wat vragen. Iets wat ik me al een paar weken afvraag,' zei hij.

'Nee, wacht. Ik vind het een beetje gênant.' Hij schudde zijn hoofd en hief zijn hand om zijn glimlach te verbergen.

'Kom op. Zeg het maar.'

'Ik vroeg me gewoon iets af. Ik wilde gewoon weten,' zei hij terwijl hij haar aankeek, 'ik wil het weten voordat we verdergaan. Als ik nu op je af zou lopen en je zou zoenen, zou je dat dan goedvinden? We zouden het daarbij kunnen laten als je dat liever had,' zei hij. 'Of niet, natuurlijk.'

Tooly, die geen geweldig figuur had, nooit sexy kleren droeg, haar benen op een mannelijke manier kruiste omdat dat comfortabeler was, geloofde dat een man die haar seksueel begeerde óf totaal niet kieskeurig, óf een compulsieve rokkenjager was. Misschien was Xavi wel het ruimdenkende type dat het niet kon schelen dat een vrouw al het bed met zijn beste vriend had gedeeld. Maar Duncan zou het wel wat kunnen schelen – zou het heel erg vinden – en hij zat in de kamer ernaast.

Maar ze had Xavi wel nodig. Hij zou haar verdedigen en Emersons beschuldigingen ontkrachten, als die zouden komen. Als ze hem afwees, liep ze het risico zijn steun te verliezen. Als het alleen om het gebruik van haar lichaam ging, kon het haar niet schelen – ze had in de loop der jaren wel meer mannen hun zin gegeven als zij daardoor meer over hen te weten kon komen. Ze had het gewoon laten gebeuren en er achteraf grapjes over gemaakt met Venn. Dit zou niet veel anders zijn. Daarbij mocht Xavi er wezen. Al was hij nu minder aantrekkelijk dan ooit.

'Nu op dit moment?' vroeg ze.

Hij grijnsde. 'Ik wil alleen weten of het zou kúnnen. Als je me antwoord hebt gegeven, doen we wat we willen, of misschien wel niets.'

'Goed dan.'

'Hoe bedoel je? Wat betekent dat?'

'Goed betekent ja.'

'Goed,' zei hij en hij keek omlaag naar zijn nette schoenen, knikkend met zijn hoofd. 'Wat een teleurstelling.'

'Wat is een teleurstelling?'

'Dat weet je heel goed,' zei hij. 'Dat weet je.'

'Het was maar een grapje, Xavi.'

'Dat was het niet.'

'Wel waar.'

'Het viel me al een tijdje op dat je een beetje met me zat te flirten,' zei hij. 'Maar je moet één ding goed begrijpen: Duncan is als een broer voor mij.'

'Wacht even,' zei ze. 'Je hebt het verkeerd begrepen. We houden het voortaan zakelijk. Ik meen het.'

'Wij doen geen zaken meer met elkaar.'

'Kom op, nou.'

Xavi schudde zijn hoofd. 'Het is goed zo,' zei hij, en daarmee bedoelde hij nee.

'Ik was helemaal niet...' Het had geen zin om haar woorden af te maken. Ze liep de kamer uit en stond daar in de gang naar de voordeur te staren.

Ze verzamelde al haar moed en ging naar binnen bij Duncan. 'Hé.'

'Hé.'

'Ga je met me mee naar buiten? Ik moet Ham even uitlaten.'

'Ik moet nog heel veel doen. Kan het ook later?'

'Kan het nu, Duncan?'

'Je noemt me "Duncan" en niet "stuitend object". Dat baart me zorgen,' grapte hij.

'Het spijt me dat ik je stoor bij je werk. Je weet dat ik dat normaal nooit doe. Ik moet gewoon even met je praten.'

'Over Wildfire?'

'Iets anders. Vind je het erg?'

Duncan, die het fijn vond om nodig te zijn, een gevoel dat ze hem zo zelden schonk, deed zijn studieboek dicht. Hij wilde iemand die van hem afhankelijk was; dat was wat hij het meest nodig had. Op een bepaalde manier was ze dat ook geweest, door te schuilen in zijn kamer, door status aan hem te ontlenen, door te eten uit zijn koelkast, door van zijn woning een soort thuis te maken in Manhattan. En daarbij was ze per ongeluk erg op deze jongen gesteld geraakt.

Ze trok aan de riem van Ham om hem snel naar buiten te krijgen, want ze wilde weg uit dat gebouw, alsof ze bang was dat Emerson tevoorschijn zou springen en alles zou verpesten.

'Wat zou je doen,' vroeg ze in een poging om ontspannen aan een moeilijk gesprek te beginnen, 'als je alles kon doen wat je wilde?'

'Dat vraag je me altijd.'

'Niet waar.'

'Nou ja, variaties op die vraag.'

'Omdat ik nooit een bevredigend antwoord krijg.'

'Als jij nou eens zegt wat jij dénkt dat ik zou moeten doen,' suggereerde hij, 'dan doe ik hetzelfde bij jou.'

'Ik zou voor de muziek kiezen als ik jou was. Daar hou je het meest van.'

'Muziek? Nooit.'

'Wat dan wel? En ik wil een gedegen antwoord, niet zo'n ik-weet-het-eigenlijk-niet-maar-rechten-is-zo-slecht-nog-niet-verhaal.'

Hij dacht na. 'Oké, ik geef je een eerlijk antwoord: architectuur. Ik heb altijd architect willen worden.'

'Dan moet je dat doen. Wat houdt je tegen?'

'Ik ben vierentwintig. Dan ben je al te oud.'

Voor Duncan iets over háár ideale toekomst kon zeggen, informeerde ze hem dat Emerson haar van alles verweet, op basis van dingen die ze aan Noeline had verteld. Tooly zette zich schrap voor de onvermijdelijke vervolgvraag: als die twee je woorden verdraaien, wat heb je dan wél gezegd?

Maar hij vroeg niet door. Ze gaf hem de riem. Ze liepen zwijgend door Riverside Park. 'Ik weet eigenlijk niet zo goed wat jij zou willen als je alles kon doen,' verbrak hij het zwijgen terwijl het zwijn hem meetrok langs de andere kant van een boom.

'Denk je dat ik er wat van zal maken?'

'Waarvan?'

'Van mijn leven.'

'Dat kan. Waarom niet?'

'Ik heb er ook nooit in geloofd.'

Hij keek naar haar, bestudeerde haar. 'Tooly,' zei hij, 'het kan me niet schelen wat je wel of niet tegen Noeline hebt gezegd. Hun mening interesseert me niet. Ik luister niet naar hen, ook niet als ze me iets duidelijk proberen te maken.'

Ze sloeg haar ogen neer. Nu ze in deze relatie niet meer de overhand had, wilde ze zich het liefst verstoppen tot hij weg was. Maar wat was er nu eigenlijk zo erg? Had ze zo'n lage dunk van Duncan dat het voor haar ondenkbaar was dat ze zich kwetsbaar opstelde? Was juist die kwetsbaarheid niet waar het in de liefde om draaide?

Maar ze had niet de moed om het te verdragen. Ze bedacht dat zij en Duncan elkaar niets schuldig waren; dat het barmhartiger was om dat nu vast te stellen dan om voortdurend te laten doorschemeren – op allerlei subtiele manieren – dat hij eigenlijk iets te min voor haar was, dat zijn keuzes – voor de studie rechten, bijvoorbeeld – toch minder lovenswaardig waren dan haar manier van leven, die erop neerkwam dat ze elke keuze vermeed.

Nu ze in haar hoofd bezig was om afstand te nemen van deze relatie, kreeg ze een beter beeld van bepaalde aspecten ervan, zoals het vermoeden – dat ze al geruime tijd had – dat Duncan weliswaar van haar hield, door haar geïntrigeerd was, om haar moest lachen en heel veel om haar gaf, maar dat hij de seksuele hartstocht ontbeerde die twee vreemden aan elkaar kon binden. Hij was geboeid door haar lichaam, maar niet veel meer dan dat, en dat was iets wat ze niet eerder onder ogen had willen zien. Al wandelend had ze

Duncan bijna haar verklaring hiervoor gegeven, om hem te verlossen van een geheim dat hij misschien wel ten koste van alles wilde bewaren: dat hij al heel lang verliefd was op een ander, op iemand die hij vanaf de middelbare school was gevolgd naar de universiteit, iemand voor wie hij in New York rechten was gaan studeren zodat ze weer een huis konden delen – een boezemvriend in de aangrenzende kamer die, zo wist Tooly wel zeker, zich totaal niet bewust was van Duncans verliefdheid en die ook nooit zou accepteren. Ze vroeg zich af of Duncan dat zelf wel deed. Als ze het zou wagen om het ter sprake te brengen zou hij waarschijnlijk razend worden en zou hun laatste moment samen vermoedelijk heel akelig zijn. Ondanks zijn protesten schoof ze haar wanten om zijn ijskoude handen. Toen hij op de hoek van 115th Street haar voor wilde gaan naar de voordeur, gaf ze hem een lange zoen. 'Wees lief voor het zwijn,' grapte ze, gaf hem een knipoog en liep alleen door, haar pas versnellend, zichzelf knijpend als straf voor zulk sentimenteel gedoe.

Een paar vrouwelijke klanten keken op en zagen Venn naar de paarse bank lopen, waar hij een verkreukelde krant vanaf plukte. Het meubilair van het café was geïnspireerd op ouderwetse schoolbankjes: primaire kleuren, hard plastic, in hout gekerfde initialen. Tooly stond bij de bar en bestudeerde een pot met extra grote koekjes. 'Gewone koffie?' riep ze naar hem, een vraag die in het vrij stille café onbedoeld te horen was door alle klanten. Die zaten bijna allemaal alleen aan een tafeltje en bladerden door mappen. Terwijl de barman zat te klooien met een haperende cd-wisselaar, opende Tooly een van de alom aanwezige mappen en zag tot haar verbazing geen drankkaart, maar datingprofielen. Deze tent in de Upper West Side, waar zij en Venn zomaar waren binnengelopen, bleek een datingcafé te zijn.

Om te laten zien dat haar relatie met Venn van een andere aard was, ging ze niet naast hem op de bank, maar op een leunstoel tegenover hem zitten – hoewel het bewust afstand scheppen de indruk van een eerste date waarschijnlijk alleen maar versterkte. Terwijl hij de koppen van de krant snelde, leunde zij voorover om de achterpagina te lezen, een verhaal over de gedoodverfde Democratische presidentskandidaat, vicepresident Al Gore, die een bezoek bracht aan Texas en de onervarenheid van zijn opponent, gouverneur George W. Bush, breed uitmat.

Ze vertelde aan Venn dat Wildfire op niets was uitgelopen.

'Nou ja,' reageerde hij en hij vouwde de krant op. Hij leek geamuseerd, alsof hij deze uitkomst had voorspeld en het leuk vond dat hij het bij het rechte eind had gehad, ook al was het een tegenvaller.

'Krijg je daar nu last mee?' vroeg ze.

'Hoe bedoel je?'

'Nou, ik heb gezegd dat je een plekje bij de Brain Trust moest reserveren. Verwacht die vent waar jij die tent voor runt nu huur en lidmaatschapsgeld?'

'Welke vent?'

'De eigenaar van die tent. Ik ben zijn naam vergeten. Die investeerder.'

'Je bedoelt mijn vriend Mawky Di Scugliano? Die als kind werd neergeschoten toen overvallers het Italiaanse restaurant van zijn ouders probeerden te beroven?'

'Ja, die.'

'Lieve Tooly, die man bestaat helemaal niet.' Hij had geen idee wie de eigenaar was van het pand waar de Brain Trust zetelde. Die schoolbus midden in het kantoor, zo had hij horen vertellen, was achtergelaten door een halfgare modeontwerper die daar twee jaar eerder een atelier was begonnen en in een afkickkliniek was geëindigd. Sindsdien had de verdieping leeggestaan. Tot Venn de boel zonder toestemming te vragen had laten schoonmaken, monteurs aansluitingen op de al in het gebouw aanwezige telefoon- en stroomkabels had laten aanleggen, bureaus had neergezet, een zwerver had ingehuurd om de goederenlift te bedienen en de goedkope hokjes was gaan verhuren. 'Ik heb me daar niet zo vaak laten zien om niet per ongeluk de werkelijke eigenaar tegen het lijf te lopen!' zei hij. 'Ik vermoed dat het van de boeddhistische tempel op de begane grond is, maar de monniken hebben nooit geklaagd. Lang leve de gelofte van stilte.' Hij lachte. 'Het grappige van de Brain Trust is dat het nog werkt ook. Die gastjes vinden het geweldig om dingen te bedenken. Belachelijke ideeën natuurlijk, maar het kan een keer raak zijn. Ideeën hoeven niet goed te zijn om te slagen. Het zou zomaar kunnen dat iemand nog een keer schatrijk wordt dankzij de Brain Trust.'

'Wacht even – het is dus geen coöperatie?'

'Ik weet niet eens wat dat is. En als er al sprake was van een coöperatie, dan zou dat nergens op slaan. Het zou betekenen dat de inventiefste jongens hun opbrengsten zouden moeten delen met de sukkels. Dat is toch niet eerlijk? Nu krijgt de winnaar alles.'

'Dus het komt erop neer dat die gasten jou duizenden dollars betalen om elke dag naar een verlaten kantoorruimte te kunnen gaan?'

'En ze betalen contant, Tooly. Contant.'

'Het is vast riskant om daarmee door te gaan.'

'Mee eens.'

'Kunnen we niet ergens anders naartoe, Venn? Ik wil weg uit deze stad. En dit keer vertellen we het niet aan Sarah. Misschien vertellen we het wel aan niemand,' zei ze, te laf om Humphrey te noemen.

'Mee eens,' zei hij. 'Ik denk dat het tijd is.'

'Yes!' Ze sprong van haar stoel van blijdschap. 'Yes!' Ze ging weer zitten en straalde helemaal. 'Ik wil samen een heel project plannen, van begin tot eind. We kunnen een geweldige slag slaan. Denk je niet?'

'Ik weet het wel zeker.'

'Je doet alsof het ieder voor zich is,' zei ze, 'maar ik ben je zoveel verschuldigd. Ik weet wat je allemaal voor mij hebt gedaan. Ik ken je beter dan wie ook.'

'Dat klopt,' zei hij. 'Wij zijn uit hetzelfde hout gesneden, jij en ik.' Hij haalde een mobieltje tevoorschijn, stond op van de bank, knielde aan haar voeten en bond de veters van haar Converse-gympen aan elkaar vast.

'Wat doe je?' vroeg ze met een glimlach.

Hij legde zijn hand als een kommetje tegen haar wang. 'Jij bent de zachtste persoon op aarde, Tooly. Als een wesp jou in je neus zou steken, zou je hem nog niet kunnen doden. Zelfs dan zie ik je die wesp nog het raam uit jagen.'

'Als ik wil, kan ik heel akelig en onbetrouwbaar zijn.'

'Dacht het niet!' zei hij. 'Zorg dat niemand mijn krant pakt. Er staat iets in wat ik je wil laten zien. Ik heb een verrassing voor je. Ik neig ernaar om het een grote verrassing te noemen, maar ik hou het op "interessant".' Venn stak zijn vinger op om aan te geven dat ze haar mondje dicht moest houden en liep vanuit het café Amsterdam Avenue op. Hij klapte zijn mobieltje open, toetste een nummer in, slenterde over de stoep en verdween uit beeld.

Alle geluiden klonken opeens harder: een cd met rockmuziek, de klappen van de snaredrum, de herhalingen van de zanger. Het café begon vol te stromen, en niet alleen met eenzame zielen.

'Een vent kwam vandaag ons lab binnen. Geen idee wat hij was, een co-assistent of zo. En de hoogleraar had zoiets van: niet aankloppen, dan wegwezen.'

'Zo'n man is het wel.'

'Ik verbaas me er echt over hoe diep er in dit college op de stof wordt ingegaan.'

'De kwaliteit van de docenten is dit jaar zoveel beter dan in het eerste jaar.'

'Zeg dat wel!'

Aan een ander tafeltje:

'Hij voert heel veel gesprekken voor de school.'

'Hij is zo vaderlijk.'

'Hij is ook vader.'

'Weet je wat nu zo grappig is? De vrouw die dat boek heeft geschreven is bevriend met de familie Hecker.'

'Zeg, wanneer ga je zaterdag naar die babyshower?'

'Ik denk dat ik zaterdag ga.'

En aan een ander tafeltje:

'Uiteindelijk, na maanden in angst gezeten te hebben, belde ik haar, die schat. Ze zit in Detroit. Dus gisteravond bel ik haar om te vragen hoe het is afgelopen. Ze zei dat ze het morgen te horen krijgt.'

'Was ze niet bezig met een baan?'

'Allerlei banen.'

Tooly zou nooit dat soort gesprekken kunnen voeren. De enige plek op de wereld waar ze paste, was naast Venn. Ze keek naar het raam en veerde elke keer op als er een man in beeld kwam. Ze keek naar haar aan elkaar vastgeknoopte gympen en grijnsde. Ze besefte dat ze enorm op zo'n nerveuze dater moest lijken: elke keer als de deur openging, keek ze op. Hij kwam niet meer terug.

2011

Het aanbrengen van make-up was niet Tooly's sterkste punt. Zoals ze dat op tekenles had geleerd zette ze onder ieder oog een streep – 'uit de losse hand' zou haar tekenleraar het genoemd hebben – en keek toen knipperend naar haar onscherpe spiegelbeeld in de achteruitkijkspiegel: twee ogen die door zwarte vlekken heen tuurden. 'O, dit slaat echt nergens op,' zei ze en ze deed wat spuug op een papieren zakdoekje om haar ogen weer schoon te vegen. Als je je haar een beetje door de war deed, was dat stijlvol, maar het kon je ook iets van een schooljongen geven. Zag ze er 'degelijk' uit? Wie had die opmerking ooit gemaakt?

Op het vliegveld van Cork had ze een auto gehuurd en daarmee reed ze nu door South Tipperary, in oostelijke richting, langs Clonmel, de borden Waterford volgend tot ze bij haar bestemming Beenblossom Lodge kwam, waar ze op haar online kaart een vlaggetje had gezet. Met een knipperende linker richtingaanwijzer bracht ze de Nissan Micra tot stilstand, midden op een tweebaans provinciale weg. Ze kreeg de zenuwen van het idee dat 'Xavier Karamage' nu zo dichtbij was. Ze was zonder uitnodiging of aankondiging naar Ierland afgereisd. Zou hij er zijn? Ze sloeg een oprijlaan in.

Ze verwachtte het huis elk moment te zien liggen, dus reed ze stapvoets. Maar er kwam geen einde aan de door bomen omgeven oprijlaan. Tussen de bomen door ving ze smaragdgroene flitsen op van een enorm gazon met daarin een vijver met een eilandje. Uiteindelijk kwam ze bij een met grind bedekte open plek die omgeven was door rododendrons. Beenblossom Lodge was een Georgiaans landhuis: klimop, schuiframen, pronte schoorstenen aan beide uiteinden van het leien dak, een portiek met vier zuilen, geflankeerd door Regency-tuinvazen vol met viooltjes. Ze parkeerde naast een zwarte Range Rover en een roze Mini en zette de motor uit. Ze bleef nog even zitten en keek naar de voordeur.

Als ze zich had vergist in wat er zich in dit huis bevond, zou haar reis een kolossale geldverspilling zijn, dat was wel duidelijk. Maar als ze het bij het rechte eind had? Ze bleef nog even zitten, de achterkant van haar blote knieën plakkerig van het vinyl van de autostoel.

Ze klopte op de voordeur. Wachtte.

Klopte nog een keer.

Een jonge vrouw met vuurrood haar deed open. Ze droeg een spijkerbroek, rijlaarzen, had haar blauwe overhemd twee knoopjes te ver opengeknoopt waardoor de vele sproeten op haar borst goed zichtbaar waren. Gezien de glimmende lippen van de baby op haar heup had ze het kind waarschijnlijk net de borst gegeven. 'Hallo!' zei de vrouw opgewekt en ze krabde met de antenne van haar draadloze telefoon in haar rode manen.

'Sorry dat ik u stoor,' zei Tooly. 'Ik kom voor Xavier Karamage. Ben ik aan het juiste adres?'

'Ja natuurlijk,' sprak ze opgewekt, met het messcherpe accent van de Engelse elite, en daarna in de telefoon: 'Mammie? Bezoek. Ja, ja. Doe iedereen de groeten.' Ze sloot af, richtte zich tot Tooly – 'Kom toch binnen' – en ging haar voor door een lange vestibule: spikkels opgedroogde modder op de houten vloer, losse schoenen, kinderspeelgoed, een radiator met een stapel post erop, een tinnen

vaas met daarin een oud jachtgeweer, een hockeystick, een scherm-
degen, een heggenschaar en een leeggelopen voetbal. 'Mijn abjecte
echtgenoot is de deur uit om een eind te maken aan onschuldige
levens,' zei ze terwijl ze met haar voet een rammelaar uit de weg
schopte. Ze ging een deur binnen – de baby hobbelend op haar
heup – en haar stem viel een beetje weg: 'Ik weet niet eens wanneer
die verfoeilijke kerel weer terug is.'

Tooly liep achter haar aan, door een deur van een donkere bibliotheek, daarna door een wijnrode eetkamer en vervolgens vijf treden omlaag naar een rustieke keuken met een balkenplafond, een
enorme open haard en een venster met glasroeden dat uitzicht bood
op een parklandschap.

'Ik heb je nog niet eens gevraagd wie je bent,' riep de vrouw uit
terwijl ze op een lange houten bank ging zitten en de baby voor zich
op tafel zette. Ze stopte een druif in haar mond en bood Tooly de
schaal aan. 'Ik ben zo bezig met de doop dat ik er met mijn hoofd
niet bij ben. Alsjeblieft, neem er een. Neem een heel trosje. Neem
ze allemaal als je daar zin in hebt.'

Ze stelden zich aan elkaar voor en Tooly zei dat ze Xavier nog van
vroeger kende en toevallig in de buurt was.

'Nou, ik ben blij dat we niet van je komst wisten,' zei Harriet.
'Anders had ik even een hartig woordje met die bruut moeten wis-
selen. Hij laat gasten wel vaker wachten. Dus Tooly, zou ik moeten
weten wie je bent? Het spijt me, dat klonk een beetje bot. Natuurlijk had ik dat moeten weten.' Ze krabde aan haar haar en zei: 'Veel
te weinig slaap.'

'Verwacht je hem binnen niet al te lange tijd?'

'Zodra hij klaar is met zijn moordpartij.' Ze begreep dat dit om
uitleg vroeg. 'Fretten,' verduidelijkte ze. 'Zelf zit ik er niet mee –
laat ze lekker met rust, toch? Maar mijn stuitende echtgenoot heeft
een nest ontdekt in een verlaten konijnenhol en is al dagen van
plan om er uitlaatgas in te pompen. Zelf vind ik fretten alleen maar

schattig. Het is net of er vosjes door je tuin springen. Hij ziet dat anders. Waarschijnlijk terecht; ze worden als ongedierte gezien. Maar toch.'

De baby gaapte Tooly aan en die keek terug, met opgetrokken wenkbrauwen. Harriet keek hoe de twee elkaar aankeken. 'Zo doen baby's. Het spijt me.'

'Ik vind het niet erg. Zo vaak krijg ik de kans niet om een ander aan te staren. Zolang hij er niet mee...'

'Zij.'

'Zolang zij er niet mee zit dat ik terugstaar.'

Maar de baby verloor haar interesse in geluiden van volwassenen en door haar abrupte gebrek aan aandacht viel het gesprek stil.

Harriet zei: 'Er gaat een engeltje voorbij.'

'Pardon?'

'Dat zeggen de Fransen als een gesprek stilvalt. Over engelen gesproken, *c'est le diable qui s'approche.* Dag, schat.' Ze stond op om haar man te begroeten.

Zijn vier honden draafden door de bijkeuken, alle vier verschillend in omvang en kleur, van een kleine Schotse terriër tot een uit de kluiten gewassen bobtail, met daar tussenin een Jack Russell en een bulterriër, en alle vier waren ze aan het snuffelen, springen, blaffen en rondrennen. 'Niet op het meubilair, jongens!' riep ze. 'En jij ook niet,' zei ze tegen haar man, die bij de wasmachine zijn rubber laarzen uittrapte.

Hij boog zich voorover en kuste zijn vrouw. Hij zag eruit als een herenboer, met een waxjas en een tweed pet, die hij op tafel gooide. Harriet zette de pet op de baby, die er tot haar wiebelige nekje in verdween en het uitschreeuwde van schrik. 'O, gekkie toch!' reageerde Harriet en zette de pet af. Toen het kind haar moeder weer zag, begon ze te brabbelen en Harriet wist niet hoe snel ze haar moest knuffelen. 'Er is hier maar één engeltje! Toch, moppie?' De baby kirde.

Harriet stond erop – en haar echtgenoot viel haar bij en veegde alle tegenwerpingen van Tooly van tafel – dat Tooly bleef logeren in het gastenverblijf aan de andere kant van de stallen. Hij haalde haar schoudertas uit de Micra, liep met haar langs een tiental paarden- boxen – drie paarden stonden daar te briesen – naar het gasten- verblijf.

'Ik wist het,' zei ze. 'Ik wíst dat jij het zou zijn.'

Ze liepen een tijdje zonder iets te zeggen en zij sloot haar ogen even, geschokt en verdoofd door zijn nabijheid. 'Wat een waanzin- nig huis,' zei ze. 'Hoeveel land zit erbij?'

'Als ik het aantal hectaren zou noemen,' vroeg Venn, 'zou dat je dan iets zeggen?'

'Waarschijnlijk niet.'

'In dat geval: iets meer dan 56 hectare.'

'Is dat ongeveer de helft van Texas?'

'Niet helemaal. Maar voor South Tipperary is het heel wat.' Hij opende de deur van het gastenverblijf en schoof haar tas naar bin- nen.

'Je lijkt niet erg verrast dat ik opeens voor je neus sta.'

'Ik ben nooit verrast, dukkie, nooit.'

'Je vindt het toch niet erg dat ik gekomen ben?'

'Tooly, Tooly, Tooly,' zei hij en hij legde zijn arm om haar heen. 'Het is nu een beetje laat om dat te vragen.'

Ze liepen het huis weer binnen via de bijkeuken en troffen Har- riet aan achter haar iPad, de baby betoverd door het scherm.

'Ik ga onze jonge vriendin een rondleiding geven over het ter- rein,' informeerde hij zijn vrouw nog voor hij Tooly had ingelicht.

'Goed idee,' zei Harriet en ze tilde de baby omhoog naar haar echtgenoot. 'Kusje.'

Tot verbazing van Tooly deed hij dat braaf en bukte hij om de bolle toet van de baby te kussen.

Een recente regenbui had de grond aan de andere kant van de

stallen zacht gemaakt, dus ploegden zij en Venn door de modder naar de bomen, met de vier honden in hun kielzog. Al dat gebagger maakte het tripje tamelijk mal – zij begon te lachen, keek achterom en zag hem teruggrijnzen. Ze liepen stug door, met steeds meer modder aan hun schoenen. 'Nou,' observeerde ze, 'je bent de trotse eigenaar van een moeras. Gefeliciteerd. En waar neem je me in godsnaam mee naartoe, als ik vragen mag?'

Ze kwamen bij een open legerjeep die hij gebruikte om over het terrein te crossen. Tegen de keffende honden zei hij: 'Wie mee wil, moet nu instappen.' Ze sprongen alle vier de jeep in, gevolgd door Tooly.

Venn scheurde met de jeep over de onverharde weg en deed de modder opspatten. De honden duwden hun snuit in de wind. Sturend met zijn elleboog wees hij al rijdend bepaalde plekken aan: waar Harriet altijd ging paardrijden, waar ze jachtpartijen organiseerden, waar de bijenkorven stonden, onder aan de heuvel. Hij had geen veiligheidsgordel om, dus deed Tooly dat ook niet en hield ze zich vast aan de deurgreep, met haar gezicht in de wind. Venn hield halt bij een aantal cederhouten bijenkorven die door wolken bijen aan het zicht werden onttrokken. Hij zette de motor uit en het geronk maakte plaats voor het zoemen van de bijen. Hij sprong de auto uit en inspecteerde een honingraat vol met bijen.

'Moet je geen beschermende kleding dragen?' riep Tooly, want zij en de honden bleven op veilige afstand. 'Steken ze niet?'

Hij kwam terug, liet haar de bulten van de bijensteken op zijn hand zien en startte de motor.

'Je bent gek,' zei ze.

Ze gingen weer verder, met veel gerammel als ze over wildroosters reden. Zijn arm trilde toen hij met een groots gebaar boven de voorruit het land voor hun neus aanwees. 'Dat is allemaal van haar familie,' zei Venn. Ze zijn Anglo-Iers. Een heel oud geslacht.' Tijdens de Ierse onafhankelijkheidsoorlog, zo legde hij uit, hadden haar voorouders zich gedwongen gezien het landgoed af te staan toen de nationalisten dreigden het huis in de as te leggen. Nog lang daarna hadden de Beenblossoms jaarlijkse pelgrimages naar het familiekerkhof gemaakt – Harriet ging altijd met haar grootouders mee. En twee jaar geleden wist Venn de toenmalige eigenaars, die geruïneerd waren door de vastgoedcrisis, ervan te overtuigen om een lachwekkend laag bod te accepteren waardoor het landgoed weer in de familie kwam, iets waar de familie hem eeuwig dankbaar voor zou blijven.

'De recessie is in Ierland verschrikkelijk geweest, hè,' zei Tooly.

'Niet veel erger dan elders,' antwoordde hij. 'Het bekende verhaal: een ongereguleerde vastgoedmarkt, krankzinnige hypotheken en de onvermijdelijke crash.' Aan beide zijden van de jeep schuurden coniferen voorbij. 'Het schijnt dat de Ieren door hun geschiedenis van armoede hun hoofd zijn kwijtgeraakt.' Hij zweeg even en dacht na. 'Eigenlijk kun je deze crisis voor een groot deel op het conto van de geschiedenis schrijven. Dat is in elk geval wat Europa kapot maakt.'

'Hoe bedoel je?'

'Nou, dat je al die verschillende landen aan elkaar wilt nieten,' zei hij. 'Dat hele idee van een Europese Unie: gezworen vijanden met elkaar laten optrekken om te voorkomen dat ze elkaar de strot afsnijden en dat laten financieren door de Duitsers, omdat die zich schuldig voelen over de oorlog. Alleen moeten de Duitsers nu ook hun portemonnee trekken om de schulden te betalen van Griekenland, Spanje, Italië en andere landen die een greep in de gemeenschappelijk kas hebben gedaan. Eigenlijk zeggen ze: "Hoe historisch voel je je?" Ze vragen: "Wil je nog betalen voor wat je grootouders zeventig jaar jaar geleden hebben uitgespookt?"' Hij draaide van de weg af, reed door het hoge gras en stopte bij een omheind grasveld met kippen. 'Het draait om geschiedenis,' vervolgde hij. 'Mensen blijken niet het product van hun eigen tijd te zijn. Ze zijn het product van de tijd daarvoor.' Met de sleutels nog bungelend aan het contactslot sprong hij uit de jeep in de modder. 'Hulp nodig?'

'Als Europa zo'n puinhoop is, waarom zit je er dan?' vroeg ze terwijl ze uitstapte.

'Ik ben gekomen omdát het zo'n puinhoop is. Vroeger dacht ik dat je naar plaatsen moest gaan waar het goed ging. Maar je moet juist de chaos volgen. Daar zit de dynamiek. Zoals de dichter al zei: "Toen in Italië de Borgia's aan de macht waren, had je dertig jaar lang oorlog, gruwelen, moord en doodslag, maar het leverde wel Michelangelo, Leonardo da Vinci en de Renaissance op. In Zwitserland hadden ze naastenliefde, vijfhonderd jaar democratie en vrede, en wat leverde dat op? De koekoeksklok!"'

'Welke dichter zei dat?'

'Ik heb goed geboerd in Ierland,' vervolgde hij. 'Maar ik blijf hier niet lang meer.'

'Waar ga je dan naartoe?'

'Waarom vraag je dat? Wil je ze waarschuwen?' Hij kneep liefdevol in haar arm. 'Overal waar mensen in het nauw zitten zijn er mogelijkheden, dukkie. Natuurlijk zou ik liever hebben dat niets kapot ging en niemand leed. Maar succes heeft mislukking nodig, helaas. Succes is relatief: als jij een miljard verdient en alle anderen net iets meer, dan ben je alleen maar armer geworden. Individuen komen niet samen bovendrijven. Dat is een van de grote leugens van onze tijd, net als de mythe van de meritocratie: "Als je maar hard genoeg werkt, kom je er wel! Als je het maar graag genoeg wilt!" Iedereen wíl het graag genoeg. Maar er kunnen maar een paar mensen winnen en de rest verliest. Mensen kunnen dat niet accepteren, dus overtuigen ze zichzelf ervan dat ze stiekem, in hun eigen ogen, geen mislukkeling zijn. Maar ach,' sloot hij met een glimlach af, 'net als het nationale ego is het individuele ego wonderbaarlijk immuun voor feiten.'

Hij ging met Tooly een schuur van aluminium golfplaat binnen met langs de wanden allemaal nestkasten waar hennen hun kopjes uit staken. Hij controleerde ze allemaal.

'Ik baal ervan dat je er totaal niet van opkijkt dat ik je gevonden heb,' zei ze. 'Ben je niet een béétje onder de indruk?'

'De naam zal me wel verraden hebben,' gokte hij. Hij had jarenlang namen van mensen verzameld, en andere informatie over hen. Zo had iedereen die zich aanmeldde bij de Brain Trust een gedetailleerd formulier ingevuld met persoonlijke gegevens die ze in een andere omgeving nooit zouden hebben prijsgegeven, maar die ze op zo'n officieel ogend formulier zonder blikken of blozen weggaven. Lang nadat de Brain Trust ter ziele was gegaan, hadden vroegere leden dezelfde vreemde ervaring gehad, een gevoel dat ze spooklevens leidden: vreemde afschrijvingen van hun iTunes-account; post die niet aankwam; bedrijven die belden over producten die ze nooit gekocht hadden. Het was alsof iemand anders hun naam gebruikte. Op aandringen van Tooly had Xavi de Brain Trust één keer bezocht, had hij met Venn gesproken en zo'n formulier ingevuld. Toen hij stierf, werd zijn identiteit alleen maar waardevoller – geen Xavier Karamage om 'Xavier Karamage' dwars te zitten.

'En die foto op het internet, die man met die rode snor?' vroeg Tooly.

'Geen idee,' antwoordde Venn. 'Gewoon een foto die de bouwer van de website uit cyberspace heeft geplukt. Je hebt vast wel opgemerkt dat mijn hele bedrijf een beetje een façade is.'

'Je receptioniste heeft je zelfs nog nooit gezien.'

'Heeft zij je dit adres gegeven? Dat is niet zo best.'

'Niet haar schuld. Door mijn sluwheid heb ik het uit haar gekregen!'

'Natuurlijk.'

'Hoe lang heb je hier gezeten, Venn?' vroeg ze, opeens een beetje emotioneel. 'Ik heb me zó lang afgevraagd wat er van jou geworden was. Ik dacht dat je wel weer contact zou opnemen. Waar was je?'

'Waar? Er zijn geen plaatsen meer, dukkie,' antwoordde hij. 'Geen locaties, alleen maar individuen. Heb je het niet gehoord? Iedereen is zijn eigen landje, met zijn eigen blog. Omdat iedereen iets belangrijks te vertellen heeft; iedereen laat persberichten uitgaan over wat er bij het ontbijt is gegeten. Het is het tijdperk van het ik. Iedereen is zijn eigen wereld. Het doet er niet toe waar mensen zijn. Of waar ik was.'

'Leuk ontweken,' zei ze. 'En trouwens, dit is helemaal niet "het tijdperk van het ik". Iedereen zet zich op de sociale media voor van alles en nog wat in, toch? De hele Occupy Wall Street-beweging.'

'Clowns die niets klaarmaken,' antwoordde hij terwijl hij een bruin ei uit een hok pakte en het van alle kanten bekeek. 'Lang nadat hun tenten weg zijn, zal Wall Street nog steeds bezetten. Niet andersom. Dat is toch zo duidelijk als wat?'

'De protesten in Griekenland en Frankrijk en Italië?'

'Dat is geen maatschappelijk protest. Dat zijn rellen die gevoed worden door eigenbelang. Dat zijn Griekse statistici, Italiaanse taxichauffeurs en Franse bureaucraten die allemaal zeggen: "Hoe durft iemand onze rechten aan te tasten?" En dat terwijl hun landgenoten niks meer te eten hebben. Ze durven wel, dat moet je ze nageven.'

'De Arabische lente is niet alleen maar eigenbelang,' wierp ze tegen. 'En daarvoor gebruiken ze de sociale media.'

'Zijn de Arabieren in opstand gekomen dankzij Facebook? Ze zijn in opstand gekomen omdat ze níét op Facebook zitten. Omdat ze niet zoals het Westen in hun hardware zijn geïnstalleerd. Denk maar niet dat digitale enen en nullen generaals omverwerpen. Analoge mensen doen dat. Niet tweets en virale video's. Die zijn alleen maar de toverlantaarn van onze tijd.'

'Jij bent ook zo'n doemdenker geworden,' zei ze. 'Ik kom ze overal tegen! Ik logeerde bij een oude vriend in Connecticut – herinner je je Duncan, die rechtenstudent? Die heeft het alleen nog maar over doem en teloorgang. Maar er zijn veel slechtere tijden geweest. Er was hongersnood in Ierland, toch? Dat kun je je nu niet meer voorstellen.'

'Ik ben het met je eens,' zei Venn. 'Het Westen is niet aan het instorten. Rijken gaan niet meer ten onder zoals vroeger. De westerlingen zijn alleen maar chagrijnig. Opeens krijgen ze hun zin niet meer en dat pikken ze niet. Een stelletje verwende kinderen. (Al is er natuurlijk weinig verschil tussen verwende kinderen en succesvolle volwassenen.) Maar iedereen die zich druk maakt over de ondergang van grootmachten begrijpt het niet. Er is geen Westen en Oosten meer. Zoals de dichter al zei: "Samenlevingen bestaan niet meer, alleen nog maar individuen."'

'Wie is die dichter die je steeds aanhaalt?'

'Er is geen dichter,' bekende hij. 'Het zijn gewoon zinnen die ik ergens oppik. Als ik begin met "zoals de dichter al zei" spitsen de mensen hun oren en luisteren ze. En dat vind ik dan weer grappig. Vooral omdat er tegenwoordig geen hond meer naar echte dichters luistert.'

'Maar in elk geval voorspel je niet het einde van de wereld.'

'Zeker niet. Alles verandert, maar dat vind ik niet erg. Kijk waar iedereen zich zo druk over maakt: vervuiling, graaiende topmanagers en overgewicht. Dat zijn alleen maar vormen van vraatzucht. Zelfs die hele poppenkast van de opwarming van de aarde. Doodeng. Dat is het ook. Maar ook onvermijdelijk. Niemand kan het nog tegenhouden. Het enige wat er gebeurt als je ophoudt met consumeren is dat iemand anders je bord leegeet.' Hij glimlachte. 'Herinner je je nog al die onzin over globalisering – dat de wereld een dorp was geworden en dat democratie en de vrije markt de wereld zouden verenigen? Er zijn alleen maar individuen; sommigen doen alsof ze bij een groep horen en anderen zijn zo naïef dat ze echt geloven dat er zoiets als een groep bestaat.

'En die klagende rechtenstudent van je,' vervolgde Venn, 'doet

413

hij echt alsof zijn leven op het spel staat? Of zit hij alleen maar een beetje te mokken op zijn blog? Uiteindelijk vertrouwen de mensen op de vooruitgang. Wetenschappers zullen hun welvaartsziektes wel genezen; het internet redt hun liefdesleven; de technologie lost de oliecrisis op. Want technologie is vooruitgang en die gaat altijd maar door. Maar de vooruitgang had een truc in petto en bracht ons de ultieme vorm van vraatzucht: die muisklikken die iedereen veranderen in knaagdieren die de hele tijd op knoppen drukken om weer een snoepje te krijgen. Mensen die altijd neerkeken op van die sukkels die tien uur per dag voor de tv zaten, zitten nu de godganse dag te muisklikken. "Heeft ze mijn e-mail al beantwoord?" Dat is de nieuwe vraatzucht. En niemand die dat durft toe te geven,' zei hij. 'De sciencefictionfilms hadden het mis. Er kwamen geen robots binnenmarcheren om de mens tot slaaf te maken. Wat er gebeurde was veel ingenieuzer: de knechten werden de baas omdat ze zo prettig in de omgang waren. In geen hoofd is een microchip geplaatst. De mensen hebben hun hersens gewoon weggegeven. De echte botsing der beschavingen was niet die tussen de islam en het Westen of tussen China en Amerika. Het was die tussen wat de mensen waren en wat ze zijn geworden.'

'Dat klinkt wel heel akelig.'

'Niet echt.' Hij gooide het ei omhoog en ving het op. 'Het is altijd zo geweest. Een grote meerderheid van sukkels; een kleine minderheid die de baas is.'

'Als je dat gelooft, waarom maak je je dan geen zorgen?'

'Omdat ik er geen deel van uitmaak. Ik kijk alleen maar toe.'

'Ik ook.'

Hij schudde zijn hoofd. 'Jij bent gaan meedoen. En dat is ook goed, dukkie, dat is goed. Het is heel vermoeiend om altijd overal buiten te blijven. Ik heb er mijn hele leven op geoefend. Je kunt het jezelf niet verwijten dat je bent opgeslokt door je tijd. Bijna iedereen wordt opgegeten.'

'Alleen sta jij niet meer buiten de samenleving,' zei ze. 'Je hebt een gezin. Na wat je altijd zei over het doorsnijden van banden vind ik het ongelooflijk dat je nu een vrouw en een kind hebt.'

Met een zijwaartse beweging van zijn arm gooide hij haar het ei toe. Ze kon alleen nog maar wegduiken. Maar in plaats dat het ei tegen de muur kapotsloeg, bleef het heel en rolde het over de vloer van kippengaas terug naar de punt van zijn rubber laars. Hij wipte het ei behendig omhoog, ving het op en pelde het. 'Ik heb altijd een paar gekookte eieren in mijn zak,' zei hij en hij nam een hap. 'Jij ook een hapje?'

Ze knikte onzeker.

Hij gooide haar onder zijn oksel door nog een ei toe en zij plukte het uit de lucht. Het barstte open in haar hand en ze kreeg het eierstruif over haar heen. Hij lachte, legde zijn arm om haar heen, veegde haar schoon met een linnen zakdoek en zette de rondleiding voort.

Terwijl ze rondreden over het landgoed, vertelde Tooly hem over Humphrey, hoe ze weer contact met hem had en voor hem zorgde. 'Het is bizar,' zei ze, 'maar hij klinkt helemaal niet Russisch meer.'

'Waarom zou hij?'

'Nou,' antwoordde ze niet-begrijpend. 'Omdat hij een Rus is.'

Venn keerde de auto en reed terug naar het huis. 'Die man is net zo Russisch als wij.' Humphrey was inderdaad geboren op zo'n plek in Centraal-Europa die van de kaart was geveegd, zei Venn, maar hij was als klein jongetje al verhuisd naar Zuid-Afrika, waar hij in veiligheid was opgegroeid. Hij had farmacie gestudeerd, had een paar apotheken gehad, had zijn vader verzorgd en was nooit getrouwd. Toen zijn vader stierf was Humphrey gaan reizen. Maar de wereld bleek een eenzamer bestemming dan gedacht: zoveel mensen, maar niemand die aanschoof bij zijn tafeltje in het café. Zelfs de obers vonden hem saai. Dus vond hij zichzelf opnieuw uit, imiteerde de manier van spreken van zijn vader en werd de man die

Rusland was ontvlucht. Het duurde niet lang voordat mensen hem doorhadden, dus verkaste hij van stad naar stad, en al doende werd zijn act steeds geloofwaardiger. 'Hij wilde er al heel lang mee ophouden, maar hij was doodsbang dat jij het hem kwalijk zou nemen! Hij zat vast, die ouwe gek.'

'Hij is er zeker mee gestopt toen ik vertrok.' Ze had nog meer vragen over het leven van de oude man en Venn genoot ervan om het komische levensverhaal van Humphrey Ostropoler helemaal uit de doeken te doen. Ze glimlachte om wat hij vertelde – dat was wat Venn verwachtte, dus deed ze dat. Maar het deed wel pijn; ze wilde de afwezige Humphrey beschermen nu zijn privéleven zo open en bloot werd besproken na al die jaren van geheimhouding.

Venn remde abrupt bij de rand van een grasveld. 'Hier moet je eruit.' Hij liet haar terug naar huis baggeren en reed achteruit weg om zich aan zijn agrarische taken te wijden.

Toen Tooly binnenkwam, zat Harriet in de keuken tennis te kijken op haar iPad. 'Heb je zin in iets? Een glas wijn?'

'Lekker. Graag.'

Tooly nam een flinke slok en dacht na over Harriet, die haar goed gezind leek te zijn, niet omdat ze Tooly was, maar omdat Harriet alle mensen (en fretten) wel aardig vond en Tooly in een van deze categorieën viel. Mensen moesten aantoonbaar slecht zijn om door Harriet te worden afgekeurd – tot die tijd waren ze reuze geschikt. Tooly verbaasde zich altijd over zo'n houding. Het vertrouwen in de mens moest in de loop der jaren toch wel deuken oplopen? Maar sommige mensen waren goed van vertrouwen en voeren er wel bij. Ze zag Harriet zitten met de baby in haar armen, een vredig en gelukkig tafereeltje dat onbereikbaar leek voor Tooly, dus veel recht van spreken had ze niet.

Venn maakte voor het avondeten gans klaar, van eigen erf. Onder het eten dwaalde Tooly af. 'Ik moet steeds denken over wat je me vanmiddag vertelde. Over Humph.'

'Laten we Harriet niet vervelen met verhalen over vroeger,' onderbrak hij haar – het was duidelijk niet de bedoeling dat het verleden werd opgerakeld.

Tooly voelde zich op haar nummer gezet en nam een slokje wijn. 'Wonen jullie hier al lang?' vroeg ze, want Venn had die vraag eerder op de dag ontweken.

'Wónen we hier eigenlijk wel?' vroeg Harriet aan Venn. 'Technisch gesproken wel, waarschijnlijk. Maar we lijken bijna altijd ergens anders te zijn, toch, schat? Het is niet zo netjes, maar we zitten hier eigenlijk alleen maar vanwege de belastingen. Gek genoeg hoef je in Ierland nauwelijks belasting te betalen.'

'Dat gaat veranderen,' zei hij.

'Ja, vanwege Europa en zo. Het blijkt verdomd makkelijk te zijn om Iers staatsburger te worden, of om te doen alsof je dat bent. Mijn echtgenoot is echt een kei in dat soort dingen, toch, schat? We zitten nog steeds vrij vaak in Londen. En ik ben dol op Tokio. Mijn ouders hebben een huis in Schotland waar alle Beenblossoms zich rond deze tijd verzamelen, als een soort plaag. Dat is de reden dat we ons hier schuilhouden. 'Goed,' zei ze terwijl ze opstond en de baby aan Venn gaf. 'Jij hebt gekookt, dus ik ruim op. Dat zijn de regels. Vort met jullie. Ga elkaar maar vervelen met verhalen uit de oude doos – ik sta erop.'

Venn en Tooly trokken zich terug in de bibliotheek. Hij legde zijn dochter op het tapijt, waar de baby probeerde te kruipen en voortdurend terugviel op haar buik, met de blik op haar vader gericht. De vier honden sliepen, ieder in een hoek van de kamer. Uit een antieke drankkast in de vorm van een wereldbol haalde hij een karaf met cognac en twee cognacglazen. Langs alle wanden stonden boeken, allemaal in rood leer gebonden met zilveren letters op de rug en goud-op-snee. Klassiekers, dichtbundels, essays. Ze roken niet als boeken om te lezen; ze waren meubilair. Ze knielde naast de baby, die glazig om zich heen keek. 'Ik zou ook wel zo'n rompertje willen hebben. Heel handig,' zei ze tegen het kind, en toen tegen Venn: 'Moet ze niet slapen?'

'Dat kan ze nog een heel leven doen. Alles is veel te interessant als je nog geen jaar geleefd hebt, dan wil je niet slapen.'

De baby staarde met open mond naar haar vader en had nergens anders aandacht voor.

'Je bent verrassend geloofwaardig als vader, Venn,' merkte ze op. 'Ik zou een ramp zijn als moeder – ik zou mezelf geen nest jongen toevertrouwen. Ik weet niet eens hoe ik deze moet vasthouden.' Ze boog voorover om het te proberen, maar bedacht zich en nam nog een slok cognac. Bij elke opmerking die ze maakte, voelde ze zich minder op haar gemak. 'Mag ik mezelf nog wat bijschenken?'

'Je drinkt snel tegenwoordig.'

Ze schonk zichzelf in, maar stopte even met drinken. Ze zat op een donkerrode leren bank en hij op een identieke bank tegenover haar. Tussen hen in stond een glazen salontafel met een stapeltje *Country Life*'s. 'Ik heb onlangs mijn ouders gesproken,' zei ze. (Heel vreemd om het begrip 'ouders' te gebruiken voor Paul en Sarah.) Ze vertelde dat Paul had gezegd dat hij Sarah jarenlang geld had gestuurd en dat Humphrey dat verhaal bevestigde. Maar waar had Sarah het aan uitgegeven?

'Nou,' antwoordde hij, 'aan mij.'

'Wat?'

'Zoals je je misschien herinnert, was die dame een beetje gek op mij. Ze zag een maandelijkse toelage als de enige manier om mij aan haar te binden,' zei hij. 'Je vader stortte die betalingen direct op haar rekening, maar zij weigerde het geld netjes naar mij over te maken. Ze stond erop om het zelf te brengen – haar manier van vast blijven houden. Dat betekende dat ik haar op de hoogte moest houden van mijn verblijfplaatsen. En als ze dan langskwam, speelde ik het spelletje mee – net genoeg afwijzing om haar geïnteresseerd te houden.'

Tooly zweeg en probeerde dit tot zich door te laten dringen. Maar er klopte iets niet. 'Je nam me overal mee naartoe. Waarom hebben jullie me niet gewoon ergens achtergelaten? De cheques kwamen toch wel binnen.'

'Waar moesten we je achterlaten? Als je in een hoekje zou gaan zitten huilen, zou vroeg of laat iemand je pappie hebben gebeld. Het was beter je vrolijk en coöperatief te houden. En we hadden Humph om je bezig te houden.'

'Verdiende hij ook aan mij?'

'Nee, nee. Humph was een onbetaalde vrijwilliger. Zoals ik al zei, een droevige, eenzame man. En alles liep op rolletjes tot jij eenentwintig werd en je vader zomaar stopte met betalen. Al was de rek er toen wel een beetje uit. Humph was doodsbang,' herinnerde hij zich lachend, 'dat ik je mee zou nemen toen de geldstroom was opgedroogd, dat ik iets naars met je zou doen. Weet je nog dat ik je schoenveters aan elkaar had geknoopt?'

'Uiteraard.'

'Ik zat er natuurlijk niet op te wachten dat je me achterna zou komen en een scène zou schoppen daar in de Upper West Side.'

'Ik begrijp dat je een reactie probeert uit te lokken.'

'Uiteraard. Dat is het doel van een gesprek.'

'Je hield me niet alleen maar zoet. We waren vrienden.'

'Je was mijn salaris. En omdat je toch in de buurt was, zette ik je aan het werk. Af en toe kwam je van pas. Maar je bijdrage was een stuk kleiner dan je zelf dacht.'

'Maar je was niet afhankelijk van mijn geld,' hield ze vol. 'Je had al die andere klussen.'

'Zoals?'

'Ik weet niet. Zoals in Barcelona, toen je die man hielp met zijn fabriek. Hij werd lastiggevallen door Roemeense gangsters en jij loste dat voor hem op. Toch?'

'Wat een fantasie!'

419

'Dat heb je me zelf verteld.'

'Zoals ik al zei: wat een fantasie. Mijn zakenman uit Barcelona was gewoon een doorsnee burgermannetje, misschien een beetje opgefokt, misschien een beetje hebberig. Als hij zo graag wilde geloven dat ik een eenmansmaffia was, waarom zou ik hem dan teleurstellen?'

'Maar ik heb je met talloze zware jongens zien afrekenen.'

'Ik ben er in de loop der tijd wel een paar tegengekomen. Wat niet wil zeggen dat ik iets met hen van doen had. Criminelen zijn meestal niet zo sterk in vooruitdenken – waarom zou ik mijn lot verbinden aan dat soort bezinksel? Misschien hebben een paar simpele zielen in mij een soort tovenaar gezien, een man die regels omzeilde, de concurrentie uitschakelde en hun de macht gaf die ze niet verdienden. En misschien vertrouwden sommigen me wel gelden toe. Alles wat ik daar aan overhield, dukkie, was een reden om snel te verkassen naar een andere stad.'

'Maar ik dacht... Venn, ik heb járen gewacht om iets met jou te gaan doen.'

'En wat zou dat dan moeten zijn? Dat internetbedrijf met die onfortuinlijke studenten van je?'

'Jij hebt me aangemoedigd om iets met hen te doen. Het idee was toch dat ik mogelijkheden voor ons moest zoeken?'

'Tooly, ik heb je op pad gestuurd om bij mensen binnen te komen zoals je een kind schelpen laat zoeken op het strand: om even van je af te zijn. Je zou toch niet met iets bruikbaars terugkomen. Eigenlijk had je beter bij die rechtenstudent kunnen blijven. Dan zat je nu gebeiteld.'

'Ik moest iemand aan de haak slaan om ergens te komen? Ben ik in jouw ogen zo weinig waard?'

'Nou, hoe vind je zelf dat je het doet?'

'Ik weet dat je me zit te stangen, Venn. Maar besef wel dat ik je woorden ter harte heb genomen. Al die dingen. Over niet afhankelijk zijn van andere mensen. Zo ben ik nu. We lijken heel erg op elkaar.'

'We zijn totaal verschillend. Ik heb die dingen alleen gezegd om te zorgen dat je verliefd op me bleef.'

'Kom op, zeg – dit kille gedoe overtuigt me niet.'

'Echt niet? Wat doe ik verkeerd?' vroeg hij met een knipoog.

'Je houdt geen rekening met wat ik me herinner, dat is je fout. Ik herinner me dat je bij iedere verhuizing uit eigen zak de vliegtickets van mij en Humph betaalde. Dat je betaalde voor al die woningen waar we verbleven. Je teerde niet op mijn zak. Je zorgde voor me. Jarenlang.'

'Humph deed dat. Ik heb nooit een cent aan vliegtickets, voedsel of huur van jou betaald. Dat dacht je alleen maar en ik zag geen reden om je niet in die waan te laten.'

'Waarom zou Humph dat doen?'

'Om zichzelf onmisbaar te maken. Alleen babysitten had iedereen kunnen doen.'

'Maar na New York,' protesteerde ze, 'bleef je me onderhouden.'

'Hoe dan? Ik heb je al die jaren niet meer gezien.'

'Mijn paspoort,' antwoordde ze, waarmee ze de bankpas bedoelde die hij er stiekem in had gestopt en die toegang gaf tot een rekening die jarenlang haar vangnet was geweest en die het haar mogelijk had gemaakt om World's End te kopen.

'Ik heb je paspoort nooit in handen gehad; Humph was bang dat ik jou bij hem weg zou toveren als ik het had. Wat nergens op sloeg. Ik had je misschien kunnen verkopen. Maar veel had je toch niet opgeleverd.'

'Ik weet dat jij die bankpas hebt geregeld, Venn.'

'Zeg jij maar wat ik heb gedaan,' zei hij, 'ik strijk de eer wel op.'

Harriet kwam de bibliotheek binnen. 'O, schat, je bent echt hopeloos!' zei ze tegen haar echtgenoot en tilde de baby van het tapijt. 'Ze is gewoon op de grond in slaap gevallen – ik zou de kinderbescherming moeten bellen.'

'Ze was zo schattig. Ik wilde haar niet verplaatsen.'

'Weet je,' zei Tooly terwijl ze opstond. 'We hadden net berekend dat ik niet op tijd terug ben als ik morgenochtend pas vertrek. Het spijt me, Harriet, maar ik moet echt gaan.'

'Oké,' zei ze onverschillig en ze droeg de baby naar boven.

Tooly haalde haar schoudertas uit het gastenverblijf en liep om Beenblossom Lodge heen. Venn stond al op haar te wachten, leunend tegen zijn zwarte Range Rover.

'Jij bent echt bepalend voor mij geweest,' zei ze. 'Voor alle keuzes die ik heb gemaakt, voor hoe ik nu ben. Ik denk dat jij me meer veranderd hebt dan wie ook.'

'Is dat zo?'

'Waarom dacht je dat ik verliefd op je was?'

'Dat was wel duidelijk.'

'Waarom heb je nooit iets geprobeerd?'

'Ik ben geen beest,' zei hij. 'Ik ben niet iemand die zich op iedere vrouw werpt die toevallig in de buurt is. En je bent natuurlijk lelijk.'

'Je bent nu alleen maar wreed.'

'Als je het niet wilt weten, moet je de vraag niet stellen. Je moet het zo zien: als je aantrekkelijk was geweest, had ik je gepakt en was de lol eraf geweest (in jouw geval heel snel, denk ik), en dan had het nooit zo lang geduurd.'

'Ik zal je niet meer lastigvallen.'

'Goddank. Dan blijft je het lot van de fretten tenminste bespaard.'

Hij sloeg zijn armen om haar heen haar en sloot ze om haar onderrug. Hij zoog zijn borstkas vol om haar borst plat te drukken en toen hij de lucht uit haar perste, knakten zijn knokkels. 'Heel gezellig,' zei hij en hij kuste haar voorhoofd. 'Haal het niet in je kop om het vaker te doen.'

Haar hoge lichtbundels beschenen donkere boomstammen en

spatten de weg op. Met haar handen om het stuur geklemd reed ze in de richting van Cork. Ze draaide de oprit van een gesloten tankstation van Morris Oil op om even te kalmeren. Maar ze moest hier weg, dus liet ze de kiezels opspatten en reed door.

In een hotelkamer bij het vliegveld zat ze naakt op bed en liet haar vingers over haar ribben glijden, daar waar hij haar had vastgegrepen en een kus op haar voorhoofd had gegeven. Het was alsof ze een haarlok opzij had gedaan en een oog had aangetroffen, een kloppend oog, een afschuwelijk knipperend gezwel, afstotelijk, maar toch van haar, gevoed door haar eigen bloed. Zo zag ze hem, onlosmakelijk met haar verbonden en toch monsterlijk. Ze kon het niet wegdouchen. Ze liet al haar modderkleren achter in de badkamer van het hotel en kwam uren te vroeg voor haar vlucht, alleen maar om tussen vreemden op het vliegveld te zijn.

Op satellietbeelden zag je het draaiende oog van orkaan Irene op de oostkust van Amerika af komen. De autoriteiten waarschuwden voor overstromingen, voor het afsluiten van alle verkeer richting New York en voor het uitroepen van de noodtoestand in de hele regio. 'De mensen moeten zelf zien weg te komen,' zei burgemeester Bloomberg op tv. Hij gaf opdracht de risicogebieden te evacueren, waaronder Sheepshead Bay, waar Humphrey woonde.

Hij sliep toen ze de deur van zijn kamer opende. Iemand – Humphrey wist niet meer wie – had over alle ruiten met tape een X geplakt om te voorkomen dat tijdens de storm glas door de kamer zou vliegen. In die kamer leek de orkaan al te hebben huisgehouden: overal boeken, vieze kleren, vuile kopjes en borden op de vloer. Jelena was de stad uit gevlucht en had voor ze vertrok Humphreys koelkastje volgepropt met kant-en-klaarmaaltijden. Hij had er een paar van gegeten, maar alle bakjes laten liggen, en ook had hij zich in dagen niet meer gewassen of geschoren. Tooly was twee uur bezig om de orde te herstellen, hielp hem naar de badkamer, waste hem, bracht hem terug naar zijn leunstoel. Op de naam Venn reageerde hij amper en van een naderende orkaan begreep hij niets.

Toen hij die middag sliep, boog ze zich over zijn papieren. Ze gooide alle junkmail weg en legde de rekeningen op datum. Het duurde niet lang voor ze de bankafschriften vond. Terwijl ze die ordende, zag ze afschrijvingen in elk van de steden waar ze vroeger geweest waren en ook een laatste afschrijving van een paar jaar terug: het bedrag dat nog aan de Mintons in Caergenog moest worden overgemaakt. 'Jij was het,' zei ze toen hij wakker werd. 'Jij hebt me altijd geholpen. Mijn magische bankrekening.'

Hij fronste zijn wenkbrauwen – wakker worden was altijd moeilijk voor hem. Veertig minuten later lagen de afschriften nog steeds op zijn schoot.

'Waarom heb je me dat hele bedrag gegeven?' vroeg ze. 'Het was alles wat je nog over had, toch? En ik heb het zo dom besteed. Wat mij betreft is de winkel van jou. Hij is niet veel waard. Maar ik zal hem verkopen, ik zal het in elk geval proberen. Alles wat ik ervoor krijg is voor jou. Dan zoeken we een betere woning voor je. Oké?'

'Je hebt heel wat afgereisd,' zei hij, starend naar de bankafschriften.

'Heb je die bekeken om te weten waar ik was?'

'Ik dacht aan wat jij allemaal aan het doen was.'

'En ik heb aan jou gedacht, Humph. Heel vaak.'

'Ik deed niks om aan te denken.'

Ze pakte zijn hand.

'Je hebt een boekwinkel!' sprak hij. 'Je bent echt mijn droomvrouw! Ik zie voor me hoe je de kassa opmaakt.'

'We verkopen niet zo veel, ben ik bang.'

'Jij,' zei hij, 'bent het beste ding dat ik in mijn leven heb gedaan. Ook al heb ik je niet gemaakt.'

'Zeg dat soort dingen nou niet.' Ze knipperde met haar ogen. 'Luister, je moet de winkel komen bekijken. Zou dat niet leuk zijn?

Ik zal hem voor je beschrijven.' Ze schetste het dorp zo goed als ze kon, de voormalige pub waar World's End nu zat, de eerste drukken, het zitje achterin en haar solitaire werknemer. 'Je zou Fogg leuk vinden; jullie zouden het heel goed met elkaar kunnen vinden. Ik zie al voor me hoe jullie uren met elkaar discussiëren.'

Humphrey knikte kort, waarmee hij duidelijk maakte dat zo'n reis er niet in zat. 'Ik ben nu bij de meest favoriete persoon die ik gekend heb. Bijna mijn hele bestaan, voor en na nu – bijna de hele tijd – was ik niet bij jou. Maar nu wel. Ik heb je zelfs een beetje geholpen met je leven.'

'Je hebt me enorm geholpen.'

'Ik herinner me niet alles wat er in mijn leven is gebeurd,' zei hij met een frons. 'Alleen stukjes.'

Vanaf haar eerste bezoek aan Sheepshead Bay hadden deze stukjes hem niet met rust gelaten – zijn verleden flikkerde op, steeds opnieuw, maar onvolledig. Ze had hem alleen kunnen helpen door anekdotes te herhalen die hij eerder had verteld. Maar nu kende ze zijn levensverhaal wél. 'Venn heeft me alles over je leven verteld,' zei ze. 'Wil je het horen?'

'Goed,' zei hij en hij staarde blind langs haar heen. Al luisterend keek Humphrey met toegeknepen ogen naar de X'en op zijn raam. Tooly had al eerder gezien hoe hij zich inspande – bij het bezoek van Mac, bijvoorbeeld. 'Doe je best,' spoorde ze hem aan. 'Laat me weten of het klopt.'

Ze ging door en zag hoe hij zijn ogen stijf dichtkneep om zich te concentreren. Af en toe maakte hij een opmerking over dat hij zich een bepaald detail niet kon herinneren, of hij onderbrak haar met kleine correcties. Op andere onderdelen vulde hij haar aan met details die ze niet kende. Maar de meeste tijd luisterde hij aandachtig.

Zijn moeder, zo begon Tooly, was aan het begin van de eeuw geboren in een redelijk welvarend Joods gezin uit Pressburg, dat toen nog in Oostenrijk-Hongarije lag. In het gezin werden meerdere talen gesproken, maar de moedertaal was Duits. Als meisje had zijn moeder kunstzinnige aspiraties gehad: toneelspelen en schilderen. Toen ze een jaar of achttien was ging ze veel met kunstenaars om en viel ze voor een beginnend acteur, een Russische jood die uit Leningrad was vertrokken om zijn geluk in het Westen te beproeven. Maar zijn carrière werd gehinderd door plankenkoorts, en daarbij had hij ook nog een zwaar accent. Hij besloot zich toe te leggen op schrijven en regisseren, maar de onzekerheid die hem op het toneel parten speelde, zat hem ook in de coulissen nog dwars. Toch was hij een lieve stuntelaar, dus trouwde ze met hem, wat ze haar ouders pas vertelde toen het huwelijk al gesloten was.

Haar echtgenoot bleek geen goede kostwinner te zijn, raakte gedesillusioneerd en werd vatbaar voor linksradicale ideeën. Om in hun onderhoud te voorzien ging ze aan de slag als naaister en maakte kostuums voor plaatselijke producties. Daarbij deed ze zelf nog auditie voor rollen. Toen ze zwanger werd van hun eerste kind, gaf haar vader – een arts – hun het dringende advies om het theater te vergeten; haar man moest geld gaan verdienen. Hij ging werken bij een juwelier, wiens klanten hij in zijn eigen huis 'kapitalistische stenenverzamelaars' noemde. De arbeiders zouden in opstand komen tegen kapitalistische productiemethoden, zo vertelde hij zijn vrouw, want de geschiedenis was onvermijdelijk. Het kon niet zo zijn dat de mens veroordeeld was tot uitbuiting en hebzucht.

Hun eerste kind, een dochter, werd geboren met een nieraandoening. Drie jaar later kregen ze een zoon die ze niet Humphrey Ostropoler noemden, want die naam nam hij pas tientallen jaren later aan. Aangestoken door het revolutionaire vuur gingen zijn ouders werken op een collectieve boerderij. Dat ze dat aan de vooravond van de beurskrach deden, was niet zo handig. Beelden van die jaren bleven Humphrey achtervolgen: de melkkoe aan het eind van de tuin; de boomgaard waar hij en zijn zus abrikozen hadden gejat toen ze honger leden; hoe hij een pit in haar oog had gegooid.

Humphrey groeide, maar zijn zus bleef klein. Op zijn vijfde was hij al langer dan zij, hoewel ze drie jaar ouder was. Artsen staken naalden in haar, gaven haar poeders, sneden haar open. Ze lag te kronkelen in bed, haar moeder aan een kant, haar vader aan de andere en Humphrey hield haar voeten vast. 'Help me,' fluisterde ze. 'Help me, alsjeblieft.' Ze legden koude kompressen op haar voorhoofd, wat hen in elk geval het gevoel gaf dat ze iets deden.

Zijn zus stierf op haar elfde. Ze was bang dat ze vergeten zou worden, maar het tegendeel bleek het geval. Humphrey voelde zich verdubbeld en kon niet meer door de nauwe deuren waarachter de anderen leefden, want hij was nu twee personen. Hij weigerde nog steeds te zeggen hoe ze heette. Maar zijn hele leven lang bleef hij in elk meisje zijn zus zien, zich afvragend wat er van haar geworden zou zijn als ze was blijven leven, nu vijfenzeventig jaar na haar verdwijning, een bijna onvoorstelbaar lange tijd.

Humphreys vader gaf de ideologie op na de dood van zijn dochter. Hij ging weer bij de juwelier werken en beklaagde zich niet meer over diens klanten. Zijn vrouw daarentegen, nam zijn politieke bevlogenheid over en wilde die ook in praktijk brengen. Er gingen geruchten over vruchtbaar land in de Sovjet-Unie dat beschikbaar was voor gemotiveerde buitenlanders. Haar man was als jonge man uit Rusland vertrokken en wilde niet terug. Ze bleef op hem inpraten en waarschuwde voor Oostenrijk, dat door toedoen van Dollfuss een fascistisch land werd, en voor Duitsland, waar Hitler de macht had gegrepen. In beide landen riepen de nazi's op tot eenwording, waardoor het Reich hun naaste buur zou worden. Het was tijd om oostwaarts te trekken.

Ze was zo ongeduldig dat ze besloot om alvast vooruit te gaan, dan konden zij haar volgen als alles goed ging. Humphreys vader las haar brieven hardop voor. De jongen deelde het enthousiasme van zijn moeder en vond de houding van zijn vader onvergeeflijk. Ze hadden moeten gaan – zijn vader sprak vloeiend Russisch en had haar kunnen steunen. De communistische bureaucraten twijfelden aan haar verhaal en hielden haar vast aan de grens. Eindelijk pakte Humphreys vader hun spullen. Maar de trein reed de verkeerde kant op, noordwaarts naar Rotterdam. Hij vertelde Humphrey dat zijn moeder was gestorven. Ze namen de boot naar Zuid-Afrika en droegen aan boord een zwarte band om hun arm, hun rouw beperkt tot de duur van de reis.

In Johannesburg werkte zijn vader als diamantslijper en ze woonden in een goed huis in Orange Grove. Humphrey bezocht de plaatselijke scholen en was nog jong genoeg om snel de taal te leren. Als puber was hij zijn buitenlandse accent al kwijt. Al gauw spraken hij en zijn vader alleen nog maar Engels met elkaar. Op school hing een kaart waarop de geschiedenisleraar met prikkertjes het verloop van de oorlog in Europa bijhield. Zuid-Afrika lag bijna in een rechte lijn onder het strijdtoneel. Daarboven in Europa, daar had Humphrey moeten zijn. Hij had – niet voor het laatst – het gevoel dat zijn leven zich op de verkeerde plaats afspeelde.

De oorlog eindigde, hij deed eindexamen en ging farmacie studeren, een keuze die werd ingegeven door het feit dat hij tijdens de ziekte van zijn zus al heel jong met medicijnen was geconfronteerd. Drankjes verlichtten het lijden, mits juist gedoseerd. Arts wilde hij niet worden, want aan zijn strenge opa van moederskant had hij slechte herinneringen en die was arts. Of was dat geweest. Noch hij noch iemand anders van de familie van zijn moeder had ook maar iets laten horen sinds Humphrey en zijn vader in Johannesburg waren gearriveerd.

Joodse organisaties verspreidden lijsten van mensen die in Europa waren vermoord en Humphrey ging al die namen af, op zoek naar iemand met dezelfde naam als hij, alsof een dubbelganger daarboven in zijn plaats had geleefd en gestorven was. Er waren ook lijsten van overlevenden. Een vrouw had dezelfde naam als zijn zus; een ander die van zijn moeder. Hij schreef een brief aan de leiding van het kamp waar die mensen zaten, vertelde wie hij was en deed navraag naar de vrouw die dezelfde naam als zijn moeder had. Weken later kreeg hij antwoord: ze had drie jaar lang in verschillende concentratiekampen gezeten en het overleefd, maar een paar weken na de bevrijding had ze zelfmoord gepleegd met laudanum.

Humphrey opende samen met een medestudent een apotheek. Na een paar jaar hadden ze drie vestigingen. Humphrey kocht twee appartementen, allebei in hetzelfde gebouw, een voor zichzelf en een voor zijn vader. Zijn vader gaf hij het appartement boven hem, dan kon hij hem in de gaten houden door naar zijn voetstappen te luisteren. Ze brachten veel tijd met elkaar door, want Humphrey had een heel beperkt sociaal leven. Van de regels van de liefde begreep hij helemaal niets: hoe leuker je iemand vond, hoe minder leuk die persoon jou vond. Hoe kon dat ooit werken? Toen hij de dertig gepasseerd was, deed hij alsof hij alles al gezien had en profileerde zich bij de dames van de apotheek als bemoeial en chagrijn, wat niet bepaald bevorderlijk was voor zijn seksuele aantrekkingskracht. Maar het was beter dan genegeerd worden.

Hij overwoog om met zijn vader naar Engeland te verhuizen, voor hem het toppunt van beschaving. Ze hadden zich nooit thuis gevoeld in Zuid-Afrika: hitte, uitbuiting en zelfgenoegzaamheid. Maar zijn vader verzette zich tegen nog een verhuizing. Uiteindelijk werd de gezondheid van de bovenbuurman te broos, begon hij namen te vergeten, sloot hij zichzelf buiten. Humphrey bleef zo lang mogelijk voor zijn vader zorgen en deed hem toen in een Joods verzorgingshuis. Om het heden te vergeten, verdween Humphrey in boeken. Hij overwoog de dood, stelde zich voor hoe hij een eind aan zijn leven zou maken en experimenteerde na sluitingstijd met laudanum.

Humphrey was een veertiger toen zijn vader stierf. Net zoals zijn moeder ooit deed, verlangde hij naar een wereld van intellectuele bohémiens. Hij hing rond in studentencafés in Hillbrow. Maar hij was twintig jaar ouder dan die jongeren. Hij verdiepte zich in het schaken om contact met hen te kunnen maken en hij trakteerde op koffie om langer in hun gezelschap te kunnen blijven. Omdat hij zich schaamde dat hij niets meer dan een apotheker was, zei hij – en het was nog waar ook – dat hij uit Europa kwam. Om zichzelf nog iets exotischer te maken, begon hij met een accent te praten. Het gerucht ging dat hij uit de Sovjet-Unie kwam, want hij had onbedoeld het accent van zijn Russisch sprekende vader overgenomen, die nooit de syntaxis van de Oude Wereld was kwijtgeraakt en voortdurend idiomatische uitdrukkingen door elkaar haalde: 'Als ik het niet met mijn eigen ogen gehoord had, zou ik het niet geloven!' en 'Tel je zegeningen niet voor de beer geschoten is!' Maar iemand had Humphrey herkend van de apotheek en bracht om hem te vernederen een student slavistiek mee die hem in het Russisch aansprak. Humphrey verkocht beide appartementen en zijn aandeel in de apotheken, bedacht hoe hij zijn spaargeld het land uit kon krijgen en ging op zoek naar de intellectuelen.

Zijn eerste stop was Londen. Hij paste daar niet, want hij was niet geleerd genoeg en ontbeerde de nodige sociale vaardigheden. Hij probeerde weer de sovjetdissident te spelen, maar viel door de mand en trok van land tot land, waarbij hij zijn rol steeds beter onder de knie kreeg. Hij had voldoende spaargeld en gaf sowieso niet veel uit. In de jaren tachtig zat hij in Azië en kwam hij ook in Thailand, waar hij een huis huurde – hij koos vaak veel te grote woningen, in de hoop gezelschap aan te trekken. Hij ontmoette een jonge Canadees, een charmeur met een volle baard die blij was dat hij ergens kon verblijven en anderen in zijn kielzog meenam. Al snel had Venn het huis helemaal overgenomen en zat Humphrey alleen nog maar achter zijn schaakbord met proppen wc-papier in zijn oren om de dreunende muziek van beneden buiten te sluiten.

'En toen ontmoette ik jou,' sloot ze af.

Humphrey had bijna het hele verhaal ingespannen zitten luisteren. Met dichtgeknepen ogen had hij de zwakke signalen van zijn herinnering uit zijn synapsen geperst. Maar aan het eind was hij weggezakt.

'Ik ga nergens heen,' zei ze. 'We zijn weer met zijn tweeën. Maar ik ga hier in Sheepshead wel wat zoeken. Ik bulk niet van het geld, dus ik hoop dat er in dit gebouw iets vrij is. Zou het niet fijn zijn als ik op dezelfde verdieping woonde? Of misschien kan ik onder je gaan wonen, dan kan ik je horen lopen!'

Hij mompelde een paar woorden – de stuiptrekkingen van een uitgeput brein. En opeens sliep hij, diep, met de rimpels van zijn krachtsinspanning van daarnet nog in zijn voorhoofd.

Toen het donker werd, hielp ze hem op zijn matras en ging ze zelf op de vloer naast zijn bed liggen. Ze keek omhoog en zag de vorm van zijn lichaam onder de dekens, hoorde zijn langzame ademhaling. Ze legde haar hand op zijn pols, die trilde bij elke hartslag. Als mensen kinderen krijgen, dacht ze, maken ze zich geen voorstelling van hoe ze als volwassenen zullen zijn, zien ze hen nooit als oud en eenzaam. Ze zien alleen een baby, geen oude man. Tooly was blij dat Mac Humphrey had ontmoet. Ooit zou die jongen misschien de laatste mens zijn die zich Humphrey nog herinnerde.

Na een diepe slaap van zestien uur, werd Humphrey de volgende ochtend moeizaam wakker. Ze glimlachte en vertelde hem over zijn opmerkelijk lange nachtrust. Tooly verwachtte de man aan te treffen die zich de vorige dag zo had ingespannen, maar die persoon had zich teruggetrokken. Ze probeerde de details van zijn leven weer op te rakelen, maar hij toonde geen enkele interesse.

Toch maakte Humphrey voor het eerst sinds haar komst een vredige indruk. Hij zag en hoorde slecht en bleef onzeker over hoe laat het was. Maar hij wist wie zij was en was buitengewoon lief voor haar. Hij hield haar hand vast als ze naast hem zat. Hij bleef zeggen dat dit het perfecte leven was.

'Wat wil je dit weekend eten?' vroeg ze. 'Laten we eens flink uitpakken. Iets wat we ons niet kunnen veroorloven. De winkels zijn dicht als de orkaan aan land komt, dus ik moet nu al spullen inslaan.' Ze leegde haar portemonnee: nog geen veertig dollar. 'Champagne? Ik ben bang dat dat te duur is. Maar een fles wijn? Of wodka? Je dronk altijd graag wodka-tonic. Ik kan cocktails voor je maken, Humph, en dan kunnen we proosten op dingen. Lijkt je dat wat?'

Hij vond het geweldig om iets te vieren, maar wilde geen alcohol – hij bleef nu graag helder. Uit solidariteit zag ook Tooly ervan af – ze liep de slijterij nog wel binnen, maar kocht uiteindelijk niets. Ze maakte een broodje aardappelsmuree voor hem, niet omdat het lunchtijd was, maar om hem een plezier te doen. En wat kon het schelen hoe laat het was? Dat was louter conformisme!

'Smaakt het?' vroeg ze terwijl ze keek hoe hij een hap nam.

'O, god.'

'Wat?'

'O, mijn god!'

'Niet lekker?'

'Verrukkelijk!' riep hij en hij draaide zich met grote ogen naar haar toe, al kon hij niet precies zien waar ze was.

'Wat ben ik blij dat te horen, Humph.'

'Ik ben dól op broodjes aardappelsmuree!' riep hij uit. 'Hoe wíst je dat?'

'Omdat ik je ken.'

'Maar hoe wist je dat?' Hij keek blind langs haar heen. 'Hoe wist je dat?' Zonder op een antwoord te wachten nam hij nog een hap. 'Verrukkelijk!'

Al na een derde hap viel hij weer in slaap, met het broodje nog in zijn hand. Hij gromde toen ze het uit zijn hand probeerde te trekken.

Orkaan Irene zou New York met de grond gelijk maken, maar was afgezwakt tot zware storm en regen toen hij die zondagochtend aan land kwam. Ze ging naar buiten om naar het woeste weer te kijken, iets wat haar altijd opwond. Ondanks het evacuatiebevel was de buurt niet verlaten. Er was zelfs nog een café open. Er werd bediend door twee jonge Russische vrouwen die in hun eigen taal een gesprekje aanknoopten met vier mannelijke klanten die alle vier heel stoer en nonchalant de waarschuwingen van de autoriteiten aan hun laars lapten.

Tooly vroeg of er in de buurt nog schade was aangericht. Ze hadden het over wat omgewaaide bomen en elektriciteitspalen en zeiden dat er overstromingen waren. Maar niets ernstigs. Ze bestelde een kop thee en ging bij het raam zitten, waar ze uitkeek over het verlaten kruispunt. Een kruidenierswinkel aan de overkant van de straat was dichtgetimmerd. De kapper had de rolluiken laten zakken. Een stoplicht zwaaide op de wind heen en weer en sprong op rood en groen voor verkeer dat er niet was. Heel onwerkelijk allemaal: de keiharde regen, de kletsende Russen achter haar, Humphrey op een steenworp afstand, Duncan die in Connecticut misschien wel door het raam naar het noodweer zat te kijken, Venn in Ierland met vrouw en kind. Misschien zat Fogg in World's End wel naar de radio te luisteren en de boeken af te stoffen. Alles tegelijk.

Met wat bijna haar laatste dollar was, kocht ze een croissantje voor Humphrey. Toen ze terugkwam en zachtjes zijn naam zei voor het geval hij sliep, bleef hij stil, want zijn hart was gestopt.

1988: Het Einde

Humphrey wenkte haar om hem te volgen, het huis uit. Ze wilde zijn hand pakken, maar die ging omhoog en bleef op haar hoofd rusten. 'Jouw haar is nat van regen,' zei hij terwijl ze door de steeg liepen. 'Ook warm nu.'

'Door de zon,' legde Tooly uit en ze greep naar haar warme kruin, waar ze haar vingers door de zijne vlocht en zo het hele stuk tot de hoofdweg bleef lopen.

Het verkeer – bussen, tuktuks en brommers, uitlaatgassen die haar neus kietelden – was overweldigend na die weken in dat huis. Hij hield een taxi aan en hielp haar op de achterbank, waarna hij zelf instapte en haar adres gaf. Het was gek om hem 'Gupta Mansions' te horen zeggen, alsof iemand die bij deze versie van Tooly hoorde verdwaald was in de vorige versie. Ze keek hoe hij vanuit de auto naar buiten keek; zijn oude ogen volgden elk voertuig dat voorbij kwam en elke keer werd zijn aandacht meegezogen.

De taxi stopte bij haar straat. 'Heel snel,' zei Humphrey toen hij haar portier opende – hij sprak anders dan daarvoor, serieuzer – 'heel snel jij zal volwassen zijn. Klein zijn is moeilijk stukje leven. Maar jij bent bijna klaar daarmee. Als jij bent volwassen, Tooly, jij kunt baas zijn tot aan het einde. Jij bent iemand die baas van leven moet zijn, en niet laten leven. Dus pas op.'

'Ik zal oppassen voor triviale personen,' opperde ze om hem te plezieren.

Hij glimlachte droevig. 'Ja. Voor triviale personen.'

'En voor het Stupiditeitsprobleem.'

'Dat ook.'

Ze stapte weg van de taxi en keek naar hem, niet goed wetend wat er gebeurde. 'Ga je weg?'

'Het beste voor je leven,' antwoordde hij door het raampje. De chauffeur keerde de taxi. Door de achterruit was het hoofd van Humphrey nog zichtbaar toen de taxi wegreed.

Ze stond naast een gat in de weg, keek erin, stapte eroverheen en liep verder door de *soi*, langs de fruitkraam, de kleermaker die zijn naaimachine aantrapte met het voetpedaal, de bouwvakkers met hun hoofddoeken.

Shelly deed open. Ze deed een pas naar achteren om Tooly binnen te laten, boog en haastte zich naar haar kamer. Paul was nog op zijn werk. Tooly trof haar slaapkamer keurig netjes aan, met een strak opgemaakt bed. Door de airconditioners, die zoemden en de gordijnen lieten bewegen, was het koud in het appartement. Op haar bureau stonden haar schoolboeken netjes in het gelid. Ze opende haar schooltas en zocht naar *Nicholas Nickleby*, maar die had ze laten liggen. In plaats daarvan pakte ze haar schetsboek met neuzen, maar het lukte haar niet om meer dan een lijn op papier te zetten, dus liet ze het op haar bureau liggen. Ze sprong op het bed en landde op haar knieën op het wiebelende matras – haar eerste echte bed na weken in de tent. Ze liet zich voorover vallen, plat op haar gezicht, en bleef stil liggen, waardoor haar mond een vochtige plek op de beddensprei maakte.

Ze schrok wakker toen ze Paul hoorde thuiskomen, maar bleef nog een paar seconden liggen. Toen liep ze met kloppend hart de woonkamer in.

'Tooly.' Hij gaapte haar aan en zette verstrooid zijn aktetas neer. 'Tooly.'

Ze bleef staan.

Paul maakte een beweging en zij stak haar hand uit om die van hem te schudden. Hij had alleen maar haar arm willen aanraken.

'Heeft Sarah je gebracht?'

Tooly schudde haar hoofd.

'Alles goed? Je ziet er zo mager uit. Heb je honger?'

Onder het eten vroeg hij of ze bij hem wilde blijven, want dat kon – hij zou wel bedenken hoe. Ze konden stante pede vertrekken, ergens anders naartoe. Wilde ze dat? Maar uit Pauls mond klonken die vragen te direct – ze was dat niet van hem gewend, dus ze wist niet hoe ze moest antwoorden.

Alles viel stil, net als bij de maaltijden van vroeger. Hij wilde spreken, maar kon niet. Zo vreemd na dagen van vrijuit praten met Humphrey en al die anderen, na alles wat ze gedaan had – 's ochtends koffie drinken! valsspelen met schaken! debatteren over een van de Grote Denkers!

Ze vroeg of ze van tafel mocht en ging naar haar kamer. Ze had zo lang geen deur gehad en wist niet of ze hem wel moest gebruiken, of het niet onbeleefd zou zijn. In de andere kamer schraapte hij zijn keel, alsof hij haar terug wilde roepen. Ze wist waar hij zou zitten: een beetje verkrampt op een stoel met een map van zijn werk op schoot, hopend dat ze bij hem zou komen zitten.

Maar ze trof hem anders aan dan ze gedacht had. Hij lag op de bank met zijn arm over zijn ogen. Ze stond naast hem en keek naar zijn afgeschermde gezicht. Hij stak zijn arm uit om zijn dochter naar zich toe te trekken, maar zij draaide weg en spiraalde bij hem vandaan.

Op haar balkon keek Tooly omlaag naar het verlichte zwembad op de binnenplaats, een plaat blauw glas. De optrekjes aan de andere kant van de muur waren donker. Lichten van verre wolkenkrabbers bespikkelden de nacht.

Ze glipte naar buiten, rende de trap af, passeerde de jacarandabomen, de groetende portier, liep naar Sukhumvit Road en stapte in de eerste de beste tuktuk.

De bestemming die ze opgaf was Khlong Toey Market – daar waren zij en Sarah die eerste avond langsgekomen. Toen ze er waren, gaf ze de chauffeur al haar geld: de fooien die ze had gekregen met helpen achter de bar. Ze was alleen in een draaikolk van vreemden en zocht naar de steeg. Ze probeerde er een, maar het was de verkeerde. Ze liep de volgende in. Alles werd donkerder om haar heen. Ze deed haar ogen dicht om beter te kunnen luisteren of ze muziek of geroezemoes hoorde. Ze hoorde alleen maar verkeer, al ver achter haar. Tooly sloeg een hoek om en daar was het: het huis. Ze liep over de betonnen patio en probeerde de voordeur, die meteen openging.

Daar stonden ze alledrie, hun gesprek onderbroken. Zoals ze naar haar keken – Venn met een trage glimlach, Sarah die naar haar sigaretten greep, Humphrey die zijn lippen op elkaar perste – leek het wel alsof het gesprek over Tooly zelf was gegaan.

'Ik dacht wel dat je het terug zou vinden, dukkie.'

'Godzijdank, godzijdank, godzijdank – ik dacht dat ik je kwijt was,' zei Sarah, maar ze keek naar Venn.

'Kijk eens wat ik heb,' zei Tooly en ze haalde haar paspoort tevoorschijn.

Venn nam het aan, bladerde er doorheen en gaf het aan Sarah, maar Humphrey griste het uit haar hand. Hij leek niet zo blij met de terugkeer van het meisje, leek aanstalten te maken om bezwaar te maken, maar had niet de macht om iemand op andere gedachten te brengen. Hij had het geprobeerd. Maar er werd niet naar hem geluisterd.

'Zie je wel,' zei Sarah met wijd opengesperde ogen tegen Venn. 'Ze wíl met ons mee.'

'Je bent niet realistisch.'

'Het wordt elke maand op mijn rekening gestort; hij heeft het beloofd. Ik krijg het en deel het met jou. Dat vind ik niet erg.'

'En wie past er op haar?'

'Ik,' zei Sarah.

'Samen rondtrekken, ik, jij en zij?'

'Dan heb je gezelschap,' zei Sarah tegen Venn. 'Je kan doen wat je wilt. Met wie je maar wilt. Ik probeer je niet te binden. Je zult me niet zat worden. Ik beloof het.'

Humphrey richtte zich tot Tooly: 'Zij blijven hier niet. Weet je dat wel? Ze gaan ergens anders naartoe. Misschien vind je het daar niet leuk. Ik zal er niet zijn. Waarschijnlijk ga je ook niet naar school. Dat is misschien niet veilig.'

Tooly knikte dat ze het begreep.

Hij deed een beroep op Sarah en Venn: 'Jullie mogen haar niet meenemen.'

'Over hoeveel geld hebben we het?' vroeg Venn aan Sarah. 'En elke maand, hè?'

Humphrey schudde ongelukkig zijn hoofd. 'Luister, luister.'

'Wat?'

'Als jullie dit doen, ik ga mee,' zei hij.

Venn lachte misprijzend. 'Wat heb jij ermee te maken?'

'Ik hou oogje op haar.'

'Sorry, maar zo reis ik niet rond,' zei Venn.

'We hoeven niet samen te reizen,' betoogde Sarah. 'Zeg alleen maar waar je naartoe gaat. Dan kom ik wel op eigen gelegenheid. Ik en Tooly komen je dan achterna.'

'En Humph komt mee om te babysitten als jij weer eens wegloopt?' zei Venn.

'Ik loop niet weg. Het is een aardig bedrag, Venn. Van mij mag jij het hebben.'

'Doe wat je niet laten kan, Sarah. Jij ook, Humph. Het zal mij worst wezen.' Venn knipoogde naar Tooly en die grijnsde terug.

Sarah stak beverig een sigaret op, blies de rook uit en nodigde het meisje uit om dichterbij te komen door op haar bovenbeen te kloppen. Ze trok Tooly stevig tegen zich aan en kuste haar zo hard op haar wang dat Tooly's hals door de druk opzij werd gebogen. 'Wat heb je gedaan?' fluisterde Sarah. 'Wat heb je je arme, arme vader aangedaan?'

2000: Het Midden

Nadat ze bijna een uur in het café had gezeten, besefte Tooly dat Venn niet terugkwam. Ze liep tegen beter weten in nog één rondje door de buurt en vervolgde toen in noordelijke richting haar weg. Bij 115th Street stond ze tegenover het gebouw waar Duncan woonde; ze wist niet zo goed of ze wel opgemerkt wilde worden. Ze bestudeerde de gevel van het gebouw, de griezelige hoge brandtrap, de voorname ramen waarachter ze had staan kijken, het gammele ijzeren balkonnetje waar ze met haar benen onder zich gevouwen een vochtige filtersigaret had gedeeld, zich afvragend of de bouten in het metselwerk het zouden houden.

Ze liep door Morningside Park, langs een man die een joint draaide en haar nakeek terwijl hij met zijn hagedissentong langs het vloeipapier ging. Ze ging verder door East Harlem, omzeilde de betonnen woonkazernes, liep langs jongeren met honkbalpetten achterstevoren op en kleren in camouflagekleuren die naar elkaar schreeuwden en junkfood naar binnen werkten. Zo liep ze uren door, over de voetgangersbrug naar Randall's Island, naar Queens, dan zuidwaarts naar Brooklyn, waar ze na middernacht haar straat bereikte. Op de achtergrond hoorde ze nog het verkeerslawaai van de Gowanus Expressway. Ze liep het gebouw binnen, besteeg de trap naar hun verdieping, stak haar sleutel in de voordeur maar draaide hem niet om. Ze luisterde naar het geluid dat van binnen kwam: het ritselen van een bladzij die werd omgeslagen.

'Tooly?' vroeg Humphrey door de gesloten deur heen, waarna hij hem opende. 'Hallo, lievelink. Slaap je?'

'Hoe bedoel je?' vroeg ze verwonderd. 'Ik sta hier.'

'Sommige dieren slapen staand.'

'Zo'n dier ben ik niet.'

Hij ging op zijn vaste plekje aan het eind van de bank zitten en verwachtte een gesprek. Maar Tooly liep door naar haar slaapkamer.

Toen ze de volgende ochtend wakker werd, bleef ze onder de dekens liggen in de hoop door te slapen om zo aan zichzelf te kunnen ontsnappen. Ze tastte naar haar horloge op de grond, opende één oog om te kijken en zag het daglicht langs de verbogen jaloezieën naar binnen stromen. Een paar minuten over twaalf.

In de douche drukte ze haar voorhoofd tegen de tegels terwijl het water over haar rug ruiste en het kippenvel op haar huid stond. Een van haar haren bleef aan de wand plakken, een zwarte S op een witte tegel. Ze wilde geen ontbijt en nam alleen een paar slokken uit de kraan. Ze zette de koffie van gisteren in de magnetron, met trillende handen van de cafeïne en de vermoeidheid, iets wat haar om duistere redenen boos maakte. Ze liet haar mok in de gootsteen staan.

'Hij is weg,' zei Humphrey, doelend op Venn. 'Dat is beter.'

'We zien elkaar weer.'

'Waar?'

'Weet ik nog niet,' zei ze. Om zijn blik te vermijden keek ze naar het kommetje van haar handen.

Zo veel van wat Tooly dacht, van wat ze zei, haar maniertjes, haar gedrag, haar humor, had ze van Venn. 'Tooly' betekende niets zonder hem. Ze waren eender: ze leefden tussen de mensen, maar waren vervreemd van iedereen en zagen af van een eigen stek om 'burgers van hun tijdelijke bezittingen af te helpen', zoals Venn het formuleerde. Hij en zij waren niet geïnteresseerd in rijkdom, ze wilden zich alleen niet laten knechten door de gekken die de macht hadden en altijd zouden houden.

'Wij moeten kwesties en bezigheden bespreken,' zei Humphrey. 'Geen interesse,' zei ze. 'Geen interesse in je conversaties met de Grote Denkers. Dat je boeken van knappe koppen hebt, maakt je zelf nog niet tot een knappe kop. Je zit alleen maar te zitten. Je verspilt tijd.'

'Dat weet ik.'

'Dat doe je echt,' zei ze en ze herhaalde de aantijgingen, niet uit overtuiging, maar omdat ze niet goed raad wist met haar wreedheid. 'Je zit daar alleen maar te kijken naar wat andere mensen hebben gedaan. Zelf doe je niets; je hebt je hele leven niets gedaan. Ik weet dat je het lang geleden zwaar hebt gehad in Rusland. Het spijt me. Maar ik...'

'Dit is onze laatste conversatie. Mag die aardig zijn? Alsjeblieft? Wij waren vrienden en nu jij bent mij beu. Maar aan alles wat jij zegt ik zal nog heel vaak denken. En jij hebt gelijk. Jij hebt gelijk. Maar nu ga jij weg.'

'Waar moet ik heen? Ik kan nergens naartoe.'

'Jij gaat weg.'

'Waarom?'

'Omdat,' zei hij, 'ik wil dat jij gaat.' Hij liep naar haar kamer en kwam terug met haar paspoort, dat hij op de pingpongtafel legde.

Ze vouwde haar handen ineen omdat ze zo trilden door wat ze gezegd had, door wat er gebeurde. Hier had Venn het over gehad: het overbodige afstoten, je in je eentje redden. Ze opende het paspoort; er viel een bankpasje in haar hand. 'Die is niet van mij,' zei ze.

'Er staat geld op. Neem mee.'

'Ik wil geen geld van jou,' zei ze, niet in staat om hem aan te kijken.

'Nee? Nou, het is geen geld van mij. Sinds wanneer heb ik geld? Het is van Venn. Hij laat het achter voor jou. Hij zegt: "Zeg tegen Tooly dat de pincode haar verjaardag is, maand en dag." Dat is wat hij zegt.'

Ze sloot haar hand over het pasje.

'Hij zegt dat hij vandaag vertrekt,' vervolgde Humphrey. 'Hij zegt dat jij ook moet gaan. Je moet trein pakken en naar interessante plaats gaan, iets doen wat je altijd al wilt doen.'

'Dit is níét onze laatste conversatie.' Ze kneep in de brug van haar neus, leunde voorover met prikkende ogen, greep de bekleding van de bank vast tot haar arm slap werd.

Hij zat naast haar. Ze pakte het boek van zijn schoot – essays van John Stuart Mill – legde het weg en keek hem aan. 'Kijk niet bedroefd, Humph. Alsjeblieft. Ik kan er niet tegen.'

'Bedroefd? Dat is leugen – dat is totaal en compleet uit de lucht geslagen.'

'Gegrepen,' zei ze sniffend en glimlachend.

Hij pakte zijn pingpongbatje. 'Nog laatste potje?'

Ze schudde haar hoofd, maar maakte twee mokken instantkoffie.

Hij proefde zijn koffie. 'Waar is suiker?'

'Ik heb er al twee overvolle eetlepels in gedaan.'

'Moet meer overvol.'

'Humph,' zei ze, 'we zullen altijd heel veel conversaties hebben. Goed?'

Hij glimlachte. 'Maar, Tooly, ik leef niet echt meer – ik ben al bij mijn vrienden,' zei hij en hij wees op zijn boeken. 'Ik ben al gestorven en kijk alleen nog maar toe. Jij kan doorgaan met deze eenentwintigste eeuw. Ik blijf in nummer twintig. Dat vind ik fijner.' Wat zijn eeuw had beziggehouden – en miljoenen had geïnspireerd, bedrogen en vermoord – was ooit alles geweest en daarna niets meer. En ondertussen herhaalde de mens zichzelf in nieuwe generaties en nieuwe lichamen, ieder persoon uniek, maar verbonden door dezelfde angst: dat als hijzelf werd uitgewist, ook zijn wereld verdween. Het tijdperk waarin Humphrey zijn bijrol had gespeeld – een wereldoorlog, de ideologische strijd daarna – was ten einde, maar hij had nog krachten over en het lichaam deed het nog.

'Ik weet wat twintigste eeuw in zijn koffie wil,' zei hij. 'Is te veel werk om nieuwe eeuw te leren kennen.'

'We laten de anderen nummer eenentwintig uitproberen,' stelde ze voor. 'Lijkt je dat wat? En als het leuk lijkt, doen we mee.'

'Is goed idee.' Hij stond op alsof hij wilde gaan speechen, maar ging toen weer zitten en klopte op haar hand. 'Jij bent zo lief, lievelink. Ik ga frisse neus halen.' Hij was twintig minuten bezig met het zoeken van zijn jas en zijn oprolbare schaakspel, voor het geval hij nog wat stellingen wilde doornemen, en dan moest hij ook nog een paar dollar muntgeld meenemen. Van dat alles deed hij hardop verslag. Zonder een vaarwel uit te spreken trok hij de voordeur achter zich dicht. En zelfs toen bleef hij nog even mompelen op de overloop voordat hij de trap af stommelde. De deur van het gebouw ging piepend open en sloeg met een klap achter hem dicht.

Tien minuten daarna vertrok Tooly, zoals zijn bedoeling was. Aan het eind van hun straat controleerde ze nog een keer haar schoudertas om te kijken of ze alles bij zich had: kleren, paspoort, bankpas. 'Nou ja,' zei ze en ze drukte een knokkel in haar borstbeen, zo hard als ze kon, alsof ze haar borstkas wilde indrukken. 'Nou ja.'

Haar trein vertrok van Penn Station, reed langs de fabrieksschoorstenen van New Jersey, langs fabrieken met kapotte ruiten, roestige bruggen, straten met woonhuizen die ze in gedachten vulde met schetterende tv's, veelbetekenende stiltes, hard gelach, seks, douches, sigaren en geklets. Ze had geen eigen plek en ook niets in het vooruitzicht – ze had minder gemeen met de bewoners van die huizen dan met de duistere types die zich schuilhielden in de stations waar de trein stopte, met gepiep van remmen, geluid van ontsnappende lucht, geknisper van een zak chips achter haar. 'Deze trein gaat naar...' Trenton en Philadelphia, en dan Chester, Pennsylvania, Wilmington en verder.

2011: Het begin

De passagiers verkenden hun in folie verpakte schatten, maar zij sloeg haar maaltijd af, wat de purser duidelijk dwars zat, want hij bleef maar zeggen dat het gratis was. Ze keek uit het raampje en rook rubberachtige eieren en waterige worstjes. Vliegen deed Tooly aan haar vader denken. Als ze een rij van drie stoelen voor zichzelf hadden, lieten ze de middelste stoel leeg en zat Tooly bij het raampje met haar neus tegen het glas en Paul aan het gangpad, op zoek naar een stewardess bij wie hij nog een ginger ale voor zijn dochter kon bestellen.

Er waren geen lege stoelen op deze vlucht van New York naar Londen. De passagiers zaten dicht op elkaar gepakt en puilden uit over de armleuningen. Ze las *The New York Times*, waarin op de voorpagina een bericht stond dat neutrino's misschien wel sneller dan het licht waren gegaan:

Zelfs deze kleine afwijking zou tijdreizen mogelijk maken en ons hele idee van oorzaak en gevolg op zijn kop zetten. Einstein zelf – de grondlegger van de moderne fysica die met zijn relativiteitstheorie de lichtsnelheid als de absolute grens zag – heeft ooit gezegd dat als je een bericht sneller dan het licht kon verzenden, 'je een telegram naar het verleden kon sturen'.

Het was nog niet zeker of de waarneming wel klopte, zo vervolgde het artikel, maar het idee was geweldig. Wat zou Humphrey daar graag over gefilosofeerd hebben! En wat vreemd dat alles gewoon doorging, ook zonder de mensen die er eigenlijk bij hadden moeten zijn.

Het was bijna niet voor te stellen dat hij nergens meer bestond. Ook toen ze elkaar al jaren niet meer gezien hadden, hoorde ze nog zijn commentaren als ze een aardappel at of naar een pingpongtafel keek. De Humphrey die in haar zat bleef praten, ook al bestond de echte Humphrey niet meer. Dat laatste viel niet te ontkennen en daarom was het ook zo onwerkelijk – bijna onmogelijk – om te constateren dat hij wél bestond.

Humphrey had het ooit over bloktijd gehad, een idee van de filosoof J.M.E. McTaggart, die in 1908 had gesteld dat de menselijke perceptie ons misleidt: we zien de tijd alleen maar als iets dat verstrijkt vanwege de beperkingen van onze geest, terwijl tijd, net als ruimte, aanwezig blijft in alles wat er is, zelfs als je er niet meer bent. De gebeurtenissen van twintig jaar geleden bestaan nog steeds, net zoals een ander land en zijn inwoners er nog zijn als je daar al weg bent. Bloktijd was als terugbladeren in een roman, zoals Tooly als kind had gedaan. Dan vond je dierbare karakters terug die nog net zo bijdehand en vindingrijk waren als vroeger. Bloktijd bood troost aan wereldlijke geesten, aan hen die geen hemel hadden om verdwenen vrienden in te bewaren. Toch overtuigde de theorie Tooly niet helemaal; enigszins troostrijk, maar niet waar.

Ze richtte zich weer op het artikel en herinnerde zich een gesprek waarin zij (in een H.G. Wells-fase) zich er bij Humphrey over had beklaagd dat mensen altijd tijdmachines wilden bouwen om terug in de tijd te gaan en historische momenten te beleven, terwijl zij juist vooruit wilde om te zien hoe de wereld er dan uit zou zien. Het had hem vervuld met ontzetting: tweehonderdvijftig jaar vooruit kijken leek hem verschrikkelijk. 'Misschien over tweehonderdvijftig jaar,' zo waarschuwde hij, 'speelt niemand meer pingpong.' Zijn wereld zou verdwenen zijn, zelfs als de mensheid nog bestond. Verdwijnen zoals hij het bedoelde, gebeurde jaar na jaar, in stapjes die klein genoeg waren om te aanvaarden, al werd dat moeilijker naarmate ze zich opstapelden. Om in één keer zoveel verdwijnstapjes over te slaan zou te pijnlijk zijn. Dat gesprek had twaalf jaar geleden plaatsgevonden, in een wereld die allang verdwenen was.

Vanuit Heathrow nam ze de metro naar het centrum van Londen, daar pakte ze de trein naar Wales (met overstap) en op de plaats van bestemming nam ze een taxi. Ze liet zich aan het begin van Roberts Road afzetten zodat ze nog door het dorp kon wandelen.

Met haar tas over haar schouder tikte ze tegen het raam van World's End en ging naar binnen. De winkelbel boven de deur klingelde. Ze was bang geweest dat de winkel al niet meer open zou zijn. Maar Fogg zat nog steeds op zijn kruk. 'O, hallo,' zei hij. 'Dus je bent terug?'

Ze zochten allebei naar het juiste register om elkaar aan te spreken. Eerst was de verhouding die van eigenaar en werknemer geweest, en tijdens haar afwezigheid – na hun telefoongesprekken en zijn hulp bij haar zoektocht – waren ze vrienden geworden, maar daarna had ze wekenlang niets meer van zich had laten horen. Nu vonden ze een middenweg.

Ze legde haar plan uit: hem formeel eigenaar laten worden van de winkel en dan zelf vertrekken. Als hij World's End niet wilde hebben – en dat zou ze heel goed begrijpen – zou ze de inventaris moeten verkopen, uitstaande rekeningen moeten betalen, het bedrijf officieel liquideren en binnen twee weken de boel sluiten. Al die reizen hadden haar spaargeld gedecimeerd. Ze zou de komende tijd boterhammen met tevredenheid moeten eten.

Die avond keek Tooly uit de zolderramen naar de regen en de

modderige weilanden van waaruit het zachte blaten van de schapen in het donker opklonk. Nu ze eindelijk weer eens op haar eigen
matras lag, sliep ze elf uur achter elkaar, in diepe rust (een vogel die
floot, heel in de verte geluiden van bouwwerkzaamheden en daar
tussenin lange stukken vergetelheid). Toen ze wakker werd, rook ze
de dakspanten, een geur waarvan ze zich eerder nooit bewust was
geweest. Het enige wat haar rust nog verstoorde was een vaag gevoel van verantwoordelijkheid – dat ze voor iemand moest zorgen.
Maar ze hoefde alleen nog maar voor zichzelf te zorgen en dat leek
opeens zo onbelangrijk.

Al snel na het openen van de winkel had ze een klant.

'Heeft u alles gevonden wat u zocht, meneer Thomas?'

'Nee, dank u.'

'Kan ik u misschien helpen nog iets anders te vinden?'

'Nee, dank u.'

'Tot ziens dan maar weer, meneer Thomas.'

'Goed, dan ga ik maar weer eens.'

Fogg arriveerde met hun gedeelde krant, maar zonder zijn gebruikelijke cappuccino. Hij was een beetje uitgekeken op de koffie
van het Monna Lisa Café, vertelde hij, dus zette Tooly thee voor hem
en haarzelf. Hij bedankt haar voor zijn kop thee en sloeg de krant
open, met op de voorpagina nieuws over de opstanden die die zomer
overal op de wereld plaatsvonden. 'Het moet gezegd worden,' merkte
hij op, 'dat iedereen in zijn leven op zijn minst één revolutie moet
meemaken.'

Het was Fogg ten voeten uit – oreren over de toestand in de wereld bij een kopje thee in een failliete boekwinkel op het platteland.
Ja, laat de revolutie maar komen!

'Waarom lach je?' vroeg hij.

'Het idee van een opstand hier in Caergenog. Wie zouden we omverwerpen? De duivelse gemeenteraad met zijn vuige plan om de
omgeduwde palen van de omheining bij Dyfed Lane te herstellen?'

'Ja, ja, ik weet het: je vindt me verschrikkelijk dom.'

'Ik glimlachte omdat ik je commentaar zo leuk vond,' wierp ze tegen. 'Je moet dat soort dingen niet zeggen, dat is helemaal niet leuk.'

Een van Foggs charmes was dat hij nooit lang gekwetst bleef. 'De eerlijkheid gebiedt te zeggen,' vervolgde hij met gewichtig getuite lippen, 'dat ik niet zou weten hóé je een revolutie moest beginnen.'

Ze onderdrukte een glimlach om hem niet weer het verkeerde idee te geven. En misschien hád ze hem in het verleden ook wel gekleineerd. Waarom? Zo was ze nu eenmaal. Maar dat pikte ze niet meer! Je hoefde niet altijd te blijven zoals je was. Consistentie van karakter had iets tragisch.

Ze besloot haar scherpe kantjes wat botter te maken, er niet van uit te gaan dat ze helemaal doorhad hoe mensen in elkaar zaten en te accepteren dat verrast, teleurgesteld of zelfs verraden worden niet het einde van de wereld betekende. Het kon een openbaring zijn om erachter te komen dat je je vergist had, zoals ze zich in Fogg had vergist, iets wat bevestigd werd door zijn volgende opmerking.

'Ik wil je iets laten zien.'

Ze liep om de toog heen om te kijken wat hij aanwees op het computerscherm. Het was een soort database.

'Wat is dat?'

'Het is dat daar,' antwoordde hij en hij wees naar alle boekenkasten in de winkel. 'Het heeft me eindeloos veel tijd gekost en het is nog steeds niet klaar.'

Tijdens haar afwezigheid had hij een catalogus van de hele boekenvoorraad gemaakt en die op internet gezet. Vervolgens had hij dat bekend gemaakt op diverse bibliofiele blogs. Een bekende Amerikaanse antiquaar had per e-mail om een prijslijst gevraagd, waarbij zijn interesse vooral uitging naar de oude kook- en dierenboeken die Tooly had verzameld. Voor klanten in de winkel zou Fogg die boeken voor een schijntje van de hand hebben gedaan. Maar hij was zo slim geweest om prijzen te vergelijken op internet en zijn vraagprijs daarop aan te passen. De middag daarop was zijn eerste internetverkoop rond, bijna achthonderd dollar van één klant. De antiquaar was dolblij met zijn aankopen, schreef lovend over World's End op zijn blog en spoorde zijn volgers op Twitter aan om een kijkje in de winkel te nemen. En nu, zo legde Fogg uit, was hij een groot deel van de dag bezig met bestellingen uit het buitenland, met het beantwoorden van e-mails en het wegbrengen van pakketjes naar het postkantoor.

'Fogg,' riep ze uit, 'dit is ongelooflijk!'

'We maken zelfs een beetje winst.'

'Dat betekent dat de winkel nog meer van jou is.'

Hij kwam met tegenargumenten, maar haar blik bleef afdwalen naar het raam. Wat had ze tijdens haar afwezigheid verlangd naar een echte wandeling – het kon echt niet meer wachten. 'Sorry,' onderbrak ze hem, 'maar het gaat later op de dag regenen. Zou je het heel erg vinden als ik even een rondje om ga. Als ik terug ben, zetten we het gesprek voort. Ik beloof het.'

'Ik kan ook meegaan.'

'En de winkel dan? Aan de andere kant,' merkte ze op, 'hoeveel klanten zullen voor een gesloten deur komen?'

Toen hij haar op de top van de heuvel bijhaalde, was Fogg helemaal buiten adem en kon hij alleen maar zijn hand opsteken. 'Ik kán niet meer.'

Voorheen zou Tooly zijn doorgelopen. Nu wachtte ze tot hij weer verder kon. Toen hij zich verontschuldigde voor zijn trage tempo, ging zij langzamer lopen. 'Lekker om een keertje rustig aan te doen,' zei ze. 'Waarom zouden we ons uitputten?'

'Kijk!' Hij wees naar een haas die door het struikgewas van de gaspeldoorn sprong.

Ze keken, en toen Fogg zich stralend naar haar omdraaide, blij dat hij de haas had gezien, sprong ze op hem af en omhelsde hem.

'Ongewenste intimiteiten,' grapte hij blozend.

Toen het weer was omgeslagen, tuften ze in de kleine oude Fiat terug naar Caergenog. En toen ze de auto aan de overkant van de winkel parkeerde, waren ze tot een vergelijk gekomen: Fogg weigerde eigenaar van de hele winkel te worden, maar ging akkoord met de helft. Hij wilde het niet officieel vastleggen, maar zij zou er voortaan vanuit gaan dat ze ieder vijftig procent van World's End bezaten en dat eventuele verdiensten (alleen al het ópperen van die mogelijkheid was uitzonderlijk) door tweeën gedeeld zouden worden. 'Daar sta ik op,' benadrukte ze. 'Eigenlijk zou je alles moeten krijgen. Met mijn zakeninstinct zou de winkel allang failliet zijn gegaan.'

Later die week belde Duncan. Na de dood van Humphrey had hij Tooly aangespoord om naar huis te gaan en gezegd dat hij het papierwerk voor zijn rekening zou nemen. Hij belde haar om haar te informeren over de spullen van Humphrey die hij had aangetroffen toen hij naar Sheepshead Bay was afgereisd: alleen maar afval, reclamefolders en eindeloos veel pillendozen.

'Humph is ooit apotheker geweest,' legde ze uit. 'Hij had graag allerlei medicijnen in huis om mensen te kunnen helpen. Als je die weggooit, moet je de etiketten er geloof ik afhalen om te voorkomen dat ze op straat verhandeld worden.'

'De meeste doosjes waren al leeg.'

'Nee,' corrigeerde ze hem, 'heb je onder het kussen van zijn leunstoel gekeken? Daar bewaarde hij een voorraadje pillen voor zijn hart. Die heb ik daar nog niet zo lang geleden gezien.'

'Daar heb ik gekeken. Alleen maar lege doosjes.'

Wanneer had Humphrey die allemaal geslikt? Tooly was die ochtend de deur uit geweest. Hij had geweten wat het effect van die pillen was.

'Dus in theorie,' vervolgde Duncan, 'krijg jij alles.'

'Pardon? Sorry, ik was er even niet bij.'

452

'Ik zeg alleen maar dat Humphrey geen testament heeft. Dus als zijn dochter heb jij recht op zijn nalatenschap.'

Ze wist niet zo goed hoe ze na al die tijd nog moest uitleggen dat Humphrey geen familie van haar was. 'Zo te horen laat hij toch niets van waarde na.'

'Dat kun je wel stellen. Omdat hij nog rekeningen heeft openstaan voor die operatie,' zei Duncan, 'lijkt het me het handigst om hem onvermogend te laten verklaren. Ik ga dit weekend naar Sheepshead om toe te zien op het uitmesten van zijn woning.'

Ze vond het een akelig idee dat vreemden in de spullen van Humphrey zouden rommelen om ze daarna weg te gooien. 'Zal ik terugkomen om dat te regelen?'

'Nee echt, het is geen punt.'

'Als je onkosten maakt, wil ik die betalen.'

'Maak je geen zorgen.'

'Duncan,' zei ze.

'Het is geen punt.'

Hij kon niet omgaan met dankbaarheid, dus ging hij maar over de kerstvakantie praten. Zijn kinderen waren nog steeds aan het morren dat ze afgelopen zomer niet op vakantie waren geweest. Hij en Tooly bespraken niet al te serieus de mogelijkheid dat het gezin volgend jaar in Wales op bezoek zou komen. Ze bood gratis onderdak aan in World's End – hij had haar zo genereus ontvangen en ze konden zo lang blijven als ze wilden. Maar de rijen van zijn gezin hadden zich weer gesloten en zij was een buitenstaander, iemand met een manier van leven die aanvankelijk als fris en inspirerend was ervaren, maar uiteindelijk als subtiele kritiek. Soms kon je het verleden maar het beste laten rusten.

In deze periode hield Tooly haar verdriet over Humphrey voor zichzelf. Ze dacht aan hem als ze een boek opensloeg, speculeerde over zijn mening, stelde zich voor hoe het zou zijn om hem de winkel te laten zien, die eigenlijk van hem was. Ze hield zichzelf bezig, werkte samen met Fogg aan het completeren van de database en het afhandelen van de internetverkopen. Die waren niet zo omvangrijk als Fogg haar had voorgespiegeld, maar het was genoeg om hen uit de rode cijfers te houden.

Aan het eind van zijn leven had Humphrey afgezien van alcohol omdat hij helder wilde blijven en Tooly was uit solidariteit ook gestopt, hoe ze ook naar een borrel had gesnakt. Sindsdien was ze stille drinkster-af en vluchtte ze niet meer elke avond in glazen rode wijn om haar hoofd leeg te maken. Daarbij deed ze nu zoveel samen met Fogg dat er geen sprake meer was van eenzame avonden. Ze nam de tijd om weer op haar ukelele te spelen (gek genoeg was ze iets beter gaan spelen nu ze een paar weken niet geoefend had). Ook als ze aan het spelen was, begon haar nieuwe mobieltje nog regelmatig te trillen omdat Fogg een vraag over de catalogus sms'te. Met haar duimen toetste ze een half antwoord in, gaf het op en liep naar beneden om hem antwoord te geven. Als ze er even tussenuit wilden, sloten ze de winkel en gingen een middag wandelen, langs de priorij en dan de Black Mountains in.

Toen ze van zo'n wandeling terugkwamen, stond er een bestelbus met knipperende alarmlichten voor de winkel. De chauffeur laadde zes dozen uit. Ze kreeg een bestelbon in haar handen gedrukt en de bus scheurde weg. Duncan had ze gestuurd. Ze trok het tape los en de kartonnen flappen sprongen open. De doos was helemaal volgestouwd met boeken en ze rook de geur van Humphreys kamer.

Zijn boeken waren voor het grootste deel goedkope edities – met ontbrekende stofomslagen, losgetrokken ruggen, loslatende pagina's. Veel van de boeken waren nog te slecht voor de grabbelton. Ze sorteerde ze, met tussenpozen, en verloor zichzelf urenlang in vertrouwde boeken – zo was er de uitgave van *Nicholas Nickleby* die Paul een kwart eeuw geleden voor haar gekocht had en die ze stiekem had gelezen in King Chulalongkorn International School en toen had meegenomen naar dat huisfeest in Bangkok, waar het was achtergebleven bij Humphrey, die ze er in Sheepshead Bay uit voorgelezen had. Heel vreemd dat dat maar een paar weken geleden gebeurd was – het leek alsof het zowel de dag van gisteren als jaren geleden was.

Voor de meest waardevolle boeken reserveerde ze drie lage boekenplanken aan de rechtermuur van de winkel, een nieuwe afdeling waar ze het bordje DE BOEKEN VAN HUMPHREY boven zette. Het waren er een stuk of honderd – meer bleven er uiteindelijk niet van over – en ze waren allemaal te koop, ook zijn dierbare blauwe uitgave met essays van John Stuart Mill. In elk boek schreef ze zijn naam, met het idee dat jaren later een onbekende het boek zou openslaan, daar 'Humphrey Ostropoler' zou zien staan en zich zou afvragen wie die naam had gedragen en waarom hij dit boek had weggedaan. Mensen hielden hun boeken niet per se om ze later nog een keer te lezen, bedacht ze, maar omdat die boeken het verleden in zich droegen – het tastbare bewijs van hoe iemand op een bepaalde plaats en op een bepaald tijdstip was geweest, elk boek een stukje van de geest van de lezer, ongeacht of hij het boek mooi, waardeloos of slaapverwekkend had gevonden. Mensen zaten misschien gevangen in hun hoofd, maar ze waren een leven lang bezig om uit die kerker te ontsnappen. Daarom produceerden ze nageslacht, gaven ze om land en genoten ze na een lange reis intens van hun eigen bed.

Dagenlang zagen klanten de boeken van Humphrey over het hoofd. Maar toen hurkte er een man met een loopneus en een Jaguar voor de planken en pikte er een paar boeken uit die hij opstapelde op het naar kat stinkende tapijt. Het boek met essays van John Stuart Mill zat er ook bij. Tooly kon het niet aanzien en maakte een ritje naar het postkantoor.

Samen met wat pakjes bracht ze twee met noppenfolie gevoerde enveloppen weg. In de ene zat *Palm Groves and Humming Birds: An Artist's Fortnight in Brazil*, een zeldzaam en rijkelijk geïllustreerd boek uit 1924 met gemarmerde schutbladen en een kastanjebruine band van varkensleer met daarop de titel in vergulde letters. Die was voor Paul. De andere envelop was voor Sarah en bevatte een boek over het verzamelen van munten en een fotoboek met Keniase landschappen voor op de salontafel. Ze stuurde het naar het strandappartement in Anzio omdat ze vermoedde dat Sarah daar verbleef nu het wat kouder was geworden.

Toen Tooly weer terugkwam in World's End was de klant verdwenen, samen met een aantal boeken van Humphrey. Het restant hing treurig en scheef tegen elkaar aan. Ze hurkte er vol spijt voor neer en herschikte wat er over was om de gaten te verhullen.

'Je zei dat ik ze mocht verkopen,' bracht Fogg haar in herinnering.

'Nee, ja, ik weet het. Ik probeer me niet aan te stellen.'

Hij tikte met zijn potlood op het verkoopboek. Ze keek op en ging toen weer door met herschikken. Hij zeurde ongewoon luidruchtig door over – tja, geen idee eigenlijk – en bleef maar met zijn potlood op het boek tikken. 'Ik probeer je zover te krijgen dat je even komt kijken,' zei hij.

Dat deed ze dan maar. Ze constateerde dat er een tiental boeken van Humphrey was verkocht.

'Ja, ik weet het.'

Van onder de toonbank haalde hij de hele stapel tevoorschijn. 'Ik heb ze gekocht. Onder zijn loopneus vandaan.'

Ze bedankte Fogg, maar ze zette ze allemaal terug bij de afdeling Boeken van Humphrey.

'Dan moet ik ze weer kopen,' waarschuwde hij haar. 'Dat kan aardig in de papieren gaan lopen.'

'Oké,' gaf ze zich gewonnen. 'Ik zal ze houden. Dank je wel.'

Sarah reageerde niet op haar pakje. Maar Paul wel, met een roerend briefje waarin hij haar bedankte voor haar bezoek van afgelopen zomer en voor het prachtige boek dat ideaal was voor de vliegreis die hij samen met Shelly ging maken naar hun huis in Nong

Khai, waar ze twee maanden zouden blijven. Hij schreef dat hij daar bezig was om kleine bananenboompjes te kweken en dat hij graag zou laten zien hoe hij het huis had opgeknapt, maar dat hij niemand zo ver kreeg om de reis te maken. Tooly was welkom en mocht ook iemand meenemen. Hij beschouwde het als een eer om een metgezel van haar te ontmoeten.

'Fogg,' zei ze, 'zou jij met me door de oerwouden van Thailand trekken?'

'Meen je dat serieus?'

'Nee, niet echt.'

Hij liep weg om de afdeling Aziatische geschiedenis alfabetisch te ordenen en kwam na een paar minuten terug. 'Weet je wat ik ben?' zei hij. 'Ik ben...' Hij liep naar de naslagwerken.

'Wat ben je, Fogg?'

'Thesaurus.'

'Ben je een thesaurus?'

'Het woord begint met een H. Waar is de thesaurus?'

'Hongerig?'

'Nee, waarom vraag je dat?'

'Je zei dat je met een H begint. Heb je hem verkocht?'

'Wat verkocht?'

'De thesaurus. Ben je onder hypnose?'

'Hoe bedoel je? O, weer een woord met een H. Nee, nee.'

'Ben je heldhaftig? Of hyper? Of hoos?'

'Geen van alle,' antwoordde hij. 'Wat is "hoos"?'

'Dat is als je hongerig en boos bent.'

'Dat ben ik vaak genoeg geweest.' Hij knipte ongeduldig met zijn vingers omdat hij niet op het woord kon komen.

'Waar heeft het mee te maken?'

Hij liep naar buiten, de deurbel klingelde. Door het raam zag ze hem een greep in de grabbelton doen, zijn arm verdween erin. Ze had niet raar opgekeken als die er doorweekt was uitgekomen, met in zijn hand een levende forel. In plaats daarvan kwam hij naar binnen met een beduimelde thesaurus en begon hij erin te bladeren. 'Hier,' zei hij, opeens met enige terughoudendheid, en hij spreidde het boek open, zijn duim bij het woord. 'Dat bedoel ik.'

'Dat is geen H-woord. Het begint met een V.'

'Inderdaad.' Omdat hij niet de gewenste reactie had gekregen, klapte hij het boek dicht over zijn duim en liep weer naar buiten, naar de grabbelton.

Het was een koele herfstdag met ijle wolkjes en een zon die nog te bescheiden was om het dorp te verwarmen. Roberts Road was verlaten en Fogg leek de enige levende ziel in Caergenog, in Wales, op de Britse Eilanden – hij was moederziel alleen en voelde zich een enorme sukkel. Hij vervloekte zijn poging om interessant te doen. Hij kon wel door de grond zakken van ellende. Er kwam een verboden gedachte bij hem op, over haar, een seksueel getinte, en zijn knieën knikten. Dat soort dingen kun je niet denken bij de grabbelton! Hij stelde zich voor dat hij voor haar kookte uit een kookboek, en dan niet zo'n afgeragd exemplaar uit de afdeling Koken&Recepten, maar een gloednieuw, chic kookboek, gekocht in Cardiff, met foto's van hoe gerechten er nooit in het echt uitzagen. Hij fantaseerde over samenwonen in een echte stad: arm, maar gelukkig. Zijn gehandicapte broer had nu goede hulp en zijn moeder had een nieuwe vriend – het was niet zo'n gekke gedachte om hier weg te gaan, in elk geval voor een tijdje. Hij was jonger dan Tooly, maar hij kon aanvoeren dat een vrouw beter iets ouder kon zijn omdat vrouwen langer leefden, want als ze voor een oudere man kozen, liepen ze het risico om verpleegster te worden, net als zijn arme oma, die dertig jaar lang voor haar man had moeten zorgen. Hij dagdroomde over wonen in een stad waar van alles gebeurde, waar ze naar bijeenkomsten konden gaan – hij was nog nooit naar een echte bijeenkomst geweest. Er gebeurde van alles in de wereld, nu, op dit moment!

Hij veegde een lieveheersbeestje weg dat vanuit de grabbelton op zijn arm geklommen was, bleef nog wat treuzelen om maar niet terug te hoeven gaan en haalde toen eindelijk zijn duim weg bij het woord met een V uit de thesaurus: 'verkikkerd'. Hij had het bedoeld als grap, of dat het in elk geval als grap zou worden opgevat, of misschien toch niet helemaal als grap.

In zijn zak zoemde en trilde zijn telefoon. Op de radio hadden ze gezegd dat alle menselijke kennis op die dingen te raadplegen was, dat smartphones slimmer waren geworden dan hun eigenaars. Maar op dit moment was hij de baas en moest dat zeurende apparaatje maar even wachten. Hij wierp een blik op het schermpje en zag dat het een sms'je van Tooly was. Hij stopte de telefoon in zijn zak en fatsoeneerde de grabbelton weer een beetje. Binnenkort zou hij haar berichtje lezen en dan wist hij het. Maar nu nog niet. Dat heden was nog niet aangebroken. Het nu draalde nog wat.

Dankwoord

Allereerst dank ik Alessandra Rizzo, mijn metgezel in alles. En ook mijn geweldige ouders, Clare en Jack, en mijn dierbare vriend Ian Martin. Dit boek gaat niet over mijn zus Emily, maar haar leven heeft mij bij het schrijven ervan wel bezield. Haar vriendschap, haar wijze raad, haar kookkunsten, haar ontembare energie en haar heerlijke gekte zijn onvergetelijk en daarvoor ben ik haar met heel mijn hart dankbaar; zo lang ik mijn geheugen heb, zal zij er zijn.

Ook dank ik mijn oudere zus Carla, mijn broer Gideon en hun respectievelijke gezinnen: Joël, Talia en Laura; Olivia, Tasha, Joe, Nat en Adam. En ook Alice en Greg, die mijn ouders zo tot steun zijn geweest. Mijn bijzondere dank gaat uit naar hen die Emily geholpen hebben, onder wie Kris Beardsley, Bessie Alyeshmerni, Emily Spencer, Wendy Chun-Hoon en nog veel meer mensen in Washington en daarbuiten.

Bij mijn onderzoek voor dit boek en het schrijven ervan heb ik overal op de wereld ruimhartig hulp gekregen. In Bangkok van de familie Mader: Ian, Eunie, Emily en Mia. En ook van Dolores Nicholson en Denis Gray. In New York van Irena Stern, Esteban Illades, Neha Tara Mehta en Vandana Sebastian van Columbia University; en van Ned Berke van Sheepshead Bites. In Italië gaat mijn liefdevolle dank uit naar Aldo en Margherita Rizzo, en naar

461

Benedetta. Ook dank ik Rosaria Guglielmi, die zo vriendelijk was om mij dit boek in Anzio te laten beginnen; en ook Chicca en Valerio, en Alberto voor zijn hulp op fotografisch gebied. In Londen: Mareike Schomerus en Jonathan Silverman. In Canada: Brian Malt. Verder weg: Judy Baltensperger, Laura Gritz, Dominic Perella en Kevin Sprager. In het bijzonder dank ik Christopher en Katy, sublieme gidsen in Connecticut en nu dierbare vrienden.

Zoals altijd ben ik mijn agent Susan Golomb zeer dankbaar, en ook Soumeya Bendimerad en Krista Ingebretson van Susan Golomb Literary Agency. En Natasha Fairweather van United Agents in Londen. Bij Dial Press dank ik Susan Kamil voor haar redactiewerk en voor talloze andere dingen die ze zo aardig was om voor mij te doen; ook Noah Eaker ben ik zeer dankbaar. Bij Random House Canada dank ik Kristin Cochrane en Brad Martin. Bij Sceptre, Suzie Dooré en al haar geweldige collega's daar. Ook mijn buiten-landse uitgevers en redacteuren ben ik zeer erkentelijk.

Tot slot dank ik uit de grond van mijn hart al mijn favoriete boek-winkels – in Vancouver, Londen, Hay-on-Wye, Rome, Parijs, New York, Portland, Caergenog (als dat zou bestaan) en elders – waar ik een veilige haven en gezelschap vond.